Reihe Q / Neue Folge
Quellentexte zur Literatur- und
Kulturgeschichte

Herausgegeben von Helmut Kreuzer

Erik Reger
DAS WACHSAME HÄHNCHEN
Polemischer Roman

Mit einem Nachwort von Frank Trommler

Publiziert bei
EDITION NAUTILUS

Editorische Notiz: Nach seinem erfolgreichen Roman: „Union der festen Hand" veröffentlichte Erik Reger (eigentlich Hermann Dannenberger) 1932 sein zweites Werk: „Das wachsame Hähnchen". Reger, bis 1927 Pressereferent bei der Firma Krupp, schildert in diesem „polemischen Roman" die Kommunalpolitik des Ruhrgebiets der 20er Jahre, mit ihrer Korruption, ihrer Verschuldung, mit den Prestigeobjekten hochgekommener Spießer innerhalb der krisenschwangeren Situation jener Zeit. Er verknüpft die historischen Fakten episch „mit den Schicksalen von Menschen und Gruppen, die in den Zuständen leben und, wenn man so sagen darf, von den Zuständen gelebt werden."

Das wachsame Hähnchen erschien erstmalig 1932 im Rowohlt Verlag Berlin. Die vorliegende Ausgabe folgt der Neuauflage im Rowohlt Verlag, Stuttgart 1950.

Titelbildgestaltung unter Verwendung einer Zeichnung von George Grosz.

Edition Nautilus
Verlag Lutz Schulenburg
Hassestr. 22 – 2050 Hamburg 80
Alle Rechte dieser Ausgabe
by Lutz Schulenburg
1. Auflage 1984
ISBN: 3-921523-74-5
Printed in Germany

ALLEN OPTIMISTEN UND
LIEBHABERN EINER GROSSEN SITTLICHEN IDEE

VORWORT ZUM NEUDRUCK 1950

Seit dem Herbst 1932, als das vorliegende Buch zuerst veröffentlicht wurde, sind in einer Beziehung bekanntlich nicht achtzehn, sondern tausend Jahre verflossen; in anderer Beziehung wiederum nicht achtzehn Jahre, sondern achtzehn Minuten. Die Städte sind in Deutschland mit ganz wenigen Ausnahmen dahin; nicht so jedoch ihre Atmosphäre. Was in diesem Roman geschildert wurde, ist in den Vorgängen, in den Charakteren, in den geistigen und moralischen Elementen insoweit ferne Vergangenheit geworden, als es den Untergang der Weimarer Republik erklärt. Aber die Einflüsse, die Gesinnungen sind so beherrschend geblieben, daß der hier dafür geprägte Ausdruck ein noch ebenso gültiges Maß darstellt, wie das Zifferblatt einer Uhr die Zeit zu allen Zeiten gültig mißt.

Infolgedessen gilt von diesem Neudruck dasselbe, was zur Neuauflage von „Union der festen Hand" gesagt werden durfte. Es ist keine unvertretbare Zumutung an den Leser, wenn es hier nicht wiederholt, sondern gebeten wird, es dort nachzulesen. Der Rat, die Lektüre des „Wachsamen Hähnchens" mit der von „Union der festen Hand" zu verbinden, hat nichts mit Propaganda zu tun. Er berührt die Interessen des Autors nur deshalb, weil die beiden Bücher, seinerzeit zusammen eine „deutsche Fibel" genannt, angesichts der gegenwärtigen Erscheinungen zumindest auf gewissen Seiten heute geschrieben sein könnten. Auch bei diesem Neudruck muß der Leser indessen wissen, daß nicht eine einzige Zeile darinsteht, die nicht schon 1932 darin war. Die wenigen Kürzungen betreffen Zeitgebundenes.

Erik Reger

WEGWEISER

I

Das vorliegende Buch setzt fort, was in der Gebrauchsanweisung zu des Verfassers „Union der festen Hand" die „Darstellung der Wirklichkeit einer Sache und eines geistigen Zustandes" genannt wurde — eine Bezeichnung, die aufrechterhalten werden muß, obgleich man viel darum gäbe, wenn die Besserwisser und Rechthaber, die sich darüber ärgern, es wirklich besser wüßten oder wirklich recht hätten.

II

Es wird dem Leser anheimgestellt, das Wort „Roman", das zu seiner Bequemlichkeit (wenngleich polemisch zugespitzt) immer noch auf dem Titelblatt steht, durch „Vivisektion der Zeit" zu ersetzen. Ein literarischer Ausdruck wird das letzte sein, worüber der Verfasser mit ihm rechten wird. Aber wenn hier und da der eilfertige Einwand laut wird, daß jene Absicht ebensogut von einfacher Geschichtsschreibung erfüllt werden könne, so erwidert der Verfasser: eine solche Möglichkeit besteht darum nicht, weil die Zustände mit den Schicksalen episch verknüpft werden müssen — mit den Schicksalen von Menschen und Gruppen, die in den Zuständen leben und, wenn man so sagen darf, von den Zuständen gelebt werden.

III

Der Verfasser hat eine zu gute Meinung von dem Leser, als daß er ihm Begriffsstutzigkeit unterstellen könnte. Einige Erfahrungen, die er beim Erscheinen der „Union der festen Hand" gemacht hat, veranlassen ihn jedoch zu der Erklärung, daß auch die Sprache der Personen dieses Buches diejenige ist, die ihren geheimsten Beweggründen entspringt. Man könnte sagen: ihre Stirn ist aufgemeißelt, ihr Gehirn umgestülpt, das Innerste nach außen gekehrt. Sie denken laut — nämlich das, was sie gemeiniglich nur darum nicht aussprechen, weil es ihnen klüger und nützlicher erscheint, es zu verschweigen. Wo dies nicht zutrifft, entsprechen ihre Reden der gegenwärtigen Gepflogenheit maßgeblicher Männer und Mächte, die Phraseologie an die Stelle erarbeiteter Gedanken zu setzen.

IV

Zwar handelt dieses Buch weder vom Kriege noch vom Militär; aber der Verfasser gibt sich der Zuversicht hin, daß der aufmerksame Leser erkennen wird, warum die nachstehende Frage dennoch am Platze ist. Es ist die Frage, die der Erzbischof in Shaws, des größten lebenden Schriftstellers, „Heiliger Johanna" an einen Diplomaten und Soldaten richtet:

„Könntet Ihr unsere Bürger bewegen, Kriegssteuern zu zahlen, oder unsere Soldaten, ihr Leben zu opfern, wenn sie wüßten, was wirklich vorgeht, statt dessen, was vorzugehen scheint?"

Erstes Kapitel

I

Die harmlosen Zeiten, aus denen der städtische Glockenpark in Wahnstadt stammte, waren längst dahin. Ein Teil der Menschen beschäftigte sich damit, sie zu beweinen; ein anderer träumte davon, sie wiederherzustellen; ein dritter endlich, und das war der größte, gedachte sie mit einer neuen, prahlerisch geschwollenen Harmlosigkeit zu übertrumpfen. Krieg und Niederlage, Revolution und Inflation waren vergessen; das heißt, es waren Ruinen davon im Gedächtnis geblieben, Ruinen, die von Sagen umsponnen und vom anekdotischen Schein des Abenteuers umwittert waren. Die Geschichte war tot und ihr Grab überwuchert von Geschichten. Das Entsetzen, das sie verbreitet, erschien nur noch aufregend, das Leid, das sie auferlegt, nur noch interessant. Ein Volk voll Phantasie, aber ohne Erinnerung, besiegelte die Leblosigkeit des Geschehenen mit Denkmälern des Erlebnisses.

Während der Inflation hatte der Glockenpark beinahe täglich den tumultuarischen Aufmarsch betrogener Lohnempfänger gesehen und oft genug den Ausgangpunkt von Straßenkrawallen gebildet. Kaum zwei Jahre waren seitdem verstrichen, und schon lag das alles fern wie ein Spuk, der hinterher nur noch Vergnügen macht. Wiederum war eine Demonstration angekündigt, die die Massen in Bewegung brachte und lange Kolonnen von Arbeitern, Händlern und kleinen Angestellten mit ihren Familien — ganz wie es der Schichtung dieser bedeutenden Industrie- und Handelsstadt entsprach — durch die entlaubten Alleen trieb. Aber es waren keine rebellischen Parolen mehr, die sie lockten; es war ein friedfertiger Aufruhr, der nicht von den gezirkelten Parkwegen abwich und den sauber gebürsteten Rasen schonte. Freilich war, wie ehedem, der große, von Platanen gesäumte Platz vor dem Parkhaus schwarz mit Menschen ausgestopft, ein eigensinniger Klotz, festgerammt in der Erde, die mit verwehtem hellbraunen Laub verkrustet war; und wer hier mittendrin zusammengequetscht wurde, hatte nur noch den Ausweg in die Höhe, auf die verschnörkelten Säulenaufsätze und das sanft gewölbte Dach eines Musikpavillons, der nun von weitem, mit den lebhaften Bewegungen erregter Menschen, wie ein fahrendes Karussell aussah.

Es war ein windstiller Novembersonntag, eine kalte Dunstwand stand gegen die bräunlich umrahmte Sonne. Steif wie Bretter hingen die Fahnen von den Masten; sie hatten sich mit nebliger Feuchte vollgesogen, bevor der Frost über sie gekommen war. Rot und Weiß waren ihre Farben. Es waren die Farben der Stadt, und man bemerkte sie überall: auf den Türen der städtischen Gebäude, auf den amtlichen Briefbogen, Plakaten und Fahrzeugen, auf den Papierkörben und Bänken der Anlagen, ja sogar auf den Rabatten, die um diese Jahreszeit mit roten und weißen Chrysanthemen bepflanzt waren — denn selbst die Natur wurde in Wahnstadt angehalten, Lokalpatriotismus zu treiben. Rot und weiß war eine Kriegsflagge, eine Herausforderung der Nachbarstädte, unter denen einige, zum Beispiel Eitelfeld oder Kohldorf, ungefähr von gleicher Größe und gleichem Geltungsbedürfnis waren.

Über der Terrasse des Parkhauses schwebte ein langgestrecktes Transparent, das die Inschrift trug: „Jubiläumsfest der Vereinigten Reisevereinigungen von Wahnstadt und Umgebung." Die Jubilare, die so viel Einigkeit bekundeten, waren biedere Arbeiter und Mittelständler, die sich durch Brieftaubenzucht den Genuß *erzieherischer und ethischer Werte* zu verschaffen wünschten. Niemand konnte es schöner sagen als ihr Vorsitzender Gustav Roloff: „Der Brieftaubenzüchter wird gewissermaßen zur Häuslichkeit erzogen, liegt doch das Feld seiner Tätigkeit zu Hause auf dem Taubenschlag." Zehntausend dieser Tiere sollten beim Jubiläumsfest aufgelassen werden, zehntausend nachtwandlerisch den Weg nach ihren heimatlichen Schlägen suchen.

Mit einem tiefausgeprägten und beinahe ehrfürchtigen Ernst sah Gustav Roloff die Anteilnahme der Arbeiter.

„Unsere Arbeiter haben einen vorbildlichen Bürgersinn", sagte er zum Stadtrat Drobeck, der als Verkehrs- und Pressechef verpflichtet war, die „Vereinigten Reisevereinigungen" namens des verhinderten Oberbürgermeisters in Wahnstadt willkommen zu heißen. Dabei holte er kurz Atem, kurz und tief, ein wenig asthmatisch, wie er es immer tat, wenn er von Genugtuung erfüllt war.

Drobeck nahm es mit einem höflichen, doch verständnislosen Lächeln auf.

„Oh", sagte Roloff, „wenn Sie so'n oller Brieftaubenonkel wären wie ich, Herr Stadtrat, dann hätten Sie mehr Lebensweisheit. Schließlich mache ich die Sache doch nicht bloß aus Liebhaberei. Ich bin in erster Linie Staatsbürger, mit *Verantwortungsgefühl für die Allgemeinheit.* Wenn man den Leuten keinen höheren Lebensinhalt gibt, dann kommen sie eben auf schlechte Gedanken. Dann regen sie sich über Löhne und Arbeitszeit und all den politischen Mumpitz auf, am Ende sogar über ihr eigenes Elend. Dann merken sie überhaupt erst, daß sie elend sind, denn Elend ist immer bloß das, was einer als Elend empfindet, Herr Stadtrat. In einem gesunden Staatswesen darf sowas nicht vorkommen, aber irgendwas müssen die Leute doch nach Feierabend tun. Brieftaubenzucht, Herr Stadtrat, ist eine Garantie für Ruhe und Ordnung, und das freut ein' denn ja auch. Eine Brieftaube in der Hand ist besser als ein Sowjetstern auf dem Dache."

Der Stadtrat, der im Grunde von nichts eine Vorstellung hatte, und um diesen Mangel zu verdecken, gern mit einem landläufigen Kompliment über alles hinwegglitt, murmelte etwas über die „Vortrefflichkeit einer humoristischen Ader, deren Eigentümer vor keinem Problem die Segel zu streichen brauche und die Lacher immer auf seiner Seite habe".

„Was ich geäußert habe, ist meine *Weltanschauung,* Herr Stadtrat", sagte Roloff, „eine unparteiische Weltanschauung, rechtschaffen und ehrlich erworben, und das freut ein' denn ja auch."

Er besaß eine gewisse Pfiffigkeit, die ihn instand setzte, außerhalb seiner eigenen Welt manche Zustände instinktiv zu erfassen, ohne ihnen auf den Grund zu gehen, manche Symptome richtig zu deuten, ohne sie zu untersuchen, manche Wahrheiten zu finden, ohne zu ahnen, daß es die nackte, grausame Wahrheit war. Er gehörte achtundvierzig Vereinen an, und mochte ihn, wie seine Neider sagten, in vielen Fällen auch nur das Geschäftsinteresse des tüchtigen Gastwirts, der er war, zur Mitgliedschaft bewogen haben, so benutzte er sie, nachdem er sie einmal erlangt hatte, auf seine Weise zum Studium der Volksseele.

„Ihr kennt ja nur die Gesichter", rühmte er sich gelegentlich, „ich kenne die Herzen."

In breiter Front marschierte der Männerchor „Ossian" auf der Terrasse des Parkhauses auf. Unter den achtzig Wahnstädter Männergesangvereinen hatte Roloff ihn gewählt, nicht nur weil er dort Ehrenvorsitzender war, sondern weil es auch der repräsentativste und beliebteste war. Das Volk war immer entzückt, wenn es sah, daß sich die besten Bürger, Handwerker, Bauunternehmer und Kaufleute, nicht zu gut dünkten, vor ihm ihre sangeskundigen Stimmen erschallen zu lassen. Die Männer vom „Ossian" genossen vor anderen den Vorzug, schlechthin „die Männer" zu heißen.

Schlag zwölf Uhr wurden die Taubenkörbe geöffnet. Es waren schlichte Menschen, die diese Arbeit verrichteten, schlichte, treuherzige Menschen, die ihr Lebensglück darin fanden, an der Erzeugung großer und unvergeßlicher Augenblicke, obschon nur durch niedere Handreichungen, mitwirken zu dürfen. Sie sahen wichtig und rücksichtslos aus wie Requisiteure der Weltgeschichte, und ihr Anführer war Aloys Kaschub, der sein Gnadenbrot als untergeordneter Schreiber im Metallkonzern aß und nach der Schicht Roloffs Brieftauben versorgte und die Vereinsschreibereien erledigte.

Derweilen stand dieser an der Brüstung der Terrasse, den Zylinder in der linken Hand, über welche er bis zur Hälfte einen weißen Handschuh gestreift hatte, und einen Zettel in der rechten. „Der Herr Reichspräsident hat auf unser Huldigungstelegramm folgende Antwort gedrahtet...", sagte er mit weithin schallender Stimme, um sich vor der ungeduldigen und schwatzhaften Menge Gehör zu verschaffen. Er verlas das Telegramm mit markiger Betonung der Hauptwörter. Man verstand: „Aufmerksamkeit... Dank... Glückwunsch... Förderung... Vaterland... Volksgemeinschaft... Grüße." Die Tauben, deren Gefieder seltsam fest und starr, wie auf Draht gezogen war, flogen hastig und richtungslos durcheinander; aber es war nicht die ratlose Verwirrung eines aufgescheuchten und erschreckten Haufens, sondern die zweckvolle Verwirrung einer planmäßigen Ansammlung, wo jeder seinem zugedachten Platz und Ziel zustrebt. „Die Männer" sangen. Sie sangen: „Alle Vögel sind schon da, alle Vögel ... alle ..." — denn Roloff hatte leichte Volkslieder verlangt, deren Gefühlsinhalt an den Gegenstand der Feierlichkeit anklingen sollte.

Angriffslustig durchbrachen die Girrlaute der Tauben das summende Gebrodel und verwandelten es in ein vibrierendes Stakkato. Während die Tiere aufflogen, anzuschauen wie zart leuchtende Gewebe, Tausende und aber Tausende, mit den keilförmig vorgestoßenen Köpfen die Luft abtastend, glänzten ihre kastanienbraunen Augen im fahlen Licht kalt wie Glasperlen; es war kein eigentliches Leben darin, nur der Ausdruck einer verzweifelten Anstrengung, durch die fremde und ungewisse Ferne hindurchzusehen, zu deren Enträtselung nur eine knappe Frist gegeben war.

Gustav Roloff richtete sich muskulös und wuchtend auf, ein Tier- und Menschenbezwinger. Er steckte das Telegramm des Reichspräsidenten hinter das Schweißleder seines Zylinders und warf unentwegt schwere und in dem Bemühen um Treffsicherheit fast bedrohliche Worte in die Menschen, die, von den Bewegungen der Vögel gefesselt, seiner kaum achteten. Es war unvermeidlich, an einem solchen Tage mindestens der entrissenen Provinzen, des Danziger Korridors und der Reichstreue der Auslandsdeutschen zu gedenken, und Roloff gedachte ihrer, da er stets darauf aus war, freiwillig das ohnehin Unvermeidliche zu tun. Sein dickes Gesicht dunstete, es hatte eine eigentümlich gesättigte Form. Trotz des Doppelkinns war es unten ziemlich spitz, aber die rotblauen Backen holten unvermittelt weit aus, um dann bis hinauf zu dem sehr platten Schädel wieder in einer geraden Kante zu verlaufen. Die Stirn, an und für sich nicht niedrig, wurde vom Gewicht einer keulenartig verdickten Nase heruntergezogen. Ein dichter Schnauzbart zeichnete die Mundlinie. Die Brieftaube, sagte er, sei ein wirtschaftlicher und kultureller Faktor; der Schaden, den sie auf den Saatfeldern anrichte, stehe in keinem Verhältnis zu dem Umsatz von drei Millionen dreihunderttausend Mark, den die Landwirte alljährlich aus dem Verkauf des Taubenfutters erzielten; für die Wettflüge würden Hunderttausende von Körben, Gummiringen, Kontrolluhren und Drucksachen benötigt, wodurch die verschiedensten Betriebe gut verdienten; außerdem liege Deutschlands Zukunft im Taubenschlag, und wenn das Versailler Diktat dem deutschen Volke seine Kasernen geraubt habe, so werde es eben neue Quellen der *Ertüchtigung* erschließen und neue Brutstätten der *Wehrhaftigkeit* anlegen; bestünden die neuen Armeekorps auch nur aus Brieftauben und Harzer Rollern, so werde doch der kriegerische Geist darin fortleben.

Das war eine geharnischte Sprache; das Militärische saß ihm in den Knochen, doch muß man nicht glauben, daß er ein Schildknappe des Militarismus war. Im Gegenteil, das wies er weit von sich. Er wollte nur, wie er es vor Drobeck dargetan hatte, ein gutgesinnter Staatsbürger sein, eine Art demokratischer Kapitulantennatur, die, immer bestrebt, sich im Sinne der Zeit zu bilden, Lehre annahm und Lehren austeilte. Manchmal spottete er sogar über den alten Militärstaat, wenngleich mehr gutmütig als freimütig — eben so, wie man es in der Republik, ohne Anstoß zu erregen, tun konnte.

Langsam stiegen unterdessen die Tauben höher. Der wolkenfreie Himmel öffnete sich vor ihnen: nur war er ohne Klarheit, graugelb verschattet und stumpf wie öliges Wasser. Die Novembersonne blakte am südwestlichen Horizont, man konnte sie ungeblendet ansehen. In der ruhenden Luft klangen die Flügelschläge wie das Rauschen von Taftkleidern.

Es war merkwürdig, wie sich die Trübung in der Nähe der Tiere lichtete; die Flügel waren ein Magnet, der den versteckten Glanz aus dem umdüsterten Gewölbe zog. Wo sie auftrafen, entstand ein meteorhafter Schimmer, ein seltsam erregendes, irisierendes Leuchten, das zwar in einer Sekunde verlosch, aber da es sich in kurzen Abständen und regelmäßig wiederholte, mit langen flimmernden Strichen die Flugbahnen fixierte. Indem die Menschen ihnen unverwandt folgten, sangen „die Männer": „Kommt ein Vogel geflogen...", und unter diesen besänftigenden Klängen löste sich das flatternde Gewimmel in klare, ruhige Linien auf; nur ein paar Nachzügler irrten noch in fiebrigen Kurven umher, wie Waldvögel, die von Gewitterangst befallen sind, oder ließen sich halb besinnlich, halb schutzbedürftig auf Dächern nieder. Aber schon tönte es mahnend zu ihnen herauf: „Lieber Vogel, fliege weiter, nimm ein' Gruß mit und ein' Kuß, denn ich kann dich nicht begleiten, weil ich hier bleiben muß." Noch wenige Sekunden, und alle Himmelsrichtungen waren mit diesen wandernden, scharfsichtigen, von Unrast, Sehnsucht, Heimweh und Gott weiß welchen Gefühlen sonst gelenkten Zügen erfüllt. Gustav Roloff stand da, den Zylinder in der Hand, über welche bis zur Hälfte ein weißer Handschuh gestreift war, wie ein Dompteur im Zirkus, wenn eine schwierige Dressur geglückt ist.

II

Stadtrat Drobeck sagte: „Es war, als hätten Sie einen Zauberstab in der Hand gehabt, Herr Roloff. Sie haben mit Ihrer ewig jungen Phantasie den Glockenpark heute morgen zur Welt im Spiel umgeschaffen und dem Jubelfest der Vereinigten Reisevereinigungen Unvergänglichkeit und heiteren Glanz verliehen." Er hatte sich diesen Satz schon für die Begrüßungsansprache zurechtgelegt: seine schöne Poesie wäre eines Kultusministers würdig gewesen.

Viele kamen, um Roloff zu beglückwünschen, Vereinskollegen, Geschäftsfreunde, Zeitungsreporter. Drobeck wußte nicht recht, ob er ihn wegen seiner Beliebtheit und Volkstümlichkeit bewundern oder über seine vulgäre Herzlichkeit die Nase rümpfen sollte. Mitdem ging ein junger Mann vorüber, Mitte oder höchstens ausgangs der Zwanziger, hochaufgeschossen, langes gelbliches Gesicht, blondes Haar und blonde Hornbrille. Sein Gang war gemessen und anscheinend geistbeschwert. Er verbeugte sich schweigend und wollte vorüber, aber Drobeck rief ihn an: „Ah, Tag Doktor, man sieht Sie ja gar nicht mehr. Wie kommen Sie denn hierher?"

Der Angeredete blieb stehen, ein wenig schwerfällig, als sei es ihm nicht sonderlich drum zu tun. „Redakteur Reckmann hat mich mitgenommen", antwortete er obenhin und schaute sich wie hilfesuchend um, da eilte dieser auch schon herbei und stellte vor: „Dr. Brilon — Gastrat Roloff." Er sagte „Gastrat", weil er das für sehr lustig hielt und weil er auch gewisse Privilegien hatte, während Roloff selbst sich bei der Personenstandsaufnahme als „Gaststättenbesitzer" einschrieb, denn das Wort „Gaststätte" war seine Erfindung, außer der Trockendestillation von Kienholz zur Rußgewinnung die einzige, die in Wahnstadt gemacht worden war.

Drobeck, der eine Vorstellung hatte vermeiden wollen, beeilte sich nun, eine Erklärung zu geben: „Dr. Brilon, jawohl. Unser junger Heimatforscher."

„Angenehm. Sehr angenehm. Freut mich, Sie kennen zu lernen, Herr Doktor. Meine Frau hat von Ihnen schon was in der Zeitung gelesen."

„Ja", sagte der Stadtrat, „sein Name dringt allmählich über engere Kreise hinaus." Es schien nicht, als ob er sehr erfreut darüber sei.

„Hm", machte Roloff und sah ihn prüfend an. Dann sagte er laut: „Das ist ja sehr interessant." Obwohl er sich stellte, als sei er in einer außerordentlichen Unterredung begriffen, die seine Aufmerksamkeit völlig beanspruche, achtete er genau auf die Ehrenbezeigungen der Vorübergehenden, ganz wie er es als aktiver Unteroffizier gemacht hatte, vor dreißig Jahren, als er sich vor die spiegelnden Schaufenster gestellt und aufgepaßt hatte, ob die hinter seinem Rücken vorbeikommenden Rekruten die Hand an die Mütze legten.

Wahrscheinlich wäre eine Verlegenheitspause entstanden, wäre nicht Theodor Reckmann gewesen, der berufsmäßig mit der Tempopeitsche knallte. „Na prosit!" rief er, denn das war sein geflügelter Ausspruch, „dauert's noch lang, bis die Festversammlung steigt? Ich bin eilig. Nehmen Sie Rücksicht auf die Presse."

Wie immer, wenn er das Wort „Presse" aussprach, trat in sein intimes Stammtischgesicht ein offizieller Ausdruck, als stünden sämtliche Zeitungsleser der Welt hinter ihm.

„Viel zu tun, wie?" fragte Roloff.

„Wenig Zeit, was?" wiederholte Drobeck.

„Und ob. Na prosit! Manchmal weiß ich nicht, ob ich noch 'n Kopp habe. Beispielsweise heute. Eben sind die Brieftauben losgegondelt. Um drei wird der alte Perkatsch beerdigt, der noch die Düppeler Schanzen gestürmt hat. Um fünf tagt das Komitee zur Bekämpfung der Kriegsschuldlüge. Um sechs is'n Tee im Europäischen Hof, Frauengruppe vom Verein für das Deutschtum im Ausland, Pfarrer Düwwelke redet über die Nibelungentreue der Kanaken von Samoa. Um acht hat die Metzgerinnung ihr Gesellenfest. Da staunen Sie Bauklötze, was? Sie lesen davon nur so nach und nach, da mal 'ne verstreute Notiz und da mal eine, aber unsereiner kriegt erst den richtigen Überblick, was in Wahnstadt alles an einem Tage los ist, und das ist ja auch das Schöne an unserm Beruf, daß man überall dabei sein kann."

Drobeck benutzte die Gelegenheit, um sich in die Brust zu werfen. „Es geht wirklich voran. Man merkt, daß unsere Einwohnerzahl auf die halbe Million lossteuert. Das muß uns selbst der Neid von Eitelfeld lassen, bei uns kommt Zug in die Sache."

„Ihr Verdienst, Herr Stadtrat. Und es soll wohl nicht unbescheiden sein, wenn man sagt, so'n bißchen auch unseres, ich meine uns von der Presse, speziell von den ‚Neuesten Nachrichten'. Pst —, also ich will nichts gegen die Konkurrenz vom ‚Lokalanzeiger' gesagt haben. Aber schließlich kann von mir auch keiner verlangen, daß ich mein Licht unters Butterfaß stelle, wo ich doch hinten und vorne sein muß. Wir haben zwar 'n paar junge Berichterstatter laufen. Na prosit! Da muß es heißen wie beim Pferderennen: ferner liefen... Die Anfänger wollen heutzutage alle hoch hinaus, aber von Stil haben sie keine Ahnung. Da liegt ja denn auch der Pfeffer begraben und der Hund beim Hasen, denn der Stil ist bekanntlich der Mensch selber."

Theodor Reckmann war eine einflußreiche Person, und mit dieser Tatsache rechneten auch diejenigen, die wußten, daß er es nur deshalb war, weil er sich so vielen Einflüssen zugänglich zeigte. Roloff gehörte zu den Wissenden. Er tippte ihm zum Zeichen der Übereinstimmung mehrmals auf die Schulter.

„Im Gastwirtsgewerbe ist das genau so", meinte er; „sehen Sie sich nur die neuen Hoteliers an: alles Aufmachung, kein Stil." Er packte den Redakteur kameradschaftlich am Kragen. „Hausmacherware, der Reckmann, noch von echtem Schrot und Korn. Schon der Name: Reckmann! Das geht ordentlich durch Mark und Bein, das gibt einen Ruck im Körper — nee wirklich, Sie müssen das mal so raus sagen: Reck-Mann!" Er hob die Arme und preßte sie, im Ellbogengelenk gebeugt, die Fäuste geballt und den Kopf zurückgeworfen, mit einem hastigen Stoß an den Leib, wie ein Kapellmeister, der ein Fortissimo dirigiert. „Da müssen Sie unwillkürlich die Brust bei raus tun, und das freut ein' denn ja auch. Sogar meine Frau, die doch sonst ganz prosaisch und vom gesunden Menschenverstand angekränkelt ist, schwärmt für Theo Reckmann."

„So ist es", bestätigte Dr. Brilon, „alle Abonnenten wollen ihren täglichen Reckmann haben", und Drobeck nickte: „Das weiß jeder. Herr Reckmann steht auf einem verantwortungsvollen, aber auch segensreichen Posten."

„Wollen wir darauf noch schnell ein Bierchen genehmigen?" schlug Roloff vor.

Sie betraten die Restaurationsräume des Parkhauses; Drobeck und Brilon folgten zögernd. Die Sache wurde ihnen zu familiär, doch sahen sie keine Möglichkeit, sich ihr zu entziehen. Sie wollten sich an einen Tisch setzen, Roloff holte sie fort: „Nee, meine Herren, das geht nicht. Wenn der Reckmann mal sitzt, steht er nimmer auf. Ran an die Theke, wenn ich bitten darf. Urwüchsige Sache, Herr Stadtrat, frisch vom Kränchen. Aus Väterzeit, Herr Doktor, nur nicht zieren!"

Theodor Reckmann hatte sein Glas schon an den Mund gesetzt: „Na prosit! Auf eine gedeihliche Zusammenarbeit zwischen Stadtverwaltung, Bürgerschaft und Presse!"

„Auf die Zukunft!" sagte Roloff bedeutsam und wischte sich den Schaum aus dem Schnauzbart. „Auf ein größeres Wahnstadt! Auf ein neues!"

Dr. Brilon hielt beinahe visionär sein Glas in die Höhe. „Auf das Wohl der Bürgergeschlechter", erklärte er mit sanfter Betonung, „auf ihre Tradition und auf ihre künftigen Taten."

Er sah in diesem Augenblick aus wie der Vorsitzende einer Musterungskommission, die vor die Anwartschaft auf die Unsterblichkeit gesetzt ist; Roloff aber bemerkte mit einigem Mißfallen, daß er aus seinem Glas nur kleine Schlucke nahm, um der Förmlichkeit zu genügen, und den Rest stehen ließ.

III

Obwohl das Parkhaus umgebaut und seine Innenausstattung modernisiert war, trug es noch die Spuren der buntgeblümten und harmonisch gestimmten Vorzeit, als es mitsamt dem Garten das Eigentum einer Bürgergesellschaft gewesen war, die sich „Die Glocke" genannt hatte — vermutlich, um auszudrücken, daß sie im öffentlichen Leben der Stadt tonangebend war. In den fünf Jahrzehnten, die seitdem verflossen waren, hatten sich freilich die Stadt wie der Ton gewaltig geweitet. Es lebten nicht viele Bürger mehr, die noch wußten, warum eigentlich der Glockenpark so hieß. Ein paar weißhaarige Unternehmercharaktere aus der Gründerzeit, deren Erinnerungen von dem Heimatforscher Brilon gegen ein bescheidenes Entgelt gesammelt wurden, waren die letzten überlebenden Augenzeugen jener reglementierten Geselligkeit, welche den alten Patriziern der „Glocke" erlaubte, an genau vorherbestimmten Tagen das ganze Leben für ein Gartenfest oder, wenn die Witterung dies verhinderte, wenigstens für ein Wintergarten-Fest anzusehen. Wenn sie davon sprachen, klang es wie ein Vorwurf gegen die neuere Zeit, die die Geschäfte erschwerte oder komplizierte. Dr. Ferdinand Brilon, der ihnen Stammbäume anfertigte, war nicht imstande, aus toten Begebenheiten lebendige Schlüsse zu ziehen. Anfänglich überzähliger Studienreferendar, dann Hilfsarbeiter in Bibliotheken, war er auf Empfehlung seines Onkels, eines Korpsbruders des Generaldirektors Windhäuser, als Archivar im Metallkonzern beschäftigt worden; als aber der Onkel starb, wurde er abgebaut, denn die Industrie ist zu fortschrittlich, um noch anhänglich zu sein, wo sie keine Verpflichtung mehr fühlt.

Indessen war Dr. Brilon nicht vergeblich im Archiv gewesen; nach allen Richtungen hatte er Fühler ausgestreckt. Es fehlte ihm auch nicht an Leuten, die ihm Gutes tun wollten — nur daß gerade sie ihm unrecht taten, indem sie ihn als einen würdigen und unterstützungsbedürftigen jungen Mann aus guter Familie betrachteten. Wahrscheinlich hielten sie ihn für fleißig und strebsam, während er, der die Berufung des Günstlings in sich fühlte, nur in der Hoffnung arbeitete, endlich einmal Ruhe vor der Arbeit zu bekommen, Ruhe auf irgendeinem gesicherten Posten, am liebsten in der Stadtverwaltung, wo man mit wenig Aufwand viel aus sich machen konnte. Daher brauchte er eher Fürsprache als Fürsorge. Es schien ihm nicht unmöglich zu sein, an einem Ort, der so schnell in die Welt hineingewachsen war, daß er über seine Herkunft kaum hatte nachdenken können, die Erforschung der Vergangenheit zu einem Erwerbszweig mit Pensionsberechtigung zu machen. Er sah seine Chance um so größer, als Wahnstadt, ein zusammengeklebtes Riesenstückwerk aus gestaltlosen Klecksen und punktierter Leere, ein anmaßendes Chaos aus Verlassenheit und Betrieb, von der Nachbarschaft Eitelfelds hart bedrängt wurde — einer gut gewachsenen Stadt, die sich Zeit gelassen hatte, ihre widerspruchsvollen Bestandteile zu ordnen, war sie doch schon in der Römerzeit aufgebrochen und durch das ganze Mittelalter heraufgewandert. Mit einer so ruhmreichen Geschichte war gewiß schwer zu konkurrieren, aber Dr. Ferdinand Brilon, der das Vergessene ans Licht zog und das Unerforschte entdeckte, traute sich zu, die nackte, frierende Stadt mit einem hinlänglich interessanten Mantel von Denkwürdigkeiten zu bekleiden und sie moralisch zu stützen, indem er ihrer ungebärdigen Jugend die beschaulichen Altertümer des Bodens entgegenstellte, auf dem sie erbaut war.

Seine ersten Aufsätze, in welchen er das geschichtliche Stroh in helle Flammen setzte, wurden in den Lokalblättern beifällig aufgenommen. Sie brachten ihn mit Drobeck zusammen, aber je mehr seine Arbeiten von diesem geachtet und gefördert zu werden schienen, desto mehr glaubte er zu bemerken, daß es nur geschah, weil der Stadtrat persönlich daraus Nutzen ziehen wollte.

Was war zu tun? Unablässig beschäftigte er sich mit dieser Frage: einer jener häufigen Fälle, daß ein Mensch, der keines Willens fähig ist, desto heftigere Wünsche hat. Von der Festversammlung, in der er sich jetzt befand, nahm er kaum etwas wahr; er bemerkte überhaupt erst wieder etwas von seiner Umgebung, als Roloff ihn nach dem Abschluß des offiziellen Teiles fragte:

„Sie essen doch mit uns? Wir sind bloß ein kleiner Kreis, paar Herren von der Brieftaubenzucht und paar von den ‚Männern', alles Kerle, die wie Sie für die Heimat arbeiten."

Brilon blieb, während Drobeck sich entschuldigte. Reckmann ließ sich nicht lange bitten. „Eigentlich bin ich eilig", sagte er, „um drei ist das Begräbnis des alten Perkatsch, aber wo alles ißt, kann Theo allein nicht hungern. Na prosit!" Die Ochsenschwanzsuppe dampfte, er blies in den Teller, daß es kleine Wellen gab und Spritzer aufs Tischtuch fielen. Roloff, der als langjähriger Gastwirt eine unempfindliche Zunge hatte, löffelte eifrig. Mittendrin schaute er zu Brilon hinüber. „Ach —", sagte er, legte den Löffel in den Teller und rieb sich mit der Serviette unter der Nase herum, „ach, Sie trinken Wasser?"

Schamhaft deckte Dr. Brilon seine Flasche Selters mit der Hand.

„Ja, ich kann Bier zu dem fetten Essen nicht vertragen."

„Nu", entgegnete Roloff etwas enttäuscht, doch in einem wohlwollenden Ton, der darauf schließen ließ, daß er mildernde Umstände zubilligen wollte. „Nichts für ungut, Herr Doktor. Es ist nun mal meine Weltanschauung, daß ein tüchtiger Mensch Bier trinken muß; das werden Sie mir als Gaststättenbesitzer nicht verdenken. Deswegen bin ich noch kein Unmensch, der einseitig urteilt. Selbstredend ist einer, der gar kein Talent hat und sich trotzdem zum Schein ein Gläschen bestellt, ein einziges, verstehn Sie, und dabei dann hocken bleibt und stundenlang immer mit demselben schäbigen Rest Prosit macht — was brauche ich das lang zu erklären —, der ist schlimmer als einer, der Wasser trinkt, weil der Wassertrinker, wenn schon sonst nichts, wenigstens Charakter hat."

Im ersten Ärger dachte Brilon: „Was tue ich eigentlich unter diesen Vereinsbrüdern? Was geht mich das an? Was hab' ich davon?" Dann tröstete er sich: „Man kann nicht wissen, wofür es gut ist. In meiner Lage soll man keiner Bekanntschaft aus dem Wege gehen. Kommt nichts dabei heraus, dann ist es Schicksal." In solche Gedanken versunken, nahm er sich noch ein Stück Rostbraten, und Roloff, der ihm schmunzelnd zusah, sagte bei sich selbst: „Wenn es auch nichts mit dem Trinken ist, im Essen wetzt er die Scharte aus." Als nun Brilon wieder steif und einsilbig dasaß, stellte mit einemmal Reckmann sein Glas vor ihn hin und sagte: „Prost Blume, Doktor, Sie müssen Bier trinken, wenn Sie was werden wollen."

Brilon starrte ihn an.

„Trinken Sie", nötigte Reckmann. Er rückte zu ihm hin. „Ich will Ihnen mal 'n Tip geben. Sie können doch auch nicht immer so rumlaufen und in den Mond gucken, wenn andere, die es nicht verdienen, sich die Pöstchen verpassen. Sie kommen in die Jahre und müssen auch mal was Festes haben. Wenn Sie was werden wollen, trinken Sie Bier und halten Sie sich gut mit den Vereinsonkels. Unterschätzen Sie das Kaliber nicht, es ist schon mancher dran zugrunde gegangen."

Er nahm das Glas wieder fort und leerte es mit einem Zug. Brilon war sprachlos. Konnte Reckmann Gedanken lesen? Inzwischen fragte Roloff den Redakteur: „Hör mal, Theo. Wie war das heut? Du hast ja 'n unparteiisches Urteil."

„Verehrter Herr Gastrat, Ihr Arrangement war prima. Sie kriegen im Blatt fünfzig Zeilen allein für Ihre Person."

„Quatsch nicht, Theo, das will ich nicht wissen." Man sah ihm an, wie froh er war, es zu wissen. „Ich möchte hören, wie die Stadt dabei abgeschnitten hat."

„Die Stadt?"

„Die Stadt. Wir Bürger strengen uns an, das liegt ja klar zutage. Aber wo war eigentlich der Oberbürgermeister?"

„Ach, der Ober?" Reckmann tat sich viel zugut auf diese Abkürzung, die das Stadtoberhaupt in Beziehung zu einem Kellner setzte. Er blickte in die Runde und wartete die Wirkung ab, ehe er fortfuhr: „Drobeck hat doch gesagt, daß er leider eine Dienstreise machen mußte."

„Richtig, das hat er gesagt. Ein dummer Zufall. — Und wo war der Oberbürgermeister neulich, als wir Schützenfest hatten?"

„Auf Dienstreisen."

„Wo war er, als wir Sängerfest hatten?"

„Auf Dienstreisen."

„Wo war er, als wir Turnfest hatten?"

Reckmann besann sich. „Ich glaube, auf Dienstreisen", sagte er bestürzt. „Na prosit! Das ist ja eine nette Mißachtung der Bürgerschaft!"

„Ein Zufall, Theo; nur ein dummer Zufall. Manche Menschen werden eben davon verfolgt, und das freut ein' denn ja auch."

„Aber das geht doch nicht!" schrie Reckmann. „Um amtliche Ausflüchte ist man ja nie verlegen. Oberbürgermeister Schwandt muß zufällig immer eine Dienstreise machen, wenn sich ein Vereinsleiter dem Wohle der Stadt widmet. Der Drobeck muß sich für ihn hinstellen, das Häufchen Elend, das schon im Presseamt dauernd versagt!"

Er trank und schrie. Roloff blickte gleichmütig unter seinen fetten Augenlidern hervor. Der dicke Jaulenhoop von den „Männern" stieß ihn in die Rippen.

„Bist du verrückt, Paul", flüsterte Roloff, aber Jaulenhoop

stand schon gebieterisch vor dem Redakteur: „Überhaupt wäre das mal ein dankbares Thema für Sie, Herr Reckmann. Ich meine, so im großen betrachtet; daß es kein Wunder ist, wenn uns Eitelfeld übern Kopf wächst." Er ergriff sein frisch gefülltes Glas und setzte es wieder heftig hin. Reckmann tat das gleiche, trank und schrie. Gustav Roloff zündete sich bedächtig eine Zigarre an, löschte das Streichholz mit einer gemäßigten Handbewegung, tat probeweise drei Züge, runzelte die Brauen, legte sich im Stuhl zurück und begann endlich, ganz das Bild eines Herrn der Situation: „Ja — da hat der Schwandt zum Beispiel eine Menge Geld in den Umbau des Parkhauses gesteckt, und es ist immer noch ein alter Kasten, weiter nichts. Lauter Halbheiten. Schwandt ist kein schlechter Oberbürgermeister, aber er hat nicht die Großzügigkeit und den Weitblick wie der Hundacker in Eitelfeld. Er macht nicht gern Schulden, das ist gut; aber allzuviel knausern ist schlimmer als Schulden machen, denn von den Schulden hat das *Gemeinwesen* vorher den Genuß gehabt. Man sollte sich angewöhnen, eine Stadtverwaltung nicht nach dem Stand ihrer Finanzen zu beurteilen, sondern nach dem, was sie mit ihren Finanzen für die Stadt getan hat. Daß man sparsam ist, schließt nicht aus, daß man sein Geld richtig auszugeben versteht. Wie kann man nur immer das Pferd beim Schwanz aufzäumen!"

„Bravo!" rief Jaulenhoop, und Reckmann fiel ein: „Schwandt hat zu wenig Aktivität, das muß endlich mal ausgesprochen werden."

„Aber öffentlich", forderte Jaulenhoop; „war es nötig, daß einer aus München geholt wurde, um den Saal im Parkhaus auszumalen, wo das einheimische Malergewerbe so schwer ringend darniederliegt und unter der Steuerlast erdrückt wird?"

Reckmann jedoch wurde plötzlich dickköpfig. Mit dem Eigensinn eines Betrunkenen bestand er darauf, gerade an Jaulenhoops Frage die Unabhängigkeit seiner Feder zu beweisen. Zuerst erklärte er nur, für Kunstfragen sei er nicht zuständig, das sei die Sparte des Hilfsredakteurs Markisch, dann aber nahm er einen hitzigen Anlauf: „Man darf auch das Badewasser nicht mit dem Kind ausschütten, Herr Jaulenhoop. So'n Wandgemälde ist schließlich keine Anstreicherarbeit."

Jaulenhoop sprang auf. „Erlauben Sie mal, erlauben Sie mal,

es scheint Ihnen nicht bekannt zu sein, daß es überhaupt keine Anstreicher mehr gibt, sondern nur noch Maler. Der Anstreicher ist ein überwundener Standpunkt. Die Handwerkskammer kennt nur noch Malerlehrlinge, Malergesellen, Malermeister, Malerinnungen. Es ist eine Herabsetzung des Standes, wenn von Anstreichern gesprochen wird."

Paul Jaulenhoop war Direktor des Innungsausschusses.

„Wer sagt denn was gegen den Stand", rief Reckmann, „aber in Kunstfragen muß man eben 'n höheren Maßstab anlegen."

„In einem demokratischen Staat gibt es keine Unterschiede zwischen Kunst und Handwerk! Es wäre Pflicht der Presse, das Handwerk in seinem schweren Existenzkampf zu unterstützen und mit uns an einem Strang zu ziehen."

Bei dem Wort „Presse" fuhr Reckmann in die Höhe. „Bitte", sagte er, „die ‚Neuesten Nachrichten' sind ein unparteiisches Blatt und müssen als solches mit jedermann, der es haben will, an einem Strang ziehen, nicht bloß mit Ihnen. Unsereiner muß auch sehen, wie er darkommt. Na prosit! Darum keine Feindschaft nicht!"

Jaulenhoop grollte noch: die Wandgemälde des Müncheners seien abgestandenes Zeug. „Das soll Kunst sein? Sowas Geschmackloses macht hierzulande der kleinste Krauter schon nicht mehr."

Mit einer bezaubernden Stimme, die man ihm nicht zugetraut hätte, wandte sich Roloff an Brilon.

„Die Bilder im Saal sind was Heimatgeschichtliches, nicht wahr, Herr Doktor? Ich bin immer dafür, daß man die Fachleute fragt. Ist das alles an dem, wie es da gemalt ist? Ist da nich 'n bißchen viel Phantasie bei?"

„Wie man's nimmt", erwiderte Brilon und stockte.

Jaulenhoop drängte sich an ihn. „Na —?" ermunterte er, „da steckt wohl was hinter?"

„Oh, es ist weiter nichts. Es ist nur . . . Ich habe die Dokumente für das Bildmotiv geliefert, aber bei der Ausführung bin ich nicht gefragt worden."

„Was Sie nicht sagen! Das war ja gar nicht bekannt! Alle Helfer sind öffentlich erwähnt worden, Ihr Name war nicht dabei! Erzählen Sie! Erzählen Sie!"

IV

In der Tat behandelten die Wandgemälde ortsgeschichtliche Begebenheiten, Motive aus dem Anfang des 19. Jahrhunderts, als das damalige Stift Wahnstadt an Preußen übergegangen war — ein Marktflecken von fünftausend Seelen, von dem der Chronist berichtete: „Allen Bequemlichkeiten des Lebens muß man hier entsagen; schmutzigere Gasthöfe und gröbere Wirte trifft man in ganz Deutschland nicht an; ein Gang durch die schiefen und unreinlichen Gassen ist abends bei dem gänzlichen Mangel an Beleuchtung lebensgefährlich." Das Erbe der Stiftsherrschaft, das Preußen antrat, war also ungefähr ebenso trostlos wie dasjenige, welches gute hundert Jahre später die Republik vom Kaiserreich Deutschland übernahm. Vielleicht war in diesem Vergleich, zumal man in Wahnstadt sehr symbolträchtig war, der geistige Ursprung der Wandgemälde zu suchen — obschon Generaldirektor Windhäuser trauernd behauptete, das Kaiserreich sei gerade während des Krieges ein sehr gesundes und verdienstvolles Unternehmen gewesen. Die fraglichen Darstellungen waren stabile Proben jener Historienmalerei, deren überlebensgroßes Resultat von den Fachleuten ein Schinken oder eine Schwarte und von den Laien Münchener Kunst genannt wird. Besonders die Szene der Übergabe war von einem unnachahmlichen Kolorit durchflutet. Während die letzte Äbtissin mit entsagender, doch unerschütterlicher Hoheit ihre „Rechte", in der unsichtbar ganz Wahnstadt dargereicht wurde, gegen das kühle Beamtenprofil eines preußischen Uniformträgers erhob, begoß ein Stiftsfräulein tränenden Auges, jedoch vom Abendrot verklärt, die Gartenbeete, auf denen die Tulpen nur unter den Zeichen tiefster Rührung weiterblühten. Darauf ließ sich der dramatische Kontrast nicht länger zurückhalten: im letzten Bild wogte die Komparserie, welche nach dem Willen des Malers die Bevölkerung von Wahnstadt zu verkörpern hatte, in Sonne und Fröhlichkeit durcheinander, Kinder tanzten auf dem Markt, den ein gewinnbringender Warenaustausch belebte, selige Eltern, Männer mit Backenbärten und Frauen mit Grübchen, schauten aus den Fenstern der Schieferhäuschen, und am Himmel stieg schon an Stelle der Lerchen und Amseln der Chor der Schornsteine empor, der das

Finale sang: „Heut preist ihr froh den Tag, der euch in Preußens Macht, in väterliche Huld zu Fried und Heil gebracht." Diese Worte, die unten in gotischen Buchstaben hingeschrieben waren, entstammten einem Festspiel, das einst in der Bürgergesellschaft „Glocke" aufgeführt und von Dr. Brilon wiedergefunden worden war. „Ungeheuer interessant", sagte Drobeck, als der Heimatforscher mit dem Fund zu ihm kam. „Lassen Sie mir das Dings doch ein paar Tage hier." Und Brilon ließ es da, ein paar Tage, ein paar Wochen, ein paar Monate, alles ließ er ihm da, Akten, Urkunden, Bücher, Zeichnungen, was immer er auftreiben konnte, um Menschen, Örtlichkeiten, Sitten und Gebräuche der alten Tage zu rekonstruieren. Stadtrat Drobeck konnte mühelos die Quellen studieren und Brilon ausschalten, der nicht einmal erfuhr, wozu seine Arbeit diente: nämlich als Anregung für die Malerei im Glockenparksaal, wobei Drobeck seine Lorbeeren als Berater einheimste.

So erzählte Brilon seine Geschichte; als er geendet hatte, behauptete jeder, längst gewußt zu haben, daß Drobeck sich mit fremden Federn schmücke. Gustav Roloff aber klopfte an sein Glas, und da die kleine Gesellschaft, von Rauch und Alkohol gesprächig und uferlos lärmend, sich nicht so einfach beschwichtigen ließ, legte er die hohlen Hände an den Schnauzbart und schrie wie ein mutiger Segler auf stürmischem Gewässer: „Was tut hier not, meine Herren? Es tut not, ein ständiges Podium zu schaffen, wo man frei von der Leber weg über alles reden kann, was die steuerzahlende Bürgerschaft bewegt."

„Wie denn? Wie denn?" wurde von allen Seiten gefragt.

„Nur Geduld. Es muß System in der Sache sein. Die Verantwortung, die uns geboten ist, zwingt uns, die historischen Schätze dem Dunkel der Jahrhunderte zu entreißen. Die Aufgabe, die uns gestellt ist, befiehlt uns, zu den gehobenen Schätzen neue hinzuzufügen. Was du ererbt von deinen Vätern hast, erwirb es, um es zu besitzen! Aber nur, was man schwarz auf weiß besitzt, kann man getrost nach Hause tragen."

Sie steckten die geröteten Köpfe zusammen, es sah aus wie ein Verschwörerzirkel. Verantwortung und Aufgabe — danach lechzte jeder. Gustav Roloff, der wohl wußte, wie sehr es in diesem Leben der sprichwörtlichen Redewendungen auf Beleuchtungseffekte ankommt, zog die Vorhänge zu und knipste das Licht an, ehe er weitersprach.

„Hier in Wahnstadt, meine Herren, schmiegt sich die Welt der Fabriken und Maschinen dicht an das ewig pochende, heiße Herz der Natur und prägt dem hier lebenden Menschen jenes Bild von untergehender Romantik und harter Tagesfron in die Seele, das ihn zu einem besonderen Wesen mit eigener artgebundener Kraft wachsen läßt." Reckmann unterbrach ihn beifällig: „Das ist für die ‚Neuesten Nachrichten' sofort druckreif, Herr Gastrat! Sie wären wert, gleich in den hiesigen Journalistenstand zu treten." Es war Roloffs Gewohnheit, alles Irdische von hoher Warte zu betrachten — eine Beschäftigung, über der er sogar zum Dichter geworden war, zu einem Vorkämpfer der deutschen Gastwirtepoesie, die als zweite Züchtung der Berufslyrik neben der Arbeiterdichtung um diese Zeit in den Handel kam. Spielend bewältigte er die Reime, und sie schäumten ebenso wie das Bier, das er zapfte.

„Das Ansehen des großen deutschen Vaterlands", fuhr er schwungvoll fort, „kann nur durch den erwachenden *Hanseatengeist* seiner Städte wiederhergestellt werden. Der Wagemut unserer *Industriekapitäne* soll unser Vorbild sein, dieser gewaltigen *Tatmenschen*, die in schwerster Zeit neue Riesenanlagen aus dem Boden stampfen und uns herrlichen Zeiten entgegenführen. Vor sieben Jahren haben wir den Krieg militärisch verloren — in den nächsten sieben Jahren, meine Herren, müssen wir ihn moralisch gewinnen. Lassen Sie uns gleich ans Werk gehen, so jung kommen wir nicht mehr zusammen. Lassen Sie unsere Runde waschechter Citybürger die Zelle bilden für einen Verein, der Pate stehen soll, wenn das Zeitalter der Ertüchtigung in Wahnstadt aus der Taufe gehoben wird."

Er stützte die Hände auf den Tisch und preßte sie, die Finger spreizend, bei jeder Silbe nachdrücklich auf die Platte, als schlüge er einen Akkord auf dem Klavier an. Andächtig umstanden ihn alle; bei dem Wort „Citybürger" blickten sie ihn neugierig und auch etwas befremdet an.

„Was sind Citybürger?" fragte Reckmann.

„Pfahlbürger aus der Altstadt, wenn ihr das besser versteht. Aber jetzt, wo Wahnstadt zur Weltstadt werden soll, müssen wir uns allmählich Weltstadtsprache und Weltstadtmanieren aneignen. Der Londoner sagt City. Schon sagt es auch der Berliner. Sollen wir uns von Berlin den Platz an der Sonne versperren lassen? Von heute ab heißt es nur noch: die Wahnstädter City. Ist erst das Wort da, so wird der Begriff schon nachkommen."

Die Gründung der City-Gesellschaft wurde sofort vollzogen; auch Dr. Ferdinand Brilon wurde mitgerissen. Theodor Reckmann hatte die Beerdigung des Düppeler Veteranen längst vergessen, selbst das Komitee zur Bekämpfung der Kriegsschuldlüge war bereits auseinandergegangen, als er aus dem Parkhaus aufbrach. Das war ein mißliches Versäumnis, aber er half sich, indem er einfach die Resolution einer früheren Sitzung abdruckte, und niemand merkte es, nicht einmal die Mitglieder des Komitees. Von Pfarrer Düwwelkes Predigt über die treuen Kanaken Samoas hörte er gerade noch den Schluß: — die Erziehungsarbeit nach den Gesichtspunkten des Nationalen, Christlichen und Reinmenschlichen habe die Wilden der bestialischen Menschenfresserei entfremdet und dem edlen Kriegshandwerk zugeführt. Dann weilte er mit größtem Vergnügen vier geschlagene Stunden auf dem Gesellenfest der Metzgerinnung: dort verbreitete er, noch bevor er ihn für die „Neuesten Nachrichten" niederschrieb, den Bericht über die Sensation des Tages, der für die Stadtverwaltung wenig schmeichelhaft war und mit den klassischen Worten schloß: „Von hier und heute geht eine neue Epoche der Lokalgeschichte aus — und vielleicht der deutschen Kommunalgeschichte überhaupt."

Zweites Kapitel

Der neue und vielversprechende Kreis, in den nun Dr. Ferdinand Brilon trat, war der Malepartus, Roloffs Gaststätte an der Amsterdamer Straße, der verkehrsreichsten der Altstadt. Es war ein mit dem Mittelalter kokettierender Bau aus den ersten Jahren des zwanzigsten Jahrhunderts, zinnenbekränzt, mit einem Treppengiebel, aus dessen dunkelrotem Gestein Kobolde und Grimassenschneider sprangen, und mit Zwiebelkuppeln, auf denen die Wetterfahnen kreischten. Seinen Namen verdankte er einer Literarischen Gesellschaft, die hier ihr Quartier aufgeschlagen hatte und damals gerade im Begriff war, Goethe zu entdecken und den „Reineke Fuchs" zu lesen. In der Zwischenzeit hatte freilich auch sie, angesteckt von dem ungestümen Fortschritt der Stadt, so mächtig aufgeholt, daß sie jetzt nur noch dreißig Jahre hinter der Zeit zurück war und mit kühner Modernität für Gerhart Hauptmann eintrat. Aber ihr Vereinslokal war immer noch der Malepartus, der nach viermaligem Besitzwechsel bei Gustav Roloff endlich in feste Hände gekommen war.

Trotz der günstigen Lage hatten die Vorgänger darin nicht leben und nicht sterben können. Die Konkurrenz war groß, doch war es nicht das allein. Vom Erbauer her, der nicht sehr reell und durch eigene schöngeistige Neigung doppelt verdächtig war, waltete kein guter Geist über dem Hause; es hatte keinen schlechten Ruf, es hatte, weit schlimmer, überhaupt keinen Ruf. Das war lähmend, so sehr die drei Nachfolger dagegen ankämpften: die Unlust des Raumes teilte sich dem Personal, die Unlust des Personals den Gästen und die Unlust der Gäste wieder dem Raume mit. Als Roloff den Malepartus kaufte, war alles darin vernachlässigt. Die beiden messingnen Fuchsköpfe über dem Portal waren seit Monaten nicht mehr geputzt worden; von den hellgelben Bierkrügen mit dem Bild brandroter Füchse, die artig wie Osterhasen auf einem Grasbüschel die Pfoten und den weißlich zugespitzten Schwanz hoben, waren viele kreuz und quer gesprungen, die Risse freilich mit der Zeit vom klebrigen Malzniederschlag verkittet; die Tischdecken, sparsam gewechselt, waren voller Saucenflecken, die indessen die klamme Luft schon wieder abgeblaßt hatte; die Bestecke, unsorgfältig gespült, hatten schorfige Klingen und Zinken — kurz, das ganze Inventar befand sich in einem Zustand, an welchem man den Ruin seines Besitzers um so deutlicher ablesen konnte, als das Lokal noch immer eine gediegene Abstammung verriet und der Inhaber bei aller Gleichgültigkeit, die ein unaufhaltsamer Niedergang verursacht, bis zuletzt an den äußeren Gepflogenheiten bürgerlicher Vornehmheit festhielt. Wann immer man den Malepartus betrat, bot er den Anblick eines Ausflugsortes am Montag: leer und unausgeschlafen, erwartet der Platz keinen Gast, aber wenn nun doch einmal einer kommt, kann man ihn nicht fortschicken, schnell und mürrisch wird der Tisch für ihn ein bißchen frisch gemacht, dann darf er sich hinsetzen und die Reste von tags vorher verzehren. Die Wahrung verbindlicher Formen entsprang nicht dem Willen, sich gegen ein Verhängnis zu stemmen, sondern nur der Gewohnheit, der Trägheit, dem Fatalismus. Der Wirt vom Malepartus glich einem Mann, der vor seinem brennenden Haus steht und fast mit sportlichem Interesse zusieht, wie lange es dauert, bis die Flamme diesen oder jenen Teil des Gebälks anfrißt, und dessen moralische Widerstandskraft noch gerade so weit reicht, daß er nicht selbst Petroleum ins Feuer gießt.

Gustav Roloff fürchtete sich nicht, inmitten dieses fortschreitenden Verfalls „seine Zelte aufzuschlagen", wie er sagte. Im Gegenteil, hier wollte er erst recht zeigen, was er konnte; schließlich war er nicht mehr der Erstbeste, sondern mit seiner Frau Olga schon weit über Wahnstadts Grenzen hinaus im Gastwirtsfach bekannt. Gleich nach seiner Militärdienstzeit eingewandert, hatte er seine Laufbahn in einer jener Arbeiterkneipen begonnen, die in dieser Gegend Schankwirtschaften hießen und wahre Goldgruben waren, und dann den Vormarsch in ein Gast- und Logierhaus mit gemischtem Publikum angetreten, das einen Bierschalter, ein Orchestrion und zur Hälfte schon gedeckte Tische hatte, wenn auch die Decken grobkörnig und blau gewürfelt waren. Zwar hatte er mehrmals erleben müssen, daß zwei einheimische Konkurrenten, die einander in den Haaren lagen, sich sofort versöhnten und gemeinsam gegen ihn standen, sobald er, der Zugereiste, auf der Bildfläche erschien; aber er lachte nur immer dazu und sagte zu seiner Frau: „Sieh dir bloß diese Biedermänner an; wenn sie 'n Geschäft nicht was haste was kannste machen können, legen sie sich vor Wut schlafen; wenn's ihnen aber nur ein einziges Mal glückt, ruhen sie sich ihr Leben lang bei Fressen und Saufen aus. Man is 'n gemachter Mann, wenn man hier bloß fünf Minuten früher aufsteht und fünf Minuten länger arbeitet, und das freut ein' denn ja auch."

Sei es nun, daß seine Philosophie in der Wirklichkeit aufging, sei es, daß sein ungestillter Tätigkeitsdrang, befeuert von unerschöpflichen Einfällen und einer freien und mitunter spitzbübischen Beredsamkeit, überhaupt nicht zu besiegen war — jedenfalls war er ein gemachter Mann und fühlte sich längst selbst als Eingeborener. Der Malepartus war wie umgewandelt, kaum daß er den Fuß über die Schwelle gesetzt hatte. Er blühte auf, wurde farbenfroh und lebendig, ein wirkliches Restaurant für bessere Leute. Aber Roloff wurde nicht übermütig und vergaß nicht die Stufen der Gastwirtsleiter, die er hinaufgeklettert war; seine berühmte Erfindung der „Gaststätte" wirkte, gleichmäßig anwendbar, als sozialer Ausgleich zwischen den ehemaligen Schankwirtschaften, Gasthäusern und Restaurants — dies alles bis zu dem Zeitpunkt, da die ganze Welt, allen voran die besiegte Hälfte, im nämlichen Delirium wie in den Krieg, so in den Frieden taumelte.

Niemand konnte sich wundern, wenn ein Mann wie Roloff diese Zeit wahrnahm. Bald hatte er einen Ärzte-Stammtisch, einen Juristen-Stammtisch, einen Kaufmanns-Stammtisch, einen Presse-Stammtisch, einen Gewerkschaftler-Stammtisch, mehr Stammtische, als die Woche Tage hatte, man kann sie nicht alle aufzählen; und es waren keine bloßen Füller, sie machten eine ordentliche Rechnung, und wenn sich erst noch Aloys Kaschub, der Brieftaubenpfleger, zu ihnen gesellte, dann war des Spaßes und der „Verzehrfreudigkeit" (wie Roloff den erhöhten Bierumsatz bezeichnete) kein Ende.

Aloys Kaschub war ein Mann in mittleren Jahren, schmächtig, bleich und ein wenig schwerhörig. Seine Welt war so klein, sein bescheidenes Leben so arm an Zwischenfällen, sein einsames Herz so mitteilungsbedürftig, daß er im Winzigsten schwelgte und das Andenken daran ständig auffrischte; drei, vier Dinge dieser Art, die sich in seiner Enge gesammelt hatten, waren sozusagen Nummern in einem Rad, das sich an Stelle des Gehirns drehte, und wenn er zu erzählen begann, meinte man den Mechanismus klirren zu hören, womit jeweils eine Nummer heraussprang.

Beim Jubiläumsfest im Glockenpark hatte er eine kranke Taube eingefangen, die auf den Najadenfiguren eines Springbrunnens sitzen geblieben war: ein doppeltes Ereignis, denn auch diese Gips-Najaden, übrigens eine Stiftung des Generaldirektors Windhäuser, waren eine Merkwürdigkeit, obwohl sie nicht, wie der meiste Bildhauereibedarf der Industriellen, Rolandstatuen mit Bismarckzügen oder Ehrentische mit figuralem Aufbau aus Marmor und Bronze, dem Atelier des Professors Dr. h. c. Hugo Lederer entstammten. Nach dem Willen des Stifters im Sommer trocken gelegt, durften sie nur an Frosttagen schaumige Triller in die gezackte Schale zu ihren Füßen speien — denn der Brunnen, den der dralle Name seines Stifters zierte, sollte nicht wie ein vulgärer Naturquell Wasser spenden, sondern Eis; ein Märcheneis, das entstand, wenn der letzte Wasserstrahl erstarrte und die gefrorenen Tropfen an den Gipsleibern glitzernde Gewächse mit Bärten, Buckeln und Hörnern ansetzten, wobei eine Wand immergrüner Rhododendren und Kirschlorbeere als seelische Kulisse diente. Dort also hatte Kaschub, dessen Vorname an den Stammtischen „Allwiss" ausgesprochen wurde, die Taube aufgelesen; sie hatte den Kopf zwischen den Federn, die sich schmerzhaft kräuselten, und ihre Brust bebte. Unaufhörlich wiederholte er den Bericht von ihrer Genesung —: es war mehr als Mitleid, es war Erlebnishunger, was ihn dieses Tier umsorgen hieß, derselbe Erlebnishunger, der aus ihm sprach, wenn er eine Kleinigkeit verewigte, die ihm im Büro zugestoßen war.

Ohne daß er böse wurde, zogen ihn die Stammtischbrüder damit auf, wie man so sagt; sie fragten: „Allwiss, wie war das mit der Taube?" oder: „Allwiss, wie war das, als sie dir einen Frosch in die Bürojacke gesteckt hatten?" Und Allwiss Kaschub erzählte todernst stets das gleiche mit den gleichen Worten, und sie barsten vor Lachen, wenn er ihre Zwischenreden nicht verstand, sie offenen Mundes und mit stierem Auge, die Hand hinter der Ohrmuschel, anschaute und eine Antwort gab, die gar nicht hinpaßte. Er war eine jener Kreaturen, die sich ein Glas Bier und einen Platz am Tisch der hochmögenden Leute sichern, indem sie sich von ihnen zum besten halten lassen; sie sind häufiger als man glaubt, und sie wären noch zahlreicher, wenn die Gelegenheiten zahlreicher wären.

Zu Roloffs Ehren muß gesagt werden, daß er Kaschub nicht mißbrauchte. Wo er sich einmal entschlossen hatte, den Gönner und Beschützer zu spielen, war er von vollendeter Ritterlichkeit. Eins kam zum andern, und durch all dies war sein bürgerlicher Wert fest begründet. Überall würdigte man seine überlegene Redekunst, überall achtete man seinen Gedankenreichtum, überall wollte man ihn zum Protektor und Treuhänder haben. Er drängte sich nicht dazu, keineswegs, er wahrte sogar Distanz, indem er seine Mitbürger zwang, bei ihm um die Gunst einer Vertraulichkeit nachzusuchen, und indem er diese Gunst mit derselben gut gelaunten Lässigkeit gewährte, womit er ehemals seinen strammstehenden Rekruten erlaubt hatte, sich zu rühren. Gerade auf diese Weise drang er durch. Die Vereine legten ihre Fahnen bei ihm nieder. Allenthalben war er selbst, traktierte kleine und große Leute und trug zur Überwindung der Gegensätze bei. Er war das Bindemittel zwischen den Ständen, er war der Zement, der das soziale Gefüge der Stammtischordnungen und·Vereinsstatuten in allen Wolkenbrüchen gewitterreicher Jahre zusammenhielt. Von einem zum andern gehend, erzählte er von der Bestimmung der Stammtische in den großen Lebensläufen der Menschheit; sie stellten, sagte er, die besinnliche Pause im Strudel der Entwicklung dar und seien im Überschwemmungsgebiet der Zivilisation das letzte Bollwerk der Natur. Er fand es gemütvoll, daß diese geistige Urzelle seines Volkes auch in der Großstadt ihre gesunde Ursprünglichkeit rettete, und er schloß: „Früher war mal eine Zeit, da galt der Verbrauch an Seife als Kulturbarometer; jetzt aber sind gute Gaststätten das Kulturbarometer einer Stadt, und das freut ein' denn ja auch."

Mit einem Wort, der Malepartus war das moralische und geistige Zentrum Wahnstadts, der Hort der Ideale, die letzte Schanze des Bürgersinns. Hier fühlte sich der Bürger noch als

Glied der Stadt, hier schlug sein Herz und atmete seine Lunge, hier war Geist von seinem Geist und Fleisch von seinem Fleisch. Was immer ihn bewegte, was immer von ihm geplant, geschrieben oder ausgeführt wurde, hier wurden die ersten Anregungen dazu empfangen und ausgetragen, hier kamen sie bedenkenlos und forsch zur Welt, hier wurden sie genährt und gewogen, gedreht und gewendet, bis sie flügge waren. Hier wurde das Zufällige grundsätzlich, das Unbedeutende absichtsvoll, die Redensart zum Geistesblitz. Hier fand sich alles zusammen, hier tat man Bescheid und ließ sich Bescheid tun, hier war der Ort der Information so gut wie der Inspiration, denn was der eine nicht wußte, das wußte der andere, und was der eine hinwarf, das schnappte der andere auf. Nichts war so winzig, als daß nicht etwas daraus entstanden, nichts so gestaltlos, als daß es nicht in irgendeine Form hineingewachsen wäre; und über allem waltete der schmetternde Lebensmut Gustav Roloffs, eines „wahren Vaters der Stadt und kernigen Menschen, der turmhoch über manchen prominenten Zeitgenossen steht, denen das Wesentliche nicht der innere Wert, sondern der Augenblickserfolg ist" — wie nach der Gründung der City-Gesellschaft Theodor Reckmann mit unmißverständlicher Anspielung auf den Stadtrat Drobeck geschrieben hatte.

Selbstverständlich, daß alles zur City-Gesellschaft hinströmte, was sich in Wahnstadt nach dem Urteil unfreundlicher Leute „an den Laden legen wollte". Selbstverständlich, daß man unverzüglich Statuten und Reden aufsetzte, prüfte, verwarf, besserte, Anhänger warb von Mund zu Mund — kurz, jene Geschäftigkeit und Betriebsamkeit entfaltete, die ein ordentlicher Bürger nicht bloß als Arbeit bewertet, sondern unmittelbar dafür hält.

Immerhin zeigten sich auch unerwartete Widerstände. Roloff war daran gelegen, Innungsausschuß, Einzelhandelsverband und Haus- und Grundbesitzerverein zum korporativen Beitritt zu bewegen; aber mochten die einzelnen Geschäftsführer sich Syndikus, Präsident oder Direktor betiteln, mochten sie noch so beflissene Stammgäste des Malepartus sein, sie ließen sich alle umwerben: Gutzeit vom Einzelhandelsverband, der den „Volkswirt" herauskehrte und auf den plebejischen Jaulenhoop herabsah, ebenso wie Franz Hackforth vom Haus- und

Grundbesitzerverein, im Hauptberuf Obermeister der Fleischerinnung. Mit zwölf Gesellen und acht weißbehaubten Verkäuferinnen führte er eine gutgehende Metzgerei, einen Großbetrieb, den man schon als Fleisch- und Wurstwarenfabrik ansprechen mußte. Sonst aber, wo es sich nicht darum handelte, mit neuen Methoden mehr und schneller Geld zu verdienen, war er keineswegs neuerungssüchtig. Sein Häuschen in der Amsterdamer Straße war dafür der sichtbarste Beweis: ein schrumpliges Häuschen, das in einer fernen und unaufregenden Zeit wurzelte und mit seinem steilen Pultdach den Klamaukfassaden und Lichtreklamen, zwischen denen es eingekesselt war, tapfer standhielt. Als Vertreter der Haus- und Grundbesitzer fühlte er sich als ebenso würdiger *Kulturträger* wie Jaulenhoop vom Innungsausschuß, der sich in dunklen Andeutungen über große Pläne der Konkurrenzstadt Eitelfeld erging, die ihm zu Ohren gekommen seien und deren Ausführung das zögernde Wahnstadt auf lange Zeit hinaus zu einem Schattendasein verurteilen werde. Leider maß man gerade seinen Angaben keine sonderliche Bedeutung bei, da man daran gewöhnt war, daß ihn schon die bloße Erwähnung Eitelfelds in Raserei versetzte; böse Zungen tuschelten, dieser Zustand habe mit dem Tage begonnen, da sein leidenschaftliches Werben um einen Posten bei der Eitelfelder Handwerkskammer keine Gegenliebe gefunden habe. Seitdem forderte er für Wahnstadt eine eigene Handwerkskammer.

Bei alldem war außer der privaten Eitelkeit, ja noch mehr als diese, die Eitelkeit eines beruflichen Systems im Spiel, die weit schwerer zu besiegen war. Die Herren Geschäftsführer, die so gravitätisch schwadronierten, als ob sie in ihren Mappen das Schicksal des ganzen Nährstandes zu schleppen und in ihren gut ausgepolsterten Büros die unerforschlichen Ratschlüsse der Vorsehung zu durchkreuzen hätten, sie, die sich so virtuosenhaft spreizten, sie kamen sich selber in stillen Stunden außerordentlich überflüssig vor. Wenn sie eine runde Zahl von Jahren erreicht hatten, wurden sie alle mit denselben Worten gefeiert, ungefähr so: „Dieser Verband, bei dem, entsprechend den früheren Verhältnissen, nur das Allernotwendigste vorhanden war, ist von ihm in vorbildlicher Weise ausgebaut worden und nimmt heute eine sehr beachtliche Stellung ein"; aber in die rücksichtslose Sprache der Tatsachen übersetzt, hieß das ja nur:

sie sorgten dafür, daß nichts glatt vonstatten ging, damit sie es nachher glätten und vor aller Welt ihre Unabkömmlichkeit bescheinigen konnten.

Ihre Mitglieder indessen, schon zu sehr gewohnt, überall mit ihrem kleinen persönlichen Kreuz zu lamentieren und zu protestieren, sahen auch in der City-Gesellschaft nur wieder eine redselige Tribüne, die sie zu besteigen wünschten, um pedantisch zu nörgeln, zu bohren, winzige Plackereien hinauszuschreien, gegen die Sozialgesetze zu murren, von welchen jedes einzelne angeblich ihre Existenz bedrohte, und einen theoretischen Sündenbock für ihre eigenen Verfehlungen, ihre unkaufmännische Praxis, ihre Zurückgebliebenheit an den Pranger zu stellen. Die Kaufleute wollten, daß man die Warenhäuser und Konsumanstalten bekämpfe; die Metzger, daß man gegen die Schlachthofgebühren Sturm liefe; die Friseure, daß man ihnen die Erlaubnis zur Sonntagsarbeit verschaffe; die Klempner und Anstreicher, daß man die Vergebungsordnung der Stadtverwaltung zu Fall bringe; die Hausbesitzer, daß man Breschen in den Mieterschutz schlage; die Bäcker, daß man das Nachtbackverbot beseitigen helfe. Roloff beschloß, in der ersten Vollversammlung den Eigenbröteleien Spielraum zu gewähren und das übrige seiner lenkenden Hand zu überlassen. Alle Vertreter der Gewerbegruppen durften sprechen; als es geschehen war, willigten sie in alles ein. Brilon hielt einen historischen Vortrag und wurde zum Archivar und Sekretär der Gesellschaft gewählt; Roloff brachte eine Resolution durch, worin es hieß: „Es geht nicht länger an, die Steuergelder der Gewerbetreibenden in nichtigen Improvisationen zu verzetteln... Die Flickschusterei muß aufhören... Der Mittelstand hat ein Recht auf durchgreifende Modernisierung der Stadt, damit endlich der Verkehr gehoben wird... Alles deutet darauf hin, daß Wahnstadt zwischen den Flügelkonkurrenten Eitelfeld und Kohldorf zum Schauplatz heftiger Interessenkämpfe wird... Wir müssen deshalb unsere Stellung kräftigen."

Dies stand in Gustav Roloffs Resolution; man entschied sich dafür, sie dem Oberbürgermeister durch eine Deputation zu überreichen.

Oberbürgermeister Schwandt, um einen Empfang gebeten, sagte zu.

II

Lässig und aufgeräumt wie immer, in seiner zweideutigen Art, die man als temperamentvolles Phlegma, als blutleere Energie hätte bezeichnen können, betrat Matthias Schwandt sein Dienstzimmer, einen dunkelgetönten, schmucklosen Saal, der so merkwürdig gebaut und beleuchtet war, daß die Hinterwand dämmerig verschwamm und jeden Augenblick, so schien es, irgendeine Überraschung durchlassen konnte. Es paßte vorzüglich zu Schwandt, der gern in Zigarrendunst gehüllt hinter dem mächtigen Schreibtisch saß, breitschultrig und listig, und wie ein Orakel das Unerwartete sprach.

Sofort nach seiner Ankunft klinkte er die gepolsterte Tür ein, die zum Zimmer des Sekretärs führte und während seiner Abwesenheit nur angelehnt war. Jeden Morgen verfuhr er so; es war das Zeichen für den Sekretär, daß sich der Chef der Verwaltung im Hause befand.

Dieser Sekretär war Herr Röwedahl.

Hörte er die Klinke einschnappen, so schoß ihm alles Blut zum Herzen: mit einer Miene, die zu besagen schien, daß er sich nunmehr vor der Welt verschließe, knöpfte er seinen Rock zu, ergriff den Terminkalender und lauschte an der Tür, bis Schwandt Hut und Mantel ausgezogen, Platz genommen und seine Zigarre angezündet hatte; dann schlüpfte er diskret hinein, um Guten Morgen zu wünschen und Meldung zu erstatten. Umgekehrt wurde er im Laufe des Tages jedesmal freier und menschlicher, wenn er die Klinke sich lockern hörte — womit der Oberbürgermeister nämlich anzeigte, daß er das Zimmer verließ.

Kein Wunder, daß diese Klinke für Herrn Röwedahl nach und nach zum Zeitmesser wurde, daß er ihren einfältigen Mechanismus mit der gleichen Liebe und Sorgfalt umfaßte wie ein Menschenschicksal und in ihrem Geräusch, dem hart klopfenden und dem fröhlich hüpfenden, die Stimme eines lebenden Wesens zittern wähnte. Doch trug Schwandt daran keine Schuld. Matthias Schwandt war weder streng noch zeremoniell. Es war Herr Röwedahl, der glaubte, daß sich dies nun einmal so gehöre; infolgedessen fühlte er sich davon nicht bedrückt, sondern gehoben. Während Schwandt die Akten sortierte, die Herr Röwedahl vor ihm ausgebreitet hatte, stand dieser lautlos und glatt dabei, jedes Winks gewärtig, doch in genügender moralischer Entfernung, um gegen die Unbekümmertheit gewappnet zu sein, womit Matthias Schwandt alles glossierte, was ihm unter die Finger geriet. Es hatte seinen Reiz, wenn man unterscheiden konnte, was daran Ansicht und was Absicht war. Für Herrn Röwedahl, der auf Unterscheidungsvermögen nicht vereidigt war, hatte es keinen Reiz, nur Tücken. Dienstlich mußte er überhören, was zu hören ihm nicht zukam; privatim durfte er davon so viel zur Kenntnis nehmen, wie nötig war, um sein eigenes Verhalten gegenüber den glossierten Personen und Einrichtungen zu regulieren. Herr und Diener waren gut aufeinander abgestimmt. Daraus ergab sich eine reibungslose Zusammenarbeit, eine unausgesprochene Übereinkunft, kurzum, ein Vertrauensverhältnis, das in jeder Hinsicht ausgezeichnet war.

Daß große Männer von ihren Sekretären gemacht werden, wäre wohl zuviel gesagt; aber zweifellos liegt es an diesen, wenn sie den Augen der Welt größer oder kleiner erscheinen, als sie sind. Mancher Große ist schon über einen tölpischen Sekretär gestrauchelt, mancher Mittelmäßige durch einen tüchtigen zu unverdientem Ansehen gelangt — ja, es hat Sekretäre gegeben, denen von Rechts wegen der Platz ihres Herrn gebührt hätte. Einige von ihnen haben sich auch wirklich dort hinaufgeschwungen, andere unterließen es nur darum, weil sie fühlten, daß eine Laune der Natur sie zu Männern des verschwiegenen Hintergrunds bestimmt hatte, deren Gaben nicht dem grellen Rampenlicht ausgesetzt werden konnten, ohne Gefahr zu laufen, daß sie sich in Gebrechen verwandelten. Aber gerade bei diesen Arten kann man nicht von einer eigentlichen Sekretärbegabung sprechen; es fehlt ihnen die Selbstentäußerung, die innere Notwendigkeit der unbedingten Anpassung an gegebene Größen und gegebene Positionen. Nur derjenige ist ein tüchtiger Sekretär, der nicht klüger und nicht dümmer als sein Herr sein will, vielmehr sich darauf versteht, Fehler wie Tugenden seines Herrn so geschickt und unauffällig zu überwachen, daß beide ihm zum besten dienen.

Ein solcher war Herr Röwedahl, der von der Pike auf gedient hatte. Es war ihm ein Bedürfnis, zu verleugnen, was er etwa an Persönlichkeit besaß. Er, der Oberstadtsekretär, begnügte sich damit, offiziell den unpersönlichen Titel „Vorzimmer des Oberbürgermeisters" zu führen. So meldete er sich auch am Telefon. Schwandt wiederum, noch nicht groß und nicht mehr mittelmäßig, nur eben imstande, sich überall hindurchzuwinden, ohne den Nimbus einzubüßen, den seine Stellung verlieh — Schwandt bestärkte Herrn Röwedahl geflissentlich in der Meinung, daß er unentbehrlich sei und gewisse Erfolge ohne seine Hilfe nicht zustande gekommen wären.

Zuweilen wog er eine Akte auf der Hand und sagte: „Dies hat Zeit bis zum Großreinemachen." Herr Röwedahl legte die Akte auf ein Brett, das an der Schmalseite des Tisches aufgeklappt war. Ein ganzer Berg lag dort. Jeder, der ihn sah, wie er sich hoch und höher türmte, mußte vor der Arbeitslast des Oberbürgermeisters einen gewaltigen Respekt bekommen. Schwandt jedoch sah ihn das Jahr durch nicht an, bis einen Tag vor seinem Urlaub, wenn er das „Großreinemachen" vornahm: eine Beschäftigung, die darin bestand, daß er diesen Haufen uninteressanter Aktenbündel von Herrn Röwedahl nach Dezernaten ordnen und den Stadträten mit dem Vermerk „Bitte um Rücksprache" zuleiten ließ. Da nun die Stadträte das Zeug erst empfingen, wenn Schwandt schon abgereist war, so legten sie die Akten wiederum auf einem Bock ab, wo sie einstaubten und in Vergessenheit gerieten. Schwandt, der gern Vergleiche aus der Finanzwirtschaft wählte, die er für seine starke Seite hielt, nannte sie daher „langfristige" Akten, und bei den Stadträten hieß jener Bock, auf dem sie endgültig beigesetzt wurden, die „lange Bank". Wurde ihnen am ersten Urlaubstag des Oberbürgermeisters ein solches Bündel zugetragen, so befahlen sie der Sekretärin, ohne überhaupt hineinzusehen: „Schieben Sie das mal auf die lange Bank."

Dergestalt begann für Matthias Schwandt und Herrn Röwedahl jeder Tag. Schwandt kam früh ins Büro, gegen halb neun, wenn die Stadträte noch zu Hause frühstückten und auch sonst noch niemand den Oberbürgermeister im Rathaus vermutete. Dann war es still; kein Anruf, kein Überfall. War die Sichtung des Materials beendet, so blieb noch eine ungestörte halbe Stunde zur Vorbereitung der Konferenzen. Das genügte ihm. Er führte die Kommunalpolitik nach den Grundsätzen der Überraschungstaktik.

Bevor der Sekretär hinausging, fragte Schwandt stets: „Noch

was Besonderes heute, Herr Röwedahl?" So sagte er auch an diesem Morgen, als sie fertig waren: „So, das wär's wohl. Noch was Besonderes heute? Sitzungen? Bestellungen? Empfänge?"

Herr Röwedahl sah im Kalender nach: „Um elf Uhr die Herren von der City-Gesellschaft."

„Ach so", sagte Schwandt und ließ den Rotstift durch seine fleischigen Finger rollen, einen klotzigen, sechskantigen Rotstift, dessen Gebrauch im Rathaus dem Oberbürgermeister vorbehalten war. „Na, darüber bin ich ja durch Drobeck informiert. Wenn die Leutchen bei mir sind, sagen Sie ein vertrauliches Gespräch aus Berlin an — aus der Reichskanzlei."

„Sehr wohl, Herr Oberbürgermeister. Nach welcher Zeit?"

„Wie stark ist die Deputation?"

„Vier Herren, wenn ich nicht irre."

„Dann unterbrechen Sie uns nach zwanzig Minuten. Fünf Minuten für jeden, das reicht."

„Sehr wohl, Herr Oberbürgermeister."

„Noch was?"

„Der Herr Stadtbaurat hat gestern spät noch angerufen. Er wollte Sie in einer dringlichen Sache sprechen."

Schwandt winkte ab.

„Ich weiß schon. Das ist die Finanzierungsgeschichte der neuen Typenhaussiedlung. Bei den Stadträten ist alles dringlich, was sie nicht selber zu machen haben."

Herr Röwedahl bog den Kopf zurück, wie um die letzte despektierliche Äußerung seinem Gehör zu entziehen. Dabei horchte er aber zugleich auf einen Tritt, der draußen vernehmbar wurde. „Ich glaube, das ist der Herr Stadtbaurat schon", meinte er, indem er unwillkürlich zur Abwehr des Eindringlings auf die Polstertür zuschritt.

„Dem Tritt nach, ja", entgegnete Schwandt.

Jedermann im Rathaus kannte den Tritt des Stadtbaurats. Er trug nämlich Bergschuhe; dazu karierte Wadenstrümpfe, Lodenjoppe und Sporthemd, das er im Büro nach Art eines Schillerkragens auseinanderschlug. Herr Röwedahl stieß mit ihm zusammen: er konnte, geschmeidig, schmal und schwebend, wie er war, diesen stämmigen, beleibten Mann nicht mehr aufhalten. Es war gleichsam eine Begegnung zwischen Stubenluft und Gebirgswind. Schwandt mußte darüber lächeln;

ein Lächeln, das von den schwarzbraunen Augen ausging, hurtig die vollen Backen hinabkullerte und in den Mundwinkeln gefangen blieb. Herr Röwedahl schlich verlegen hinaus.

„Nicht so verdrießlich", rief ihm der Stadtbaurat nach, „in zehn Minuten dürfen Sie mich rausschmeißen."

Er war dafür bekannt, daß er Grobheiten geradeheraus sagte, und daher unbeliebt in einem Hause, wo sich jeder in der Kunst, hinterrücks zu stechen, vervollkommnete. Nicht, daß er Sozialdemokrat war, nahm man ihm übel, sondern daß er, obwohl er es war, alle Konzilianz vermissen ließ.

„Tja", machte Schwandt, „Sie müssen sich noch gedulden, der Kämmerer kann die Sache nicht übers Knie brechen. Sie wissen, wieviel ich von Ihrer Erfindung halte, Wohnhäuser fabrikmäßig herzustellen und an Ort und Stelle zu montieren; auch der Magistrat hat sich bereits für Ihr Projekt erklärt. Ich möchte es am liebsten gleich im großen realisieren, es widerstrebt mir, bei jedem Bauabschnitt nach Deckung zu suchen. Ich habe einen ganz neuen Gedanken. Ich suche ein neues finanzrechtliches System. Der kühnen Bauform muß eine kühne Wirtschaftsform entsprechen."

Solche Andeutungen waren seine Stärke, und es gelang ihm fast immer, großen Eindruck damit zu machen. Man fragte nicht weiter und hielt ihn, je nach Lage des Falles, entweder für einen ausgeklügelten Pläneschmied oder für einen wohlinformierten Geheimagenten.

Der Baurat stapfte cholerisch hin und her, ein plumper Riese. Schwandt lud ihn zum Sitzen, aber er verschmähte den dargebotenen Stuhl und sagte hitzig: „Die Vorlage muß mit den alten Stadtverordneten durchgebracht werden. Man weiß nicht, was bei den Neuwahlen herauskommt. Zumindest muß man sich erst wieder einleben, Behandlungsmethoden für ihre Eigenheiten ersinnen, und darüber vergeht kostbare Zeit. Bis dahin hat vielleicht anderswo einer was Ähnliches gemacht, diese Dinge liegen ja heutzutage in der Luft. Man kann nicht früh genug der erste sein. Bedenken Sie, daß es sich um *Kulturideale* handelt."

Schwandt folgte seinen ungelenken Bewegungen und dachte: „Er will mit der Typenhaussiedlung möglichst bald in einer Architekturzeitschrift stehen, darum der Vorspann der Kulturideale." Aber er dachte es nicht nur, mit vorsichtig verpackten Worten sagte er es auch. Hatte er jemanden durchschaut, so konnte er sich nie verkneifen, es ihn merken zu lassen. Er tat es nicht allein, um die Leute zu ärgern; er tat es auch, um sich vor ihnen allwissend zu gebärden. Sicher war er gescheit, aber er war auch darum besorgt, daß niemand einen Zweifel daran hegte: er schien sich selbst nicht recht zu trauen. Immer sprach er augenzwinkernd, und wenn er eine Pointe hatte, gab er sofort dabei zu verstehen, daß es eine war. Man darf sagen, daß er bei allem Verstand doch noch mehr Glück hatte — nämlich insofern, als er selten jemanden traf, der ihn durchschaute.

Der Stadtbaurat durchschaute ihn gewiß nicht. Er blieb eine Sekunde lang stehen, antwortete aber nichts, nur sein gebirgiges Gesicht wogte auf und ab. Schwandt fuhr beruhigend fort: eben der Gemeindewahlen wegen wolle er auch in finanzieller Beziehung vollendete Tatsachen schaffen, eine Lösung, die sich noch in anderen Verlegenheiten bewähren könne. „Schließlich müssen wir ja auch den Querulanten von der City-Gesellschaft das Wasser abgraben."

„City-Gesellschaft?" fragte der Baurat. „Fürchten Sie die wirklich?"

„Fürchten!" Schwandt machte eine Linkswendung mit dem Oberkörper, als wolle er das Wort zum Fenster hinauswerfen, in den verräucherten Nebel, der sich in den Altstadtgassen staute und die Dachfirste mit Rauhreif überzuckerte. „Aber wir können die Leutchen doch nicht einfach ignorieren."

„Ich ignoriere sie."

„Ich empfange sie."

„Wie?"

„Ich empfange sie. Eine Deputation. Nachher. Um elf."

Der Baurat setzte sich plötzlich, der Stuhl krachte in allen Fugen. „Liebe Zeit", sagte er, „Sie empfangen diese Kleinkarierten."

„Wem sagen Sie das? Braucht es noch einer Versicherung, daß nicht alle Narren weise sind?"

„Alles hat nur so viel Wert, wie man ihm zuerkennt. Wenn Sie nicht beachten, was sich da breit macht, ist es überhaupt nicht da. Es lebt ja nur davon, daß das Rathaus sich so schnell ins Bockshorn jagen läßt."

Er ließ seine grobe Faust auf den Tisch fallen. Schwandt nahm behutsam die Zigarre aus dem Munde, damit die lange Aschenhaube nicht abfiel — eine Geste, die anzeigte, daß er die Widerlegung der gegnerischen Meinung wichtig nahm. „Sie begehen einen großen Fehler", hob er an. „Sie lassen sich von der Halbmillionenziffer blenden, die unter Wahnstadts Einwohnerliste prangt. Aber was ist denn überhaupt eine Stadt?"

Der Baurat sagte: „Sonderbare Frage. Jeder weiß, was eine Stadt ist, die meisten Menschen leben ja darin, in Deutschland vierundsechzig Prozent der Bevölkerung, und siebenundzwanzig obendrein in Großstädten."

Schwandt wurde dringlicher. „Aber wenn man nun trotzdem fragt und das wissende Lächeln nicht hinnimmt, das sich den Anschein gibt, als sträube es sich gegen die Aussage einer Selbstverständlichkeit? Nicht wahr, dann stockt die Sprache?" Der Baurat mußte zugeben, daß sie stockte, Schwandt jedoch befand sich ganz im Banne seiner flüssigen und pointenreichen Dialogkunst: „Seltsam, nicht wahr, daß manche Fragen, die niemand dafür hält, solche Schwierigkeiten bereiten, sobald sie gestellt werden. Es scheint, als gebe es für gewisse Dinge keine andere Erklärung als die, daß sie eben da sind, und keine andere Deutung als die, daß sie benutzt werden. Eine Stadt — was ist das? Sogar die Wissenschaft läßt uns im Stich. Sie gibt die Auskunft, aber es ist eher eine Ausflucht, daß eine Stadt ein politischer Ortsverband sei, der mindestens zweitausend Einwohner haben müsse, und wenn er hunderttausend zähle, zur Großstadt aufrücke; eine Gemeinde mit einem verwickelten sozialen Aufbau und einer überaus gegliederten Verwaltung, eine juristische Person des öffentlichen und privaten Rechts, die einerseits selbständige Aufgaben erfülle, andererseits der Aufsicht des Staates unterworfen sei. Das ist kurz und bündig, aber stimmt es und reicht es aus? Gibt es nicht Städte, die hunderttausend Einwohner und darüber haben und dennoch nichts als multiplizierte Dörfer sind, dagegen kleinere Orte, die großstädtisches Gepräge tragen? Hat nicht selbst der ärmste Weiler, dessen Schulze von der Mistfuhre weg zu einer Amtshandlung geholt werden muß, seine öffentlichen Rechte und Pflichten so gut wie die Millionenstadt? Besitzt nicht die krähenfüßige Unterschrift dieses Schulzen auf einem schmierigen Zettel, der den Glaser bestellt, um ein Fenster im Schulhaus zu verkitten, dasselbe amtliche Gewicht wie der selbstbewußte Namenszug eines Oberbürgermeisters unter dem Bauauftrag für ein prunkvolles Rathaus?"

„Ich weiß nicht, worauf Sie hinauswollen", sagte verblüfft und ratlos der Baurat.

Schwandt hörte sich gern reden und hielt häufig nur darum inne, damit der Gesprächspartner glauben solle, er habe den Faden verloren, und erstaunt sein mußte, wie rasch er ihn wiederfand. Jetzt saugte er an seiner Zigarre, die auszugehen drohte, und fuhr fort: „Ich will sagen, daß wir den Verhältnissen Rechnung tragen müssen. Wahnstadt ist eine große Stadt, aber noch lange keine Großstadt. Wir, die es dazu machen wollen, können dazu keine Rohstoffe importieren, wir müssen benutzen, was wir hier haben. Wir würden nicht gut fahren, wenn wir die Kleinkarierten schnitten — wie Sie die Leutchen von den Stammtischen nennen, die vorläufig hier noch die Pauke schlagen. Die Spießbürger in der Großstadt sind viel gefährlicher als die Spießbürger in den Kleinstädten. In der Kleinstadt ist der Stammtisch lebenslänglich zum Privatklatsch verdammt. In einer Stadt, die wie die unsere zwischen Klein und Groß hin und her pendelt, kann er über Nacht zur öffentlichen Aktion werden."

„Sie sagen das in einem Ton, als ob es ein außerordentlicher Fortschritt wäre!"

„Fortschritt und Rückschritt sind für mich, der ich — drei Jahre Staatssekretär im Reichsministerium des Innern, mein Lieber! — im politischen Leben gestanden habe, längst keine Maßstäbe mehr. Was ist das Wichtigste, das ein Beamter wissen muß? Immer wieder bleue ich es meinen Mitarbeitern ein: daß er keine Person, sondern eine Methode zu sein hat. Aber gesetzt, daß ich persönlich sprechen wollte: wäre ich nicht dennoch genötigt, die Kleinkarierten für große Gegner anzusehen? Aus Gründen der Selbstachtung nämlich. Wie käme ich mir denn vor, wenn ich mich mit dem kleinen Gemüse herumschlagen sollte? Es wäre ja entwürdigend. Weil ich mir das nicht zumute, mich aber doch schlagen muß, darum bleibt mir nichts übrig, als die Kleinkarierten nur unterm Mikroskop bei siebzehntausendfacher Vergrößerung zu betrachten und dabei überzeugt zu sein, daß es die natürliche Größe ist, was ich sehe."

Er lachte; mit offenem Munde, wie die Sportsleute, die in den illustrierten Blättern abgebildet sind. Aber der Baurat blieb hartnäckig und verschwor sich, daß er sich um nichts kümmern werde.

Schwandt zuckte die Achseln.

„Das wird Ihrem Starrkopf übel bekommen", sagte er. „Die City-Gesellschaft will zur Stadtverordnetenwahl eigene Kandidaten aufstellen."

„Die Hornochsen?"

„Setzen Sie ein halbes Dutzend Hornochsen in ein Parlament, und sofort wird jeder von ihnen die Welt aus den Angeln heben wollen."

„So viel Untauglichkeit, nein, das ist ja verheerend."

„Aber es ist eine fanatisierte Untauglichkeit. Lassen Sie sich zureden. In dieser Sache sähe ich gern eine einheitliche Front in der Verwaltung, damit von vornherein nichts verdorben wird." Der Baurat blickte kurz auf, dies hatte um einen Grad härter geklungen, wie eine dienstliche Anweisung. Jetzt sprach Schwandt schon wieder gelassen weiter: „Sie als Sozialdemokrat sollten doch Verständnis für Taktik haben."

Man wußte, daß Matthias Schwandt, parteilos, „dem linken Flügel der Deutschen Volkspartei nahestehend", wie es hieß, Persönlichkeiten aus allen Lagern verehrte. Unglücklicherweise war der Stadtbaurat für derlei nicht empfänglich. Vielleicht hatte er wirklich keinen Sinn für Taktik, vielleicht erschien ihm Schwandts Strategie zu schlecht, vielleicht übermannte ihn nur seine bissige Natur —, genug, plötzlich entfuhr es ihm: er finde das alles unbegreiflich, der Hundacker in Eitelfeld empfinge gewiß die Kleinkarierten nicht, dort blieben sie die Mauerblümchen bis an ihr seliges Ende; der Hundacker sei zwar ein Autokrat, aber er habe auch die Konsequenz dazu, und das imponiere ihm nun einmal.

Sie standen einander gegenüber, beide Hünen an Körpergestalt, doch unähnlich bis ins letzte; elastisch und gepflegt der eine, ungeschlacht und primitiv der andere. Schwandts Züge spiegelten keine Empfindung wieder; es war in diesem Augenblick, als trage er eine Maske, aber die Maske war bloß sein

Lächeln, das wie gewöhnlich von den Augen zu den Mundwinkeln hinunterglitt.

„Es gibt Leute", sagte er langsam und scheinbar frei von Bitterkeit, „es gibt Leute, mein Lieber, denen man dauernd einredet, ihr Wort sei unverbrüchlich, sie hätten ein gradliniges Wesen, sie seien ein starker Charakter — und schließlich werden sie es denn auch; aber sie bleiben immer einseitig und taugen mehr zu repräsentativen als zu produktiven Ämtern. In der Demokratie zieht man einen Strich zwischen den Leuten, die nur den Vorsitz führen, und den anderen, die sich auch zum Wort melden. Die Präsidenten sind die Gesetzten, die Regenten sind die Gewandten."

Dabei ruhte seine Hand auf der Unterschriftenmappe, die in Leder rot und weiß gebunden war.

Rot und Weiß, die Stadtfarben. Rot und Weiß, Wahnstadts Nationalflagge. Rot und Weiß, die kriegerische Standarte des Oberbürgermeisters Matthias Schwandt.

Gegen Karl Hundacker, den Oberbürgermeister von Eitelfeld.

III

Um die verabredete Zeit erschien im Vorzimmer die Deputation: Roloff, Jaulenhoop, Hackforth, Brilon. Gutzeit, ursprünglich zur Mitwirkung bereit, hatte sich entschuldigen lassen und dringende Geschäfte vorgeschützt. „Er will sich nicht exponieren", bemerkte Roloff dazu. „Robert Gutzeit hat es faustdick hinter den Ohren. Er hält sich die Schultern frei, da kann er notfalls auf beiden Wasser tragen."

Das waren also die „Leutchen", wie Schwandt gesagt hatte. Herr Röwedahl hatte es sich gut eingeprägt.

Er musterte sie schnell. Wie sie da vor ihm standen, lauter stattliche Erscheinungen, teils massig der Breite, teils wüchsig der Länge nach, wollte das Signalement, das Schwandt gegeben hatte, nicht recht auf sie passen; allenfalls auf Hackforth, dessen kugelige Glatze ohne Übergang in die Schultern eingetrieben war, und der infolgedessen zusammengeknickt aussah, als sei er schon einmal größer gewesen und habe einen Schlag auf den Kopf bekommen. Herr Röwedahl lächelte unmerklich. Sie standen arglos und gefestigt da, Gustav Roloff voran, Jaulenhoop und Hackforth dicht hinter ihm, jeder den Hut in den gefalteten Händen überm Bauch; zuletzt, beinahe noch an der Tür, Brilon: sie alle überragend, aber noch mit fahrigen Bewegungen, noch nicht so bodenständig, noch nicht so beschlagen im wichtigtuerischen Mienenspiel gewerbsmäßiger Projektemacher.

Herr Röwedahl ging zu Schwandt hinein; als sei die Ankunft der Herren von der City-Gesellschaft einer gesonderten Meldung nicht wert, oder als fürchte er in Ungnade zu fallen, wenn er mit einer solchen Bagatelle käme, nahm er einige Papiere mit. Nach einer kleinen Weile kehrte er mit dem Bescheid zurück, sie möchten ein wenig warten, der Herr Oberbürgermeister sei noch beschäftigt.

Sie schickten sich an, zu warten. Roloffs Blick wurde mißtrauisch. Vielleicht muß er wieder auf Dienstreisen, dachte er gereizt. Er räusperte sich, trat vor und fragte: „Können wir nicht wenigstens ablegen?"

„Gewiß", antwortete Herr Röwedahl und zeigte ihnen zuvorkommend den Garderobeständer, den sie ohnehin gesehen hatten, „bitte, legen Sie ab." Darauf öffnete er auf der anderen Seite eine Tür: „Wenn Sie hier eintreten und Platz nehmen wollen..." Sie traten ein und nahmen Platz.

Dann warteten sie. Herr Röwedahl behandelte sie nach seinen Grundsätzen. Er hatte sich von einem modern geleiteten Rathaus eine andere Vorstellung gebildet, als sie die Bürger hatten, die dort den Sitz ihrer Selbstverwaltung und die Arbeitsstätte ihrer Beauftragten und Vertrauensmänner sahen. Er überlegte: „Man sagt: die Stadt. Woran denkt man dabei? In neunzig von hundert Fällen nicht an den Wirrwarr von Häusern, Straßen und Einwohnern, sondern an das Rathaus. Es heißt: dieses Grundstück gehört der Stadt —, also dem Rathaus. Er bezieht eine Unterstützung von der Stadt —, also vom Rathaus. Das ist der Standpunkt der Stadt —, also des Rathauses. Wo in aller Welt kommt dem Bürger noch ein Gedanke, daß er selbst daran Anteil hat? Er spricht von diesen Dingen ebenso kühl und teilnahmslos, wie wenn es die Besitzung, das Geld und die Meinung des Herrn Meier aus Hinterpommern wäre. Im selben Maße, wie sich das Rathaus von ihm emanzipierte, entfernte er sich von ihm. Wer damit angefangen hat, kann niemand sagen, und es ist auch gleich; wahrscheinlich traf sich eins mit dem anderen. Das moderne Rathaus hat nichts mehr mit der Bürgerschaft zu tun, es ist eine diktatorische Obrigkeit geworden, eine souveräne Behörde, eine dritte Person, die mit einem wirklichen Titel über dem beziehungslosen Inhalt schwebt. Die Stadt ist das Rathaus, und das Rathaus ist der Oberbürgermeister. Die Bürgerschaft existiert bloß noch als Vorwand für die kommunale Gesetzgebung." Folglich betrachtete Herr Röwedahl die Bürger, die ins Rathaus kamen, als Feinde, die man einfangen und überlisten mußte, damit sie als Freunde schieden. Es lag nichts daran, sie den Wünschen des Oberbürgermeisters gefügig zu machen; man mußte sie dahin bringen, daß sie, indem sie seinen Wünschen folgten, ihren eigenen Willen durchgesetzt zu haben glaubten.

Er hörte, wie die Herren nebenan zu murren begannen. Jaulenhoop sagte deutlich: er komme sich vor, als ob er in der Höhle des Löwen sei. Seine fettige Stimme wollte gar nicht verhallen, überall klebte sie fest, an den Wänden, an der Decke, auf dem Fußboden. Herr Röwedahl lächelte abermals. Er stellte sich Schwandt vor, wie er jetzt drinnen saß: unnahbar, eine riesige luftleere Schicht um sich; aber in wenigen Minuten würde er sie mit seinem bestrickenden Geplauder überbrücken. Wie gut, daß sein Dienstzimmer ein Saal war: es verhinderte, daß aus der Intimität Ernst wurde, es schuf selbsttätig Abstand. Roloff wanderte ungeduldig umher, zog die Stirn kraus und machte vor Herrn Röwedahl jählings halt.

„Nanu", fragte er, „wer ist denn drin, daß das so lang dauert? Ist denn überhaupt jemand drin? Eine kleine Anstands-Wartezeit lasse ich mir ja gefallen..."

Herr Röwedahl blickte mit·verbindlicher Bosheit von seiner Arbeit auf. „Es ist niemand drin", antwortete er, „der Herr Oberbürgermeister hat eine Sache vorliegen, die eine eilige Entscheidung verlangt... Im Rathaus kann man leider nicht so auf die Minute disponieren wie in einem kleinen Gewerbebetrieb, wo man alles pünktlich vorausbestimmen kann... Hier ist eben der Kopf der Stadt, da läuft alles zusammen, und vieles durcheinander, und vieles quer, alles muß eingerenkt werden, und dann kommt plötzlich wieder was dazwischen, und schon ist das ganze Programm umgeschmissen..."

„Das wissen wir", unterbrach ihn Roloff barsch.
Es klingelte. Endlich.
„Bitte, die Herren."
Schwandt entschuldigte sich, daß sie warten mußten.
„Nicht der Rede wert", sagte Jaulenhoop.
Die Unterredung verlief angeregt. Schwandt sah immer in die Weite, als gehe alles in einer gewaltigen Entfernung vor sich. Er hörte, daß sich die alteingesessene Bürgerschaft vereinigt habe, um Wahnstadts *Belange* zu verfechten. „Belange", dachte er, „was für ein melancholischer Dialekt." Er mußte niesen. „Belange", welch ein Schnupftabakswort. Hatzi. Er hörte wieder: die besorgten Lokalpatrioten hätten das peinliche Gefühl, daß sich die Stadtverwaltung freiwillig von dem verbrieften Aufstieg Deutschlands ausschließen wolle — in einer Bescheidenheit, die bei der gefährlichen Nähe Eitelfelds ebenso unverständlich wie unerträglich sei. Von jeher sei die Bautätigkeit der eindeutigste Gradmesser für den Fortschritt der Städte gewesen: wie es damit ohne die Weitsicht der Industriellen in Wahnstadt bestellt wäre, das sei wahrhaft beschämend. Je mehr die Industrie sich ausdehne, je siegesbewußter ihre Bauten sich türmten, desto kulissenhafter wirkten die verschrumpften und geflickten Winkel des Stadtbildes, die sich vor jenen wie verschämte Arme verkriechen müßten.

Wie ein Trommelfeuer prasselte das nieder. „Sehn Sie nur das neue Verwaltungsgebäude des Metallkonzerns an", sprach Roloff. „Achthundert Fenster!"

„Ja", sagte Schwandt, „ich kenne es. Auch alles andere, was Generaldirektor Windhäuser baut. Wenn es nur keine Windhäuser sind."

„Ist nicht die Zuversicht der *Wirtschaftsführer* Bürgschaft genug? Thyssen, Reusch, Vögler, Springorum — jeder Name ein Programm."

„Oder eine fixe Idee", brummte Schwandt.

Wer mochte das nur alles ihren Köpfen eingehämmert haben? Es saß darin wie ein Pflock. „Kennen Sie auch die Kehrseite der Medaille?" fragte er. „Wissen Sie, daß Wahnstadt dreitausend Arbeitslose hat?"

Es schreckte sie nicht. Das seien Kinderkrankheiten, sagten sie; das werde sich von selber geben, dem Mutigen gehöre die

Welt. Dreitausend — was sei das schon in dieser neuen Welt der gigantischen Zahlen. Nur schnelle Entschlüsse könnten das Mißverhältnis zwischen dem Gewaltschritt der Wirtschaft und dem Schneckentempo der städtebaulichen Entwicklung aufheben. Das Geld dafür? Woher es denn die Industrie nehme, die sogar verschuldet bis dorthinaus gewesen sei? Amerika wisse ja nicht, wohin mit seinem überschüssigen Gold. Natürlich müsse es sorgsam geprüft werden. Natürlich dürfe der Ruf vorbildlicher Finanzgebarung, dessen Wahnstadt sich erfreue, nicht gefährdet werden. Aber günstige, nie wiederkehrende Kreditangebote schwirrten ja in der Luft: was also bei langwierigen Beratungen noch zu erzielen sei? Jaulenhoop gab sich selbst die Antwort: „Nichts, als daß Eitelfeld, stets auf der Wacht, stets auf dem Sprung, die Rosinen aus dem Kuchen pickt." Eitelfeld, immer Eitelfeld. Hundacker hat Initiative, Hundacker hat Konsequenz, Hundacker ist ein Held. Schwandt dachte an den Stadtbaurat. Es sauste ihm in den Ohren. Ingrimmig sagte er: „Es ist ein größerer Heroismus, wenn man sich nicht scheut, das Unheroische, aber praktisch Wirksame zu tun. Meine Sorge war bisher die Linderung der Wohnungsnot. Ich kann nicht" — hier wurde sein Gesicht ganz gütig und väterlich — „ich kann nicht meine *Sozialbedrängten* dem Zufall und der Willkür ausliefern. Indessen hoffe ich, demnächst freie Hand für größere Projekte zu bekommen."

„Vielleicht auch für historische Forschungen?" fragte Brilon.

„Gewiß, sobald Mittel dafür bereitgestellt sind. Nur kann ich die Verantwortung für dies alles nicht dem abtretenden Stadtparlament aufbürden."

Das war das Stichwort für Hackforth. Quengelnd begann er: bei der Neuwahl müsse sich zeigen, ob die Bürgerschaft gewillt und fähig sei, die Geschicke ihrer Stadt selbst in die Hand zu nehmen; die Parteien hätten versagt, ihr kleinliches Gezänk und Gefeilsche habe man satt. „Der Mittelstand muß seine Interessenvertreter in das Kollegium entsenden, damit endlich die wahre *Volksgemeinschaft* zustande kommt." Seine hohe, kratzige Stimme bäumte sich wie ein wieherndes Roß gegen die breite Stimme Schwandts, die sich behäbig niederließ und jene zum Schweigen brachte. Matthias Schwandt bevorzugte in solchen Lagen eine gedrechselte Floskelsprache.

„Ich nehme keinen Anstand", sagte er, „meiner Freude darüber Ausdruck zu geben, daß ich immer mehr die Denkweise und Tätigkeit einer Bevölkerung kennenlerne, zu deren Tugenden geistige Regsamkeit, wirtschaftlicher Wagemut, künstlerische Gestaltungskraft und unzerstörbarer Lebenswille zählen."

Mittendrin stürzte Herr Röwedahl herein: „Vertrauliches Gespräch aus der Reichskanzlei."

Die Herren von der City-Gesellschaft standen auf. Sie sahen sich bedeutungsvoll an. „Reichskanzlei", wiederholten sie bei sich. „Und vertraulich. Was mag das sein? Sicher was Persönliches. Vielleicht soll er Minister werden. Er hat noch immer gute Beziehungen. Alles in allem, er ist doch ein Kerl."

Schwandt sagte: „Meine Herren, es tut mir leid, daß wir unser interessantes Gespräch abbrechen müssen. Aber das ist das Los eines Oberbürgermeisters. Kaum gönnt er seinen Mitbürgern eine Minute, da meldet sich schon die hohe Politik."

Als sie draußen waren, übergab er Herrn Röwedahl die säuberlich getippte Resolution der City-Gesellschaft. „Schicken Sie Drobeck den Wisch, damit er nervös wird. Wenn in Deutschland mal der letzte verfügbare Mann Syndikus geworden und der letzte verfügbare Groschen in Verbandsumlagen investiert sein wird, dann werden wir ein glückliches und zufriedenes Volk sein."

Herr Röwedahl schlug die Augen nieder.

Draußen ereiferte sich Roloff: „Habt ihr den Sekretär beobachtet? Hier ist eben der Kopf der Stadt, hat er gesagt, und noch so'n paar salbungsvolle Gemeinplätze. Der ölige Jüngling bildet sich am Ende ein, daß er selber der Kopf ist. Höchstens 'n Wasserkopf, was? Aber der Ober —" (hier übernahm er Reckmanns familiären Ausdruck), „wohltuender Gegensatz, was? So ungezwungen, so leger, ganz famos. Mit dem kann man fertig werden. Nur der Terror der Subalternen muß gebrochen werden, und das freut ein' denn ja auch."

Abends erzählte er Reckmann von dem Anruf aus der Reichskanzlei. Reckmann machte daraus eine Meldung, datiert aus Berlin: es verlaute, daß man mit Oberbürgermeister Schwandt wegen der Übernahme des Reichsinnenministeriums verhandelt habe. „Wegen der vorgerückten Stunde konnten wir an zuständiger Stelle eine Bestätigung nicht mehr erlangen." Anderntags dementierte Schwandt; er ließ offen, ob er von Berlin aufgefordert worden sei. Man konnte es so deuten, daß er abgelehnt habe, denn es hieß nur: er gedenke Wahnstadt nicht zu verlassen, bevor die bedeutenden Aufgaben der nächsten Zukunft erfüllt seien.

Herr Röwedahl konnte sich denken, was über ihn gesprochen wurde. Die Wirkung war ja von ihm berechnet. Das Vorzimmer funktionierte als Blitzableiter. Herr Röwedahl war sich auch darüber klar, daß es ihn eines Tages den Hals kosten konnte. Er opferte sich bei vollem Bewußtsein. Er opferte sich für Schwandt, der nicht geopfert werden durfte. Er war als guter Deutscher zu jedem *Opfer* bereit.

Aus seinen schier wollüstigen Träumen riß ihn das läutende Telefon.

„Vorzimmer des Oberbürgermeisters. Wer ist dort? Bitte, einen Augenblick."

Er schaltete auf die andere Leitung. Der Apparat dort drinnen zirpte nur.

„Ja?" murmelte Schwandt.

„Herr Dr. Eisenmenger wünscht Sie zu sprechen."

„Lassen Sie ihn 'ran."

Eisenmenger war der Syndikus des Industriellenverbandes für Wahnstadt und Kohldorf. Er versorgte Schwandt mit geheimen Wirtschaftsinformationen. Im übrigen galt er als der Bevollmächtigte Windhäusers.

In die Hörmuschel drangen belfernde Laute. Es war, als zerplatzten sie dort. „Wie kann man nur seinen Kehlkopf so strapazieren", dachte Schwandt; doch verging ihm die Lust zu spaßen, als er vernahm, daß Hundacker in Eitelfeld eine internationale Industrie- und Gewerbeausstellung machen wolle.

„Das ist ein Gerücht", sagte er, noch mit einem Fünkchen Hoffnung. Es war nämlich in Wirklichkeit eine Frage, wenn er sie auch in die Form einer Aussage kleidete — nach seiner Gewohnheit, stets, wenn er eine Neuigkeit erfuhr, so zu tun, als wisse er schon alles. „Ich habe auch davon gehört", schickte er noch bekräftigend hinterher.

Doch Eisenmenger war unerbittlich: es sei ein offizielles Schreiben eingegangen. „Er fordert die Wahnstädter Industrie zur Beteiligung auf." Schwandt fieberte den Worten entgegen, er hätte sie aus dem Draht herausziehen mögen. Hatte er Eisenmenger in der Tasche oder nicht? ,,Wir werden schreiben", fuhr dieser endlich fort, ,,daß wir grundsätzlich nur noch die Leipziger Messe beschicken, und daß wir, wenn schon eine solche Ausstellung stattfinden sollte, Wahnstadt für den geeigneteren Ort halten."

Schwandt streckte sich behaglich. Na also, er hatte Eisenmenger in der Tasche.

Als er später mit seiner Frau darüber sprach, war er felsenfest überzeugt, daß Eisenmengers Antwort an Hundacker sein Werk war. Seine Frau beugte sich über ihre Handarbeit und lächelte und sagte nichts. Sie liebte es, am Abend so stumm neben dem Schreibtisch ihres Mannes zu sitzen, bis sie schläfrig wurde, und seinen aphoristischen Spitzfindigkeiten zuzuhören — ohne mit der Wimper zu zucken, genau wie sie ihm vom Munde flossen.

Drittes Kapitel

I

Die Nachricht von der Ausstellung in Eitelfeld durchlief Wahnstadt wie ein Alarmruf. „Da habt ihr's" sagte Jaulenhoop und wuchs wie ein verkannter Prophet, „glaubt ihr's nun? Mir habt ihr ja nie glauben wollen."

Es überraschte und beunruhigte Wahnstadt nicht allein: es brachte auch Kohldorf auf den Plan, die dritte dieser Städte, die in einer Wirtschaftsprovinz vereinigt und auf engem Raum zusammengedrängt waren, eine Anzahl kleinerer und mittlerer Gemeinden einkreisten und einander die Vorherrschaft streitig machten. In offiziellen Verlautbarungen nannten sie sich gern den „Städtekranz", aber im allgemeinen stellten sich die gegenseitigen Beziehungen, soweit sie öffentlich abgestempelt waren, nur als Austausch von Grobheiten dar. Immer in Bewegung, einander belauernd und anspringend, einander Schlechtigkeiten nachsagend und alles mißgönnend, boten sie ein eigentümliches und an Überraschungen reiches Schauspiel. Scheiterte etwas, so erklärten sie es damit, daß es an der Tücke des Rivalen gescheitert sei; glückte etwas, so feierten sie es als einen Sieg, den sie gegen jenen erfochten hätten. Parlamentarisch ausgedrückt hieß es freilich: „Die Städte Eitelfeld, Wahnstadt und Kohldorf befinden sich in regem Wettbewerb." So stand es auch in den Aktennotizen des Regierungspräsidenten, der — für Wahnstadt und Kohldorf eine Quelle ständigen Mißvergnügens — in Eitelfeld residierte. Man konnte dieses Faktum entweder als historische Schmach oder als aktuelle Berliner Gehässigkeit beurteilen. Kohldorf neigte mehr zum ersten, Wahnstadt hatte mehr Lust auf das zweite.

Lange Zeit kümmerte sich die Masse der Bevölkerung nicht viel darum; sie fuhr von Stadt zu Stadt zum Einkauf und Vergnügen, wie es ihr gerade paßte und wo sie gerade ihren Vorteil fand — ja, sie hätte gern gute Nachbarschaft gehalten, wären nicht an jedem Platz, genau wie im Leben der Nationen, die Diplomaten und Wirtschaftsinteressenten gewesen, die die Gemüter aufwiegelten und die Gegensätze schürten. Es war ein unentwirrbarer Knäuel, in dem die Anstifter ebenso untertauchten wie diejenigen, welche den Knoten schürzten: teils, um sich hervorzutun, teils, um sich die Taschen zu füllen. Beizende Weihrauchdämpfe verbargen die einen wie die anderen; denn beide, alltägliche Figuren, ob Geltungstrieb oder Erwerbssinn sie plagte, zogen keusch und elegisch aus wie Parzival, unter dem Vorwand, Mythisches zu erleben, und der Schild, der ihr Gesicht verdeckte, war blank und schimmernd vor Lauterkeit und Edelmut. Daraus entstand ein undurchsichtiger Tumult, Interessen, Gefühle und Parolen zerkochten sich zusammen zu einem qualligen Brei, in den zuletzt alles verstrickt wurde, der einfache Mann wie die Oberhäupter.

In Kohldorf hatte nicht der Oberbürgermeister, sondern der Bürgermeister die Führung. Jener war nämlich ein unbeträchtlicher Mensch, äußerlich wie innerlich allzu geduckt, gewissenhaft und gleichförmig; er tat seine Pflicht wie ein Bürovorsteher, besuchte, sprach und mied, was die Stadträte ihm zu besuchen, sprechen oder meiden empfahlen, und blies nur zuweilen, in seinen Mußestunden und jenseits des städtischen Horizonts, eine nationalistische Fanfare, die schon abgeleiert war, bevor er sie ordentlich eingeübt hatte. Der andere jedoch, der Bürgermeister, Valentin Moos mit Namen, hatte trotz seiner langsam zunehmenden Beleibtheit ein federndes Temperament und eine faszinierende Beständigkeit. Zwei Oberbürgermeister hatte er schon überdauert — den dritten hatte er sogar selber vorgeschlagen, richtiger gesagt: bestimmt, denn niemand hatte gegen seinen Kandidaten etwas einzuwenden gehabt; die Rechte nicht, weil er deutschnational war, die Linke nicht, weil seine Wahl sowieso nur ein formaler Akt war, solange man mit Valentin Moos sein Auskommen hatte. Und alle hatten sie ihr Auskommen mit ihm. Er war unparteiisch und streng objektiv und brauchte sich zu nichts zu bekennen, niemanden niederzuknüppeln. So wirkte er in der Republik ebenso unangetastet, wie er im Kaiserreich gewirkt hatte —: ein bequemer Mensch, in allem und jedem ein Routinier, dem man sich nicht ohne äußerste Not widersetzte, zumal er nach nahezu fünfundzwanzig Jahren aus dem Leben der Stadt einfach nicht mehr wegzudenken war.

Aber der Kohldorfer Oberbürgermeister war nicht nur seiner

Autorität beraubt; untersetzt, willenlos und ungeistig blickend, genoß er selbst als Repräsentationsfigur, als Schmuckspitze, wenig Achtung. Er erinnerte zuviel an das Gesicht dieser Stadt, er war, die ganze Person ein einziger Ausdruck des Verzichts, gewissermaßen ihre Inkarnation. Mehr als das stärker vorgeschrittene Wahnstadt war Kohldorf nämlich noch ein typischer Fabrikort, dessen Bild sich verwischte, ehe es fertig war —, peripherisches, weit ausgreifendes Niemandsland aus Geschäftsblöcken, Siedlungen und Werkstätten, eine Aneinanderreihung von Dörfern, „multipliziertes Dorf", wie Schwandt so etwas nannte; ein Mischmasch von Inseln eigentlich, durch die Verflechtung der Industriekonzerne gewaltsam zusammengeschoben, ein labiles Gewebe aus schlecht zusammenpassenden Fäden, und von vielen ländlichen Mustern durchwirkt. Noch vor den letzten Fabriken begannen Wiesen und Äcker, Moore und Erlengebüsch — wie angeschwemmter Boden.

Vor dem Kriege hatte es jeder als ein paradiesisches Gebilde hingenommen: Deutschlands Staatskleid war ja reich und schön genug, da kam es auf einen einzelnen Flicken nicht an. Jetzt aber hatten alle vom Baume der Erkenntnis gegessen und schämten sich ihrer Nacktheit und Dürftigkeit, jetzt mußte auch der Geringste über seine Verhältnisse leben, damit man keine Blöße sah, kein ausgehungertes Volk, kein entkräftetes und mutloses, seiner Niederlage bewußtes Land. Auch Kohldorf konnte nicht länger bleiben, was es war. Kohldorf sah sich plötzlich nach den Nachbarstädten um, mit welchen sich zu messen ihm früher nie in den Sinn gekommen wäre. Valentin Moos bewährte sich. Es war sogar ein günstiger Umstand, daß der Oberbürgermeister ausfiel; einem ranggleichen Kollegen wären Schwandt und Hundacker spornstreichs an die Gurgel gesprungen — beim Bürgermeister Moos genierten sie sich. Es wäre unfair, es wäre auch unter ihrer Würde gewesen, gegen ihn die Übermacht des Titels einzusetzen. Ihre eigenen Bürgermeister waren ja nur die Aschenputtel, die jede Kabale im Beamtenstab auszubaden und inmitten fröhlicher Hirngespinste die verknöcherte Bürokratie zu verkörpern hatten — eine undankbare Aufgabe, für welche sie sich zu Hause an noblen Passionen, Amateurschriftstellerei und Reitpferden, schadlos halten durften.

Kohldorf verdoppelte seine Anstrengungen. Ob es seine Kräfte überstieg? Welche Frage! Recht so, nur das konnte eine *Nationale Großtat* heißen, was über die Kraft ging.

Valentin Moos, der im Gegensatz zu anderen, in den offenherzigen Zynismus verliebten Stadthäuptern ein feierlicher Heimtücker war, hielt dies alles für eine Frage des sittlichen Entschlusses, der Einkehr in den Tempel des Gewissens. Folgerichtig schwärmte er für Kunst: „Sie scheint mir berufen, der Verschüttung von Millionen *Menschenbrüdern* durch die Materie entgegenzuwirken, dem Entrechteten sein Existenzrecht wiederzugeben und insbesondere die Arbeiterschaft zu lehren, mehr als Essen, Trinken, Schlafen und ein bißchen Liebe in ihren Lebenssinn zu investieren." So sagte er, der Verehrer Stefan Georges und Friedrich Gundolfs, und so begann in Kohldorf ein Einbruch der *Ewigkeit der künstlerischen Werte* in die Zeit: bei einer Bevölkerung, die zu drei Vierteln aus Arbeitern und Angestellten mit hundertfünfzig Mark Monatseinkommen bestand. Die Kunst wurde gemietet wie ein Lakai, der den schwieligen Fäusten die gestärkten Hemdbrüste und Smokings der feinen Leute überzuziehen hatte.

Bislang hatte das Wahnstädter Orchester dort gastiert; wie — war Kohldorf etwa eine Filiale von Wahnstadt? Valentin Moos rief ein eigenes Orchester ins Leben. Bislang waren die paar Kohldorfer, die ein solches Bedürfnis hatten, nach Wahnstadt ins Theater gefahren: ein kleines Theater, das den Schichten Genüge tat, die daran Interesse hatten, ehrgeizigen Schulmeistern, unbefriedigten Musiklehrern, Militärkapellmeistern a. D. und ihrem Anhang, schmachtenden, um Freikarten bettelnden Frauenzimmern; wie — hatte man nötig, dort den Kostgänger zu spielen? Valentin Moos projektierte ein eigenes Theater. Theater? Nein, ein Festspielhaus. Ein Festspielhaus, dessen Spiel nach seiner Behauptung in die Speichen des Weltrads fassen und es aus eingefahrenen Geleisen in die Bahn des Großstadtmenschen rollen sollte, der sein Leben wieder aus der Wurzel zu leben wünschte ...

Eitelfeld sollte zittern.

II

Und Wahnstadt? — Auf Gustav Roloff war Verlaß. Unverzüglich ergriff er seine Gegenmaßnahmen. „Jetzt gilt es", sagte er. „Es gilt, die Zeichen der Zeit zu erkennen, und das freut ein' denn ja auch. Worin offenbaren sie sich? In Kongressen. Ein nahrhafter Kongreß dauert acht Tage. Erst kommt die Begrüßung, zwei Tage, dann die Aufregung, manche Leute sagen auch Arbeit, ein Tag, dann die Beruhigung, Besichtigungen Zerstreuungen, fünf Tage." Bevor aber eine Stadt Kongresse beherbergen könne, müsse sie dafür sorgen, daß die Kongreßteilnehmer untergebracht werden könnten: darum stehe und falle Wahnstadts Zukunft mit einer Erhöhung der Bettzahl. Stadtrat Drobeck habe versichert, daß man im Rathaus eine private Initiative auf diesem Gebiet begrüßen und alsdann nicht säumen werde, die reklametechnischen Konsequenzen zu ziehen; und der Arbeitgebersyndikus Eisenmenger, der wie kein zweiter für Kongresse zuständig sei, habe eine verstärkte Kongreßtätigkeit der Wirtschaftsverbände in Aussicht gestellt und für den Fall entsprechender Vorkehrungen im Hotelwesen eine weitgehende Berücksichtigung Wahnstadts versprochen. Überdies lehre die Industrie, daß die Erweiterung der Dimensionen das einzige Mittel sei, die steigenden Geschäftsunkosten auszugleichen.

Nach alledem war er sicher, daß es ihm gelingen würde, bei der Wahnstädter Kreditbank eine Million flüssig zu machen. Jaulenhoop saß dort im Aufsichtsrat. „Unter einer Million geht es nicht", sagte Roloff. Er trug sich ernsthaft mit der Absicht, ein komfortables Hotel zu errichten, und er hatte schon zu diesem Zweck ein Grundstück günstig gekauft. Es lag nur zehn Minuten vom Malepartus entfernt, auf einem Platz, der allmählich verwahrloste, seitdem das Blechwalzwerk, das dort gestanden hatte, der Rationalisierung zum Opfer gefallen und niedergerissen worden war. Zwischen dem Schutt hausten rachitische und skrofulöse Kinder, machten Gräben und Burgen und buken Kuchen aus Lehm. Stinkender Unrat, Kartoffelschalen, Muschelgehäuse, verwestes Gemüse, bei Nacht und Nebel hingeschüttet, verpestete die Luft. Die Stadt, einerseits gedrängt, den neuen Staat zu ehren und im Herzen des Volkes zu verankern, andererseits gehalten, das Erbe des alten Reiches in den unbezähmbaren Draperien der Hohenzollern-, Kaiser- und Kronprinzenstraßen zu bewahren, sah endlich einen Ausweg aus ihrer Not: sie baute auf diesem verödeten Gelände eine schmale Fläche aus, bepflanzte sie mit drei Linden und taufte sie „Platz der Republik".

Rundum waren verwilderte Gärten mit schönen Ahornbäumen, die seit dem Erlöschen der Fabrik sich neu belebten. Auch das Gras darunter wurde wieder grün. Die einfachen, zweistöckigen Häuser, zu welchen diese Gärten gehörten, sahen noch immer selbstbewußt und abweisend aus wie die verewigten Fabrikanten, deren Stammsitze sie waren. Bei den meisten waren die Fensterläden verschlossen. Ihre jetzigen Eigentümer wohnten in lieblicheren Gegenden und Häusern, denn anders als ihre Vorfahren waren sie nur so lange große Herren, wie sie der Welt zeigten, daß sie es waren. Reichtum, der nicht ausgebreitet wurde, zählte nicht mehr. Namen, die sich nicht aufdrängten, waren nicht mehr vorhanden. Die Nachkommen jener alten Genies der Habsucht und der Lebenskunst, die ihre Hoffart durch Bescheidenheit zum Ausdruck brachten, saßen unentwegt auf dem Präsentierteller und warteten, unterdes sie mit den abgestorbenen Herrensitzen einen pietätvollen Kultus trieben, auf das Höchstgebot eines zahlungskräftigen Käufers. Mit einem von ihnen wurde Roloff handelseinig.

Hier, am Platz der Republik, sollte sein Hotel erstehen und den Namen „Parkhotel Hindenburg" tragen.

III

Kein Wunder, daß Dr. Ferdinand Brilon in seiner neuen Umgebung fühlte, wie sich sein Leben dem entscheidenden Stadium näherte. Im stillen leistete er den „Vereinsbrüdern" hundertmal Abbitte. Wie anders war diese Atmosphäre, um wieviel schneidiger und geräumiger als die Bürokratenluft bei Drobeck oder der Lavendelgeruch verwelkter Geheimräte, die ihn mit ihrer Güte beschenkten (einer Güte, die doch bloß ein Zeichen von Müdigkeit und Altersschwäche war), und mit einem gemessenen Wohlwollen, das sie und ihn zu nichts verpflichtete.

Ehedem hatte er wenig Umgang gehabt, so sehr er auch danach strebte. Hin und wieder hatte er Reckmann auf der Redaktion getroffen, den Stadtrat Drobeck besucht oder bei den alten Herrschaften vorgesprochen, die ihn untereinander als Familienchronisten weiterempfahlen. Tagsüber hatte er in Archiven und Bibliotheken gewühlt, verstaubt und mit trockenem Gaumen war er heimgekommen; dann hatte er bis tief in die Nacht hinein in seinem billigen Zimmer gesessen, nachgeblättert und geschrieben, geschrieben und nachgeblättert —, immer seine unerschrockenen Pläne im Kopf und dabei die Ungewißheit über die Mittel, sie ins Werk zu setzen. Niemand hatte ihn jemals eingeladen. Alle hatten einen Domestiken in ihm gesehen: wenigstens empfand er es jetzt so, nachdem er einen Menschen getroffen hatte, der ihn unter seine mächtigen Fittiche nahm, um mit ihm aufzufliegen.

Roloff kandidierte zu den Stadtverordnetenwahlen auf der Liste der City-Gesellschaft an erster Stelle. „Personenfragen müssen hier ausscheiden, wo es ums Ganze geht", hatte er gesagt, als er sich an die Spitze setzte. Es folgten Jaulenhoop für das Handwerk, Hackforth für den Hausbesitz und Gutzeit für den Handel. Sein Platz war schon unsicher. Überschlau, wie er war, hatte er sich wieder einmal zwischen zwei Stühle gesetzt: zugleich mit der parteifeindlichen City-Gesellschaft und mit den Parteien liebäugelnd, versuchte er der Reihe nach, hier oder dort unterzuschlüpfen. Es ging ihm, wie es so vielen geht, die immer zwei Eisen im Feuer haben — keins wurde heiß. Zuletzt, als die Parteien ihm schon die kalte Schulter gezeigt hatten, wollte er noch mit ihnen verhandeln, um die Stimmen der City-Gesellschaft an den Meistbietenden zu versteigern. Erst Hackforths energischer Widerspruch machte seinen Quertreibereien ein Ende. Franz Hackforth drohte nämlich mit dem Austritt, wenn die Gesellschaft nicht selbständig vorgehe. Gutzeit ergab sich drein, da ihm nichts weiter übrig blieb; so kam er an die vierte Stelle. „Und an die fünfte muß ein *Kopf*", sagte Roloff. Das war Brilon. Es war sehr schön, aber völlig aussichtslos. „Das ist das Los des Schönen auf der Erde", erklärte Gutzeit, der sich mit ihm anfreundete.

Die Liste wurde „Sammelbecken" genannt. Roloff erklärte es: „Ein Sammelbecken aller aufbauenden und richtunggebenden Kräfte." Die Parteien antworteten: „Das Sammelbecken der Abgeblitzten", und sagten der „Zersplitterung" und den

„Grüppchen" Todfehde an. Roloff blieb guter Dinge. „Wer zuletzt lacht, lacht am besten", meinte er. „Wenn nicht alles trügt, werden wir das Zünglein an der Waage bilden. Mit drei Mann sprenge ich den ganzen aufgeblasenen Parteiklüngel. Eine großzügige Propaganda muß aufgezogen werden. Die Mittel zu beschaffen, kann bei der Potenz unserer Mitglieder nicht schwer sein."

Dr. Brilon versprach sich goldene Berge. Der Tag der zehntausend Brieftauben hatte ihm gründlich die Augen geöffnet. Wie falsch, wie unerfahren war es gewesen, sich vornehm zurückzuhalten! Was war die Folge gewesen? Man hatte es als Schwäche aufgefaßt. Er sah es ein. Er wurde robust. Er bestellte mehrere Gläser Bier hintereinander, auch wenn er keinen Durst hatte. Er suchte die trinkfesten Stammtische auf und lernte von ihnen, wie man es anfangen mußte, um als seriöser Mann zu gelten. Da war Paul Jaulenhoop, der geplagte Schriftführer „der Männer" vom Ossian, der stets alle Hände voll zu tun hatte und keine Schonung kannte —, er, das Rückgrat der Handwerkerbewegung und der Schrittmacher der Sangesbrüder: seine ganze Familie, Frau, Kinder und eine alte Tante halfen mit, den Schriftverkehr mit den fünfzehntausend Brudervereinen des Deutschen Sängerbundes zu bewältigen; da war Franz Hackforth, der stramme Soldat des Privateigentums, Präsident der Sebastianus-Schützengilde, der vereinigten Kegelklubs und des Militäravanciertenvereins, in welchem die ehemaligen Stubenältesten die Übungen der *Kameradschaft* nachholten, die sie seinerzeit bei den Rekruten unterlassen hatten; da war Robert Gutzeit, ohne dessen Segnung in Wahnstadt kein Pfund Reis mit Kultur verkauft wurde; da war Heinz Rehberger, geschniegelt und gebügelt, der Dandy von Wahnstadt, der in der Modenkonfektion die erste Violine spielte; da waren noch viele, viele andere, und da war endlich ihrer aller Abgott Gustav Roloff, Summe aller bürgerlichen Säfte und Kräfte, bahnbrechend und makellos. Dr. Brilon betete an, was er einstens, Schafskopf, der er war, beinah verbrannt hatte. Gustav Roloff war stolz auf seine Eroberung und zögerte nicht, sie seiner Familie vorzustellen. Bald war Brilon ständiger Gast in seinem Hause.

Einigermaßen verwundert sah sich dieser einer Gruppe vielfach interessierter und offenbar idealischer Menschen gegenüber, deren Bestimmung ihm allerdings erst allmählich klar wurde. Außer Reckmann, der auf eine ungenierte und nahezu unverschämte Weise ein- und ausging, waren es hauptsächlich der Architekt Jaguttis, seine Frau Jaguttis-Kadereit und Frau Syndikus Eisenmenger, deren Aufenthalt in diesem Hause etwas Geheimnisvolles für ihn hatte.

IV

Zuerst klärte sich das Geheimnis um Jaguttis auf. Jaguttis baute das neue Hotel. Sein Plan lag schon vor; die Familie besprach ihn eifrig.

Auf dem Papier war es ein Quader aus drei ineinandergeschobenen Rechtecken, deren mittleres die anderen überragte und in den Platz der Republik mit den drei kümmerlichen Linden vorstieß; es wurde von eckigen Pfeilern getragen, während die beiden flankierenden Partner unmittelbar auf der Erde aufsaßen, als ob das ganze Gebäude im Aufbruch begriffen sei, in der Mitte ein Vorreiter, rechts und links gestaffelt die Adjutanten. Die breiten schwarzen Striche, die in der Zeichnung, wie rangbestimmende Tressen zu dreien oder vieren übereinandergeordnet, die ununterbrochen durchlaufenden Fensterreihen markierten, verstärkten den Eindruck der Monumentalität. Es war kein Gebäude mehr, es war ein Bauwerk. Ein Lichtturm krönte es. Jaguttis' Material war Beton und Glas, halb Sachlichkeit, halb Schwärmerei, doch sprach er selbst nur von „rhythmischer Auflockerung" und „dynamischer Gliederung" und errang damit den Beifall von Fräulein Melitta Roloff, die als Lehrerin der rhythmischen Gymnastik in dieser Ausdrucksweise heimisch war.

Vergebens schüttelte Frau Olga den Kopf: das seien doch schon keine Fenster mehr, das seien ja Glaswände, und wie man denn einen so zugigen Bau warm kriegen solle? Vergebens bat sie Reckmann, ihr beizustehen: „Denken Sie mal an, ist das vielleicht praktisch? Ist das wirtschaftlich?" Reckmann tröstete sie: dank der wunderbaren Rationalisierungsmaßnahmen des Bergbaus würden die Kohlen bald so wohlfeil sein wie faule Äpfel. Sie seufzte. Es waren ja nicht allein die Glaswände. Sie trat immer schweren Herzens an etwas Neues heran. „Sei nicht so kleingläubig", mahnte Roloff, „es ist noch immer alles gut gegangen". Sie beruhigte ihn. „Laß nur. Wenn ich mal angebissen habe, bin ich ja doch wieder durch dick und dünn dabei. Nur der Anbiß, bis der mal flutscht." Und bei sich selbst sagte sie noch: „Schließlich verlasse ich mich doch immer auf Gustavs Instinkt. Es geht so was Stärkendes, Mitreißendes von ihm aus."

Trotzdem regte es sie auf, wenn er seinen Trumpf ausspielte: man müsse sich dem sachverständigen Urteil der Fachleute beugen. „Du mit deinem heillosen Respekt vor den Fachleuten", sagte sie dann, „der verführt dich noch zu Torheiten. Sachverständige sind nicht immer verständig, das mußt du nur nicht glauben. Weil du ein tüchtiger Fachmann bist, meinst du, jeder Fachmann wär' tüchtig. Ach, es wird noch dein Verderben, daß du so tüchtig bist. Es gibt genug nichtsnutzige Fachleute. Jaguttis will eben verdienen und mit seinen Marotten berühmt werden. Mag er; aber sollen wir das Versuchskarnickel für Experimente sein?"

„Jaguttis ist aus dem Stadium der Experimente heraus", widersprach Roloff. „Wenn die Kunstgewerbeschule kommt, wird er Professor, und die Schule wird kommen, weil es die City-Gesellschaft will."

Frau Olga wiegte zweifelnd den Kopf.

„Aber Mama", sagte nun auch Melitta vorwurfsvoll. „Was erprobt ist, ist verbraucht. Es handelt sich doch um die prinzipielle Sichtbarmachung des innersten Lebensgesetzes in der äußeren Lebensgestaltung. Prinzipiell wollen wir mit unserer Linienführung den Formbau aufhellen."

„Wer, wir? Sprichst du vom Bauen oder vom Tanzen?"

Sie konnte Gymnastik und Tanz nicht auseinanderhalten, und Melitta verwechselte es gelegentlich selbst; „rhythmische Gymnastik ist musikloser Tanz", half sie sich, wenn sie sich dabei ertappte. So antwortete sie denn, Tanz und Architektur begegneten sich darin, daß sie beide prinzipiell die motorischen Kräfte ausschwingen ließen. „Prinzipiell!" entschied Frau Olga. „Prinzipiell bist du noch viel zu unreif."

Es gab viel Zwist darum, und wenn Melitta, in deren explodierenden Sätzen ständig das schwere Geschoß „prinzipiell" wiederkehrte, mit ihrer Mutter stritt, hätte ein Außenstehender versucht sein können, einen Konflikt der Generationen darin zu wittern. Auch Dr. Brilon hatte diesen Verdacht, aber er war schon darum irrig, weil Melitta nur so lange jünger erschien, wie sie nicht den Mund auftat. Jeder andere als Brilon hätte das bemerkt. Wenn ihre tänzerisch-scholastischen Phantasmen zu sprudeln begannen, alterte sie zusehends. In ihre Mundwinkel gruben sich die geschwätzigen Furchen einer zahnlosen Greisin, während Frau Olga, deren hausbackene Schlagfertigkeit so leicht nicht zu verblüffen war, in solchen Augenblicken neben ihrer Tochter jugendlich erquickt, aufgeräumt und angreiferisch wirkte. Sie handhabte die platte Umgangssprache wie eine spitze Waffe, die Melittas Wortreichtum in eine hoffnungslose Verteidigung drängte. Aber so hartnäckig und standhaft auch gekämpft zu werden schien, so lag doch nichts Feindseliges und Unerbittliches darin. Es war eigentlich nur ein einfaches Zungengefecht, wie es zwischen Frauen, zumal wenn sie zusammen wohnen, üblich ist. Sie haben die Eigentümlichkeit, daß in ihren Augen ein Zustand nicht besteht, bevor sie ihn selbst hergestellt haben. Sie müssen eine Gegnerschaft heraufbeschwören, um sich der Übereinstimmung zu versichern; sie müssen den Krieg erklären, um Frieden zu schließen; sie müssen sich verwunden, um einen Grund zur Versöhnung zu haben.

Frau Olga, rundlich und energisch, nahm jeden Morgen bei Melitta gymnastischen Unterricht. Ihrer sonstigen Frische zum Trotz hatten die harten Jahre in der Schankwirtschaft ihre Gelenke versteift und ausgetrocknet. Keine Kleinigkeit, dieses Leben — spät zu Bett und früh wieder heraus, schlaftrunken gescheuert und aufgewischt, die nackten Arme immer im kalten Wasser, zwischendurch den fröstelnden Körper mit zwei, drei Schnäpsen ermuntert, immer von Kopfweh geplagt in dem qualmigen, angesäuerten Dunst, der wie lichtscheues Ungeziefer in jeder Ritze nistet und höhnisch wuchert, der sich nicht ausfegen läßt und zuletzt noch in die Kleider kriecht, die man am Leibe hat. Es sprach für Frau Olgas Zähigkeit, daß sie dabei ihre angeborene Beweglichkeit nicht eingebüßt hatte; aber um so schmerzlicher empfand sie es, daß sie sich nicht mehr so bewegen konnte, wie sie wollte.

Bei Melitta lernte sie neu gehen und neu atmen, wie ein kleines Kind —. Roloff sagte: „Wie ein Soldat auf dem Exerzierplatz, der auch erst als ausgewachsener Mann erfahren muß, daß er bisher alles falsch gemacht hat." Frau Olga lernte und fügte sich, obwohl sie weder eine gelehrige noch eine fügsame Schülerin war und bei der einen Übung nicht einsah, welchen Zweck sie haben sollte, bei der anderen schalt, daß es eine Zumutung für ihre rheumatischen Glieder sei. Aber sie begehrte nur auf, um ihre mütterliche Autorität zu erhärten und sich gegen das unbehagliche Gefühl, daß sie bei ihrer Tochter in die Lehre ging, zur Wehr zu setzen. Melitta dagegen war der Meinung, daß ihr der wissenschaftliche Ernst fehle: „Du hast ein übersteigertes Vertrauen in das Erforschliche, du hast nicht das gesteigerte Bewußtsein des Unerforschlichen. Das dynamische Prinzip läßt auf die Spannung eine Entspannung, auf die Entspannung einen Schwung folgen. Siehst du denn nicht, Mama, daß ich nach diesem Prinzip unsere Übungen aufbaue? Ich ziehe prinzipiell eine scharfe Grenze zwischen dem Erforschlichen und dem Unerforschlichen."

Gustav Roloff liebte Melitta fast mehr als den Sohn, der als Kellner in einem New-Yorker Hotel weltmännische Ausbildung genoß. Eugen hieß er. Er war in die Art der Mutter geschlagen, noch mehr, er hatte diese Art bis zur letzten Konsequenz durchgebildet und mit einem Schuß männlicher Robustheit gekräftigt. Alles prüfte er auf den praktischen Gehalt, ohne den Wertzuwachs gelten zu lassen, den das Praktische in dieser Welt gerade durch die Verpackung mit Idealen erfährt, ja ohne auch nur zu ahnen, daß es erst dann in der Hand eines geschickten Mannes eine wahrhaft praktische Ausbeute gestattet. Wie er sich über den Plan zum neuen Hotel äußerte, war bezeichnend für ihn. Man hatte ihm eine Zeichnung von Jaguttis gesandt; er schickte sie ohne ein Wort der Zustimmung oder Ablehnung zurück. Statt dessen schrieb er: „Meint Ihr nicht, daß der Europäische Hof für Wahnstadt ausreicht? Selbst der steht ja die meiste Zeit leer — und nun habt auch Ihr den falschen Ehrgeiz? Hier in Amerika macht man sich Konkurrenz, wenn der Markt ein Geschäft für zwei verspricht; Ihr hingegen wollt an einem Platz in Wettbewerb treten, wo einem allein schon die Pleite droht. Ihr werdet natürlich sagen, daß die schäbige Eleganz im Europäischen Hof kein Publikum mehr anlocken kann. Ich glaube nicht daran. Das Schäbige stört die Wahnstädter nicht, wenn bloß Eleganz dabei ist. Ich kenne sie doch. In Eurem Luxuskasten wärt Ihr aber schon der Unkosten wegen auf ein mondänes Publikum angewiesen. Wo wollt Ihr das in einer Stadt der Arbeit hernehmen? Überlegt es Euch reiflich."

Als Roloff diesen Brief gelesen hatte, schob er ihn zunächst schweigend und anscheinend achtlos beiseite. Er legte die Hände auf den Rücken, straffte sein Kreuz und blickte zur Decke: die Bemühung war ein wenig zu deutlich. Inzwischen las Frau Olga den Brief. Sie las ihn langsam und interessiert, schwieg und reichte ihn Melitta hin, die ihn geziert zwischen Zeige- und Mittelfinger faßte. Indem sie ihn überflog, warf sie schnippisch die Unterlippe auf. Frau Olga entzog ihr das Blatt und breitete es vor sich hin. Sie sagte nichts dabei, nur sah der Briefbogen jetzt aus, als sei er plakatiert. Er vergrößerte sein Format. Die Buchstaben traten daraus hervor. Die Sätze verfetteten sich zu Schlagzeilen. „Überlegt es Euch reiflich."

Roloff verharrte in seinem widerborstigen Schweigen. Der Brief war unverdaulich, er drückte aufs Gemüt, er verletzte die heiligsten Gefühle. Nacheinander hielt er ihn für ein Blendwerk, einen Schwindel, einen Bluff. Endlich brach er aus: „Was der Junge sich einbildet — hab' ich etwa ein Gutachten von ihm verlangt? Ich habe ihm eine Mitteilung gemacht. Aber dafür gibt man sein Geld aus. Damit er sich überm großen Teich 'ne große Schnauze aneignet. Damit er sein Vaterhaus verleugnet."

„Gustav! Wie kannst du so was sagen? Er meint es sicher gut."

„Meint es gut! Warum nicht gar! Alles dumme Zeug wird damit entschuldigt, daß es gut gemeint ist. Was er da über den Charakter seiner Vaterstadt sagt, das ist ja glatter *Landesverrat*, das gehört ja vors Reichsgericht."

Er hatte die Zeit vergessen, in der er selbst den Wahnstädtern kein gutes Zeugnis ausgestellt hatte; er war nicht gern daran erinnert. Frau Olga erinnerte ihn jedoch daran und fügte unnachgiebig hinzu: „Sag meinetwegen, daß Eugen maßlos und ungerecht ist. Aber die Sorge ums Geschäft kannst du ihm nicht absprechen."

„Es handelt sich nicht bloß ums Geschäft. Fang du nur auch damit an. Das ist ja 'n netter amerikanischer Materialismus. Kein Funke von *Zukunft* ist in dem Jungen! Kein bißchen

Phantasie! Nichts als Vernunft! Alles malt er grau in grau — na schön, mag ja sein, daß alles grau ist, aber dann ist es unsere verdammte Pflicht und Schuldigkeit, Rosenfarbe für 'ne komplette Morgenröte zu besorgen. Er jedoch? Er denkt immer nur über das nach, was ist, statt auch mal von dem zu träumen, was wird. Er ist ein Pessimist. Ein Anarchist! Wo bleibt denn da das *Ethische*, hä? Wo bleibt der universale Blickwinkel? Er tut ja so, als wäre die Verzweiflung unser Grunderlebnis. Haha, wir resignieren nicht, noch lange nicht. Nein, Freundchen. Wir lassen uns nicht deprimieren. Kommt gar nicht in Frage! Wir Menschen von heute wollen verdammt nicht wissen, wo wir uns befinden und wie es uns geht. Wir wollen uns über unser armes Selbst erheben. Gott sei Dank gibt es neben der Wirklichkeit auch noch eine Überwirklichkeit, und das ist unser Fall, und das freut ein' denn ja auch. Wir brauchen einen Wegweiser, der ohne Rücksicht auf die Finsternis und den brüchigen Grund seines Standorts die höheren Ziele zeigt, die hinter den Sternen schlummern." Sein Zorn trieb ihn in ein dröhnendes Pathos hinein, das seine Rede aus dem Gleichgewicht brachte. „Was schreibt er? Falscher Ehrgeiz? Wir haben unseren Glauben, er hat seinen Zweifel, und es wird sich schon herausstellen, wer mächtiger ist. Wir sind Deutsche, und deutsch sein, heißt, eine Sache um ihrer selbst willen tun. Seht ihr, das werde ich ihm antworten." Er griff sich an die Stirn. „Deutsch sein, heißt, eine Sache um seiner selbst willen tun." Er versprach sich, ohne es zu merken.

„Könnten wir nicht mit der Ausführung warten, bis er zurückkommt?" fragte sanft Frau Olga, doch Roloff widersetzte sich mit Heftigkeit.

„Jetzt aber Schluß. Ich will meinen Zeitpunkt nicht verpassen. Denkst du, mir kommen die Ideen von ungefähr? Sie liegen doch in der Luft, überall rumort die neue Zeit, du siehst doch, wie es sich in allen Städten regt, da ist doch sonnenklar, daß in Wahnstadt was geschehen muß. Wenn wir's nicht machen, machen es andere — und das wird nicht sein, solange Gustav Roloff lebt. Her mit dem Brief." Er zerriß ihn in viele kleine Stücke. „So. Erledigt. Ausgelöscht. Nie gewesen." Er stieß die Fetzen mit den Füßen weg, indem er durchs Zimmer rannte. „Nie gewesen. Ausgelöscht. Erledigt."

Er kreiste wie ein Raubvogel. Es war, als habe er mit dem Papier das Band zwischen sich und seinem Sohn zerschnitten. Frau Olga legte die Hand auf seinen Arm, er drückte sie fort, da mischte sich Melitta ein, die bisher auf ihrem Stuhl geturnt hatte: „Du mußt Eugen die Existenz des Publikums für dein Hotel beweisen, Roloff."

Sie nannte ihren Vater stets „Roloff", schlechthin „Roloff". Er fand das großartig, denn es hörte sich von ihrem Munde wie der Name einer rauhen Größe der Vorzeit an. Trotzdem erwiderte er ziemlich unwirsch: „Ich habe ihm ja geschrieben, daß die Kongresse kommen werden. Er begreift es doch nicht, er will es nicht begreifen."

„Ach was, Roloff, das hält er für deine persönliche Ansicht. Eugen ist ein Banause, ein amusischer Mensch, und dann mußt du auch noch die amerikanische Mentalität berücksichtigen, weißt du. Die Amerikaner unternehmen prinzipiell eine große Kampagne, um Bedürfnisse zu schaffen, bevor sie eine Industrie gründen, um sie zu befriedigen. Das sieht er doch täglich, und da kann man ihm ja entgegenkommen. Die Banausen muß man mit ihren eigenen Waffen schlagen. Schreib ihm, daß die City-Gesellschaft eine Volksbewegung ist. Schreib ihm, daß du eine intensive seelische Vorbereitung machst. Schreib ihm, daß du organisierst, Roloff. Das wird ihm imponieren."

Frau Olga zuckte die Achseln. „Was hat es für einen Zweck, den Kopf in den Sand zu stecken", sagte sie langsam.

Noch am gleichen Tage schrieb Roloff an Eugen, wie es Melitta ihm geraten hatte.

Es kam keine Antwort.

Viertes Kapitel

I

Zwischen Schwandt und Hundacker bestand nach menschlichem Ermessen nicht der geringste Anlaß zu persönlicher Feindschaft. Nur der Städtekranz entzweite sie. Ihre Kreise hatten sich früher nie berührt. Hundacker, aus dem Richterstand hervorgegangen, war schon länger im Amte als Schwandt; dieser hatte ihn stets geschätzt, solange er noch in Berlin gewesen war. Irgend etwas in ihren Naturen, das Schillernde, das Feuilletonistische, war sich verwandt. Die Charaktere glichen sich sozusagen in der Grundierung, nur trat bei Hundacker alles, Schwäche wie Stärke, geprägter hervor. Auch fand manches gleichartige Element bei ihm eine umgekehrte Äußerung. So studierte er zum Beispiel alles aufs genaueste ein, um sich nachher wie ein Improvisator zu geben —, während Schwandt seine Umgebung dazu erzog, in Plötzlichkeiten das Resultat glänzender Überlegungskunst zu sehen. Es lief auf dasselbe hinaus, aber es zeigte den Unterschied im Grade der Verschlagenheit.

Man muß nicht vergessen, daß Eitelfeld eine fest eingewurzelte Stadt war —: eine Stadt mit gutem Topfballen, möchte man mit den Gärtnern sagen, eine Stadt, deren Schößlinge mit allen abgetönten Eigenschaften straff und übersichtlich nebeneinander sproßten. Wie nach einer Grundrißzeichnung waren die einzelnen Partien energisch getrennt — diese alt, jene neu, diese arm, jene reich, diese kommerziell, jene gesellschaftlich. Dazu war Eitelfeld ein wichtiger Verkehrsknotenpunkt, von den Wellen eines zweimal überbrückten Stromes bespült, der mit der Melodie einer großen und freien Seele mitten durch ihr Herz dahinrauschte, und von Reedern und Kaufleuten bewohnt, deren Vorfahren schon zur Zeit Karls des Fünften mit den Gewürzflotten von Amsterdam und Antwerpen in Verbindung gestanden hatten. Man konnte dort nicht um eine Straßenecke biegen, ohne auf ein altes Kloster, ein altes Gildenhaus, ein altes Schloß zu stoßen, vielfältige und ehrwürdige

Zeugen einer geruhsamen Reife. In Kirchen und Museen hingen die alten Altarbilder einheimischer Meister, aus tiefer Dunkelheit erglühend, nichts Abgeschiedenes, nichts Asketisches, ein süßer, kindlich frommer Glanz von Sinnenfreude und Weltlichkeit zwischen allen heiligen Gebärden; und die pausbäckigen, lebenslustigen Gesichter der Madonnen und Engel traten aus ihren einsiedlerischen Nischen heraus, folgten dem Betrachter auf die Straße und lebten wieder auf in den Gesichtern der Frauen und Mädchen, deren Stammütter sie waren — unvergänglich, unverwandelt in Ausdruck und Begierden.

Gegen den üppigen Schatten, den Eitelfeld schon von Natur, ohne irgendeines Menschen Zutun, über sie warf, trumpften Wahnstadt und Kohldorf, mehr landeinwärts gelegen, vergeblich keck mit ihrer Jugend auf. Es fruchtete nichts, daß der Gewerbefleiß ihrer Bewohner sprichwörtlich zu werden anfing; im Gegenteil, das war ein Grund mehr, sie eifersüchtig niederzuhalten.

Aber fand denn hier überhaupt ein Wettlauf der Vergangenheit mit der Zukunft statt? Nein, es schien nur so, denn es ist ja ein ungeheurer Irrtum, daß die jungen Städte hundertprozentige Zukunft seien — dafür sind sie durch ihre Herkunft und den Taumel ihrer Entwicklung allzu sehr gehemmt, vielleicht sogar in Gefahr, desto frühzeitiger zu vergreisen; und die alten Städte sind nicht reine Vergangenheit, denn sie sind wie die alten Vulkane: man glaubt sie längst erloschen, der kühlende Schaum ewigen Schnees deckt ihr verwittertes Gesicht, doch plötzlich entbrennen sie wieder, brechen donnernd auf und schmelzen ihr Antlitz um. So knistert die zähe Leidenschaftlichkeit, der feurige Reichtum dieser Städte unter der Asche ihrer einstigen Pracht in glühenden Wünschen fort; sie haben die Bereitschaft zur wartenden Stille über der Zeit — wer weiß, welche Geheimnisse die undurchdringliche Ruhe ihrer Oberfläche behütet und welche Gewalten ihnen eines Tages, wenn sie aus der Verzauberung erwachen, betäubend entströmen.

Eitelfeld, lange in Schlaf versunken, lange in das dornige Gespinst der Verschollenheit gebettet, war von Karl Hundacker erweckt worden, der so gut wie ein richtiger Märchenprinz sein Sesam-öffne-dich vor Referentenkammern und Kreditausschüssen zu sprechen wußte. Ähnlich der Röwedahlschen, von Schwandt inspirierten Auffassung, und dennoch um eine bezeichnende Nüance anders, lautete seine Formel: „Was die Stadt ist, das gilt der Oberbürgermeister, und was der Oberbürgermeister gilt, das ist die Stadt." Darum hatte er nicht verabsäumt, Eitelfeld mit den neuen Waffen der Technik zu versehen: ein sehenswerter Hafen mit namhaftem Umschlag, Seeschiffen zugänglich, war sein Verdienst, die Befestigung des städtischen Ansehens als eines vielgerühmten Stapelplatzes die Folge. Mochten die Nebenbuhler seine Stadt in industrieller Übung und Begeisterung (mehr in dieser als in jener) übertreffen — sie wiederum hatte vor ihnen die händlerische Erfahrung und Kampferprobtheit voraus. Hundacker meinte: „Am Ende wird sich zeigen, daß die echte Jugend sich trotz allem lieber und leichter dort einfindet, wo das Alte unauslöschlich lebt."

Sein Rathaus war ihm ein Unterpfand dafür: dieser maßvoll hingelagerte, mit pittoresken, aber beileibe nicht spielerischen Türmen gespickte Bau, der auf der römischen Stadtmauer ruhte und durch ein außerordentlich bewegtes Portal hindurch, eine zweigeschossige Bogenhalle aus der Renaissance, über Treppen und Höfe voll kostbarer Reliefs und Schnitzereien in Säle von einer dumpfen und gewaltigen Feierlichkeit führte, wo die Schätze des Mittelalters, das Ratssilber, die Chroniken, die Monturen der Stadtsoldaten noch aus den vernagelten Schreinen heraus, ein rufendes Vermächtnis, ihre Kräfte entsandten und unter dem Goldgeriesel der Baldachine Größe und Unbeugsamkeit der Vorfahren gesammelt und gesteigert waren: all die Erinnerungen an die Ratsgerichtsbarkeit und an die Kaiserempfänge des Heiligen Römischen Reiches Deutscher Nation — alles ganz dicht, ganz warm, gegenständlich und geschlossen. Es zwang zur Nacheiferung, nicht zur Entrücktheit. In diesem Rathaus mußte sich jeder Oberbürgermeister als Ritter, als Lehnsherr fühlen und ein natürliches Übergewicht über die Kollegen in modern gebauten Rathäusern erlangen. Nichts war eingesargt, nichts von der Zeit zerstückelt. Noch in diesem angeblich nüchternen Jahrhundert empfing die Verwaltung der Stadt Eitelfeld etwas von dem ekstatischen Rausch, der um die alten Namen und Ereignisse gelagert war, und erst durch diese Schicht hindurch sah man den verjüngten Körper leben, wie er war, wie er sich rührte, worauf er sich stützte.

Dem geistigen Hintergrund entsprach der sinnliche Vordergrund. In einem jener Säle, die noch weitläufiger, dafür jedoch erfüllter und klarer waren als der nackte, vieldeutige Saal Matthias Schwandts, las Hundacker die Absage Eisenmengers, die schon in den Wahnstädter Blättern, noch bevor der Brief den Adressaten erreicht hatte, mit Genugtuung verzeichnet worden war. Dieser Umstand hätte genügt, um ihn argwöhnen zu lassen, daß Schwandt seine Hand im Spiele habe; da er aber sonst noch einiges erfahren hatte, verdichtete sich die Vermutung zur Überzeugung.

Schwandt umgab sich mit Zwielicht, bog handfeste Vorgänge in geheimnisvolle Rätsel um, verwirrte das Zuverlässige zu undurchschaubaren Mißhelligkeiten —, und das Geheimnisvolle mußte dann für Hintergründigkeit, die Verwirrung für Phantasie passieren. So kam es, daß er sich bei aller gemachten Undurchdringlichkeit Blößen über Blößen gab. Sein Selbstgefühl war im Grunde Unsicherheit. Er trug das Herz auf der Zunge. Er war so unvorsichtig, seinen Haß auf Hundacker vor niemandem zu verhehlen, wiewohl er, war er auch kein hervorragender Menschenkenner, immerhin einige Menschenkenntnis besaß; aber seltsamerweise schien er es gerade in diesem Fall nicht für der Mühe wert zu halten, sie anzuwenden. Er stand unter einem Zwang, er konnte sich nicht beherrschen, wenn die spöttischen Sophismen in seinem Hirne quirlten, sie mußten heraus, und wenn er gleich wußte, daß er sich um Kopf und Kragen reden konnte; mutwillig begab er sich in Gefahr — mit dem Trost, daß man als Oberbürgermeister so schnell nicht darin umkam. Nicht nur, daß er weder den Stadtbaurat noch die Herren von der City-Gesellschaft, noch den Syndikus Eisenmenger über seine Gefühle im Zweifel gelassen hatte; bei Eisenmenger war er am deutlichsten geworden: „Er fischt in meinen Gewässern, ich werde ihm das Handwerk legen." Eine Stunde darauf wußte es schon Gutzeit, der mit Eisenmenger befreundet war. Gutzeit erzählte es seinem Eitelfelder Kollegen, dieser sagte es einem seiner Handelsherren, und dieser endlich berichtete es in einer Gesellschaft dem Bankier und

Reeder Balluf, Präsidenten der „Ersten Eitelfelder Dampfschiffreederei", von wo es dann Hundacker zu Ohren kam.

Karl Hundacker dachte nicht daran, gleiches mit gleichem zu vergelten; er sprach fast nie über Schwandt, er sagte nur manchmal, es sei ein alter Brauch, daß sich die Arbeitskraft leitender Persönlichkeiten in Anstiftung und Abwehr von Intrigen verzettele, und er wolle mit dem Herkommen bei Gott nicht brechen; aber auch das Intrigieren wolle verstanden sein. „Große Greuel", sagte er zu Balluf, „beginnen oder beenden die weltgeschichtlichen Epochen; aber zwischendurch bestimmen die kleinen Gemeinheiten den Gang der Historie. Die Kunst ist eben, in Feindschaft einträchtig nebeneinander zu leben, und auf dieser Kunst baut sich unser Städtekranz auf."

Balluf, der schon den Nutzen errechnet hatte, den der Transport von Ausstellungsgütern für seine Reederei abwerfen würde, war der Ansicht, daß die Internationale Ausstellung auch ohne Beteiligung der Wahnstädter und Kohldorfer Industrie ein voller Erfolg werden könne. „Das Geschoß, das uns treffen sollte, wird auf die Schützen zurückprallen. Sie werden am Schluß dastehen wie die betrübten Lohgerber, denen die Felle fortgeschwommen sind." Er war eine der treibenden Kräfte dieses Plans und hatte im Ehrenausschuß der „Internationalen Industrie- und Gewerbeausstellung (Induga)" schon den Vorsitz übernommen. Der Ausschuß war gebildet worden, um der ganzen Sache einen mehr privaten Anstrich zu geben. Hundacker sah sich vor, er sagte: „Die *Organe der öffentlichen Meinung* fallen über alles, was städtisch ist, mit dem Gebiß eines angriffswütigen Hundes her, aber vor euch Wirtschaftlern ziehen sie den Schwanz ein und trollen sich mit dem winselnden Auge eines geprügelten Hundes davon." Daher zeichnete er namens der Stadt nur einen angemessenen Betrag für den Garantiefonds und beschränkte sich im übrigen darauf, seine Freunde aus der Wirtschaft zum Vortritt zu bewegen.

Allerdings stellte er auch den Platz und die Bauten frei zur Verfügung, und die Bauten — nun ja, die harrten noch ihrer Errichtung und der Bezahlung mit barem Gelde; aber dafür hatte er schon eine amerikanische Anleihe in der Tasche, das erledigte sich alles nebenbei, und den Zweiflern konnte er gehörig den Mund stopfen, wenn er sie darauf hinwies, daß die

Bauten ja einen realen, das Vermögen der Stadt mehrenden Wert behalten würden. Er war Manns genug dazu.

„Nein", sagte auch er und legte Eisenmengers Brief in sein Schubfach, „nein, daran wird die Induga nicht scheitern."

Langsam trat er ans Fenster. Man sah von dort den Strom, ein Stück nur, blinkend wie ein See, durch die Schneise einer Gasse, und dahinter, am jenseitigen Ufer, einen baumbestandenen Wall —: dort sollte die Induga erstehen. Hundacker schaute hinüber. Die Planierungsarbeiten waren schon in vollem Gange.

Das Wetter war stürmisch. Die Wolken, froh, über das Meer zu sein, fielen mit wildem Geheul in die Ebene. Es zog noch scharf durch die Doppelfenster, die Scheiben knackten; der Luftzug, der durch die Ritzen pfiff, roch ozeanisch. Balluf schnupperte entzückt. Ein Schleppdampfer arbeitete sich keuchend zu Berg, der Sturm zerhackte den Rauch, der wie siedendes Pech aus dem Schornstein quoll, und schleuderte die Fetzen zornig ins Wasser. Die Kähne waren schwer befrachtet und gingen tief; der spritzende Gischt schoß über Bord. Ein anderes Schiff glitt daran vorbei, mit leeren, hoch über dem Wasserspiegel schwimmenden Kähnen, behend und mühelos zu Tal, neue Ladung einzunehmen. Sie hißten die Flagge, um einander zu grüßen. Es waren beide Martin Balluffs Schiffe. Breite Furchen blieben davon im Strom. Martin Balluf war gewohnt, selbst in den Elementen Spuren seiner Tätigkeit zu hinterlassen.

„Der Strom ist im Steigen", sagte er. „In der Unterstadt wird das Grundwasser bald in den Kellern sein. Man wird die Hafenschleusen sperren müssen."

In der Unterstadt gehörten ihm mehrere Häuser. Schräge, spitzgieblige Häuser, an denen schon viele Hochwasserstände vermerkt waren, aus hundert Jahren und mehr. Die Mauern wurden nicht mehr frei von der salpetrigen Krätze. Martin Balluf strich Jahr für Jahr ein hübsches Schmerzensgeld für Hochwasserschäden ein. Nein, er hatte nichts gegen Hochwasser, wenn auch die Schiffahrt ein paar Tage ruhte —: das ging zu Lasten der Aktionäre.

Aber auch Hundacker hatte diesmal nichts dagegen. „Von mir aus — — —". Er vollendete den Satz nicht. Der Platz der Induga lag im Vorflutgelände. Wurde er überflutet, so konnte man ebenfalls aus dem Staat etwas herausquetschen. Wofür hatte man den Regierungspräsidenten in der Stadt?

Der ozeanische Geruch füllte den Raum und schwellte die Segel der Zukunft. „Wetten, daß der Wahnstädter Metallkonzern doch noch mitmachen wird?" fragte Hundacker.

„Wer weiß —, das ist unberechenbar", versetzte Balluf, der mit seinen Gedanken woanders weilte, bei Zahlen und Bilanzen.

„Nein", sagte Hundacker. „Das ist berechenbar. Sie kennen doch Windhäuser."

„Ich kenne ihn, aber ich kann nichts tun." Er glaubte, daß er vermitteln solle. Der Gedanke war ihm unsympathisch. Als Makler für Handel und Verkehr stand er mit Windhäuser auf gespanntem Fuß, diesem grobschlächtigen Schwerindustriellen, der zu sagen pflegte: die Industrie einwandfreien Geblüts sei mit der Steigerung der Produktion beschäftigt, die unedle, krämerhafte Sorge um den Absatz ihrer Produkte liege ihr gänzlich fern. Sie sahen sich auch kaum. Nur einmal im Jahre, bei der Tagung des Reichsverbandes der Industrie, kamen sie zusammen, um sich Unfreundlichkeiten zu sagen.

Hundacker schwieg — ein Meister der überlegenen und ausgewogenen Pause. Ein feines Lächeln umspielte sein starkknochiges, eckiges, beinahe bäurisches Gesicht. Mit den unheimlich hellen Augen und der hart gemeißelten, weit vorspringenden Nase sah es wie ein Porträt von Holbein aus. Noch ein Samtkragen, und die Ähnlichkeit wäre vollkommen gewesen. „Sie haben mich mißverstanden", sagte er nun. Er blickte wieder über den Strom und schnupperte, wie vorhin Balluf geschnuppert hatte. „Wir wollten schon immer eine dritte Brücke bauen . . . Wir könnten es jetzt zugleich mit der Induga betreiben. Eine Brücke im Bau, das wäre sogar für die Ausländer ein lebendiger Anschauungsunterricht über die Leistungsfähigkeit und den ungebrochenen Mut der deutschen Wirtschaft."

Balluf horchte auf.

„Gehört denn nicht", sprach Hundacker weiter, und man mußte genau aufpassen, um in seinen Augen die prickelnden Lichter zu entdecken, „gehört denn nicht zum Wahnstädter Metallkonzern eine Brückenbauanstalt?"

Balluf machte einen Luftsprung mit seinem Habichtskopf.

„Das ist ein Wink des Himmels", sagte er.

II

„Ich habe alles gesehen, was Windhäuser baut", hatte Schwandt den Herren von der City-Gesellschaft erklärt, um dann zu warnen: „Hoffentlich sind es keine Windhäuser."

Dr. Brilon teilte es Gutzeit mit, ohne sich etwas dabei zu denken. Gutzeit verriet es Eisenmenger. Eisenmenger trug es Windhäuser zu.

So schloß sich der Ring von der anderen Seite.

Wie alle jene Industriellen, die sich einbilden, über ein Pflaster von Basalt zu schreiten, damit ihre Filzpantoffeln wie genagelte Stiefel dröhnen, wie alle Industriellen dieser Art war Windhäuser eitel, reizbar und leicht verletzlich. Es hätte kaum noch eines anderen Anstoßes als jenes unbedachten Wortes Schwandts bedurft, um ihn Hundacker in die Arme zu treiben. Hätte Hundacker es ahnen können, so hätte er wahrscheinlich einen billigeren Preis geboten als das Millionenobjekt der Brücke. Es tat ihm weh, daß dieser Auftrag nach Wahnstadt ging, aber es hätte ihn andererseits nicht schlafen lassen, wenn er die Wahnstädter Front gegen die Induga nicht durchlöchert hätte. Einerlei, er ahnte nichts und bot den Preis. Als die Bedenklichkeit in den zuständigen Stadtausschüssen in Opposition auszuarten drohte, nahm er die bockigen Stadtverordneten beiseite, einzeln und unter strenger Klausur. Mit Rücksichtslosigkeit, doch mit verbindlicher Rücksichtslosigkeit, setzte er seinen Willen durch. Er überredete nicht durch rhetorische Künste. Er erschlich nichts durch spirituelle Fertigkeiten. Er überzeugte durch materielle Tricks. Keiner ging unbeschenkt, ungetröstet von ihm weg. War er Unternehmer, so hatte er die Zusage für Lieferungen an die Stadt; war er Gewerkschaftler, so hatte er das Versprechen eines städtischen Zuschusses für seine Baugenossenschaften. Hundacker ging aufs Ganze, wagte den höchsten Einsatz und gewann. „Die Verhandlungen sind von der größten Herzlichkeit beseelt", sagte er, „ich habe nie an ihrem glücklichen Ausgang gezweifelt." Windhäusers Metallkonzern verpflichtete sich, für zehn Millionen in Eitelfeld eine Brücke zu bauen und die Induga zu beschicken. Hundacker publizierte es, kaum daß die Unterschrift unter den Verträgen trocken war.

Wahnstadts maßgebende Kreise (und was sich dazu rechnete) waren wie vor den Kopf geschlagen. Schwandt beschwerte sich bei Eisenmenger: diese Wankelmütigkeit habe er von einer charakterfesten Branche nicht erwartet. Eisenmenger beschwichtigte: es sei doch nichts Neues, daß die Industrie sich dementiere; man müsse sich nach den Tatsachen richten. „Neue Tatsachen schaffen eine neue Lage." Da Eitelfeld eine so versöhnliche Geste gemacht und die wirtschaftliche Bedeutung des Wahnstädter Bezirks durch eine Arbeit und Werte schaffende Bestellung anerkannt habe, sei es unbillig und unanständig, die hingereichte Bruderhand zurückzustoßen. Das war einleuchtend. Schwandt haßte Hundacker mehr als je, obschon er natürlich nicht so dumm war, ihm die Begabung abzusprechen; er lobte sie sogar zuweilen, nur daß danach jedesmal ein schwerwiegendes „Aber" folgte.

Unterdessen stieg der Strom. Vom Oberlauf signalisierte der Hochwasserdienst: dreißig Zentimeter pro Stunde. An der Kaimauer von Eitelfeld konnte man das Wasser wachsen sehen; wie es von Sekunde zu Sekunde vorrückte, wie es züngelnd aufquoll, wie es die moosigen Mörtelritzen auslaugte, wie es Stein um Stein verschlang.

Unruhig steuerten die letzten Schiffe, unterwegs überrascht, dem Hafen zu. Unter den Brücken mußten sie schon die Schornsteine biegen. Im Hafen lagen sie, faul und geräuschlos paffend, vor Anker und ließen sich schaukeln und heben vom lautlosen Andrang der Flut. Zu allen Tagesstunden belagerten unzählige Gaffer den Kai: Rentner, die ihren Morgenspaziergang machten, Frauen, die diesen Umweg zum Krämer nahmen, Schreiber und Ladenmädchen, die in der Mittagspause rasch einmal hinunterliefen, Tagediebe, die sonst schon vormittags in den Kneipen hockten. Der Strom heiligte allen Müßiggang. Zu wissen, was mit ihm vorging, gehörte zur täglichen Notdurft des Lebens. Es war in Eitelfeld kein Dasein ohne ihn. Wo immer die Menschen wohnten, aßen und schliefen, da wohnte, aß und schlief der Strom mit ihnen. Wenn sie die Fenster öffneten, war die Luft mit seinem kräftigen Hauch geschwängert, dem Duft von Schiffsteer und Ufergras, von frisch gewaschenen Sommerkleidern und nackten Körpern der Schwimmer, die triefend den kieseligen Saum entlangliefen und sich vom Wind frottieren ließen, während derselbe unbeschreiblich würzige Geruch dieses Wassers an ihnen haftete; wenn sie zum geflockten Himmel aufsahen, war es das besinnliche Licht und die leuchtende Weite des Stromes, was von dort widerstrahlte; wenn sie träumten, lag ihnen das Summen der Schiffsirenen im Ohr —, und alle Kirchenglocken waren andächtiger, feierlicher und mahnender, wenn sie über den Strom herüberklangen.

Der Strom und die Stadt: eins lebte nur im anderen.

„Er kommt", sagten die Gaffer, blickten ins Wasser und auf die wandelnden Wolken, die manchmal, vor dem heulenden Anprall des Windes, mit einem kreidigen Schein zerplatzten und darauf wieder quellend und hemmungslos hinrollten und schäumende Gießbäche entluden. Balken aus Wasser standen in der Luft; dieser Regen trommelte wilde Märsche, sprang auf und ab, schoß in unwiderstehlichen Fluten quer herein, setzte für Sekunden aus, um die Richtung zu wechseln, prasselte wie Peitschenhiebe von der anderen Seite her; es regnete doppelt, in gellenden Strähnen; sie knallten auf das Pflaster, schnellten noch einmal auf, fielen in quabbeligen Tropfen nieder und ergossen sich in emsigen Rinnsalen, gleich Heerstraßen krabbelnden und geschäftig wühlenden Gewürms, hinunter in den Strom.

„Er kommt", sagten die Gaffer und maßen mit den Augen die Entfernung bis zu den ersten Häusern, wo schon die unteren Stuben geräumt, Laufstege gelegt, Nachen an Türen und Fenstern festgemacht, Kübel mit Sauerkraut und eingemachten Bohnen auf den Speicher getragen wurden.

„Er kommt", sagten die Gaffer und sahen zu, wie aus den Kellern Fässer und Bottiche herausgeschafft wurden, die, bei steigender Flut nach oben gedrängt, die Gewölbe gesprengt hätten.

Er kam.

Er kam mit einer unheimlichen Geschwindigkeit und mit einer unheimlichen Ruhe. Aber mehr als das Sichtbare, mehr als die Geschwindigkeit, war es das Empfindbare, diese beklemmende Ruhe, die Schrecken und Grauen in sich trug. Sie war unnatürlich; man war auf barbarische Wildheit, ein Stück unbekannten, spritzenden Lebens gefaßt; man war darauf gefaßt, daß der Strom, je mehr er anschwoll, in donnernden Sprüngen daherstürzte und Brücken und Böschungen ungebärdig umtoste. Aber er war nicht einmal gekräuselt, nicht einmal flatternd bewegt, wie man es sogar in den Tagen seiner apollinischen Anmut von ihm gewohnt war; er blähte sich nur gemächlich auf wie ein Bauch, der alle Nahrung, deren er habhaft werden kann, in sich hineinschlingt — und dies war das einzige, was zügellos an ihm zu nennen war. Ohne zu hasten, nahm er die Ufer in Besitz, eine Beute, nach der er nicht zu gieren brauchte, weil sie ihm sicher verfallen war: er tat es genau der papierenen Sprache nach, die von ihm zu melden wußte, daß er über die Ufer trat. Wie ein Spaziergänger, der vom Wege abirrt und auf verbotenen Pfaden, aus Wohlbehagen, aus Laune, aus Wißbegierde eine Schonung durchstreift — so trat er über seine Ufer.

Jetzt, da er sich träge, steif und frostig fortwälzte, entstellt und aufgeschwemmt, eine gleitende, lehmige Masse, die dann und wann große, sacht quirlende Blasen zog —, jetzt war es kein Wasser mehr, kein sprudelndes Element; die gelbe Schmelzbrühe des Schnees hatte es chemisch verändert, zersetzt, verdickt. Es war, als ritten die entfärbten Schneeberge selber, eine qualvolle und beängstigende Last, auf dem Rücken des Stroms. Hinter ihnen her kroch eine Einöde von Betrübnis und Traurigkeit. Sie vermählte sich mit der Dunkelheit des frühen Abends, die von den Baumgespenstern am jenseitigen Uferwall heruntersickerte. Ein unermeßlicher Raum, gefüllt mit bleierner Leere: dies war der Eindruck des schwellenden Stroms. Scharen von Sperlingen badeten am Rand.

Nachts aber, wenn die Lichter von Eitelfeld auf seinem blinden Spiegel schluchzten, ermannte er sich mit einer düsteren Pracht, die wie ein alarmierender Rausch in die Glieder fuhr. Dann fauchten durch das eintönige Geplätscher, wie Flammen durch den Schwalch eines Schmelzofens, die dunkleren Gewalten, die nur vor dem einströmenden Schimmer der erleuchteten Stadt einen Augenblick den Atem anzuhalten schienen. Dann wurde der Strom lauernder, gieriger, gefräßiger; er raste böse und gefahrvoll, nagte und zerbröckelte die Erde.

Die Nacht treibt.

In der Nacht wachsen die Kinder im Schlaf. In der Nacht

wachsen die Pflanzen mit langen, strotzenden Schüssen. In der Nacht sprießen den Männern die Barthaare. In der Nacht wachsen und runden sich die Früchte an den Bäumen und die Keime im Mutterschoß.

Nächtlicherweile wuchs auch der Strom heftiger, brüllender als bei Tage. Aus der Tiefe leckte es an den Häuserwänden wie ein Heer blutschlürfender Katzen. In ihren Löchern piepsten die ersaufenden Mäuse. Weithin hallte es in der furchtbaren Stille rätselhafter Bilder und lastender Behänge am nächtlichen Himmel.

So kam der Strom. Das Land ertrank.

Fern und ferner rückte das andere Ufer. Die Baumkronen saßen platt auf dem Wasser; sie waren von treibendem Reisig und Stroh verschüttet. Kalt und dunkel zog der Strom über zersprungene Stufen und stürzendes Mauerwerk. Ballufs Häuser waren bis zum ersten Fensterkreuz umbrandet. Der Platz der Induga war ein Tümpel.

Ab und zu schoß etwas Schwarzes die unübersehbare gischtige Straße hinunter. Ein Schuh. Eine Matratze. Eine Bettstelle. Ein Kadaver. Ein Bottich. Ein Baumstamm.

Ab und zu wurde unter Haufen dürren Schilfs eine aromatische Kalmuswurzel angeschwemmt. Die Kinder trabten auf Stelzen heran, angelten sie, bissen hinein, balgten sich darum und warfen sie fort. Halbwüchsige Burschen ketteten Stämme zusammen und betrieben eine leichtsinnige Flößerei. Lärm, Geschrei und Gezänk gab es den ganzen Tag.

Dann kam ein trockener, zehrender Wind auf, und der Strom sackte über Nacht zusammen. Den Weg, den er gegangen war, zeichneten versandete Felder: schlammig umrandet, anzuschauen wie grinsende Fratzen. Sie dörrten unter dem Wind.

Nur in den Kellern, zwischen den Zementwänden, hockte das Grundwasser fest. Wochenlang hatten die Pumpen zu tun. Wochenlang war man dabei, die Ratten und Kröten auszuräuchern, die sich eingenistet hatten. An den Fußbodendielen klebte weißer Schimmel. Die Tapeten waren aufgeweicht, die Decken gerissen. Es roch kalkig und nach der Vergänglichkeit alles Irdischen.

Hundacker und Balluf sprachen beim Regierungspräsidenten um schleunige Hilfe vor. Sie wurden erhört; unbehelligt von den verdrießlichen Forschungen der Feststellungskommission, die in den Stuben der kleinen Leute alle Hände voll zu tun hatte, quittierten sie dankend über erhaltenen Schadenersatz.

Die Arbeiten an der Induga nahmen ihren Fortgang.

Ein neuer Strich unter den gefürchteten Zahlen verflossener Zeiten kündete die zuletzt erreichte Höhe des Wassers.

III

Inzwischen war der Redakteur Theodor Reckmann nicht müßig gewesen. Die Spalten der „Wahnstädter Neuesten Nachrichten" füllten sich mit Angriffen auf die Stadtverwaltung. Drobeck, davon völlig überrumpelt, hielt alles für eine Wahlmache. Reckmann sparte nicht mit ausfallenden Worten. Jede krumme Gasse, jedes baufällige Haus, jedes Stück Brachland im Stadtinnern ließ er als Ankläger gegen die Rückständigkeit der „verantwortlichen Stelle" auftreten, die sich in Schweigen über Wahnstadts Zukunft hülle: ob es vielleicht darum geschehe, weil sie keine Ideen habe? Er stellte die Photographien wuchtiger Fabrikfronten, Gasometer und Silos, die allein schon durch ihre neuartige Konstruktion und durch die bestürzende Kühnheit ihrer Dimensionen den Weltmarkt zu erobern schienen, gegen die Photographien des langweiligen Glockenparkhauses, der verbauten, ausweglos zwischen Altem und Neuem festgeklemmten Amsterdamer Straße und der vielen ziellosen Engpässe voll verstörtem Gemäuer, zwischen dem der unaufdringliche Backsteinbau des Rathauses eingepfercht war. Es waren „Bilder ohne Worte", wie darüber zu lesen war; aber sie waren ungeheuer beredt: auf der einen Seite die Industrie, fest gefügt und streitbar, auf der anderen die Stadt, verzagt und wurmstichig.

Ein andermal hieß es: es sei höchste Zeit, daß die „verantwortliche Stelle" mit der überalterten Methode breche, alles der privaten Initiative zu überlassen und nachher nur händereibend dabei zu stehen und sich in Erfolgen zu sonnen, für die sie keinen Finger gerührt habe. Die „verantwortliche Stelle"; immer wieder die „verantwortliche Stelle". Nie war sie bei Namen genannt; die Vorwürfe konnten den Stadtbaurat treffen, den Kämmerer, den Pressechef, den Oberbürgermeister.

Drobeck hegte deswegen nicht gerade Besorgnis; aber er erblickte darin eine persönliche Kränkung, ja eine Erschütterung seiner Stellung. Nicht, daß er von Natur empfindlich gewesen wäre; doch wußte er daß seine Kollegen ihm jede unfreundliche Pressenotiz ankreideten —, ihm, der nach ihrer Auffassung dafür besoldet wurde, daß alle Welt vom Rathaus nur Gutes sage. Lagen sie nicht immer auf der Lauer, um ihn über einer Pflichtversäumnis zu ertappen? Schrieb eine Zeitung etwas gegen ihn selbst, so konnte er sicher sein, daß sie ihm von einem anonymen Kollegen mit roten Anstrichen zugeschickt wurde, und daß er überall hämischen Gesichtern begegnete, die ihm ihren Abscheu gegen die „verdammten Zeitungsschmierer" bekundeten, während ihr gleisnerisches Auge sie Lügen strafte. Die Schadenfreude in ihrer Brust zu verschließen oder sie nur untereinander auszutauschen, litt ihre Bosheit nicht; sie mußten Trost und Teilnahme heucheln, um ihn zu martern, um ihn wissen zu lassen, daß sie es alle, alle gelesen hatten. In solchen Augenblicken hätte er die Lokalredakteure vergiften können. Innerlich kochend und vor Aufregung schwitzend, rief er sie an — um sich alsdann mit ausgesuchter Liebenswürdigkeit nach ihrem Befinden zu erkundigen und sie zu einer freundschaftlichen Aussprache bei einer Tasse Kaffee einzuladen.

So machte er es auch jetzt mit Reckmann. Sie verplauderten zwei Stunden in einem stillen Kaffee und schieden im besten Einvernehmen. Drobeck beglich die kleine Zeche, die sie beide gemacht hatten, es waren ein paar schwere Zigarren und Liköre dabei; Reckmann klimperte mit den Münzen in seiner Westentasche und wartete, bis Drobeck sagte: „Aber ich bitte Sie, das wäre ja eine Beleidigung, Sie waren natürlich mein Gast..." Reckmann dankte flüchtig, stülpte noch einen Likör hinunter und sagte wie gewöhnlich: „Na prosit. Auf eine gedeihliche Zusammenarbeit zwischen Stadtverwaltung, Bürgerschaft und Presse." Wirklich brachten die „Neuesten Nachrichten" anderntags etwas, was im Sinne der Verwaltung lag — über Wohnungsnot und Finanzierungsschwierigkeiten und den Einfluß der Kommunalwahlen. Es war vielsagend und doch nichts Greifbares, ein Muster guter Pressebüroarbeit. Theodor Reckmann tat sogar ein übriges und veröffentlichte eine rühmende Statistik über den städtischen Wohnungsbau. Drobeck war wieder obenauf und ging mit einem altklugen Lächeln umher.

Das Lächeln war noch frisch auf seinen rosigen Backen, als er zu seinem Entsetzen bemerkte, daß der Redakteur, nachdem er mit jenen Flötentönen sein Gewissen von einer Dankesschuld befreit hatte, in aller Gemütsruhe wieder die alte Weise pfiff. Drobeck schüttete dem Stadtbaurat sein Herz aus — dem einzigen, dem er es gefahrlos ausschütten konnte, weil er ihm politisch fern stand. Er zweifelte keinen Augenblick daran, daß es Roloffs Einflüsterungen waren, denen Reckmann gehorchte.

„Einflüsterungen?" sagte der Baurat. „Das mag sein. Aber es sind Formulierungen drin, die auf eine genau fixierte Unterlage schließen lassen."

„Vielleicht ist Brilon der Urheber im Sinne des Gesetzes — man weiß bei unseren Blättern ja nie, wer verfaßt und wer redigiert."

„Brilon? Wer ist Brilon?"

Drobeck, der sich jedesmal diebisch freute, wenn jemand nichts von Dr. Brilon wußte, entgegnete wegwerfend: „Ach, das ist so ein Privatgelehrter."

Der Baurat zog die Brauen hoch und kratzte seinen graumelierten Spitzbart. „Privatgelehrter, so, so. Mir ganz unbekannt. Ich meinerseits tippe auf Jaguttis."

„Den Architekten?"

„Freilich. Sie wissen doch, daß er dem Roloff ein neues Hotel bauen wird?"

„Ich habe davon gehört. Am Platz der Republik, nicht wahr? Das Grundstück hat er wohl wieder billig geramscht. Aber es ist vermutlich alles noch nicht so weit?"

„Die Pläne liegen schon bei der Baupolizei."

„Wahrscheinlich eine große Sache?"

„Geschmacklos, einfach geschmacklos. Milde gesagt: von gemäßigter Geschmacklosigkeit. Keine Spur von städtebaulicher Einfühlung drin. Bei all diesen Baukünstlern versagt im konkreten Fall das Gefühl für den Zusammenklang der baulichen Organismen. Entweder haben sie es gar nicht, oder es wird der Reklamesucht und der gewollten Originalität untergeordnet. Sich den rein wirtschaftlichen Interessen zu beugen, ist niemand schneller bei der Hand als ein Künstler."

„Was für'n Stil ist es denn?" unterbrach Drobeck etwas ungeduldig.

„Na, Sie kennen doch Jaguttis: Mischung von vorgestern und übermorgen. Romantisch versachlicht und sachlich verkitscht, wie Sie wollen. Ich habe den Entwurf nur flüchtig gesehen, aber es ist mir heute schon klar, daß der Gedanke des städtebaulichen Zusammenwirkens erst durch das Stadtsiedlungsamt hineingetragen werden muß."

Durch das Stadtsiedlungsamt, aha. Das hieß: durch den Baurat selbst. Drobeck schüttelte den Kopf; von dem übrigen Gerede verstand er keine Silbe. „Komisch", dachte er. „Komisch, die Bauleute sind sich alle gleich, wenn sie über ihr Fach sprechen. Jeder spuckt große Bogen, aber keiner kann erklären, wie zum Beispiel ein Mauerstein sitzen muß. Nur immer dieses unirdische Gefasel." Daß die Sprache seines eigenen Ressorts nicht anders war, daß schlechthin alle Ressorts ihre übersinnlichen Zwischentöne hatten und jede Bagatelle mit erhabenem Firlefanz aufputzten, jede Handlung, ob einsichtig oder blöde, ob bedeutend oder belanglos, mit demselben Aufgebot mystischen Bluffs begründeten — das fiel ihm gar nicht auf.

„Ich wette zehn gegen eins", entschied indessen der Baurat, „daß Jaguttis der Giftspritzer ist. Lesen Sie bloß dies über die Wohnungsfrage: die sozialen Bemühungen in Ehren, niemand will sie hindern, jeder begrüßt ihre Früchte, mancher fragt sich, ob die aufgewandten Mittel nicht noch bessere und zahlreichere hätten zeitigen müssen ... Na, das ist noch ein Zugeständnis an die kleinen wohnungsuchenden Abonnenten. Jetzt kommt erst das Richtige —, na, wo ist es gleich ..., hier: aber nicht die Wohnhäuser, sondern die Monumentalbauten bestimmen den Eindruck, den die Stadt beim auswärtigen Betrachter hervorruft ... Stets ermißt die Nachwelt an den erhaltenen Bauwerken die Blütezeit der Länder und Städte ... Ich sage Ihnen, das ist Jaguttis, wie er leibt und lebt." Drobeck las schweigend weiter: der Konkurrenz müsse man den Fremdenverkehr abspenstig machen; allerdings bleibe die bange Frage, ob das städtische Verkehrs- und Presseamt soviel Geschicklichkeit besitze. Und hernach hieß es wörtlich: „Stadtrat Drobeck ist ein braver und gutmütiger Mann; ob er den Strapazen einer schlag- und zugkräftigen Werbung gewachsen ist, wagen wir nicht zu untersuchen, da er es bisher vorgezogen hat, keine Probe davon abzulegen."

„Jaguttis hin, Jaguttis her", beharrte Drobeck, „ich will mich hängen lassen, wenn das nicht von Brilon ist."

Als der Baurat fort war, ballte er die Fäuste, wippte mit den Schultern und zischte irrsinnige Worte gegen den leeren Stuhl, der hinter seinem Tisch stand —, als säße dort Reckmann, oder Brilon, oder Jaguttis, wer immer der Unbekannte war. Er kanzelte ihn ab wie einen Schuljungen. „Brav und gutmütig" — welche Verhöhnung des Güteverfahrens bei einer Tasse Kaffee und diversen Likören. „Bisher vorgezogen hat, keine Probe davon abzulegen" — welch eine satanisch geschliffene Wendung. Er wurde krebsrot, schleuderte die Zeitung in den Papierkorb, hieb mit dem Lineal durch die Luft: „Sie wollen mich nicht anerkennen? Erkennen Sie wenigstens an, daß ich Ihrer Anerkennung nicht bedarf. Sie versagen mir die Achtung? Beachten Sie wenigstens, daß ich Sie als Gesindel einschätze, als Gelichter, als Geschmeiß."

Er hielt inne, blickte den Stuhl an, der Stuhl war leer. Er sah es und schimpfte, froh, aller Rücksichten ledig zu sein. Ach, es war ja alles Unsinn. Hätte Reckmann wirklich dort gesessen — wie, hätte Drobeck auch dann gesprochen, wie er jetzt sprach? Um Gottes willen, nein. Zahm und verbindlich hätte er gesprochen, mit aller Vorsicht, die die Umstände geboten. Das..., das war ja sein Beruf. Es war sein Beruf, Katze und Maus zu spielen, ein nicht abreißendes Spiel, wobei fast niemals einwandfrei geklärt wurde, wer Katze und wer Maus war.

Welch ein Beruf; aber er war, wiewohl als dritter volksparteilicher Stadtrat überzählig und nur bei irgendeinem Kuhhandel zwischen den staatserhaltenden Parteien in Zahlung gegeben, ein ordentlicher Beamter und faßte den Aufgabenkreis, den ihm der Oberbürgermeister zuteilte, als unabänderliches Schicksal auf. Er war von durchschnittlicher Intelligenz — sie reichte jedenfalls aus, um zu erkennen, daß er auf seinem Posten weder großes Unheil anrichten konnte noch großes Unheil abzuwenden hatte. Er gehörte zu den naiven Bürokraten, aber sein Los war, dorthin befohlen zu sein, wo er den Anschein des Raffinierten erwecken mußte. Es war nicht so schwer, Masken zu tragen; schwerer war es, sie im richtigen Augenblick anzulegen und die Demaskierung zu verhüten. Er half sich, so gut es ging. Konnte er nicht aus der Überlegenheit des Geistes handeln, so handelte er aus der Überlegenheit des Instinktes, den eine lange Beamtenlaufbahn ebenso automatisch mit sich bringt, wie sie das Avancement garantiert. Dieser Instinkt war es, der ihn die Hintergedanken im Umgang mit Menschen lehrte, den komödiantischen Zungenschlag, die schlechte Schauspielerei. Dieser Instinkt war es, der ihm all die kleinen Schliche und Ränke zeigte, mit denen er die Treuherzigen umgarnte und die Durchtriebenen umwarb. Trotzdem blieb, um seinen eigenen Ausdruck zu gebrauchen, ein ungelöster Rest. Er fand sich in diesem Beruf nicht zurecht, so gescheit er sich mitunter darin vorkam. Es war gewiß kein anstrengender, doch ein aufreibender, im Grunde erpresserischer Beruf, und Drobeck, allzu dilettantisch, allzu durchsichtig, war im Nachteil dabei. Die Zeitungsleute fühlten sich keineswegs gedemütigt, wenn er sie gefügig machen wollte; sie arbeiteten mit dieser Demütigung, es war ihre einträglichste Kapitalanlage. Sie bereicherten sich an seinen Verlegenheiten, und wenn sie aus der Hürde brachen, so geschah es, um ihn aufs neue zu nötigen, ihre Fügsamkeit zu erkaufen. Wie sollte er sich in dieser unechten Welt behaupten, wie sich der niederdrückenden Gefühle erwehren, wenn nicht dadurch, daß er sich aufgekratzt und überheblich gab? Was blieb ihm übrig, als aus einer unsauberen Arbeit, die ihm rein menschlich nur Verdruß bereiten und Gehässigkeiten eintragen konnte, ein freudiges Ereignis im Namen der *Pflicht* und der *Verantwortung* zu machen? —

Auch jetzt richtete ihn der Gedanke an Pflicht und Verantwortung auf —, diese Zauberformel, die allezeit das private Bedürfnis, mag es nach Wohlleben, Macht oder Rache gehen, in Einklang mit einer sittlichen Forderung bringt. Er spürte wieder Boden unter den Füßen, er funktionierte wieder automatisch, er verhandelte mit dem „Lokalanzeiger", dem gleichfalls unparteiischen Konkurrenzblatt der „Neuesten Nachrichten", dessen gute Gesinnung dank städtischen Druckaufträgen über jeden Zweifel erhaben war und nur zum Schein in nebensächlichen Dingen kritischen Gelüsten unterlag, etwa wenn ein Hundefänger einen unversteuerten Köter jagte oder eine städtische Badeanstalt abends zu früh geschlossen wurde.

Nach einigem Sträuben, das den Charakter eines neckischen Versteckspiels unter Eingeweihten trug, ging der „Lokalanzeiger" für das Rathaus ins Geschirr. Reckmann, nicht faul, stemmte sich dagegen. Tagelang ging das Geplänkel hin und her. Die Hintermänner soufflierten auf beiden Seiten. Drobeck hoffte, daß Reckmanns Verleger einschreiten und der „Lokalanzeiger" den längeren Atem behalten werde. Er hoffte, daß die Überhitzung der Pressefehde um so raschere Abkühlung bewirken werde. Er hoffte, daß das eigentliche Kampfobjekt in den Hintergrund treten werde. Er hoffte, daß dies alles zuletzt nur den faden Geschmack eines Konkurrenzmanövers zwischen den Zeitungen hinterlassen werde. Er hoffte — ja, was hoffte er nicht. Irgendeine seiner Berechnungen mußte doch stimmen, hätte man meinen sollen. Keine stimmte. Er besorgte nur die Geschäfte seiner Gegenspieler. Auf einmal standen die Matadore der City-Gesellschaft da, als gäben sie nur dem dringenden Verlangen der Öffentlichkeit nach, wenn sie hochfliegende Pläne entwickelten; auf einmal war ihr Gebelfer nur der Widerhall der Volksstimme.

Erst als er eines Vormittags einen neuerdings verabredeten Artikel nicht im „Lokalanzeiger" fand und auf Anruf nur unklare Ausflüchte vernahm, wurde Drobeck stutzig. Der Artikel sei aus technischen Gründen zurückgestellt, sagte der Redakteur, und als Drobeck in ihn drang, meinte er etwas verschämt: das Thema sei nun schon so oft behandelt, man dürfe eine gute Sache nicht auf die Spitze treiben, das schade ihr nur; überhaupt müsse man eine wirksamere Taktik einschlagen, er wolle sich das noch überlegen; einmal müsse ja auch alles ein Ende haben. Wie? Kapitulation? Aber nein, wie er das nur so mißverstehen könne. Von Kapitulation könne natürlich gar keine Rede sein, aber ein Frieden ohne Sieger und Besiegte liege durchaus im Bereich der Möglichkeit; vielleicht könne man sich mit einem gewandten Schachzug aus der Affäre ziehen, aber so gehe es nicht weiter, man laufe ja Gefahr, dem Reckmann eine Bedeutung beizumessen, die er nicht habe; wenn man jetzt einen Schlußpunkt setze, diene man auch am besten Drobecks eigenen Interessen, schließlich müsse ja das städtische Verkehrs- und Presseamt auch wieder einmal mit den „Neuesten Nachrichten" seinen Frieden machen, denn auf die Dauer sei dieses Gegeneinanderarbeiten ein unhaltbarer Zustand.

Drobeck hängte den Hörer ein. Er wußte genug. Er wollte gar nicht alles wissen. Natürlich war der Verleger des „Lokalanzeigers" eingeschritten. Er hatte jede weitere Parteinahme untersagt. Zwar forderte er Mannentreue gegenüber einem so guten Kunden, wie es die Stadtverwaltung war, aber er forderte auch, daß sie unauffällig geübt und der Gegner nicht so heftig gereizt werde, daß er die diskrete Haltung verlieren und zu unzarten Anspielungen verleitet werden konnte. Außerdem war er dem Einzelhandelsverband, dessen Mitglieder bei ihm inserierten, die gleiche Achtung wie dem Rathaus schuldig, und der Syndikus Robert Gutzeit stand auf der Gegenseite, wie leider nicht zu leugnen war.

Dieser gute Mann hatte sein verlegerisches Bekenntnis philosophisch präzisiert: „Der Redakteur besitzt volle Freiheit, sich diejenigen Einflüsse auszuwählen, denen er aus Gründen der Notwendigkeit erliegen muß ... Denn Freiheit ist ein Ausdruck der Notwendigkeit ... Der beste Redakteur ist die Furcht vor dem geringfügigsten Abonnentenverlust ... Gerechte Kritik soll sein, aber man kann auch Kritik üben, ohne daß Kritik geübt wird ... Ein Lokalblatt kann sich angreiferischen Ton nur in der hohen Politik leisten, wo sowieso keine Inserate vergeben werden ... In dieser Sparte ist schärfste Kritik zum Ausgleich sogar unumgänglich."

Getreu seinen Grundsätzen, engagierte er für die Politik nur „Achtzig-Mark-Redakteure", wie er sagte; „die gehen ran wie ein Dobermann, hetzen und schimpfen, heißen die Polen ein Lausepack und die Franzosen Blutsauger, alles, damit sie zehn Mark Zulage kriegen. So kommen dann die sensationellen Artikel zustande, die eine den Geschäften günstige Atmosphäre schaffen." Und wenn er gefragt worden wäre, warum der „Lokalanzeiger" als unparteiisches Blatt eine verkappte nationalistische Propaganda treibe, während er früher byzantinisch und darauf demokratisch gewesen sei —, dann hätte er gewiß schelmisch geantwortet: „Wohlweislich, Herr, steht auf dem Kopf meiner Zeitung nicht das geistig verpflichtende Wort Unparteiisch, sondern das rein formale Parteilos. Das wird immer miteinander verwechselt, Herr, und ist doch ein feiner, ein sehr feiner Unterschied."

IV

„Jetzt werden im Rathaus die Puppen am Tanzen sein", sagten die Matadore der City-Gesellschaft, wenn in den „Neuesten Nachrichten" wieder etwas Aufreizendes erschienen war. Sie täuschten sich nicht. Schwandt, in seiner Arbeit gern dem Lichte abgewandt, horchte auf jeden quakenden Laut im Blätterwald. Es sah aus wie Argwohn und Angst. Daß er ängstlich war, hatte er zwar vor dem Stadtbaurat mit glaubwürdigen Argumenten abgestritten. Daß er argwöhnisch war, konnte er schwerlich abstreiten. Aber ob er nun das eine oder das andere war: maßgebend blieb, wie es aussah, und es sah aus wie Argwohn und Angst.

Er hatte Drobeck zu sich gebeten. Er sagte: „Persönlichkeit ist der einzige Luxus, den sich in dieser Zeit niemand erlaubt. Was predige ich immer? Methode sein, Apparat sein, nichts weiter. Sie arbeiten immer noch zu persönlich, sonst hätte das mit dem Reckmann nicht passieren können."

Drobeck verwahrte sich gegen die Unterstellung, daß er als Persönlichkeit auftrete. Schwandt schob grüblerisch das Kinn in den Kragen und ließ es dort, während er antwortete:

„An diese Dinge darf man nicht mit Überlegung gehen. Das muß man in sich haben. Eine Methodik, die vorrätig in der Schublade liegt, ist nichts wert. Sie paßt ja nie, wenn man sie braucht. Das muß alles elastischer sein, man muß sich die Manövrierfähigkeit erhalten, verstehen Sie. Ich habe den Eindruck, daß Sie den Apparat spielen lassen, indem Sie ihn gleichzeitig vorführen, statt auf ihm zu spielen, ohne in Erscheinung zu treten."

„In der Theorie ist das alles gut und schön", sagte Drobeck verzweifelt, „und es läßt sich auch geistreich formulieren. Aber es platzt wie eine Seifenblase, wenn man damit einem Reckmann gegenübersteht, der sich überall durchfrißt und durchsäuft — — —"

„Pst", sagte Schwandt und hob den Zeigefinger. „Der eine schlägt sich durch, der andere trinkt sich durch. Jeder findet sich auf seine Weise mit diesem Leben ab, wie es nun einmal ist. Reckmann ist auch nur ein armes Luder. Gewiß, er ist ein bettlägeriger Charakter, wenn ich so sagen darf. Aber wo soll was

Besseres herkommen, wenn die Verleger raffgierig und feige sind? Und wo sollen bessere Verleger herkommen, wenn die Masse der Leser ahnungslos und leichtgläubig ist? Und wo wiederum sollen bessere Leser herkommen, da ihnen keiner sagt, was sie sind, vielmehr jeder von rechts bis links, ganz gleich welcher Partei, speichelleckerisch vor ihnen auf den Knien rutscht? Wer dazu verurteilt ist, dem *öffentlichen Wohl* zu dienen, kann sich nicht das Privatvergnügen unverantwortlicher Menschen gestatten, die da glauben, zwischen Charakter und Charakterlosigkeit bliebe nur die bange Wahl. Charaktere sind löblich, doch nicht immer zweckmäßig; Charakterlosigkeiten sind verwerflich, doch häufig notwendig. Aber die vorzüglichsten Dienste — wer hat die von jeher geleistet? Charakterlosigkeit, die sich charaktervoll einzukleiden weiß. Sie zahlen den Reckmännern eine Zeche und denken: kleine Geschenke erhalten die Freundschaft. Nun, Sprichwörter lügen, sonst könnte sie ja niemand verwenden — oder haben Sie schon mal gehört, daß die Wahrheit als Lehrsatz brauchbar wäre? Nicht wahr, das geht nicht? Jeder würde ja den Ast absägen, auf dem er sitzt, und vorläufig ist wohl die Tatsache, daß man sitzt, schätzbarer als irgendeine Moral, von der das Leben nicht besser, nur saurer wird. Man muß praktisch denken. Sie zahlen also den Reckmännern eine Zeche und denken: kleine Geschenke erhalten die Freundschaft, und es ist nichts damit, denn die Reckmänner haben die Eigenschaft, daß sie nichts nachtragen ... Zwar wäre es keine Kunst, sie mit zehntausend Mark dauerhaft zu bestechen; aber erstens haben wir kein Geld dazu, und wenn wir es hätten, wäre es mir noch zu schade dafür; zweitens würden sie sich auch gar nicht in einer Form bestechen lassen, die auf tausend Meter nach Bestechung stinkt."

„Was würden Sie denn tun?" fragte Drobeck. „Wenn Sie alle Möglichkeiten verwerfen, was bleibt noch?"

„Oh —, es bleibt noch manches. Warum packen Sie zum Beispiel den Reckmann nicht bei seiner *Berufsfreude?* Die hat er doch, die hat jeder, und ganz besonders derjenige, der erkannt hat, daß die sogenannte Berufsehre Schall und Rauch ist, blauer Dunst für die öffentliche Schamhaftigkeit, von der man selber nicht fett wird. Ich würde ihn mit allem fachmännischen Ernst behandeln, wie er einem großartigen Publizisten zukäme. Ich würde ihn mit journalistischem Material versorgen, mit echtem vertraulichem Material..." Er blinzelte. „Sagen wir, über Eitelfeld..., über Hundacker... So etwas lenkt ab. So etwas schmeichelt: er kommt sich eingeschaltet vor, in den Mittelpunkt des *Zeittheaters* gerückt, als ein Mann, dem man zutraut, daß er es in der Hand hat, nicht bloß das Atom Wahnstadt, sondern auch Himmel und Hölle zu bewegen. So etwas wirkt ganz anders, als wenn man durchblicken läßt, daß man ihn als Dienstmann betrachtet, der nach Tarif bezahlt wird."

Er machte sich anheischig, selbst ein Probestück zu liefern. Aber darüber sagte er nichts Näheres. Gedankenvoll verließ ihn Drobeck; ob Schwandt an das glaubte, was er sagte? Hm. Er sagte es so, daß man daran glauben mußte.

Es war durchgesickert, daß Hundacker nach dem Hochwasser Regierungsgelder bekommen hatte. Eisenmenger hatte davon in Industriekreisen munkeln hören. Sei es nun, daß er nicht richtig gehört hatte, sei es, daß die Tatsachen bereits vom Gerücht entstellt waren —, ohne etwas von Wasserschäden zu erwähnen, erzählte er Schwandt, daß die Regierung die Induga finanziere.

Schwandt rief Herrn Röwedahl.

„Ich habe was Vertrauliches zu diktieren. Einen Brief..."

Herr Röwedahl setzte sich erwartungsvoll. Matthias Schwandt diktierte: „Die Adresse ist... Oberbürgermeister Schwandt in Wahnstadt."

Herr Röwedahl zauderte: hatte er falsch verstanden oder kam etwas Apartes? Er wollte sich vergewissern, aber schon siegte seine handwerkliche Zuverlässigkeit, siegten Haltung und Horizont seines Fachs, und er schrieb, ohne zu fragen. Schwandt beobachtete ihn, suckelte an seiner Zigarre, freute sich über seine untrügliche Witterung für anpassungsfähige Mitarbeiter, die sich ohne innere Widerstände handhaben ließen, und diktierte allerlei Klatsch aus Berliner Regierungskreisen, den er kannte. Er diktierte ihn jedoch so, wie wenn es der Bericht eines Gewährsmannes wäre, mit vielen Geheimwörtern dazwischen, mit Hinweisen auf eine „sichere Quelle" und „gutunterrichtete Kreise", mit Beschwörungen wie „nur zu Ihrer persönlichen Information" und „bitte keinen Gebrauch davon zu machen". Am Schluß erschien dann die Mitteilung von der staatlichen Subvention für die Eitelfelder Induga.

„So", sagte Schwandt. „Das schreiben Sie und setzen den Stempel ‚Vertraulich' drauf. Für morgen hat Drobeck eine Pressekonferenz anberaumt. Sie wissen ja, daß Reckmann hinterher immer bei Ihnen schnüffeln kommt ... Wenn er in Ihrem Zimmer ist, hantieren Sie unauffällig, aber gut erkennbar mit diesem vertraulichen Blatt. Dann fällt Ihnen plötzlich ein, daß Sie mir etwas ins Sitzungszimmer runterbringen sollen —, oder irgendein anderer Vorwand, unter dem Sie hinausgehen. Sie entschuldigen sich, Sie wären gleich wieder da, und vergessen in der Eile, das vertrauliche Blatt wegzuschließen."
„Sehr wohl, Herr Oberbürgermeister. Und weiter?"
„Müssen Sie das wirklich noch fragen?"
Herr Röwedahl rieb sich die Augen. „Na also", sagte Schwandt, „weiter nichts. Das andere regelt sich von selbst."
Überflüssig zu sagen, daß Herr Röwedahl alles begriff. Er tat, wie ihm geheißen. Alles verlief nach Wunsch. Reckmann, immer erpicht, eine Indiskretion zu begehen, benutzte die Zeit, in der er allein blieb, um das vertrauliche Blatt zu lesen. Die nächste Nummer der „Neuesten Nachrichten" enthielt einen flammenden Protest gegen die staatliche Begünstigung der Hundackerschen „Großmannssucht": es komme einer Brüskierung der anderen Teile des Städtekranzes gleich.
„Das nennt man Pressepolitik", sagte Schwandt. Wenn es brenzlig wurde — hatte er jemandem die Nachricht gegeben? Wenn dementiert wurde — wem machte das etwas aus? Selbstverständlich wurde dementiert. Wer glaubte noch einem Dementi? Er selbst glaubte nicht einmal daran, wenn er es persönlich verfaßt hatte. „Beim dritten Dementi wird alles wahr", pflegte er zu sagen.
Etliche Tage darauf langte ein Telegramm des Regierungspräsidenten an; mit der Aufforderung, sich umgehend darüber zu äußern, von wem er die Falschmeldung über die Induga-Subvention bezogen habe. Dreist erwiderte er: „Aus den Wahnstädter Neuesten Nachrichten". Aber es war ihm nicht geheuer dabei. Er meinte, die Pranke eines Löwen zu haben, und hatte das Herz eines furchtsamen Kindes. „Reckmann hat nicht dicht gehalten", dachte er bestürzt. Er, der sich vermaß, daß er mit Gift und Dolch gearbeitet hätte, wenn er in die Renaissancezeit hineingeboren worden wäre — er konnte vor dergleichen Über-

raschungen, die er hätte voraussehen müssen, zittern wie Espenlaub.

Mit der prahlerischen Mitteilsamkeit eines Mannes, der sich auskennt, und der sich nicht wenig darauf einbildet, daß er mit allen Wassern gewaschen ist, hatte Reckmann im Malepartus einen ausgeschmückten Bericht von seiner Entdeckung gegeben. Auf dem Wege der üblichen Zwischenträgereien über Gutzeit und seinen Eitelfelder Kollegen war es zu Hundackers Kenntnis gelangt. Aber es war Schwandts Glück, daß der Regierungspräsident auch über den wahren Sachverhalt, das Schmerzensgeld für Hochwasserschäden auf dem Induga-Platz, keine Diskussion wünschte und daher den Fall auf sich beruhen ließ.

Schwandt erhob sich schnell. „Ich werde glänzend mit der Presse fertig", sagte er großspurig.

Er glaubte es. Er glaubte es wirklich.

Fünftes Kapitel

I

Dr. Brilon konnte sich mit Frau Olga nicht recht befreunden, obwohl sie ihm liebenswürdig und dabei achtungsvoll begegnete; aber während sie Reckmann mit einer zutraulichen Wärme behandelte, betonte sie bei ihm, wie es schien, ihre Unnahbarkeit. Dagegen fand er Melitta, wenn nicht reizend, so doch fesselnd. Sie war ein wenig im Wachstum zurückgeblieben und hatte, wie alle solche Mädchen, auffallend große Brüste, deren Form ihr türkisenblaues Strickkleid preisgab; sie war auch ein bißchen sommersprossig und stupsnäsig, doch ersetzte sie, was ihr die Natur an Schönheit versagte, durch ein leichtfüßiges, anmutig und schmiegsam hinhuschendes Wesen, das sie ihrer gymnastischen Übung verdanken mochte. Übrigens hatte sie noch nicht viele Schüler, denn was anderwärts schon Epidemie geworden war, befand sich in Wahnstadt noch in der Inkubationszeit. Es lag nicht so sehr an der Langsamkeit und Schwerfälligkeit der Bewohner, obschon man in Eitelfeld boshaft sagte, daß sie gerade über ein verflossenes Trauerspiel zu weinen begännen, wenn der Vorhang schon über einer neuen, überall belachten Komödie aufgehe. Schließlich war es nur natürlich, daß eine späte Stadt zu allem länger gebrauchte und nicht früher dazu kam, sich einer Zeiterscheinung zuzuwenden, als bis sie anderwärts schon in den letzten Zügen lag.

Melitta Roloff hatte daher noch reichlich Zeit, die sie damit verbrachte, daß sie Bekanntschaften schloß, Unterredungen vereinbarte, sogenannten Kritikern auflauerte, Personen von Namen und Geltung in ihren Wohnungen überfiel und die Vorstandsdamen der Frauenvereine zusammentrommelte, um sie alle, wie sie sagte, „für ihre Sache zu interessieren". Unter den Vereinsdamen befanden sich auch Frau Dr. Eisenmenger, Vorsitzende im Vaterländischen Frauenverein, in der Frauengruppe des Vereins für das Deutschtum im Ausland und im Königin-Luise-Bund, und Frau Jaguttis-Kadereit, die Gattin des Architekten. Diese, physisch hager, aber seelisch korpulent, gehörte zu der nicht unmaßgeblichen Schar derer, von denen man nur weiß, daß sie existieren, Beziehungen haben und zudringlich sind. Von Haus aus Demokratin, war sie in fünf Hausfrauenvereinen tätig, die politische, literarische oder modische Interessen vorspiegelten, um mehrmals im Monat Anlaß zu einem Kaffeeklatsch im Europäischen Hof zu haben. Frau Jaguttis-Kadereit nannte dies „Förderung der Frauenkultur in körperlicher und geistiger Beziehung". Da sie nach ihren eigenen Worten für „Schaffung und Verbreitung einer von fremden Auswüchsen freien und dem Wesen der deutschen Frau angepaßten Kleidung" eintrat, trug sie ein hochschließendes, vorn zugeknöpftes Prinzeßkleid aus olivengrünem Wollstoff. In offiziellen Kränzchen sprach sie mit Vorliebe über Strindberg, von dem sie sagte, daß die menschliche Zentralfrage „Was ist das Leben?" wie ein brennender Leuchter seinen ganzen Erdentag verräuchert habe; und Theodor Reckmann, der von den Damen freigebig mit Kuchen und Sahne bewirtet wurde, bezeugte öffentlich, daß niemand ohne wertvolle Anregung von ihr gehe. Außerdem widmete sie sich, weniger aus Nächstenliebe als aus Hysterie, der sozialen Fürsorge und dem Ausgleich zwischen „weiblicher Naturgebundenheit" und „individueller Ichentfaltung", kraft dessen ihr die Frauen befähigt dünkten, die Parteien zusammenzuführen. Da bei ihr eine weitgehende Verschmelzung der Anschauungen von rechts bis links wahrzunehmen war, hatte sie für ihre Person das Ziel offenbar schon vorweggenommen. Immer auf dem Trab, immer voll Sucht, Menschen zu vereinigen, die ihr eine Folie geben, und Bewegungen ins Leben zu rufen, die um den Mittelpunkt ihrer Person kreisen sollten, war diese Frau mit dem fahlen, ausdruckslosen, vom zotteligen Haar dämonisch überschatteten Gesicht der Schrecken aller Beamten und Privatleute, deren Stellung sie ihr für ihre mannigfachen Zwecke empfahl.

War sie ganz von Ehrgeiz verzehrt und von Besorgnis, es möchte sie irgend jemand nicht für voll nehmen, war sie abgehetzt und abgespannt, weil sie so viel laufen mußte, um etwas zu erreichen, so war Frau Eisenmenger Erhabenheit vom Scheitel (denn sie war gescheitelt) bis zur Sohle, ganz still und damenhaft, denn sie erreichte alles von selbst, und Ehrung war ihr selbstverständlich. Mußte die eine wie ein kleiner Sparer, der einen Notgroschen zur Kasse trägt, Nimbus schaffen, so lebte die andere vom Nimbus wie ein Rentner von den Zinsen seines Kapitals.

Abgesehen von Melitta, hatte auch Roloff allen Grund, die beiden Wahnstädter Göttinnen, die eine mehr griechische Pallas Athene, die andere mehr römische Minerva, zu verehren und an den Malepartus zu fesseln. Er gedachte, sie samt ihrem ganzen Troß später vom Europäischen Hof in sein Parkhotel Hindenburg hinüberzulotsen. Daher bestand er darauf, daß Frau Olga ihren Vereinen beitrat. Frau Olga war keine Frauenrechtlerin, sie bediente sich auch nicht des Wortschatzes jener Schönrednerinnen ihres Geschlechts, die das weibliche Element der Liebe in den rohen Tageskampf versenken wollten — „Überwindung der Lieblosigkeit", sagte Frau Jaguttis-Kadereit —, und dabei sauertöpfisch genug waren zu verlangen, daß Beamtinnen mit einem unehelichen Kind aus dem öffentlichen Dienst entfernt würden, bloß weil es keinen Mann mehr reizte, ihre eigene Tugend zu gefährden.

„Nein, nein", sagte Frau Olga, „das überlassen wir alles besser den Männern. Mein Gott, ich meine nicht, daß wir, blind gegen das Leben draußen, mit dem Strickstrumpf am Herd sitzen und einfach die Trampel machen sollen; aber ich meine, daß es keinen Wert hat, wenn die Frauen aktiv in der Politik sind und sich allenthalben den Schnabel wetzen. Ich glaube nicht daran. Es geht mir über die Hutschnur." Indessen begriff sie, daß es sich in ihrem Falle nicht um die Überwindung der Lieblosigkeit, sondern um rechnerische Unterlagen für ihren neuen Geschäftszweig handelte; darum war sie Roloff zu Willen. „Aber nun ist die eine Richtung doch demokratisch und die andere deutschnational, wie denn nun?"

„Ein gesunder Geist", versetzte Roloff, „kann vieles Unvereinbare in sich vereinigen, und das freut ein' denn ja auch. Kalter Kopf und warme Füße, das ist die Hauptsache, und unter uns gesagt, so gewaltig ist der Unterschied nicht. Du kannst ruhig bei beiden eintreten."

Sie trat bei beiden ein.

II

Um die Zeit, da Dr. Ferdinand Brilon in den Malepartus kam, hatte Melitta schon einen gymnastischen Kursus für die Frauenvereinsdamen vereinbart. Sobald sie nun erfuhr, daß der Heimatforscher eine wichtige Rolle in der City-Gesellschaft spielen und wahrscheinlich einmal als Kulturbeirat in städtische Dienste treten werde, ging sie daran, auch ihn sich zu verpflichten.

Und er? — Lieber Gott, was hätte ihm erwünschter sein können als ein Einverständnis mit Gustav Roloffs Tochter? So begegneten sich ihre Absichten, und die Kupplerin Natur unterstützte sie.

Zuerst war es ihm qualvoll, ihren schwierigen Facherklärungen zuzuhören, die sie so geläufig wie Kinderverse daherplapperte; er verstand diese Sprache nicht, die eine seltsame Mischung aus Sentimentalität und Keßheit, aus Wahnsinn und Nüchternheit war. Sie sagte zum Beispiel: „Das Gebiet letzter seelischer Schwingungen steht prinzipiell der Gymnastik ebenso offen wie dem Tanz, man muß nur die gewaltigen Hineinschleuderungen in das Überirdische prinzipiell zusammenballen und die verlangsamte oder beschleunigte Blutwallung rhythmisch variieren."

Brilon hörte eine Weile zu, dann fragte er: „Warum haben Sie sich eigentlich diesen Beruf ausgesucht? Warum haben Sie überhaupt einen Beruf ergriffen? Sie hatten das doch nicht nötig, Fräulein Roloff."

„Gott, wo leben Sie denn?" fragte sie zurück, „die Zeit ist doch wohl vorbei, als die Mädchen behütete blonde Gänschen waren, Kamillengewächse mit Klavier und Aquarellmalerei? Ich bin aus der Jugendbewegung hervorgegangen und habe Weltanschauung gelernt, ich vertrete prinzipiell den *Gemeinschaftsgedanken*, die Kraft, mit der wenige Menschen die mit der Einzelerscheinung korrespondierende Vielheit ins allgemeine Bewußtsein tragen. Sie müssen nicht denken, die Jaguttis-Kadereit oder die Eisenmenger hätte mir einen Floh ins Ohr gesetzt; ich kannte sie bloß dem Namen nach, als ich auf die Hochschule für Leibesübungen ging. Ja, da war ich nämlich im Anfang, und ich habe mir immer gedacht, du mußt dich bei dem Frauenüberschuß nach einem zukunftsträchtigen Beruf umsehen, wer weiß, was man bei den Männern gilt. Gott, ich war ja schon auf der Schule Feuer und Flamme für kulturelle Bewegungen, mein Lehrer war der Studienrat Limpinsel von der Literarischen Gesellschaft, die Gymnastik war also naheliegend. Wissen Sie was? Ich habe bei der Eisenmenger angeregt, die Industrie solle kurze Arbeitspausen für gymnastische Übungen einführen und geschulte Lehrkräfte dafür engagieren, das wäre doch prinzipiell notwendig bei der heutigen monotonen Arbeitsweise, damit die Arbeiter und Angestellten nicht an Leib und Seele verkümmern. Sie war ganz begeistert, das wäre ein echt vaterländischer Gedanke, hat sie gesagt. Ihr Mann hat schon mit Windhäuser gesprochen, der hat zwar gemeint, vorläufig genüge die seelische Gymnastik, die die Werkszeitungen besorgen — Gott, ich muß lachen, sie ist doch Puristin und spricht Turnkunst statt Gymnastik —, aber Eisenmenger sagt, das sei keine prinzipielle Ablehnung, und wenn die Löhne runtergingen, könnte man der Sache nähertreten und den Wohlfahrtsetat um das Honorar für Gymnastiklehrer erhöhen. Hoffentlich gehen die Löhne bald runter, ich brenne darauf, an Leuten mit gezwungener Bewegungsmanier mein Prinzip der Auslösung natürlichen Empfindens durch gestufte Dynamik zu erproben."

Indem diese Worte an sein Ohr schlugen, war es Brilon, als schraubten sich bizarre Ranken an einem dürren Baum empor. Er wehrte sich gegen diese Vorstellung, aber es überstieg seine Kräfte, und schließlich machte dies alles, eben weil es so fremd und unbegreiflich war, einen tiefen Eindruck auf ihn. Es wurde zu einem unentbehrlichen Bestandteil seines Seelenlebens, und es fehlte ihm etwas, wenn ein Tag verging, ohne daß sich der Baumstamm mit den geschraubten Ranken in seinem Gehirn aufpflanzte. Er bildete sich ein, daß er Melitta nur anzusehen brauche, um das Unverständliche zu verstehen, diesen beschwingten Körper, der wie ein lebender Klang war... Verband er nicht Grazie mit Präzision? Glomm nicht unter seiner harmonischen Straffung eine kühne, aufwühlende Kraft des Ausdrucks? Ach, er träumte schon von ihrer berückenden Blumenhaftigkeit... Um ihr näher zu kommen, begann er, in seinen Chroniken die Beschreibungen der alten Volkstänze zu lesen. Sprach er dann mit ihr darüber, so färbte sich sein trockener

Berichtston lebhaft auf, seine Wortbildungen wurden flattriger und betörender, bis sie endlich von derselben werbenden Sinnlichkeit überströmten, die den alten Gebräuchen Saft und Fülle gab.

Melitta bewahrte eine schwelende Erinnerung an die Zeit der Sandalen und blauen Blusen aus körnigem Leinen, als sie unter feierlichen Gesängen und mit seherisch geweiteten Augen durchs Sonnwendfeuer gesprungen war. Sie entsann sich der schwülen Burghöfe, der wispernden Nachtnester und der besternten Waldgebüsche, all der heiligen Orte eines aus Erotik und Metaphysik, aus Fleischphantasien und Menschheitsideen gebrauten Gemeinschaftskults; und in dieser Traumverlorenheit schmolz ihre kaltblütige Geschwätzigkeit zusammen wie später Schnee auf warmer Erde. Da sie Brilon kaum bis an die Brust reichte, mußte sie immer zu ihm aufsehen, wenn sie ihm zuhörte. Er wiederum mußte sich zu ihr hinunterbeugen und in sie hineinsprechen. So setzte sich die geistige Berührung von selbst in eine körperliche um, die sie beide beglückt empfanden und in leiser Erregung förderten.

Brilon sah nicht, daß Reckmann sie beobachtete; Melitta ahnte es, doch machte es ihr nichts aus. Sie war klug genug, ihn unentwegt anzulächeln, weil sie wußte, wie sehr ihr Vater sich seiner bediente. Er nahm jetzt häufig die alten Bücher, die Dr. Brilon mitbrachte, zum Ziel seiner Allerweltsscherze, die gemütlich über ein abgründiges Geröll von Hohn und Niedertracht plätscherten. Um so mehr interessierte sie sich für diese Bücher. Sie tat, als sei sie vom Duft des mürben Papiers entzückt, das auf manchen Seiten gequollen war, wie wenn es im Wasser gelegen hätte.

Eines Abends, als sie mit Brilon allein war, sagte sie: „Roloff besitzt auch alte Folianten und weiß es nicht. Ich habe sie heute in seinem Museum entdeckt. Kennen Sie überhaupt schon Roloffs Museum? Nein? Das müssen Sie unbedingt sehen. Es ist ein ganz einsames Heiligtum, wo prinzipiell nur alle Karfreitag mal einer reinkommt."

Sie führte ihn über ein paar entlegene Gänge und dann eine Stiege hinauf, die steil und ohne Geländer, beschwerlich zu erklimmen war. Der Vorplatz war eng und ziemlich düster. Melitta schloß eine Tür auf und bat, ein wenig zu warten: „Die

Lampe ist nämlich kaputt, ich muß erst den Leuchter suchen."
Ein kalter Dunst schlug aus dem Zimmer. Brilon trat beiseite, teils um ihm auszuweichen, teils um das Licht der Flurlampe durchzulassen, das aus einiger Entfernung herankroch und eine träge Dämmerung verbreitete, die ein dunkler Hohlraum gierig verschluckte.

Das Zimmer schien hoch und weit zu sein; selbst Melittas federleichte Tritte klapperten darin hohl und gespenstisch. Während Brilon sich noch bemühte, ihren Bewegungen nachzublicken, glaubte er in der ungewissen Beleuchtung die Umrisse einer männlichen Gestalt zu sehen. Er schärfte seine Augen, es war kein Trugbild, Kopf und Füße staken im Finstern, die Arme, deutlich zu erkennen, hingen schlaff am Rumpf herab — wie bei einem Erhängten, schoß es ihm durch den Kopf. Unwillkürlich machte er ein paar hastige Schritte vorwärts; in einer Sekunde malte er sich tolle Gefahren aus, gegen die er Melitta schützen müsse; aber schon im gleichen Augenblick stieß sie auf der Suche nach Licht mit dieser rätselhaften Gestalt zusammen. Er hielt den Atem an und dachte: „Jetzt wird sie schreien." Sie schrie nicht, großer Gott, sie klopfte dem Kerl, der sich rasselnd vornüber neigte, auf die Schulter und sagte: „Stillgestanden, Herr Oberst."

Brilon nahm den linken Fuß etwas zurück und verharrte regungslos auf den Zehenspitzen.

„Was ist denn das?" fragte er beklommen, dann fügte er krampfhaft scherzend hinzu: „Gehen hier Gespenster um?"

„Ja und nein, wie Sie wollen", entgegnete sie, endlich eine Kerze anzündend; dabei drehte sie sich nach ihm um und brach in ein Gelächter aus, das ihn fast unzüchtig dünkte. „Mein Gott, was sind Sie erschrocken. Was dachten Sie denn? Das Gespenst dort auf der Büste ist Roloffs Uniform. Wissen Sie denn nicht, daß Roloff Ehrenoberst der Sebastianus-Schützengilde ist? Ich sehe, ich muß Sie in die Geheimnisse des Hauses einweihen. Mein Gott, wie drollig."

Er stand da wie ein Knabe, den man aus einem schaurig schönen Traum geweckt hat, und stammelte beschämt: „Darauf war ich nicht gefaßt. Wie drollig, ja. Aber das Zeug sitzt auf dem Gestell wie angegossen, wie wenn es einer wahrhaftig auf dem Leib hätte."

Erbarmungslos flackerte die Kerze darauf, die Bordüren glitzerten, der Helmbusch war kraus wie eine Mähne.

„O ja", lachte Melitta und sengte ein paar Helmhaare an, „Ihr Irrtum ist verzeihlich. Vielleicht ist es wirklich ein Gespenst." Dann wurde sie plötzlich ernst und setzte, im Zimmer herumgehend, mit großer Bestimmtheit hinzu: „Es ist ein wundertätiges Götzenbild, Herr Doktor."

Das Zimmer sah wie eine Försterstube aus. An den Wänden hingen Büchsen mit mattglänzenden Läufen, Geweihe, Diplome und mancherlei Gruppenbilder, auf welchen die Menschen, wiewohl steif und eingefroren, herausfordernd und tatendurstig blickten; hier und da war auch ein Gesicht, das verängstigt aus dem abgedunkelten Museumslicht auffuhr. Die breiten weißen Ränder hinter den schwarzen Rahmen bildeten eine majestätische Vergrößerung. Ein riesiger Adler aus Bronze bedrohte die blanke Eichenplatte des Tisches: er schien die Stühle zu befehligen, die in Reih und Glied vor ihm standen, klobige Stühle, deren Beine schief in den Sitz gepflöckt waren und deren abgerundete Lehnen einen herzförmigen Ausschnitt hatten. Ein Glasschrank barg Pokale, Schalen und Plastiken — Trophäen und Ehrengaben von Stiftungsfesten, Königsschießen und Taubenflügen.

„Ja", sagte Melitta, gleichsam als Antwort auf gemeinsame, unausgesprochene Gedanken, „das ist Roloffs Museum."

Sie kramte in einem Wandschrank. Brilon blieb noch immer stumm. „Es kann narren und entsetzen, aber man kann sich auch daran aufrichten", dachte er. „Erst bei Kerzenlicht wird die Größe dieser Dinge lebendig." Je länger er Umschau hielt, desto stärker kam Roloffs Geist über ihn. „Fräulein Roloff", fragte er plötzlich, „erinnern Sie sich noch an das, was wir auf der Schule gelernt haben? Wissen ist Macht, haben wir gelernt. Dieses Museum enthält ein bewundernswertes Wissen um die hypnotischen Kräfte, die unsere Mitbürger verzaubern" — „unsere Mitbürger", sagte er schon —, „und ich glaube, das allein ist wirklich Macht."

„Prinzipiell", schnurrte sie vergnügt und unbefangen; sie kannte keinen Zwiespalt zwischen modernem Lebensgefühl und antiquierten Lebensformen. Unter gebündelten Papieren zog sie einen schorfigen Lederband hervor. „Au, ist der schwer."

Er half ihr tragen. „Es sind die Urkunden der Schützengilden", erklärte sie. „Sie reichen bis ins sechzehnte Jahrhundert zurück."

Als er sich setzte und das Buch aufschlug, sah sie ihm über die Schulter. Sie war jetzt beinahe so groß wie er, ihre Haarspitzen kitzelten seinen Nacken. Er wurde davon benommen; die Blätter, aus denen der fade Qualm der Jahrhunderte rieselte, glitten nervös durch seine Finger, und je weiter er kam, desto verstörter wurde er, und der qualmige Nebel stieg vor ihm auf als ein golddurchstrahlter Rauch. Auf der anderen Seite des Hauses verbrauste der Lärm der Amsterdamer Straße; Automobile und Straßenbahnen, hier in dieser Abgestorbenheit nur noch ein morscher, schleifender Klagegesang. Immer schneller wendete er die Seiten, immer hilfloser.

Melitta sah ihm verwundert zu. „Halt", sagte sie und blätterte zurück, „Sie überschlagen ja das Schönste."

Dabei geriet ihr Gesicht ganz nahe an das seine, und als er den Kopf ein wenig wandte, traf er unversehens ihren Mund. Erschrocken riß er den Kopf zurück. Melitta rührte sich nicht.

„Entschuldigen Sie", bat er tonlos.

„Warum denn? Eigentlich war es doch meine Schuld, und ich müßte Sie um Verzeihung bitten, daß ich Ihnen so auf den Leib gerückt bin."

„Nein, nein", wehrte er, „es war meine Unvorsichtigkeit."

„Sollen wir uns darum streiten? Damit gestünden wir ja ein, daß es kein Zufall gewesen ist."

Ihre Worte pendelten zwischen Torheit und Bedeutung, und das verwirrte ihn vollends. Sie war verführerisch und begehrenswert. Er griff ihre Hand, sie war kühl wie neues Laub im Frühling, und sie hatte sie ausgestreckt, um ihm irgend etwas in dem geöffneten Folianten zu zeigen, sicherlich etwas Strenges, Wissenschaftliches, Prinzipielles. Trotzdem küßte er sie. Melitta verhielt sich still und sorglos, sie legte den Finger auf eine Abbildung im Buch und sagte ganz ruhig: „Sehn Sie mal, wie interessant. Ein junger Hahn, der lauschend den Kopf reckt."

„Melitta", sagte er zärtlich. „Was Sie für einen melodischen Namen haben. Melitta! Man kann es hinhauchend verklingen lassen, man kann es auch wie einen Jubelruf tanzen lassen. Melitta!"

„Hören Sie..." Ganz sachlich las sie ihm vor: „Das wachsame Hähnchen. Seit 1500 Sinnbild der Schützengilden." Sie lachte auf: „Nein, wie komisch, ein Lied ... Wer kaufet, wer kaufet das wachsame Hähnchen ..."

Er sagte fast traurig: „Ich bin überzeugt, daß der Name einen Menschen formt. Ich heiße Ferdinand, das ist starr und langweilig." Er sah sie versonnen an. „Freilich kannte ich einmal einen Studenten dieses Namens, dem trotzdem alles glückte. Er war ein kecker Bursch, ein hochstaplerischer Müßiggänger. Aber er war auch eine Ausnahme — als Österreicher, der von Kindheit an mit der feschen Abkürzung Ferdi gerufen wurde."

Sehnsüchtig wartete er auf einen Widerhall. Wieder sagte sie: „Sie schauen das Bild ja gar nicht an, es ist doch eine kulturhistorische Kuriosität — oder nicht, Herr Fachmann?"

Es klang eher neckend als vorwurfsvoll, aber er gab ärgerlich zurück: „Ach, lassen wir das jetzt. Die Buchstaben flimmern mir vor den Augen. Es muß das Kerzenlicht sein. Es ist auch zu kalt hier."

Er nahm die Brille ab und wischte die Gläser. Er war enttäuscht. Vielleicht hatte er eine Dummheit begangen. Vielleicht war es noch zu früh, vielleicht kannten sie sich noch zu kurze Zeit, um zwischen Freundschaft, Kameradschaft und Liebe unterscheiden zu können. Vielleicht stand nichts fest als der lockere Duft, die geheimnisvoll anziehende Atmosphäre; gewiß, so war es. Um dieses Mädchen lag eine unerklärbare sinnliche Schicht, eine betäubende Süßigkeit wie von einer Nachtviole, aber wahrscheinlich war die Sinnlichkeit nur in ihrer Haut, nicht in ihrem Bewußtsein, und sie blieb nichts schuldig, als was die Natur ihr schuldig blieb: das Warmblütige, das Hingebungsvolle. So dachte er sich das. „Mich friert", wiederholte er mechanisch, „und die Kerze ist wie ein Irrlicht."

Da geschah etwas Unerwartetes. Sie sagte beinahe grob: „Wenn das dich stört — — —", und es wurde ihm mit einemmal ganz heiß und klar vor den Augen. Sie blies die Kerze aus und warf sich über ihn, dachte an Berliner Kostümfeste und sagte schwach: „Atelierromantik im siebenten Himmel."

III

Es war dunkel, der Körper des Mädchens war weich und zierlich, ihr Gesicht erwärmte sich zwischen seinen Handflächen, und das Glück wurde reicher von Umarmung zu Umarmung, als sie plötzlich zusammenzuckte; er glaubte, es sei vor Seligkeit, aber es war vor Schreck: draußen knarrten die Dielen. Melitta, die sich erhoben hatte, beruhigte sich gleich wieder, weil ihr einfiel, es könne Allwiß Kaschub sein. „Er sieht abends gewöhnlich nochmal nach den Tauben im Turm." Aber kaum, daß sie dies ausgesprochen hatte, kreischte die Tür, eine Taschenlampe blitzte auf, irgendwer trat mit einem schadenfrohen Räuspern ein. Melitta strich geistesgegenwärtig ein Zündholz an und schabte gelassen den Docht der Kerze ab, ehe sie ihn in Brand setzte.

„Na prosit!" sagte eine penetrante Stimme.

Es war Theodor Reckmann. Er torkelte wie eine Kellerassel, die unter dem fortgewälzten Stein hervorkriecht.

„Sie haben die Tür so ungestüm geöffnet, daß der Zugwind das Licht verlöscht hat", sagte Melitta. Es war unwahrscheinlich, aber sie behauptete es, weil irgend etwas behauptet werden mußte.

„Dann entschuldigen Sie gütigst. Ein heftiger Wind verlöscht die Kerzen, aber die Feuersbrunst breitet er aus; das hat ein alter Franzose gesagt. Ich meinte dafür bekannt zu sein, daß ich immer mit der Haustür in die gute Stube falle. Ein rechter Mensch in seinem guten Drange ist sich des dunklen Weges wohl bewußt. Was treiben Sie denn hier?"

Um ihn mit einem schlagenden Wort zu entwaffnen, log sie, daß sie in dem alten Wälzer nach einem historischen Namen für die City-Gesellschaft gesucht hätten. Er lachte schallend und brutal.

„Na, haben Sie was gefunden, Herr Doktor? Wie?"

Er trat Brilon dicht unter die Augen.

„Ja", antwortete dieser gefaßt. Melitta blickte verstohlen nach ihm. Brilon hatte wieder einen Schleier vor den Augen.

„Wahrhaftig?" meckerte der Redakteur und sah grinsend in das Buch, wo der junge Hahn unschuldig lauschend den Kopf reckte. „Was 's das denn? Das 's ja ganz großartig. Ein Prachtkerl von einem Hahn."

Melitta las mit demselben Gleichmut wie zuvor die Unterschrift. „Das wachsame Hähnchen. Seit 1500 Sinnbild der Schützengilden. Wer kaufet, wer kaufet das wachsame Hähnchen..."

Brilon kam ein rettender Gedanke; rasch ergänzte er: „Und sehen Sie, Herr Reckmann, eben dieses wachsame Hähnchen soll auch das Sinnbild der City-Gesellschaft sein."

„Das wachsame Hähnchen! Gott sei Dank, Herr Doktor!" rief Reckmann scharf; darauf ein wenig stumpfer, als verbessere er sich: „Ich wollte sagen, famos. Famos haben Sie das gemacht, Fräulein Roloff. Ich gratuliere zu der Entdeckung. So was entdeckt sich nicht alle Tage. Sie haben ja schon manchen Fund gemacht, Herr Doktor; so einen Treffer haben Sie noch nicht gehabt. Na prosit. Aber es ist kalt hier. Fräulein Roloff, geben Sie acht, daß Sie sich nicht verkühlen. Und bei dem miserablen Licht können Sie sich die Augen noch mehr verderben, Herr Doktor. Aber wie Sie denken. Nochmals, verzeihen Sie die unerwünschte und unzeitgemäße Störung..., aber ich habe nur meinen Auftrag ausgeführt. Die Frau Mama hat das gnädige Fräulein vermißt, da bin ich alter Jagdhund der Spur nachgegangen. Nichts für ungut. So wie ich die Frau Mama kenne, wird auch sie über das wachsame Hähnchen sehr erfreut sein."

„Ich verstehe Sie nicht ganz, Herr Reckmann", sagte Brilon ehrlich, denn er verstand ihn wirklich nicht ganz.

Reckmann schlüpfte wie ein Aal an ihm vorbei, ohne ihn einer Antwort zu würdigen. Nur, daß er noch kicherte: „Du meine Güte, Herr Doktor, wenn Sie so vor einem stehn, meint man, Sie würden alle Tage länger."

Damit war er hinaus, und Brilon brauste auf: „So hab' ich den ja gar nicht gekannt, so nicht! Schön, er hat uns erwischt, aber ist das ein Grund, mich wie einen Schuljungen zu behandeln? Was maßt er sich an? Ist er denn hier daheim? Ist er denn ein Tugendwächter mit seinem ungewaschenen Maul?"

„Nein", erwiderte Melitta, „aber ein Mitgiftjäger."

Ratlos starrte Brilon sie an.

„Ja, ja", sagte sie ungeduldig, „er ist eifersüchtig." Ihr war es nichts Neues, daß er ihr nachstellte und der Mutter schmeichelte, um die Tochter zu gewinnen — wie ein Schwerenöter aus einem verstaubten Familienschwank, der von einem abgedankten Komiker gespielt wird. „Aber daß er so frech wäre, hätte ich auch nicht gedacht. Übrigens kann er nichts mehr gesehen haben, und außerdem war er betrunken."

Brilon schwieg. Dann fragte er leise: „Was wird jetzt geschehen?"

„Nur nicht gleich verzagen, nichts wird geschehen. Reckmann ist ein ausgekochter Junge und wird vielleicht noch eine Zeitlang stillschweigen, um ein Erpressungsmittel in der Hand zu haben. Wenn nicht —, na, dann werde ich mich mit Mama zanken, und Sie — Gott, Sie als Entdecker des wachsamen Hähnchens sind doch jetzt bei Roloff Hahn im Korb, auf so etwas fliegt er wie eine Imme auf die Honigblüte. Lassen Sie sich prinzipiell nichts anmerken. Ich mache das alles unter uns ab."

Nie war Brilon das Wort „prinzipiell" so sicher und fest erschienen wie jetzt, da er es nach einem peinigenden Auftritt zum erstenmal wieder vernahm. Es bot einen zuverlässigen Halt, und er küßte Melitta dafür auf die Stirn.

„Bitte auf den Mund", befahl sie. „Aber nächstens müssen Sie sich besser rasieren. Haben Sie einen Spiegel? — Da haben wir die Bescherung. Sie haben mein Kinn ganz rot gerieben."

Belustigt raffte er den Folianten zusammen, als ob es Löschpapier sei. „Das wachsame Hähnchen", sagte er, „wie merkwürdig das ist —: aus einer Ausrede wird jetzt eine Idee, aus einer Verlegenheit eine Devise. Wenn man es recht bedenkt, beruhen alle weltbewegenden Ereignisse auf dieser Art von unfreiwilliger Verwandlung, und der ganzen Geschichte der Menschheit liegt eigentlich bloß das Bestreben zugrunde, fortgesetzt aus der Not eine Tugend zu machen."

Im Hinausgehen drehte er sich noch einmal um. Wieder erblickte er die Umrisse einer männlichen Gestalt, deren Kopf und Füße im Finstern staken und deren Arme schlaff am Rumpf herabhingen. „Dieser Abend", murmelte er, „hat mit einem Gespenst angefangen und mit einem Gespenst aufgehört. Aber ich will mich an das Leben halten, das ich dazwischen besessen habe."

„Prinzipiell", versetzte Melitta.

IV

Der Foliant der Schützengilden lag vor Roloff wie ein zartes Angebinde. Brilon sagte, wenn man das wachsame Hähnchen zum Wappenschild der City-Gesellschaft erwähle, knüpfe man sinngemäß an die Überlieferung des altberühmten, allzu früh entschlafenen Bürgervereins „Glocke" an.

„Darauf wollen wir anstoßen", entgegnete Roloff. „Wie sich die Wahnstädter Bürgerschaft durch alle Wirrnisse der Vergangenheit trotzigen Herzens behauptet hat, so soll das wachsame Hähnchen als Wahrzeichen dafür gelten, daß dies auch fernerhin so sein wird, und das freut ein' denn ja auch. Prost!"

Nachdem er getrunken hatte, hob er gewichtig sein Glas gegen Brilon und sah ihn schwermütig an, als nehme er eine sakrale Handlung vor. Dann lehnte er sich breit über den Tisch und spreizte die Finger, indem er ihre Spitzen von Hand zu Hand zusammendrückte; sie fügten sich spitzwinklig aneinander wie die Sparren eines Dachgerüsts. Wie Brilon ihn so dasitzen sah, mußte er wieder an das schicksalhafte und charakterbildende Gewicht denken, das nach seiner Meinung den Namen eignete: Roloff hieß nicht umsonst Gustav; es paarten sich in seinem Namen Würde und Flottheit, Herzensgüte und knorriges Draufgängertum.

Es ging schon gegen zwei Uhr nachts. Noch immer saßen sie beisammen. Roloff sagte bedeutsam: „Es trifft sich gut, daß wir jetzt mit einem ausgereiften Programm zum großen Schlage ausholen können. Wenn das wachsame Hähnchen zum erstenmal kräht, kann es sich hören lassen."

Brilon blickte ihn fragend an.

„Kommen Sie", sagte Roloff.

Wieder begann eine Wanderung über die verwinkelten Flure und Treppen dieses schier unerforschlichen Hauses. Sie bestiegen den Turm des Malepartus.

Es war windstill; über der hügeligen, rötlich dunstenden Stadt irrten ein paar Sterne, ermattet, gebrochen, landflüchtig. Ein summender Nebel verfolgte sie. Er kochte in Schwaden aus den Fabriken hervor, die die Stadt zerpflügten. Er wallte blasig auf wie gärende Hefe. Er fraß die Luft und schied auf festen Gegenständen einen tangsträhnigen Schlamm ab, ein aussätziges Gewebe, das selbst in das Innere der Steine drang wie ein Gallertschwamm.

Die Stadt schlief — es war nicht der leichte, mit wohligem Brummen gesegnete Schlaf der ausgeruhten Städte; es war der unregelmäßige, röchelnde Schlaf einer übermüdeten Stadt, die vom Dampf aus der Erde gestampft war, jenem herrschsüchtigen und gewalttätigen Triebstoff, der die idyllische Gleichförmigkeit des Landes gespalten, die Tradition abgerissen und Proportionen zerstört hatte, die für die Ewigkeit gefügt zu sein schienen.

Von den Werkstätten, die mit Nachtschicht arbeiteten, wurden die Straßen unaufhörlich mit einem brodelnden Schwall von Geräuschen überschüttet. Es schwankte heran, rückte weg, sank zusammen, lief umher, verschwand, kam wieder und starb ab. Roloff konnte alle Töne unterscheiden; er wußte, aus welchen Fabriken und von welchen Werkzeugen sie kamen — das ratternde Stöhnen, das schrille Gebell, die Pfiffe und die dumpfen Aufschläge. Er hatte es in seinen frühen Jahren von den Arbeitern gelernt, die in seiner Schankwirtschaft verkehrten. Dergleichen vergißt sich nicht. Brilon war erschüttert: er schaute über die Häuserschründe weg, in welche die nahen Straßen wie mit einem scharfen Messer eingeritzt und die ferneren wie flache, taube Mulden ausgeschaufelt waren. Alle waren sie leblos; nichts von Nachtbummlern, nichts von Abenteurern. Es gab kein Nachtleben in Wahnstadt, weil es niemanden dort gab, der es hätte aushalten können. Wer sich danach sehnte, konnte es in Eitelfeld haben. Brilon umfaßte alle diese Schluchten, deren Träume noch von dem hartnäckigen Bohren der Arbeitshämmer geschreckt wurden. Er umfaßte überall am Horizont den Feuerschein, dem ab und zu ein Rauch wie eine helle Staubwolke entfuhr. Welch eine Landschaft! Er sah es zum ersten Male.

So lag Wahnstadt da in seinem trügerischen Halbschlummer, eine graue Haut unter der verzehrenden Tiefe des Himmels. So entblößte es sich jetzt vor ihm. Er war davon gebannt; er war ein oberflächlicher, doch gefühlvoller Mensch. „So liegen also die Städte da", dachte er. „Alle entblößt in dieser nachtschlafenden Stunde; und wer sie kennt, kennt die Welt, denn sie sind die Welt. Aber wer kennt sie wohl?"

Roloff ließ seinen ausgestreckten Arm in die Runde gehen, als sei ihm dies alles untertänig. Er ließ den Arm ausgestreckt und sagte: „Sehen Sie —, das war einmal. Jetzt will ich Ihnen zeigen, was kommen wird." Es war etwas Überirdisches in seiner Stimme, das Brilon erschauern machte. Er mußte an Christus denken, wie er auf der Zinne des Tempels vom Satan versucht wurde.

In der letzten Zeit war Roloff wortkarg gewesen. Es schien, daß Großes mit ihm umging. Fast täglich schloß er sich mit dem Architekten Jaguttis im Turmzimmer ein, niemand in der Familie wußte, warum. Er suchte nicht allein Ungestörtheit, er suchte Verschwiegenheit. Diese nächtliche Stunde löste ihm die Zunge. Brilon lauschte gespannt.

„Wahnstadt wird umgebaut", sagte Roloff. Er sprach knapp und hart. „Der Plan ist in meinen Händen. Fix und fertig. Schwarz auf weiß — oder vielmehr: rot auf blau. Kitt für die City-Gesellschaft. Dicker als Blut. Jetzt bricht keiner mehr aus. Jetzt denkt keiner mehr an seine häßlichen Alltagssorgen. Wie eine Sonne über der Steppe, so wird es aufgehn. Mastfutter für das wachsame Hähnchen, lieber Doktor. Fünf Jahre Garantie. Wir bauen Wahnstadt um."

V

In dem bemalten Fensterglas des Malepartusturms brach sich die Tageshelle und tauchte den Raum, der nur aus Winkeln bestand, in ein kühles, heimliches Licht, in welchem der eirunde Kopf des Architekten wie vom Widerschein inneren Feuers errötete. Gustav Roloff liebte dieses „Gemach", wie er es nannte, und auch Jaguttis war davon bezaubert; auch er meinte, dort, wo ihn von fern ein Hauch der Gotik anwehe, gewänne er besser und müheloser die Distanz zum Alltag und den Weg zu einer höheren Wirklichkeit. Durch und durch sachlich, wirklichkeitsbesessen und modern, schwärmte er wie viele Baumeister dieser Art für die gotische Seele, die er mit übertünchter Mystik verwechselte, und die Wirklichkeit, deren wahre Elemente ihn im Grunde anwiderten, weil sie seine Traumbilder nicht bestätigten, wurde für ihn erst gültig, wenn sie durch ungewöhnliche Laboratoriumsweisheit die Weihe eines Mysteriums empfangen hatte.

Eines Tages bemerkte er beiläufig, daß Wahnstadt eigentlich noch gar kein Gesicht habe. „Eben darum", pflichtete Roloff bei und zupfte an seinem Schnauzbart, „eben darum will ich anfangen, ihm eins zu geben und den Schandfleck am Platz der Republik zu tilgen. Andere werden mir folgen, dafür wird schon die Mißgunst sorgen. Wenn man den Grundstock zu guten Taten legen will, muß man immer auf die häßlichen Eigenschaften seiner lieben Mitmenschen setzen, und das freut ein' denn ja auch."

„Gewiß, Herr Roloff. Aber es besteht die Gefahr, daß die Stadt auf diese Weise nur neue Gesichter bekommt, die man anderswo nachahmen kann — statt eines Gesichts, das man nicht vertauschen kann. Wie wächst denn so eine Stadt? Ihre Energien verselbständigen sich. Sie hängen nicht mehr vom Menschen, der Mensch hängt von ihnen ab. Sie pflanzen sich stärker fort als die Menschen, deren Mark sie verbrauchen. Kaum, daß sich die Stadt, die Aussaat des Lebens gegen die Ernte des Todes gewogen, noch aus sich selbst vergrößert. Sie vergrößert sich durch den Zustrom der auswärtigen Reserven und durch die Einverleibung der Orte, die vor ihren Toren liegen. Nun wohl. Sie hat Hunger, sie muß essen. Sie hat keinen Platz, sie muß sehen, wo sie ihre Leute bettet. Sie ist wie ein Fluß, Herr Roloff, wie ein Fluß, der, mit schwellenden Talwässern geladen, über die Ufer schäumt und das Land aufreißt und eine Menge Pfützen zurückläßt, worin er sein Treibgut abwirft. Aber eines Tages leckt ein guter Wind die Pfützen auf, dem durchnäßten Boden entquillt ein warmer Dampf, fett und trächtig hebt sich die nachgedunkelte Erde. Sehen Sie — genau so füllt sich das Überschwemmungsgebiet der Stadt nach und nach mit Fruchtbarkeit. Was geschieht alsdann? Die Saat der Spekulanten geht auf, sprießt und reift und überwogt den alten Kern der Stadt. Was ehedem Vorort war, wird jetzt Vormacht; es nimmt die Stadt in Besitz, die nach ihm griff, es beherrscht ihr übermaltes Bild, es beglänzt ihren würdigen Namen, es beherbergt drei Viertel der gesamten Bürgerschaft. So entwickeln sich alle Großstädte — wie eine Zwiebel, Herr Roloff, die Schale um Schale ansetzt, und zuletzt macht die Masse dieser Schalen überhaupt erst die Zwiebel aus. Oder noch besser, wie ein Baum, der Jahr für Jahr mit neuen Ringen sich umgürtet, und nachher mißt man an den Ringen die Güte des Holzes. Es ist nichts Wunderbares dabei, nur manchmal etwas Beängstigendes."

Er holte einen Stadtplan aus seiner Mappe. „Sehn Sie sich an, wie Wahnstadt auf der Karte aussieht. Unscheinbar und wesenlos auf den ersten Blick; eine Stadt, mit der man, wie man eilfertig zu urteilen pflegt, nichts anfangen kann; überall Einbrüche in die Landschaft, da was angeknabbert, dort was angeknabbert, Rohmaterial für einen Baurat." Er riß das Fenster auf und fuhr fort: „Und sehn Sie jetzt hinunter auf das Gewirr dieser Engpässe, auf dieses Ameisengekrabbel der ineinander verschachtelten Dächer, diese lastenden Mauern mit ihren großen Dunkelheiten, keine Luft zum Atmen, keine Achse zum Bewegen, kein Raum zum Leben, kein Lebensraum, Herr Roloff, das ist das Wort, kein *Lebensraum!* Das schreit ja förmlich nach einem Generalbauplan!"

Gustav Roloff wurde, vielleicht zum erstenmal in seinem Leben, ganz kleinlaut. Achsen! Lebensraum! Generalbauplan! Es wirbelte in seinem Kopf. Es verschlug ihm den Atem. Es war eine neue, bezwingende Welt, die sich da vor ihm auftat. Es war eine grandiose Raum- und Worterscheinung, die sich ihm wie Sphärenmusik mitteilte. Ergriffen sah er bald das hallende Straßendickicht, bald den Architekten an, der mit seinem steilen Schädel, dem scharfkantigen Nasenrücken und dem mühsam eingeklemmten Monokel unheimlich verkürzt wirkte.

„Was ist da zu tun?" stammelte er eingeschüchtert.

„Eine ganze Masse", gab Jaguttis zurück und schloß das Fenster so hastig, daß Roloff, der noch dort stand, ganz verdutzt dreinschaute. Der Architekt erläuterte sein brüskes Vorgehen: „Man muß den Blick dort hinunter genossen haben, um zu erkennen, was geändert werden muß. Sie haben sich mit eigenen Augen davon überzeugt, daß dieses Stadtgebiet kein Organismus ist, keine geprägte Form. Daher heißt es, die Kanten und Haken der zufälligen Naturgeschichte abzuschleifen. Jetzt muß man das Fenster schließen, die störenden Einflüsse des Gegenständlichen verbannen und sich allein der Führung seines geistigen Auges überlassen. Ein Städtebauer, müssen Sie wissen, Herr Roloff, darf nämlich niemals vom Vorhandenen ausgehen, sondern nur vom Entwicklungsnotwendigen, von einer Generalidee, die seine Ansicht über die wahrscheinliche Entwicklung des Verkehrs mit seinem Verständnis für die künstlerischen Momente der Landschaft vereinigt, denn der Gestalter ist mehr dem künftigen Geschlecht verantwortlich als dem lebenden."

Er nahm das Monokel herunter und setzte sich erschöpft, wie ein Tragöde, der sein Innerstes verströmt hat.

Nicht lange blieb Roloff außer Fassung. Blitzschnell hatte er sich das neue Kapital bestrickender Vorstellungen einverleibt, und sofort begann er, damit zu arbeiten. Wenn es möglich war, dem Begriff Wahnstadt eine andere Richtung zu geben — weshalb sollte es nicht durch ihn geschehen? Er vermutete gleich, daß Jaguttis sich im Besitz einer Generalidee befinden müsse, und er irrte sich nicht. Es war auch nicht schwer, sie ihm zu entlocken, denn er suchte natürlich Bundesgenossen, und wer hätte sich besser dazu geeignet als Gustav Roloff, der tapfere Pionier einer neuen Zeit?

So saßen sie beharrlich im Turmzimmer, dessen Decke von feuchten, braun geränderten Kringeln befleckt war, weil der Taubenmist das Dach zerstörte. So waren sie beharrlich über Pläne gebeugt, von denen Jaguttis behauptete, daß sie dem Aufbau einer durchgeistigten Großstadt und der Vermittlung zwischen Arbeit und Kultur gewidmet seien. Er fertigte zwei Zeichnungen an, „um die Bahn von der zentrischen Großstadt zur dezentrischen Stadtlandschaft an chirurgischen Schnitten zu demonstrieren". Die eine lehnte sich noch an den tatsächlichen Stadtplan an, schematisierte aber schon die Straßenzüge, damit sie in das System des Generalbauplans paßten. Was nicht passen wollte, mußte zurechtgebogen werden. Ein dicker, raupenförmig gekrümmter Längsbalken war die Amsterdamer Straße, nachdem sie oben und unten, über Häuserzeilen hinweg, gewaltsam verschoben worden war; dadurch rückte sie an diesen Stellen, wo sich das augenblickliche Stadtbild ausbuchtete, fast genau in die Mitte.

„Dies ist die Nord-Süd-Achse", sagte Jaguttis, „ich habe sie so gelegt, daß die Stadt nicht mehr verkrüppelt, nicht mehr einhüftig wirkt."

Von hier aus schnitt er nach beiden Seiten korrespondierende Figuren aus, Halbkreise, Hufeisen, Dreiecke, Trapeze, die er „Kerne" nannte — Arbeitskern, Handelskern, Verkehrskern, Amtskern, Organisationskern, Wohnkern, Kulturkern, Grünkern, Rotkreuzkern, je nachdem eine Fabrik, ein Warenhaus, ein Bahnhof, eine Behörde, ein Verbandsgebäude, eine Villa, ein Theater, ein Park oder ein Krankenhaus darin lag. Diese Kerne übertrug er auf die zweite Zeichnung, wo er sie, Häuser durchbohrend und Straßenfluchten sprengend, zu mehreren inmitten gewaltiger Ringe zusammenfaßte. Jetzt hießen sie „Räume": Arbeits-, Handels- und Verkehrskern bildeten den Wirtschaftsraum, Amts- und Organisationskern den Verwaltungsraum, Wohn- und Kulturkern den Erholungsraum, Rotkreuz- und Grünkern den Wohlfahrtsraum. Plötzlich war die Stadt ein Schrank mit Schubfächern geworden, eine geregelte Registratur, wo man alles gleich greifen konnte. Was sich noch nicht im richtigen Fach befand, mußte eben umgruppiert werden. Was noch nicht in hinreichender Menge vorhanden war, um ein Fach zu füllen, mußte eben herbeigeschafft werden. „Nicht heute oder morgen, aber vielleicht schon übermorgen. Wir müssen vorausschauen; kommende Generationen sollen uns nichts vorzuwerfen haben, es geht jetzt rasend bergauf."

Roloff nickte eifrig. „Das soll wohl sein, ich merke es am Bierverbrauch. Der Bierverbrauch ist das sicherste Wirtschaftsbarometer. Vor zwei Jahren noch kamen bloß fünfzig Liter jährlich auf den Kopf unserer Einwohnerschaft, heute schon neunzig, das ist beinahe wieder soviel wie vor dem Krieg. Damals waren es hundertzwei. Nochmal zwei Jahre, und wir haben diese Ziffer überholt. Es geht voran, und das freut ein' denn ja auch."

„Ich sage Ihnen, Herr Roloff, in spätestens fünf Jahren wird die Entwicklung der neuen wissenschaftlichen Arbeitsweise in der Industrie ungeahnte Anforderungen an uns stellen. Bis dahin muß der Boden bereitet sein, aufnahmefähig für den gesteigerten Verkehr, die gesteigerte Menschenmasse, den gesteigerten Umsatz. Wir müssen uns heute schon darüber klar sein, wohin wir die neue Oberpostdirektion, das neue Rathaus, den neuen Zentralbahnhof, die neue Technische Hochschule, das neue Landesfinanzamt, den neuen Justizpalast, das neue Opernhaus, die neue Handwerkskammer postieren. Das ist das mindeste, was wir in fünf Jahren brauchen werden."

„Donnerwetter! Das gibt ja Arbeit für die ganze Ortsgruppe des Bundes deutscher Architekten. Sie sind ein Teufelskünstler, lieber Jaguttis."

„Zuviel Ehre für mich. Es geht nichts mit übernatürlichen Dingen zu. Sie sehen ja, es bedarf nur der Einfühlung in die natürlichen Gegebenheiten."

Roloff sah es.

„Die Natur, Herr Roloff, ist der untrüglichste Wegweiser. Die Wahnstädter Achse läuft von Süden nach Norden. Der Süden ist das Symbol alter, echter Kultur und sonniger Lebensfreude — alles dessen, was den Sonntag des menschlichen Lebens ausmacht. Der Norden ist das Symbol neuester, großzügiger Erfassung des Werktags. Die Nord-Süd-Achse ist die Brücke vom Alltag zum Sonntag. Sie ist der Weg der Heiligung des modernen Arbeitsmenschen."

Er hatte die Daumen in die Ärmelausschnitte seiner Weste gesteckt und sprach wie ein Operntenor, der Dialog aufsagt. Roloff hörte ihn träumerisch an. Als er geendet hatte, fragte er behutsam, wer alles schon in diesen Plan eingeweiht sei.

„Eingeweiht ist niemand. Im Vorstand der Ortsgruppe des B.D.A. sind die Umrisse bekannt. Der Vorstand hat sich selbstverständlich meine Auffassung zu eigen gemacht."

„So, so. Die Stadtverwaltung weiß noch nichts?"

„Sie mag etwas ahnen. Aber der Stadtbaurat ist doch ein Tiefbau-Ingenieur, der keine Einfühlung in die Landschaft hat und wie ein Metzger drauflos säbelt. Der? Dieser Tiefbau-Ingenieur — — —", und hier nahm seine Stimme den kratzenden Ton einer erzürnten Grammophonplatte an, „dieser Tiefbau-Ingenieur betrachtet doch jedes Fleckchen Erde als Kanalisationsbaustelle und jede Mulde als Aschenkippe."

Roloff stützte den Kopf in die Hände und brütete mit gefurchter Stirn über den Zeichnungen. Es arbeitete in ihm: die Stadtverwaltung weiß noch nichts, man könnte unter der Hand Gelände kaufen. Die Stadtverwaltung ist noch nicht dafür, aber man kann die öffentliche Meinung gegen sie aufbringen. Die öffentliche Meinung? Ja. Also erstens die City-Gesellschaft. Man muß den Generalbauplan bloß noch ein bißchen drechseln.

Wenn zum Beispiel der große Durchbruch mitten durch das Modenhaus Rehberger ginge... Oder wenn Hackforths Budike rasiert würde... Es wäre ein prima Geschäft, die Stadt müßte ankaufen. Und den Malepartus muß die Stadt natürlich haben, wenn sie aus der Amsterdamer Straße die große Achse machen will... Reckmann muß tüchtig über die Verkehrshindernisse schimpfen. Reckmann muß plausibel machen, welche Häuser im Interesse der Öffentlichkeit von der Stadt erworben werden müssen... Öffentliches Interesse ist natürlich eine kostspielige Sache, wer da Opfer bringt und sein Besitztum zur Verfügung stellt, an dem er mit allen Herzfasern hängt, der muß besonders gut entschädigt werden. Damit mir Reckmanns Verleger nicht in die Quere kommt, muß man dem auch 'n Happen hinwerfen. Die Neuesten Nachrichten liegen in der Armsündergasse... Übrigens 'n historischer Ort, sagt Brilon; wo jetzt die Redaktion der Neuesten ist, mußten früher die armen Schächer durch, denen der Galgen winkte..."

„Also da muß noch 'n Durchbruch hin", sagte er aus Versehen ganz laut.

„Wo, Herr Roloff?" Jaguttis klemmte sein Monokel fester und verzerrte dabei schmerzhaft den Mund. „Über Einzelheiten läßt sich immer reden."

„Nu natürlich", erwiderte Roloff, „wollen Sie die Presse nicht informieren?"

„I wo, wo darf man denn. Wenn ein Wörtchen davon in der Zeitung stünde, ginge doch gleich die Grundstückspekulation los."

„Das ist aber auch wahr. Da ginge gleich die Grundstückspekulation los. Als Idealist muß man an alle Schlechtigkeiten denken."

Er sah ihn aus gelben Augenwinkeln lauernd an und strich sich dabei über die stachligen Brauen. Jaguttis senkte rasch den Blick aufs Papier und setzte seinen lehrreichen Vortrag fort.

„Stellen Sie sich die Stadt als einen lebendigen Körper vor, in dem das Blut durch die Adern kreist. Jeder Raum hat seine Herzkammer, von wo der Blutstrom durch die Arterien kreist — das sind die Straßen erster Ordnung, die Ausfalltore —, und wohin er durch die Venen zurückkehrt — das sind die Straßen zweiter Ordnung, die Einfalltore. Es ist genau der Anatomie nachgebildet, Arterien rot gezeichnet, Venen blau, bis zu den Kapillarnetzen, diesen feinen Verästelungen der Blutgefäße im Erholungsraum, und den Venenklappen, diesen Stauventilen freier Plätze am Rand der einzelnen Kerne. Die Natur ist der beste Architekt. Ein guter Architekt entlehnt ihr heute alle seine Begriffe und Methoden."

„Großartig, wie Sie das so entfalten, lieber Jaguttis. Wie das alles so lebendig, so plastisch wird. Wenn ich Sie richtig verstanden habe, müßte so ein Stauventil, so ein freier Platz unbedingt in die Gegend der Armsündergasse. Die müßte vielleicht ganz niedergerissen werden — wie?"

Der Architekt verzog keine Miene. „Sie haben den Nagel auf den Kopf getroffen", sagte er. „Das Haus der Neuesten Nachrichten würde schwerlich zu halten sein." —

Allmählich wurde sein Generalbauplan nach Roloffs Angaben vervollständigt. Ohne daß Jaguttis seine sachlichen Motive aufzugeben oder zu ändern brauchte, wurden alle neuen Straßen durch die Besitztümer maßgeblicher Bürger geführt; dafür hofften sie von der Stadtverwaltung hoch entschädigt zu werden. Dem Architekten erschien das alles naturnotwendig: der Handelskern sei ja die eigentliche Altstadt, wo am meisten Wind hineingelassen werden müsse.

„Ihr Charakter wird nicht angetastet. Sie muß, was unten weggenommen wird, an Höhe wiederhaben. Ich denke mir eine Symphonie von Hochhäusern, flankiert vom Kongreßpark, dem heutigen Glockenpark, der zu einer ringförmigen gartenarchitektonischen Musteranlage mit riesigen Versammlungsräumen umgestaltet wird. Nicht wahr, Sie verstehen, was mir vorschwebt? Eine einheitliche Architektur vom Grashalm bis zum Dachziegel. In der Altstadt verschwinden alle Wohnungen. Es gibt dort keine Kinder mehr auf der Straße. Frauen kommen nur gastweise hin, zur Schaufensterpromenade, zum Einkauf, oder als Stenotypistinnen, Verkäuferinnen, Packerinnen, rasch ins Geschäft, rasch zum Imbiß, rasch nach Hause. Hier herrschen der Kaufmann und der Gaststättenbesitzer. Es ist die Männerstadt. Es ist, was die City in London ist. Wieviel hier im Wirtschaftsraum verdient wird, das wird man dort im Erholungsraum an den kultivierten Wohnungen, an den eleganten Frauen und an den lichtüberströmten Festsälen ablesen können."

Für den Fall, daß es Roloff gelänge, wenigstens einen Teil der Generalidee durchzusetzen, versprach Jaguttis einen Nachlaß von zwanzig Prozent auf das Honorar für das Parkhotel Hindenburg. Er hatte es demgemäß hoch genug veranschlagt.

Als er das Turmzimmer zuletzt verließ, sagte er mit einem sehnsüchtig-verbohrten Blick: „Hier entsteht das Zentrum des neuen Wahnstadt."

Sechstes Kapitel

I

Der Stadtbaurat saß auf glühenden Kohlen. Zehn Tage vor der letzten Sitzung des alten Stadtparlaments konnte ihm Schwandt noch nicht sagen, ob die Typenhaus-Vorlage auf die Tagesordnung komme. Der Kämmerer, mit Schwandt im Bunde, ließ sich nicht aushorchen.

Lange hatte sich Schwandt überlegt, wie er den Stadtbaurat für seine Zuneigung zu Hundacker strafen solle. „Soll ich ihm das Typenhausprojekt vermasseln? Soll ich? Soll ich nicht?" Es juckte ihn in den Fingern, und der Hautreiz wanderte über die ganze Hand, den Arm hinauf bis zur Schulter. Wenn er dieses Jucken spürte, hätte er eine Tat begehen können, die ihn selbst verdarb. Es kostete Überwindung, ihm zu widerstehen, aber er erinnerte sich seiner Gefährlichkeit und widerstand.

„Ich darf nicht", sagte er sich.

War denn nicht sein eigenes Renommee mit dem Projekt verknüpft? Sollte diese Siedlung nicht für den treuen Sachwalter öffentlicher Gelder zeugen, nicht dazu die glückbringende Botschaft eines sozialen Herzens sein? Mußte sie nicht, ein Beispiel der Tugendhaftigkeit und Selbstbescheidung, das Eitelfelder Protzentum entlarven? „Hundacker macht Ausstellungen, Schwandt baut Wohnungen. Ein wackerer Satz. Ein rechtschaffener und wirksamer Vergleich."

Als diese Entscheidung getroffen war, hätte er den Baurat in die Einzelheiten der Vorlage einweihen können. Da er wohl seines Beistands, doch nicht seiner formellen Mitwirkung entraten konnte, hätte er es eigentlich tun müssen — um so mehr, als er ihm ja gesprächsweise umstürzende Neuerungen angekündigt hatte. Er tat es nicht. Bis zum letzten Augenblick ließ er ihn zappeln und weidete sich an seinen Ausbrüchen, die, anfangs affektbetont, allmählich in schmerzlich lächelnde Resignation und tiefe Verzagtheit übergingen. „Er soll merken, daß ein Sanguiniker immer im Nachteil ist."

Jedoch war der Baurat weit davon entfernt, sich in die Schwandtsche Psychologie einzufügen. Er merkte es nicht, er war voller Argwohn, er kombinierte: „Schwandt hat die Kleinkarierten von der City-Gesellschaft empfangen. Die City-Gesellschaft ist der Malepartus. Hinter dem Gaststättenbesitzer steht Jaguttis." Griesgrämig und streitsüchtig betrachtete er den Plan des Parkhotels Hindenburg. „Schwandt gibt vor, daß er die Kleinkarierten bändigen will. Er behauptet, daß er mit ihnen nur darum Brüderschaft trinkt, weil er ihren tollwütigen Gerstensaft verwässern will. Angenommen, es wäre so —: die Operation kann er nicht mit leeren Händen machen. Zapft er ihnen Blut ab, so muß er ihnen ein Narkotikum unter die Nase halten." Er nahm einen Bleistift und begann, ihn mit seinem dolchartigen Messer anzuspitzen. Die Spitze drückte er schräg auf den Tisch, und mit dem Messer schabte er. Dabei drehte er den Bleistift unablässig herum und blies mit seinen wulstigen Lippen den Graphitstaub fort. „So ist das doch immer", murmelte er. „Und da er mich nicht riechen kann, seit er weiß, wie ich über Hundacker denke..., na, da wird er ihnen halt versprochen haben, mich kaltzustellen."

Der Bleistift war spitz wie eine Nadel. Er prüfte ihn an der Haut: wohin er tupfte, blieb für Sekunden eine kleine, leicht gerötete Delle zurück. Er tupfte stärker — knacks, brach die Spitze ab.

„Über meine Leiche wollen sie sich einigen, die Hunde! Aber ich werde ihnen zeigen, daß ich noch lebe. Ich stolpere nicht über Zwirnsfäden. Bei Philippi sehen wir uns wieder."

Die drohenden Zitate und Spruchweisheiten liefen ihm wie Wasser im Mund zusammen. Er schabte von neuem; das mahlende Geräusch ermutigte ihn. „Du Pfuscher", sagte er und setzte den Stift an Jaguttis' Zeichnung, „du Pfuscher". Er summte vor sich hin, es war ein schmatzendes, ein zerstörerisches Summen. „Gestern noch auf stolzen Rossen...", summte er, immer den mörderischen Blick auf dem Papier, das mit Jaguttis' Feueratem getränkt war. Der Bleistift, von böser Hand gelenkt, zog seine Bahn. An der Stelle, wo die jungen Linden grünten, rechts und links vom Mittelbau des Hotels, der trotzig in den Platz der Republik hineinritt, siedelte er zwei Obelisken von unerbittlicher Härte an. Sie klemmten sich wie apokalyptische Zeichen einer Weltwende zwischen den Vorreiter und die Flügeladjutanten des Bauwerks und vernichteten die hochmütige Wucht ihres Ansturms. Immer vergnügter summte der Baurat. Die architektonische Phalanx war zerschnitten, der Blick auf Jaguttis' Meisterwerk gebrochen. „Heute durch die Brust geschossen...!" Das kam ganz laut und jauchzend. Die Obelisken schlugen einen Trommelwirbel und griffen an. Jaguttis' Fronten wankten. „Morgen in das kühle Gra—hab."

Dem Baurat war es, als röche er Pulverdampf. Er schmeckte auf der Zunge das brenzlige Gemetzel. Er riß seinen Schillerkragen auseinander, daß die haarige Brust weit offen stand. „Hallo", rief er und schlug sich auf die Schenkel, „wie sagt der Dichter? Die Brust zum Gefechte gelüftet. Die Brust zum Gefechte gelüftet!"

Da schrillte das Telefon, er meldete sich breit und geräuschvoll. „Hallo?" Es war noch derselbe herzhafte Tonfall. Der ihm antwortete, war Herr Röwedahl; seine sanfte, fast zärtlich süße Stimme kam aus einer anderen Welt. Der Herr Oberbürgermeister lasse den Herrn Baurat bitten... „Na schön, ich komme."

Grätschbeinig und täppisch wie ein Faun, den man schwer überwältigen, aber leicht überlisten kann, hielt er sich aufrecht vor Schwandt und hörte sich an, was jener ihm zu sagen hatte: daß mit privater Hilfe eine Wahnstädter Baugesellschaft gegründet sei, die „Wabag", die sowohl bei der Typenhaussiedlung wie bei späteren städtischen Bauten zur Hand sein solle und in deren Aufsichtsrat neben Oberbürgermeister und Kämmerer auch er zu sitzen komme.

Der Baurat machte große Augen und fragte: „Ist das die kühne Wirtschaftsform, das neue finanzrechtliche System, von dem Sie sprachen? Entschuldigen Sie, das sind große Worte für eine kleine Sache. Sie liefern sich dem privaten Unternehmertum aus, ist das alles? Ist das der Weisheit letzter Schluß? Als Sozialist bin ich dagegen —, ich bin gegen jede noch so verschleierte Form der Auslieferung an das private Unternehmertum", beharrte er schnaufend.

Aber Schwandt erwiderte lachenden Gesichts, der weltanschauliche Protest bleibe ihm ja unbenommen, und außerdem liege der Fall doch wohl etwas anders, wie er vielleicht heraus-

finden werde, wenn er ihn in Ruhe studiere; als Stadtbaurat wie als Mensch habe er sicherlich ein Interesse daran, daß die Entwürfe und Erfindungen, die seinen Namen trügen, auch verwirklicht würden. „Nicht wahr? Also. Wir können nicht wählerisch sein. Hand aufs Herz, Verehrtester —: was ist überhaupt Weltanschauung? Alles, was einer dafür hält. Alles, woran einer glaubt. Ein nichtssagendes, ein feiges Wort. Geht ab wie warme Semmel und ist billig wie Brombeeren. Weltanschauung, brr!"
Er schüttelte sich. „Wir sollten statt dessen mehr Wert auf Lebensanschauung legen. Die Menschheit ist eine ferne und prekäre Sache, aber die Menschen sind nahe und gebrauchsfertig. Arbeiten wir mit ihnen, da es hoffnungslos ist, an ihnen zu arbeiten. Na, und somit ..., der langen Rede kurzer Sinn: Lähmung des privaten *Unternehmungsgeistes* ist Lähmung der Steuerkraft, das haben doch gerade Ihre Genossen in der Regierung am ehesten eingesehen, und was nützen Ihnen die schönsten Projekte, wenn der Kämmerer sie nicht finanzieren kann?"

„Nun, nun ..." Der Baurat lachte ihn gutmütig an. „So war es nicht gerade gemeint, an einem grundsätzlichen Einspruch darf die Sache natürlich nicht kaputt gehn. Aber die Zustimmung wäre mir leichter gefallen —, ich wollte sagen, ich hätte meine Fraktion eher zur Zustimmung bewegen können, wenn Sie mich zu den Verhandlungen hinzugezogen hätten."

„Sie glauben doch nicht, daß ich Sie kränken wollte?"

„Ach nein, nicht das ..."

„Ich wollte Sie nicht kränken. Kein Mensch wollte Sie kränken. Aber es handelt sich um ein Finanzproblem, und Sie wissen, daß der Kämmerer streng auf die Abgrenzung der Ressortrechte sieht. Schließlich kommt man auf diese Weise am besten aus, und ich unterwerfe mich selber gern der Ordnung. Rede ich je einem meiner Mitarbeiter in sein Ressortrecht hinein? Sagen Sie selbst. Innerhalb des gesteckten Rahmens entschließt sich jeder nach seinem Ermessen. Er übernimmt ja auch die Verantwortung."

Er pflegte sich stets hinter der Freiheit seiner Mitarbeiter zu verschanzen, sobald man seine Autorität in Anspruch nahm, wo es ihm unbequem war. Im internen Betrieb beeinflußte er alle und alles; wenn eine Sitzung der Stadträte nicht lief, wie er wollte, stand er auf und sagte: „Meine Herren, Sie können ja noch weiter beraten, geben Sie mir telephonisch Bescheid, was Sie beschlossen haben" — und jeder verstand den Wink, jeder wußte, daß er die Sache nicht weiter verfolgt sehen wollte; wenn sich aber in eben dieser Sache jemand an ihn wandte, dann sagte er bedauernd, daß er den Stadträten nicht die Hände binden, den Stadträten nicht in den Arm fallen könne. Diese Verquickung von Berechnung und Verstellung, von unbewußter Erkenntnis und bewußter Naivität, von Anmaßung und Unbefangenheit war ja das ganze Geheimnis seiner Amtsführung. Es war eine gelenkige Scheinklarheit, ein Jonglieren mit Scheinlogik: das Sinnvolle wurde verblüffend gewendet und in unkontrollierbare, verwirrende Zonen abgeleitet. Man hätte es dämonisch nennen können, wäre es nicht allzu jovial gewesen, und für echten Sarkasmus hatte es wieder zu wenig Substanz. Leute wie der Baurat, die sich hilflos vorkamen, wenn irgendwo ein Raffinement auftauchte, nannten es „frivol". Ihr Unbehagen war nicht ganz reinlich: es setzte sich aus Furcht und Ehrfurcht, aus Abneigung und Respekt zusammen.

Wie es auch sei —, da er an Widerstand nicht denken konnte, ließ der Baurat seine Bedenken gegen die Wabag fallen. „Naja", schmunzelte Schwandt, „jetzt benehmen Sie sich endlich wie ein Erfinder, der für seine Erfindung Opfer zu bringen weiß. Ich denke, das muß ein erhebendes Gefühl sein — wie, oder nicht?"

„Freilich", antwortete der Baurat und wölbte die haarige Brust.

„Ich beneide Sie ordentlich darum. Übrigens — Sie sind mir nicht gram, wenn ich abschweife, nein? — da kommt mir nämlich gerade was in den Sinn, ein Wort von Machiavelli. Man hat ja leider so wenig Zeit zum Lesen, aber letzthin habe ich mir an einem verregneten Sonntag den Machiavelli aus dem Spind geholt, und da heißt es an einer Stelle ... Ja, wörtlich kann ich es Ihnen nicht sagen, aber es heißt ungefähr so: kluge Männer lassen sich alles zum Verdienst anrechnen, auch wenn ihre Handlung unter dem Zwang der Notwendigkeit geschieht ... Nun, sehen Sie. Und was Ihre Fraktion betrifft, da brauchen Sie sich nicht mehr zu bemühen. Wir stehen vor den Wahlen. So kurz vor Torschluß ist alles müde. Man geht auseinander und weiß nicht, ob man sich wiedersieht. Das kostet Nerven. Im Magistrat, wo unter den unbesoldeten Stadträten die Gesättigten und Altersweisen sitzen, die gern ein Nickerchen machen, peitschen wir die Sache in einer dringlichen Sitzung durch. Im Stadtparlament sparen wir sie für die geheime Sitzung auf, und ich möchte den sehen, der sich noch um fünf Minuten vor zwölf, abgekämpft und seines Schicksals ungewiß, auf Opposition um jeden Preis versteift. Wem die Sorge ums Mandat bis in die Zehenspitzen hinein kribbelt, der hat im ganzen Körper keinen Raum für einen anderen Gedanken als den, ob nun sein letztes Stündchen als Stadtverordneter geschlagen hat."

Der Baurat kratzte sich ein bißchen tappig hinter den Ohren und meinte: „Das ist schon richtig, aber man kann nicht wissen, ob sie nicht noch in letzter Minute eine saftige Rede zum Fenster hinaus halten wollen."

„Warum nicht? Ich bin der letzte, der sie daran hindert. Je länger sie reden, desto früher macht ihre Zivilcourage schlapp. Vor Abstimmungen, an denen mir etwas gelegen ist, bewillige ich immer unbeschränkte Redezeit; nichts macht willfähriger als das ..., es ist wie eine kräftige Massage. Ansonsten schützt uns ja die geheime Sitzung gegen alle Eventualitäten."

Als der Baurat von ihm ging, hatte er ein neues Beiwort für ihn: machiavellistisch. Er hatte Belehrung geschöpft; aber unabhängig von seinem Ursprung, erschien ihm dieses Wort, funkelnd und abenteuerlich, wie es sich anhörte, eigens auf Schwandt gemünzt zu sein. Er überbrachte es Drobeck. Drobeck sagte wieder: „Ob er selbst daran glaubt? Schwandt? Hm. Er spricht es so, daß man daran glauben muß. Ich werde auch nicht schlau daraus."

„Wer es würde", sagte der Baurat, „wer es wüßte. Manchmal denke ich, daß er doch nur ein Schaumschläger ist, und daß er uns schließlich bloß vormacht, mit wie wenig Grütze man schalten und walten kann."

„Ach Gott", dachte Drobeck in einem plötzlichen Drang zur Selbstanklage, „tun wir das nicht alle? Wie könnte er es sonst?"

Der Verlauf der Dinge gab Schwandt jedoch recht. Die Zustimmung zur Wabag war die letzte Tat des scheidenden Stadtparlaments. Herr Röwedahl sagte: „Die letzte Duldung." Er sah das Stadtparlament als eine Mumiengruft an, in welcher Glaube und Gebete, Schönheit und Herrlichkeit einer versunkenen Welt beschlossen waren. „Es ist da, damit die Bürger etwas vorzuweisen haben, wenn sie nach ihren überkommenen Einrichtungen gefragt werden. Die Stadtverordneten üben keine Gewalt mehr aus, aber man läßt es bei der Meinung bewenden, daß sie es täten. Das ist so wie mit den Eisheiligen; wenn es um den zwölften Mai herum kalt ist, schiebt es jedermann dem Mamertus, Pankratius oder Servatius in die Schuhe und freut sich, daß eine alte Regel wieder einmal bestätigt wird. Niemand achtet darauf, daß es die Tage vorher und nachher gewöhnlich auch nicht wärmer ist — sonst wäre ja eine so gute Sache wie die Weisheit der Vorfahren in trauriger Weise kompromittiert. Über alle Wissenschaft triumphiert der Köhlerglaube."

Das dachte Herr Röwedahl; dabei wußte er noch gar nicht, wie blutwenig die Stadtverordneten über die Wabag, zu der sie einhellig mit dem Kopf genickt, erfahren hatten. Jeder konnte sich darunter vorstellen, was er wollte. Es war ein gemischtwirtschaftliches Unternehmen und war auch wieder keins. Es war ein Verschachtelungsgeschäft und war auch wieder eine Firma mit sauberem Aufriß. Es war ein Finanzierungsinstitut und war auch wieder Kreditnehmer. Man sah hier etwas und dort etwas, und wenn man alles zusammenzählte, hatte man nichts gesehen — ähnlich wie man an einem wohl sehr hellen, aber auch sehr tiefen und immerfort gekräuselten See zwar die Klarheit des Wassers wahrnimmt, doch nicht auf den Grund schauen kann.

Schwandt hatte verschattete Augen und Denkfurchen auf der Stirn, wenn die Rede darauf kam. Er wiederholte nur immer: „Wir werden bauen, und es kostet die Stadt keinen Pfennig. Wir werden allen Genuß und nicht die Lasten des Besitzes haben. Wir werden unser Vermögen vergrößern und von jedem Risiko befreit sein."

II

Die gute Zeit der Finanziers war angebrochen.

Stiegen sie nicht überall wie taufrische Gestirne aus unbeachteten, panisch umwobenen Buchten des Weltalls auf, bereit, das Gewölk zu durchbrechen, das schon der Untergang der ausgehöhlten Sonnen färbte? Schon waren sie gefällig, anregend und liebenswert auf dem Aktienmarkt der Industrie erschienen. Matthias Schwandt, den zuweilen ein schroff aufglänzendes Sehertum anwandelte, spürte körperlich, wie Gichtbrüchige das Wetter in ihren Gliedern, die kommenden Männer, den kommenden Schöpfergeist, oder wie er sagte: den „neuen Typ", der begriff, daß inmitten besinnungslos abrollender Geschehnisse nicht die Führung, sondern die Beeinflussung den Erfolg verbürgt. Dieser Typ war eine Naturerscheinung wie der Herbstnebel, unter dessen linden Schleiern die Früchte nachreifen und die Ernte vor sich geht, und kaum hatte ihn Schwandt verspürt, so begab er sich auch schon auf seine Spur.

Diesmal wollte er das unentdeckte Gelände als erster abgrasen. Hundacker arbeitete mit Amerika; das taten sie alle; das konnte jeder. „Ein teurer Spaß", sagte Schwandt, „alles kurzfristig, ich verzichte dankend. Das dicke Ende wird ja nicht ausbleiben. Verzinsung und Amortisation müssen doch die ganze Stadt auffressen." Indessen stellte er diese Erwägung mehr gewohnheitsmäßig an, weil er nun einmal von seiner Rolle des sparsamen Wirtschafters besessen war. Wie ihn alles reizte, was einem eingebürgerten Begriff eine fremdartige Umschreibung schuf (wohingegen ihn das wirklich Neue taub und fühllos fand), so reizte ihn an diesen listenreichen Finanziers, daß sie nicht Geld hergaben, um eigene Reichtümer zu verzinsen, sondern Geld entliehen, um fremde Macht dafür zu kaufen. Nur beging er den Fehler, den er oft beging: statt nach dem Besten, griff er nach dem Nächstbesten, und der Nächstbeste war Bernhard Stövesand, ein mehrmals verkrachter Bauunternehmer, der kürzlich, den Koffer voller Maximen, Thesen und lehrhafter Errungenschaften aller Art, wie ein verspäteter Schüler aus Amerika zurückgekehrt war und sich sogleich, als sei die Welt noch nicht erschaffen, weil er sie vorher nur mangelhaft erblickt, auf das Katheder des in Wahnstadt versammelten Teils der Nation geschwungen hatte.

Mit einem Darlehen der Kreditbank, für welches Jaguttis bürgte, hatte er sich erneut in Trab gesetzt und in Geschäftskreisen viele Kunden geworben, gestützt auf Gutzeits Empfehlung, der sagte, es sei Christenpflicht, einem schwer geprüften Manne behilflich zu sein, und auf Jaulenhoops moralische Unterstützung, der nicht weiter gehen wollte, weil Gutzeit weiter gegangen war. Er war ungemein rührig, mäßig im Preis und kulant in seinen Zahlungsbedingungen, zu deren Überwachung er, der Teufel mochte wissen, wie, eine Inkassogesellschaft hervorgezaubert hatte.

„Aufstocken" war seine Spezialität. Aus dünnen, nach einem neumodischen Verfahren hergestellten Zementplatten pfropfte er den angefaulten Dächern ein jünglingsschlankes Stockwerk auf, dessen Haltbarkeit genau so lange währte, bis die letzte Rate dafür bezahlt war. Es schien ein physikalisches Gesetz zu sein, daß in diesem Augenblick die Wände bei der geringsten Erschütterung wie ein hohles Faß zu bollern begannen, von Schwären zerfressen wurden und körnige Dreckbrocken abstießen, die die Haut aufschlitzten, wenn man sie anfaßte. Einigen Leuten, die darum prozessierten, wies Jaguttis als beeidigter Sachverständiger für den Landgerichtsbezirk Wahnstadt nach, daß sie in der Tat nicht von Stövesand, sondern von der Physik geschädigt seien — von Witterungseinflüssen, von den Stößen des Lastwagenverkehrs, von einer bedauerlichen Summe meteorologischer und mechanischer Zufälle, gegen die kein Kraut gewachsen sei.

Mancher der abgewiesenen Kläger war gleich geneigt, angesichts dieses Gutachtens von unlauteren Machenschaften zu sprechen. Ihr Verdacht, meinten sie, gehöre zu den Dingen, die stichhaltig seien, ohne daß man sie jemals schlüssig beweisen könne. Jaguttis, der Stövesand seit langem kannte und oft mit ihm gearbeitet hatte, wäre wahrscheinlich ebensowenig in der Lage gewesen, den Verdacht vor einem peinlicheren Gericht als dem im Talar zu zerstreuen. Man hatte zum Beispiel eingewandt, daß er als Bürge des Beklagten befangen sei; der Richter aber hatte festgestellt, daß zu diesem Zeitpunkt das Darlehen der Kreditbank schon zurückgezahlt, die Bürgschaft mithin erloschen war. Zivilrechtlich war der Zweifel behoben, menschlich bestand er fort, und das ging den Richter nichts mehr an. Dennoch war der Fall nicht so einfach, wie ihn die Leute im Ärger über den Verlust ihres Prozesses konstruierten. Jaguttis war ein Ehrenmann und hätte sich niemals dazu verstanden, einen Schwindler zu verteidigen. Ihn hypnotisierte nur der Begriff der „wirtschaftlichen" Bauweise, den Stövesand mit seinen Zementplatten verbunden hatte. Stövesand aber — weiß der Kuckuck,

Bernhard Stövesand war kein Scharlatan; er besaß Kenntnisse, staunenswerte Kenntnisse, vielseitige Kenntnisse, sie waren, wenn man will, sein Verhängnis, denn seiner Konzentration waren sie nur hinderlich. Man darf getrost annehmen, daß er die Zementplatten nicht verwendet hätte, wenn sie nicht patentiert gewesen wären.

Dieser Mann, der bereits allgemein „der Aufstocker" hieß (während seine Visitenkarten auf „Stövesand, Unternehmer" lauteten) — dieser Mann war es, den Schwandt zu einem Werkzeug seiner Kommunalpolitik ausersah. Als Stövesand ihm seine Aufwartung machte, war er betroffen von Fülle, Geprägtheit und Glanz seiner Gedanken. Alles nahm ihn für ihn ein: die überlegene Sicherheit, mit der er seine Vorschläge unterbreitete, die exakte fachmännische Ausdrucksweise, die immer ins Schwarze traf, die gewissenhafte Durchfeilung seiner Rede, die jeden Einwurf widerlegte, bevor er sich heranwagte. Auch der Kämmerer, den Schwandt zu einer eingehenden Untersuchung veranlaßte, gewann den denkbar besten Eindruck von der Festigkeit, womit der Aufstocker seinen kitzligen Fragen begegnete, und von der Bestimmtheit, womit er jede gewünschte Erklärung vortrug.

Schwandt und der Kämmerer besprachen sich mehrfach darüber. Der Kämmerer urteilte: „In dem Mann sind Idealismus und praktischer Sinn eine gesunde Paarung eingegangen. Er ist redselig, aber genau." Und Schwandt, der ja selber redselig war, antwortete: „Es gibt nur zwei Arten von Idealisten. Die einen sind Idealisten, weil sie keine Geschäfte machen. Sie sind unecht, denn was sie sind, sind sie aus Verärgerung. Die anderen sind Idealisten, weil sie mit Idealismus Geschäfte machen. Das sind die richtigen — Idealisten aus Prinzip, aus Notwendigkeit. Wer nicht materialistisch denken kann, wird niemals ein waschechter Idealist sein. Ja, Sie lachen. Oller Schäker, möchten Sie jetzt am liebsten zu mir sagen — wie? Aber Sie werden nicht umhin können, mir darin beizupflichten, daß in Paradoxen manchmal diejenigen Wahrheiten liegen, über die nachzusinnen sich am meisten verlohnt."

Es stimmte alles überein, sie kamen zum Abschluß, die Wabag trat ins Leben.

Sie konnte leben: die städtische Sparkasse finanzierte sie.

Stövesand ging davon aus, daß die Sparkassen im direkten Verkehr mit den Gemeinden nur fünfundzwanzig Prozent der Einlagen kreditieren durften. Etwa die Hälfte hatte Schwandt bis dahin in Anspruch genommen. Das konnte er Stövesand natürlich nicht auf die Nase binden, aber Stövesand war auch nicht neugierig darauf. Er wehrte ab, als Schwand so drumherum sprach. Aufschnellend streckte er ihm beide Handflächen entgegen; seine Augen waren unter der gewölbten Stirn halb versteckt. „Da sei Gott vor", beteuerte er mit einer Lebhaftigkeit, die an seinem ganzen Körper rüttelte, „da sei Gott vor, daß ich bei Ihnen spioniere, Herr Oberbürgermeister. Wieviel Kommunalkredit Sie auch von der Sparkasse haben mögen —, es steht doch außer Frage, daß Sie über das ganze zulässige Maß die freie Verfügung behalten müssen. Es ist nur ein Viertel der Sparkassenguthaben — ich sage: nur, und ich weiß, was ich sage. Es könnten Zeiten kommen, wo Sie um jedes Prozent froh wären, das Sie noch nicht ausgenutzt hätten. Darum will ich Ihnen ja diesen Posten entlasten, ohne den Kontokorrentverkehr zu stören, der die Forderung der Kasse mit der Leistung ihres Gewährsverbandes verrechnet. Auf einem Umweg will ich Ihnen Teile des Realkredits zuführen, den die Sparkasse an Private zu vergeben hat. Ob die Vergebung an mich klappt — das liegt an Ihnen."

Dies waren die Grundzüge des Wabagsystems: ein einfacher Buchungsvorgang. Man nahm von der Stadt, um der Stadt zu geben.

Mit dem Kredit der städtischen Sparkasse gründete Bernhard Stövesand eine Baugesellschaft, in welche die Stadt alsdann das nötige Gelände einbrachte. Dieses wurde so hoch bewertet, daß sie dafür zwei Drittel der Aktien erhielt. Schwandt konnte also mit Recht sagen, daß die Stadt kostenlos Häuser baue. Der Überschuß aus den Mieten, der nach Abzug aller Unkosten der Wabag verblieb, floß zu zwei Dritteln in den Stadtsäckel: Schwandt sprach mit Recht von einem sorgenfreien Genuß. Nach neunundneunzig Jahren sollten die Gebäude der Wabag der Stadt anheimfallen: risikolose Mehrung des Vermögens, behauptete Schwandt mit Recht. Bei den *gemeinnützigen* Bauten konnten die Hauszinssteuerhypotheken, womit die Wabag vorzugsweise bedacht wurde, zur Verbilligung der Mieten dienen;

zum Ausgleich waren für jeden Baublock mindestens vier Ladenlokale vorgesehen.

Dies waren die Hauptparagraphen des Wabagstatuts. Die Tätigkeit fing mit der Typenhaussiedlung an. Nebenbei betrieb Stövesand, der Aufstocker, sein privates Baugeschäft, dessen Ausrüstung nach neuestem amerikanischem Schnitt war.

III

Gustav Roloff besichtigte mit Jaguttis den Maschinenpark. Sein Blick ruhte mit Wohlgefallen auf Trockenbaggern, Elektrokarren, Mörtelmaschinen, Motorlaufwinden und Wandkranen. Er riß die Augen auf und sah das ineinandergreifende Geäst der sirrenden Räder und der gehorsamen Läufer aus schwingendem Stahl. Er hob in stummer Ergriffenheit die Hand wie zum Schwur und sah den flinken Anlauf dieser eisernen Heinzelmännchen, die in einem einzigen Zuge die Ausschachtung und Abfuhr des Baugrunds, die Zufuhr der Materialien, die Bereitung und den Transport des Mörtels regelten.

„Das spart fünfhundert Arbeiter auf einen Schlag", sagte Stövesand.

Roloff lauschte betäubt und voll Entzücken dem Gesang der Motore. „Hören Sie", rief er aus, „hören Sie nur. Darin wird jetzt die klingende Volksseele ihre Nahrung suchen, die sonst das Rauschen der Brunnen und das Geflüster der Wälder bot, und das freut ein' denn ja auch."

„Jawohl", versetzte Stövesand, „es kündet eine neue Ära von unübersehbarer Tragweite an. Fünfzig Prozent Lohnersparnis. Dreißig Prozent Leistungssteigerung." Er tat ein paar arglistige Schritte. „Nun", fuhr er fort, „Sie werden ja in Ihrem neuen Hotel die Vorteile des Großbetriebs selber auskosten. Sie haben zur rechten Zeit das Richtige erkannt, Herr Roloff. Ich gratuliere. Ein künstlerisch hochwertiger Großbau repräsentiert immer die Bedeutung des Bauherrn und seines Gewerbes. Was jetzt nicht in die Höhe wächst, wird bald unter den Hammer kommen."

Roloff sah hingerissen in sein fuchsiges Gesicht, sah auf Jaguttis, der ihm einen anfeuernden Blick zuwarf, und übertrug Stövesand die Ausführung des Parkhotels Hindenburg.

Hochgemut und auf Gipfeln wandelnd, kam er nach Hause. Frau Olga empfing ihn kummervoll. „Eugen hat noch immer nicht geschrieben", sagte sie. „Sollten wir nicht doch — —?"

„Was?" brauste er auf. Er hatte bestimmt, daß dem Sohn weder Geld noch Briefe geschickt werden sollten, bevor sein Trotzkopf erweicht sei.

„Gustav!" flehte Frau Olga. „Dürfen wir das? Dürfen wir so die Hand von ihm ziehen, bloß weil er einmal anderer Meinung war?"

„Er schmollt ja — ich doch nicht. Ich habe geschrieben, er hat nichts von sich hören lassen. Er ist seinen Eltern Antwort schuldig. Laß ihn schmollen."

„Sieh mal, Gustav. Vielleicht ist der Brief nicht angekommen..."

„Ausgeschlossen." Er blickte sie kurz an. „Kommt im 20. Jahrhundert nicht mehr vor."

Sie zupfte ihr Kleid zurecht, setzte sich, stand auf und setzte sich abermals. Er ging zu ihr hin. „Was drückt dich?" fragte er unruhig.

„Ich habe... ich habe..."

„Nu was denn? Du hast ihm geschrieben, nicht wahr?"

Sie horchte auf den Klang seiner Stimme; es war mehr Freude als Zorn über den Bruch seines Gebots darin. Das gab ihr Mut. „Ja", sagte sie. „Als so lang nichts von ihm kam, habe ich ihm geschrieben. Er hat nicht geantwortet. Er hat auch seiner Mutter nicht geantwortet. Nichts. Kein Lebenszeichen." Sie schluchzte: „Ich habe solche Angst."

Roloff richtete sich auf. „Na ja, na ja." Dann holte er Atem; es war ein Atemholen der Genugtuung. „Du brauchst dich eigentlich nicht zu beklagen", sagte er, „den Dickkopf hat er von dir."

Frau Olga, dem Weinen nahe, lachte.

„Von dir kann er ihn freilich nicht haben — du hast deinen ja noch."

„Nanu? Das is doch 'n Witz von Theo Reckmann. Du schwätzt ihm neuerdings reichlich viel nach, sollt' ich meinen."

„Eifersüchtig? Auf deine alten Tage?"

„Quatsch." Er stützte den Kopf in die Hände. „Da hat man nun einen Sohn und hat doch keinen. Er hockt in Amerika und läßt uns im Stich. Stövesand war auch in Amerika. Stövesand ist ein Mordskerl. Wenn jeder Deutsche so einen Willen für Deutschlands Freiheit und Größe aufbrächte, dann müßte es verdammt komisch zugehen, wenn es nicht gelänge, im Frieden den Sieg zu erringen, der uns im Krieg nicht beschieden war. Junge, Junge, muß denn immer ein Wermutstropfen in den Freudenbecher fallen? Ich schreibe dem Chef und löse das Dienstverhältnis. Der Junge muß heim, muß wieder unter meine Aufsicht."

Unbeschadet der Tatsache, daß sein Schnauzbart stachlig war und nicht mit sich spaßen ließ, gab ihm Frau Olga einen Kuß. Sie riet ungefähr, wo sich der Mund befand, und kam nicht allzuweit ab. „Bei dir sieht man vor lauter Bäumen den Wald nicht", sagte sie, „aber nun wird ja alles gut. Nun wird alles gut."

Vielbeschäftigt, wie er war, kam Roloff trotz seines Vorsatzes an diesem und am nächsten Tage nicht zum Schreiben. Am dritten war es nicht mehr nötig, da ein Brief von Eugens Chef eintraf; die beiden Briefe von Roloff und Frau Olga waren uneröffnet beigefügt. Der Chef teilte mit höflichem Bedauern mit, daß er sich gezwungen sehe, von der weiteren Ausbildung des Jungen Abstand zu nehmen, weil er bei Nacht und Nebel davongegangen und seitdem nicht wiedergekommen sei. Um keine vorzeitige Unruhe zu verursachen, habe er bisher geschwiegen und unterdessen nachgeforscht; jetzt könne er mitteilen, daß Eugen bei einer Zeitung bedienstet sei, und daß gewisse, unter dem Namen „Truthlover" laufende Artikel, von welchen er leider sagen müsse, daß sie den gesunden Anschauungen der guten Gesellschaft nicht ganz entsprächen, aus seiner Feder stammten.

„Das ist ja eine schöne Bescherung", sagte Roloff tonlos und faltete voll Abscheu den Brief zusammen.

Frau Olga teilte seine Bestürzung nicht. „Er ist in schlechte Gesellschaft geraten, warum hast du ihn auch so weit fortschicken müssen", warf sie ihm vor, und dann rief sie ein ums andere Mal: „Ach was, die Hauptsache ist, daß er lebt! Nun wird alles gut. Er lebt, ach was, er lebt!"

„So schnell stirbt man prinzipiell nicht", grunzte Melitta dazwischen, aber Roloff herrschte sie an: „Was heißt Truthlover, hä?"

Sie zeigte ihre Zähne.

„Truthlover heißt wahrheitsliebend, Roloff."

„Wahrheitsliebend! So ein Früchtchen. Wer hat nun recht gehabt? Wer hat schon immer gesagt, daß kein bißchen Phantasie in dem Jungen steckt, nichts als Vernunft, hä?"

Er kam am Vertikow vorbei, sein Blick fiel auf ein sonniges Porzellanfräulein, das dort schelmisch seinen Rock raffte und dem verschüchterten Tropf, der gegenüberstand, eine Kußhand zuwarf. Roloff blieb stehen und sah ungnädig zu. Es verdroß ihn, daß das Fräulein trotz der schweren Lage sein goldiges Herz nicht einbüßen wollte. Seine zermalmende Hand packte zu, es zerschellte am Boden. Frau Olga kniete nieder und las liebevoll die Scherben auf. „Du kannst doch ein rechter Ekel sein, Gustav", sagte sie, „statt daß du dich aufrichtest an dem Figürchen, das seinen Humor nicht verliert, richtest du es zugrunde."

Noch mit geschwollener Zornesader, doch schon geschlagen, plumpste er in einen Stuhl. Melitta sagte: „Da hast du den besten Beweis, Mama, daß Wahrheit destruktiv ist."

„Ja, gieß du nur noch Öl ins Feuer", schalt Frau Olga.

Roloff sagte nichts mehr. Melitta stand bei ihm wie eine Waldrebe, die an einer geknickten Eiche heraufrankt.

IV

Darüber kam der Frühling — ein rationierter Frühling, ein mürrischer deutscher Frühling, der wie ein Kerkermeister Erde und Himmel umschlich und nur widerwillig die eingesperrte Sonne hinter rachsüchtigen Wolkentraljen hervorlugen ließ, den Träumern zuliebe, die diese Geste für bare Münze halten und die Sirenengesänge eines milden Abends für eine Abschlagszahlung auf die Ewigkeit.

Es war kalt und regnerisch, der Himmel stumpf wie Blei, die Vegetation in Fesseln, mißvergnügt, hindösend. Daß es Frühling wurde, merkte man nur an den Spatzen, die sich lärmend paarten, an den Brieftauben im Malepartusturm, deren Reiselust erwachte, an den Hähnen, die bald nach Mitternacht im Halbschlaf krähten. Das Krähen war jähzornig, aufrührerisch, durchdringend. Es kam von weit her, rollte geschwind wie eine gurgelnde Welle heran, taumelte ganz in der Nähe von Wand zu Wand, auf den engen, schimmligen Altstadthöfen, wo zerrupftes, ausgemergeltes Federvieh beisammenkauerte, und entfloh wieder in befreiende Fernen. Es war ansteckend. Es ging ins Blut. Es stachelte die Tauben auf, die vollkommen in Melodie zergingen und rührselig girrten. Roloff vernahm sie, des Nachts, wenn er sich im Bett wälzte und an Eugen dachte.

Immerzu dachte er an ihn. Er hatte an die New-Yorker Zeitung geschrieben und erwartete mit Ungeduld ihre Nachricht. Es war ihm bei Gott nicht einerlei. Das hatte ihm gerade jetzt gefehlt, Familienszenen gerade in diesem Augenblick, da der zündende Einschlag seiner Person für das öffentliche Wohl benötigt wurde. Es war ein ohnmächtiger Zorn, denn was konnte er tun? Dem Jungen den Kopf unters Joch zu beugen, war eine Kleinigkeit, davor war ihm nicht bange, hatte er ihn nur erst einmal da; aber bis es so weit war, lag ihm diese Last des Unfaßbaren auf der Seele, fühlte er sich auf Gnade und Ungnade einem unsichtbaren Feinde überantwortet.

Hinter seinen Schläfen pochte es ungestüm. Es war ein dumpfes Gehämmer; die Hahnenschreie, das Taubengirren, Eugens Unbotmäßigkeit, Parkhotel Hindenburg, Stadtverordnetenwahlen, Generalbauplan, das wachsame Hähnchen; alles hämmerte, alles pochte. Sonst hatte er einen gesegneten Schlaf und fing, kaum daß er eingeschlummert war, zu schnarchen an — Frau Olga schloß ihm oft den Mund, dann pustete er und drehte sich auf die andere Seite. Jetzt duselte er so hin und redete im Schlaf. Frau Olga hörte es, hütete sich aber, ihn nachher auszufragen. Wenn er wach war, zeigte er in allem, was Eugen betraf, eine mürrische Verschlossenheit. Frau Olga dachte schon an die Rückkehr des Sohnes, wie es dann im Malepartus werden würde, und daß es ihre ganze Sorge sein müsse, einen Zusammenstoß zu verhindern.

Roloff, Gustav Roloff, welche Schande, konnte keinen klaren Gedanken entwickeln. Es war ein pflichtwidriger Zustand: sein

Gehirn war voll und beschwerlich, aber es war verbarrikadiert, es war mit zolldicken Brettern zugerammt, es ließ nichts heraus, so sehr er preßte. Unverdrossen schrien die Hähne; immer lauter, mit einer unerbittlichen Härte maßen sie ihre Kräfte. Es zog ihm durch den ganzen Körper und beschleunigte den Eintritt der Krisis. Er faßte den Quell seines Kummers in dem blinkenden Licht eines kunstvollen Sonetts — denn ihm, der das humanistische Bildungsideal auch für die Gastwirtepoesie zu erschließen trachtete, war das Sonett die Lieblingsform. Danach ermannte er sich, genas und war wieder auf dem Posten Die Hähne krähten — für das wachsame Hähnchen gab es kein Halten mehr.

Dr. Brilon hatte bei einem Heimatmaler einen Wappenschild in Auftrag gegeben und konnte sich nicht einigen, da er, ein neugebackener Arbeitgeber, diktatorische Gelüste zur Schau trug und den segenspendenden Hahn der alten Schützenchronik getreulich nachgebildet haben wollte, nur stattlicher, magischer, unaussprechlicher, mit blutrotem zackigem Kamm, schneeigen Ohren, sattgelben Beinen, krallig und gut gespornt, Brust, Rücken und Schweif in allen Farben schillernd — während der Maler auf Stilisierung eingeschworen war.

Roloff, den Brilon um seinen Machtspruch anging, war für das handgreiflich Körperliche. „Es soll doch etwas Geistiges versinnlicht werden", sagte er, „wie darf das bläßlich sein?"

„Dann wollen Sie also eine regelrechte Allegorie?" sagte betreten der Maler. „Allegorien male ich nämlich sonst nicht, sie sind nicht modern..."

Roloff beklopfte seine Schulter. „Sie sind nicht modisch, darum können sie doch modern sein. Keiner kann, wie er will. Ich muß im Malepartus auch verabreichen, was bestellt wird, obgleich ich gar manchmal denke: weshalb verlangt der Mann nun partout Eisbein mit Sauerkraut, wo ich noch soviel Kalbsragout übrig habe? Aber er verlangt es für sein Geld, und das ist der springende Punkt, lieber Freund. Geld haben ist wichtiger als Recht haben. Kunst geht nach Brot, heißt es. Sehn Sie mal, wieviel Leute gibt es, die sich jeden Luxus leisten, aber die Kunst ist ihnen immer noch ein entbehrlicher Luxus. Sogar die Polizei interessiert sich nicht viel dafür; sie beschlagnahmt verdorbenes Rindfleisch, aber gemalten Schund läßt sie ungeschoren. Immer 'n bedenkliches Zeichen für eine Sache, lieber Freund, wenn die Polizei sich nicht dafür interessiert." Er sprach advokatisch, er sprach als Mäzen. „Kunst geht nach Brot. Beherzigen Sie die Weisheiten, die unsere Väter sich mit ihrem Herzblut abgerungen haben, und das freut ein' denn ja auch."

Der Maler beherzigte und gehorchte. Unter seinen feinsinnigen Händen entstand ein Herold von stummer Beredsamkeit, ein gewaltig gestreckter, gottlos sich aufblähender Hahn. An dem neuen Büro der City-Gesellschaft, das schräg gegenüber dem Marlepartus gemietet war, wurde er mit geziemender Feierlichkeit befestigt. „Die Himmel rühmen des Ewigen Ehre", sangen zuvor „die Männer" vom Ossian. Während der Dauer des Festaktes wurden die Straßenbahnen umgeleitet; Roloff hielt eine seiner unwiderstehlichen Ansprachen und bezeichnete diesen Vorgang als Symbol für die Arbeit des wachsamen Hähnchens, die alles in neue Bahnen leiten werde. Man erstrebe keine Sonderrechte auf Kosten irgendeiner anderen Stadt, aber im Rahmen des Städtekranzes eine gerechte Würdigung Wahnstadts: gemäß seiner Bedeutung für die Gesamtheit der Nation. „Das wachsame Hähnchen", schloß er, „wird diejenigen Dinge, die zunächst vertraulich behandelt werden müssen, auch vertraulich zu behandeln verstehen. Aber es kann der Stadt aus seiner genauen Kenntnis der Verhältnisse manch wertvollen Rat geben, der verlustreiche Korrekturen in der Zukunft ausschließen wird."

Brilon stand neben Gutzeit, der die Augen bis auf einen kleinen Spalt geschlossen hatte. Aus dem rissigen Himmel tröpfelte es wie aus einem lecken Faß. Roloff spannte den Schirm auf, als er geendet hatte, und Brilon dachte: „Was weiß man von diesem Mann, wenn man weiß, wer er ist und was er treibt? Nichts weiß man von ihm, wenn man ihn nicht mit seiner festen und festlichen Stimme reden gehört hat."

Mittlerweile hatte Paul Jaulenhoop seinen Schirm zugeklappt und im Zylinder, Repräsentant des ehrsamen Handwerks, die bereitstehende Feuerwehrleiter bestiegen, gefolgt von Allwiß Kaschub, der das Emblem des wachsamen Hähnchens an einem Strick über der Schulter trug. Die Leiter schwankte, da Jaulenhoop auf ihr wuchtete; Hackforth sprang hin und setzte einen

Fuß auf die unterste Sprosse; Reckmann, der eine Kamera bei sich hatte, knipste und lachte ihn unverhohlen aus. Jaulenhoop kletterte. Die Haken, in welche das Wappen eingelassen werden sollte, befanden sich in halber Höhe des Hauses; hilfsbereit schauten dort zwei Arbeiter zum Fenster heraus. Jaulenhoop kletterte. Allwiß Kaschub, spindeldürr und schußlig, war ihm immer dicht auf den Fersen; er wollte seine Traglast, die ihm in die Kniekehlen hieb, so schnell wie möglich loswerden. Auf nichts weiter achtend, bemerkte er nicht, daß Jaulenhoop am Ziel stehengeblieben war, und rannte auf ihn auf. „Treten Sie mir doch nicht in die Hacken, Sie Dussel", sagte leise, aber garstig der Direktor des Innungsausschusses und hielt sich mit blicklos jagenden Augen fest. Wenn man ihn schimpfte, sagte man zu Allwiß „Sie". Der schwerhörige Kaschub jedoch, der verstanden hatte, er solle das Wappen anreichen, wollte zeigen, was er konnte, sputete sich, den Strick schwungvoll herumzureißen, und schlug dabei Jaulenhoop, der ein wenig gebückt stand, den Zylinder vom Kopf. Der Hut blieb zwischen seinen Füßen hängen.

Roloff verfärbte sich. „Ich habe dem Allwiß gesagt, daß er zu schwächlich ist", stieß er hervor, „aber er wollte sich's ja nicht nehmen lassen. Da haben wir den Salat."

Allwiß war ganz konsterniert und verbiestert, seine Hände waren nicht frei, er versuchte den Hut mit den Zehenspitzen zu heben, es ging nicht, er trat hinein, stieß ihn durch und hatte ihn, ehe Hackforth, zu Hilfe eilend, oben war, wie eine schlotternde Gamasche um die Waden gewickelt. Es gab ein lautes Hallo, Reckmann knipste wieder und machte faule Witze, Brilon war entgeistert, Roloff rief zähnefletschend: „Weitermachen!" Gutzeit lachte schadenfroh und ausgiebig, in Jaulenhoops Gesicht gewitterte es, aber er mußte sich einer noch schlimmeren Störung des weihevollen Aktes enthalten. Behutsam löste Hackforth Kaschubs Bein, als stecke es in einer Fußangel, von dem Zylinder ab, den er nun zerfranst, gespalten, zerschmettert herumschwenkte. Allwiß duckte sich ängstlich hin. Endlich erbarmte sich Theodor Reckmann. Mit dem Ruf: „Scherben bringen Glück!" rettete er die Situation. Jaulenhoop konnte die Zeremonie barhäuptig zu Ende führen, und unter dem Absingen des Liedes „Wer kaufet, wer kaufet das wachsame

Hähnchen" wurden noch drei riesige Wimpel in den Wahnstädter Farben Rot und Weiß gehißt.

Scherben bringen Glück ... Roloff ließ die Worte noch einmal langsam auf seiner Zunge zergehen. Sie dünkten ihn schwer löslich. Er blickte betrübt zum Malepartus hinüber, wo Frau Olga Berufung gegen das Scherbengericht eingelegt hatte, das er über Eugens Widersetzlichkeit gehalten hatte. Eine innerlich sengende Wut war in ihm, auf Kaschub, auf Jaulenhoop, auf Reckmann — auf alle Welt, und dazwischen schwirrte der Name seines Sohnes, unglückselig und freventlich. Der Turm sah jetzt den Hahn an, und der Hahn strahlte unerschrocken und unverwundbar hinüber. „Die Männer" sangen noch einmal sein Lied; der Ton verebbte in einem pastellartigen Klangzauber, und es war, als hinterlasse er Wohlgerüche in der Luft. Drobeck überbrachte die Segenswünsche der Stadt, herzlicher als sonst. Schon ein Fortschritt; bald würde auch der Oberbürgermeister nicht fehlen. Roloff straffte das Kreuz.

So prangte der Hahn wie eine Fanfare vor Brilons Fenstern; abends erleuchtete ihn ein gespenstisch grünes Licht. Brilon schien es, als sei sein Kopf nach dem Rathaus gewandt, und zuweilen träumte er, daß es der Schwan sei, der ihn zur Gralsburg entführen solle.

Seit Wochen schon baute er dieses Büro auf, die aktuelle Abteilung wie die historische, die ihr angegliedert war — eine ganze Zimmerflucht. Gutzeit machte sich um die Einrichtung verdient und ging ihm in allem zur Hand. Roloff mahnte: „Aufpassen, lieber Doktor. Robert Gutzeit hat es faustdick hinter den Ohren. Denken Sie daran." Brilon paßte auf, wußte aber nicht, wo und wie. Vorerst zeigte sich nichts Auffälliges, außer daß Gutzeit ein bißchen gegen Jaulenhoop hetzte — „Sehen Sie sich bloß mal die Faulheit von diesen Handwerkern an" — und daß er bei der Lieferung der Büroausstattung gewisse Firmen bevorzugte, von welchen er nach Roloffs sachkundigem Urteil Prozente bezog. Nun, und wenn. Die Ausstattung konnte sich sehen lassen: gewachstes Parkett, Teppiche, Klubsessel, polierte Möbel, gemaserte Türen, Linkrusta an den Wänden. An nichts war Mangel, alles war sehr reichhaltig, sehr wohnlich, ganz wie im Einzelhandelsverband bei Gutzeit selbst — mit einem seiner Worte: „Großartig aufgezogen, und großartig aufgezogen ist schon voll gewonnen."

Er war wie kein zweiter zu einem solchen Ausspruch befugt. Vor anderen hatte er gewußt, daß es nur auf das „Aufziehen" ankommt, nicht auf den Gehalt. Er durfte von sich sagen, daß er es zu einer hohen Blüte gebracht hatte.

V

Paul Jaulenhoop war tief verletzt die Feuerwehrleiter herabgekommen, und Allwiß Kaschub hatte sich früh aus dem Staub gemacht und am Nachmittag nicht wieder blicken lassen. Aus Erfahrung wußte er, daß die Herren im Malepartus tafelten und pokulierten und erst gegen Abend hinreichend beschwipst waren, um alles zu verstehen, zu verzeihen und zu vergessen.

Als er um sechs Uhr wie gewöhnlich in das Hinterzimmer kam, mußte er zu seiner Verwunderung feststellen, daß die Tafelrunde schon aufgeflogen war. Dagegen hörte er einen gedämpften Wortwechsel im Wohnzimmer. Er erkannte Roloffs und Reckmanns Stimmen, wenn er sich anstrengte, den Atem anhielt und das Ohr fest an die Tür legte. Er drückte sich scheu und begab sich zu den Brieftauben in den Turm.

„Wie wär's mit 'ner Pulle Schampus, Herr Gastrat?" hatte Reckmann nachmittags gefragt, nachdem schon zwölf Flaschen Wachenheimer Goldbächel geleert waren. Gutzeit, der nicht verträglich neben Jaulenhoop sitzen konnte, und Brilon, der Reckmanns dummdreisten Sticheleien entrinnen wollte, waren schon gegangen. Jaulenhoop rülpste, und Hackforth stierte mit gläsernen Augen vor sich hin. Roloff verschwand, um sich mit Frau Olga zu beratschlagen.

Frau Olga verwandte sich für Reckmann. „Gib ihm doch zu trinken, auf die paar Kröten kommt's doch auch nicht an, wo das neue Hotel so viel kosten wird."

„Was zu weit geht, geht zu weit."

Sie schneuzte sich.

„Ist Dr. Brilon vor Reckmann ausgekniffen?"

„Ausgekniffen? Was sind das für gotteslästerliche Reden?"

„Liebe Zeit, Gustav, hast du denn keine Augen im Kopf?"

„Zwei ausgezeichnete Augen, immerhin bloß zwei, und die haben augenblicklich mindestens an zehn Stellen zu tun."

„Dann will ich dir beistehen. Vier Augen sehen ja mehr als zwei. Der Doktor hat sich in Melitta vergafft."

Roloff faltete die Hände.

„Er wäre mir als Eidam lieb und wert."

„Als Eidam!" spottete sie. „Bei uns zu Hause sagt man Tochtermann. Ich kann dich nicht begreifen. Reckmann wäre für Melitta der Richtige — wie für uns. Denk doch, Gustav. Ein Zeitungsmann in der Familie, dann wäre das Komplott besiegelt, ich bin immer für feste Formen. Er hat auch ernstliche Absichten. Und es schien sich zu machen — bis der andere da war."

Roloff antwortete langsam und gab seine Hände wieder frei: „Im Malepartus ein Zeitungsmann — das reicht vollständig. Er ißt und trinkt und schreibt, alles in Ordnung. Aber ein Zeitungsmann in der Familie — nein. Wir haben jetzt ja einen sowieso, wenn Eugen kommt. In der Familie will ich einen soliden Menschen mit Zukunft haben. Das Mädel wird schon richtig wählen. Brilon ist Doktor, und das sollte dir nicht gefallen?"

„Frau Jaguttis-Kadereit sagt, der Doktortitel wäre von den Männern völlig entwertet, und es wäre grauenhaft, daß die Studentinnen für ihre Doktorarbeiten immer männliche Themen suchen."

„Ach ...? Du gibst doch sonst nichts auf das Geschwätz, warum auf einmal jetzt? Nee, Frau. Außerdem hab' ich einstweilen wirklich genug an der Affäre mit dem Jungen. Laß mir das Mädel noch aus dem Spiel. Niemand kann zwei Herren dienen."

Das sagte Gustav Roloff, der, wenn es sein mußte, einem Dutzend diente. „Ich komme gegen ihn nicht an", klagte Frau Olga bei sich, „er hat so was Beherrschendes an sich, so einen intelligenten Eigensinn."

Schon auf dem Wege zum Stammtisch, wobei er blitzschnell alles durchflog, wuchs Roloffs Reizbarkeit. Sie erklomm den Gipfel, als er anlangte und sah, daß Reckmann inzwischen beim Kellner Sekt bestellt hatte.

Der Redakteur stritt sich sinnlos mit Jaulenhoop. „Sie haben die ganze Innung blamiert", krakeelte er, „heut früh auf der

Feuerwehrleiter. Und Sie wollen mir weismachen, es wär 'ne Kunst, auf'm Gerüst zu stehen und 'n Haus anzupinseln. Da ist Theo Reckmann nicht bange für! Theo Reckmann packt alles beim Kanthaken. Der steht auf seinen Beinen nicht so wacklig, wie Sie auf der Feuerwehrleiter! Schämen Sie sich mal, gleich auf der Stelle! Sie haben ja geschaukelt, daß Sie die Seekrankheit hätten kriegen können!"

Jaulenhoop schüttelte nur hilflos die Fäuste gegen ihn, wobei jedesmal sein Kinn auf die Brust fiel; er sah aus wie eine Marionette, die fortwährend an der Strippe gezogen wird. Wenn er aufstehen wollte, sank seine schwammige Masse gleich wieder in sich zusammen. Franz Hackforth saß bucklig dabei und hob wehleidig sein Glas vor die Augen, wie um ein fernes, gelobtes Land anzuvisieren, wo es nur noch Haus- und Grundbesitzer gab. Reckmann konnte noch das meiste vertragen. Er war, obgleich nicht nüchtern, der Nüchternste.

In Roloff siedete es; er gab sich in diesem Augenblick keine Rechenschaft, warum. Genug, er war geladen. Er ließ eine Taxe herbeirufen und die bezechten Führer der Handwerker und der Haus- und Grundbesitzer heimgeleiten. Reckmann hielt, wenn auch mit einem ziemlich albernen Lächeln, seine scharfen Blicke aus.

„Komm, Theo", sagte Roloff und nahm ihn wie einst im Glockenparkhaus kameradschaftlich beim Kragen, „komm, wir wollen noch ein bißchen bei mir auf der Stube plaudern." Freilich war der Ton anders als damals.

Frau Olga brachte Kaffee; sie wäre gern dageblieben, denn ihr schwante Unheil, doch hatte Roloff ein so ruppiges Benehmen, daß sie es vorzog, hinauszugehen, ehe er es gebot.

Reckmann kam sich fast wie ein Märtyrer vor.

„Sie sind heute nicht gut aufgelegt, Herr Gastrat", sagte er, nur leise wankend, „na Prosit. Der Allwiß is auch 'n Unglückswurm. Aber die Sache ist doch noch glimpflich abgelaufen. Nu setzen Sie sich doch mal, damit ich mich auch setzen kann." Das sagte er gesittet, als solle es heißen: sehen Sie, auch wenn er angeheitert ist, vergißt Theo Reckmann nicht, was sich schickt. „Ich hab's nötig, mich mal zu setzen", fuhr er fort, da Roloff schwieg. „Wenn ich nochmal zur Welt komme, such' ich mir einen leichteren Beruf aus. Na prosit! Wer's glaubt, wird selig. Ich ginge ja doch wieder zur Presse. Man redet das schon mal so hin, wenn man von morgens bis abends beruflich auf den Beinen gewesen ist. Aber es ist doch zu schön, überall dabei zu sein."

Roloff schwieg noch immer, er suchte nach einem Anfang. Es war auf einmal alles ganz anders, als er sich in seiner Erregtheit ausgedacht hatte. Der da vor ihm saß, war nicht der Schmierlapp Theo Reckmann, dem er hatte die Hosen strammziehen wollen; es war der allmächtige und federgewandte Redakteur der „Wahnstädter Neuesten Nachrichten", dem die Bürgerschaft alles abnahm, von Allwiß Kaschub bis zum Oberbürgermeister Schwandt, und auf den er, Gustav Roloff, jetzt mehr als je angewiesen war. Ihn zu vernichten, war sehr einfach, ihn zu ersetzen, unmöglich. Während sich so der Schwerpunkt zu Reckmanns Gunsten verlagerte, sprach dieser unbescheiden fort. „Was kann das schlechte Leben nützen, Herr Gastrat. Lassen Sie sich einen Ehrentag nicht durch einen läppischen Zwischenfall vergällen."

Er schlürfte vergnüglich seinen Kaffee und räkelte sich auf dem Sofa. Er war ja hier daheim. Beinahe unterwürfig glitt Roloff an ihn heran. „Hör zu, Theo."

„Rede Herr, dein Knecht höret", sagte Reckmann.

„Ich hab' gesehen, daß du heute morgen photographiert hast, wie dem Jaulenhoop der Zylinder abhanden kam."

„Sie kriegen die Bilder zum Andenken, es kommt selbstverständlich nichts davon ins Blatt, Theo ist ein Gentleman." Er sprach es „Tschentilmän".

„Das ist deine Sache, Theo. Wenn du mir die Bilder schenken willst, nehme ich sie mit Dank."

„Hier —." Reckmann zog den Kodak aus der Tasche, nahm den Film heraus, versiegelte ihn und reichte ihm die Rolle großmütig hin. „Können Sie gleich haben, es ist nichts mehr drauf, und es ist alles von heute morgen."

Wohlgefällig beobachtete Roloff seine technischen Handgriffe. „Wie du damit umgehen kannst; wie'n Fachmann. Eine wahre Liebhaberei."

„Jawohl — ein echtes Kind der Zeit versteht sich auf alles, was Technik heißt. Und ein Kind der Zeit bin ich doch hoffentlich, nicht wahr?"

„Das bist du, Theo."

Roloff brachte die Rede auf Hackforths Haus; es liege in der Amsterdamer Straße wie ein Hemmschuh; es beeinträchtige den Verkehr; es sei im Grunde schuld daran, daß Jaulenhoops Zylinder verunglückte; man habe dort ja keine Ellbogenfreiheit.

„Stimmt", entgegnete Reckmann, „stimmt auffallend. Vor Rehbergers Modenhaus ist auch so eine Verkehrsfalle. Da wird nochmal ein schweres Unglück passieren, na prosit. Ich hätte schon längst drüber geschrieben, ich fürchte nur, es ist Hackforths Tod, wenn er aus dem väterlichen Haus muß."

„So schnell stirbt man prinzipiell nicht . . ."

Das war Melitta abgelauscht. Reckmann war unvermittelt aufgestanden. „Ich mache Ihnen einen Vorschlag, Herr Gastrat. Das wachsame Hähnchen braucht für die Zeit der Ertüchtigung eine stabile Lagerung in sich selbst, einen kompakten, unlöslich geschweißten Block, auf den es sich verlassen kann. Ich wüßte wohl, wie man es mit einem Schlag vor unliebsamen Überraschungen schützen könnte."

„Raus mit der Sprache!"

„Fragen Sie den Historiker Brilon, die germanische Kraftquelle war immer die Familie, die Sippe. Das Beste wäre, ich würde Ihr Schwiegersohn."

Roloff prallte zurück. Reckmann ließ sich nicht beirren.

„In wenigen Wochen werden Sie zum Stadtverordneten gewählt; geben Sie mir Fräulein Melitta zur Frau, und Sie haben die Eckpfosten eines Blocks, der vom Rathaus bis zum letzten Zeitungsleser die Stadt beherrscht."

Roloff streckte ihm beide Hände entgegen, tat verwundert über die „Verliebtheit eines eingefleischten Junggesellen", machte noch ein paar andere Kapriolen und sagte endlich, daß einer Heirat nichts im Wege stehe, wenn er mit dem Mädel einig sei. Er wollte nur Zeit gewinnen. Doch Reckmann sah die Festung schon sturmreif und fuhr das grobe Geschütz auf, mit dem er noch hinter dem Berge gehalten hatte. Merkwürdigerweise stand im selben Augenblick Frau Olga im Zimmer. Reckmann dachte: „Wie gerufen", und Roloff: „Wie verabredet." Sie lächelten beide zu gleicher Zeit, der eine unredlich und entfesselt, der andere beengt und verlegen. Frau Olga stand duldsam zwischen ihnen und strich ein Sofakissen glatt: auch auf dem Höhepunkt der Spannung war sie ordnungsliebend. Der Redakteur erzählte, auf wie seltsame Weise das wachsame Hähnchen aufgestöbert worden war.

Frau Olga zeigte sich weniger aufgebracht, als zu erwarten stand; vielleicht kam die Geschichte ihren Feldherrnkünsten gerade zupaß. Reckmann schwelgte in der Ausmalung von Einzelheiten. „Er lügt wie gedruckt", dachte Roloff. Gleichwohl war er unangenehm davon berührt. Was auch zwischen Brilon und Melitta vorgefallen sein mochte — es zählte wenig; aber daß Reckmann, wovon auch immer, Zeuge geworden war, konnte nicht ohne Folgen bleiben. Er würde es sich zunutze machen; er war der Mann danach. Roloff ließ ihn nicht mehr ausreden. „Du bist zu subjektiv, Theo. Falls nun Brilon zugemutet würde, vor dir das Feld zu räumen? Glaubst du, daß er fromm und ergeben bliebe wie ein Lamm, das zur Schlachtbank geführt wird?"

„Unter Freunden soll man offen sein. Seine Feindschaft wäre wohl weniger folgenschwer."

„Als die deine?"

Reckmann jedoch sagte unschuldig: „Verehrter Herr Gastrat, Sie sind der geborene Politiker. Ein Politiker geht immer in der Richtung des geringsten Widerstands."

Er spielte eine schlechte Rolle, aber er spielte sie gut. Roloffs Stirn umwölkte sich; der latente Kriegszustand zwischen dem Zeitungsgewaltigen und dem Sekretär der City-Gesellschaft konnte nicht bestehen bleiben, das war klar. Er brütete.

Ein unwirkliches, greifbar durchsichtiges Lachen scholl den Gang herauf.

„Oh", sagte Reckmann, „da kommt Fräulein Melitta."

Sie riß die Tür auf und fegte herein. Hinter sich her zog sie einen widerstrebenden Mann — den Architekten Jaguttis, dessen getragener Schritt so urplötzlich in den Wirbelwind hineingerissen wurde, daß es aussah, als käme erst ein reitender Bote und nachher er selbst zu Fuß.

„Tag, Mama. Du, Roloff, ich kriege jetzt endlich auch Herren in meine Schule — männliche Schüler, weißt du. Herr Jaguttis will mir dazu verhelfen."

Reckmann trat auf sie zu und neigte sich über ihre schmale,

magere und nervös zuckende Hand; es entbehrte nicht einer gewissen Hoheit, als er sie küßte.

„Ah, Herr Reckmann", zwitscherte sie gedankenlos.

„Lauter Flausen in dem kapriziösen Köpfchen", murrte Frau Olga; sie hatte diesen Satz morgens im Roman der „Neuesten Nachrichten" gelesen, in dem jetzt, eine Errungenschaft der Revolution, anstelle der ehemaligen Komtessen die Töchter der Generaldirektoren solche Köpfchen hatten.

Jaguttis' eirunder Kopf erhellte sich wie ein Lampion, als er entgegnete: „Gnädige Frau — wer Jugend besitzt, darf Jugend verschwenden. Jugend wird immer leben. Wie große Gefahren ihr auch auflauern mögen, so groß kann keine sein, daß sie nicht durch Jugend zu überwinden wäre."

„Erlauben Sie", warf Reckmann ein, „in dieser Verallgemeinerung dürfte das wohl nicht zutreffen. Ich komme als Junggeselle in vielen Familien herum, man hat ja als Junggeselle mehr Familiensinn als die Eheleute — na prosit, da erlebe ich oft, daß der sechzigjährige Schwiegervater rüstiger und jünger ist als der fünfundzwanzigjährige Schwiegersohn. Die heutige Jugend altert viel schneller als die frühere, das kommt von ihren Ausschweifungen."

Frau Olga, gegen Jaguttis eingenommen, sekundierte ihm: ob man etwa sie, ob man Roloff zum alten Eisen werfen könne?

„Wir haben eben zuviel Steckrüben essen· müssen", lachte Melitta.

Jaguttis sagte, ohne Reckmann eines Blickes zu würdigen: „Gnädige Frau, es ist ein groteskes Mißverständnis, wenn jemand den Begriff der Jugend an körperliche Merkmale binden will."

Reckmann empfahl sich zeitig, da er fürchtete, neben dem „Klugredner" Jaguttis keine Lorbeeren ernten zu können. Er ging nicht unverrichteter Sache, obgleich vorläufig noch alles in der Schwebe blieb. Unzweifelhaft hatte Roloff sich eine Schlappe geholt. „Laß gut sein, Theo", hatte er sagen müssen, wo er hätte dreinhauen mögen, „laß gut sein, du bist bei mir unabkömmlich. Schreibst du über die Verkehrsfallen bei Rehberger und Hackforth?"

„Gleich morgen." Er verabschiedete sich umständlich. „Wir werden das Kind schon schaukeln."

Draußen hörte man ihn noch stolpern und rufen: „Na prosit, altes Faktotum!" Allwiß Kaschub kam von den Tauben herunter. Reckmann drückte ihm ein Dreimarkstück in die Hand. Allwiß wußte nicht, wie ihm geschah. Dieser ereignisreiche Tag ging mit Jaulenhoops zertrümmertem Zylinderhut und Reckmanns Freigebigkeit in Kaschubs abseitige Sphäre ein, in jenes entlegene Gehege, wo er den Sinn aus dem Sinnlosen, den Glauben aus der Einfalt, die Kraft aus der Selbstvernichtung zu ziehen hoffte.

Roloff blieb den ganzen Abend über schweigsam; er lag mit sich selbst im Kampf. So durfte es nicht weitergehen, er hatte eine abschüssige Bahn betreten. Er verfing sich in seinen eigenen Netzen, wenn das so weiterging. Reckmann war gebändigt; doch um welchen Preis? Sogar Brilon, der spät abends noch einmal kam, fiel die Veränderung auf. Er kannte Gustav Roloff fast nicht wieder. War das der Mann, den er nie anders als aufgeschlossen und heldenhaft, nie anders als aufrecht und unzerbrechlich gesehen hatte? Er fragte Melitta, sie legte den Finger auf den Mund und sprach von etwas anderem.

Es war der erste Tag seines schöpferischen Daseins, an welchem Roloff zu Bett ging, ohne auch nur ein einziges Mal seine unwiderrufliche Feststellung „und das freut ein' denn ja auch" getroffen zu haben. Erst als ihn anderntags Frau Olga fragte, wie es nun mit Reckmann sei, getraute er sich wieder, zu antworten: „Ich habe weder die Macht noch die Absicht einzugreifen. Ich muß den Dingen ihren Lauf lassen. Ich kann mich nicht damit aufhalten, die Tage eilen, die Vaterstadt ruft mich, und das freut ein' denn ja auch."

Sie trat von einem Bein auf das andere.

„Sprich du doch mal mit dem Kind. Ich kriege nichts aus ihr heraus. Aber es sitzt nicht fest, soviel sieht mein Mutterauge."

„Was sitzt nicht fest?"

„Das mit Brilon."

„Doktor Brilon, wenn ich bitten darf." Er wollte beizeiten dagegen auftreten, daß der Heimatforscher als abgetaner Mann behandelt wurde. „Ich frage das Mädel nicht nach seinen Liebschaften, solange nicht unbedingt Entschlüsse zu fassen sind. Von wem ich, wenn es not tut, Gehorsam verlange, dem muß ich, bis es not tut, seine Freiheit lassen."

,,Du steckst den Kopf in den Sand, Gustav."
,,Nenn es, wie du willst."
Er wich der Entscheidung aus.
Bald darauf schrieb Eugen; endlich, endlich. Es war eine Erlösung, auch wenn sie nicht ganz schmerzlos war. Immerhin, er versprach zu kommen. Er bat sie, zu verstehen, daß er nicht anders habe handeln können. Nun ja; damit bauen sich alle ungeratenen Söhne die goldene Brücke zum Rückzug.
,,Das Heute verlangt klare Entscheidungen", schrieb er noch, ,,scharfen Blick und wache Sinne."
Gustav Roloff starrte mißtrauisch auf diese Stelle des Briefes. ,,Ich mag die Leute nicht, die immer wach sind", sagte er und stampfte zornig auf.

VI

Die Tage eilten, und nur eine kurze Spanne trennte das wachsame Hähnchen noch von dem Futternapf, den ihm die Wahlen bescheren sollten, oder, wie Hackforth sich poetisch ausdrückte, von der Verwirklichung der Volksgemeinschaft. Nun begann es zu krähen: jähzornig, aufrührerisch, durchdringend wie alle Hähne. Es krähte: ,,Generalbauplan! Raumpolitische Zukunftsaufgabe!" Die Parteien hielten gewöhnliche Wahlversammlungen ab; das wachsame Hähnchen, fern ihrem Hader, einig in seinen Gruppen und von dem Willen beseelt, Wahnstadt in Struktur und Rhythmus zu erneuern und zu festigen, der inneren und äußeren *Wohlfahrt* zu dienen und den geschäftlichen *Fortschritt* zu fördern — das wachsame Hähnchen wartete mit einer Sache großen Stiles auf, nachdem Roloff und Stövesand, auf dessen Beteiligung Jaguttis drang, etliche wichtige Grundstücke im Bereich des Planes gekauft hatten.
Oberbürgermeister Schwandt war durch Gutzeit und Eisenmenger lange vorher unterrichtet. Eisenmenger hielt es für interessant genug, um auch den Generaldirektor Windhäuser zu benachrichtigen. Dieser schickte den Syndikus auf Horchposten in den Glockenparksaal, wo Jaguttis seine Generalidee offenbaren wollte, und meinte nachdenklich: es sei nützlich, die Begeisterung der Bürger anzufeuern, selbstverständlich inoffiziell und unter dem Deckmantel allgemeiner patriotischer

Gesinnung. Sich selbst legte er über diesen Schritt genaue Rechenschaft ab: „Die industrielle Borgkonjunktur kann nicht allzulange anhalten; je blindwütiger sich nun die Städte engagieren, desto besser für uns, obgleich wir höhere Gewerbe- und Grundvermögenssteuern in Kauf nehmen müssen — dafür verdienen wir ja auch wieder an dem kommunalen Aufschwung. Läuft es nicht gut ab, kommt nachher der große Kladderadatsch, so werden wir es leicht haben, die Städte zu bezichtigen. Ihre Ausgaben springen naturgemäß weit mehr in die Augen als die unseren. Wir geben das meiste aus, wo es keiner sieht, und was wir bauen, besticht jedermann als Inbegriff des technischen Zeitalters. Da kann kein Mensch ein Haar in der Suppe finden, so wenig sich irgendwer daran stößt, daß einer Gottheit, an die man nun einmal glaubt, Altäre errichtet werden. Aber Straßendurchbrüche, Prunkbauten, Hochhäuser — da wird das Geld buchstäblich auf die Straße geworfen, das ist nicht wegzudisputieren, und in der Behandlung von Schuldfragen sind wir ja erfahren. Dafür hat unser Umgang mit den Gewerkschaften gesorgt. Uns ruinieren nur die Löhne, sonst nichts, und wenn wir nicht recht haben, dann behalten wir eben recht."

Während Windhäuser dergestalt über das wachsame Hähnchen urteilte, fragte Schwandt den Stadtbaurat: „Gehn Sie hin?"

„Wie käme ich dazu?" erwiderte dieser; „für den krankhaften Ehrgeiz des Herrn Jaguttis, der sich die Berufung zum Städtebauer anmaßt, ist der Medizinalrat zuständig, der das Dezernat für Gesundheitswesen hat."

Schwandt erklärte ziemlich spitz, anmaßende Menschen seien nur darum so unbeliebt, weil jeder fürchte, sie möchten etwas von ihm verlangen, und Ehrgeiz sei nur dann von Übel, wenn jemand nichts anderes als Ehrgeiz habe, aber Jaguttis habe doch wohl einiges Talent.

„Hat Ihnen Stövesand das gesagt?"

Ja, das habe Stövesand gesagt, das sagten alle Sachverständigen ...

Je näher die Wahlen heranrückten, desto grantiger wurde Schwandt gegen den sozialistischen Stadtbaurat, desto mehr ließ er außer den dienstlichen auch die menschlichen Rücksichten fallen. Er rechnete nämlich nur noch mit siebzehn Sitzen für die Sozialdemokraten, die bisher achtundzwanzig innegehabt hatten. Nicht, daß er ein unversöhnlicher Hasser des Marxismus gewesen wäre — er war ohne politische Leidenschaft, und weltanschauliche Erörterungen ließen ihn kalt; aber der haushälterische Sinn, den er pflegte, verbot ihm, Zeit und Mühe länger einer Sache zuzuwenden, die als unumgänglicher Faktor für die Führung der Verwaltung ausschied.

„So", wiederholte der Baurat, „das sagen also alle Sachverständigen. Ich für mein Teil würde einen Menschen, der an mir verdienen will, nicht um Rat in meinen Geschäften fragen."

Matthias Schwandt blies mit seiner Zigarre blaue Ringe in die Luft und blickte ihnen mit großem Interesse nach.

„Vielleicht verstehe ich, mit Ihrer gütigen Erlaubnis, auch selbst ein bißchen von Architektur", sagte er höhnisch, „sonst hätte ich mich nicht für Ihre Typenhaussiedlung eingesetzt."

Aller Grimm des Baurats brach über Jaguttis herein. Er sandte ihm die Zeichnung mit den beiden gefallsüchtigen Obelisken, die die einsame Größe des Parkhotels Hindenburg zu Fall brachten und seinen Überschwang verscheuchten.

Jaguttis schäumte. Er stürmte in den Malepartus: „Der Siedlungsdezernent scheut sich nicht, meinen Entwurf nach seinem persönlichen Geschmack umzumodeln!" Er stürmte zu Stövesand: „Ein Architekt B.D.A. vergäbe sich etwas, wenn er sich nach dem Geschmack eines Tiefbau-Ingenieurs richtete!" Er stürmte, von Stövesand aufgehetzt, zu Schwandt: „Herr Oberbürgermeister! Ich appelliere an Ihre Gerechtigkeit! Hat der Baurat Zensurbefugnisse über die künstlerische Intuition? Was sind das für anarchische Zustände!" Seinem zitternden Augenlid entfiel das Monokel. „Der Herr Baurat hat wohl der Piazetta in Venedig was abgucken wollen, weil er den Platz der Republik durch zwei Riesensäulen betonen will? Aber in Wahnstadt ist der horizontale Ausgleich, das Meer, leider vom Schöpfer vergessen worden, wie männlich bekannt ist; nur dem Herrn Baurat ist es noch nicht aufgefallen!"

Durch diese elementaren Worte, die Schwandt ausnehmend gefielen, stieg seine Achtung vor dem Architekten ins Ungeheuere. Auf der Stelle verfügte er die Löschung der widersinnigen Obelisken.

„Wie!" erboste sich der Baurat, als er sah, daß er sich selbst ins Fleisch geschnitten hatte, „wie! Ist das die freie Hand, die Sie Ihren Mitarbeitern lassen?"

„Hier ist es etwas anderes. Sie haben eine Eigenmächtigkeit begangen. Sie haben wider Brauch und Recht den Entwurf eines Architekten aus künstlerischen Gründen abgeändert. Das Recht muß ich schützen."

„Nichts habe ich abgeändert, nichts, sehn Sie sich das Ding doch an! Wo, bitte, wo habe ich etwas abgeändert? Aus städtebaulichen Gründen habe ich die Unabhängigkeit des Platzes der Republik gestärkt — gegenüber der versuchten Autokratie des Parkhotels Hindenburg. Das ist mein gutes Recht, und ich würde mich einer Pflichtverletzung schuldig machen, wenn ich darauf verzichten wollte."

Schwandt versprühte seine dunkelsten Blicke.

„Ich wünsche, daß Sie sich über die Vorschläge informieren, die Jaguttis zum Generalbauplan zu äußern hat. Jedermann, der sich in den Dienst einer kulturellen Angelegenheit begibt, kann Achtung vor seiner Person beanspruchen, selbst wenn er nichts weiß und nichts kann. Das ist ein Grundgesetz unseres öffentlichen Lebens. Ich bin aber überzeugt, daß Jaguttis sowohl Wissen wie Können in hohem Maße besitzt, und es ist mein Wille, daß Stövesand ihn einmal zu einer größeren Aufgabe der Wabag heranzieht."

Der Baurat, der sich vor niemandem zu einer Verbeugung bequemte, holte jetzt aus, um sich ironisch zu verneigen. Er beschloß, Schwandt zu trotzen und die „buntgescheckte Rasselbande" der City-Gesellschaft, wie er respektlos sagte, unter sich zu lassen.

Auch ohne ihn war die Zahl der Koryphäen überwältigend genug. Drobeck war da, und der Kämmerer, und Dr. Eisenmenger nebst Gemahlin, und Frau Jaguttis-Kadereit, und Stövesand, und Sanitätsrat Behmenburg in Havelock, Schlapphut und schütterem Bart des Achtundvierzigers, einen schief balancierenden Zwicker vor den Augen, und sein Gegenspieler Völlinger, Direktor der Ortskrankenkasse, und der berühmte Rechtsanwalt Ulrich Matuszak, Generalversammlungslöwe und Jurist von Provinzruf, vielleicht der einzige Wahnstädter, der sogar in Eitelfeld eine Spur von Achtung genoß. Der Begrüßungen und Vorstellungen, der strahlenden und neidischen Betrachtungen war kein Ende.

Saalschließer war Allwiß Kaschub. Er stak in einer kornblumenblauen Uniform, auf deren Ärmelaufschlag ein gelbes Hähnchen gestickt war. Frau Dr. Eisenmenger blieb vor ihm stehen, richtete unaufdringlich (und so konnte das nur sie, die Dame von Welt) das Lorgnon auf ihn und sprach ihn an: „Das ist eine prächtige Farbe..." Sie befühlte den Stoff. „Wissen Sie auch, guter Mann, daß Sie die Farbe der Lieblingsblume Kaiser Wilhelms des Ersten tragen?"

Allwiß wurde rot bis an die Haarwurzeln, die ihm mehr und mehr den Dienst aufkündigten; er hatte ein verlorenes Lächeln, das sich auf seiner Uniform zu spiegeln schien. „Ja, guter Mann", sagte Frau Eisenmenger, „Kaiser Wilhelm der Erste verehrte eine bescheidene Feldblume im trauten Heim; die heutigen Machthaber lassen sich Rosen und Nelken von den Wonnegestaden schicken, um sie ihren Bettgebieterinnen zu schenken." Mit „Wonnegestaden" meinte sie, Reinmachefrau der deutschen Sprache, die Riviera, und mit „Bettgebieterinnen" Mätressen. „Und dadurch bekommen wir dann die passive Handelsbilanz, die uns zugrunde richtet", erläuterte der Syndikus. Allwiß Kaschub, erhöht und gekräftigt durch das farbige Tuch, stand da wie die äußerste Potenz aller Obrigkeit, allein vor Hunderten neugieriger Augen, ohne sich zu fürchten, ohne sich zu genieren, die Hände auf dem Rücken, den Blick auf einem fernen, brennenden Punkt.

Vor dem Malepartus war Theodor Reckmann mit einem Auto vorgefahren, um die Familie Roloff abzuholen. Es war keine Taxe, sondern ein nobler, fast neuer Mietwagen, an dem der Lack noch funkelte. Er fühlte sich schon als Bräutigam und trug einen Strauß tiefroter Rosen, langstielige, zugespitzte Knospen von samtenem Glanz. „Welche Aufmerksamkeit", sagte Frau Olga und wollte die Blumen in Empfang nehmen. Reckmann stotterte, daß sie eigentlich für Fräulein Melitta bestimmt gewesen seien.... „Na prosit, nehmen Sie nur." Roloff, der an diesem Abend alle Gedanken an häusliche Begebenheiten abgeschüttelt hatte, sagte anerkennend: „Eine königliche Huldigung, Theo."

„Nun, es wird prinzipiell Zeit, daß wir selbst ein Auto bekommen, Roloff", sagte diplomatisch Melitta. Reckmann fragte, ob sie ihm böse sei, weil er gewagt habe . . . ,,Ihnen? — Ihnen kann man doch nicht böse sein." Sie unterdrückte einen Nachsatz, aber er war in der Betonung enthalten: um jemandem böse sein zu können, dürfe man ihn nicht abschätzig beurteilen. Frau Olga und Reckmann legten es freilich anders aus. Roloff sagte: ,,Kommt Zeit, kommt Rat."

Brilon verspätete sich. Sie fuhren gerade ab, als er kam. Der Redakteur winkte ihm und rief zum Wagenfenster hinaus: ,,Wir hätten Sie gern mitgenommen, Doktor, aber wir haben leider keinen Platz mehr."

VII

Jaguttis trompetete.

Es sei, trompetete er, bezeichnend für die Mentalität des Stadtsiedlungsamtes, daß sein Leiter an diesem Abend, an dem die organische Gestaltung auf der Tagesordnung stehe, nicht erschienen sei . . . Roloff rief kräftig: ,,Pfui!" Der Stadtbaurat bleibe abseits, wenn es den Bürgern um Klärung der großen Beziehungen im Stadtorganismus gehe . . . Roloff unterstrich sein ,,Pfui" aus voller Brust und fand Echo in der Versammlung. Da diese Klärung bisher unterblieben sei, könnten nicht einmal wirkungsvolle Bauplätze für die unentbehrlichsten Monumentalbauten bereitgestellt werden . . . Mit der Detailkunst des Siedlungsamtes dürfe sich nicht einverstanden erklären, wer noch einen Funken kultureller Verantwortung besitze . . .

Mitten in den frenetischen Beifall hinein sagte Roloff: ,,So, und jetzt gehen wir einen heben."

Für die geladenen Gäste war im Parkrestaurant ein Zimmer reserviert. Paul Jaulenhoop, der hier nie ein Getränk bestellte, ohne sich darüber zu beschweren, daß dieses städtische Lokal auswärtige Biere führe, tat es auch jetzt wieder. ,,Obwohl es in Wahnstadt drei leistungsfähige Brauereien gibt, die bei der Steuerkasse gern gesehen sind!" Sogar Eitelfelder Gebräu sei darunter, und es gebe noch Leute, die sich nicht entblödeten, gerade dieses mit Vorliebe zu trinken. ,,Seid Lokalpatrioten! Trinkt Wahnstädter Biere!" polterte er und sah unverwandt auf Gutzeit, der einen würzigen Humpen mit der Aufschrift

„Eitelfelder Kronenpils" vor sich hatte. Frau Olga saß zwischen den Frauen Jaulenhoop und Hackforth; beider Gesichter waren hinter Doppelkinn und Backenwülsten verschanzt. Nebenan begann die Würde der Frau Dr. Eisenmenger zu tönen; die Hackforth, die von dem reingewaschenen Deutsch keine Silbe verstand, nickte beifällig, indes die Jaulenhoop feist und dreist hinüberäugte: da hockte natürlich wieder die Gutzeit, die Schmarotzerin, und noch dazu rank und schlank, mit frischroten Bäckchen und schweifenden, feurigen Augen bei der Eisenmenger; „als ob ich nicht ebensogut Frau Syndikus wäre." Melitta pfiff über den Tisch hin: „Roloff! Kriege ich nun die Waldschule, wenn der Generalbauplan durch ist? Ich brauche Übungsplätze im Freien, wo man weit ausholen kann mit den Gliedmaßen."

„Werd' mir nur nicht ungeduldig", rief Roloff zurück, „die Stadt wird tun, Kind, was sie kann."

Es hörte sich an, als sei er Oberbürgermeister. Jaguttis benutzte einen der häufigen Augenblicke, da seine Frau, das Gesicht von hilfloser Sehnsucht verzerrt, um Eisenmengers Tisch herumsegelte. Er bot sich Melitta an: sie habe treue Freunde, ihn und Herrn Stövesand, die Wabag werde eine Kunstgewerbeschule bauen und eine gymnastische Waldschule ... Oh, er wisse einen lauschigen Platz in den städtischen Waldungen, eine Stunde weit draußen, fern vom Lärm der Fabriken ... Ob sie ihn einmal miteinander besichtigen sollten? Schon griff er furchtsam nach ihrer Hand, als seine Frau, die ihn nicht aus den Augen gelassen hatte, ihm wütend auf die Finger klopfte. Reckmann trank und prustete. Die Jaguttis-Kadereit lief grünlich an. Dabei haßte sie die Menschen eigentlich gar nicht, hinter welchen sie herjagte, als ob sie von Sinnen sei; ihre Namen, ihre Gesichter, ihre Gestalten wurden ihr kaum bewußt, und sie konnte sich ebensosehr über ein Stück Holz erzürnen, das noch neben ihr betrachtet und besprochen wurde. Sie vertrug jede Unbill, über die eine andere Frau sich zu Tode gegrämt hätte—: sie kannte ja bloß diese eine, unbeachtet und mundtot zu sein und nur so quecksilbrig herumzutanzen. Überall hatte sie Augen und Ohren, aber sie hätte ihrer tausend haben mögen, und ebensoviele Arme und Beine, um ihre Gegenwart selbst den versprengten Eremiten aufzuzwingen. Wohin sie kam, rückte man ab, weil man vor der Besessenen sein eigenes Wort nicht mehr verstand. Ein Hinundherwandern zwischen den Tischen begann. Drobeck mischte sich unter die Architekten B.D.A., die schon bei praktischen Kalkulationen waren: mußte man doch wissen, was die kulturelle Tat des Generalbauplans an klingender Münze abzuwerfen versprach. Roloff konferierte mit Jaguttis und Stövesand. Hackforth versenkte sich in stille Träumereien, wie immer, wenn er trank. Rechtsanwalt Matuszak, dem Frau Eisenmenger auseinandersetzte, welches Ergötzen ihr dieser Abend bereitet habe, antwortete: „Ja gewiß, der Mensch will immer etwas erleben. Er verlangt immer nach einer Veranstaltung."

„Nicht nur das, Herr Rechtsanwalt, nicht nur das. Er verlangt nach einer erhabenen Lebensauffassung. Man findet sie leider nicht oft bei den Werkfachmeistern, Herr Jaguttis besitzt sie."

Werkfachmeister — so nannte sie die Techniker.

Sanitätsrat Behmenburg begegnete dem Krankenkassendirektor und sagte demonstrativ: „Guten Abend, Herr Völlinger", da alle anderen, und selbst die Feinde der Sozialversicherung, „Herr Direktor" sagten. Völlinger bekam einen Kopf wie ein Truthahn und erwiderte mit aufbegehrender Schärfe: „Guten Abend, Herr Behmenburg." Heinz Rehberger, der Modenkönig, schlängelte sich durch; frisiert wie ein Künstler, redete er nie schlechthin von Farben und Stoffen, sondern stets von der „Symphonie der Farben und Stoffe", und es kontrastierte seltsam zu seinem unpersönlichen Gesicht. So oft ihn Brilon sah, fiel ihm seine Namentheorie ein; Rehberger mochte die Fünfzig schon überschritten haben und hieß Heinz — „Heinz ist ein Kindername, und ein erwachsener Mensch, der ihn führt, muß kindisch sein." Er ging ihm aus dem Wege; er ging allen aus dem Wege. Es suchte ihn auch niemand, er war allein; es war, wie es zeitlebens mit ihm gewesen: nur wenn er sich aufdrängte, existierte er. Schließlich gesellte sich Gutzeit zu ihm, der jetzt merkwürdig viel über die Wahlen sprach. Er fing gleich wieder davon an. Brilon sagte kurz, daß er sich für seine Person ja nicht zu erhitzen brauche; „bei Ihnen kann es sich allerdings um wenige Stimmen handeln, die Ihnen das Mandat sichern oder nullen." Er sagte, „nullen", wie die Bergleute bei schlecht geladenen Förderwagen —: mit Frau Dr. Eisenmenger, die ihn sehr gut leiden mochte, hatte er es übernommen, die Arbeitersprache in ein salonfähiges Volksgut zu verwandeln und die Denkmäler der Technik unmittelbar neben die Denkmäler der Literatur zu setzen. Gutzeit sagte: „Ich sehe trübe für alle." Er wirkte als genereller Miesmacher, weil es ihm unbehaglich war, daß er allein eine unsichere Kandidatur haben sollte. „Die Wirtschaftspartei ist ja hierzulande ganz mit uns identisch, aber wie unsere demokratischen Mitglieder stimmen werden, das ist ein Kreuzworträtsel. Wie immer und überall, sind die Parteidemokraten ein Unsicherheitsfaktor."

Mitternacht war vorbei, nur wenige brachen auf. Gustav Roloff hielt es für angezeigt, die Freunde auf die bevorstehende Rückkehr seines Sohnes vorzubereiten. Plötzlich, so plötzlich, daß niemand es begriff, schrie Frau Olga auf, schrie noch einmal, schrie: „Gustav! Gustav!", hielt Kaschub fest, kniff ihn, ihrer Sinne nicht mächtig, in den Arm. Roloff fuhr wie von der Natter gestochen auf. Reckmann entfiel das Glas. Man lief durcheinander und fragte: „Was ist denn los? Ist denn was? Was ist Ihnen?"

Frau Olga will zur Tür, die Jaulenhoop watschelt hinterdrein, Roloff fällt Kaschub an; der winkt besänftigend ab und raunt ihm etwas ins Ohr. Man drängt zur Tür. Besorgt eilen die Kellner herzu, wischen hier und dort — aus Furcht vor Zechprellern und aus Verlegenheit, weil sie dieser Furcht keinen Ausdruck zu geben wagen.

„Was ist? Was hat Allwiß gesagt?" geht das Gefrage von allen Seiten; aber Roloff steht noch wie vom Donner gerührt und läßt alles an sich abprallen.

Allwiß Kaschub saust vor. Mitten in der Tür wartet Frau Olga und breitet die Arme aus. Kaschub schlüpft drunter durch, rennt, wie besessen, kommt in Begleitung eines Fremden zurück. Feierlich schreitet er aus; er begleitet diesen Menschen nicht nur, er geleitet ihn. Er gibt ihm das Geleite, bis ihm Frau Olga entgegenfliegt und ihn umhalst; dann tritt er diskret zurück.

Währenddem ist Roloff wieder zu sich gekommen. Er nimmt Reckmann beiseite, auch Jaulenhoop und noch ein paar von „den Männern". Wichtig sagt er: „Rasch, rasch, Eugen ist da.

Wie es so geht, eben sprachen wir noch von ihm. Schnell 'n kleinen Empfang arrangieren."

Sie fragen nicht weiter, sie wissen, was sich in solchem Falle gehört. Sie hantieren auf dem Tisch herum, sie raffen die Reste zusammen, sie kommandieren die Kellner, sie sind in ihrem Element. Flaschen fahren auf, Flaschen mit mattsilbernen Stanniolköpfen und Etiketts voll Reblaubgerank, und bauchige Römer von hellklingender Zartheit. Das alles sind nur wenige Sekunden unter geschulten Leuten. Hierauf marschieren „die Männer" nach vorn, machen sich Platz, Roloff führt sie an. Er streckt einen Fuß vor, hat die linke Hand in der Rocktasche und hält mit der rechten, den Arm gewinkelt, seine halbabgebrannte Zigarre. Er blickt zur Decke und singt: „Teure Heimat, sei gegrüßt." „Die Männer" gröhlen mit; es sind fast lauter Bässe.

VIII

Roloff rief überlaut: „Eugen! Menschenskind! Wie bist du denn da hereingeschneit!"

„Ja", antwortete Eugen, sich umsehend, da er etwas sagen mußte in das Schweigen hinein, das bald nach dem Gesang entstanden war, „da habe ich euch also überrascht. Ihr wißt doch, ich bin leider Gottes schreibfaul. Ich wollte erst noch einen Tag in Bremen bleiben und euch von da aus schreiben, aber das Geld hat nicht gelangt, da bin ich gleich abgedampft. In allen Städten, wo ich vorbeifuhr, bauen sie Hochhäuser wie die Verrückten, es sieht aus wie Amerika im Panoptikum. Aber in den Zeitungen, die ich mir unterwegs gekauft habe, stand, daß es die neue Gotik wäre. Na, und hier hab' ich dann gleich unsern Allwiß Kaschub getroffen, und der hat nicht geruht, bis ich mitging hierher."

„Das hast du fein gemacht, Allwiß", lobte Roloff und unterdrückte ein Stirnrunzeln, „Eugens Einzug hast du fein gemacht; kein Festkomitee hätte sich dessen zu schämen brauchen."

Frau Olga kann nur immer wieder sagen: „Meine Ahnungen! Meine Ahnungen!"

„Siehst du, Frau", spricht Roloff gönnerhaft, als habe er ihr ein Geschenk gemacht. Sie ist ganz verwirrt; sie stößt den Sohn wie eine Kugel herum und zeigt ihn von allen Seiten; sie wischt ihre Tränen an ihm ab; jeder, der ihn früher kannte, muß sagen, ob er sich verändert hat; jeder findet ihn gebräunt, seine Haltung freier und entschiedener, seine Sprache zuchtvoller und gestraffter. Roloff dagegen meint: „Nunu, 'n richtiges Muttersöhnchen, immer noch der Alte, und das freut ein' denn ja auch!" Dann, indem Melitta mit ihrer Dynamik dazwischenfuhrwerkt, fährt er Reckmann an: „Wo hast du nun deinen Kodàk, hä? Natürlich nicht da, wenn man ihn braucht. Ober! Holen Sie den Geschäftsführer! Holen Sie 'n Apparat zum Photographieren! Schnell! Fix! Dalli! Eugen, setz' dich schon mal. Setzt euch alle hin."

Er steigt auf einen Stuhl, er zwingt sich, gerade zu stehen, er steht wieder da wie beim Brieftaubenfest, stiernackig und aufgerichtet, ein Volkstribun.

Eugen möchte gehen; er möchte nicht begafft sein, niemandem die Hand geben, niemandem Rede stehen. Aber nun ist er da und kann nicht fort. Nun sitzt er da, sieht viel und spricht wenig — ein Empörter, kein Empörer.

„Junge, nu benimm dich mal wie einer, der aus der Fremde kommt! Na...? Der richtige Fremdling, laßt ihn. Müde von der Reise. Hat ja noch den Wanderstaub an den Schuhen..." Gustav Roloff schwatzt und schwatzt. Eugen ist froh, daß er es um so weniger braucht. An seiner Statt ergreift Frau Olga die dargereichten Hände. „Junge, jetzt wird ein Kalb geschlachtet", sagt Roloff. Er ist ganz außer sich, aber er ist nicht betrunken, er weiß genau, was er macht. Er frohlockt, daß dieses Wiedersehen so viele Zeugen hat. So geht alles leichter, bildet er sich ein. Er will keine Pause aufkommen lassen. Er will Brücken schlagen. Er will über das Vergangene hinweggehen. Er will seinem Vaterherzen Gehör verschaffen. Er will Stimmung erzeugen, ein Meer von Heiterkeit, Fröhlichkeit, Ausgelassenheit, darin alles, was schwer ist, ertrinkt. Er will das Beste und könnte nichts Schlechteres tun. Eugen wird verstockt und schüttelt mißbilligend den Kopf.

„Wie ist es drüben?" wird gefragt.

Er nippt am Wein. „Beschissen, kann ich euch sagen. Und wie ist es bei euch?"

Melitta antwortet ihm. „Bei uns ist die Welt auch nicht stehen geblieben, während du fort warst."

„Na, ich sehe. Ihr habt ja alle Irrtümer aus Amerika importiert und das Pünktchen Vernunft, das drüben noch bei der größten Tollheit als Zugabe ist, das habt ihr säuberlich aussortiert. Als wär's eine Laus, die man euch in den Pelz setzen wollte. Auf der Ware werdet ihr noch wie schlechte Spekulanten sitzen bleiben."

Roloff gibt Widerreden. „Du bist nun mal nicht prophetisch begabt, Eugen."

Eugen brüstet sich plötzlich mit angelernten Fachausdrücken aus dem Handel. Manche nennen ihn schon den „Amerikaner".

„Und was hast du außerdem drüben gelernt?" fragt Melitta.

„Ich habe gelernt, daß erworbener Verstand besser ist als ererbte Dummheit."

Er denkt: „Jetzt werden sie bellen." Sie bellen nicht. Da sie gewohnt sind, innerhalb der Menge mutig zu sein, imponiert es ihnen, daß einer Mut gegen die Menge hat.

„Ein Gesicht wie ein Sportsmensch!" stellt Reckmann fest. „Nicht wahr, Sie treiben Sport? Aha, aha. Das sieht doch ein kundiger Thebaner gleich, daß Sie Sport treiben." Er schlägt einen Zug zum Malepartus vor. „Brüder, schließt die Reihen! Auf zum letzten Gefecht! Na prosit auf den Schreck! Wenn es dem Bürger wohl ist, geht er aufs Eis und singt die Internationale!"

Eugen schüttelt wieder den Kopf: er will allein nach Hause gehen. Man weicht zurück. Roloff blickt hart und unbezwinglich. Jaulenhoop ist an seinem Ohr. Er will flüstern, aber er schreit es laut hinaus, er schreit noch lauter, da es ihm leise vorkommt. „Gustav!" schreit er und hat einen verknorpelten Daumen an Eugens oberstem Westenknopf, „der da ist auch nicht unser!"

Melitta denkt: „Eugen ist sehr schön geworden." Und auf einmal ist Brilon neben ihr. Sie sehen sich an. Sie hat den Kopf schräg zu ihm erhoben. So gehen sie hinaus in die mondhelle Nacht.

IX

Es war kalt; die Nacht zum ersten Mai. Im Gehen kroch sie dicht an ihn heran. „Wo wohnst du eigentlich?" fragte sie. „Ich habe deine neue Wohnung noch gar nicht gesehen."

Er lenkte ihre Schritte in eine stille Nebenstraße. Vor den Haustüren flüsterten die Pärchen. An einer Kreuzung stand ein Mensch — wie es des Nachts mitunter vorkommt, daß irgendwo, wie vom Himmel gefallen, ein einsamer Mensch steht, dessen Dasein und Tun geheimnisvoll wie das eines Diebes ist und vielleicht ganz harmlose Ursachen hat. In dem flimmernden Schein einer Laterne, der von einer frühbelaubten Kastanie verwischt wurde, sah dieser hier wie Reckmann aus.

„Sollte er es wirklich sein?" fragte Brilon gepreßt. Der Mann wandte den Kopf zur Seite. „Jetzt sieht er ganz verändert aus", bemerkte Brilon erleichtert, „ganz verschieden von Reckmann."

Melitta belehrte ihn: das Untrügliche, das Einmalige sei eben das Profil — „du, die Eisenmenger sagt Gebüge statt Profil, ist das nicht herrlich? Wie oft siehst du Leute, die einem Bekannten wie aus dem Gesicht geschnitten sind, aber sowie sie sich drehen, sind es plötzlich ganz andere, wildfremde Menschen. Weißt du, das liegt an der empirisch-psychologischen Tatsache, daß wir schon unzählige Menschen gesehen haben und die Vorstellung von der Idee Mensch in uns tragen, aber die Dynamik zerstört die Illusion, die Dynamik bringt prinzipiell alles an den Tag."

Er hakte sie unter, um ihren Redeschwall einzudämmen. Sie schlenderten durch einen mulmigen Stadtteil, wo wüst, aber friedlich Villen und Müllhaufen durcheinandergeharkt waren, Straßen und Feldwege, schlammige Gruben und Anlagen (das städtische Gartenamt sagte „Grünanlagen", aus überspannter Sorge, daß jemand sie rot finden könnte). In früheren Jahren hatte man hier um diese Zeit rote Fahnen gesehen zum ersten Mai, und schwarzweißrote zum ersten April, an Bismarcks Geburtstag; die einen hatten so unbehelligt geweht wie die anderen. Jetzt zogen die Arbeiter nicht mehr. Nur die Hexen ritten scharenweise zum Blocksberg wie eh und je.

Sie gingen an vereinzelten Mietskasernen vorüber, die schwarz und löchrig waren wie ein Sieb, wie aus einer südländischen Gasse in ein lichtloses und unbarmherziges Land verworfen —: so veröden sie auf einem rutschenden Abhang, hoch aufgeschossen zwischen Akazien und Holunder — und dies war das eigentlich Traurige, die eigentliche Verlassenheit des Ortes, daß sie im freien Feld standen, hundertfach schrecklicher, hundertfach zerlumpter, hungriger und leidvoller als die ertöteten Fluchten in den ausgebauten Fabrikvierteln, die in ihrer Endlosigkeit schon wieder gesellig und bewehrt erschienen. Brilon kam das Bild der Stadt in den Sinn, das er vom Malepartusturm erblickt hatte; er ergänzte es mit diesem.

Hier wohnte er jetzt in einem Neubau. Sie gingen hinauf; drinnen in diesen nichtsnutzigen, spinnwebdünnen Inflationsbauten war es noch kälter als draußen. Melitta fror. Es schläferte sie auch. Da nahm er sie zu sich in sein Bett.

X

„Gut gebrüllt, Löwe", sagte der Stadtbaurat, nachdem er Reckmanns Bericht gelesen hatte, in welchem allerdings über der Lobpreisung des wachsamen Hähnchens und der wahrsagerischen Ausdeutung von Eugen Roloffs Rückkehr die Person des Architekten Jaguttis beträchtlich zu kurz kam. In des Baurats schluchtenreichem Gesicht wetterleuchtete es, als er auf Schwandts Frage, warum er nicht dagewesen sei, entgegnete: „Ich habe gefürchtet, diesen langweiligen Kreis schon durch bloßes Zuhören zu stören. Wie käme ich dazu?"

„So", machte Schwandt ungehalten. „Aber Sie haben die Berichte in den Zeitungen gelesen, ja? Ah ... Sie haben gelesen. Sie sind inkonsequent. Bei Ihrer Einstellung würde ich auch die Berichte nicht lesen."

Darauf war der Baurat nicht gefaßt. Er will sich aufs hohe Pferd setzen, dachte er, um sich zu beruhigen.

„Na, und was sagen Sie dazu?"

„Alles Utopie. Und das wollen Fachleute sein, die auf so was reinfallen. Schöne Fachleute, deren Kunst nicht darin besteht, sich mit Sachkenntnis zu regen, sondern sich ohne Sachkenntnis aufzuregen. Schöne Fachleute, die ihren Mangel an Arbeitsgeist organische Gestaltung nennen und sich diesen Mangel dann zum Zentrum setzen."

Drobeck warnte ihn: „Es könnte Ihnen das Genick brechen."
„Unsinn", grunzte er.

Eine Sekunde wurde er still, und die Berge und Täler in seinem aufgerissenen Gesicht schichteten sich übereinander.

„Unsinn", grunzte er danach wieder. „Hierzulande das Genick brechen, wenn man einmal sitzt? Wer hier sitzt, sitzt gut und sicher, das sehen Sie am Moos in Kohldorf. Man muß nur verstehen, sich seßhaft niederzulassen, und die Probe, dächt' ich, habe ich mit meiner Portion Mutterwitz bestanden." Drobeck hüstelte, der Baurat fragte: „Was sagen Sie nun zu Schwandt? Wie er da wieder auf den Leim kriecht."

„Was soll man sagen? Ich werde bei ihm das Gefühl der Verkleidung nicht los. Es ist, als ob hinter der ersten Maske eine zweite und abermals eine säße."

„Und zuletzt", sagte der Baurat, „zuletzt entdeckt man, daß auch die Perücke noch falsch ist. Hundacker in Eitelfeld ist noch in seinen Fehlern besser als Schwandt in seinen Vorzügen."

Dann kamen die Wahlen. Wie vorauszusehen war, fiel Gutzeit durch, und das Dreimännerkollegium des wachsamen Hähnchens wurde in die Lage versetzt, seine Stimmen nach rechts oder links oder auch an die Verwaltung zu verkaufen. Schwandt bat Roloff um seinen Besuch. Roloff sagte: „Aha, hat sich das Blatt gewendet. Jetzt wird der Sekretär wohl katzbuckeln. Der Ober und ich — wir beide werden schon unser Auskommen haben."

Die Partei des Baurats hatte zehn Sitze verloren, davon sechs an die Kommunisten. Stadtverordnetenvorsteher war der Rechtsanwalt Ulrich Matuszak. Auf der rechten Seite des Hauses bemerkte man den Syndikus Dr. Eisenmenger unter Windhäusers Parteilämmern. Es war eine blökende Herde, und es war noch eine unbefleckte Weide. Ganz am äußersten Ende tummelte sich ein Jüngling mit hochfahrendem Schafsgesicht. Man glaubte zuerst, er habe sich verlaufen; sein Aufruf ergab jedoch, daß er rechtmäßig gewählt war. Er reckte den Hals wie ein aufgespießter Käfer, dessen Abstammung und muffige Wanderwege die Zoologen noch nicht bestimmen konnten. Er war da, dunkel und unkontrollierbar wie die Wollhandkrabbe, die, in stickigen Schiffsbäuchen aus China verschleppt, um diese Zeit stromaufwärts ruderte und schon im Eitelfelder Hafen gefischt wurde. Nach seiner eigenen Erklärung war er Nationalsozialist.

Im Malepartus herrschte Ruhe.

Es war die Ruhe vor dem Sturm.

Siebentes Kapitel

I

Alle Rathäuser nutzten die Zeit, da die alten Stadtverordneten müde und die neuen tatendurstig waren. Ein selbstbetrügerischer Schmuggel mit Projekten begann, eine gesundbeterische Verschiebung des Geldes, ein sorgsam abgetöntes Ballspiel zwischen Gesellschaftsbilanzen und städtischen Haushaltplänen, eine ungemein geschickte Befruchtung zwischen Industriellen, Oberbürgermeistern und Vereinsvorständen, eine wandlungsfähige Gemeinschaftsbildung von Anstiftern und Tätern, ein phantastisch angehauchtes Stelldichein von Zwangsvorstellungen und Luftspiegelungen.

Wie Schachtelhalm in der Treibhauswärme regenschwangerer Nächte, so schossen allenthalben Gesellschaften mit unverfänglichen Namen auf, der Wabag vergleichbar, doch im Gegensatz zu dieser meist aus den Anleihemitteln der Städte gespeist. Bald hießen sie „Eitelfelder Ausstellungsgesellschaft (Eitag)", bald „Kohldorfer Bau- und Bodengesellschaft (Kobub)" — und dazu traten allerhand Ziegeleibetriebsgesellschaften, Holzverwertungsgesellschaften, Steinbruchgesellschaften. In allen arbeitete städtisches Kapital; aber es erschien weder in ihren Abschlüssen, in denen Aktiven und Passiven gleichermaßen liebedienerisch und verschwiegen waren, noch in den Budgets der Städte. Unter den Beteiligungen an gewerblichen Unternehmungen waren sie nicht ausgewiesen, vielmehr blieben sie im Etat der Grundstücksverwaltung verborgen — „wie die Trüffeln in der Gänseleberpastete", sagte Roloff, der Gastronom, als Bernhard Stövesand ein wenig aus der Schule plauderte: nur ein wenig, und auch das noch andeutungsweise, aber für Roloff genügte es. „Uns brauchen Sie nicht mit dem Scheunentor zu winken", sagte er, „in Grundstückssachen sind wir auch nicht von Dummbach."

Weiß Gott, er war nicht von Dummbach. In der Unterredung mit Schwandt, zu der ihn Herr Röwedahl zuvorkommend und ohne Wartezeit abführte, stellte er seine Bedingungen: Berücksichtigung seiner Fraktion in Personalfragen, aktive städtische Grundstückpolitik, etappenweise Durchführung des Generalbauplanes —; dafür sollte die Verwaltung auf ihn zählen können. Die Verständigung ging schnell vonstatten; es kam ja nur auf die großen Linien an —, und die großen Linien bestanden aus den Vorteilen, die von jenen drei Punkten die Matadore des wachsamen Hähnchens haben wollten.

„Ich weiß", sagte Schwandt, indem er überschlug, wieviel Teile im einzelnen zu bieten waren, um sie zu sättigen und zum Verzicht auf den Rest zu bewegen, „ich weiß, daß die Herren der City-Gesellschaft von den lautersten Motiven beseelt sind." Roloff bestrich rührig seinen Schnauzbart. „Wir haben unsere *Sendung*", erklärte er mit seiner bestechenden Stimme, „aber wir teilen dieses Vergnügen mit jedem, der sein Leben dem Vaterland widmet."

Matthias Schwandt erkundigte sich teilnehmend nach dem Befinden seines Sohnes. Er wußte über ihn und seine Heimkehr jeden Zug, den Reckmann in den „Neuesten Nachrichten" breitgetreten hatte, und strömte über vor Herzlichkeit. Roloff, der diesen Gram sonst gern in seiner Brust verschloß, wurde gesprächig.

„Aufrichtigsten Dank, Herr Oberbürgermeister. Aber wenn ich Ihnen die ganze Wahrheit sagen soll —, und ich kann Sie nicht belügen, Sie nicht."

„O bitte", ermunterte Schwandt, „ich vertrage eine Lüge, wenn sie schön ist, ebensogut wie eine Wahrheit, wenn sie häßlich ist."

„Nein, da bin ich anders. Ich liebe das Schöne in jeder Form. Das Häßliche, mag es hundertmal wahr sein, erscheint mir immer nachteilig. Das ist es ja gerade. Unser Eugen ist pervers. Er hat den Wahrheitsfimmel, Herr Oberbürgermeister. Ist es nicht pervers, wenn einer dauernd die Wahrheit sagen will? Es ist pervers. Es ist scheußlich."

„Ganz meine Meinung", sagte Schwandt. „Man kommt weiter, wenn man mit den Tatsachen rechnet, als wenn man sie ändern will."

Roloff vergaß völlig, wo er war. „Als dem Jungen das Geld ausging, da konnte er kommen, nicht wahr, da wußte er, wo Gustav Roloff wohnt. Seine Reisebörse reichte gerade noch für die Touristenklasse. Das hab' ich nun alles so nach und nach herausgebracht..." Die Flut, zu lange schon gestaut, brach reißend aus. Matthias Schwandt gefiel sich als Beichtiger. Lächelnd baute er die Dämme wieder hoch, und zugleich steckte er seine verräterischen Blinkfeuer auf. Er sagte: „Im Ministerium des Inneren habe ich an kommunistisch schreibenden Bürgersöhnen interessante Studien gemacht. Es gibt nämlich zweierlei Kommunismus, Herr Roloff, den aus der Masse und den von den Intellektuellen. Die Masse ist kommunistisch, weil sie nichts hat, was ihr genommen werden kann. Wer aus ihr heraus auf einen grünen Zweig kommt, hört sofort auf, kommunistisch zu sein. Anders die Intellektuellen, die Literaten. Je kollektivistischer sie gesonnen sind, desto mehr unterscheiden sie sich von der Masse. Umgekehrt wie diese sind sie so lange kommunistisch, wie sie ein Bankkonto oder einen guten Posten, möglichst in einem bürgerlichen Unternehmen, haben. Sitzen sie aber auf dem Trockenen — und sie brauchen viel Geld, sie verprassen es ja förmlich, junge Leute, in des Lebens Stürmen und Versuchungen noch nicht gehärtet —, so hört ihr Kommunismus für eine Weile auf; dann betteln sie mit Eiapopeia um gut Wetter und schließen *Burgfrieden* mit dem Kapitalismus, dem verruchten. Bis sie wieder was von ihm ergattert haben: dann fallen sie ihn wieder an. Wie ich im Ministerium x-mal gesagt habe: der ganze Radikalismus ist bloß eine Frage des Portemonnaies. Bei dem einen rechts rum, bei dem andern links rum."

Damit drückte er ihm possierlich die Hand.

Jaguttis aber war skeptisch. Selbst als er von Roloff wie von Stövesand vernahm, daß sein Generalbauplan beim Chef der Verwaltung Anklang gefunden habe, wollte er nicht jubeln. Es schien, als könne er seines Lebens nicht froh werden, solange er den Baurat im Rathaus wußte. „Wer könnte denn vorhersagen", fragte er, „wie der Plan aus den Mühlrädern dieser Verwaltung herauskommt? Was der Stadtbaurat nicht verfaulen läßt, wird dort zermalmt. Ich kenne die Schliche. Es wird eine Kommission eingesetzt; frühmorgens tritt sie zusammen; am späten Nachmittag ist sie sich grundsätzlich darüber klar, daß Vorbereitungen zu einer Beratung getroffen werden müssen. Die Kommission brütet Wochen und Monate, und der Bürger wartet ab, ohne sich beifallen zu lassen, daß es falsche Hennen sein könnten, die gackernd von den Eiern runtergehn, statt vorschriftsmäßig auszubrüten. Alle paar Tage heißt es im Kommuniqué: zur Zeit liegt noch kein genaues Programm vor. Und wenn dann aus Konferenzen und Gutachten eins gedreht ist, haben es die Ereignisse schon überholt. Aber der Bürger hat seine Kommission, und alles scheint ihm in bester Ordnung zu sein. Er würde sich am liebsten von einer Kommission begraben lassen. Niemand weiß besser als der rote Stadtbaurat, wie man das Schicksal aller Reformen besiegelt."

Roloff trällerte vor sich hin. Er verkaufte die Grundstücke, die er mit Stövesand zusammen erworben hatte, unter hundertprozentigem Gewinn an die Stadtverwaltung, die sich, wollte sie Jaguttis' Generalidee verwirklichen, auf lange Sicht eindecken mußte — „um die wilde Spekulation auszuschalten", wie Roloff sagte. Er schloß sich mit den übrigen Splittern, den Demokraten, dem christlichen Volksdienst, dem Nationalsozialisten zusammen und verteilte die Sitze in den Ausschüssen. Jaulenhoop kam in den Vergebungsausschuß, der über die städtischen Aufträge entschied; Hackforth in den Finanzausschuß, der die Steuern festsetzte; der Nationalsozialist in den Verfassungsausschuß; Sanitätsrat Behmenburg in den Kunstausschuß; Roloff selbst in den Grundstückausschuß und in den Kreditausschuß der Sparkasse.

Wurde in der Sitzung die Frage eines Grundstückkaufes angeschnitten, so erschien gleich darauf Roloff bei dem Besitzer, um für sich zu kaufen. Das war sein gutes Recht als Staatsbürger, und war es nicht vollkommen gleichgültig, von wem die Stadt kaufte, da sie doch einmal zum Kauf entschlossen war? Das Geschäft kam immer zustande, wenn der Eigentümer von den Absichten der Stadt noch nicht Wind bekommen hatte. Hatte er Wind bekommen, so zog er es vor, an die Stadt zu verkaufen, die man, wie die allgemeine Ansicht war, besser übers Ohr hauen konnte. All dem standen keine Bestimmungen entgegen. Es standen auch keine Bestimmungen entgegen, wenn Roloff über die Hingabe von Krediten an ihn selbst mitberiet. Sollte er gesetzesstrenger sein als das Gesetz? Das konnte kein Mensch von ihm verlangen. Sollte er als unerlaubt oder unschicklich betrachten, was nicht verboten war — in einem Lande, wo doch sonst jedes Säuglingsquäken durch Verordnung geregelt wurde? Das wäre einfach lächerlich gewesen, und Roloff machte sich nicht gern lächerlich. Doch sprach er zur Vorsicht noch mit Schwandt darüber. Schwandt erwiderte: „Wenn man Mißtrauen gegen Sie hat, wird man Ihnen nichts bewilligen, ob Sie dabei sind oder nicht." Nun also. Er war dabei, man hatte kein Mißtrauen, man bewilligte.

Man bewilligte auch dem Aufstocker Stövesand —; dies freilich gegen die Stimmen der beiden Bauunternehmer, die im Kreditausschuß vertreten waren, und um jeden Schein parteiischer Bevorzugung zu meiden, keinem anderen Baugeschäft außer sich selbst kreditieren wollten.

11

Sie gönnten sich keine Ruhe mehr. Die Kreditgeschäfte häuften sich, und der Vorstand der Sparkasse brauchte nicht zu bremsen; alle Vierteljahr stiegen die Einlagen um zwei Millionen Mark und um achttausend neue Konten. Bald war die hundertste Million erreicht. Dabei schnitten die industriellen Städte Wahnstadt und Kohldorf um zehn Prozent günstiger ab als Eitelfeld mit seinem mondänen Anstrich. Jaulenhoop forderte von Drobeck ständig wiederkehrende Publikation. Die vierteljährlichen Berichte der Sparkassen waren auf Stolz und Jubel abgestimmt, auf jenen Ton, mit welchem man vor zwölf, nein, vor hundert Jahren die Schlag auf Schlag herniederhagelnden Kriegserklärungen aufgenommen hatte.

Inmitten dieser Psychose erklärte alles, was Namen und Stimme hatte, wie notwendig für das verarmte Land die Kapitalbildung sei: Windhäuser wie Balluf, der Wahnstädter Großindustrielle wie der Eitelfelder Reeder und Handelsmann, Schwandt so gut wie Hundacker und Moos, Gutzeit so gut wie Jaulenhoop, die „Neuesten Nachrichten" wie der „Lokalanzeiger", und der „Lokalanzeiger" so gut wie die gewichtige „Eitelfelder Zeitung" mit ihrer Auflage von hundertfünfzigtausend —; in diesem einen Punkt hieb alles in dieselbe Kerbe, was sich sonst befeindete.

In Wahnstadt und Kohldorf überwogen die kleinen, in Eitelfeld die großen Sparer; dort entfielen auf ein Sparbuch durchschnittlich siebenhundert, hier tausend Mark. Roloff, der —

ganz abgesehen von der allgemeinen wirtschaftlichen Denkweise — in seiner neuen Würde darauf aus war, dem städtischen Institut Kunden zu werben, fragte Kaschub, ob denn auch er spare. „Selbstredend", sagte Allwiß und griff in die Brusttasche, wo er stets alle Papiere mit sich trug, die belegen konnten, daß auch er hie und da mit Behörden Umgang hatte; sie waren geknickt und rochen, mit einer schmalen Litze pechschwarzen klebrigen Schmutzes gerandet, nach Kaschubs Ausdünstungen. So holte er denn die Mitteilung über die Aufwertung seines Guthabens hervor, um Roloff seine Verbindung mit einem Geldinstitut zu beweisen. „Is gut, Allwiß", sagte Roloff, „nur immer feste sparen." O ja, Allwiß sparte, wie jeder kleine Mann sparte: um den Großen Gelegenheit zu geben, ganz Deutschland wieder groß zu machen, und um noch schnell einen Notgroschen zurückzulegen für den Tag, an dem er arbeitslos wurde. Er sah es kommen, wie man manchmal im Traum einen Zug auf sich zukommen sieht, von weit her, und man liegt auf den Schienen gefesselt und kann sich nicht bewegen, nicht schreien, nicht denken — es ist alles eng, alles grausig, alles zugeschnürt, und die zerfleischende Lokomotive wird immer größer, furchtbarer und drohender.

Denn parallel mit der Kurve der Spareinlagen stieg bereits die Kurve der Arbeitslosigkeit. Je mehr gespart wurde, desto weniger wurde gekauft; je weniger gekauft wurde, desto weniger wurde produziert; je weniger produziert wurde, desto mehr ließ Windhäuser durch Eisenmenger verbreiten, daß es nur an der dünnen Kapitaldecke liege und daß mehr gespart werden müsse. Mit wieviel kümmerlichem Leben und mit wieviel auszehrenden Hypotheken auf die Gesundheit der Eltern und Kinder alle diese Spargroschen vorbelastet waren — wer scherte sich darum? Wer scherte sich darum, daß nicht das auf den Sparkassen lag, was die Leute übrig hatten, sondern das, was sie sich vom Munde abzogen? Keiner scherte sich darum, und doch gestand es sich selber im stillen Kämmerlein mancher von denen, die sich nicht darum scherten.

Karl Hundacker gehörte zu diesen. Aber weit davon entfernt, es auszusprechen oder auch nur eine stillschweigende Nutzanwendung zu machen, buchte er es als Charaktergröße. Oft und oft sagte er sich: „Das deutsche Volk spart, weil es darbt, und darbt, weil es spart; doch spart und darbt es unentwegt und unverdrossen. Hut ab vor dem deutschen Volk!" Er erfand eine Geschichte von einem Mann, der in Hunger und Elend gestorben war und in dessen Nachlaß man, als das Begräbnis auf Gemeindekosten vorüber war, zwanzigtausend Mark erspartes Geld entdeckte. Er gab sie auch ab und zu zum besten, aber er unterließ hinzuzufügen, daß man augenblicklich nach den Regeln dieses Sonderlings lebe. Obwohl er sonst nicht zimperlich war, wenn er Wahrheiten sagen wollte, unterließ er es diesmal. Es hätte ihn gehindert, für Eitelfelds Weltruhm zu wirken.

Es sah aus, als ob die Menschen glücklich wären. Sie bildeten sich ein, es zu sein.

III

Jeder erfüllte seine Mission, indem er sich segnete; jeder trug seine Verantwortung, indem er seine Hand in öffentlichen Kassen hatte; jeder harrte auf seinem Posten aus, indem er sich nach dem Winde richtete. Alles geschah legal, und man konnte niemandem die Gutgläubigkeit absprechen. Jeder redete sich bei jeder Handlung ein, eine verantwortungsvolle Sendung zu haben und die höchsten sittlichen Ziele zu verfolgen. Selbst wer wirklich stahl, behauptete es zu tun, um Wohltätigkeit üben zu können, und wer mordete, verband damit einen ethischen Protest gegen die Todesstrafe.

Jeder suchte das Ungewöhnliche und machte, fand er es nicht, das Gewöhnliche zum Ereignis. Jeder besaß die Gabe, sich selbst hineinzulegen — gründlicher als andere hineinzulegen. Jeder betrieb ein Scheingewerbe, das man *Wiederaufbau* und Heilung der Wunden nannte. Jeder bewässerte unter Beschwörungsformeln das Ödland, das die Kriegsjahre hinterlassen hatten, mit narkotischen Elixieren. Jeder mästete die Disteln der Entbehrung mit Eiltransporten künstlichen Düngers, bis sie traumhafte Urwaldbäume eines Tropenparadieses vorspiegelten. Mancher urteilslose Pfahlbürger rutschte in dieses Scheingeschäft hinein, mancher gerissene ließ sich von ihm hegen, und zwischen stillen und tätigen Teilhabern regten sich in freudiger Übereinstimmung die gläubigen Arbeitsbienen.

Jeder gebärdete sich, als ob er ein gelernter Gauner sei. Jedem war jedes Mittel recht, um nur schleunigst dem Alpdruck der Kriegslandschaft, des kalkigen Gestrüpps aus Aas und Schutt, zu entfliehen. Jeder, der so lange das Privileg des Todes gehabt hatte, wollte jetzt ein Privileg des Lebens erwischen. Jeder tat seinem Körper Gutes an, da er so lange gequält und verstümmelt worden war. Jedem schien es, als habe der Geist ausgespielt, da er so widerstandslos vor der Gewalt kapituliert hatte. Es war die Furcht unter der Maske des Mutes und die Weglosigkeit in der Maske des entschiedenen Marschierens.

Man kniete vor der Allmacht der Technik, weil man glaubte, daß es mit ihrer Hilfe schneller zu schaffen sei. Man verrichtete seine Andacht vor der Festigkeit und Stetigkeit des Motors, an die man sich halten konnte, nachdem alle sonstigen Anhaltspunkte sich verflüchtigt hatten. Man erschauerte vor einer Materie, die keine Enttäuschungen bereitete außer solchen, die sogleich berechenbar waren; vor einer Materie, der alles eignete, was das übrige Leben vermissen ließ, alle die Tugenden, Ebenmäßigkeit, Gespanntheit, Unbedingtheit, die (wie ehedem Tapferkeit, Kameradschaft und Heldentum) jeder verherrlichte und keiner besaß. Eine Materie von solcher Beschaffenheit mußte anbetungswürdig erscheinen — in Zeitläuften, die auf den weiten Spielraum eingestellt waren, auf Ausflüchte und Kompromisse; die überall Platz und Mittel kannten, um an entscheidenden Punkten spitzfindig vorbeizukommen; die keine Fehler auszurotten brauchten, weil ein Fehler zehn andere nach sich ziehen konnte, ohne daß der ganze Apparat stockte, denn dieser war ja schon selbst auf Unzuverlässigkeit aufgebaut. Und mußte es schließlich nicht auch jedem schmeicheln, in einem so willfährigen Zeitalter zu leben, in dem sich jedermann persönlich am Triumph der Technik beteiligt fühlen konnte?

„Die Vernunftsamung und die Entwicklung der Wirklichkeitswissenschaften", sagte über diesen Zustand Frau Dr. Eisenmenger und meinte die Rationalisierung und die Naturwissenschaft, „haben die Vorherrschaft des Verstandesmäßigen auf allen Lebensgebieten gebracht. — Sie haben uns etwas geschenkt, was sie uns hätten schenken können", fuhr sie fort und lächelte witzig, „sie haben, Gott sei's geklagt, die Menschen der Fähigkeit beraubt, die innerliche Welt zu erleben. Sie will nur noch Bindungen aus diesseitigen und vernunftsamen Gründen gelten lassen."

Sie ahnte nicht, daß alles bloß so schien, und daß in Wirklichkeit nur immer Glockengeläut um die Menschen war und nicht ein einziges Mal der Hauch des Geistes über sie hinwegschwang. Man sagte es ihr auch nicht, da keiner da war, es ihr zu sagen, und hätte sich einer gefunden, so hätte sie ihn nicht verstanden.

Wer hätte es denn sein können? Vielleicht Rechtsanwalt Matuszak, der Bismarckianer, dessen Säbelkerben vom Ohr zur Nase reichten? Er kam öfters, um sich die Windhäuserschen Direktiven für das Stadtparlament zu holen. Oder Sanitätsrat Behmenburg, der weitschweifige Achtundvierziger? Ungeachtet der beiderseitigen politischen Linien, die sich übrigens nicht selten kreuzten, wurde er zuweilen bei Eisenmengers eingeladen. Es geschah nicht nur, weil es nun einmal Brauch war, daß er um und um ging und überall „mal eben hereinhorchte" — im Glauben, daß der Büschel silberner Haare auf dem Kopf ihm einen Freibrief ausstelle, der alle Schranken niederreiße; es geschah besonders darum, weil man ihn während des Abendbrots über alle in Verwandtschaft und Bekanntschaft vorliegenden Krankheitsfälle kostenlos konsultieren konnte, wohingegen mit anderen Ärzten in dieser Hinsicht nicht gut Kirschen essen war —: sie verwiesen nämlich ziemlich garstig auf ihre Sprechstunde.

Behmenburg nannte sich gern einen „ergrauten Kämpen"; als Stadtverordneter war er von Schwandt gemäßigt radikal und zugleich radikal gemäßigt befunden worden. Ob das nun haarscharf zutraf oder nicht —, jedenfalls wäre er zum Beispiel nie auf den Gedanken verfallen, Frau Eisenmenger nahezulegen, an ihren beliebten Vergleichen zwischen Einst und Jetzt nicht den ersten, sondern den zweiten Wilhelm zu beteiligen, oder den Syndikus zu fragen, wie denn nun der Generaldirektor Windhäuser Nützlichkeit, Zweckgründe und materielle Erwägungen bewerte. Dafür war er viel zu galant, viel zu sehr Kavalier, am Ende auch viel zu wenig intelligent. Doch tat ihm wiederum der Krankenkassendirektor Völlinger unrecht, wenn er, ärgerlich ob der allzu schlampigen Begrüßung, dachte: „So ein schleimiger Demokrat, heuchelt den Titelverächter!" Der Sanitätsrat liebte nämlich Titel wie Orden, und das Kästchen mit dem Roten Adlerorden vierter Klasse, der ihm für bauschige Kaisersgeburtstagsreden huldreich verliehen worden war, lag wohlbehütet bei den spärlichen Juwelen seiner verstorbenen Frau; indessen liebte er nur diejenigen Titel, die, wie der seine, gut abgelagert waren. Was freilich Völlinger betrifft, so wollte er ihm außerdem zu Gemüte führen, daß er es nicht nötig hatte, vor ihm Kotau zu machen — wie die jüngeren Ärzte, die zur Kassenpraxis zugelassen sein wollten.

Sprach Frau Eisenmenger über die „Vorherrschaft des Verstandesmäßigen", so nahm ihr Gatte alsbald den Faden auf: deshalb sei die Industrie bestrebt, gegen die Zersetzungs- und Verfallserscheinungen der Zeit den geistig-seelischen Wert der Arbeit zu stärken und den breiten Massen wieder den Glauben an ein Reich jenseits aller Verstandesgrenzen zu geben. Mit dem Achtstundentag sei dieses Pensum natürlich nicht zu bewältigen; ein Glück nur, daß die soziale Not der freundlichste Führer zur seelischen Einkehr sei ... Ulrich Matuszak versicherte dann, daß allein die Musik mit dem krämerhaften Dasein auszusöhnen vermöge —: er sprach von der „holden Frau Musica", wie es in dieser Welt der Sinnsprüche gang und gäbe war. Gutzeit, der oft halbe Tage hier verbrachte, wollte sich dagegen verwahren, daß man „krämerhaft" sage; er wollte fordern, daß dieses bösartige Wort, das den kulturfördernden Stand der Kolonialwarenhändler beleidige, gänzlich verschwinde. Doch wies ihn die Eisenmenger entrüstet zurecht, da sie die deutsche Sprache in jeder Beziehung überwachte, damit nichts abhanden kam.

Wenn die Gäste sich verabschiedet hatten, setzte sich Dr. Eisenmenger noch einmal hin, um die Gespräche durch den Filter seines für die Arbeitgeber denkenden Gehirns rinnen zu lassen. Aus dem, was durchging, verfaßte er dick aufgetragene Artikel für die „Neuesten Nachrichten" und den „Lokalanzeiger". Er war sehr fleißig, man konnte es nicht anders sagen; überhaupt waren die Syndizi die emsigsten Arbeiter der Zeit, und ihre Tätigkeit ließ an Intensität und Akkuratesse alles hinter sich, was an der eigentlichen Werksfront vor sich ging. Oft kam Dr. Eisenmenger erst um drei Uhr zu Bett; gegen sieben stand er schon wieder auf. Trotzdem gedieh er sehr gut dabei, nur seine Gattin setzte sich allmählich in den Kopf, daß er krank davon würde. Sie war ordentlich böse, weil Behmenburg sagte, ihr Mann erfreue sich der besten Gesundheit. Mit der Zeit brachte sie es durch ihr Gerede dahin, daß alle Leute den Syndikus fragten, ob er denn nun wiederhergestellt sei, und da er wahrheitsgemäß sein ungeschwächtes Wohlbefinden bekundete, glaubten sie, er leide an einer schleichenden Krankheit, die er zu verheimlichen wünsche.

Vielleicht rieten sie nicht einmal falsch — sofern man es eine Krankheit nennen will, daß er um seinen Posten bangte. Gewiß ohne Ursache; aber es war der Fluch der Syndizi, daß sie sich beflissener und gesinnungsfester zeigen mußten als ihre Herren, damit diese nicht auf den Glauben kamen, sie könnten ihre Interessen allein verfechten. Eisenmenger las Windhäuser nicht nur die Wünsche von den Augen ab; nein, er selbst trieb Wünsche in diese Augen hinein. Jede Zusammensetzung längst bekannter Einzelheiten wußte er interessant zu machen und als Dienst an der Wissenschaft auszugeben, als unparteiischen Dienst, versteht sich, der keiner Partei unmittelbare Gefälligkeiten sagte, dafür aber aus Gefälligkeit im gegebenen Augenblick zu schweigen verstand.

Schon lange waren die Unternehmungen der öffentlichen Hand, die Windhäuser „kalte Sozialisierung" nannte, ein Gegenstand aufmerksamer Betrachtung. Windhäuser selbst, dessen eigenes Gewerbe auf Undurchsichtigkeit gegründet war, erspähte mit Kennerblick die Verfilzung der Wabag und Konsorten mit den Stadtverwaltungen. Eisenmenger rechnete aus, daß in den Betrieben der öffentlichen Hand mehr als zwei Millionen Arbeitnehmer, fast sieben Prozent aller Erwerbstätigen, beschäftigt seien. Bei einem Anlagewert von fünfzig Milliarden hätten sie einen jährlichen Umsatz von vierzehn Milliarden zu verzeichnen: um diese Summe werde also die freie Wirtschaft geprellt.

„Nicht, daß ich wüßte", sagte Schwandt. „Die Aufträge, die die öffentliche Hand der freien Wirtschaft erteilt, belaufen sich auf mindestens neun Milliarden im Jahr — ein nicht zu unterschätzender Konjunkturfaktor."

Eisenmenger beharrte auf seinem Standpunkt, daß es eine Scheinkonjunktur sei, die davon erzeugt werde. Schwandt mußte an die achthundert Fenster in Windhäusers Verwaltungsgebäude denken, die ihm jederzeit unwirklich erschienen waren, leer, hohl, Gaukeleien einer überhitzten Phantasie. Er sagte infolgedessen: „Schein oder nicht, die Hauptsache ist, daß verdient wird. Man muß die Feste feiern, wie sie fallen. Und wäre es weniger Schein, wenn die freie Wirtschaft der Urheber wäre?"

„Es wäre Steigerung der Rentabilität. Es wäre Entbürokratisierung und rücksichtslose Geltendmachung kaufmännischer Grundsätze. Es wäre Ausschaltung der Parteibuchbeamten und der öffentlichen Diskussion. Es wäre höchste Ausnutzung der Gewinnchancen, ohne falsche Sentimentalität, ohne Humanitätsdusel. Die Unternehmungen der öffentlichen Hand wirtschaften aus dem Vollen. In privaten Besitz übergeführt, würden sie ins Volle wirtschaften."

„Sie tun ja gerade, als ob nicht ein einziger kommunaler Betrieb Gewinn abwürfe. Unser Gas- und Wasserwerk arbeitet mit erheblichen Überschüssen."

„Aber diese Überschüsse sind unmoralisch, weil sie der Privatwirtschaft entzogen werden, obwohl das Grundkapital aus ihren Steuergeldern stammt, und weil sie nicht wieder der Wirtschaft zugeführt, sondern zur Besoldung der Beamten verbraucht werden."

Den Stadtverordneten der von ihm finanzierten Parteien gab Windhäuser Anweisung zu schärfster Opposition gegen die kommunalen Werke. Gleichzeitig ließ er von Eisenmenger das wachsame Hähnchen bearbeiten: die kommunalen Werkstarife würden künstlich hochgehalten, um eine Legion überzähliger Beamten zu ernähren. Es entstand ein heißes Hin und Her, das mit einem Angebot Windhäusers endete. Einen interkommunalen Elektrizitätsring wollte er unter seiner Führung im Städtekranz bilden — „zwecks ausreichender Kapitalausrüstung der öffentlichen Verkehrs- und Versorgungsunternehmungen", erläuterte er. Hundacker erschien diese Sorge um andere verdächtig — bei dem Prototyp eines Gewerbes, von dem man gewohnt war, daß es nur für sich selbst sorgte; aber Schwandt und Moos gingen darauf ein, teils, um Ruhe vor Windhäusers Stänkereien zu bekommen, teils, um bei der Gelegenheit ihre maroden Straßenbahnen zu sanieren, die mit quietschenden, fossilen Wägelchen fuhren, „Postkutschen mit eingebauten Motoren", wie Schwandt gelegentlich sagte.

Wahnstadt erwarb für zwanzig, Kohldorf für fünfzehn Millionen Aktien des neuen Unternehmens. Schwandt und Moos wurden in den Aufsichtsrat berufen; sie führten ihre Tantiemen bestimmungsgemäß an die Stadtkasse ab. Sie hatten ohnehin keinen Einfluß, die kompakte Majorität der von Windhäuser kontrollierten Verwaltungsgruppen war gegen sie, und sie schoben noch dazu mit Absicht die Industriellen in den Vordergrund, um sich selbst „den Buckel frei zu halten" und jene zu veranlassen, ihre Kunst zu zeigen. Das alles hätte sich vorzüglich dargestellt, wären sie nur auch ihren Künsten gewachsen gewesen. Aber schon die Erwerbung der Aktienpakete mußte auf Kredit geschehen, die Zinslast betrug fast drei Millionen, und Windhäuser drückte die Buchsumme für die eingebrachten Werke mit der Bemerkung herab: „Gewiß, meine Herren, das alles hat seinen Wert, aber in der heutigen Zeit keinen Preis."

Dennoch glaubte Schwandt, der gute Haushälter, kein schlechtes Geschäft gemacht zu haben. Er rechnete mit steigenden Dividenden und steigenden Kursen. Zunächst stiegen sie auch. Die Stadtverordneten wußten nichts weiter, als daß sie eine Ermächtigung zum Aktienkauf erteilt hatten. Sie fragten auch nicht viel; die einen nicht, weil Windhäuser der Inspirator war, die anderen nicht, weil doch alles in einem Aufwaschen hinging. Nur die Sozialdemokraten und Kommunisten waren dagegen, aber auch sie bloß aus Prinzip, aus einem religiösen Prinzip, ist man zu sagen versucht, nicht aus Kenntnis der akuten Gefahren. Schwandt behauptete: „Eine volle Unterrichtung der Stadtverordneten ist bei solchen Transaktionen unmöglich." Dazu dachte er noch: „Erfolg ist das, was man von sich aus als Erfolg ansieht."

Hundacker hingegen, mit Ballufs Rückendeckung, lehnte ab. Seine Straßenbahnen, die die doppelte Frequenz der Wahnstädter und Kohldorfer und dabei weniger verbilligte Zeitkarten aufwiesen, waren gesund. Balluf gab der Meinung Raum, daß Windhäuser nichts weiter wolle als eine Sozialisierung des Risikos gegen Privatisierung des Gewinns. „Den Teufel auch", versetzte Hundacker, „ich verstehe unter freier Wirtschaft ein System, in dem die Sünder ihre Sünden selbst wiedergutzumachen haben."

Das erste, was der Elektrizitätsring tat, war, daß er alle Tarife erhöhte.

IV

Das war ein Leben und Treiben...

Es war die zweite deutsche Gründerzeit. Es war, wie wenn ein Heer überstürzt aus den Winterquartieren aufbricht und in Gewaltmärschen auf den Kriegsschauplatz eilt.

Zuerst pirschten sich die Vorhuten heran; die erfinderischen Schlagworte. Darauf schwärmten leichtbewaffnete Erkundungstruppen aus, besserwisserische Kavallerie mit Husarenschnüren, die sich die Sporen zu verdienen gedachte: Gutachter, die Partei, und Parteien, die Gutachter waren. Darauf stießen die Genietruppen vor, um den Weg zu ebnen: Verkehrsvereine, Genossenschaften, Handelskammern, beamtete und unbeamtete Zeichendeuter — was nur immer an solidem Mittelmaß vorhanden war, um die Sturmhaube des öffentlichen Gewissens aufzustülpen, die Kinnriemen anzuziehen und die Geländebeschaffenheit, das Selbstverständliche, das Naturgebundene so lange beharrlich zu verschweigen, bis alles nicht mehr zu existieren schien. Darauf rückte die Artillerie in ihre Stellungen: Kundgebungen, Denkschriften, Entschließungen, um Luft und Raum für draufgängerische Aktionen zu schaffen. Darauf trottete in unübersehbaren Kolonnen das Gros herbei, geduldig, unverzagt und namenlos: die geschundenen Steuerzahler. Zuletzt ergoß sich der habgierige Troß: Industrielle, Kaufleute, Advokaten, Künstler, Journalisten, Nutznießer und Gesundmacher aller Art.

Mehr waghalsig als wagemutig blies man zum Sturm. Man berannte die Festung Wirklichkeit, die Sperrlinie geschichtlicher Tatsachen und biologischer Bedingtheiten. Niemandem war wohl dabei, aber alle sagten, es müsse sein. Mit utopisch zündenden Worten überschrie man die tiefe Resignation, bombardierte man die Öde der Gegenwart, denn dahinter lag das weite, balsamische Land der Zukunft. Irgendwo stellte man sich an, weil schon Vordermänner da waren: so hatte man es im Kriege gelernt. Dann sprengte, daß die Funken stoben, ein Befehlshaber vor die Rotte und grüßte: „Morgen, Volk!" — und jedermann freute sich, beim Volk zu sein, wenn auch nur beim Fußvolk. Denn der Befehlshaber wußte die Quadern seiner Sprache vor dem Geringsten ebenso unausweichlich zu türmen wie vor dem Höchsten Es war genau wie im Kriege, als alles rationiert war, außer der Phrase, die im Überfluß in allen Scheuern lag.

Aus sechzig Millionen heimlicher Kaiser, aus sechzig Millionen zaubernder Feuerwerker, aus sechzig Millionen zungenfertiger Lockspitzel bestand die deutsche Republik —; aus sechzig Millionen Kaisern, die der Verherrlichung des schönen Scheins oblagen, aus sechzig Millionen Feuerwerkern, die aus der schicksalhaft fließenden, nächtigen Vergessenheit nach einem Höhenflug durch Traum und Rausch wiederum Vergessenheit erzeugten, und aus sechzig Millionen Lockspitzeln, die alles mitmachten, um nachher anzuklagen. Eine große Begebenheit knallte nach der anderen, zischte wie eine Rakete auf, streute, kunterbunt gestirnt, ihr Geriesel umher; als sich der Pulverdampf verzogen hatte, gewahrte man das blanke Nichts.

Taumel und eitler Trubel ergriff so den Städtekranz, Zug um Zug schritt vor, was Gustav Roloff das „Zeitalter der Ertüchtigung" genannt hatte. Es war, als habe ein tückischer Mensch einen Bazillus eingeschmuggelt: Tag für Tag breitete die Epidemie sich aus, Tag für Tag zeigten sich neue Krankheitsbilder, und ebensowenig wie im Kriege war mit Sicherheit zu sagen, wer angefangen hatte, wer führte und vorwärts peitschte. In der ersten Begeisterung wurde auch nicht viel danach gefragt Als sie gewichen war, wusch sich jeder rein. Wahnstadt und Kohldorf beschuldigten Eitelfeld, den Wettbewerb veranlaßt zu haben. Eitelfeld beschuldigte Wahnstadt und Kohldorf, im Wettbewerb die ungesunden Blüten gezeigt zu haben.

Mittlerweile verkaufte der Großindustrielle Windhäuser allerorts seinen Stahl an die neuen Städtebauer: indes er die Reichsbank beschwor, den Kommunen die Kredite zu sperren, damit alles Geld für die Ausdehnung der Industrie verfügbar bleibe. „Im Krieg", sagte er, „ist es selbstverständlich, daß das Volksvermögen dem Heer zufließt. Die Welt steht jetzt im Wirtschaftskrieg. Das deutsche Heer ist jetzt die Schwerindustrie. Folglich beansprucht sie alle vorhandenen Mittel, um sich kampffähig zu erhalten."

Balluf steckte Hundacker zu, was im Werke war. Hundacker konnte sich vor Torschluß noch eine zweite ausländische Anleihe sichern. Auch Valentin Moos in Kohldorf hatte noch Glück.

Schwandts gegenständliche Redeweise wurde der Lage gerecht: der Präsident der Reichsbank machte den Stall zu, als die Kuh fort war; hernach schimpfte er auf die Kuh. Hjalmar hieß er mit Vornamen. „Ein Mensch, der Hjalmar heißt, muß eine unbegrenzte Phantasie haben", hätte Dr. Ferdinand Brilon sagen können, wenn er seine Psychologie der Namen so weit getrieben hätte. Karl Hundacker behauptete, Geld sei empfindlicher als jede andere Ware. „Wenn es nicht mehr auf dem Markt erscheint, ist es unter anderen Bedingungen und Formen dennoch feil. Es kann sich ja nicht verflüchtigen. Es kann nur auf Nebenwege abgedrängt werden, wo es dann, obzwar nicht in größeren Mengen, zu teureren Bedingungen erhältlich ist. Mit dem Zwang, der uns jetzt auferlegt ist, wird man binnen kurzem die Erfahrungen der Kriegswirtschaft erneuern. Auch diesmal wird die Fuchtel des Staatskapitalismus einen Fehlschlag tun."

Das Geld, früher nur zweckdienlich als Tauschmittel und Wertmesser, wurde jetzt eine Wissenschaft, eine Lehre, eine Praktik, ein geheimnisvolles Sekret wie die Hormone der Schilddrüsen. Je weiter die Anleihen dem normalen Blickfeld entzogen wurden, desto mehr Anleihevermittler stellten sich ein. Die Oberbürgermeister, die Kämmerer, die Dezernenten und Betriebsdirektoren der städtischen Werke trafen sich mit ihnen in Paris, in Amsterdam, in Kopenhagen. Schon Moos hatte bluten müssen. Die Finanziers, mit denen er zu tun hatte, waren auf jede Kapitalanlage begierig; nichtsdestoweniger gebärdeten sie sich bedenklich und hochtrabend. „Man muß sie aufheitern", sagte der Agent, der zugleich Reisemarschall und Bauernfänger war, „gehn wir uns ein bißchen amüsieren..." Da Valentin Moos die Überzeugung gewonnen hatte, daß Geld, obschon es auf der Straße lag, nur noch zu ergaunern war, überließ er sich der Führung von Gaunernaturen, deren bürgerliche Existenz einen Vorwand für gerissenes Spekulantentum bildete: unter der Maske des seßhaften, mit hieb- und stichfester Handelskonzession versehenen Kaufmanns betrieben sie ein flüchtiges Gewerbe, das bei einer Summierung von kleinen Spitzbübereien zwar den Gewinn, doch nicht die Kriminalität eines großen Betruges einbrachte. Moos verstand, daß nicht förmliche Zusammenkünfte, sondern Gastereien, Ausflüge und Amüsements zu geschäftlichen Abschlüssen führten. Er verstand auch, daß er sich nicht lumpen lassen dürfe, zumal, wie der Agent betonte, in Paris Kaviar das billigste war, was man essen konnte, und daß die Anleihegeber keine Ursache hatten, die Spesen zu bezahlen. Und schließlich verstand er noch, sein Gewissen mit erfreulicher Entschiedenheit zu entlasten. „Das, was belegt ist, ist ausgegeben", sagte er. Die Hauptsache war, daß die Anleihe hereinkam. Auch hier entpuppte sich als schlimmster Feind der Moral gerade das, was die Staatenlenker zu ihrem Schutze erfunden haben: die Staatsraison. Diese, wenn ausnahmsweise eine allegorische Darstellung erlaubt ist, kurzsichtige, bettnässende und gichtische alte Dame ist des Glaubens, daß ihre irrenden Söhne nur darum einen liederlichen Lebenswandel führen, weil es soviel Geldverleiher gibt, und daß man ihnen nur den Brotkorb höher zu hängen braucht, um sie zu spartanischer Einfachheit zu bekehren. Indem sie gegen die Auswüchse einschreitet, die ihr mißfallen, verschlimmert sich das innere Leiden, das sie nicht durchschaut. Wer borgen will und borgen muß, findet immer einen gefälligen Mann, der dem vorgetäuschten Nimbus mit Behagen erliegt. Er schränkt sich nicht ein, wenn ihm das Borgen erschwert wird; nur desto mutwilliger hascht er nach dem, was noch an Möglichkeiten bleibt, nur desto bereitwilliger schluckt er alles, was ihm an Zinsen und Fristen eingetrichtert wird. Es wird beinahe ein Sport daraus.

Als Hundacker keine anderen Wege mehr offen sah, nahm er seine Zuflucht zur Provinzialbank, zu welcher ihm der Regierungspräsident den Schlüssel mit den Worten besorgte: „Verwaltungsrat und Revisionsausschüsse sind nur Kulisse." Es war keine Spiegelfechterei, wenn er so sprach, noch weniger war es eine Pflichtvergessenheit; nur den unleugbaren Tatsachen trug er Rechnung.

Karl Hundacker war nicht so töricht, das Darlehen von hundert Millionen, das er nach und nach dort „loseiste" (wie er, der Uferbewohner, sagte), ungeteilt auf die städtische Vermögensverwaltung zu übernehmen. Wofür hatte er seine Gesellschaften? Die Ausstellungsgesellschaft? Die Bürohausgesellschaft, und wie sie alle hießen? So ging das Geld in viele Hände und blieb doch immer in der Familie.

Die Jahre kamen und gingen. Hoffärtige Jahre, während welcher, wie die einen meinten, das blühende kommunale Leben zu stolzen Hoffnungen berechtigte, oder wie die anderen meinten, Rekordwut, Sensationssucht und Größenwahn ihre Orgien feierten. Die einen wie die anderen hatten den Anschein für sich. Jeder Schiebende war ja nur ein Geschobener, jeder Geschobene war ja gleichzeitig ein Schiebender.

Neun Milliarden verbauten die deutschen Städte, und sie bezahlten es teuer —: nicht nur, weil die Preise noch übersteigert und die Zinslasten so drückend waren, sondern auch, weil ihre *wertschaffenden* Bürger sich daran bereicherten, da man es, wie Bernhard Stövesand gelegentlich andeutete, hierbei nicht so genau zu nehmen brauchte und alle Welt die strenge Kalkulation verlernt hatte.

Viel Unnützes entstand, doch entstand auch viel Nützliches, und mochte dieses zum Teil nur darum entstehen, weil man sich für jenes eine Art Alibi zu verschaffen wünschte — einerlei, es entstand. Freilich wurde selbst das Nützliche unnütz ausgestattet, unnütz vergrößert, unnütz zum Millionenobjekt emporgeschwindelt. Alles, was früher ledern und trostlos gewesen, wurde gleich in unvorstellbare Dimensionen hinübergeführt und auf Zuwachs berechnet. Schulen, früher verdrossene Backsteinkasernen mit griesgrämigen Fluren und ungelüfteten Kammern — jetzt nicht allein hell und luftig, sondern auch mit Schwimmbädern, Festsälen, gymnastischen Ateliers, Theaterbühnen und Sternwarten versehen. Krankenhäuser, früher ein Almosendasein fristend — jetzt Renommierbauten mit den Einrichtungen wissenschaftlicher Forschungsanstalten und von einer Größe, als herrschten dauernd Krankheitsepidemien im Lande. Schlachthöfe, Großmarkthallen, früher notdürftig dem Markte angepaßt — jetzt technische Wunderdinge, in denen nicht mehr Fleisch und Gemüse, sondern mechanische Aufzüge und Rollenbänder die Hauptsache waren. Straßen, früher holprig und eng in dichtbesiedelten Gebieten — jetzt gärtnerisch ausgeschmückte Rennbahnen, Hunderte von Kilometern, Fremdkörper in unwegsamen und verkehrsarmen Landstrichen. Selbst die Friedhöfe und Leichenhallen wurden bombastisch, als stürben die Menschen dahin wie die Fliegen, von unzerstörbarem Wohlstand eingesargt.

Marksteine eines Volkes, das von einem Extrem ins andere fällt, könnte man sagen. Aber war es wirklich nichts als dies? Es war weit tragischer. Es war das Furchtbare, daß nicht nur die Hoffnungen, sondern auch die Erfahrungen trogen. Man hatte die Sünden der Väter am Leibe erfahren, jener allzu genügsamen Väter, die viele lebenswichtige Anlagen so klein gebaut hatten, daß die Städte ihnen schon entwachsen waren, bevor sie fertig dastanden — wie schnellwüchsige Kinder ihren Kleidern. Man hatte die falsche Sparsamkeit büßen müssen; hierdurch gewitzigt, wollte man dieser Sünde vor den eigenen Kindern nicht noch einmal schuldig werden. Darum kargte man nicht mehr mit Geld und Raum, um Enkeln und Urenkeln Bewegungsfreiheit zu gewährleisten — und übersah dabei, daß diese Handlung gleich voraussetzungslos wie die entgegengesetzte der Vorfahren war, daß nämlich die Geschlechter zusammenschrumpften und in Starrkrampf verfielen, daß schon Einbuße war, wo man noch Wachstum vermutete, daß die Erfahrung, ehe man ihrer richtig inne ward, schon wieder gegenstandslos geworden, und daß, während man noch einer davoneilenden Entwicklung nachzueilen glaubte, bereits der Schlußstrich unter eine geschichtliche Periode gesetzt war, in der alle Dinge ohne Sinn und Besinnung ins Grenzenlose wucherten.

Namentlich Hundacker ließ sich von diesen trügerischen Gefühlen tragen. Da er so oft auf diese Versäumnisse seines Amtsvorgängers hingewiesen wurde — Versäumnisse, die nach dem Zeugnis der öffentlichen Meinung nicht wiedergutzumachen waren —, so war es nicht verwunderlich, daß er allmählich ebensosehr den Nahblick vernachlässigte, wie sein Vorgänger die Fernsicht vernachlässigt hatte. Immer wieder wußte er die städtischen Körperschaften fortzureißen, die merkwürdigerweise eine gewisse Trägheit zurückhielt, so sehr sie die „verpaßten Gelegenheiten" von früher mißbilligten. Es stak ihnen noch etwas vom Wesen der Väter im Blut, die jeden Groschen zehnmal umdrehten, ehe sie ihn ausgaben, hatten sie ihn doch, im Gegensatz zu den leichten Konjunkturgewinnen der Wahnstädter und Kohldorfer, in harten Daseinskämpfen erringen müssen.

Hundacker fragte Balluf nach jedem Sieg: „Was sagt man nun von mir?" — und Martin Balluf konnte nur immer dasselbe erwidern: „Man sagt, Sie seien unausstehlich, weil man nach Ihrer Pfeife tanzen muß, aber schätzenswert, weil Sie pfeifen."

„Das ist schön. Was sollte auch werden, wenn diejenigen, die jetzt tanzen müssen, pfeifen dürften?"

„Nicht auszudenken. Die Qualität ist zu gering."

Der Reeder machte eine vielsagende Pause, dann fügte er unvermutet hinzu: „Vielleicht ist es nicht gut, wenn ein Volk von seinen Genies lebt. Vielleicht wäre sein Schicksal gütiger, wenn die Vernunft auf viele gewöhnliche statt auf ein paar außergewöhnliche Köpfe verteilt wäre. Vielleicht könnte es, läge der Durchschnitt höher, auf ragende Ausnahmen verzichten."

Hundacker setzte sich die Brille auf, die er nur in solchen Momenten gebrauchte; sie diente ihm nicht zur Schärfung, sondern zur Verschleierung der Augen.

„Wenn der Durchschnitt schlecht ist", sagte er, „und Genies obendrein nicht zum Vorschein kommen, stellen sich wenigstens Männer ein, die alle anderen in die Tasche stecken, weil alle anderen wie fasziniert auf sie blicken."

„Mir kann es nur recht sein", entgegnete Balluf.

Alles traf zusammen: die unsinnige Angst, zu spät und zu kurz zu kommen, das Bedürfnis, sich zu betäuben, der Betätigungsdrang der nachwirkenden Inflationszeit, das schlechte Augenmaß — und überall der Mann, der alle anderen in die Tasche steckte.

Wie die Rüstungsindustrie, die einen Staat veranlaßt, Drohungen auszustoßen, damit der andere gleich die Folgen der Drohung unwirksam zu machen sucht, so arbeitete man auch hier mit Versuchsballons. Zum Beispiel meldete Reckmann alle paar Wochen, Eitelfeld plane dies und Kohldorf das —: sofort plante Wahnstadt dies und das. „Es muß völlige Klarheit darüber bestehen, daß vermutlich in absehbarer Zeit Wahnstadt vor der Frage stehen könnte..." Mit dieser verklausulierten Formel fing es jedesmal an. Aber wo immer eine neue Schöpfung die benachbarte Stadt um einige Längen schlug, da erklärte der Verantwortliche: es sei beileibe keine Herausforderung des Nachbars, man stehe zum Grundsatz der Arbeitsteilung unter den Städten, und nicht jede Stadt müsse alles besitzen, was die andere besitze, doch sei, was man nun geleistet habe, von unermeßlicher Bedeutung für die Gesamtheit der Nation ... So war es in Eitelfeld, so war es in Wahnstadt, so war es in Kohldorf. So sprach Hundacker, so sprach Schwandt, so sprach Valentin Moos. So sprachen mit ihnen im Chor die Pressechefs und die Matadore der Bürgervereine, die sich in sämtlichen Stadtbezirken nach dem Muster des wachsamen Hähnchens bildeten.

Ein Hagel nörglerischer Resolutionen ging auf die Rathäuser nieder; man mußte Hilfskräfte beauftragen, sie ungelesen, sozusagen als Nachschlagwerke, ins Archiv zu befördern. Kamen sie auch zu unterschiedlichen Schlußfolgerungen, so stimmten sie doch alle darin überein, daß sie den Uhrzeiger auf fünf Minuten vor zwölf und die höchste Gefahr im Verzuge sahen und die Vernichtung von Existenzen hintanzuhalten vorgaben. Schwandt und Hundacker befanden sich nicht in der gleichen Lage; Schwandt hatte seine Stürmer, Hundacker seine Bedränger; Schwandt warf man vor, daß er zu knauserig, Hundacker, daß er zu freigebig sei. Doch antworteten beide wie aus einem Munde: „Meine Herren, meine Herren. Wären alle Unkenrufe und alles Kassandrageschrei wahr geworden, so hätten wir seit Jahr und Tag Legionen vernichteter Existenzen; und fünf Minuten vor zwölf ist es so oft gewesen, daß die Uhr schon stillzustehen scheint und es am Ende niemand mehr merkt, falls es wirklich mal dreizehn schlagen sollte."

Eines Morgens, als die Bürger erwachten, schrie es ihnen entgegen: „Irrtümer vergangener Jahrzehnte! Überlebte Anschauungen! Städtebauliche Erschließung!"

Und es begann der Durchbruch durch Häuserwälle, die Verbreiterung der Straßen, Plätze und Bürgersteige.

Spitzhacken böllerten. Geköpfte Bäume standen wie Vermessungsstäbe. Alles lichtete sich. Alles wurde durchsichtig wie ein durchforsteter Wald. Die Geborgenheit traulicher Hausgiebel war dahin. Nichts blieb von ihnen als verwitterte Stümpfe, aus denen Sonne und Wind den Moder laugten. Windschief, zerschlissen, fahl und kalt in ungewisse Fernen stierend, flehten sie den Himmel an, der plötzlich mit seinem gnadenlosen Licht auf sie herabgefallen war.

Theodor Reckmann durchstreifte die Stadt wie ein Förster, der die Bäume anschält, welche gefällt werden sollen. Roloff wies ihm den Weg. Franz Hackforth wetterte und fluchte. Sein Haus war angeschält! Sein urwüchsiges Haus sollte unter frevlerischen Axtstreichen zusammenbrechen! Es riß ihn aus dem Sinnen, in welches er wegen der Aufwertung seiner Hypotheken versunken war. Nun redete er alles wirr durcheinander: „Jeder hat heute Privateigentum zu verteidigen, jeder! Auch der Renten- und Pensionsempfänger! Auch der kleinste Sparer! Die Steuern sind eine versteckte Sozialisierung! Jeder altererbte Besitz wird enteignet! Der reinste Bodenbolschewismus!" Er zeterte wie ein Trunkenbold. Reckmann gröhlte dazwischen: „Was der Bauer nicht kennt, das frißt er nicht, na prosit!" Ging der mit den Bürgern um ..., aber sie wußten, warum sie es sich gefallen ließen. Noch dieser kleine Lump sonnte sich in der Großmacht Presse ... So dachte Brilon, der manches mitanhören mußte, notgedrungen und widerwillig, als Sekretär der City-Gesellschaft, der er immer noch war, obschon Schwandt ein Entgegenkommen in Personalfragen zugesichert hatte.

Hackforths eingetriebener Glatzenkopf glänzte wie eine Speckschwarte. „Eigentumsfeindliche Maßnahmen", hörte Brilon ihn räsonieren, „lauter eigentumsfeindliche Maßnahmen ..." Der Obermeister der Fleischerinnung leierte seine Litanei herunter; auch seine „Volksgemeinschaft" wälzte er wie ein Stück Kaugummi im Munde herum. Darin war er unverbesserlich.

„Laß ihn, Theo", sagte Roloff, „er is'n toter Mann, wenn er nicht mehr nörgeln kann. Wir werden ihn schon rumkriegen. Wir werden ihn schon kirre machen. Er ist einer von denen, die man gegen ihren Willen glücklich machen muß, und das freut ein' denn ja auch."

Und er hielt Wort. Wahnstadt zahlte für Hackforths verschrumpeltes Häuschen eine halbe Million. Er ließ sich am Rande des Stadtwalds von Jaguttis eine Villa bauen und schwor der Liebe zum Alten ab, nachdem sie ihre volle Schuldigkeit getan hatte. Mit seinem Schlächterladen zog er später in das erste städtische Hochhaus ein, das die Wabag in der Armsündergasse errichtete, an der Stelle, wo sich die „Neuesten Nachrichten" befanden. Die Gasse, durch die einst die Gerichteten zum Galgen geführt worden waren, wurde dem Erdboden gleichgemacht, der Verleger mit fünf Millionen entschädigt. Er baute sich ein eigenes Hochhaus in der Nähe des Glockenparks. „Neue Kathedralen" nannte Jaguttis die Hochhäuser. Der Platz über der ehemaligen Armsündergasse erhielt den Namen „Friedensplatz" — die beste Widerlegung der stadtbaurätlichen Auffassung, daß aus solchen Seitenstraßen niemals etwas werden könne.

Und wieder schrie es eines Morgens, als die Bürger erwachten: „Der Moloch Verkehr! Rette sich, wer kann!"

Atemlos war Jaulenhoop aus Eitelfeld gekommen: dort hatten sie schon Schutzinseln, Lichtsäulen, Einbahnstraßen und Verkehrsposten. Auf den kostbaren Seiten der „Neuesten Nachrichten" pilgerte Reckmann durch die Stadt und malte an jede Straßenkreuzung einen Totenkopf: „Moloch Verkehr fordert Menschenleben!" Der „Lokalanzeiger" ging ihm nach und setzte seinen Ehrgeiz darein, noch mehr Gefahrenpunkte zu entdecken und noch mehr Totenköpfe zu malen. Reckmann wurde Unfallstatistiker; Eisenmenger speiste ihn mit Material, um die Aufmerksamkeit von den überhandnehmenden Unfällen in industriellen Betrieben abzulenken. Gutzeit wurde Umsatzstatistiker: „Moloch Verkehr hält die ängstlichen Landfrauen vom Einkauf in der Großstadt ab!" Wahnstadt überflügelte Eitelfeld; es hatte die modernsten Lichtsäulen, die praktischsten Verkehrskanzeln und die farbigsten Wegweiser. Kohldorf überflügelte Wahnstadt; es hatte im Städtekranz die ersten Verkehrsampeln und die meisten uniformierten Ordner. Mit heroischer Geste lenkten sie ein sehnlich erwartetes Auto über einsame Straßen.

Wo kein Verkehr war, wurde er durch Verkehrsregelung ersetzt. Viele Bürgersteige wurden vergittert; man machte den Menschen klar, daß sie schutzlose Passanten seien, die jede Sekunde unter die Räder kommen könnten. Sie wurden an die Leine genommen und durften nicht mehr gerade über die Straßen gehen; wie die Kamele in der Zirkusmanege mußten sie rund um die Plätze herumlaufen, um auf die andere Seite zu gelangen — sonderbare Heilige, die fortwährend murmelten: „Wir haben keine Zeit ... keine Zeit ... die Hatz ... das Tempo ... die Hatz ..." — und dabei statt der Wege nur noch Umwege machten.

So wurde der Teufel an die Wand gemalt, damit man beweisen konnte, welch ein Held man war, ihn bei den Hörnern zu packen. Als seien alle Verbrecher ausgestorben und der Tag nahe, da sie mangels geeigneter Objekte die Hände in den Schoß legen müsse, so stürzte sich die Polizei auf die neue Aufgabe. Sie fuhr auf Lastwagen durch die Wahnstädter Straßen, und die Lastwagen waren voller Stühle. Wo ein Müßiggänger stand, hielt der Wagen an; die Polizei reichte dem Mann einen Stuhl und sagte: „Ach bitte, Sie sind gewiß müde, setzen Sie sich!" Und der Mann wurde rot bis an die Haarwurzeln, die Zuschauer hielten sich vor Lachen den Bauch, und der Mann merkte, daß er den Verkehr behindert hatte. Der Lastwagen fuhr zum nächsten weiter, und die Gaffer sammelten sich in Haufen und behinderten nun wirklich den Verkehr. Der Polizeipräsident war zufrieden und von Hoffart geschwellt und sagte: „Verkehrsdisziplin! Neuzeitliche Erziehungsmethoden!" Und alles war neuzeitlich, alles, alles.

Und noch eines anderen Morgens, als die Bürger erwachten, schrie es ihnen entgegen: „Mehr Verkehr! Ein armes Volk kann es sich nicht leisten, schlechte Verkehrswege zu haben! Wir stehen erst am Anfang der Motorisierung!"

Streit bis aufs Messer: einer bezichtigt den anderen der Taschenspielerei mit Zahlen; Wahnstadt will den stärksten Güterverkehr, Eitelfeld den stärksten Personenverkehr haben; es stellt sich heraus, daß in Wahnstadt mehr Fahrkarten verkauft werden; Jaulenhoop errechnet schadenfroh, daß selbst in Kohldorf auf den Kopf der Bevölkerung mehr Eisenbahnfahrten als in Eitelfeld entfallen; Eitelfeld weist nach, daß in Wahnstadt wie in Kohldorf der Nahverkehr überwiegt und die Kilometerzahl der in Eitelfeld ausgegebenen Fahrkarten zehnmal größer ist als in den beiden anderen Städten zusammen; Hundacker spielt mit dem Gedanken einer Untergrundbahn; Hundacker setzt durch, daß die großartige Autostraße, die im Stromgebiet gebaut wird, zwölf Meter breit und mit zwei Fahrbahnen, Wahnstadt und Kohldorf links liegen läßt; dort schreien sie auf: „Ein unerhörter Affront!" Eitelfeld konstatiert, daß es im Wahnstädter Bezirk mehr Fahrräder als Kraftfahrzeuge gibt; dort schreien sie noch mehr, weil sie gegen die sachlichen Gründe nicht ankönnen, unter welchen Eitelfeld seine Herrschbegierde versteckt; Valentin Moos regt sich auf, weil in Kohldorf FD-Züge nicht halten, eine Schikane der Reichsbahndirektion, die sich natürlich in Eitelfeld befindet; Schwandt verlangt einen neuen Hauptbahnhof, neue Unterführungen, neue Schienenstränge, neue Zugverbindungen; die Eitelfelder Reichsbahnräte belachen den Aufruhr, lassen die Herren von der Stadt Bittgänge tun und antichambrieren, sagen kühl, daß der Verkehrsapparat jetzt schon größer ist als der Verkehr, und daß sie gern neue Bahnhöfe bauen wollen, wenn die Städte für solche Repräsentationszwecke die Kosten tragen; Jaulenhoop haut mit der flachen Hand auf den Tisch und will „Remedur schaffen", Roloff findet, daß es ein Skandal ist, wenn eine Stadt von einer halben Million nichts „über ihren Bahnhof zu sagen" hat — und alle, alle möchten am liebsten ganz Berlin verlegen, nach Wahnstadt, nach Kohldorf, nach Eitelfeld.

Gefaßt und gesichert konnte die Bevölkerung sich abends schlafen legen, und wenn sie sich morgens die Augen rieb und den jungen Tag anblinzelte, hatte sie abermals die Gewißheit, daß ihre *Führer* regsam und unermüdlich waren, voller Entschlußkraft, ermutigt durch maßlosen Stolz.

V

Der Berufung des nüchternen Rechners eingedenk, mußte Schwandt das wachsame Hähnchen mehrmals verwarnen: „Nehmen Sie sich in acht. Fanatismus ist Mangel an Überzeugung!" Er predigte tauben Ohren, und nicht nur das. Sie wurden immer begehrlicher, immer organisationswütiger, immer versessener auf das, was sie „allernötigste Projekte" hießen.

Paul Jaulenhoop verstieg sich zu der Drohung, daß er lieber ungerechtfertigte Steuern zahlen wolle, als die Reklamationen länger nach Eitelfeld ans Landesfinanzamt richten; alles Gute, jawohl, alles Gute wolle er verachten, wenn es nicht anders als über Eitelfeld zu erreichen sei ... Auch Hackforth, der seiner Erscheinung eine starke Suggestivwirkung zuschrieb, wollte sein Landesfinanzamt in Wahnstadt haben, um an Ort und Stelle, jederzeit und ganz nach Gutdünken, für sich plädieren zu können. Da er es aber nicht so kraß heraussagen wollte, sprach er davon, wie wenig die Beamten in Eitelfeld mit den Wahnstädter Verhältnissen vertraut seien, wieviel Rückfragen kämen, wieviel Fahrgeld und Porto man *einsparen* könne; und als Schwandt meinte, das seien doch alles nur kleine Beträge, ereiferte er sich: „Wer den Pfennig nicht ehrt, ist des Talers nicht wert, Herr Oberbürgermeister! Haben wir zu Unrecht angenommen, daß dies gerade Ihr eigener Wahlspruch sei?"

Schwandt traute seinen Ohren nicht, als er gewahr wurde, wie diese Bürger, die seit der Inflation nur noch in Millionen dachten, sich auf die Rettung eines Pfennigs versteiften, um die Vergeudung von vielen hunderttausend Talern zu begründen. Die Eitelfelder Uferbewohner hatten dafür ein Sprichwort: „Den Strohhalm fischen und die Garben treiben lassen." Er stieß den Qualm seiner Zigarre aus, verjagte ihn mit der Hand und sagte: „Eine Handwerkskammer, eine Reichsbankhauptstelle, eine Oberpostdirektion, was Sie wollen, da will ich mich gern bemühen — meinetwegen auch ein Oberlandesgericht, obwohl man von den Richtern nie im voraus weiß, was man an ihnen hat ... Aber noch eine Steuerbehörde? Wissen Sie, was der Rechnungshof des Deutschen Reiches bei manchen Landesfinanzämtern festgestellt hat? Zimmereinrichtungen für zweitausend Mark, Sessel das Stück zu vierundsechzig Mark, Unterhaltungslektüre, Kranzspenden und Heiratsgeschenke für Verwandte der Angestellten, Miete für Säle und Musik an Gesellschaftsabenden der höheren Beamten — ja, meine Herren, das alles hat der Rechnungshof unter den Verwaltungskosten einer Behörde entdeckt, die mit der schärfsten Einziehung der Steuergelder betraut ist. Als zweckentsprechender Verbrauch von Haushaltmitteln wird das nicht angesehen werden können ... Ich gehe wohl nicht fehl in der Annahme, daß es nicht zum Glücke der Bürgerschaft beitragen kann, wenn sie noch mehr als bisher unmittelbar vor Augen hat, wieviel von ihren Steuern gleich nach der Ablieferung im Verwaltungsverfahren verzehrt wird."

Im übrigen trug er kein Verlangen nach der Nachbarschaft weiterer Staatsbehörden, die sich, seiner Ansicht nach, über kurz oder lang ja doch mit den Kommunalbehörden verfeindeten. Immerhin kam er nicht an Zugeständnissen vorbei, für deren Fälligkeit er persönlich haftete. Auch bei ihm lebte die Widerstandskraft in wilder Ehe mit dem Erhaltungstrieb, und jedes reichte nur so weit, wie es das andere erlaubte. Zwar lief seine Amtszeit noch gute sieben Jahre; zwar betonte er jetzt schon, daß er nicht in den Sielen zu sterben wünsche, und redete sich ein, daß sein Posten eigentlich nur ein Vorwand sei, um seine psychologischen Fähigkeiten an den Mann zu bringen; aber im Grunde hoffte er gerade dadurch am besten seine Wiederwahl zu betreiben, daß er so tat, als sei ihm nichts daran gelegen, und schließlich galt es, solange er den Posten innehatte, alle Vorlagen der Verwaltung durchzubringen. Das war Ehrensache. Er brachte sie mit wechselnden Mehrheiten durch, bald mit rechts, bald mit links; aber eben dies wurde nur durch die Verläßlichkeit der Triumvirn vom wachsamen Hähnchen ermöglicht, und um sie in die Hand zu bekommen, mußte er sich bequemen, ihnen öfter die Hand zu geben, als ihm lieb war und als er ursprünglich beabsichtigt hatte. Es war unausbleiblich, daß auch er, bei aller rechnerischen Kühle, die Provinzialbank anpumpte, und da sie, von Hundacker geschröpft, nur zwanzig Millionen springen ließ, auf dem freien Markt noch eine achtprozentige Anleihe von fünfzehn Millionen aufnahm. Er mußte alle seine Berliner Beziehungen einspannen, damit sie genehmigt wurde. Überall war das erste Wort: „Was? Sie brauchen Geld? Sie?" — Komische Welt, die dem Leichtlebigen leichtfertig gibt, weil er unaufhörlich bettelt, und den Sparsamen spärlich bedenkt, weil man von ihm nicht gewohnt ist, daß er an jeder Ecke den Hut hinhält. Eine Weile war Schwandt von diesem unerwarteten Erlebnis ganz niedergeschlagen.

Die Anleihe war auf Feingoldbasis gestellt und wurde, mitten in der Hausse der Städte, gut gezeichnet.

VI

Der Zufall wollte es, daß um dieselbe Zeit, da Schwandt das Landesfinanzamt verwarf, Hundacker das Projekt einer Universität ablehnte, das von heruntergekommenen Mittelständlern mit überflüssigem Mobiliar und unbenutztem Wohnraum verfolgt wurde. Wie er es tat, erinnerte sehr an Schwandt. Es war in der Sache kaum anders, in der Form freilich zugleich entschiedener und vorsichtiger. Er bekreuzigte sich, doch bekreuzigte er sich nur vor seinem Vertrauten Balluf.

„Ich werde den Deubel tun", sagte er zu diesem, „mir die grünen Jüngelchen auf den Hals laden, die überall randalieren, und die Professoren, die immer auf der falschen Fährte sind, hundert Dummheiten begehen und die Freiheit der Wissenschaft zu albernem Geschwätz mißbrauchen. Unser guter Herwegh, den wir als Studenten noch verehrten, hat mal gefragt: Gott hat seine Welt, Rußland seinen Schnee, Deutschland seine Professoren — wer ist am unglücklichsten? Oder so ähnlich. Damit will ich nichts zu tun haben. Es gibt schon mindestens zehn Universitäten zuviel in diesem Lande!"

Zwar wollte Balluf diese Argumente nicht stichhaltig finden; eben, weil schon zuviel da seien, komme es auf eine mehr nicht an. Und die Professoren — je nun, er schätzte etwa fünf bis sechs Prozent, die etwas leisteten, doch seien fraglos einige davon für Eitelfeld zu gewinnen, eine Stadt, der freilich nur ein ganz *neuzeitlicher* Universitätstyp genehm sein könne. Aber dann fuhr er fort, das alles sei gleich, da die Frage der Errichtung einer Universität nicht geistiger, sondern geschäftlicher Natur sei — „und da komme ich allerdings, obschon aus einem anderen Gesichtswinkel, ebenfalls zur Ablehnung. An den kleinen Studentchen, womöglich noch mit Stipendien und Freitischen, die es mit dem Lernen so eilig haben, damit sie nicht vorzeitig von Moses und den Propheten verlassen werden — an diesen hat die Stadt kein Interesse. Ich persönlich würde ja furchtbar gern etwas für die Mensa Academica stiften, und ich bin überzeugt, daß es an hochherzigen Spenden auch sonst nicht fehlen würde; aber für die Stadt als Ganzes wäre es ein schlechtes Geschäft. Und wer einen fetten Monatswechsel zu verzehren hat, sucht halt immer noch die romantischen Kleinstädte auf."

Hundacker beugte sich nahe zu ihm hin, als er versetzte: „Weil er, seiner Natur gemäß, das Gewesene um sich haben muß, die Nachtmützen und Schlafröcke, die Kulissensprache und die Kostümparaden, die seine Schalheit aufpäppeln, während er bei uns, wo aus dem Gewesenen das Wesen bricht, fürchten müßte, entlarvt zu werden."

„Sie philosophieren", sagte Balluf.

Sein Gesicht blieb verschlossen. Er dachte daran, daß einige seiner Freunde vom „roten Hundacker" sprachen, wenn sie solche Ketzereien von ihm vernahmen. Balluf jedoch sah in diesem Urteil nur ein Anzeichen von Farbenblindheit. Ihm schien gerade der Umstand, daß Hundacker sich ketzerisch äußerte, seine meilenweite Entfernung von der Sozialdemokratie zu beweisen. Tatsächlich war der Eitelfelder Oberbürgermeister dem alten Freisinn entsprossen; sein Vater, ehemals königlicher Appellationsgerichtspräsident, war ein Anhänger von Eugen Richter und Moritz von Egidy gewesen, und wiewohl der Sohn als reifender Mensch nur noch die Versumpfung aller bürgerlich-freiheitlichen Bewegungen erleben konnte, war etwas von der Luft des elterlichen Hauses in ihn übergegangen. Es meldete sich zuweilen, doch nie so stark, daß es ihn hätte beeinflussen können, wo er nicht schon ohnehin im gleichen Sinne entschlossen war. Dann freilich, wenn er es war, ergriff er gern die Gelegenheit zur „geistigen Untermauerung", wie sein Ausdruck hierfür lautete.

Rot — nein, mit dieser Farbe liebäugelte er wirklich nicht. Ein sozialdemokratischer Oberbürgermeister hätte ganz gewiß nicht gewagt, jemals so freimütig zu sprechen; vielmehr hätte er bemüht sein müssen, seine bürgerliche Zuverlässigkeit darzutun. Martin Balluf wußte das wohl. Er hielt Hundacker schon allein darum für einen mehr als durchschnittlich begabten Menschen, weil er sich seiner Partnerschaft versichert hatte. Es schmeichelte seinen Patronatsinstinkten, daß er in allem gefragt wurde, und er hatte seinen Vorteil davon; aber er war kein Schleicher und hütete sich vor den Fehlern der meisten unverantwortlichen Ratgeber, die sich selbst ein Bein stellen, indem sie sich im Bevormunden und Intrigenspinnen nicht genugtun können und die Fäden dann doch nicht in der Hand zu behalten vermögen oder bei aller Schlauheit des Kalküls einen simplen Rechenfehler stehen lassen.

Viele sahen in ihm ein Genie, viele einen Satan; Hundackers Bewunderer nannten die Freundschaft mit Balluf einen meisterhaften, seine Gegner nannten sie einen verzweifelten Streich. Dabei waren sie beide nur hilfreich und anpassungsfähig und setzten sich über die „typischen Dummköpfe" hinweg, „die mit ihren breiten Hintern auf den angefaulenzten Meinungen sitzen bleiben", wie Balluf gelegentlich sagte, wenn er in seinem verräucherten Kontor mit der niedrigen, rußgeschwärzten Decke über diese Dinge nachdachte. „Es ist wie im Mittelalter, als man begnadete Menschen je nach Bedarf und dogmatischer Verwendbarkeit für heilig oder teuflisch verschrie." Er blieb in dem alten Kontor seiner Vorfahren, wie Hundacker im alten Rathaus blieb: es reizte ihn, sich ins knisternde Gebälk zu versenken und in Gedanken bis zu Magalhães' Weltumseglung hinabzusteigen, während er die Übersicht über den Weltfrachtenmarkt und die letzten Notierungen meerumspannender Konzerne las — genau so, wie es Hundacker reizte, zwischen den bärtigen Bildnissen mittelalterlicher Herrschergeschlechter die Entschlüsse zu aufwieglerischen Modernisierungen zu fassen.

Die Renitenz, der Karl Hundacker in einigen Kreisen begegnete, rührte im Grunde nur daher, daß er seine Autorität geltend machte; es waren übrigens vornehmlich dieselben Kreise, die sonst immer die angeblich autoritätslose Zeit verwünschten. Aber Hundackers Autorität war nicht ohne geistige Substanz, wie der Wahnstädter Stadtbaurat, wenn nicht richtig erkannt, so doch richtig geraten hatte; und er hatte das Glück, daß auch die Renitenz nicht ganz ohne geistige Substanz war, oder richtiger gesagt, er erzwang es allmählich mit seiner ebenso untadligen wie eigenwilligen und wetterfesten Anschauung, daß Verantwortungsbewußtsein und Pflichtgefühl oder irgendwelche Eigenschaften, die jemand in subjektiver Aufrichtigkeit dafür halten mochte, auf sich allein gestellt, ohne den Rückhalt eines scharfsinnigen Geistes, keinen roten Heller wert seien, und daß, wenn gar der Krähwinkler Landsturm mit solchen Artikeln handle, barer Ramsch daraus werde. Ob und wie er selber geistige Mittel anwandte, hing folgerichtig davon ab, wen er vor sich hatte.

Sei es im Guten, sei es im Bösen, sein Name war in aller Munde, und selbst diejenigen, die ihn — Notwehr derer, die sich unterlegen fühlten — öffentlich beschimpften oder verunglimpften, waren insgeheim stolz auf ihn. Seine Existenz bot zahllosen schwatzhaften Journalisten Brot; die Anekdoten und Geschichten, von denen es rundum summte, umschleierten ihn, der sich nur seines Fingerspitzengefühls bewußt war, mit den unentwirrbaren Geheimnissen eines Verwandlungskünstlers. Er staunte selbst darüber und sah es nicht ungern. „Hundacker" war das zweite Wort, wo immer „Eitelfeld" das erste war.

Von Schwandt ist nicht das gleiche zu berichten. War schon „Wahnstadt" selten irgendwo das erste Wort, so wartete man vergeblich auf das zweite, das „Schwandt" hätte heißen sollen; ja, sein Name war so wenig herumgekommen, daß er, wo er dennoch fiel, meistens in „Schwan" oder „Schwind" verstümmelt wurde. Er nahm diese Lesarten mit der säuerlichen Bemerkung hin, daß sein ehrlicher Name von Zeit zu Zeit in legendäre Münze umgetauscht werde. So, als abenteuerliches Gebilde aus Wirklichkeit und Legende, war er seit jenem Tage, da Reckmann die Verhandlungen über den Ministerposten erdichtet und von geschäftstüchtigen Korrespondenten hatte weitermelden lassen, bequeme Nahrung für das wichtigtuerische Geraune in Vorzimmern und Wandelgängen — Geraune von Leuten, die glaubten, sie wüßten etwas, wenn sie halbwegs den Klang eines Namens wüßten. Schwandt war gewissermaßen mit unverzinslichem Renommee belastet, während man von Hundacker annahm, daß es Unbescheidenheit gewesen wäre, wenn er auf Macht und Größe verzichtet hätte.

Es war daher verständlich, und jeder aus diesem mit Anzapfungen vertrauten Gremium wußte, wer gemeint war, als Schwandt im fünfzigköpfigen Vorstand des Deutschen Städtetags gegen Ruhmredigkeit und Personenkult vom Leder zog. „Früher", erklärte er, „kannte nicht einmal jeder Bürger den eigenen Oberbürgermeister mit Namen, geschweige denn die fremden. Schlicht und einfach hieß es: der Oberbürgermeister. Adikes in Frankfurt und Wermuth in Berlin waren aus politischen Gründen, hinter welchen ihre Oberbürgermeistereigenschaft zurücktrat, die einzigen Ausnahmen."

Hundacker hörte unangefochten zu. Schwandt erschien ihm wie ein Mann, der seine Bewegungen hinter einem Vorhang verbergen will, ohne zu bedenken, daß sich ihr Schatten dort abzeichnen könnte.

Diejenigen, die nicht hoffen durften, sich jemals einen Namen zu machen, stießen in das gleiche Horn. Hundacker rührte sich nicht. Man schielte nach ihm. Schwandt meinte schon, ihn gedemütigt zu haben. „Man soll seinen Ruhm verdienen, nicht vergöttern", sagte er noch, um einen Trumpf darauf zu geben.

Da plötzlich, gegen Ende der Sitzung, erhob sich Hundacker, um die Verhökerung kommunaler Werke anzuprangern. Das war deutlich; Windhäusers Elektrizitätsring mit Wahnstadt und Kohldorf, der viel Aufsehen erregt hatte, war noch frisch im Gedächtnis. Man sei sich offenbar nicht klar darüber, sagte Hundacker, daß diese kopfscheue Preisgabe von Betrieben, die seit Jahr und Tag bewußt und gewollt vom privaten Markt ferngehalten worden seien, der Kommunalpolitik ein Armutszeugnis ausstelle. Es sei eine Blamage, wenn man jetzt, da die öffentliche Wirtschaft in Deutschland ein Fünftel aller Neuinvestitionen bestreite, bei der ersten Schwierigkeit die Flinte ins Korn werfe. Es sehe aus wie die regellose Tätigkeit eines Möchtegerns, wie Greisenhaftigkeit, wie Auszehrung, wie Verschleuderung des eisernen Bestands ... „Wer kann mir auch nur einen Fall nennen, in dem eine private Gesellschaft neben ihrem Profit die sozialen und wirtschaftlichen Funktionen berücksichtigt hätte, als deren Sachwalter wir vor dem Richterstuhl der Geschichte stehen werden?" Auch warnte er vor einer optimistischen Beurteilung der zukünftigen Börsentendenz; es sei nicht vorauszusehen, wie sich die Verhältnisse in drei, vier Jahren gestalteten, und überhaupt könne der innere Wert solcher Beteiligungen nicht an den Börsenkursen abgemessen werden, wie hoch sie gegenwärtig auch sein möchten; er beneide niemanden, der sich eine solche Rute aufgebunden habe.

Es ist nicht ausgemacht, wie es in diesem Augenblick um sein Gewissen bestellt war; er sprach ins Blaue hinein, um Schwandt zu schrecken, doch dämmerte vielleicht, ganz undeutlich und unterirdisch, auch eine böse Ahnung herauf, daß dies alles kein bloßes Ammenmärchen sei. Trotzdem, oder gerade darum, fügte er hinzu: in jüngstvergangener Zeit seien ihm mehrere Angebote für die Vergesellschaftung des Eitelfelder Stadthafens gemacht worden, eines immer verlockender als das andere, er jedoch sei unzugänglich und zugeknöpft geblieben. „Aus eigener Kraft habe ich in meinem Hafen die Verladeanlagen ergänzt, den Hochwasserschutz verbessert, neue Eisenbetonkranbühnen, neue Wege und Bahnen, neue Pumpstationen errichtet. Mit Absicht sagte er „ich habe" und „in meinem Hafen". Die Sache selbst hatte ihre Richtigkeit, lag aber schon weiter zurück. Die Angebote waren von einem Konsortium ausgegangen, an welchem Balluf nicht beteiligt war, obschon Schwandt ihn jetzt dahinter vermutete. Balluf hatte es nämlich nicht nötig, seine Freundschaft mit Hundacker einer solchen Belastungsprobe auszusetzen —: seine Firma besaß einen uralten Geheimvertrag, der ihr für den Fall eines Hafenbaus durchschlagende Sonderrechte einräumte, und dies sowohl hinsichtlich der Benutzung wie hinsichtlich der Abgaben. Hundacker war nicht wenig überrascht gewesen, als ihm dieser seltsame Wechsel aus den Jahren einer sichtlich laschen Amtsführung präsentiert worden war, und die Geschichte hatte im Stadtparlament und in der Presse viel Staub aufgewirbelt, zumal sie immer mysteriöser wurde: lange Zeit war die städtische Ausfertigung des Vertrages nicht aufzufinden, bis sie schließlich unter dem Nachlaß hervorgezogen wurde, den der amtliche Unterzeichner der Stadtbibliothek vermacht hatte. So war also unter dem *altpreußischen Beamtentum* gearbeitet worden. Als Windhäuser davon erfuhr, konnte er sich, trotz seiner Abneigung gegen Balluf, nicht der anerkennenden Feststellung enthalten, daß dieser Vertrag ein schönes Zeugnis vertrauensvoller Verbundenheit zwischen Wirtschaft und Gemeinde sei.

Not war am Mann gewesen. Die Mehrheit der Stadtverordneten hatte gegen den Magistrat rebelliert und Anfechtung eines Vertrages gefordert, in welchem die Stadt sich ihrer Hoheitsrechte begeben hatte; Hundackers Stadtjuristen hatten Blut schwitzen müssen — nicht bis sie die Nichtigkeitsklage, sondern ihre Aussichtslosigkeit begründet hatten. Nur unter diesem Druck waren die Stadtverordneten zurückgewichen, und seitdem erst konnte man sagen, daß Hundacker und Balluf unzertrennlich waren.

Schwandt, der sich im Augenblick dieser Zusammenhänge nicht entsann, konnte nur denken: „Er hat gut reden, sein Balluf ist weltmännisch und umgänglich, aber mein Windhäuser ist keifend und rechthaberisch. Es ist ein Unterschied zwischen den Männern wie zwischen den Städten." Soviel er auch argwöhnte, soviel er sich, seiner eigenen Manipulationen eingedenk, vor Augen hielt, daß der Anteil der öffentlichen Banken am Kreditverkehr der Gesamtwirtschaft beinahe vierzig Prozent betrug, so war ihm doch nicht genügend bekannt, in welchem Umfang Hundacker mit der Provinzialbank arbeitete — jener

„eigenen Kraft", zu welcher er mit Recht ein so unerschütterliches Vertrauen hatte.

Jedenfalls schied Schwandt aus dieser Sitzung des Städtetags nicht mit Ruhm bedeckt. Man schielte nach ihm, wie man vorher nach Hundacker geschielt hatte. Man rückte unsichtbar von ihm ab. Hundacker dagegen war wieder umringt, und da schon alles im Aufbruch begriffen war, konnte Schwandt sich nicht mehr schadlos halten. Für ihn war der Städtetag mit einem Fluch behaftet; jedesmal begann es verheißungsvoll, jedesmal endete es mit der schmerzlichsten Enttäuschung. War es doch in der letzten Vollversammlung vorgekommen, daß er, der dem Präsidium das Manuskript seiner Rede (und was für ein Manuskript!) wie üblich vorgelegt hatte, durch eine völlig programmwidrige Ansprache Hundackers der feinsten Pointen verlustig ging. Es war mit den Oberbürgermeistern bald so weit wie mit den Industriellen: sie liebten einander nicht, sie waren mißtrauisch untereinander, und außer dem Grundsystem eines persönlichen Regimes gab es keine drei Fragen, worin sie einig waren. Man sagte wohl, daß es keine Verhandlung gebe, wie schwierig ihr Gegenstand, wie grundsätzliche Widersacher die Partner seien, die nur annähernd so schwer zu leiten und so langwierig sei, wie eine Verhandlung unter Industriellen. Nun, fast schien es, als wollten die Stadthäupter sie übertreffen.

Wer die Pauke schlägt, dirigiert nicht ..., aber Hundacker, straf ihn Gott, versuchte beides. Schwandt haderte mit sich, als er heimfuhr. „Ist es nicht ein Jammer", fragte er und ließ in dem Bestreben, eine originelle Formel zu prägen, sogar Hundackers Verdiensten Gerechtigkeit widerfahren, „ist es nicht ein Jammer, daß zwei Kerle wie wir uns nicht die Hände geben können? Was wären wir, wenn wir verbündet wären! Stattdessen müssen wir auseinander sein — weil wir uns nahestehen!"

Wie in allem, was er sprach, war darin ein Körnchen Wahrheit und ein Körnchen Weisheit. In Gedanken spann er eine Geschichte aus, wie er, ohne zu kapitulieren, Hundacker sich nähern könne. Mehr und mehr beschäftigte es ihn in der Folgezeit; die Ereignisse waren dazu angetan. Sollte nicht, bevor er offenkundig unterlag, ein *Frieden ohne Sieger und Besiegte* zu erlisten sein?

Aber nicht nur Hundacker machte ihm die Friedensbereitschaft schwer. Die Leute, die diesen „über den grünen Klee lobten", machten sie ihm noch schwerer. Zu jeder seiner Taten erfanden sie eine neue rühmenswerte Eigenschaft. Schwandt dachte: „Eine unentwickelte Zeit wie diese ist rasch mit allem fertig, hat schnell alles abgestempelt. Es braucht einer nur etwas Überraschendes zu unternehmen — schon kommt er in den Ruf, ein Mann des schnellen Handelns zu sein. Es braucht einer nur eine Binsenwahrheit ungewohnt zu formulieren — schon ist er Minister."

Es fiel ihm nicht bei, daß es ebendiese unentwickelte Zeit sein könnte, die auch ihn selbst über Wasser hielt — wie jeden, der in schuldiger Ehrfurcht vor irgendeiner Blankovollmacht mit dem Strom schwamm. Nur wer, wie Eugen Roloff, nicht die Lösung vor die Frage, nicht das Bekenntnis vor die Kenntnis setzen wollte, nur wer so wie Eugen Roloff gegen den Strom schwamm, war nirgends wohl gelitten.

Achtes Kapitel

I

Während die Finanzierung des Parkhotels Hindenburg glatt vonstatten ging (die Darlehen der Kreditbank und der Städtischen Sparkasse waren unterwegs, und den Rest saldierten die Gewinne aus den Grundstücksgeschäften), blieben gleich die ersten Spatenstiche nicht von Mißtönen verschont.

Gustav Roloff war frühmorgens mit Jaguttis und Stövesand zur Stelle, als bellende Picken und schnaubende Lastwagen den Baubeginn am Platz der Republik anzeigten. Er schritt das angekaufte Gelände ab, die nun schon im Abbruch begriffene Besitzung des seligen Fabrikanten und die danebenliegende Trümmerstätte des Blechwalzwerks. Er war sehr aufgeräumt und bekräftigte wiederholt, daß nunmehr neues Leben aus den Ruinen blühen solle. Dabei schlug er den Kragen hoch, denn es war für Anfang Juni äußerst frisch, und die östlichen Winde fegten giftig über den Platz und zerzausten das ärmliche Grün der drei republikanischen Linden. Sie stachen die Adern der Blättchen auf und saugten ihr Mark, und die Blättchen rollten sich ein und erschlafften, als wären sie verbrüht. Hinter wirbelndem Staub wand sich eine wässerige Sonne empor; bald überzog sie wie Mehltau ein schleimiger Pilz, mattgraues Gewölk mit schwefligen Köpfen. Um diese Zeit waren nur die Nächte klar. Morgens langten pünktlich mit der Sonne die Wolken an, immer dieselben mißfarbenen, filzigen Wolken, aus denen kein Regen, nur schmerzende Kälte fiel. Es war unergründlich, wo sie übernachteten, in welchem Piratennest sie der Sonne auflauerten, um bei Tagesgrauen wie hungrige Wegelagerer über sie herzufallen und sie zu entkräftigen. Die dürftigen Triebe der Pflanzen erweckten eine tiefe Traurigkeit, wiewohl sie sich in Erwartung des wärmenden Lichtes innerlich sammelten, Säfte aufspeicherten und das junge Leben bis an den Rand der Hülle führten, die der Sprengung harrte. Ein warmer Tag, und alles wäre explodiert. Ein ungebrochener Sonnenstrahl, und alles wäre mit einemmal aufgeflammt in Rausch und Lust.

Statt dessen hielt Wochen hindurch das muckische Wetter an. Es zerrte an den Nerven. Jedermann sprach darüber. Frau Dr. Eisenmenger behauptete, daß sich, seit der Kaiser fort war, die Witterungsverhältnisse ständig verschlechtert hätten. „Wie sonnig war es damals!" schwärmte sie, „und wie trübselig ist es heute. Selbst wenn ein Ungewitter dräute, war der Himmel damals blau." Sie bevorzugte neuerdings solche altdeutschen Formen wie „dräute" —: nach der Säuberung die „Wiedermannbarmachung" der Sprache, Kampfansage gegen die „kraftlose Zeit". — „Gedenkt es Ihnen noch? Kaiserwetter, hieß es damals ... Kaiserwetter, ein sinnvolles Wort, wenn der Himmel blaute und die gefiederten Sänger des Waldes jubilierten. Und heute? — Volksstaatswetter, bah. Wolken, nichts als duckmäuserische Wolken. Alle Schuld rächt sich auf Erden. Mehr braucht man nicht zu sagen. Er genügt vollauf."

Schwandt wiederum schien es, daß in der Natur wie im Menschen der Drang zum Bösen überwiege, und das Weltall sich nur durch einen ewigen Vernichtungsfeldzug, einen Kampf aller gegen alle, regeneriere — ja daß die Natur von einer wahren Zerstörungswut besessen sei und der Mensch ihre eigenen Geschöpfe nur gegen ihren Willen erhalten könne. Daraus folge, daß auch das Wetter mehr Ausdauer im Schlechten als im Guten habe, und die Menschheit für jeden Sommertag, dem sie sich hingebe, mit vierzehn Tagen übellaunigen Winters bestraft werden müsse.

Roloff aber hätte sich zum Bauen nichts Besseres wünschen können als diese Trockenheit und Kühle. Als er am lang herbeigesehnten Tage das Gelände abschritt, die Hirschgeweihkrücke seines Stocks umspannend und trotz aller häuslichen Widerwärtigkeit mit Frohsinn bis zum Zerplatzen angefüllt, hätte man ihn für den Geist des alten Fabrikanten halten können, der sich hier, lang war es her, vor der Welt verriegelt hatte. An dem schiefhangenden Gartentor gewahrte man noch die abschreckenden Schilder: „Verein gegen Hausbettel" und „Warnung vor dem Hunde". Wenn man den Rost abkratzte und mit der Phantasie ein bißchen nachhalf, war die Schrift ganz gut zu entziffern. Es erinnerte an einen leeren Raubtierkäfig im Zoologischen Garten, wo die Tafel gewissenhaft an ihrem Ort verbleibt, wenn der Insasse schon krepiert ist.

Überall stocherte Roloff herum, an dem beschilderten Tor, an dem geborstenen Becken des Springbrunnens, an den Putten auf der Balustrade der Freitreppe. Es war, wie wenn der tote Fabrikant ahasverisch zu wandern beginne, nun da sein Besitztum, niedergemäht wurde.

Jaguttis und Stövesand folgten. Stövesand fragte beiläufig: „Was macht der Herr Sohn? Ist er immer noch gegen den Neubau, oder hat er sich bekehren lassen?"

Roloff verfärbte sich. Er blieb stehen und trieb seinen Stock tief in das faulig lockere Erdreich des alten Gartens, wo das verwesende Laub unterm Gesträuch, bitter und morastig duftend, mit der Besessenheit eines Opferfeuers dampfte.

„Welch ein Undank", sagte er, „für wen machen wir's denn? Doch nur für die Jungen! Für die und ihre Kinder! Damit wir von der kommenden Generation nicht der Kleinmütigkeit und der mangelnden Voraussicht geziehen werden! Eugen läßt sich nicht bekehren ... Er verbittert mir die Tage. Die jetzige Generation müßte sich erst mal selber helfen, ehe sie ermächtigt wäre, an die kommende zu denken, das ist seine ständige Antwort."

„Naja", bemerkte Stövesand, „das ist an sich gar nicht so übel. Nur könnte doch ein Blinder sehn, daß wir Heutigen uns zu helfen wissen — was, Herr Roloff? Herr Jaguttis? Sonst ständen wir nicht, wo wir stehn."

Roloff, einmal im Zuge, fuhr fort, sein Leid zu klagen.

„Wissen Sie, was er noch sagt? — Der Hotelbau sei keine wirtschaftliche Frage, sondern eine Frage der Gesinnung. Er hat sie nicht alle auf der Latte. Er kann sie nicht alle auf der Latte haben. Es ist hart, meine Herren, wenn ein Vater so sprechen muß."

Er riß den Stock aus der Erde und ging weiter.

„Sie dürfen nicht so sprechen", begütigte Jaguttis. „Herr Eugen ist ein interessanter Mensch, ich unterhalte mich gern mit ihm."

„Sie werden anders denken, wenn Sie erfahren, daß er augenblicklich den ganzen Unsinn niederschreibt, den er, weiß Gott wo, aufgelesen hat. Überschrift: „Aus Amerika zurück."

„Ein guter Titel", sagte Stövesand.

„Treffend vor allem", sagte Jaguttis. „Er lenkt den Leser

auf die Vergleiche zwischen dort und hier. Er läßt ihn entnehmen, daß die Entdeckung Amerikas ein europäisches Schicksal und die Entdeckung Europas ein amerikanisches Schicksal ist, das sich in Abständen seit der Wende vom 15. zum 16. Jahrhundert wiederholt. Wirklich, ein treffender Titel."

„Treffend —?" Roloff hob den Stock und drohte in der Richtung des Malepartus. „Den Teufel auch, Herr, ich will nicht hoffen, daß es zum Treffen kommt. Nette Zeiten, das, wo Fünfundzwanzigjährige Memoiren schreiben. Mögen sie erlebt haben, was sie wollen, von einer höheren Warte aus sind es Hosenmätze."

„Manche mögen heutzutage mit fünfundzwanzig das Leben schon hinter sich haben", sagte Stövesand.

„Aber das ist doch schrecklich! Wenn ich denke, ich hätte mit fünfundzwanzig Jahren alles erledigt haben sollen. Liebe, Geld, Erfolge, Weltanschauung, fertig, aus, das ganze übrige Leben schal und inhaltslos vor mir, kein Erlebnis mehr zu übertreffen, nichts mehr aufzubieten, was noch nicht dagewesen, rein nichts — meine Herren, ich hätte mich aufgehängt."

Stövesand sprang mit unnötigem Anlauf über einen kleinen Graben. „Die Zeit hat hohe Touren auf ihrem Motor", meinte er wichtig.

„Einerlei." Roloff schnitt ihm, Daumen und Zeigefinger in der Luft wie die Zangen einer Schere zusammenklappend, das Wort ab. „Was will der Junge? Wahrheit? — Eine anständige Zeitung wie Reckmanns Blatt wird sich für so was nicht hergeben, denn Wahrheit kommt aus der Froschperspektive, und die Froschperspektive hat nichts gemein mit ethischem Wollen. Das Ethische liegt in der Vogelschau, denn der erhabene Eindruck geht über den wahren Eindruck "

„Ich nenne es die Phantasmagorie der Wirklichkeit", sprach Jaguttis.

„Sehen Sie, das ist es. Mein Sohn in der Gesellschaft? Das Parkhotel Hindenburg geriete ja in Verruf, ehe es steht. Ich hab' ihm gesagt: Untersteh dich nicht. Tut er's doch, fliegt er aus'm Haus."

Jaguttis widerriet.

„Sie betrachten das alles ein wenig zu starr. Ihr Sohn ist keine Dutzendware, Herr Roloff. Es setzt ihn nicht herab, wenn man sagt, daß er keine ausgeglichene Natur ist. Er erhebt wohl auch keinen Anspruch darauf, es zu sein, solange er sich noch in unverblümten Meinungsäußerungen gefällt. Aber das will nichts heißen. Haben Sie mir nicht einmal erzählt, daß er sehr früh eingespannt war, und daß Sie ihm nicht dieselbe seelische Ausbildung zuteil werden lassen konnten wie Fräulein Melitta? Ja gewiß, das haben Sie mir erzählt. Fräulein Melitta hat sich wahrscheinlich ausgetobt, als es Zeit war — ich hatte leider damals noch nicht das Vergnügen, sie zu kennen; jedenfalls ist sie heute, wiewohl jünger, von einer außerordentlichen Verständigkeit. Herr Eugen dagegen, entschuldigen Sie, wenn ich es recht plastisch sage, Herr Eugen muß jetzt seine Flegeljahre nachholen. Eine so schicksalsträchtige biogenetische Stufe kann niemals übersprungen werden."

„Reden wir nicht mehr davon", sagte Roloff. Er war in einem schwer und leicht, straff und entspannt.

„Doch, doch, reden wir davon. Es wird Ihnen gut tun. Bei Ihrem Sohn muß man behutsam Wurzel fassen."

Sie hatten unterdessen das eingefriedigte Anwesen verlassen und sich auf die Schutthalde nebenan begeben. Roloff fürchtete immer, nicht Raum genug für den Park zu haben, der selbstverständlich zu einem Parkhotel gehörte: es widerstrebte ihm, so wie andere Hoteliers, beispielshalber der Inhaber des Europäischen Hofs, mit einem Namen zu bluffen, der jeder tatsächlichen Unterlage entbehrte. Kräftig ausschreitend, maß er die Fläche. „Platz die Masse", beruhigte ihn Stövesand. In weitem Umkreis wurde der Bauzaun aufgerichtet. Roloffs blitzende Augen wanderten an ihm entlang. Er nickte befriedigt und atmete, nickte und atmete längere Zeit hintereinander.

Zwischen den technischen Erörterungen kam Jaguttis mit auffallender Beharrlichkeit immer wieder auf Eugen zurück. Roloff glaubte, es sei uneigennützige Freundschaft, und freute sich ihrer; wie hätte er auch ahnen können, daß die beiden sich verabredet hatten, auf ihn einzuwirken. Sie hatten es getan, weil es ihnen nicht entgangen war, daß er nicht mehr ganz der Alte blieb, jener unbeschwerte Gustav Roloff, dessen sie zu ihren Geschäften bedurften, und weil sie nicht zulassen konnten, daß er von einer Familienaffäre aufgerieben wurde. Er dankte ihnen. Es war wohltuend zu hören, wie Leute urteilten, die mehr Distanz hatten und in der Behandlung kniffliger Probleme wahrscheinlich wissenschaftlicher ausgebildet waren als er. Wie sich doch stets neue Blicke in die allernächste Umgebung öffneten! Von altersher hatte jedes Ding zwei Seiten Zwei? Es hatte hundert. War das Leben nicht wie der Aufstieg aus einem Talgrund, ein stetiger Wechsel derselben Bilder, bei jeder Biegung des Serpentinenweges ein anderes Aussehen von Wiese, Berg und Himmel?

Sinnend schaute er über den höckerigen Platz hinweg, der mit den Spuren zahlloser Kinderspiele besät war. Man konnte unterscheiden, wo sich die ganz Kleinen aufgehalten hatten, wo die Sechsjährigen, wo die Zwölfjährigen. Lange, mit dem Absatz gezogene Striche, an deren Enden dicke Steine oder auch alte Schuhe lagen, stellten die Fußballtore der Großen dar. Der Wind scharrte den Unrat zusammen. Hie und da sah unter aufgeschütteter und von vielen Kinderfüßen wieder geplätteter Erde ein Überbleibsel des Fabrikfundaments hervor. Roloff ertappte sich dabei, wie er diesen zerfurchten Ausschnitt mit der ganzen Stadtlandschaft verschmolz, und wie er träumte, daß Eugen neben ihm herschreite und die Stadt aus allen Poren nach Erlösung rufen höre, dem Anblick nicht widerstehen könne und sein Unrecht einsehe und die Sonne Frieden leuchte ... Er war nicht abergläubisch, aber in seiner Lage schenkte er den zufällig auftretenden Träumen und Erscheinungen ebenso willig Glauben, wie er für die absichtlich herbeigeführten Glauben verlangte. So beschloß er denn, vor Eugen das geknechtete Antlitz dieser Stadt auszubreiten, wie es Jaguttis vor ihm selber ausgebreitet hatte. Der Plan erschien ihm hoffnungsvoll. „Man muß behutsam bei ihm Wurzel fassen ... Jawohl, das muß man. Das ist ein guter Gedanke", sprach er nochmals bei sich und stieß den Stock dreimal, mit kurzen Aufschlägen, auf die Erde. Es gab einen absonderlich hohlen Knall.

Sie standen vor einem kleinen Buckel aus allerlei Geröll Der Knall war so verstört, so unduldsam, daß Roloff sich nicht enthalten konnte, abermals aufzustoßen. Gleich danach bellte ein Hund. Er bellte, schien es, aus der modrigen Erde heraus. „Nanu, nanu", machten sie alle drei. Weit und breit war kein Hund zu sehen; aber als Stövesand den Buckel erklimmen wollte, tat von der anderen Seite her ein struppiger, schwarz und grau getigerter Spitz, dessen Grau einmal weiß gewesen sein mußte, und von dem die Flöhe hüpften wie die Körner aus einer platzenden Samenkapsel, einen Satz hinauf. Im Nu hatte er ein Dreieck in Stövesands Hose gerissen. Während ihn Roloff mit dem Stock abwehrte, lief Jaguttis um den Buckel herum.

Er winkte die anderen heran; sie kamen, der kläffende Hund immer drei Schritt hinter ihnen, und sahen den Eingang einer Höhle, der mit einem Sack verhängt war.

„Ah", sagte Stövesand, der hierin Erfahrung zu haben schien, „ah, Exmittierte."

Im selben Augenblick trat auch schon eine Frau heraus, ein dürres Gerippe mit eingefallenen, von schlaflosen Nächten ausgemergeltem Gesicht, das sie aus zerrütteten Augen feindselig anblickte.

Der Hund verkroch sich unter ihrem zerfransten Rock und bleckte die Zähne.

„Guten Morgen", grüßte Roloff.

„Morr'n", schnarrte Stövesand.

Jaguttis schwieg still, da es ihm nicht recht klar war, ob es nicht blasphemisch sei, diesen Menschen einen guten Morgen zu wünschen.

Das Weib strich Flocken gebackenen Lehms aus seinem zigeunerischen Haar, fuhr sich ein paarmal über den Hals, wie um ihn im Frühwind zu waschen, und antwortete alsdann in weinerlichem Ton: „Wir gehn hier nicht weg, bis ihr uns eine Wohnung gebt . . ." Dieses „Ihr" hörte sich unpersönlich an; es betraf nicht die Bürger Roloff, Jaguttis und Stövesand — hatten die etwa überschüssige Wohnungen? Es betraf irgendwelche imaginären Gebilde, die allerdings auch keine Wohnungen zu vergeben hatten, aber irgendwohin mußte sich das Weib ja wenden, an die Menschheit, an die göttliche Weltordnung, vielleicht auch, wenn es „Rote" waren, an die *Bourgeoisie*, als deren Abgesandte diese drei Bürger dann wohl angesprochen wurden. Es war ihnen, als verwandelten sie sich unter diesem „Ihr" in allegorische Figuren, Kummer, Sorge, Not und so weiter. „Schleppt uns an Händen und Füßen fort", wimmerte das Weib, „wir gehn nicht." Dabei flackerten die verhärmten Züge höllisch auf, und die Stirn war voll wirrer, gequollener Runzeln.

„Seit wann sind Sie hier?" fragte Stövesand, in dem sich, seit er Geschäftsführer der Wabag war, in solchen Fällen sogleich die amtliche Maschinerie ankurbelte.

„Seit gestern abend. Mein Mann hat die ganze Nacht an dem Loch da geschuftet."

„Wo haben Sie Ihre Möbel?"

„Die haben wir an der Unterführung in Wildwest stehen lassen." So hieß im Volksmund der westliche Arbeitervorort. „Meinem Schwager seine sind auch dabei. Der ist auch rausgesetzt worden. Er schiebt Wache bei den Brocken dahinten." Der vorher noch leidvoll aufgebrochene Mund holte zu einem gellenden Lachen aus. Roloff bedünkte es ordinär. Angewidert sah er zur Villa des verewigten Fabrikanten hinüber, deren Wände unter dem mörderischen Geknatter der Picken wie Zunder fortstoben. Auch Stövesand blickte sich um. „Eine feine Familie, was?" schien sein Blick zu fragen.

Er setzte das Verhör fort.

„Wo ist Ihr Mann jetzt?"

„Schläft. Da."

Sie nahm den Sack weg. Als sie hineinsehen wollten, knurrte der Hund sie wieder an. „Kusch dich, Phylax." Unwillig folgte er. „Das Tier ist gut abgerichtet", äußerte Stövesand, indem er auf seine zerfetzte Hose zeigte. Hinterhältig lächelte die Frau: „Ja, das will ich meinen, Phylax ist anstellig." Ihre Augen glommen plötzlich haßerfüllt. „Das haben auch die Polizisten zu spüren gekriegt, die uns rausgesetzt haben."

Quer durch die Höhle war ein Mann von phantastischer Verlumptheit hingestreckt. Es roch naß und erdig.

„Phylax ist gut", sagte die Frau und wurde gesprächiger. Hinter der zerklüfteten Stirn wogte ihr Gemüt auf und ab. Lachen und Weinen, Drohen und Winseln, Verbissenheit und Gelöstheit gingen ihr gleich flott von Hand. War es Einfalt? Dumpfheit? Verlogenheit? Solch einem Weib traute man nicht über den Weg. Sie erzählte: „Mein Mann liegt so viel in den Wirtshäusern. Früher war es nur am Lohntag, aber seit er arbeitslos ist, ist es bald jeden Tag. Ich muß ihn jedesmal holen, und Phylax hilft mir. Er geht für mich zu den Saufbrüdern rein, ich mache ihm nur die Tür eine Spalte auf. Wenn er gleich wiederkommt, ist mein Mann nicht drin, und ich brauche mir erst gar nicht die dreckigen Witze verpassen zu lassen. Wenn er aber drin bleibt, muß ich nach, dann is der Olle nämlich da, und ich kann ihn gleich beim Schlafittchen packen. Gott sei Dank is'r gutmütig, wenn er besoffen ist. Daheim kriegt er regelmäßig das heulende Elend."

„Woher hat er das Geld?" wollte Stövesand wissen. „Versäuft er denn die ganze Unterstützung?"

„Fast alles ... und hernach geht er betteln, und das versäuft er auch noch."

Sie begann zu weinen, überreizt und schreiend, in abgerissenen Lauten. „Die verdammten Wirtshäuser!" fluchte sie und schüttelte die geballten Fäuste wider ihre Schläfen. Roloff fühlte sich veranlaßt, den Angriff auf die Gaststätten zurückzuweisen. „Wenn es so ist, wie Sie sagen, haben Sie sich Ihr Elend selber zuzuschreiben — oder vielmehr Ihrem Mann", bemerkte er streng. Jaguttis nahm derweilen die Höhle in Augenschein: sie war in einen Mauerrest hineingearbeitet und mit ein paar Rahmen gesprießt. „Merkwürdig", urteilte er, „wie die Instinkte des ersten Menschen in den Gestrandeten fortleben." Stövesand hingegen hielt dafür, daß es Atavismen aus dem Kriege seien.

Ob sie Kinder habe, erkundigte sich Roloff bei der Frau. Statt aller Antwort deutete sie auf einen Stollen, wo in etwas Stroh ein verhutzeltes Kindchen gebettet war. „Oh", sagte Roloff. Dann entstand eine Pause. Das Kind hatte die Finger im Mund und schnaufte im Schlaf.

„Die älteren haben wir beim Schwager gelassen", sprach die Frau. „Es sind noch vier."

Wieder entstand eine Pause. In der Luft war ein Nebel, der irgendwoher aus den großen Rätselschluchten des Lebens drang. Der Hund entwischte, als er merkte, daß alles schiedlich-friedlich beisammenstand. Er strolchte über den Platz, schnüffelte die Abfallhaufen durch und beroch die Hündinnen, ungepflegte Tiere, die der Hunger gleich ihm umhertrieb. „Ja, da guckt ihr", sagte die Frau, „fünf Bälge zu ernähren, und er säuft wie'n Loch." Poliere und Arbeiter wurden aufmerksam. Straßenpassanten brachen ein, obgleich schon ein Schild mit der Inschrift „Das Betreten des Bauplatzes ist Unbefugten verboten" aufgestellt war. Das Weib sah den Auflauf mit unverhohlener Freude und rüttelte den Schläfer in der Höhle.

„He, alter Süffer! Steh auf, du!"

Schwerfällig erhob er sich, ein Brodem von Fusel und Grabeskälte mit ihm.

„Wer will hier was?" belferte er. „Wer mich hier nicht in Ruhe läßt, den mach' ich kalt."

Es war ein knochiger Mensch mit abstehenden Ohren und rohem, gewalttätigem Blick; der spitz aufgewölbte Schädel saß wie ein Prellstein hinter der fliehenden Stirn, und an die Nasenlöcher war ein flachshaariger Bart geklebt, der gleich Schenkeln eines aufgeklappten Zirkels schräg über den Unterkiefer hinabsauste und an der Gabelung eine Hasenscharte freiließ.

„Habt ihr gehört, kalt mach' ich ihn!" belferte er aus seinem Wolfsrachen. Nur mit Mühe verstand man ihn.

„Asoziale Elemente", sagte Stövesand leise, indem er mit Roloff und Jaguttis abseits ging. Er schlug vor, die Polizei zu holen. „Das Volk stört die Bauarbeiten. Sehn Sie nur, was da zusammenläuft. Die Arbeiter stehn rum und tun nichts. Dafür bezahle ich sie doch nicht." Jaguttis bestritt nicht, daß es asoziale Elemente seien, aber er fügte hinzu, daß man ihnen auf der Grundlage der menschlichen Gemeinschaft dennoch helfen müsse. „Die Polizei ist nicht das Richtige. Diese Menschen, Sie sehn es ja an der Frau, leben in einem unbegreiflichen Zustand zwischen Angst und Leichtsinn dahin — deutlich der Nähe des niederschmetternden Schicksals bewußt, und zugleich wie jemand, der weiß, daß der Tag seines Zusammenbruchs noch fern ist und vielleicht niemals eintritt. Lassen Sie mich meine Frau anrufen. Es ist ein Fall, wie eigens für sie geschaffen."

Roloff war es zufrieden. Stövesand hob ungläubig die Schultern.

„Was heißt da Mitleid?" sagte er. „Was heißt da Hilfe? Hopfen und Malz ist da verloren."

Während der Architekt eines jener Fernsprechhäuschen betrat, die die Post auf den öffentlichen Plätzen der Stadt errichtet hatte, ging Roloff betrübt auf und ab, blieb stehen, ging wieder, faßte sich ans Kinn und sagte: „Wenn ich so was sehe, wie diesen Mann da und diese Frau, dann muß ich mich immer fragen, wie zwei solche Menschen zusammengekommen sein mögen."

Stövesand schaukelte sich auf dem Absatz. Er entgegnete trocken: „Wie die Hunde da drüben."

„Brr", machte Roloff. Um sich abzulenken, betrachtete er die Silhouette des Architekten, die in der Telephonzelle auftauchte. Ursprünglich aus Holz, waren diese Zellen von den findigen Wahnstädter Müttern als Bedürfnisanstalten für ihre kleinen Kinder benutzt worden; man hatte daher Glaswände einsetzen müssen, doch war es nicht ohne die verletzende Bemerkung der Eitelfelder Oberpostdirektion geschehen, daß sich in Eitelfeld solche unliebsamen Vorfälle nicht ereignet hätten. Roloff erinnerte daran. „Dafür haben wir nun auch die schmukken Häuschen", sagte er, „und Eitelfeld hat seine plumpen Holzkisten behalten."

„Freilich", erwiderte Stövesand, „uns schlägt alles zum Guten aus."

Frau Jaguttis-Kadereit war leider nicht zu Hause. Sie hatte in diesen Tagen noch mehr Gänge als sonst, da in Kürze ein Fest, das sie „Johanni-Nachmittag" nannte, sämtliche Frauenvereine der Stadt versammeln sollte.

Roloff überlegte. „Ich gehe direkt zu Schwandt", entschied er pötzlich.

II

Schwandt war bis anderen Tags verreist. Herr Röwedahl meinte, entweder sei Stadtrechtsrat Hedderich vom Wohnungsamt oder Stadtmedizinalrat Prießnitz vom Wohlfahrtsamt zuständig. „Nicht wahr", versetzte Roloff ein wenig hilflos, „ich wüßte auch nicht, wer sonst in Frage käme." Unschlüssig stand er da. „Ich kann nicht überall herumlaufen", sagte er, „soviel Zeit habe ich nun wirklich nicht."

„Telephonieren Sie doch, wofür haben wir denn die modernen Hilfsmittel."

„Es ist nicht so gut —, aber es muß ja etwas geschehen. Darf ich bei Ihnen?"

„Bitte sehr, Herr Roloff."

Roloff telephonierte. Stadtrechtsrat Hedderich antwortete schläfrig, der Mann möge mal zum Wohnungsamt kommen. Schläfrig, als ob diese aufregende Geschichte ein ganz alltäglicher Amtsvorgang wäre! Es erscheint ihm nicht einmal kurios, geschweige denn wissenswert oder spannend, wenn eine Familie in eine Höhle zieht! Vielleicht kann man ihn auch davon benachrichtigen, daß alle Häuser in Wahnstadt Beine bekommen haben und mit Siebenmeilenstiefeln nach Kohldorf auswandern und er sagt unentwegt: Schicken Sie mir den Mann doch mal her! „Na warte", denkt Roloff, „den will ich munter machen", und ruft zurück: „Wozu das? Ich habe Ihnen die Einzelheiten geschildert, und die Obdachlosen müssen sofort von meinem Grundstück runter. Weisen Sie die Leute wieder in ihre Wohnung ein, sorgen Sie für eine andere, tun Sie, was Sie wollen und was Rechtens ist, aber schaffen Sie mir sie gefälligst vom Halse, ich will bauen. Bauen, verstehen Sie! Es handelt sich also nicht allein um einen Vagabunden, der kein Dach überm Kopf hat, sondern auch um einen Bürger und Bürgerschaftsvertreter, der sein Eigentum geschützt haben will."

„Dazu ist die Polizei da, Herr Roloff."

„Die Polizei hat doch keine Wohnungen!"

„Ich auch nicht. Ich bin nicht berechtigt, in ein Verfahren einzugreifen, das durch andere Behörden in die Schwebe gebracht ist. Wahrscheinlich werden die Leute ja doch der Fürsorge anheimfallen. Da wenden Sie sich am besten gleich an Medizinalrat Prießnitz."

Roloff, in Schweiß gebadet, nimmt sich zusammen. So ruhig wie es ihm möglich ist, trägt er Prießnitz sein Anliegen vor. Er hat noch keine zwanzig Worte gesprochen, als dieser ihn unterbricht: „Ach so, ich sehe schon, eine Wohnungssache. Da empfehle ich Ihnen, Stadtrechtsrat Hedderich anzurufen."

Für einen Augenblick meint Roloff, ein Kreisel rotiere in seinem Gehirn. „Von Hedderich komme ich gerade!" schreit er. „Damit Sie sich weitere Ausflüchte sparen. Herr Medizinalrat! Roloff spricht hier. Vielleicht haben Sie es nicht recht verstanden. Hier spricht Stadtverordneter Gustav Roloff! Ich bin mir nicht bewußt, mich in ein Tollhaus begeben zu haben. Ich stehe im Rathaus, im Vorzimmer des Herrn Oberbürgermeisters, und wenn der Herr Oberbürgermeister von der Reise zurück ist, werde ich nicht verfehlen, ihm nahezulegen, daß das Rathaus ein besseres Tathaus werden muß, und das freut ein' denn ja auch!"

Der Medizinalrat läßt ihn schreien. Er wartet, bis er fertig ist, ja selbst dann wartet er noch, als fürchte er, daß er nicht zu Ende, nur außer Atem sei. Erst als eine Weile hindurch nichts mehr hörbar ist außer dem pfeifenden Geräusch einer schwer gehenden Brust, und auch dieses immer anfälliger, formloser, verdeckter — erst da beginnt er zu sprechen, abgezirkelt, unfleischlich, aus großer Entfernung: der Herr Stadtverordnete übersehe im Eifer des Gefechtes einige schwerwiegende Punkte... Eine Behörde könne sich dem Eifer des Gefechtes nicht überlassen, wenn sie nicht lauter Schnitzer machen wolle.... „Bei Ihnen, der Sie so was nicht alle Tage sehen, mag dieser Abgrund von Verkommenheit ja außergewöhnliches Entsetzen erregen, aber wir hier müssen uns nach der Decke strecken. Wir hier erleben ganz andere Dinge, erschütternde Fälle von Leuten, die es zu einigem Wohlstand gebracht hatten und nun durch die Inflation gänzlich verarmt sind. Sie werden verstehen, daß wir die etatsmäßigen Mittel für diese Unglücklichen aufheben müssen."

Roloff wischt sich mit dem Taschentuch über die feuchte Stirn.

„Gibt es denn soviel Elend? Mein Gott, wie groß muß es denn sein, bis ihm abgeholfen werden kann?"

„Herr Roloff! Wenn ein Reicher und ein Armer ausgeplündert werden — wer trägt sein Los dann leichter?"

„Der Arme, denk' ich mir."

„Das unterliegt keinem Zweifel. Nur von hier aus kommen Sie zu einer gerechten sozialen Einstellung."

„Es ist wahr... Elend ist das, was als Elend empfunden wird, das hab' ich schon immer gesagt. Aber was soll ich denn tun?"

„Nach den einschlägigen Bestimmungen hat die Polizei die Leute wieder in die alte Wohnung zu verbringen, bis Ersatzraum gestellt ist. Die Rechtslage ist durchaus klar. Ich muß mich über Herrn Hedderich wundern."

Langsam legt Roloff den Hörer hin und tut ein paar kleine Schritte. Herr Röwedahl ist über seine Arbeit gebeugt, sieht und hört nichts und weiß doch alles, was vorgegangen ist. Roloffs Schritte sind unscheinbar und ein wenig hinkend; er fühlt sich in die Zeit zurückversetzt, da er hier zum ersten Male mit der Deputation der City-Gesellschaft empfangen worden ist. Sein Zorn, fast schon verraucht, flammt aufs neue auf. Wie! Inzwischen ist er ein Glied der Selbstverwaltung geworden, und diese Bürokraten bocken immer noch! „Aber ich will's ihnen eintränken!" nimmt er sich vor und fragt Herrn Röwedahl: „Wo ist denn nun die zuständige Stelle, bitte?" Herr Röwedahl denkt wie gewöhnlich: „Selbstverwaltung ist die Verwaltung, die das Rathaus über die Bürgerschaft verhängt." Darauf erwidert er: „Die zuständige Stelle, Herr Roloff, ist diejenige, die diese Zustände verschuldet hat. Da aber angesichts der Gesetze, die wie ein Uhrwerk ineinandergreifen, die Schuldfrage immer zweifelhaft bleibt, so ist eben auch die zuständige Stelle selten zu ermitteln. Es scheint mir, daß es eine weise Einrichtung ist. Sie verhütet übereilte Handlungen und ermüdet die professionellen Quengler."

Die professionellen Quengler...? Soll das ein Stich für ihn sein? Roloff legt die Stirn in Falten. Er ist wie gerädert. Er schweigt.

Als er kopfschüttelnd das Rathaus verläßt, steigt gerade Frau Dr. Eisenmenger die Treppe hinauf. Sie ist auf dem Wege zum Direktor der Stadtkasse. Der Vaterländische Frauenverein, dem sie präsidiert, erhält von der Stadt eine jährliche Zuwendung von fünftausend Mark, die in vierteljährlichen Raten überwiesen wird. Da sie jedoch für den „Johanni-Nachmittag" mit dem Verein für das Deutschtum im Ausland eine kostspielige Revue einstudiert hat — eine „Buntschau", sagt sie —, so muß sie Vorschüsse schnorren.

„Ach, gnädige Frau, Sie kommen wie gerufen!" Roloff wirft beide Hände in die Luft, wie um sie zu umarmen. Sprudelnd, in drängender, atemloser Sprache teilt er ihr mit, was sich zugetragen hat. Das Lorgnon auf ihn richtend, hört sie gelassen und würdig zu, und wie sie so vor ihm steht, ruhevoll und abgeklärt, durch und durch distinguiert, den Kopf etwas geneigt und die Nasenflügel geweitet, strömt eine wunderbare Erquickung von ihr aus.

„Ist es sehr schlimm?" vergewissert sie sich.

„Schlimm genug ... Ein Kind auf Stroh."

„Ein Kind auf Stroh? In der Höhle? Bei der Kälte? Gott, sind diese Leute unvernünftig. Das arme Wesen könnte Lungenentzündung bekommen. Ich werde es in unser Kinderheim schaffen."

Sie bittet ihn, sich einen Augenblick zu gedulden, bis sie ihre Geschäfte erledigt hat.

„Es wird nicht lange dauern. Ich begleite Sie dann gleich."

Es dauert nicht lange, der Kassendirektor kann ihr nichts abschlagen.

„Nun, dann lassen Sie uns gehen, Herr Roloff. Unsere Mittel sind zwar beschränkt, aber irgend etwas hoffe ich doch tun zu können."

„Ach ja, bitte, gnädige Frau, sehen Sie doch mal zu. Wo die Bürokratie versagt, muß eben die Nächstenliebe einspringen."

„Gewiß. Indessen dürfen wir auch nicht verkennen, daß dies die entsittlichenden Folgen des *Wohlfahrtsstaates* sind. Die Leute verlassen sich auf die öffentliche Fürsorge, Herr Roloff, und ihre menschliche Verantwortung wird untergraben." Unter ihrer sandfarbenen Kappe schillert das kohlschwarze Haar wie Petroleum, Roloff hat das noch nie so gesehen. „Kein Wunder, daß die Leute dabei vertieren. Gott Lob und Dank greifen die besseren Bestandteile des Volkstums zur Selbsthilfe. Die Schreibgehilfin meines Mannes weist schon jede Gehaltserhöhung zurück, weil die höheren Beiträge, die sie alsdann für Angestellten-, Kranken-, Erwerbslosen-, Unfall-, Begräbnisversicherungen entrichten müßte, soviel wegfräßen, daß ihr nach der Gehaltssteigerung noch weniger verbliebe als zuvor ..."

Sie gehen und kommen gerade an, als die Polizei die schaulustige Menge vom Platz herunterdrängt. Stövesand hat sich nicht mehr anders helfen können, er hat Jaguttis Einwendungen in den Wind geschlagen, die Leute nehmen eine bedrohliche Haltung ein, die Polizei zückt die Gummiknüppel, die Arbeiter murren, der Mann aus der Höhle wittert Zündstoff in der Luft und hält Brandreden. Wie ein Maulwurf, dessen Luftschacht in Trümmer ging, heranprescht, um einen neuen Hügel aufzuwerfen, so eilt Jaguttis von Gefahrpunkt zu Gefahrpunkt, redet gütlich zu, mahnt zur Menschlichkeit. Reckmann ist auch schon da und schwenkt seine Pressekarte wie ein Schibboleth gegen die Polizisten. „Na prosit!" ruft er von weitem, „na prosit, wieder mal 'ne Großstadtidylle, wie? Da sieht man doch, daß unsere überfütterte Zivilisation die Romantik nicht verdrängen kann. Eine großartige Lokalspitze gibt das in den Neuesten. Drei Sachen nämlich! Vorgestern kommt durch die Armsündergasse — pardon, Friedensplatz, wie's jetzt heißt — ein Mann auf'm Motorrad, der führt ein Pferd hinter sich, sage und schreibe ein Mann auf'm Motorrad! Gestern wird durch die Amsterdamer Straße 'ne Ziege getrieben — Tag, Herr Gastrat, haben Se die nich gesehn? — und die Autos, weil sie da doch nicht überholen dürfen, wie 'ne Eskorte hinterdrein. Heut haben sich hier die Höhlenbewohner eingenistet. Famose Lokalspitze, diese drei. Küß die Hand, gnädige Frau, gehorsamster Diener."

Im Zeichen der Anschlußpropaganda redete er in wienerischen Zungen — so wie die Österreicher, die um diese Zeit in der Reichshauptstadt lebten, mit Vorliebe „Wir Berliner" sagten.

„Sie sollten nicht scherzen", verwies ihn Jaguttis, „die Lage ist ernst."

„Wer sagt Ihnen, daß ich scherze? Keine Lage kann so ernst sein, wie es meine Berufsauffassung ist."

Reckmanns gut genährte Stimme tremoliert vor Biederkeit, gesund und wichtig pflanzt er sich auf. „Ein Schwachkopf, der sich stark macht", denkt Jaguttis und kehrt ihm den Rücken. An langem Faden baumelt sein Monokel. „Sie schickt der Himmel, gnädige Frau", sagt er, da er der Eisenmenger ansichtig wird; „Frau sein, heißt Leben schützen und pflegen." So wenig harmonisch seine Ehe war, so sehr hatte die Ausdrucksweise seiner Frau, was die „Überwindung der Lieblosigkeit" betraf, auf ihn abgefärbt. Die Eisenmenger murmelt etwas von „erzieherischem Geström", womit sie die armen Leute beglücken wolle. Was sie meint, bleibt unklar; Jaguttis übersetzt es mit „Fluidum" und bittet inständig: „Ach ja, tun Sie das. Diese Menschen brauchen ein bißchen Licht, das wenige, das sie gegen das Äußerste schützt. Da können nur Frauen helfen..."

Soweit ist alles gut, aber nun, indes sie sich der Höhle nähern, wird die Eisenmenger unruhig. Ihr Herz, ihr weiches Herz. Stätten des Elends erschüttern sie; einmal hat sie Nervenfieber nach einem solchen Besuch bekommen. Daher panzert sie jetzt ihr Herz: „Keine Empfindsamkeit... Unglück männlich ertragen..." So geht sie hin.

III

Stövesand entschuldigt sich bei Roloff, weil er die Polizei gerufen hat: „Vielleicht wäre es auch ohne diese Maßnahme gelungen, die Arbeitsordnung wiederherzustellen, das ist natürlich nachträglich nicht zu sagen..." Roloff winkt ab: „Schon gut, schon gut." Er stellt sich dem Beamten vor, den der Polizeipräsident zur Klärung der angeblich verzwickten Rechtslage entsandt hat.

„Sie sind der Eigentümer des Grundstücks?" fragt dieser. „So, Sie sind es. Wenn Sie auf Ihrem Schein bestehen, müssen wir die Leute in der Höhle natürlich fortjagen. Wir appellieren daher an Ihr soziales Gewissen. Der Mann dort ist sehr rabiat, und es könnten sich Komplikationen ergeben... Widerstand gegen die Staatsgewalt, Sie wissen ja."

Man hörte den Mann in der Höhle toben: von seinem Arbeitsplatz sei er vertrieben worden, aus seiner Wohnung sei er vertrieben worden, das drittemal, daß sie ihn vertreiben wollten, passiere etwas... „Mir ist die Bude hier gut genug Dem ersten, der kommt, hau ich den Schädel ein!"

„Da hören Sie nur", sagte der Beamte zu Roloff. „Die Polizei hat kein Interesse daran, Konflikte der bezeichneten Art zu provozieren und arme Leute hinter Schloß und Riegel zu bringen. In einem Volksstaat ist auch die Polizei eine soziale Einrichtung. Gewähren Sie den Leuten auf Ihrem Grundstück Unterkunft, bis die städtische Fürsorge eine Entscheidung getroffen hat. Willigen Sie ein?"

„Eine feine Frage. Sie kennen doch hoffentlich die einschlägigen Bestimmungen?"

Roloff lachte pfiffig, aber das Lachen brach kurz ab, wie erstickt von dem trüben Schleim, der über den Himmel floß. „Ich komme nämlich gerade von der städtischen Fürsorge", zischte er. „Die Rechtslage ist nicht verzwickt, sondern verflucht eindeutig." Er wiederholte die Worte des Medizinalrats. „Nach den einschlägigen Bestimmungen hat die Polizei die Leute in ihre alte Wohnung zurückzubringen, bis ein geeigneter Ersatzraum gefunden ist."

Der Beamte hatte für diese Auslegung nur ein mitleidiges Lächeln.

„Herr!" schrie Roloff außer sich und schwang seinen Stock, „ich bin langmütig, aber einmal reißt mir die Geduld! Hab' ich den Mann von seinem Arbeitsplatz vertrieben? Hab' ich ihn aus der Wohnung geschaßt? Hä? Habe ich dafür dreißig Jahre in dieser Stadt als Bürger in Einklang mit den Gesetzen gelebt, daß ich Ihren Instanzenstreit auf meinem Rücken austragen lassen muß, hä? Herr Stövesand! Herr Jaguttis! Herr Reckmann! Frau Doktor! Bitte hierher. Hierher bitte. Ich brauche Ihre Zeugenschaft." Seine fleischige Stimme schallte unheilkündend über den Platz, und bei jeder Silbe klopfte er auf den Boden. Nun schrie auch der Beamte: „Wenn Sie sich ungebührlich betragen, muß ich Sie in Schutzhaft nehmen lassen."

Reckmann stand neben ihm und sagte bedeutungsvoll: „Presse". Wie immer wurde dabei sein Gesicht massig und prunkend. „Wie?" fuhr er dann fort, „sucht die Polizei einen Sündenbock?"

„Einen Sündenbock", sprach Roloff mit verlöschender Stimme. „Ist es nicht zum Kotzen? Man stört meinen Frieden, und ich soll der Ruhestörer sein, weil ich es mir nicht gefallen lassen will. Das nennt sich heute Staatskunst. Bolschewik könnte man darüber werden! Für alles, was kommen wird, mache ich Sie verantwortlich!" kreischte er dem Beamten geradewegs ins Gesicht. „Ich kann Schadenersatz verlangen! Wissen Sie das? Für alles, was kommen wird!"

„Es wird gar nichts kommen", erwiderte der Polizeimann, nun doch ein bißchen eingeschüchtert, „beruhigen Sie sich, es wird gar nichts kommen, da wir gewohnt sind, daß sich alles planmäßig abwickelt."

Zähnefletschend blieb Roloff stehen; seine Brust wogte, und seine drohend gemurmelten Seitenbemerkungen waren wie klirrendes Eisen. Er geißelte das „Hinwegpraktizieren der Verantwortlichkeiten", er lästerte die Behörden, die ja und nein in einem Atem sagten, er konnte sich nicht genugtun im Lob der persönlichen Impulse, deren sich die Bürger befleißigten. Endlich schlichtete Stövesand den Streit. Vor der Höhle, die von Reportern belagert war, zog ein Polizeiposten auf. Da es vorderhand nicht möglich war, das Elend zu beseitigen, wurde es wenigstens bewacht.

Währenddem hielt jenes Weib aufschneiderische Reden: augenscheinlich fand er mehr und mehr Gefallen daran, im Brennpunkt des Interesses zu stehen. „Arme Kreatur", sagte Jaguttis. Die Eisenmenger sah strafend auf: „Ein armes Geschöpf, sicherlich. Aber ob es auch armselig ist, liegt bei ihm; das Licht der Welt ist in der tiefsten Armut aufgesprungen, das sollten wir nie vergessen." Damit wandte sie sich leutselig zu der keifenden Frau; die aber schrie sie nur mit starr aufgerissenen Augen an: „Hier bringt uns keiner weg, bis wir eine Wohnung haben!"

„Aber hier soll doch ein Hotel gebaut werden, gute Frau."

„Um so besser. Dann können wir ja gleich hier wohnen bleiben."

Frau Dr. Eisenmenger zog sich ein wenig zurück. „Sehen Sie", sagte sie verletzt. „Nicht genug, daß die Leute arm sind, sind sie auch noch frech. In Bethlehem war die Wohnungsfrage auch nicht gelöst, die Hirten lagen im Feld und das Heilige Paar lag im Stall, und doch wurde gerade diese Not zum Quell der Freude für die ganze Menschheit. Ist die Armut von heute denn schlimmer als die Armut von damals? Auch damals froren und hungerten die Armen, und es streckten sich nicht soviel tröstende Hände nach ihnen aus wie heute; freilich waren sie auch weniger unverträglich und weniger begehrlich als heute. Es waren verschämte Arme, heute sind es unverschämte. Aber das darf uns nicht von unserer Pflicht abhalten. Ich werde auf dem Johanni-Nachmittag der Frauenvereine eine Sammlung einleiten. Hören Sie, gute Frau. Sie sollen nicht frieren. Sie sollen nicht hungern. Sie sollen nicht umkommen. Ich werde für sie sammeln!"

„Gnädige Frau", stammelte Jaguttis mit einem Blick auf den Mann, der wild gestikulierend in einer Gruppe von Ausfragern stand.

„Wer sind die?" forschte Stövesand beim Redakteur.

„Kommunisten."

„Dacht' ich mir. Haben die Nase in jedem Mist. Wollten auch schon an die Geschäftsbücher der Wabag ran."

„Ach, das sind —?" fragt die Eisenmenger, mit dem Lorgnon hinüberäugend. „Zum erstenmal erblicke ich diese hetzerischen Bestandteile von Angesicht zu Angesicht." Ein angenehmes Gruseln überläuft sie. „Ich bin erstaunt, sie so wohlgestalt zu finden."

„Wölfe im Schafspelz", sagt Reckmann.

Roloff geht hin und wider. „Ich habe ein paar davon im Malepartus am Stammtisch. Sind ganz manierlich, wenn man sie nicht reizt. Gute Biertrinker, und das freut ein' denn ja auch." Er geht hin und wider, will Taten sehen und sieht keine. Was ist das nun mit der Eisenmenger? Wird's bald? Ist sie am Ende auch nur ein Phantom wie Hedderich, wie Prießnitz, wie der Polizeimann? „Die ganze Bagage könnt' ich rausschmeißen", brummt er vor sich hin und ist froh, daß Jaguttis mahnt: „Gnädige Frau, die Zeit verrinnt... Wenn Sie wenigstens das Kleine retten könnten..."

„Ach ja, gute Frau, bringen Sie doch das Kind heraus, es könnte ja Lungenentzündung bekommen. Wenn Sie wollen, werde ich es in unserem Kinderheim verwahren lassen. Es ist gut aufgehoben dort. Wollen Sie?"

Die Frau zögerte und sah scheu nach ihrem Mann. Man merkte, daß sie es gern getan hätte, wäre es auf sie allein angekommen.

„Nun, wollen Sie nicht? Sträuben Sie sich nicht, gute Frau. Es ist das Beste für Sie und das Kind."

Die Frau nestelte an dem Sack vor der Höhle, kaute an den Fingernägeln, sah abermals nach ihrem Mann, der nichts bemerkte. Schließlich verschwand sie und zögerte drinnen noch einmal, ehe sie das Kind aufnahm. Als sie es brachte, war es ein Bündel schmutziger Lappen, das sie umständlich auspackte, wie um Bedenkzeit zu gewinnen. Immer winziger wurde das Päckchen. Aus den Windeln kam scharfer Harngeruch. Zuletzt schälte sich etwas Weißgelbes heraus, ein wächsernes Gesicht, nicht viel größer als eine Kaffeetasse, und zerknittert wie bei einem Mummelgreis.

„Ich würde es gern hergeben", sagte die Frau, „wir haben fünf, und was soll hier aus ihm werden?"

„Ganz recht. Fünf haben Sie? Ja, Herr Roloff sagte es schon."

Die Eisenmenger sah in die Runde; sanftmütig senkten sich ihre langen Wimpern, als sie hinzufügte: „Es nährt den Glauben an das schaffende Lebenswagnis, an die Neueroberung des deutschen Sinns, daß Wahnstadt mit seiner Arbeiterbevölkerung einen höheren Geburtenüberschuß hat als Eitelfeld mit seiner Wohlhabenheit." Liebkosend kniff sie dem Kind in die Bäckchen. Es schlug die Augen zu ihr auf, sie waren kalt und wasserblau, und die Pupillen lagen leblos darin wie tönerne Klicker. Angesichts dieser Augen verlor sie ihre Beherrschung. Die Rührung übermannte sie: sie wäre imstande gewesen, das „arme Würmchen" (wie sie es anredete) mit sich nach Hause zu nehmen. Da sie es nicht konnte, begann sie allerhand Neckereien, betupfte seine schorfigen Lippen, kitzelte es auf der Brust, ergriff seine Hand. Sie trieb es so lange, bis ein wehmütiger Schimmer das welke Gesicht erhellte.

„Wie alt ist es denn?"

„Dreizehn Wochen."

„Da muß es aber noch wachsen. Ach Gott, es ist ja patschenaß. Sie müssen es trocken legen, gute Frau, es könnte ja wund werden! Ach Gott, wie haben Sie denn die Windel hineingewurstelt?"

„Das kommt bloß vom Strampeln." Die Frau stopfte das Tuch mit einem derben Griff zwischen die Beinchen. Das Kind greinte schwächlich, mit einer vertrockneten Stimme, die der Wind überschwemmte.

„Was machen Sie denn? Was ist denn?"

„Nichts ist, was wird denn sein, kleine Kinder weinen oft ohne Ursache."

„Es ist sicher schon wund —, ich hoffe, daß Sie eine tüchtige und reindenkende Mutter sind", sagte die Eisenmenger befehlerisch.

In diesem Augenblick sah der Mann zu ihr hin; er sah die behandschuhten Finger einer feinen Dame, die das Kind streichelten, und drohte seiner Frau: „Wenn du das Kind hergibst! Ich schlag' dir die Knochen kaputt!"

Die Frau krümmte sich, als spüre sie schon die Schläge.

„Welch ein Rohling", entrüstet sich die Eisenmenger. Sie

verhärtet sich. „Zwingen kann ich Sie nicht. Aber es ist eine Sünde."

Sie weiß einen schmelzenden Ton tiefempfundenen Verzichts hineinzulegen, der ihr gut steht. Ihre Augen suchen das Kind, sie kann sich nicht davon trennen.

„Vielleicht, wenn man dem Mann ins Gewissen redet?" wirft Jaguttis ein.

Reckmann erbietet sich, „es ihm zu besorgen".

„Lassen Sie das lieber", warnt Stövesand, und die Frau muß ihm beipflichten: „Wenn er nicht besoffen ist, ist er ungenießbar, der Satan." Roloff geht hin und wider: „Machen Sie Schluß, gnädige Frau, es hat keinen Zweck. Danke auch für Ihre Mühe." Er ist maßlos enttäuscht, Jaguttis ist es nicht minder. „Meine Frau hätte es besser gemacht", denkt er, „wie wird sie sich ärgern, daß sie nicht daheim war, als ich anrief."

Bevor sie abziehen, erklärt die Eisenmenger noch, daß sie eine Schwester mit Kinderzeug schicken wird. „Das arme Würmchen soll nicht darunter leiden, daß der Vater ein starrköpfiger, verhetzter Trunkenbold ist." Dann atmet sie auf. „So. — Man sieht wieder einmal, wie die sich selbst verleugnende Pflichterfüllung und das verantwortungsbewußte Tun gelohnt wird, das nach Ruhe und Behagen für das eigene Ich nicht fragt, wenn es das Eintreten für geliebtes Volkstum und geheiligte Güter gilt. Nicht? Ist es nicht so?"

„Das wußte ich vorher", prahlt Stövesand, „in der Beziehung habe ich schon einiges erlebt. In Trenton-New Jersey USA. war eine Stiftung für Obdachlose, tipp-topp, sage ich Ihnen, Wohnungen mit Zentralheizung und fließendem kalten und warmem Wasser, Lesezimmer, Waschanstalt, ärztliche Aufsicht, Bade-, Sanitäts- und Speiseräume, Versammlungssaal, alles, was Sie sich nur denken können, denn wenn der Amerikaner Wohltätigkeit übt, geht er aufs Ganze. Aber ach herrje, wo kamen die hin. Was am meisten benutzt wurde, war der Versammlungssaal. Gleich zu Anfang bildete sich nämlich eine Art revolutionärer Rat. Erst wollten sie den Verwalter abgesetzt haben, dann wollten sie nichts mehr arbeiten und instandhalten, dann wollten sie noch Geld dabei haben, dann mäkelten sie am Essen, dann sollte der Arzt über die Klinge springen, und wehe, wenn man ihnen etwas bewilligte, dann kamen sie gleich mit drei neuen Forderungen ran, denn dem Bettelpack, das nur an trockenes Brot gewöhnt war, kam der Appetit mit den Fleischtöpfen. Zuletzt schrien sie ihr eigenes Komitee nieder, oder was für 'n Ding war — bis die Jungens von der Polizei in den Spuk hineinfuhren. Das war das einzig Senkrechte. Als das Gesindel 'raus war, sah's drin aus wie in einem Schweinestall, nein, schlimmer, denn ein ordentlicher Landwirt hält seinen Schweinestall sauber."

So erzählte Stövesand, und jeder machte sich seine Gedanken darüber, weil man ihn als Weitgereisten und Mann von Erfahrung schätzte. Der Polizeiposten an der Höhle zeichnete sich in der blassen Ostluft wie eine Bildsäule ab. Hinter dem abziehenden Trupp spuckte der Mann mit dem Wolfsrachen aus — Roloff sah noch, wie er seine Taschen durchsuchte und eine Schnapsflasche herauszog. Er glühte vor Verachtung. Alle Gefühle, die sich im Laufe dieses Vormittags in ihm angesammelt hatten, machten sich in Wutausbrüchen gegen den „Abschaum" Luft.

„Trotzdem tun mir die Leute leid", versicherte die Eisenmenger. „Ich werde für sie sammeln. Es bleibt dabei. Ich bin tief beeindruckt."

Theodor Reckmann war an ihrer Seite. „Übrigens war der Mann im Metallkonzern beschäftigt", versetzte er ihr zum Abschied. „Er behauptet, daß er wegen radikaler Gesinnung entlassen worden ist. Jedenfalls werden die Kommunisten mit dieser Höhlengeschichte eine hübsche Hetze inszenieren, na prosit. Aber darum keine Sorge, gnädige Frau. Das Abendblatt der Neuesten ist vor ihnen da. Unsern vierzigtausend Lesern werde ich schon beibringen, wie ich die Sache auffasse. Der Wahrheit die Ehre! Und schöne Empfehlung an den Herrn Gemahl."

IV

Abends saß er im Hinterzimmer des Malepartus. Es war sehr gemütlich dort: braune Täfelung, mattes Licht, Fenster mit Glasmalerei, gelb auf rotem Grund, den Bierbrauerkönig Gambrinus darstellend, Aschenbecher aus Majolika, die alten Seidel mit dem brandroten Fuchs und ein großer, runder Tisch, an dem zehn Personen bequem Platz hatten; dazu ein paar kleinere für intime Unterhaltungen unter vier Augen, und eine schwarze Tafel, auf welcher der Kellner Bestellungen und Anrufe für die noch nicht anwesenden Herren aufschrieb. Alles in allem hätte es ein Raum für Börsenmakler sein können. Es war auch eine Börse. Es war eine Nachrichtenbörse, wo ohne Ansehen der Partei und der sonstigen Reibereien gehandelt wurde. Jeder verkaufte die Information, die er in seinem eigenen Blatt nicht verwenden durfte, an denjenigen, für welchen sie ein gefundenes Fressen war, wie man so zu sagen pflegt.

Den größten Absatz hatte der Redakteur des „Lokalanzeigers", der über die Vorgänge in der Stadtverwaltung stets am besten, noch besser als Reckmann, unterrichtet war; aber Reckmann, der aus der Deutschen Volkspartei die amüsantesten Dinge für politische Feinschmecker auszuplaudern wußte, stand ihm nicht viel nach. So handelten sie; aus Journalistenpflicht, nichts zu verschweigen, was von allgemeinem Interesse war, und dabei doch ohne jeglichen Verstoß gegen die Angestelltenpflicht, in der Presse des Brotgebers nichts zu enthüllen, was der von ihm beliebten öffentlichen Meinung zuwider war.

Von Reckmann flüsterten die Lästermäuler, daß er Speisen und Getränke nur pro forma vor seinen Kollegen bezahle und sein Geld heimlich von Frau Olga zurückerstattet werde. Das war natürlich unbewiesen. Tatsache war lediglich, daß er ungewöhnlich hohe Zechen machte, öfters „Runden ausgab" und mit Frau Olga sehr vertraut war.

Schon waren die Höhlenbewohner Tagesgespräch. Als Reckmann kam, lasen gerade zwei kommunistische Redakteure seinen Bericht im Abendblatt. Er setzte sich zu ihnen. Sie lasen: „... und gab Frau Dr. Eisenmenger ein schönes Beispiel von Opferwilligkeit, indem sie es sich nicht nehmen ließ, persönlich nach dem Rechten zu sehen und mit dem Zauber ihrer Persönlichkeit die rauhe Umgebung zu verklären. Wie ihre feine, und edle Natur sich des armen kleinen Erdenbürgers annahm, dem schon im zartesten Alter das harte Lied der Not gesungen wird, und wie die robusten Naturen aus dem Volke von ihr hingerissen wurden, das wird allen, die es miterleben durften, unvergeßlich sein."

„Ich trinke erst mal 'nen Kognak, Ober", sagte Reckmann.

Die Kommunisten kicherten, während sie lasen. Reckmann rief: „Na prosit, kichert nur. Ich bin gar nicht so. Ich liefere euch gern den Stoff für einen Witz über den bürgerlichen Schmock. Ihr könnt froh sein, daß ihr mich habt. Wenn ich nicht da wäre, müßtet ihr mich erfinden. Na prosit! Ober, jetzt ein Helles." Er setzte sich ein wenig auf, rückte den Stuhl näher heran und lehnte sich auf den Tischrand. „Wenn ihr wüßtet, was die Eisenmenger alles geschwatzt hat . . .! Da könntet ihr ganz anders kichern."

„No, was wird das übergeschnappte Frauenzimmer schon viel geschwatzt haben. Unerheblich."

„Haha! Unerheblich! Haha! Wenn ich reden wollte!"

„Also dann reden Sie doch. Immer die blöden Andeutungen. Heraus mit der Sprache!"

„Erst die Gegenfrage. Was ist euch die Sache wert?"

„Können wir vorher nicht wissen."

„Könnt ihr nicht wissen! — Sonst seid ihr doch nicht auf den Kopf gefallen. Junge, was wollte ich daraus machen, wenn es in den Neuesten zu machen wäre. Vierspaltige Überschrift: Rückfall in die Barbarei. Darunter: Wohnungsskandal in Wahnstadt. Siebenköpfige Familie vom Unternehmertum auf die Straße gejagt. Säugling halb verhungert auf der blanken Erde. Anblick, der Blut in den Adern erstarren macht. Unternehmerdämchen verhöhnt die Ärmsten der Armen . . . Teufel noch mal, ihr seid keine richtigen Journalisten, wenn ihr kein Gefühl für so'n Leckerbissen habt." Er schlängelte sich noch näher an sie heran. „Na schön, wenn ihr kein Interesse habt. Zwingen kann ich euch nicht, wie die Eisenmenger gesagt hat, aber es ist eine Sünde. Dann muß ich eben zur Konkurrenz gehen. Die SPD leckt die Finger danach."

Sie fuhren beide zugleich in die Höhe. Reckmann stellte sich dumm. „Was habt ihr?" fragte er bieder.

„Zehn Mark für das Material, unter der Bedingung, daß es brauchbar ist."

Reckmann barst vor Lachen.

„Schlauberger, ihr! Die reinsten Kapitalistenmethoden auch bei euch, wenn's ums Geschäft geht. Die SPD hat mir unbesehen zwanzig Emmchen geboten. Unter Brüdern ist es dreißig wert."

„Fünfzehn."

„Dreißig. — Ich möchte es wirklich nicht gern der SPD aushändigen."

„Zwanzig."

„Fünfundzwanzig —, und bedingungslos."

„Zwanzig fürs erste. Wenn es gut ist, lassen wir mit uns reden."

„Fünfundzwanzig, bedingungslos. Für zwanzig könnte ich es ja auch der SPD verkaufen. Ihr wißt ganz gut, wieviel lieber ich mit euch abschließe, und es ist eine Forderung der Billigkeit, daß ihr diese Vorliebe honoriert. — Abgemacht? Zwanzig Mark für das Material und fünf für die Gefälligkeit."

„Gut denn, abgemacht. Schießen Sie los."

Er ließ es sich nicht zweimal sagen; und so kam es, daß Frau Dr. Eisenmenger zur selben Zeit verraten wurde, da sie sich, nichts Böses ahnend, an dem Bericht der „Neuesten Nachrichten" labte. Aus Dankbarkeit übersandte sie Reckmann ihr Bild mit Widmung und eigenhändiger Unterschrift. Es gelangte am anderen Vormittag in seine Hände, eben als er die kommunistische Zeitung entfaltete, in welcher die Frau Syndikus als „Fratze der verrotteten Bourgeoisie" gebrandmarkt war. Alles, was sie mit hoher Strenge gesagt hatte, war dort ins Lächerliche gezogen; der Vergleich mit den Armen der biblischen Zeit, die Genugtuung über den Geburtenüberschuß, die Belehrung der unglücklichen Mutter — nichts war ausgelassen. „So grimassiert die herrschende Klasse in ihrer Fäulnis", lautete der schönste Satz in einem Bericht, der von gepfefferten Ausdrücken wimmelte wie diesem: „Dicksäcke, die im Fett schwimmen und ihre Schoßhunde mit der Milch füttern, die den Proletenkindern gestohlen wird."

Theodor Reckmann legte das Bild daneben, sah es lange an und sagte zu dem Volontär, der ihm beigegeben war: „Nun sehn Sie bloß, wie die Kommunisten lügen. Es ist unglaublich. Diese bescheidene Dame mit dem verkümmerten Busen — und dann: Dicksäcke! Diese kerndeutsche Frau, deren *friderizianische Sparsamkeit* so eingewurzelt ist, daß es kein Dienstmädchen bei ihr aushält — und dann: Schoßhunde mit Milch füttern! Na prosit. Ich habe Gott sei Dank einen gesegneten Appetit und möchte wahrhaftig kein Schoßhund bei ihr sein."

Obwohl es nur ein kommunistisches Blatt war, entstand im Hause Eisenmenger eine fürchterliche Aufregung. Der Syndikus hatte eine solche Scheu davor, seinen Namen in der Zeitung zu sehen, daß er nicht einmal die Aufsätze, die er für die Arbeitgeber verfaßte, persönlich zeichnete... und jetzt dies! Er gebärdete sich wie tobsüchtig. „Das ist doch zu infam! Man muß etwas dagegen unternehmen! Meinst du nicht auch, liebe Gertrud?"

„Was denn?" säuselte sie, einer Ohnmacht nahe, „du willst doch nicht vor die Gerichte gehen?"

„Gerichte kommen nicht in Frage. Ja, wenn es noch Richter gäbe! Aber diese republikanische Justiz ist gegen links von einer unglaublichen Milde, wogegen sie nationalgesinnte Männer im Handumdrehen verknackt. Na, es kommen auch wieder mal andere Zeiten, liebe Gertrud, verlaß dich darauf. Inzwischen müssen wir uns mit Friedrich dem Großen behelfen: niedriger hängen! Ich werde also mit Reckmann sprechen, damit er die Gemeinheit niedriger hängt. Wir sind sowieso für heute abend im Malepartus verabredet. Es ist da nämlich von einem unserer Industriephilosophen eine ausgezeichnete Arbeit über die Gewinnverteilung geliefert worden, wirklich ganz ausgezeichnet, warte mal, das wird auch dein Interesse erregen —"

„Warum Interesse?" fragte sie. Er wußte nicht gleich, was sie im Schilde führte, und fragte etwas einfältig zurück: „Wie, warum?"

„Daß du dir das gar nicht merken willst, Eberhard. Es heißt nicht: Interesse, pfui, es heißt: Belang."

„Ja, selbstverständlich, Belang", versetzte er zerstreut und fuhr sich mit dem Handrücken über die Augen. „Wir Wissenschaftler schleppen die Fremdwörter wie eine böse Erbschaft mit uns herum, das ist entschuldbar. Du mußt Geduld mit mir haben." Er küßte ihre Hand, sie verzieh ihm lächelnd: „Nun, was hast du mir zu sagen? Es erregt meinen Belang."

„Ich wollte sagen, daß ich aus der Arbeit unseres Philosophen —"

„Eures Weisheitsfreundes", verbesserte sie duldsam und schrieb seine Vergeßlichkeit der Krankheit zu, die sie ihm einredete. „Du mußt dich mehr schonen, Eberhard. Du hast schon wieder Ringe um die Augen, blau wie Tusche. Du bist zittrig.

Du mußt wieder kräuteln." Das bedeutete, daß er Kuren mit Kräutertee machen sollte. Eine Sekunde lang schwindelte es ihn wirklich. Dann raffte er sich auf: „Ich wollte also sagen, daß ich aus der Arbeit unseres Weisheitsfreundes einen Auszug für die Neuesten Nachrichten gemacht habe. Sie muß unbedingt unters Volk. Eingangs spricht er von dem unabänderlichen Naturgesetz, wonach der Ertrag eines industriellen Werkes zwischen dem geistigen Stab und den Muskelarbeitern geteilt werden muß. Alsdann erklärt er, warum die Teilung vorgenommen wird: nämlich zur Besserung der Lebenshaltung. Daß eine solche Besserung allein auf der geistigen Arbeit beruht, leuchtet ein, denn Muskelarbeiter könnten höchstens die jeweilige Lebenshaltung wahren. Da aber Stillstand Rückgang ist — nicht wahr? — so müßten wir, wären die Muskelarbeiter entscheidend, bei der Lebenshaltung des Neandertalmenschen verharren. Mithin hat, wer nur Muskelarbeit leistet, keinen Anspruch auf einen höheren Lohn als denjenigen, der nach der Verteilung des Gewinns unter die geistigen Leiter, das sind die Unternehmer und ihre engsten Mitarbeiter, noch abfällt. Wenn die Arbeiterschaft heute trotzdem besser lebt als der Neandertalmensch, so dankt sie das nur der Gutmütigkeit, mit welcher ihr die Geistesarbeiter vom Ertrag ihrer Leistung freiwillig abgeben. Ist es nicht hervorragend, wie der Weisheitsfreund, wo andere eine Kette abhaspeln, Glied um Glied zur Kette fügt? Daneben verblaßt alles Geschwätz der Gewerkschaften. Daneben versinken Tarifverträge, Schiedsgerichte, und solcher Unsinn."

„Ich bin entzückt. Diese weisheitsfreundliche Ableitung müßte in goldenen Lettern in die Tore der Werkstätten gegraben werden. Runen unserer Zeit."

Leider konnte diese Idee nicht zur Ausführung gelangen, da Windhäuser nach Abschaffung des Achtstundentages den verfügbaren Platz über den Portalen des Metallkonzerns bereits mit der Mahnung „Kommt ausgeruht zur Arbeit!" besetzt hatte. Die Veröffentlichung in den „Neuesten Nachrichten" mußte als Ersatz dienen.

„Na prosit, was wollen Sie noch mehr", begann Reckmann, als ihm Eisenmenger im Malepartus sein Herz ausgeschüttet hatte, „dies ist doch die beste Abfuhr für das rote Giftblatt.

Sie werden doch diesen Ehrabschneidern nicht den Gefallen einer persönlichen Erwiderung tun wollen?"

„Das nicht. Das ist meiner nicht würdig."

„Ihrer Frau Gemahlin noch weniger."

„Allerdings ... Aber diese Sudelei ... Ich dachte ... Wo sich doch der deutsche Zeitungsleser durch eine geradezu kindliche Gläubigkeit auszeichnet ..."

„Ehe Sie weiter denken, bester Herr Doktor: Sie würden Ihren Gegnern nur Wasser auf die Mühle leiten. Die Roten würden sich die Hände reiben. Es sähe ja wie eine Bestätigung des Sachverhalts aus, wenn wir gegen die Beleidigungen angingen, ohne den Kern der Sache zu widerlegen. Es sei denn" — hier lachte er den Syndikus treuherzig an —, „es sei denn, daß Sie die Richtigkeit bestreiten können; daß Sie die Worte, die Ihrer Frau Gemahlin in den Mund gelegt werden, als Verleumdung bezeichnen können, meine ich."

Eisenmenger sagte ernüchtert, daß er dies nicht überprüft habe, weil er nicht den geringsten Zweifel hege.

„Sehen Sie", fiel Reckmann ein und warnte mit dem Zeigefinger, „eine solche Prüfung wäre doch für einen Journalisten das erste Erfordernis. Ich persönlich bin selbstverständlich überzeugt, daß Ihre Frau Gemahlin sich niemals so albern benommen hat. Aber was hätten wir davon, wenn wir auf die Schimpferei wieder eine Schimpferei setzten? Zwar hat *Altmeister* Goethe gesagt: Auf groben Klotz ein grober Keil — aber bei allem berechtigten Selbstbewußtsein müssen wir schließlich eingestehen, daß die Roten in der Nachfolge Goethes weitergekommen und uns in der Grobheit über sind. Das Ratsamste ist totschweigen, verehrter Herr Doktor, erhaben darüber sein. Es reicht Ihnen ja nicht an die Schnürsenkel. Lassen Sie statt dessen Ihren Philosophen über den Neandertalmenschen sprechen. Na prosit, ab dafür! Und Ihre Frau Gemahlin mag sich an dem Sprichwort aufrichten, daß es nicht die schlechtesten Früchte sind, daran die Wespen nagen."

V

Kaum hatte Frau Jaguttis-Kadereit im Abendblatt das Lob der Eisenmenger gelesen, als sie im Gaumen ein brandiges Gefühl verspürte und grüne Flämmchen aus ihrem Mund zu züngeln schienen. Sagte sie sich auch, daß Reckmann übertrieb, so blieb doch der unbestreitbare Widerhall, den die Eisenmenger gefunden hatte — freilich auch bei allem Neid darauf der Trost, daß ihr der praktische Erfolg versagt worden war. „Das meiste ist noch zu tun — was sag' ich? Noch ist überhaupt nichts getan. Wo nur mein Mann bleibt? Er könnte mir authentischen Bericht erstatten."

Sie telephonierte zum Büro: manchmal vergaß er dort über seinen Plänen die Zeit. Sie hörte den Apparat tuten, sonst nichts; eine grausame Ausgestorbenheit, die ins Innere des Körpers schleicht.

Ihr zum Trotz plappert sie sich hundertmal vor: „Ich muß stehenden Fußes handeln. Ich muß können, was die Eisenmenger nicht konnte. Was die Eisenmenger nicht konnte, muß ich können. Stehenden Fußes muß ich handeln."

Von Unrast umhergetrieben, durchjagt sie das Haus wie ein Rennpferd, das über die Hürden fegt. Türen knallen, Vorhänge fliegen, Decken wehen, Papiere flattern in dem Wind, den sie macht. Kein Stuhl, in den sie sich nicht hineinwirft, kein umherliegendes Buch, das sie nicht aufblättert. Gedanken kommen und gehen, geschäftig pickt es in ihrem Gehirn wie ein Vogel im Hanfsamen. Nach allen Richtungen spielt das Telephon. Kopflos, einem Menschen ähnlich, der bei einer Feuersbrunst zuerst eine leere Pappschachtel rettet, fängt sie mit Leuten an, die jetzt am wenigsten bedeuten. Da ist Sanitätsrat Behmenburg: schon im Malepartus. Richtig, heute hat Studienrat Limpinsel seinen literarischen Zirkel, da muß sie ja auch noch hin. Ob sie Zeit finden wird? Heute schwerlich. Da ist Reckmann: dienstlich in der Generalversammlung der Aquarienfreunde. Reckmann versteht sich auf Fischzucht wie auf Fischfang. Im Hause Jaguttis hat er früher einmal Skalaren in das Bassin gesetzt, jene platten, breitbauchigen Fische, die aussehen wie geflügelte Regenbogen und so vornehm sind, daß die Arbeiter statt ihrer die billigeren Scheibenbarsche nehmen müssen, die sie dann „Arbeiterskalaren" oder in drolliger Verstümmelung „Arbeitersklaven" nennen — so, wie die Ziehharmonika in manchen Gegenden Steinhauer- und Bergmannsklavier heißt. Soziologisch ungemein interessant, wie sich die Ausgestoßenen einen Schimmer aus dem Paradies zu verschaffen wissen, aus den versperrten Bezirken der eleganten Tier- und Menschenwelt.

„Lieber Himmel, wohin verirre ich mich! Wie kann ich nur jetzt an diese Bagatellen denken." Wahllos dreht sie die Nummernscheibe des Telephons, die sie elektrisiert. Da ist Stövesand: „Besichtigt mit Fräulein Roloff den Platz für die gymnastische Waldschule", sagt die Haushälterin, denn Stövesand ist Junggeselle, und die verliebte Haushälterin hat die Verabredung belauscht. „Besichtigt mit Fräulein Roloff den Platz für die gymnastische Waldschule . . ."

„Wie?" Die Jaguttis-Kadereit reißt sich in die Höhe, daß beinahe die Strippe aus dem Apparat bricht. „Ist mein Mann mit? Darüber können Sie keine Auskunft geben, so. Können Sie nicht oder dürfen Sie nicht? Können nicht, ja ich weiß schon. Wie? Nein, danke schön, ich habe nichts zu bestellen." Ihr Gesicht vergilbt, ein Stachel sitzt in ihrer Brust. Bund Deutscher Architekten: „Nein, Herr Jaguttis ist nicht hier gewesen." Erschöpft sinkt sie hin. „Es ist erwiesen", jammert sie.

Jetzt Roloff. Endlich einer, den man packen kann.

„Wissen Sie, wo mein Mann ist? Auch nicht? Ist er vielleicht mit Fräulein Melitta und Stövesand in den Stadtwald gefahren? Wie sagen Sie?" Sie hat sich schon dermaßen in die Vorstellung verrannt, daß sie ordentlich böse ist, nicht sofort eine Bestätigung zu hören. „Ich verstehe nicht. An Ihrem Apparat muß was nicht in Ordnung sein, es rauscht so. Ach? Fräulein Melitta lernt Autofahren? Seit wann denn? Die erste Woche? Da kann sie wohl noch nicht allein in den Stadtwald kutschieren. Wie? Gott, ist das ein gräßliches Getöse. Ach so, Sie kümmern sich nicht darum, wohin Fräulein Melitta fährt. Hören Sie mal, eine Sekunde noch, Herr Roloff, oder störe ich Sie? Wollen Sie mir etwas von dem grausigen Fund auf Ihrem Bauplatz erzählen? Wie? Nicht grausig? Aber ich bitte Sie. Ja, gewiß habe ich die Zeitung gelesen. Weiter wissen Sie auch nichts? Nicht ein bißchen? Dann entschuldigen Sie vielmals. Guten Abend."

Auf der anderen Seite tobte Roloff. Reckmanns Erzählung hatte von neuem alle Bitterkeit gegen die Bürokraten und alle Enttäuschung über die Eisenmenger aufleben lassen. Daß sie seine Person und den Hotelbau noch einmal gehörig herausstrich, bereitete nur geringe Linderung. „Ich bin nicht in der Verfassung, einer Närrin Rede zu stehen!" sagte er knurrig. „Bolschewik könnte man werden!" Wer weiß, wenn Eugen jetzt zu Hause wäre, vielleicht fänden sie sich. Aber er ist zum Boxen gegangen und kehrt erst spät zurück. Als Roloff ihn nach Mitternacht in einer Debatte mit den kommunistischen Redakteuren antrifft, ist seine Stimmung längst wieder umgeschlagen. Tadelnd sagt er: „Was läßt du dich mit den Bolschewiken ein? Sie schmusen sich an, sie verführen dich. Du machst dich unmöglich."

„Aber du machst dich doch auch nicht unmöglich, Papa, obwohl sie in deinem Hause ihr Geld verzehren."

„Das ist was anderes."

„Wieso ist das was anderes?"

„Solange sie bloß Gäste sind, geht mich ihre Weltanschauung nichts an. Geschäftlich ist im Malepartus das Bier die einzige gültige Weltanschauung."

Durch Dr. Brilons düster bebrilltes Gesicht wurde der Abend nicht verschönert. Eugen sah in ihm, der nach einem Rathaussessel trachtete, weil er nicht auf eigenen Füßen stehen konnte, die Seele einer umgestürzten Zeit, die entlieh, was sie nicht besaß, und noch die Besitzlosigkeit der Selbstbespiegelung dienstbar machte. Ferdinand — starr und langweilig, ruft ihn „Ferdi", und es wird ein kecker Hochstapler daraus.

Ein Auto fährt vor, das ist Melitta. Wiegend im Gang wie ein Zelter, entsteigt sie ihm — Stövesand und Jaguttis mit ihr. Brilon erbleicht. Seine Augen rollen böse hinter den Brillengläsern „Hallo", sagt Melitta, „war das fein. Der Fahrlehrer hat mich einen neuen Wagen fahren lassen, eigentlich darf er das ja nicht, aber er ist ein scharmanter Kerl." Noch funkeln ihre Augen von der Anstrengung des Fahrens in der Dämmerung, noch sind ihre Pupillen groß und um Sicht bemüht, so wie sie sich in die Fahrbahn gebohrt haben.

„Und wer ist noch alles scharmant?" fragt Brilon und verfinstert sich immer mehr.

Sie antwortet und gibt ihm einen Backenstreich: „Du nicht, dummer Junge. Die Waldschule wird herrlich, ein weiter Plan mit mannshohem Ginster und Birken, deren Kronen wie quellendes Wasser im Winde springen!" Sie geht durch die weitläufigen Gänge des Malepartus mit dem ausholenden Schritt und den schlenkernden Armen eines Menschen, dem federnder Heideboden und große Ebenen zu Gebote stehen. Hinter den Brillengläsern glühen Brilons Augen wie die Augen einer Eule im mächtigen Gemäuer.

Dies sind die Augen, die Frau Jaguttis-Kadereit vor sich sieht, als sie das unbefriedigende Gespräch mit Roloff beendet hat. Brilon, Reckmann, Stövesand — alle möchten sie dieser Tänzerin habhaft werden. Was hat sie an sich, diese Circe? Ist sie nicht pummelig, sommersprossig und stupsnäsig? Aber sie kokettiert mit ihren Mängeln, sie ist mannstoll, und Mannstollheit mögen die Männer; nur wer wie die Jaguttis-Kadereit gewohnt ist, die frauliche Substanz zu suchen, sieht die Auszehrung, die Seichtheit, die geistige Untiefe ...

Melitta Roloff muß unter die Haube, damit es aufhört. Man muß Frau Roloff zusetzen. Frau Roloff ist für Reckmann, Frau Jaguttis-Kadereit ist es auch. Stövesand? Ein unbeschriebenes Blatt. Brilon? Frau Roloff ist gegen Brilon, und Frau Jaguttis-Kadereit ist es auch, schon weil Frau Eisenmenger für ihn ist. Hu, diese Eulenaugen. Augen eines Strebers, der noch zu dumm ist, um eitel zu sein. Und die Eisenmenger mit ihrem affektierten süßlichen Schierlingsgesicht dahinter!

Die Eisenmenger ... Gott im Himmel, es muß ja etwas für die Höhlenmenschen geschehen.

Nacheinander klingelt sie den Stadtrechtsrat Hedderich und den Stadtmedizinalrat Prießnitz in ihren Wohnungen an. Beide lassen sich verleugnen; oh, die Jaguttis-Kadereit kennt diese Manöver auswendig. Eine tranige Frauenstimme: „Ja, hier — bei Medizinalrat Prießnitz." — „Ist Herr Medizinalrat da?" — „Wer spricht denn dort?" — „Jaguttis-Kadereit in einer dringenden, sehr dringenden Sache ..." — „Der Herr Medizinalrat ist nicht zu Hause ..." Die Stimme wird noch traniger, noch ungewisser, als käme sie von einer Bauernmagd, die zum erstenmal telephoniert. „Natürlich ist er zu Hause!" kreischt die Jaguttis-Kadereit und platzt vor Wut. „ich weiß, daß er zu

Hause ist! Es geht um Menschenleben!" lügt sie. — „Einen Augenblick mal." Lahm, gequollen, nicht aus der Ruhe zu bringen ist die Stimme, breiig wie bei einer gemästeten Gans; und dann kommt die katzenfreundliche Medizinalrätin und gibt autoritative Auskunft, daß ihr Mann nicht da ist und sie ihm gern etwas ausrichtet. „Ich danke", sagt stechend Frau Jaguttis-Kadereit, „ich muß den Herrn Medizinalrat persönlich haben." — „Dann bedaure ich sehr..." Ja, bedaure du nur. Die Jaguttis-Kadereit verzweifelt nicht, sie trägt die Dornenkrone einer Kämpferin für „brüderliches Sein" und wird sich Geltung verschaffen. Der Oberbürgermeister muß heran Sie erfährt, daß er erst in der Nacht aus Berlin zurückkehrt. „Wann?" — „Gegen eins." — „Ich werde warten."

Sie wartet, kritzelt einen Bogen voll mit einer Rede für den „Johanni-Nachmittag", Worte ohne Sinn, wirft ihn in den Papierkorb, dreht das Grammophon auf, Rondino über ein Thema von Beethoven, Erika Morini geigt es; sie stellt mittendrin ab, liest ein Buch, Buchstaben ohne Worte, klappt es zu und wartet.

Um zwölf kam ihr Mann. Sie hörte ihn in seinen Zimmern verschwinden. „So sollst du mir nicht entwischen", sagte sie und lief ihm nach. Nicht genug, daß sie getrennt schliefen, wohnten sie auch getrennt. Waren in den Zimmern der Frau die Möbel ethisch erfüllt und betont, ein wenig schweifig und mit vielen Decken und Kissen, Handarbeiten, Kunstgewerbe, Bronzen und Japanvasen untermischt, so waren die Zimmer des Mannes fast nur mit Kleinmöbeln voll exzentrischer Krümmungen besetzt — Stühlen wie Fragezeichen, auf die man sich nicht zu setzen wagte, da man umzukippen fürchtete, Tischen mit verrenkten Zwergbeinen und klapprigen Platten, auf die man nichts zu legen wagte, verdrehten Bücherborden und Hokkern, in deren Gefächern Broschüren und Zeitschriften den Eindruck ständiger Beschäftigung und höchster Aktualität erweckten, obwohl sie sich bei näherem Zusehen als staubige Ladenhüter entpuppten, Lampen, die keine Lampen, sondern Beleuchtungskörper waren und mit dem Licht gleichzeitig eine Art rheumatischer Weltanschauung spendeten, aus verblödeten Ballen, die auf geschlitzten, gegabelten, verbogenen Stielen saßen und oben, wie eine Balggeschwulst auf dem Kopfe eines

Embryos, gehörnte Knöpfe trugen. Kurzum, die Zimmer des Architekten wirkten ungemein modern und sensibel, aber wenn man einige Zeit darin geweilt hatte, erschien das alles, wenn schon nicht etwa kalt und unwirtlich, so doch unfertig und nicht gebrauchsfähig; so, als hätte ein Tischler Kinderspielzeug anfertigen wollen und wäre über der Arbeit innegeworden, daß sein Material für Höheres ausreichte; so, als sollte die Schnelllebigkeit der Zeit dadurch bewiesen werden, daß schon die Modernität museumsreif war.

Eben war Jaguttis im Begriff, seine Hausjoppe aus violetter Seide anzuziehen (in welcher er dem Geist der Gotik am nächsten zu sein glaubte), als seine Frau mit einem fauchenden Laut die Tür aufmachte. Sie sagte ihm auf den Kopf zu, daß er mit Melitta im Stadtwald gewesen sei. Er preßte das Monokel tief in die Augenhöhle, damit sie sein schlechtes Gewissen nicht preisgeben konnte, und beteuerte seine Unschuld.

„Ich war im Malepartus", sagte er.

„Du lügst", zischte sie zwischen Tür und Angel. „Du magst aus dem Malepartus kommen, doch warst du nicht den ganzen Abend dort."

„Wann hast du angerufen?"

„So fragt man die Leute aus."

Darauf schwieg er, und sein Schweigen erregte sie noch mehr. Er zündete sich eine Zigarette an. Ihr Gesicht, das nur von den aufgepeitschten Nerven unterhalten wurde, zeigte im Zustand der Erschöpfung die Totenblässe einer Schwindsüchtigen. Auf der Oberlippe sproßte ein Flaum magerer Haare. Ihm schauderte. Er ging unstet umher, ruderte mit den Armen und schilderte ablenkend, wie kläglich die Eisenmenger gescheitert war. Er schilderte alles, von Anbeginn, mit improvisatorischer Farbigkeit. Ab und zu öffnete sie groß die Augen, über welchen die Brauen, eine wuchernde Borte, ineinander verwachsen waren. Noch war sie voll Mißtrauen und Unversöhnlichkeit.

„Hast du das erfunden?" fragte sie. „Hast du das erfunden, um Absolution von deinen Sünden zu erlisten? Bei Reckmann liest sich's nämlich anders, du."

Die starke Vertiefung am Ende ihres Nasenrückens füllte sich aus und hob die Borte der Brauen. Darunter lagen die Augen wie zwei Halbmonde.

„Reckmann!" sagte der Architekt und schnippte mit den Fingern. „Wenn es ihm zuzutrauen wäre, könnte man meinen, er sei ein Ironiker. Übrigens kannst du ja Roloff und Stövesand fragen."

Sie brauchte nicht zu fragen: am nächsten Tage schickte er ihr durch einen Laufjungen das kommunistische Blatt. Er kam zum Essen nach Hause, was er während der Bausaison selten tat, und sie empfing ihn zart wie ein junges Mädchen.

VI

Die Rettungsaktion für die Höhlenmenschen nahm ihren Fortgang. Vom Augenblick seiner Rückkehr bis zu ihrem Abschluß hatte Schwandt keine ruhige Minute mehr. Noch in der Nacht läutete Frau Jaguttis-Kadereit an; sie hatte nachgesehen, wann der Berliner Schnellzug eintraf und die Zeit berechnet, die der Oberbürgermeister brauchte, um seine Wohnung zu erreichen. Es stimmte fast auf die Sekunde. Schwandt nahm, die Aktentasche noch in der Hand, den Hörer ab. Im nächsten Augenblick bereute er es. „Ach du lieber Heiland, die demokratische Kaffeetante." Es gelang ihm, sie abzufertigen, doch gelang es ihm nur, indem er sie aufs Rathaus bestellte.

Er arbeitete noch ein wenig. Seine Frau brachte ihm Tee und Gebäck an den Schreibtisch. Trotz der späten Stunde blieb sie auf und saß dann, wie immer, mit ihrer Handarbeit bei ihm — nur daß sie diesmal nicht schweigsam war. Sie las ihm Reckmanns Höhlenreportage vor, und als sie geendet hatte, fragte sie: „Was soll man davon halten? Reckmann drückt sich nicht deutlich aus. Sicher ist es ein Gewohnheitstrinker. Sicher sind die Kompetenzen nicht richtig abgegrenzt. Gleichwohl meine ich, daß du eingreifen mußt."

Die grünbeschirmte Lampe warf auf Schwandt einen milden Lichtkegel. „Nimm eine leichte", bat besorgt seine Frau, als er eine Brasil anbrannte; „wenn es denn unbedingt eine Zigarre sein muß, so spät in der Nacht." Er hielt die Brasil mit beiden Händen und strich verspielt über das Deckblatt hin. „Es muß eine Zigarre sein", sagte er lächelnd, „und eine schwere. Diese hysterischen Weiber, entschuldige, meine Liebe, sind ja auch scharfer Tobak." Er rutschte auf dem Stuhlkissen und fuhr behäbig fort: „Es wird nicht mehr nötig sein, daß ich eingreife. Du siehst ja, daß schon die Eisenmenger eingegriffen hat. Die Jaguttis-Kadereit ist angemeldet, und Behmenburg wird nicht zurückstehen wollen. Ihr naht mir wieder, schwankende Gestalten." Er kaute an seiner Zigarre. „N—naa", sagte er langgezogen. „Brennt schlecht, das Biest." Er schnitt ein strunkiges Stück weg, hierauf hob er wieder an: „Alle sind sie da mit ihrem Edelmut, ihrer Tränenseligkeit, ihrem himmelblauen Idealismus. Die Deutschen teilen sich in zwei Sekten. Die einen wollen immer Retter des Vaterlands, die anderen immer Retter der Menschheit spielen. Und je mehr Retter sich auf beiden Seiten zusammenfinden, desto mehr siechen Vaterland und Menschheit hin."

„Ist nicht deshalb ein praktischer Kopf wie der deine doppelt wichtig? — Was wirst du tun? Selbst wenn der Mann ein Trinker ist und die Frau nicht aus gutem Holz geschnitzt —, man hat ihnen ja auch die Arbeit genommen, und die armen Kinder können bestimmt nichts für ihr Los."

Sie war ziemlich gespannt, was er darauf erwidern würde. Er erwiderte aber nur, daß das Leben dieser Leute nicht einfach zu beurteilen sei, und schien nicht näher darauf eingehen zu wollen. „Laß uns schlafen gehn", sagte er gähnend, indem er die vorzeitig erloschene Zigarre achtlos weglegte. Da seine Frau ihn jedoch unverwandt anschaute und er gerade am Bücherschrank vorbeikam, der mit alten Philosophen befrachtet war, setzte er mit plötzlichem Tonwechsel hinzu: „Wenn ich nicht irre, ist es Plato, der gesagt hat, wer über die Menschen reden wolle, müsse ihre Geburten, Heiraten und Todesfälle ins Auge fassen, ihre Versammlungen, Gerichtsverhandlungen, Feldarbeiten, Kriegszüge, Friedensschlüsse, verödete Landesteile, Feste, Totenklagen und Jahrmärkte, und dies von einem höheren Standpunkt aus. Mir scheint jedoch, daß es nicht weise war, dieses Geheimnis an ebendieselben Menschen zu verraten, die Krieg und Frieden, Justiz und Jahrmärkte samt dem höheren Standpunkt machen und damit Geld verdienen. Dadurch ist der höhere Standpunkt der gefährlichste geworden; er begünstigt den Wahn, daß der Krieg nötig sei, um den Frieden zu sichern, der Jahrmarkt, um Handel zu treiben, die Rechtsprechung, um Gerechtigkeit zu üben. Gerechtigkeit! Ich bitte dich, meine Liebe — ein so felsiger Begriff, daß selbst eine objektive Rechtsprechung abstürzen müßte, und dabei ist nicht einmal diese den Menschen erreichbar! Sie existiert in keinem Lande der Welt, gleichviel ob es eine bessere oder schlechtere Justizverfassung hat als wir, denn daß wir längst nicht die beste und auch längst nicht die schlechteste haben, weiß bald jedes Kind. Alle Hohelieder auf die Unabhängigkeit der Richter — darunter verstehe ich die Unabhängigkeit von ihrem eigenen Dasein mit allem Drum und Dran —, sind lächerliche Schönfärbungen des menschlichen Charakters. Wenn es wahr ist, daß das Tragen einer Uniform einen unheilvollen Einfluß auf den Geist des Trägers ausübt, so ist es nicht minder wahr, daß das Tragen eines Talars ihn nicht erleuchtet."

Das Thema hatte ihn mit einem Male so gepackt, daß er sich wieder hinsetzte und nach einer neuen Zigarre griff. Seine Frau, ganz im Banne seiner mitteilsamen Rede, ließ ihn gewähren und fragte: „Aber ein ehrliches und reinliches Streben nach Objektivität ist doch wohl vorhanden?"

„Es ist vorhanden, aber es ist ein Selbstbetrug", erklärte er. „Es ist die Übernahme einer selbstschuldnerischen Bürgschaft, die in gutem Glauben erfolgt und am Verfalltag zum Bankerott führt. Niemand kann aus seiner Haut, wie sehr er sich auch anstrengt. Ein Richter, der Hausbesitzer ist, muß ein Delikt, das im Verlauf von Mietstreitigkeiten entstanden ist, anders beurteilen als ein Richter, der selbst zur Miete wohnt. Er muß. Er kann dieses Moment nicht ausräumen, und wenn er es verdeckt, wird es ihm vom Unterbewußtsein her desto heftiger eingeschärft. Das ist ein Beispiel für Tausende, vom Politischen erst gar nicht zu reden; und was vom Richter gilt, gilt ohne Ausnahme von jeder öffentlichen Person. Es gibt auf Erden keine Unparteilichkeit, wie es auch keine Güte gibt; es gibt nur Geflunker von Unparteilichkeit und Güte. Die einen treiben es bloß vor der Welt, die anderen treiben es auch vor sich selbst."

Die große Stille, die er für eine Weile folgen ließ, unterstrich seine Worte. Es war, als ob sie ihnen recht gebe, ja als ob sie selber sie entstehen ließe und einem Vormund anvertraue, einem Manne, der vor anderen den Vorzug haben sollte, einen Mund zu besitzen, durch welchen er die stumme Kraft der Unmündigen aufschließen und in einer erwünschten Sprache zum Reden bringen konnte.

„Möchtest du noch etwas Tee — ja, Theis?" fragte Frau Schwandt in dieser Stille. Es war ihre Abkürzung für Matthias. Er schob ihr die Tasse hin, sie streifte den Wärmer von der Kanne und goß ihm ein. Da es der Rest war, gluckste und blubberte es. Sie war mit seinen einprägsamen Gedanken beschäftigt. „Weißt du auch", fragte sie, „daß du, so wie du sprichst, den moralischen Nihilismus rechtfertigst? Er mag am Anfang manches für sich haben, aber wo soll er enden? Schließlich bliebe nur der Selbstmord oder ein skrupelloses Leben als Bösewicht."

„Dazwischen bleibt ein Drittes."

„Das wäre —?"

Er blinzelte.

„Das Spiel bei vollem Bewußtsein mitzuspielen, seiner Falschheit angemessen, mit gemischten Karten, nicht aus Raffgier, sondern aus Freude am Spiel."

„Tust du das?" fragte sie atemholend.

„Ich versuche es."

Er nahm sich Zucker in den Tee, verrührte ihn sinnend und sprach weiter.

„Du wirst einwenden, dies alles sei eine unfruchtbare Anklage der menschlichen Unvollkommenheit, die nun einmal unabänderlich sei, und gegen die wir, wenigstens theoretisch, die Berufung an die göttliche Unfehlbarkeit hätten. Aber ich denke nicht daran anzuklagen. Es ist vielmehr eine Absage an die Idealisierung der menschlichen Unvollkommenheit, das heißt an die Einbildung, daß auch sie durch strebendes Bemühen dem göttlichen Sittengesetz einzufügen sei. Es irrt der Mensch, solang er strebt — das, meine Liebe, ist ein Gemeinplatz, auf dem sich unsere Oberlehrer aller Fakultäten niederlassen. Die Tatsachen sind schrecklicher. Der Irrtum, erkannter ebenso wie unerkannter, Irrtum in allen Variationen ist die Grundlage der Gesellschaft. Da nichts Menschliches fehllos ist, folgert man, daß das Fehlerhafte gottgewollt und gottgefällig sei. Jeder noch so selbstherrliche Jurist wird dir ohne weiteres zugeben, daß nichts Irdisches vollkommen ist und sogar über den roten Roben der Senatoren des Reichsgerichts noch der Himmel thront, der einen besseren Richter hat — wiewohl ein krustiges Paragraphenherz vielleicht insgeheim dagegen rebelliert, daß dieser oberste Richter imstande ist, Gnade für Recht ergehen zu lassen, ohne daß es ein Staatsanwalt beantragt hat. Aber gerade die Bereitwilligkeit, womit er es zugibt, ist verdächtig. Sie muß herhalten, das Unvollkommene als Staatsprinzip zu sanktionieren. Sie verschleiert die Tendenz aller öffentlichen Institutionen, ihre Unwiderlegbarkeit auch wider besseres Wissen zu behaupten. Sie glauben, daß durch das Eingeständnis eines Irrtums das ganze System in Frage gestellt wäre, und denken deshalb stets daran, die Situation, und das sind immer nur die nächsten vierundzwanzig Stunden, zu retten — ohne zu ahnen, daß weniger ein begangener Fehler als die Furcht vor der Wiedergutmachung den Grund erschüttert, auf dem sie stehen. Unter diesen Umständen ist es freilich ein Glück, daß sie sich auf die menschliche Unvollkommenheit und die göttliche Unfehlbarkeit beziehen können, aber daß es ein Glück ist, ist ein Unglück."

Er hielt inne, um in ein Biskuit zu beißen. Seine Frau hatte die Handarbeit untätig auf dem Schoß, reglos hing sie an seinem Mund und an den blinkenden Augen, deren verwegene Funken aus dem Philosophenwinkel gespeist wurden.

„Und dieses Unglück heißt dann der höhere Standpunkt", ergänzte er. „Doch wohin kämst du, wolltest du etwa diese Höhlenmenschen von einem höheren Standpunkt aus betrachten? Zur Wahrheit gewiß nicht —, denn was dir ungeheuerlich erschiene, erscheint jenen ganz alltäglich. Wir denken: Gott, welch erbärmliches Leben führen diese Leute! Und wir denken so, weil wir ein weniger erbärmliches führen. Indem wir sie bedauern, täuschen wir uns vor, daß wir uns in ihre Lage versetzten; dabei versetzen wir uns nur immer wieder in unsere eigene, nämlich dorthin, wohin unsere Empfindungen uns rissen, wenn wir wie jene leben müßten. Wenn du auf den Kauf eines Buches verzichten mußt, geht es dir näher als es einem anderen geht, wenn er am Brot sparen muß. Darüber kann es unter Menschen, die keine Scheuklappen tragen, gar keine Debatte geben. Relativ gesprochen, gibt der Arme auch mehr Geld aus als der Reiche. Wir haben heute schon verschämte Reiche, die aus Angst, er könnte ihnen übelgenommen werden, allen Aufwand unterlassen. Der Arme hingegen kann sich alles erlauben, niemand fragt danach. Reichtum muß man eben zu Rate halten, wogegen man Armut je eher, je lieber verschwendet."

Er brach ab. Der Tag graute. Frau Schwandt drängte: „Und wie gedenkst du's im vorliegenden Fall zu halten? Schädigt es nicht den Ruf deiner sozialen Verwaltung?"

„Darum mache ich ja jetzt die Typenhaussiedlung. Es ist eine vorbeugende Maßnahme."

Ein Zipfel ansteigenden Lichtes fiel durch einen Spalt im Vorhang. Die geruhige Helligkeit der grünbeschirmten Lampe war auf einmal unbeholfen, schattenhaft und wesenlos. Hatte sie, nachtdunkel umbrandet, von Wachsamkeit und Geistesstärke gezeugt, so zerrann sie vor der milchigen Helle des keimenden Tages in Zeitvergessenheit und Schwarmgeisterei. Aus dem Garten, der an den Glockenpark stieß, kam ein zager Vogellaut, wie verschlafenes Räuspern; vom Gesträuch des Parks her vernahm man Antwort, Lallen zwischen Traum und Wachen. Dann plötzlich setzte ein trunkenes Geflimmer von Pfiffen und Trillern ein, irr und rasend, das ebenso plötzlich verstummte, um einem abgestimmten Gesang Platz zu machen.

Schwandt konnte lange nicht einschlafen: das Gehirn heißgelaufen, das Herz von den schweren Zigarren aufgestört, die Füße kalt vom Blutentzug. Er stand noch einmal auf, zog ein Paar Skisocken über und legte sich so ins Bett. Langsam stieg eine gütige Wärme den Körper hinan, und der Aufruhr im Gehirn ebbte ab. Trotzdem verfiel er in einen unruhigen Schlummer, der von den Heimsuchungen durch Höhlenmenschen und Frauenvereinsdamen vergiftet wurde.

Nach seiner Gewohnheit war er früh im Rathaus. Pünktlich wie jeden Morgen hatte seine Frau bei ihm am Kaffeetisch gesessen, obgleich sie zu so ungewohnter Stunde ins Bett gekommen war. Es war eine kameradschaftliche, verständig und wellenlos fließende Ehe, ein sanftmütiges Beieinandersein in einer Landschaft heiteren Ebenmaßes, gleich fern von schroffen Zinken und jähen Schluchten.

Sie hatte ihm das Schicksal der Höhlenmenschen noch einmal ans Herz gelegt: „Nicht wahr, Theis, du wirst ungeachtet der strittigen Kompetenzen Abhilfe schaffen? Und wenn es nur ist, um deinen Eitelfelder Feinden nicht die Mäuler aufzureißen." Er hatte es ihr versprochen; sie war eine schlichte und gute Seele, die nichts für sich begehrte und nicht mehr aus sich machte, als sie war: eine unaufdringliche und einfühlsame Gefährtin. „Ich denke, es wird einzurichten sein", sagte er ihr noch, als er fortging.

VII

Unterwegs dachte er nach: „Wohnungen haben wir nicht. Wäre auch unverantwortlich, wo dieses Pack grundsätzlich keine Miete zahlt. Kommt nur Notunterkunft in Betracht."

Er hatte einen Einfall und tippte sich an die Stirn. „Windhäusers Baracken! Endlich eine Verwendung dafür. Die Abgeschiedenheit des Ortes kommt uns zustatten, die Stadt wird nicht verunziert, und man findet so leicht nicht hin."

Diese Baracken lagen auf einem sumpfigen Gelände im Norden der Stadt, gemeinhin „das Bruch" genannt; sie waren die Reste eines Nahkampfmitteldepots, das die Heeresverwaltung dort während des Krieges aus den Beständen der Windhäuserschen Fabrikation errichtet hatte. Später waren sie für fünftausend englische Pfund an eine Eisenhandelsgesellschaft verkauft worden, an der wiederum Windhäuser führend beteiligt war. Da die Gesellschaft Miene machte, das Terrain zu parzellieren und Siedlungslustige aus dem Optantenlager zu Schneidemühl heranzulocken, bot Schwandt hundertfünfzigtausend Mark, um eine Ansiedlung zu verhindern, von welcher er voraussah, daß sie außer dem Wohlfahrtsamt niemanden ernstlich beschäftigen werde. Windhäuser forderte eine halbe Million, man einigte sich auf zweihundertfünfzigtausend. Windhäuser wies ständig auf das große Interesse der Allgemeinheit hin, und Schwandt war sich bewußt, daß das Interesse der Allgemeinheit kostspielig war. In diesem Geiste wurden die Verhandlungen geführt, und diesem Geiste entsprach auch das Ergebnis. Seitdem lag das Gelände brach, vergessen und zu nichts nütze.

Ungesäumt beorderte Schwandt den Leiter des Tiefbauamts. „Veranschlagen Sie die Kosten für die Aufschüttung der Sümpfe", befahl er ihm. „Wir wollen die Sache gleich in größerem Maßstab herrichten und mit dem nötigen Weitblick, damit wir nicht eines Tages durch Schwärme von Exmittierten überrascht werden, für die wir keinen Unterschlupf haben."

Bald darauf meldeten sich Stadtrechtsrat Hedderich und Medizinalrat Prießnitz zum Bericht. Es dünkte ihnen gut, Roloffs Beschwerde zuvorzukommen. Schwandt benutzte die Gelegenheit, um mit Prießnitz wegen der Überführung der Höhlenmenschen zu sprechen. „Sehn Sie sich die Sache im Bruch mal an. Irgendeine der Baracken wird wohl sofort beziehbar sein. Besser als ein Erdloch auf jeden Fall. Soweit Ihnen Instandsetzungsarbeiten aus gesundheitlichen Gründen notwendig erscheinen, können Sie das Erforderliche veranlassen." Der Medizinalrat wollte wissen, auf welchen Etat das gehe; Schwandt aber liebte die vorsichtigen Beamten nicht, die immer zuerst daran dachten, sich zu decken. Er bestimmte: „Teils Grundstücksverwaltung, teils Wohlfahrt. Sie müssen damit rechnen, daß Sie die Polizei in Anspruch nehmen müssen, wenn der Mann nicht gutwillig aus der Höhle geht. Betreffs der Grundstücksverwaltung werde ich das Nötige verfügen. Später werden wir weiter sehen."

Unter dem Eingang, den Herr Röwedahl vorlegte, befand sich eine Anfrage der Kommunistischen Partei für die nächste Stadtverordnetensitzung. „Flotte Arbeit", bemerkte Schwandt herzlich. „Anerkennenswert. Schade, daß man darüber zur Tagesordnung übergehen muß. Wirklich schade für die aufgewandte Mühe."

Dann kam die Jaguttis-Kadereit hereingesegelt. Wie bei allen ungelegenen Besuchern, durchkreuzte Schwandt ihre Absicht, indem er sie fortgesetzt von einem Thema zum anderen lenkte, was nicht schwer war, da sie selber, einmal angeregt, vom Hundertsten ins Tausendste kam; es bedurfte nur jedesmal eines gelinden Anstoßes, wenn der Pendel in die alte Lage zurückzuschwingen drohte. Allerdings hatte dieses Verfahren den Nachteil, daß sie nicht von der Stelle wich, nachdem die animierte Unterhaltung Selbstzweck geworden zu sein schien. Schwandt blätterte in den Akten, klingelte Herrn Röwedahl, machte sich an seinem Tisch zu schaffen, stand vom Stuhl auf, sah nach der Uhr, sprach von Sitzungen, gab bald versteckte, bald offene Winke — es fruchtete alles nichts, sie saß und schwatzte, unappetitlich und aufgedonnert, und erfrechte sich noch, seine Arbeiten, oder was er zu arbeiten vorgab, neugierig zu beobachten. Der Grimm trieb sein Gesicht auf. Nach vielen Versuchen, sie auf höfliche Weise zum Gehen zu bewegen, war er schon im Begriff, sie hinauszuwerfen, als ihm der übermütige Gedanke kam, sie mit Prießnitz zur Besichtigung der Baracken ins Bruch zu schicken. Erstens war er dann „das hysterische Frauenzimmer" los. Zweitens erwarb er sich bei ihr einen guten Namen, indem er sie an einer behördlichen Handlung teilnehmen ließ; es stand ihr frei zu glauben, daß ihr Rat begehrt und ihr Wille vollstreckt werde. Drittens war anzunehmen, daß Prießnitz sich schwarz ärgern werde.

„Beeilen Sie sich aber, gnädige Frau, der Medizinalrat wird gleich fahren. — Herr Röwedahl, sagen Sie ihm bitte Bescheid."

Rascher, als er sie hätte hinauswerfen können, war sie draußen. Er lachte hinter ihr her: „Prießnitz und seine schöne Feindin Arm in Arm, ein Bild für Götter." Niemand haßte die Jaguttis-Kadereit mehr als Prießnitz; niemand wurde mehr von ihr drangsaliert als er.

Noch auf dem Flur stieß sie mit der Eisenmenger zusammen, die soeben beim Medizinalrat gewesen war, um sich von der städtischen Fürsorge die Kosten der Hemden und Höschen erstatten zu lassen, die ihr Vaterländischer Frauenverein für das Kind in der Höhle abgegeben hatte. Wie es sich für das Gewerbe gehörte, dessen moralischer Verfechter ihr Mann war, beherzigte sie stets das Sprichwort, daß man das Eisen schmieden müsse, solange es warm sei. Prießnitz, in dieser Vorstellungswelt nicht heimisch, sträubte sich. „Gehen Sie zum Oberbürgermeister", meinte er achselzuckend. „Wenn er es zugibt... ich kann es nicht verantworten." Er sagte es in dem unterwürfig-aufsässigen Ton eines rechtlichen Mannes, der zwar gehalten ist, auch unsinnigen Befehlen nachzukommen, aber dafür mit dem Befehlserteiler nicht tauschen möchte. So machte sich denn die Eisenmenger auf den Weg zu Schwandt, und so kam es, daß sie dicht bei seiner Tür mit der Jaguttis-Kadereit zusammenstieß.

Sie begrüßten einander wie zwei Menschen, die als unbescholtene Bürger weithin geachtet sind und sich einander in ein und demselben Hause jählings als Einbrecher begegnen: mit gespitzten Ohren und niedergeschlagenen Augen. Während die eine ein paar wohlgesetzte Worte murmelte, entschuldigte sich die andere hastig wegen ihrer Eile; dabei begannen dann die Blicke der Jaguttis-Kadereit zu sprühen. „Es ist mir nämlich gelungen, den Höhlenleuten ein menschenwürdiges Obdach zu besorgen", triumphierte sie, und ihre Augen rasten; sie hätten die Eisenmenger versengen müssen, wäre diese nicht über und über vereist gewesen. Was nutzte ein Triumph, der nicht an der Mitbewerberin zehrte? Wenn er sie nicht zerstach, zerfraß, zerschund? Oder wenn man es ihr nicht ansah, wie er sie zerstach, zerfraß, zerschund? Ganz nahe, versengend nahe glitt die Jaguttis-Kadereit an die Rivalin heran, aber nichts war in ihrem Blick zu lesen außer einer beleidigenden Gleichgültigkeit, die, gespielt oder nicht gespielt, alles, was auf sie einstürmen wollte, zehn Schritt vom Leibe hielt.

„Dann auf Wiedersehn am Johanni-Nachmittag", zischelte die Jaguttis-Kadereit und entschwand, schlottrig, morsch, eine umgeworfene Vogelscheuche. Gnädig nickte die Eisenmenger; wie ihr Vaterland besaß sie die Fähigkeit, sich für unbesiegt und unbesiegbar zu halten, einerlei, ob sie unten oder oben lag.

Matthias Schwandt lächelte, indes sie ihm ihr Anliegen vortrug, von den Augen bis zu den Mundwinkeln; aber er verhalf ihr zu ihrem Geld mit einem Federstrich, eben jenem Federstrich, um dessentwillen ihn Prießnitz nicht beneiden wollte. Aber damit nicht genug, errang er ihre besondere Gunst, indem er sie angelegentlich nach der Gesundheit ihres Mannes fragte und Behmenburg, der keine Krankheit bei ihm diagnostizieren konnte, im Vertrauen einen Esel hieß. „Nicht wahr, mein Mann sieht gar nicht gut aus?" fragte sie, Hoffnung schöpfend, und er antwortete in der Schnörkelweise: „Ich kann nicht umhin zu konstatieren, daß ich letzthin diesen Eindruck hatte." Aus Bosheit gebrauchte er das Fremdwort, und sie, o Wunder, steckte es ein.

„Jetzt fehlt bloß noch Behmenburg", sagte er, als sie hinaus war. Doch Behmenburg blieb aus. Deutscher Demokrat und Wahnstädter von Geburt und daher doppelt langsam und weitschweifig, pflegte er die Erlebnisse, die der Tag ihm brachte, kulinarisch zu verarbeiten; dafür hatte er dann auch später, nach Wochen und Monaten, ein gutes, pedantisch bohrendes

Gedächtnis — womit er allerdings in einem Kreise, der, wenn überhaupt, alles in Bausch und Bogen faßte, wenig Gegenliebe fand. Statt seiner erschien nun Roloff, und das war für jemanden, der einen Behmenburg erwartet hatte, immerhin ein Gewinn.

„Die verrückten Weiber!" stöhnte Schwandt und erleichterte sein Herz. „Überhaupt die Weiber! Irgendeinen Spleen haben sie alle, auch die besten." Roloff dachte an Frau Olga, die dem Sohn, wie er meinte, den Nacken steifte, und seufzte. „Sehn Sie mal diese Krawatte", fuhr Schwandt fort. Gustav Roloff sah eine weinrote Krawatte mit mausgrauen Tupfen, die vorzüglich zu dem blauen Anzug paßte. „Raten Sie mal, was die gekostet hat", forderte Schwandt ihn auf. Roloff fragte, wo er sie gekauft habe. — „Bei Rehberger." Roloff schaute noch einmal hin, die Krawatte sah wie Baumwolle aus; aber der Oberbürgermeister trug gewiß seidene Krawatten, gerade den teueren Sachen merkte man manchmal nicht an, was sie gekostet hatten, und überdies war es anständig, einen hohen Preis zu sagen. So riet er denn: „Zehn Mark." — „Zwei Mark fünfundneunzig", sagte Schwandt mit der befriedigten Miene dessen, der die falsche Antwort bekommt, die er sich gewünscht hat. „Sehr preiswert", bescheinigte Roloff und schob die Unterlippe über den Schnauzbart, wobei er das Kinn etwas einzog. „Nicht wahr, das will ich meinen", versetzte Schwandt. „Trotzdem hat meine Frau immer was dran zu mäkeln; sie denkt, was sie nicht kauft, ist nicht gut. So sind die Weiber." Er erzählte gern solche kleinen Episoden aus seinem bürgerlichen Leben: so gab er zu erkennen, daß auch ein Oberbürgermeister ein Mensch war, beladen mit dem ganzen Wust verrotteter Alltäglichkeiten. Auf Roloff verfehlte es nicht seinen Eindruck.

Nichtsdestoweniger vergaß er nicht ganz, weshalb er gekommen war. Schwandt nahm seine bewegliche Klage über den Bürokratismus von Hedderich und Prießnitz entgegen und sagte: „Wissen Sie, Herr Roloff, ein Beamter ist ein Tiefseefisch; er hat immer eine riesige Wassersäule über sich, die ihn beengt; aber davon entblößt, könnte er wiederum nicht leben." Roloff wollte etwas erwidern, doch kam er nicht dazu; Schwandt redete in einem Zuge fort. „Beamte sind wie Tintenfische", sagte er, „die, wenn ein Feind sich nähert, eine dunkle Flüssigkeit verspritzen, um das Wasser und die feindlichen Augen zu schwärzen und unterdessen schleunigst zu entfliehen."

„Aber einem Stadtverordneten dies zu bieten, bleibt ein starkes Stück." Endlich konnte Roloff seinen eigentlichen Vorwurf anbringen. Schwandt war auch darauf gefaßt. Er antwortete mit einer Parabel, der eine wahre Begebenheit zugrunde lag; er hatte sie von Eisenmenger.

„Da war mal ein Betriebsführer im Metallkonzern", fing er an, „der wollte als Kamerad unter seinen Leuten leben. Er aß, schlief und kleidete sich wie die Arbeiter, nannte sie Kollegen und verteilte, was er von seinem Gehalt übrig behielt, unter ihre Familien. Die Meinung über ihn war geteilt; die einen sagten, er wolle sie verhöhnen, die anderen, er sei nicht richtig im Kopfe, die dritten, er sei ein Heuchler, der unter dieser Maske um so besser die arbeiterfeindlichen Maßnahmen der Direktion auszuführen gedenke. Niemand fand die Sache in Ordnung, am wenigsten freilich die Direktion. Er war der einzige Betriebsführer, der für seine Arbeiter nichts durchzusetzen vermochte. Gesuche um Urlaub oder Lohnerhöhung, die glatt bewilligt wurden, wenn sie der schlimmste Menschenschinder weiterleitete, wurden ihm abgeschlagen. Sein Betrieb hatte die höchste Revisionsziffer. Eines Tages wurde ihm von einem Kesselschmied, der — so streng wurden kleine Verfehlungen nur in diesem Betrieb geahndet — entlassen werden sollte, weil er bei der Torkontrolle ein Paket Nägel in der Tasche hatte, die Schädeldecke zertrümmert."

Roloff hörte aufmerksam, doch betroffen zu und verlangte die Nutzanwendung. „Nichts einfacher als das", versetzte Schwandt, und in seine braunen Augen traten anmutige Lichtreflexe, „mit den Wölfen muß man eben heulen — und blöken mit den Schafen. Ein Betriebsführer, der ein Teil des Unternehmers ist, darf bei diesem nicht die Arbeiterschaft vertreten. Die Arbeiter finden es unverständlich, daß einer, der nicht der ihre ist, sich mit ihnen gemein macht. Nun —, ein Stadtverordneter ist ein Teil des Rathauses." Um nicht deutlicher werden zu müssen, unterdrückte er einen künstlich herbeigerufenen Hustenanfall. Roloff vergewisserte sich: „Sie wollen sagen, daß ich eher erhört worden wäre, wenn ich mich nicht als Stadtverordneter, sondern als Gaststättenbesitzer Roloff ausgegeben hätte?"

„Noch besser als Rentier Krüger", lachte Schwandt, „denn auch der Gaststättenbesitzer Roloff ist schon ein allzu amtlicher Begriff."

Roloff, der wieder früh auf der Baustelle gewesen war, verspürte plötzlich Hunger. Da Schwandt ihm obendrein zusicherte, daß die Leute binnen kurzem aus der Höhle herauskämen, erschien ihm die ganze Sache nicht mehr der Rede wert. Von jeher litt er lieber Unrecht, als daß er auf ein Frühstück verzichtete. Er teilte diese Eigenschaft mit allen guten Bürgern der Welt — Grund genug dafür, daß es auf Erden so viele gute Frühstücke gibt und so wenig gutes Recht.

Schon hatte er die Tür in der Hand, als Schwandt ihm noch mitteilte, daß die Verwaltung den städtischen Körperschaften eine Vorlage unterbreiten werde, die Baracken im Bruch zu einem vollständigen Exmittiertenlager auszubauen, mit Baumpflanzungen und Vorgärten gegen Schmutz und Verkommenheit. Roloff verneigte sich: „Ich danke Ihnen, daß Sie durchgegriffen haben, Herr Oberbürgermeister."

So endigte diese Geschichte, bei der so viele edle Menschen miteinander wetteiferten, Gutes zu tun. Schon nach drei Tagen übersiedelten die Höhlenleute mit ihrem Schwager, dem Möbelwächter, in die Baracken im Bruch. Großmäulig und kraftmeierisch im Hinterland, mürb und faul im Ernstfall, leisteten sie keinen Widerstand. Nach einem Monat waren vier, nach einem halben Jahre zwanzig Familien dort. Sonnenblumen und schwarze Katzen saßen vor den Türen, ein gemütvolles Idyll in Gottes freier Natur.

Neuntes Kapitel

I

„Ich sehe, Mama", erklärte Melitta und stellte ein Bein auf einen Stuhl, beide Hände energisch auf das spitz erhobene Knie stützend, „ich sehe, daß dir die volle Schwere meines weiblichen Kulturwillens noch nicht aufgegangen ist. Künstlerin bedeutet dir immer noch soviel wie Außenseiterin. Es will dir nicht in den Kopf, daß ich meine eigenen, vornehmlich inneren Wege zu einem dynamischen Lebensideal gehen muß. Ich unternehme prinzipiell nichts in einem Stadium, das keinen Überblick gestattet."

Mit solchen und ähnlichen Reden schlossen jedesmal die Versuche, die Frau Olga jetzt häufiger unternahm: Melitta zu dem zu drängen, was sie „eine gute Partie" nannte.

Seit Eugen da war, wurde ihr Verhältnis zu Melitta von Tag zu Tag gespannter. Nicht allein, daß es sie ein Gebot des Ausgleichs deuchte, mit der Tochter ins Gericht zu gehen, da Roloff „so hart mit dem Jungen" war; auch Eugens schlechte Meinung von Melitta blieb nicht ohne Wirkung bei ihr. Er hieß sie ein Bohèmegespenst, das weder zum Arbeiten noch zum Faulenzen jene natürliche Unbekümmertheit besitze, die den echten Bohemiens einen Schimmer von Liebenswürdigkeit und Laune verliehen habe. Sie hingegen schimpfte ihn einen „kompletten Idioten", aber Frau Olga ergriff Partei für ihn. In ihren Augen hatte er mit der Konfirmation auf seinem Lebenswege vorerst einmal Rast gemacht; bis zum Tode der Eltern, mindestens bis zum Tode der Mutter, durfte er nicht älter, nicht größer, nicht selbständiger werden. Den Kinderschuhen entwachsen? Dieser Begriff existierte für Frau Olga nicht. Es war nicht Tyrannei von ihr, es war nicht einmal Tyrannei der Zärtlichkeit, es war die Wachsamkeit ihrer umsichtigen Natur —: wenigstens war das ihre eigene Anschauung darüber. Sie machte Melitta plötzlich den Vorwurf, daß sie nicht vorankomme, nicht schnell genug berühmt werde, nicht genug Unterstützung durch die Presse habe.

„Oh, ich weiß schon, was du willst", entgegnete Melitta. „Ich mag Reckmann nicht, weil ich ihn nicht gebrauchen kann. In Kunstfragen ist er nämlich in den Neuesten Nachrichten ganz einflußlos. In Kunstfragen ist es Herbert Markisch, der das Panier hochhält."

„Wer ist Markisch?" erkundigte sich Frau Olga bei Reckmann. „Ich meine: seine Stellung in eurer Redaktion?"

„Ein Pinscher. Warum?"

„Nun ja — darum. Man muß über alles orientiert sein."

Bei der nächsten Gelegenheit kanzelte sie Melitta ab: „Markisch ist ein Pinscher."

Zufällig war die Jaguttis-Kadereit dabei. „Was meinen Sie dazu?" fragte Frau Olga.

„Ich weiß nichts davon, daher kann ich auch nichts meinen Doch die öffentliche Meinung sollten Sie nicht verachten, Fräulein Roloff. Jedermann in unserer Stadt weiß, daß Reckmann eine Waffe im Existenzkampf ist."

„Mich kümmert das nicht", trotzte Melitta. „Wir befreiten Kollektivgeschöpfe dieser Zeit haben unsere eigenen Normen."

„Nun, das ist wahr, Sie haben es besser als die Mehrzahl der jungen Mädchen, für die der Beruf bloß ein Zwang zum Geldverdienen ist. Ihnen kann der Beruf noch Freiheit sein, Wegbereiter einer neuen Moral, durch die auch die Häßlichen schön werden."

Dumme Gans, dachte Melitta. Sie schwang sich rittlings über einen Stuhl und versetzte ihr einen Peitschenhieb mit den Worten: „Wie interessant, daß Sie in dieser Beziehung mit Ihrem Herrn Gemahl übereinstimmen ... Auch er kann die Häßlichen nicht leiden, und da ihn ein unübersteigbarer Wall von den Schönen trennt, sucht er die neue Moral, durch die die Häßlichen schön werden."

Sie ergötzte sich an dem entstellten Gesicht, das die Jaguttis-Kadereit zeigte, und Frau Olga verschlimmerte die Situation durch eine eilige Zurechtweisung.

Abends sagte sie zu Reckmann: „Wissen Sie, daß wir in Frau Jaguttis-Kadereit eine Verbündete haben?"

„Angst um ihren Mann!" Er lachte schallend.

„Einerlei, warum. Wissen Sie, daß die Eisenmenger Brilon begünstigt?"

„Ich weiß es", sagte er und lachte: „Das Luder. Na prosit, der hab' ich's ja eingetränkt." Damit faßte er Frau Olga um die Hüften und schwenkte sie herum. Sie rügte seine Ausgelassenheit. Aber sie strahlte.

„Soll ich nicht mal aus meiner Zurückhaltung raustreten?" fragte er. „Bei Melitta Reckmann und Zurückhaltung — auf die Dauer reimt sich das nicht."

„Warten Sie ab. Wenn Melitta Sie nicht mag, muß das kein Hindernis in alle Ewigkeit sein. Sie kann dahin gebracht werden, daß sie Sie mag — bloß nicht von Ihnen, Herr Reckmann. Sehen Sie das nicht ein, Theo?"

„Ihr Wort in Gottes Ohr, Frau Olga. Theo verzweifelt nicht. Von Berufs wegen nicht."

Um diese Stunde wußte er noch nicht, daß Melitta mit Brilon zu dem für die Waldschule vorgesehenen Platz hinausgefahren war. Die Wälder erstreckten sich wie Schwemmland in der Richtung des Stromes, an welchem Eitelfeld lag. Sie begannen nicht vor den Toren der Stadt; ein Glacis von Beamtensiedlungen trennte sie davon, Türmchen im Jugendstil, Gärten mit Natur-Imitation, Zwergengrotten und vielarmigen Blumenständern aus Birkengehölz. Sie fuhren mit der Straßenbahn hindurch, danach durch welliges Land, Felder mit Kartoffeln, Klee und Rüben, welchen die herannahenden Wipfel eine natürliche Einfriedigung schufen. An der Stadtförsterei stiegen sie aus. Es war ein kleines Gut mit Gemüse- und Obstkulturen am Rande des Waldes, von wo strahlenförmig die gepflegten Wege des Gartenamtes ausliefen. Eine Sommerwirtschaft war dabei. Sie aßen zu Abend und tranken Erdbeerbowle. Die Magd pflückte die Erdbeeren im Garten und brachte selbstgekelterten Apfelwein dazu.

„Du, Brilon", sagte Melitta, indem sie eine der rotschuppigen Früchte mit dem Löffel durchstieß, daß ihr ein Duft wie von Ananas entquoll, „am Johanni-Nachmittag führe ich meine Schule vor, und Herbert Markisch schreibt darüber, der Kunstschriftleiter ... Ein netter, lieber Kerl."

Ein netter, lieber Kerl ... Schon wieder einer. Brilon hatte einen faden Geschmack auf der Zunge.

„Kunstschriftleiter?" fragte er heiser, als sei es sein Todesurteil. „Reckmann sagt Hilfsredakteur. Hat er eine besondere Ausbildung genossen, oder was ist das, Kunstschriftleiter?"

Sie lachte hell und klangselig auf.

„Nein, hör mal, du kannst doch entzückend blöde sein. Stellst du dir so was wie Kunstpfeifer oder Kunstreiter darunter vor? Die heißen natürlich so, weil sie besser pfeifen oder reiten können als die übrigen. Auf die Art kannst du die Kunstschriftleiter nicht motivieren ... Du kannst nicht verlangen, daß sie besser redigieren sollen als andere. Dafür werden sie prinzipiell zu schlecht entlohnt." Sie tranken die Bowle aus, zahlten und gingen. Melitta rupfte ein paar Gräser ab, steckte die Enden in den Mund und fuhr fort: „Früher hieß es Feuilletonredakteur. Der Kunstschriftleiter ist eine Erfindung der Eisenmenger — mitunter ist es ja zum Kugeln, wenn sie spricht. Sie hat die Feuilletonredakteure in Wahnstadt faktisch ausgemerzt." Sie wechselte den Ton. „Kommst du zum Johanni-Nachmittag? Männer sind als Gäste herzlich willkommen. Ich werde dich Markisch vorstellen."

Er wollte ablehnen. Er wollte fragen, wieviel nette, liebe Kerle sich nun dort einfänden, hoffentlich auch Jaguttis, Stövesand und der Fahrlehrer? Aber er unterließ es. Sie redete ihm gut zu; sie umfing ihn mit den kühlen Fächern ihrer prickelnden Hände; sie sagte „Du, Brilon" und entwaffnete ihn mit ihrem anspruchslosen Gezwitscher, das wie die Meisen und Rotschwänzchen über den Weg hüpfte. In sich gekehrt ging er hin und sah auf den sandigen Boden. Den ganzen Tag hatte ein Gewitter das andere gejagt, obschon es gar nicht schwül gewesen war; dazwischen Sonnenschein, dann wieder schwarzblaue Wolken, Sturm aus Nordwest, Schloßen, verziehender Donner und plötzliche Abkühlung. Jetzt hatte er sich aufgeklärt; eine dämmernde Glaskuppel war der Himmel. Striemen zusammengeflossenen Sandes zogen sich den Weg entlang. Es war nicht windig, aber dann und wann troff es verloren von den Bäumen, als überkomme sie ein Schüttelfrost. Die Vögel wisperten im Gebüsch. Die Nistkästen, mit denen das Gartenamt die Stämme verschwenderisch bedacht hatte, waren leer. Die Vögel schienen die einzigen Lebewesen zu sein, die die Stadtkasse nicht melken wollten. Große braune Falter summten an den Laternen. Melitta summte wie die Falter.

Als der Weg tiefer in den Wald hineinging, wurde er schmäler. Die Laternen hörten auf, und das Summen hörte auf. Die platschenden Tropfen versickerten. Brilon blieb stehen. Er faßte sich ein Herz. „Meine liebe Melitta", lallte er und hob ihr Kinn zu sich auf, „nicht wahr, wir lieben uns. Nicht wahr? Meine liebe Melitta."
Wie einen Schwur, mit gepreßter Verhaltenheit, stammelte er es und näherte sich ihrem Mund. Sie gab ihm einen Kuß und sagte: „Mach kein Theater. Du hast ein Gesicht wie vierzehn Tage Regenwetter, und ich soll dich liebhaben. Also komm schon", sagte sie und legte im Gehen seinen Arm von rückwärts um ihren Leib und ihren Arm kreuzweise um den seinen. „Sei nicht so eigenbrötlerisch und laß die Schrullen. Ich bin keine Königin, und du sollst kein Page sein. Man muß prinzipiell auch seine Freuden rationalisieren."
Mitdem gelangten sie an eine Lichtung. „Hier ist es", sagte Melitta und setzte über einen Graben, der mit Himbeerstauden gefüllt war.
Aus der Erde qualmte die Nässe. Die weißen Rinden der Birken leuchteten. Breit ausladend stürzte Melitta durch Waldbeersträucher. Er tastete ihr nach wie durch einen Nebel. Seine Brille beschlug sich. Unter seinen Füßen quietschte die aufgeweichte Erde.
„Ist das nicht herrlich?" rief sie ihm zu, „hier draußen in gymnastischen Schwüngen einswerden mit der Natur?" Sie tollte und sprang, nur noch ein schwirrender Funke, und purzelte rücklings hin. Der Widerschein des verendenden Tages lag auf ihr, die Ginsterreiser striegelten ihren Rücken. „Heb mich auf", befahl sie. „Nein, nicht so ... Pack mich am Gürtel."
Er packte sie. Sie stemmte die Fersen in die Erde und hielt Körper und Arme ganz steif; so kam sie langsam hoch wie ein Brett, schnurgerade, versteinert. Brilon spürte an den Fingern das Zittern ihrer Bauchmuskeln. Als sie beinahe aufgerichtet war, krachte die Spange am Gürtel, sie plumpste zurück, und Brilon plumpste nach. Der Perlmutterglanz des hohen Firmaments deckte sie beide zu.
Obgleich ihr Kleid durchnäßt war, faselte sie auf dem Heimweg munter drauflos. „Ganz ohne Hintergrund kommen auch die Gymnastiker nicht aus", lachte sie. „Jaguttis hat mir für

den Johanni-Nachmittag einen Bühnenentwurf gemacht, Treppenaufbau und schwarze Vorhänge."

„Wird Jaguttis da sein?" forschte er schnell und schon wieder etwas verstimmt.

Sie schrie vor Lachen. „Seine Frau verbietet es, er darf doch nicht", japste sie, da ihr vor Lachen die Luft ausging. Das Lachen dröhnte durch den Wald und tropfte glucksend zurück von den Bäumen, die vermummt vorüberzogen. Um die Laternen summten die großen braunen Falter. Melitta summte wie sie. Brilon segnete im stillen die Jaguttis-Kadereit, die ein so guter Aufpasser war.

II

Johanni-Nachmittag, Sommersonnenwende, Vereinigung der Wahnstädter Bürgerinnen im „Stadtverband für Frauenbestrebungen".

Mit zwiespältigen Gefühlen ging Brilon hin. „In sämtlichen Räumen des Europäischen Hofs", stand auf der Einladung, die er von Frau Dr. Eisenmenger erhalten hatte. Gustav Roloff hatte gesagt: „Übers Jahr wird es heißen: in sämtlichen Räumen des Parkhotels Hindenburg." Daß die Jaguttis-Kadereit, deren Mann seine Hunderttausend an dem Neubau verdiente, mit ihren Vereinen dort einziehen würde, bedurfte keiner Erörterung; und die Eisenmenger konnte sich nicht lange besinnen, wo die Wahl war zwischen den Begriffen „Europa" und „Hindenburg".

An die fünfhundert Frauen versammelte die Heerschau im Europäischen Hof, nichtstuende Frauen, die nach Beschäftigung schmachteten. Sie latschten, trippelten und stampften durch die von verblichenem Samt und Marmor starrenden Räume und ließen ihre Augen spazieren gehen. Sie maßen und verglichen, sie gleißten und flackerten, sie liebkosten sich selbst in den zahlreichen Spiegeln, sie waren zuckrig und giftgeschwollen. Sie schlürften einander, sie tranken einander aus. Sie verweilten bei hundert Gegenständen gleichzeitig. Die Beine waren träg wie Murmeltiere im Winterschlaf und die Augen läufig wie Wiesel. Es war ein schleppendes Gewoge, dem jeden Augenblick ein Auflauf schwänzelnder Hintern und schnatternder

Mäuler den Weg versperrte — denn diese Frauen standen niemals zu dreien oder vieren beisammen, um sich zu unterhalten, vielmehr bildeten sie große Kreise zu acht und zehn, die Kreise machten sich breit, und jede im Kreise machte sich abermals breit, gealterte Backfische, deren Lebensform noch immer der Ringelreihen war. Der Begrüßungen und Verwunderungen, der Neuigkeiten und Ärgernisse, des Getuschels und Gelächters, des Zungenrollens und Händezusammenschlagens war kein Ende. Wo zwei miteinander sprachen, sahen sie sich gewissermaßen nur mit dem Mund an —, die Augen waren immer auf der Suche nach Entdeckungen. Die wenigen Männer, meistens Presseleute und kleine Sänger vom Theater, denen es ebensosehr um Nebenberühmtheit wie um Nebenverdienst ging, drückten sich inmitten dieser Demonstration des Frauenüberschusses wie Pferdediebe an die Wand. Der Überschuß wäre dadurch zum Übergewicht geworden, hätten die Männer es nicht vorgezogen, sich nun auch ihrerseits so weibisch wie möglich zu benehmen. Dies änderte sich freilich mit einem Schlage, als Theodor Reckmann das Lokal betrat und unerschrocken, mit unvergleichlicher Grandezza, Spießruten lief.

Brilon suchte Melitta auf, die im plappernden Schülerkreis schwebte. Der Kunstschriftleiter Markisch war bei ihr, ein Krauskopf mit vielen Mitessern auf der Nase. Er schaute den Heimatforscher und Sekretär der City-Gesellschaft herablassend an, als er ihm vorgestellt wurde, und sprach ohne Aufenthalt weiter von „gesteilter Bebung", „Wahrnehmung der Willenskonzentration" und „entspanntem Kunstwerk". Brilon empfahl sich wieder, tat einen Blick in das flirrende Gewühl und setzte sich dann in eine Nische der Vorhalle, von wo er, ohne gleich gesehen zu werden, die Ankommenden mustern konnte. Er bestellte eine Tasse Kaffee. Drei Kellner bemühten sich um ihn. Einer tat den Aschenbecher fort, ein anderer rückte die Zuckerdose hin, ein dritter endlich brachte das Tablett. Der Europäische Hof wußte, was er seiner Vornehmheit schuldig war. Vielleicht lag es auch nur daran, daß er für gewöhnlich mehr Kellner als Gäste hatte. Er päppelte sich auf, wenn die Stadtverwaltung fremde Besucher einlud, die sie bei ihm einquartierte —: diese Besucher lebten nobel, und die Stadtkasse zahlte die höchsten Preise, die sie nachher in Form von

Gewerbesteuern wieder einkassierte. So blieb das Geld in Umlauf, darf man sagen.

Nach einer Weile erschien Frau Jaguttis-Kadereit mit Eugen Roloff. Er war „ihr Fall". Neuling im jetzigen Wahnstadt, ließ er sich mit einer gewissen Selbstgefälligkeit interviewen. Disputationen machten ihm Spaß, und die Jaguttis-Kadereit tat nichts lieber als mit einem Gegner disputieren, der ihrem Redefluß standhielt, von Beruf ihr nicht ins Gehege kam und ihr sauer verdientes Ansehen (das Geräusch, das sie verursachte, den Staub, den sie aufwirbelte, den Schrecken, der sich bei ihrem Erscheinen auf den Gesichtern malte, nannte sie Ansehen) ungeschmälert ließ.

Eugen Roloff war ihr „Trotzkopf". Unter dieser Spitzmarke umzingelte sie ihn, unter dieser Spitzmarke ließ sie sich alles von ihm gefallen, unter dieser Spitzmarke hängte sie sich ihm an wie eine Klette. Zeitweise beschlagnahmte sie ihn völlig für sich. Seine Art, jedes Einlenken mit einem Widerhaken zu vereiteln und noch das belanglose Höflichkeitswort mit einem Argument zu verfolgen, war ihr ein Kunstgenuß. Stimmte sie ihren Vers von der Überwindung der Lieblosigkeit an, so antwortete er: aus Gründen der Reinlichkeit müsse man mit den Idealen der Toleranz brechen, da sie ohnehin nur in der Einbildung bestünden und keine noch so demokratische Regierung sie verwirklichen könne, ohne ihren Sturz gewärtigen zu müssen. Was immer sie auf die wehende Fahne geschrieben habe, bevor sie die Herrschaft erlangte — zur Macht gekommen, müsse sie bestrebt sein, sich an der Macht zu halten. „Darum weht die Fahne der Mächtigen nicht mehr; sie ist zur Standarte verhärtet." Sagte sie, daß die Frau ihr inneres Gleichgewicht, ihr eigenes Sein darin finde, den Menschen gegen eine Menschen mißachtende Wirtschaftsordnung zu schützen, so fragte er: ob irgend jemand mehr Dummheiten und Grausamkeiten auf dem Kerbholz habe, mehr Kriegsverherrlichungen, Lynchjustiz, pornographische Phantasie unsittlich Entrüsteter, als gerade die Mehrzahl der Frauen? Führte sie dagegen an, daß die Frauen eine große Bewunderung hegten für Selbstzucht und Opfermut, gestählt in kriegerischer Tat und geübt in den Werken des Friedens, und daß Frau sein nichts anderes heiße als Heldentum erkennen und verehren, so entgegnete er:

na also, wozu dann noch Aufhebens davon gemacht werde, wenn irgendeine Frau einen Afrikaflug unternehme, und ob es nicht vielmehr selbstverständlich sei, daß der Gleichberechtigung die gleiche Leistung entspreche? Er habe es satt, daß die Frauen es einerseits den Männern gleichtun wollten, im Beruf, im Sport, im öffentlichen Leben, andererseits aber noch wie die Rokokodamen Kavaliersdienste heischten; und er für sein Teil werde niemals einer Frau in der Straßenbahn oder sonstwo seinen Platz anbieten, es sei denn einer Greisin, einer Schwangeren oder einer jungen Mutter mit dem Kind auf dem Arm, die alle drei, wes Standes sie auch seien, unbeabsichtigt hundertmal mehr frauliches Sein hätten als die Damen, die es in Vereinen erforschten, und die man nur anzusehen brauche, um das Frauenstimmrecht in Grund und Boden zu verdammen. Erklärte sie darauf, daß man die Überzeugung des Gegners, wie immer man dazu stehe, gelten lassen müsse, eben weil es eine Überzeugung sei, so erwiderte er ohne Umschweife: dann könne man die ganze Politik einsalzen, denn wenn man eine falsche Überzeugung gelten lasse, bloß weil es eine subjektive Überzeugung sei, so halte man dem Gegner den Steigbügel, damit er sich in einen Sattel schwinge, in dem zu reiten man eben selber nicht robust genug sei.

„Trotzkopf", sagte die Jaguttis-Kadereit alsdann, wie eine gute Tante zu ihrem ungezogenen Neffen. Was er auch tat, um sie abzuschütteln — es verfing nicht

An diesem Mittag war sie in den Malepartus gerannt, um ihn abzuholen. Er hatte sich schlafen gelegt, nachdem er am Morgen geboxt hatte; sie glaubte es nicht und trommelte ihn heraus. Seine Zimmer lagen im obersten Stockwerk. Melitta hörte unten das Rumoren und sagte böse: „Du, Roloff, wir haben nicht bloß einen Taubenschlag auf dem Turm, das ganze Haus ist ein Taubenschlag, wo jeder nach seinen Gunsten herumfliegt. Es wird Zeit, daß du draußen eine Villa baust."

„Sobald der Ankauf des Malepartus durch die Stadt perfekt ist", gab er zurück. „Und das freut ein' denn ja auch."

Unterdessen trommelte die Jaguttis-Kadereit an Eugens Tür. Um sie zu verscheuchen, trat er im Pyjama heraus. „Oh!" rief sie, „ich fürchte mich nicht vor Ihnen!" — und ehe er sich's versah, hatte er einen Kuß auf die Backe. Er wischte ihn voll

Ekel fort und hatte ein brennendes Gefühl, als habe ein grindiger Rüssel ihn getroffen. „Geschwind!" rief sie, „ziehen Sie sich an! Ich raste nicht, bis Sie mitgehen zum Europäischen Hof." Sie hatte die Hände am Halskragen seines Pyjamas, sie huschte ins Zimmer und holte seine Hose, und es hätte nicht viel gefehlt, so hätte sie ihn aus- und angekleidet. Er vertrödelte soviel Zeit wie irgend möglich; er rasierte sich noch, kam voll Seifenschaum heraus und drohte, ihr den Pinsel ins Gesicht zu schleudern, wenn sie nicht fortgehe. „Oh!" rief sie, „ich fürchte mich nicht vor Ihnen!" — und er ergriff aus Angst vor einem zweiten Kuß die Flucht. Sie rief ihm nach: „Wie lecker Sie aussehen, so frisch rasiert!" Nichts half ihm, er mußte mit, und weil er zu den Leuten gehörte, die all ihr Tun und Lassen vor sich selber rechtfertigen und dabei die prächtigsten Scheingründe aushecken, womit sie sich übers Ohr hauen, so dachte er: „In Dreiteufels Namen, es kann wohl nicht schaden, man muß auch diesen Zimt mal gesehen haben — go to hell."

Als sie in den Europäischen Hof kamen, klapperten schon die Tassen, auf den Tischen häuften sich die Kuchen zu Babylonischen Türmen, das Geschnatter ging über in Geleck. Fähnchen zeigten die Plätze der einzelnen Vereine an; abwechselnd präsidierten die Eisenmenger und die Jaguttis-Kadereit. Eugen gab sich Mühe, die Vorgänge sachlich zu betrachten, aber er sah nur immer wieder, daß jedes Wort, jede Bewegung von sich aus schon Karikatur war.

Eingefleischtes Kränzchenwesen, denn sie hat es auf den Frauentagen des Deutschnationalen Handlungsgehilfenverbandes gelernt, sitzt Frau Kaschub beim Vaterländischen Frauenverein, eine verdienstvolle Jubilarin, die an vierzig Nähnachmittagen dreihundert Windeln aus Barmherzigkeit für die Armen genäht hat. Ihr eigenes Leben ist erbärmlich genug, aber sie weiß, daß es Abertausende gibt, die es nicht einmal so haben; sie weiß mit ihrem eigenen erbärmlichen Leben Staat zu machen, und sie weiß, daß dies das mindeste ist, was man können muß. Die Eisenmenger legt ihr die Hand auf und bezeugt, wie brav sie ist, und das ist Gewinns genug. Die Eisenmenger trägt kein Kleid, sondern ein Gewand, und die Haare hat sie im Nacken zu Brezeln gedreht. Sie ißt ein Kirschtörtchen, überblickt die Tafeln und versichert ihrer Umgebung, daß hier eine

Gemeinschaft aus den Tiefen des deutschen Volkstums schöpft. Zwischendurch vergißt sie nicht, die Sammelliste für die Höhlenmenschen herumzureichen — „die ich längst errettet habe", gackert die Jaguttis-Kadereit.

Achtzig Hausangestellte, die treu gedient haben ihre Zeit, dreißig, zwanzig, zehn Jahre in Spülicht und Kehricht von morgens sechs bis abends zehn „bei nur besseren Herrschaften", treten an den Tisch des Königin-Luise-Bundes. Blaue Kleider haben sie und weiße Kragen. Ihre Augen leuchten verklärt. Die Eisenmenger belobigt sie, schenkt ihnen Diplom und Brosche und ermahnt sie, *flotte bewußte* Deutsche zu sein und alle Kräfte des Leibes und der Seele gegen die Versklavung durch den Dawesplan einzusetzen. Sie schreitet weiter und verliest einen Jahresbericht der Wohltätigkeit: soundso viel Liebespakete, Mittelstandskuren, Pflegen im Vaterländischen Heim; währenddem hoppelt die Jaguttis-Kadereit auf ihrem Stuhl und flüstert Eugen zu, daß die Liebespakete nicht an die Bedürftigen, sondern an die Schmuser verteilt würden, eine fette und reiche Bäckersfrau den höchsten Zuschuß zu einem Erholungsaufenthalt bekommen habe und das knappe Essen im Heim des Vaterländischen Frauenvereins schon Stadtgespräch sei ... Mit unstetem Blick kauert sie da, indes sich die Eisenmenger in die Vorsitzende der Frauengruppe des Vereins für das Deutschtum im Ausland verwandelt und Stein und Bein schwört, daß Mutter Deutschland ihre auswärts wohnenden Kinder und die Beutegier Frankreichs und den Schandvertrag von Versailles und den Raub der Kolonien und noch ein Dutzend Bubenstücke welscher Tücke niemals vergessen dürfe. Dies gehörte zwar nicht zum „Johanni-Nachmittag", der, wie Frau Jaguttis-Kadereit nachher feststellte, lediglich „dem gegenseitigen Verstehen der Vereinsziele und der Vorführung von Spitzenleistungen aller Frauenbestrebungen" gewidmet war, aber irgendwo und irgendwann mußte schließlich die Wegzehrung geheiligter Zauberformeln genossen werden, die jeder Gründling als Erbstück der Geschichte immerdar im Ränzel hat.

Gemessen und immer die Dame von Welt, auch wo Blutdurst ihre Seele beschlich, sagte daher die Eisenmenger: „Wir können im Verein für das Deutschtum im Ausland aus Gründen der Stimmigkeit nicht Rache predigen, aber wenn wir nie davon sprechen, so wollen wir doch stets daran denken." Darauf verlangte sie, daß Pfarrer Düwwelkes Vorträge über die Nibelungentreue der Kanaken Samoas in einem Schullesebuch gesammelt würden; erfreulicherweise seien gerade in den Volksschulen unzählige Kinder — „schlanke, kräftige Jugend, die mit Ernst ihre Keulen schwingt" — dem Verein beigetreten und die Lehrer in den Unterrichtsstunden mit Einsammeln von Beiträgen, Vertrieb von Vereinsblättern und Einübung von Reigenspielen für die VDA-Feste vollauf beschäftigt. „Aber die Männergruppe nimmt stärker zu als wir, das darf nicht sein! Wenn die Männer zunehmen, können wir Frauen es noch besser! Wir müssen sie mit Rührigkeit und Treugelöbnis zur angestammten Volkheit verhältlich überrennen!"

Die Begeisterung überschlägt sich, neue Kuchenberge müssen ihr geopfert werden. Frau Dr. Eisenmenger schließt den Bericht: die Frauengruppe habe die Patenschaft über einen Waisenknaben übernommen, der Farmerlehrling in Australien werden solle. „Armer Junge", denkt Eugen, „was werden diese Weiber dich mit ihrer verdrängten Liebe piesacken." Und während er es noch denkt, hat die Eisenmenger schon wieder neue Überraschungen, daß der Jaguttis-Kadereit Hören und Sehen vergeht. Eine Fürstin Gollschütz-Plessendeez ist anwesend, die die letzte Äbtissin des Stiftes Wahnstadt unter ihre Ahnen zählt und als Gauvorsteherin der Vaterländischen Frauenvereine ihre Tage verschleißt; wenn sie die Versammlung begrüßt hat, will der Heldentenor des Stadttheaters („der Ritter vom hohen C", sagt die Eisenmenger) „Winterstürme wichen dem Wonnemond" singen.

Die Fürstin ist ein ältliches, faltiges Wesen von gedrungener Gestalt, stößt mit der Zunge an und möchte sich am liebsten vor den enttäuschten Gesichtern verkriechen, die von einer Fürstin mit Recht Glanz und Figur verlangen. Es schmeichelt ihnen zwar, wenn eine Göttin als ihresgleichen unter ihnen wandelt, doch darf die Gleichheit nicht so weit getrieben werden, daß die Gottähnlichkeit darunter leidet. Daß man nicht versteht, was sie spricht, mag hingehen, aber daß man nicht einmal sagen kann: „Sie glänzte" — das ist zu wenig. Der Beifall ist mager, die Fürstin tritt ab wie eine Verfemte, die Jaguttis-Kadereit belächelt sie mitleidig; nur Brilon, der Heimatforscher, interessiert sich für sie.

Dann aber! Der Ritter vom hohen C! Das ist Glanz, das ist Figur. Lustbebende Blicke verschlingen ihn. „Da sehen Sie ungläubiger Thomas, daß wir in einem demokratischen Zeitalter leben", bemerkt die Jaguttis-Kadereit zu Eugen, in dem es mehr und mehr zu kochen beginnt. „Vorher die Fürstin — flau, sehr flau. Aber der Sänger, ein Mann aus dem Volke — geliebt und verehrt!"

Eugen ist kreideweiß und bestellt beim Kellner einen Whisky. Es muß einen Sinn bekommen, daß er hierhergegangen ist; er muß etwas tun, einen Aufstand muß er anzetteln, mit Feuer und Schwefel dazwischenfahren ... Der Ritter vom hohen C hat gedunsenes Fleisch und ein geistloses Gesicht. „Dumm wie alle Musiker", äußert Eugen, den Melitta ja schon immer einen amusischen Menschen genannt hat. „Das verstehen Sie nicht", meint auch die Jaguttis-Kadereit. „Hören Sie den richtigen Stimmansatz! Hören Sie die Beseelung der Tonlinie! Das absorbiert die ganze Gehirnsubstanz, der Geist kann dabei nicht über das Konventionelle hinaus gesteigert werden."

„Das sind mir böhmische Dörfer", sagte er ehrlich.

„Fühlen Sie denn nichts?"

Er schüttelte nachhaltig den Kopf.

Nach humoristischen Gedichtvorträgen, während welcher sich seine Laune nicht besserte, sang ein A-capella-Chor der kleinen Sänger, die sonst im Schatten lebten und hier zu Stars aufrückten. „Geistesfluten" hieß laut Mitteilung der Jaguttis-Kadereit das Lied, das bestimmt war, zum zweiten Teil, dem demokratisch-ethischen, überzuleiten.

„So ist es richtig", sagt Eugen nun plötzlich laut. „Alles muß gleich fluten, drunter geht's nicht. Drum ist der Geist auch immer so schnell verrauscht." Köpfe fahren nach ihm herum, Frau Olga, die gelangweilt dagesessen und heimlich gegähnt hat, verhüllt und glättet. Reckmann, noch Kuchenkrumen um den Mund, die er mit umständlicher Gebärde fortwischt, schlappt lauernd heran. Er fragt und setzt sich neben ihn: „Na prosit, wie meinten Sie soeben ganz richtig, Herr Roloff?" Eugen dreht verächtlich den Kopf zu ihm hin und sogleich wieder geradeaus. Er fertigt ihn ab: „Ich meinte, daß geistige Güter nicht jedem vergönnt sind ... Ihnen ist das wohl nichts Neues, wie?" Dem Redakteur hilft der Reichtum seiner mimischen

Fähigkeiten darüber hinweg; ein andermal wird er sein Mütchen kühlen. „Still", gebietet die Jaguttis-Kadereit und tritt Eugen auf die Zehen. Der Gesang versiegt, sie macht sich bereit.

Von Heimatliebe sprach sie, von Gerechtigkeitssinn und Vertrauen. „Der Geist der Freiheit möge uns einzelne wie auch unser ganzes Staatswesen wieder mächtig durchwehen, und ein gesunder Familiensinn möge im kleinen wieder aufbauen, was heute in Streit und Haß, in Unglauben und Elend daniederliegt. Möge von den heutigen Sonnwendfeuern ein heißer Strahl in allen Herzen eine unauslöschbare Liebe zu allen Volksgenossen entfachen. Frau sein, heißt Treue halten und Dankbarkeit üben, erprobte Werte aus der Vergangenheit in die Zukunft hinüberretten, Zerstörung und Vernichtung meiden. Mit Nachdruck sprach sie zu der Eisenmenger hinüber, die ihre Fingernägel besah. Dann fuhr sie fort: in allen Berufen hätten die Männer die Leitung, selbst in denjenigen, in welche Gott sei Dank schon Frauen eingedrungen seien; eben das hindere sie an der Entfaltung der weiblichen Persönlichkeit, eben darum seien sie so zaghaft, eben darum unterwürfen sie sich dem männlichen Beispiel, eben darum würden sie im Denken überhaupt nicht selbständig, eben darum müßten die Universitätslehrstühle mit Frauen besetzt werden, eben darum, eben darum, eben darum ... Es war eine zerfahrene, aufgedrehte Geschwätzigkeit, sie sprach nicht mehr, gehirnlos verlor sie Worte, so wie Menschen, die eine schwache Blase haben, das Wasser nicht halten können. Frau Eisenmenger besah noch immer ihre Fingernägel. Neben der lodernden Flamme, die irgendein Blasbalg umtrieb, war sie wie ein stiller Brand, der sich selber nährt.

Von vier bis neun dauerte der Nachmittag, die Frauen hatten schwitzende Gesichter. „Der Menschheit Würde ist in eure Hand gegeben!" rief die Jaguttis-Kadereit und leckte sich die Lippen von Sahne ab. Hierauf teilte sie mit, daß die städtischen Berufsschulen Kinderpflegerinnen ausbildeten, und daß sie ein Abkommen mit der Direktorin getroffen habe, wonach diese Mädchen im dritten Lehrjahr zweimal wöchentlich in einem Haushalt mit kleinen Kindern praktisch tätig sein sollten; die Damen, die hiervon Gebrauch machen wollten, möchten sich also melden.

„Billige Kindermädchen", brummte Eugen und bestellte mehr Whisky.

„Eine soziale Tat", notierte Reckmann. „Was den jungen Mädchen heutzutage alles geboten wird. Man kann nur hoffen, daß es Anerkennung findet. Na prosit."

„Billige Kindermädchen", beharrte Eugen.

Frau Jaguttis-Kadereit hielt sich die Ohren zu, um der ganzen Sache, die schon Aufsehen erregte, einen burschikosen Anstrich zu geben. Aber er nahm ihr die Hände weg und schrie eigensinnig: „Billige Kindermädchen! Billige Kindermädchen! Billige Kindermädchen!"

Dreimal schrie er es. Alle Augen richteten sich auf ihn. Jetzt kann es losgehen, dachte er und stand auf, in der mannhaften Haltung eines Fechters vor einer Übermacht von Feinden. Reckmann grinste: „Sie können die Schnäpse nicht vertragen." Frau Olga verhüllte und glättete: „Tu die Schnäpse weg, Eugen." Er streckte den linken Arm vor und den rechten zurück, als wolle er eine Lanze werfen. Um und um zischelte es: „Er ist betrunken." Von den Wänden echote es: „Betrunken, betrunken." Die Eisenmenger wagte sich mit dem Lorgnon dicht an ihn heran, wie der Wärter eines wilden Tieres, der furchtlos die Hand in den aufgesperrten Rachen legt und sie unversehrt durch das grauenhafte Gebiß führt und allen Leuten dartut, wie sanft die Bestie ist. Er allein stand mit tödlichem Ernst in dem aufkommenden Gelächter.

„Es ist Ihnen nicht wohl, gehn Sie etwas ins Freie", flehte die Jaguttis-Kadereit.

„So komm doch endlich", trieb Frau Olga

Reckmann lachte niederträchtig. „Sie sind es nicht mehr gewohnt, Herr Roloff. Sie waren zu lange im trockenen Amerika. Nun? Gehn Sie doch schon, es ist besser."

Eugen rührte sich nicht. Die Frauen umdrängten ihn aufgeregt: „Ist er denn wirklich betrunken?"

„Betrunken", erklärte Reckmann. „Betrunken von zwei Schnäpsen."

Wie um zu versuchen, ob das Zeug scharf sei, trank er den dritten aus.

Eugen kniff ein Auge zu, gleich einem Schützen, der anlegt. „Ich bin nicht betrunken, Herr Reckmann", sagte er, und es war etwas in seiner Stimme, das diesen nichts Gutes ahnen ließ. Dennoch behauptete er frech: „Das sagen alle Betrunkenen. Das deutlichste Zeichen."

„Ich wiederhole Ihnen, daß ich nicht betrunken bin. Soll ich es Ihnen beweisen? Soll ich Ihnen sagen, wofür und von wem Sie vor vierzehn Tagen fünfundzwanzig Mark bekommen haben?"

Reckmann sah Brilons Auge auf sich ruhen. Er duckte sich feige, er hatte das leere Schnapsglas noch in der Hand, auf seiner Nase perlte der Schweiß. Haben die roten Schweinehunde ihn verpfiffen? Dann gnade ihnen Gott.

„Glauben Sie jetzt, daß ich nüchtern bin?" fragte Eugen. „Sagen Sie noch ein Wort — noch ein Wort, verstehen Sie — dann werde ich deutlicher."

Frau Olga hielt ihn immer noch am Arm, aber sie zog nicht mehr, sie beobachtete das Wortgefecht. Reckmann durchzuckte es, daß ihn nur ein Vabanque-Spiel retten könne. Er setzte alles auf eine Karte. „Nicht ankündigen, Herr Roloff. Ausführen!" schmetterte er mit dem Mut der Verzweiflung.

Die Karte gewann.

Eugen schlug ihm das Glas aus der Hand, die Frauen entsetzten sich und schrien auf.

„Waten Sie nur ruhig weiter im Schlamm, Herr Reckmann. Ich bin nicht blutrünstig genug, um Sie Ihrer Lebensbedingungen zu berauben."

Reckmann bückte sich nach den Glasscherben und sprach über den Boden hin: „Sie sind und bleiben betrunken, Herr Roloff." Und die Scherben auf der flachen Hand vorweisend, setzte er hinzu: „Ein gebildeter Mensch, noch dazu des Namens Roloff, tut dergleichen nicht, wenn er Herr seiner Sinne ist."

Das schlug durch. In diesem Augenblick zweifelte niemand mehr daran, daß Eugen betrunken sei. Frau Olga zerrte ihn hinaus, durch eine Gasse aufgeregter, schnuppernder Frauen. Reckmann kreuzte die Arme über der Brust und hielt den Nacken steif. Dr. Brilon beobachtete ihn mit großer Aufmerksamkeit. War man jetzt der Kanaille auf den Fersen?

Ein Gong ertönte, die VDA-Revue begann, die „Buntschau", für die Frau Dr. Eisenmenger noch schnell den Vorschuß im Rathaus hatten holen müssen. Der Titel war: „Die Adlerschwingen". Der deutsche Adler entführte Michel in die Weite, nach Siebenbürgen, ins Elsaß, nach Memel — und allenthalben wurde in bunten Volkstrachten getanzt. Hierauf kehrte Michel im Wirtshaus zur deutschen Zwietracht ein und versöhnte die Streitenden mit seiner neuen Wissenschaft, daß die Welt schön sei und der Mensch, zumal der bedrückte, froh.

Nach diesem hatte Melitta mit ihren Gymnastikern einen schweren Stand, doch hielt sie sich in Ehren und gewann auf der Stelle vierzig neue Schülerinnen. Brilon eilte zu ihr in die Garderobe und schloß sie in seine Arme. Der Kunstschriftleiter Markisch kam zu spät.

Zehntes Kapitel

I

Gustav Roloff konnte sich nicht damit abfinden, daß Eugen für das Gaststättenwesen verloren war, ohne einen vollwertigen Ersatz zu bieten. Gewiß, die Spatzen pfiffen von den Dächern, daß die Söhne mehr und mehr dem Gewerbe der Väter abtrünnig wurden und ungebundenere, verantwortungslosere Wege wandelten; doch waren es zumeist Wege, die steil hinaufführten, wie bei Hackforths Sohn, der in Berlin Gesangstudien machte und schon in Opernchören aushalf. Eugen jedoch — Eugen rollte bergab, ein wertloser Mensch.

Er boxte, er trieb Sport, nun ja. Es kam nichts dabei heraus, weder geschäftlich noch sonstwie. Hätte den Malepartus nicht seit undenklichen Zeiten ein kleines Schild mit Eichenlaub: „Einkehrstätte der Deutschen Turnerschaft" geziert, durch Eugen wäre es nicht zu erlangen gewesen. Er ging nicht in die Vereine. Er war keine Sportgröße. Wenn er wenigstens ein berühmter Schiedsrichter hätte werden wollen! Aber er war nur ein Dilettant, der sein Steckenpferd ritt.

Trotzdem versuchte Roloff ihn an dieser Stelle zu fassen. Es geschah an einem Tage, als Stövesand zu ihm gekommen war: „Haben Sie gelesen, wie in Eitelfeld der Boxsport blüht? Hundacker hat das Protektorat übernommen, er ist für alles da." Roloff fiel plötzlich etwas ein. Er sagte: „Hören Sie, im Vertrauen. Auch bei uns wird das Band zwischen Oberbürgermeister und Bürgerschaft enger geknüpft werden. Die ‚Männer' haben Schwandt die Ehrenmitgliedschaft angetragen."

„Was Sie nicht sagen!"

„Ja. Er wird sie annehmen. Das Diplom ist schon in Arbeit."

„Um so besser. Es verlautet, daß Hundacker einen Sportpalast bauen will, der größer als der Berliner sein soll."

„Daß dich der Deixel — —!" rief Roloff aus. „Dann müssen wir ein Stadion haben, das ist doch logisch. Eine Lücke in Jaguttis' Plan!"

„Jaguttis ist auf den Sport nicht gut zu sprechen. Indessen dürfte er sich durch persönliche Antipathien nicht hemmen lassen, wo es was zu verdienen gibt, und die gesunde sportliche Betätigung, die ohne Geist nicht möglich ist, und ohne die kein Geist gedeiht, hat ja auch mit dem Bizepskult und dem Muskelfetischismus nichts zu tun, die ihm so verhaßt sind."

„Ach, Jaguttis — das ist ja schließlich Nebensache. Aber Schwandt ist im Hinblick auf die soziale Note seiner Kommunalpolitik immer gegen eine zentrale Sportanlage und für die Aufteilung in kleinere, über die ganze Stadt hingestreute Spielplätze gewesen."

„Jawohl, Herr Roloff — das war einmal. Schwandt hat jetzt eingesehen, daß dergleichen in Wahnstadt schon vor dem Kriege hinlänglich besorgt worden ist, zu einer Zeit, als in Berlin noch niemand soweit gedacht hat."

„Woher wissen Sie, daß er es eingesehen hat?"

„Aus bester Quelle —, von ihm selbst. Drobeck ist angewiesen, die interessante Feststellung propagandistisch gegen die Berliner Überheblichkeit auszuschlachten. Wenn nicht alles trügt, wird der Wabag in allernächster Zeit ein Stadion in Auftrag gegeben werden."

„Ei, ei, ei", sagte Roloff und dachte: „Sieh einer an, mit wem alles der Ober Geheimpolitik macht. Nebenregierung Stövesand? Sieh da."

„Um von den Einrichtungen anderer Städte geziemend Abstand zu wahren, soll das Wahnstädter Stadion den Namen Kampfbahn führen und mit einem Schwimmbad verbunden werden", sagte Stövesand. Er sagte nicht, daß er das alles mit dem Stadtbaurat abgekartet hatte, um Jaguttis' Bäume nicht in den Himmel wachsen zu lassen.

Roloff kümmerte sich nicht weiter um die Zusammenhänge. Er gedachte Eugen zu ködern, wenn der Sport in den Generalbauplan einbezogen wurde.

Gleich abends steuerte er darauf los. Es mißglückte.

Eugen hielt ihm die „Neuesten Nachrichten" vor, wo zu lesen stand, daß der Verlust eines Fußball-Länderkampfes eine nationale Schmach und die unterlegene deutsche Mannschaft nicht weit vom Landesverrat entfernt sei, hingegen durch den Sieg der deutschen Kunstturner in Holland ein Stück Weltkrieg nachträglich gewonnen worden sei.

„Eine Schande ist das!" wetterte Eugen. „Eine Kulturschande! Aber nicht mit den Sportlern, sondern mit diesen Zeitungsfritzen. Aufrichtig, wahr und ehrlich ist der Deutsche, steht in den Lesebüchern, — und was haben sie aus ihm gemacht? Einen verworrenen, hin und her geworfenen Schwächling, der für alles einen falschen Namen hat. Müssen wir uns entschuldigen, haben wir uns etwas vergeben, wenn andere mal was besser gekonnt haben? Ist nicht der Sport ein Spiel, ein natürliches Auf und Ab des Kampfes? Bei diesen Zeitungsfritzen ist er *nationale Konzentration*. So ist es mit allem, wie ich sehe. Eine Umlage zur Besoldung der Beamten heißt Hauszinssteuer, eine Grundstücksspekulation städtebauliches Projekt, eine Nahrungsmittelfälschung Beizwang, ein Verfassungsbruch Notverordnung, und wenn einmal wieder die Leibeigenschaft eingeführt werden sollte, wird sie Bürgersteuer heißen und Präsidialkabinett die Monarchie. Nur immer Sand in die Augen streuen! Nur immer blauen Dunst machen! Goddam — seht ihr denn nicht, wie wenig sich noch das Lesebuch Deutschland mit dem wirklichen Deutschland deckt? Siehst du es denn nicht, Vater? Nimm eine Uniform. Andere Völker haben auch ihren Spaß daran, o ja. Wir aber beten sie an; wir aber liegen im Staub davor; wir aber küssen ihren Saum. Das macht es erst so penetrant und widerlich."

„Von all dem, was du da sagst", erwiderte Roloff verhältnismäßig ruhig, „verstehst du nicht das Schwarze unterm Nagel. Du bist keine *aufbauwillige Kraft*. Du verstehst nichts von Glauben, Treue und Schicksal."

„Ich verstehe so viel, daß die Väter das schlimme Schicksal machen und die Söhne es tragen müssen. Ich verstehe so viel, daß, solange ich mich entsinnen kann, nichts geschehen ist, als daß immerfort mit unserem Glück, unserem Frieden, unserer Behaglichkeit aufgeräumt worden ist."

Roloffs Beherrschung war dem Ende nahe.

„Das hat mir noch keiner zu sagen gewagt!" schrie er, rot überlaufen.

„Einer muß doch anfangen, Vater."

„Narr, der du bist! Dich kann man ja nicht ernst nehmen!"

Frau Olgas Dazwischenkunft verhinderte Tätlichkeiten. Roloff ging mit knarrenden Schritten hinaus. Er hatte gute Nerven. Nerven wie Seile hatte kein Mensch.

Langsam kehrte sich sein Grimm gegen Reckmann, der ihm, wie er meinte, mit seiner törichten und leichtsinnigen Schreiberei eine gute Chance verdorben hatte.

II

Amerika war dem Jungen zum Unheil ausgeschlagen —: niemand hatte diesen Ausgang voraussehen können, höchstens Frau Olga, die Amerika haßte, weil es ihr „das Kind entfremdet" hatte. Roloff gab nichts darauf. Frau Olga hätte auch jeden anderen Ort gehaßt, an den sie „das Kind abgeben mußte". Das waren so ihre Ausdrücke. Für Roloff konnten es keine Maßstäbe sein. Amerika blieb das erlesene Vorbild, der makellose Erzieher, denn wo es versagte, lag es nicht am Land, sondern am Menschen. Der Aufstocker Stövesand war der beste Beweis dafür, er hatte die leichte Hand und den lächelnden Mund — die leichte Hand zum Raffen und den lächelnden Mund zum Genießen.

Diese beiden, Stövesand und Eugen, brauchte man nur drei Sätze über Amerika miteinander sprechen zu hören, und man wußte, was die Uhr geschlagen hatte. Stövesand besaß die Gottesgabe, nicht zu sehen, was sich nicht gut sehen lassen konnte. Eugen hatte den Fehler (den Geburtsfehler, sagte Roloff), daß er die Augen nicht zudrücken konnte. Da war nun nichts zu machen, und es wäre längst nicht so unleidlich gewesen, hätte den Jungen nicht der Teufel geritten, aus diesem Fehler ein System zu bilden. Er behauptete: alles, was sich nicht gut sehen lassen könne, bestimme zu jeder Stunde das Weltbild, im Vertrauen darauf, daß die Menschen, der Schatten überdrüssig, nicht hinsähen; Augen, die immer die Sonnen suchten, täten weh und verlören die Sehkraft; scharf belichtende Leuchttürme seien in Seenot nützlicher als weltenfern glühende Gestirne ..., und dergleichen Unsinn mehr, der für den Sohn des Gaststättenbesitzers und Stadtverordneten Gustav Roloff ganz und gar nicht schicklich war.

„Sie sind zu ernst", sagte Stövesand zu ihm, „aber Sie haben recht, betrüben Sie sich in Ihrer Jugend, nur zu bald kommt die Zeit, wo Sie's nicht mehr können. Wenn Sie erst einmal den Ernst des Lebens schmecken, werden Sie bald spitz haben, daß er bloß mit geläuterter Heiterkeit zu meistern ist."

Roloff stimmte kopfnickend und den Zeigefinger schleudernd zu. Eugen sagte: „So sprecht ihr? So sprecht ihr hier in Wahnstadt, wo eine Stätte der Arbeit, nicht des Vergnügens ist?"

„Falsch", entgegnete lebhaft Stövesand, „grundfalsch. Wo Arbeit ist, ist auch Vergnügen. Der Rauch verfinstert die Luft, nicht die Menschen. Waren Sie nicht mal in der Smoke City Pittsburg? Schade, da haben Sie was versäumt. Da sehen Sie aber auch, wieviel Ihnen noch zu einem abgerundeten Blicke fehlt. Die neuere Wissenschaft hat das Vorurteil gegen Rauch und Ruß über Bord geworfen. Rauch und Ruß heben das Allgemeinbefinden."

An Roloff fraß dies alles; vielleicht, weil er die Krönung seines Lebenswerkes, das Parkhotel Hindenburg, gefährdet sah. Wer sollte es erben? — Eugen als Hotelbesitzer? Undenkbar. Der Schwiegersohn? Brilon? Reckmann? Roloffs Untergangsstimmungen verdichteten sich zu einem befreienden Gedicht. Demnächst wollte er eine Sammlung drucken lassen. „Sonne segelt durch ein Heer von Schatten", sollte der Titel sein.

„Nur der Durchschnitt vererbt sich und steigert sich bis zu einem gewissen Grad", sagte er zu sich selbst, „das Genie verkommt in der nachfolgenden Generation, manchmal auch leiblich, immer aber geistig ... Der Stamm stirbt aus." Eine tiefe Wehmut bemächtigte sich seiner. Er war kein Durchschnitt, er war mehr, er war ... „Nun ja, in meiner Art ein Genie, ich darf es ohne falsche Bescheidenheit mir selber zugeben, und das freut ein' denn ja auch." Er war ein Genie, und folglich —

Er erschrak, drückte die Hände an beide Schläfen und die Daumen fest in die Ohrmuscheln, wie um die innere Stimme nicht mehr hören zu müssen. Häuslichkeit, eheliche Eintracht, alles wurde zerstört. Frau Olga sagte: „Daß es bis jetzt noch glimpflich abgelaufen ist, hast du mir zu verdanken. Wenn ich den Jungen nicht so bemutterte —, wo kämst du bei deiner Brummbeißigkeit mit ihm hin?"

Sie hatte recht; Roloff sagte sich, daß sie recht hatte. Sie verschärfte in Eugen den Zwiespalt zwischen mündigen Gedanken und unmündigen Empfindungen, der ihn schon am ersten Abend unfrei gemacht hatte. Es bedrückte ihn; die kalte Entschlossenheit, die dazu gehört hätte, Ketten der Gefühle zu zerreißen, vermochte er nicht aufzubringen. Zwar war ihm die mütterliche Zudringlichkeit mitunter lästig; sie abzuschütteln, brachte er nicht übers Herz. Auch war er durch die Amerikanerinnen, die immer einen Menschen zum Bemuttern haben mußten und eigentlich jeden Mann wie ein Baby herzten, dermaßen daran gewöhnt, daß er es nicht nachhaltiger empfand als den schnell verfliegenden, juckenden Schmerz, den eine Mücke verursacht, wenn sie für die Dauer einer Sekunde am Ohr gesessen hat.

So blieb nur der Verhandlungsweg oder die Zermürbungsstrategie. Roloff verhandelte. Er führte den Sohn in den Turm hinauf, um ihn in die Wunder des Generalbauplans zu verstricken. Den Rattenfänger Jaguttis nahm er mit.

Das schummerige Licht im Turmzimmer kühlte die Stirnen. Jaguttis raschelte mit den Zeichnungen. Über ihnen girrten anheimelnd die Tauben. Roloff hing an Eugens Zügen, wie Hamlet beim Schauspiel an den Augen des Königs. Ab und zu flocht er wie Hamlet eine aufklärende Bemerkung ein.

Leise und eindringlich sprach Jaguttis: von Achsen, Lebensraum, Industriesonntag, Ausgleich von Kultur und Arbeit, Durchgeistigung. „Nicht mit dem Mund, sondern mit Herz und Hand. Das sind die Grundlagen."

Eugen sah aufs Papier, dann sah er ihm ins Gesicht und sagte: „Es scheint mir, daß es Grundlügen sind."

„Wie meinen Sie? Wie bitte?"

„Die Grundlagen kommen mir wie Grundlügen vor."

„Heißsporn!" begehrte Roloff auf. Jaguttis hielt ihn mit dem Monokel in Schach. Eugen sagte: „Nun ja, es eilt der Zeit voraus."

„Eilt der Zeit voraus!" rief Roloff. „Wieso eilt es der Zeit voraus? Vielleicht, weil es weitsichtig ist, hä?"

„Weil es nicht reif ist."

„Als reife Frucht fällt einem nichts in den Schoß."

Jaguttis suchte zu glätten. „Es kommt im Leben selten auf das Ding an sich an", sprach er, „mehr auf das Auge des Betrachters. Von seinem Standpunkt, von seinem Gesichtskreis hängt es ab, wie eine Sache aussieht — nicht von der Sache selbst; sonst müßte man sich ja, wie der Dichter sagt, von den Lumpensammlern freundbrüderlich die Hand drücken lassen, bloß weil man sich zuweilen wie jene in den Staub niederbückt, um einen Diamanten aufzulesen." Er wandte sich an Eugen: „Ihre Worte sind knapp und wirksam, aber ideologisch. Vor der Sprache der Tatsachen verblassen sie."

Damit riß er das Fenster auf.

Eugen wollte nicht folgen; er sagte: „Ach Gott, Herr Jaguttis, alle Städte sehen sich ähnlich. Sie haben drei oder vier charakteristische Straßen, die mit geringen Abweichungen überall wiederkehren." Aber da der Architekt nicht locker ließ, trat er doch heran.

Beim ersten Blick schien es ihm, daß nicht ein gegenwärtiges Bild auf ihn zukomme, sondern daß eines, das er in verschollener Kindheit aufgenommen, aus seiner Seele in das fleischliche Leben entweiche —: Wahnstadt, und der Himmel wie eine eingerostete Glocke darüber, alle Dinge aus troglodytischen Falten hervorkriechend und scheinbar in der geronnenen Luft hangend, ohne Fundament, entwurzelt, ohne Stützpunkte auch der umwölkte Himmel.

Nachsichtig lächelte Jaguttis.

„Nicht wahr", sagte er.

„Nicht wahr", sprach Roloff atemholend nach. Es klang wie „Vogel friß oder stirb."

Der Wind wehte Rauchschwaden über die Stadt.

„Sehen Sie es jetzt?" fragte Jaguttis. „Nicht wahr, Sie sehen es?"

„Ja. Ich sehe die Kolonien des Metallkonzerns, tiefsinnige Heimatkunst, ganz in der Nähe der Fabriken ... Leibeigenschaft in der plausiblen Form der Bequemlichkeit. Niemand kann entrinnen. Seßhaftigkeit herrscht und Wirtschaftsfriede, aber nicht aus Gesinnung und Wohlbefinden, sondern aus Furcht und Zwang — einem Zwang, der bis zur Überredung reicht, daß man ein Geschenk gemacht hat, zu dem eigentlich keine Veranlassung besteht, und das man, wenn der Partner nicht die Verpflichtung zu ewiger Dankbarkeit eingehen will, ebensogut unterlassen kann ... O gewiß, ich sehe es. Merkwürdig, wie immer um diese Heimatkunstsiedlungen die dreckigsten Mietskasernen sich scharen ... Fern und ferner sind die Waldungen, wo der Oberbürgermeister dafür sorgt, daß seinen Mitbürgern die Natur menschlich nahe gebracht wird und sein Gartenamt wie ein Landschaftsmaler ständig daran arbeitet, den Naturschutzpark so natürlich wie möglich zu machen ... Ich sehe, wie sich die Erscheinungen in Symbole auflösen. Da, am Horizont, im gelblichen Flaum. Ich sehe die Riesenstatue des Industriekapitäns, mit kreuzweis an den Leib gelegten Gliedern, nach Art eines heidnischen Götzen; und es ist der Günstling, dem Prokura erteilt wird. Sein leerer, lustlos verdunkelter Blick ruht auf der schwieligen Faust, die ihm bis zum Nabel reicht; und es ist der Betriebsrat, der im Gefühl, eine Stufe hinaufgeklettert zu sein, die anderen Arbeiter kokett als Kollegen anspricht. An den Sockel schmiegt sich die rote Sonne des Feierabends; und es sind die Proletenfrauen, die am Fabriktor warten, bis die Männer mit der Lohntüte herauskommen ..."

Roloff hatte die Arme verschränkt und klimperte mit den Fingern auf dem Rockärmel. Er erbleichte. „Bist du denn vernagelt", sagte er, „bist du denn vernagelt. Nu sagen Sie bloß, lieber Jaguttis, was sind das für verschrobene Ansichten."

„Mit dem Generalbauplan kollidieren sie nicht", entgegnete schroff der Architekt und wollte das Fenster schließen.

„Lassen Sie offen", verlangte Eugen und schaute gründlicher hinaus. Plötzlich erschloß sich ihm der Sinn der Stadt als eines ungeheuren Marktes; eines Warenmarktes, wo erzeugt, gekauft und abgesetzt werden kann; eines Arbeitsmarktes, wo Arbeitsplätze und Arbeitsknechte erhältlich sind; eines Vergnügungsmarktes, wo Schausteller, die betrügen, und Zuschauer, die sich betäuben wollen, auf ihre Kosten kommen; eines Eitelkeitsmarktes, wo Größenwahn und Ehrgeiz sich begegnen; eines Seelenmarktes, wo jeder Netzewerfer auf einen lohnenden Fischzug rechnen darf. Er sah einen unerschöpflichen und unersättlichen Speicher vor sich, den alle leerten und alle füllten; einen mitleidslos grellen, magnetischen Trichter, der das Dunkle wie das Helle, das Willige wie das Willenlose hinunterzwang, ohne es je zu verdauen; einen athletischen Körper mit einem zwergenhaften Geist, der von seinen Gegensätzen lebte und an dem die Gegensätze zehrten.

Eine erschreckende Ratlosigkeit übermannte ihn. Zögernd wandte er sich um. Roloff und Jaguttis überwachten ihn wie zwei Psychiater.

„Mich dünkt", sagte er, „eine Stadt ist alles zugleich: Häufung und Sammlung, Mangel und Überfluß, Moloch und Nährmutter, Verfeinerin der Sitten und ruchloser Seuchenherd ... Sie tut auch alles zugleich; sie stützt und zerbricht, lockt und verscheucht, verjüngt und verschlingt. Und schließlich ..., schließlich geschieht alles in ihr zugleich; da stehen alle für einen, da steht jeder für sich, da steht jeder gegen jeden. Das ist die Stadt ... Es ist ihre Allmacht, ihre Schwierigkeit, ihr Reiz. Wer in der Stadt lebt, lebt rasch und selbstsüchtig, aber mit wachen Sinnen und viel Leben. Es ist die Geburtsstadt des Bürgers und des Proleten, der Freiheit und der Sklaverei, und es ist ebensogut die Heimat des Spießers, der zwischen Bürgern und Proleten, zwischen Freiheit und Sklaverei vermittelt."

Während er so selbstvergessen redete, blickten sich Roloff und Jaguttis betroffen an. In einiger Verlegenheit gab Jaguttis zu, daß man vieles davon unterschreiben könne; über anderes lasse sich streiten, doch sei es immer interessant. „Beispielsweise das mit dem Spießer", sagte Roloff einigermaßen befreit, da die Sache eine günstige Wendung zu nehmen schien, „das mit dem Spießer ist nicht richtig. Wir haben den Hackforth — das is'n typischer Spießer; der und Vermittlung bei den Proleten! Nicht mal sich selbst kann er was vermitteln" — hier zwinkerte er Jaguttis zu, der verständnisvoll lachte — „na, und das freut ein' denn ja auch."

„Der wahre Vermittler", nahm Jaguttis den Faden wieder auf, „der wahre Vermittler ist der Gestalter, der Vergangenheit und Zukunft eint." Er schickte sich an, die Einzelheiten seines Generalbauplans durchzusprechen. Eugen unterbrach ihn unmutig.

„Vergangenheit und Zukunft! Wo ist eigentlich die Gegenwart versteckt?"

„Gegenwart ist nur ein Hilfswort. Es gibt keine wissenschaftlich erfaßbare Zeit, die Gegenwart heißt. Je nach Lage des Falles ist es der First der Vergangenheit oder die Schwelle der Zukunft."

„Je nach Lage des Falles", sagte Eugen. „Geht es uns schlecht, flüchten wir in die Vergangenheit und trösten uns, daß, wo nichts ist, wenigstens etwas war, und daß wir darben müssen, um den Grundstein zu einer großen Zukunft zu legen. Leben wir gut, so zehren wir schon von den Renten, die da kommen sollen. Wohin wir wirklich gehen, woher wir wirklich kamen — das will niemand wissen; aber wie kann man das eine ohne das andere? Du gibst doch sonst soviel auf Tradition, Vater. Jetzt tust du auf einmal, als wäre da unten vorher nichts gewesen." Er zeigte auf die Stadt, die vom schmutzigen Dunst verschluckt wurde. „Und hier ist die Zeichnung: eine absurde Zwangsjacke, die jede Ausschreitung begünstigt. Bar jeder Selbstkontrolle, ihren streng geschnittenen Konturen zum Spott, stürzt sie diese Stadt in unberechenbare Abenteuer. Können Sie mir sagen, Herr Jaguttis, warum bei uns alles gleich eine Religion sein muß? Denn die Begründung Ihrer Zeichnung ist religiös, nicht wahr? Ob Häuserbau oder Straßenpflasterung, ob Fußballspieler oder Brieftaubenzucht — alles wird zum Maßstab für Wesen und Charakter und Deutschheit und letzte Dinge."

Roloffs Gesicht war blau und scharlachrot getupft. „Wenn dir denn gar nichts heilig ist — — —!" schrie er. Er zitterte. Jaguttis fürchtete, er werde hintenüber fallen. „Um Himmels willen", sagte er und machte eine Bewegung, wie um ihn aufzufangen. „Mäßigen Sie sich doch, Herr Roloff." Eugen beharrte: „Besser, daß einem gar nichts, als daß einem jeder Dreck heilig ist."

„Mäßigen Sie sich", sagte Jaguttis nun auch zu ihm.

„Entschuldigen Sie vielmals, Herr Jaguttis. Entschuldige, Papa. Wir brauchten uns nicht voneinander zu entfernen. Ich will deine Autorität nicht leugnen, wenn du nicht meinen Charakter brechen willst. Wir könnten unsere Meinungen austauschen, ohne uns zu mißachten —: fair play, wie es unter Männern üblich ist."

„Auf der städtebaulichen Woche sehen wir uns wieder", sagte Jaguttis noch.

III

Die „städtebauliche Woche" wurde vom wachsamen Hähnchen gemeinsam mit dem Bund Deutscher Architekten veranstaltet, um die Massen mobil zu machen und die Bausteine zur Weltstadt psychologisch zu vertiefen. Die namhaftesten Baumeister legten ihr Formbekenntnis ab, und jeder beteuerte, von der Natur herzukommen —: indessen sei es gleich, woher man komme, wenn man nur darüber hinauswachse. „Demnach müssen sie alle außerordentlich gewachsen sein, da von der Natur so wenig bei ihnen zu sehen ist", sagte Eugen.

Nur Jaguttis blieb dabei, daß er die Linie unmittelbar aus der hingestreckten Ebene und die Kurve unmittelbar von den sanften Hügeln empfangen habe. Er sagte: „Auch die Architektur, die greifbarste aller Künste, kann nicht mit der Elle gemessen werden. Sie ist abhängig von der Beredsamkeit des Gestalters." Und wie beredt war er! Sein Ausdruckswille war das Monument der Zeit. „Die Ehrfurcht vor der wuchtenden Masse, die Verehrung der anmutigen Linie sind elementare Naturgefühle, die keiner besonderen Sprache bedürfen. Ein Baum, ein Steinblock, ein Gipfel, eine Wolke — sie sind dem Stummen und dem lallenden Kinde faßbar, denn sie sind Form, sie sind das Allgemeinverständliche, und sagen das meiste dem, der es für sich behalten muß, dem Stummen und dem lallenden Kinde ... Als die Menschen vor ihrem Gott in einem einzigen bedeutenden Munde, in einer einzigen kultischen Stimme sich zusammenballen wollten, bauten sie den Babylonischen Turm. Als Gott sie zersplittern wollte, gab er ihnen die Erkenntnis von der Mannigfaltigkeit der Laute. Die Form vereinigte sie, die Sprache trennte sie."

Es war die letzte Veranstaltung im Glockenparksaal. Obgleich erst kürzlich mit beträchtlichen Kosten renoviert, sollte er einem Kongreßhaus weichen. Schwandt liebte es, aus dem Generalbauplan „die Rosinen herauszupicken" —, und die Matadore des wachsamen Hähnchens liebten es nicht minder. Der Stadtbaurat sagte dazu: „Diese buntscheckige Karawane ist das Muster eines *Kollektivs*. Einer stiehlt vom andern, einer schimpft auf den andern, einer nutzt den andern aus."

Die „städtebauliche Woche" war gewissermaßen der erste

Kongreß in Wahnstadts Mauern. Bei diesem Auftakt durfte der Oberbürgermeister nicht fehlen. Selbst der Baurat fehlte nicht. Es war ein bedeutsames Ereignis. Jaguttis lachte in sich hinein.

„Vielen", sagte er, „vielen, die der Anblick der Akropolis noch in der schwächsten Photographie erregt, bleibt Homer ein Buch mit sieben Siegeln. Was von Pompeji der Erde wieder entrissen wurde, gibt mehr Aufschluß über den römischen Geist als alle Überlieferungen der klügsten Köpfe des Altertums. Die Steine Ägyptens sind gefüllt mit dem Leben der Dinge ... Die Architektur ist der unbestechliche Abriß eines ganzen sozialen Systems. Wo und wann immer Ruhm und Reichtümer der Nationen sich häuften, da finden wir Tempel oder Dome, Schlösser oder Paläste, Grabmäler oder Denksäulen, die mit ihrer Größe die Größe ihrer Zeit bezeugen. So soll es auch heute sein..." Er beschwor den ersten Menschen: er wolle das nämliche wie dieser, „der mit den primitiven Gaben der Erde rang, um sie sich gefügig zu machen und zu Werkzeugen zu formen, mit welchen er die Erinnerung an sein begrenztes Leben ins Grenzenlose hinüberschreiben konnte." Eugen horchte auf. Die Amerikaner, unter denen er geweilt hatte, waren ebenso unerreichte Virtuosen in der Führung sentimentaler Tagebücher wie in der Führung materialistischer Geschäftsbücher. Aber es war eine reinliche Scheidung: wochentags waren die Geschäfte ihr Evangelium, und sonntags war das Evangelium ihr Geschäft — wogegen hier alles unerquicklich vermengt war: Geschäft oder Evangelium, eine Erbauung mußte unter allen Umständen herauskommen. Jaguttis fuhr fort: „Während die eine Hälfte der Natur, von der er sich kleidete und nährte, dem Menschen bald vertraut war, ein gewöhnlicher Gebrauchsgegenstand, war ihm ihre andere Hälfte, die ihn mit dem furchtbaren Zorn der Blitze und Stürme heimsuchte, ein Geheimnis, dem er sich beugte, weil höhere Wesen als er selbst darüber zu gebieten schienen. Die Teilhaberschaft am Übernatürlichen war ein Monopol der Herrschenden — im Gegensatz zu heute, wo sie ein Monopol der Unterdrückten ist."

Eugen dachte: Das sind die Ideale, nachdem sie in Illusionen übergegangen sind. Sie haben die Aufgabe, alles Elend zu entschuldigen, alle Gemeinheiten zu begründen, alle Ungerechtigkeiten zu verdecken, alle Erniedrigungen in göttliche Prüfungen und alle Verleumdungen, Bedrohungen und Nachstellungen in Wohltaten umzufälschen. Was ist Kapitalismus, was ist Sozialismus? Die Menschheit teilt sich in zwei Lager, aber nicht in diese; vielmehr stehen auf der einen Seite diejenigen, die an Illusionen glauben, weil sie davon leben, und auf der anderen diejenigen, die von den Illusionen aufgezehrt werden, weil sie daran glauben.

Jaguttis versah die religiöse Architektur mit Fußnoten: von den Anfängen bis zum Triumph im Katholizismus. Er setzte Sankt Peter neben das Woolworthgebäude, Ägypten und Rom neben Manhattan Island. „Noch stoßen alle Lebensäußerungen einer Zeit, in welcher Amerika über den geographischen Begriff hinaus zum Exponenten des Erwerbsgeistes, der praktischen und maschinellen Funktionen wuchs, auf die zwiespältigen Regungen der europäischen Menschheit, die ihren Sehnsüchten nachlaufen möchte und doch schon von der Wirklichkeit gebannt ist. Aber es ist nicht mehr weit bis dahin, wo der Bann mächtiger wird als die Sehnsucht, und dann —? Dann wird man in diesen Turmhäusern mit ihren dreißig, vierzig und fünfzig Stockwerken, die nichts mehr von Persönlichkeit wissen, in denen alles Niederschlag der Masse ist, das neue Schönheitsideal entdecken. Man wird überrascht sein von der Vielfältigkeit ihres Gesichts und von ihrer Verwachsenheit mit der Atmosphäre. Im wallenden Nebel und hinter den Vorhängen des Regens werden sie eine neue Mystik künden, und im freiheitlichen Sonnenbrand werden sie die scharfe Berechnung wirtschaftlicher Gesetze offenbaren... Auf eine neue Art wird man erbaut und erhoben werden, wenn man aus dem Gewirr der Straßen aufblickt zu ihrer ruhigen Höhe. Was vom Hudson ausgeht, ist nichts anderes als das, was vom Nil und Tiber ausging — nur daß der Mensch inzwischen von der Größe zur Großartigkeit umgesattelt hat. Es wird an ihm liegen, zu zeigen, was er damit anfängt."

Eugen war es, als höre er Stövesand sprechen. Es war Stövesands Amerika, auf welches Jaguttis seine deutsche Gotik türmte. Irgendwo im Unendlichen berührte es sich auch mit der Seele einiger russischer Freunde, die er in Amerika gehabt hatte; verteufelt schwer zu sagen, was es nun eigentlich war...

Aber darauf zielte ja diese Verschleierungstechnik: alles unkenntlich zu machen und ins Unendliche überzulaufen. Ins Unendliche? Was war unendlich? Jaguttis lehrte: „Das Weihevolle." Die Mathematik lehrte: Null geteilt durch Null. Für Zweifler eignete sich weder Jaguttis Glaubensbekenntnis noch die zweifelsfreie Wissenschaft. Das Weihevolle schäumte nicht, es war nur Schaum. Die Nullen, die man im Leben traf, durcheinander dividiert, ergaben zwar etwas Unendliches, doch eben nur eine unendlich große Null.

„Wir haben begonnen, den Stein zu überwinden", sagte Jaguttis. „Stahl, Beton und Glas — diesem Dreigestirn gehört die Zukunft. Zieht der Dom das Irdische zum Himmel empor, so zieht der Wolkenkratzer umgekehrt den Himmel auf die Erde herab. Ist dort die Kuppel Abglanz des himmlischen Gewölbes, so ist hier das Stahlskelett Abbild von Technik, Industrie und Handel."

An dieser Stelle schmunzelte der Baurat: auch Jaguttis' Hochhäuser erreichten nicht alle die Wolken. Gegen seinen Entwurf des Kongreßhauses war eine stattliche Opposition entstanden, und wenn sie auch in der Minderheit verblieben war, so hatte Schwandt doch vorgezogen, einen Wettbewerb auszuschreiben, um der Diskussion die Spitze abzubrechen. Die ersten Preise waren jungen, noch wenig bekannten Namen zugefallen. Die Gesättigten, die bisher immer das Fett abgeschöpft hatten, machten lange Gesichter. Der Baurat schmunzelte noch einmal

Aber er irrte sich. Für ihn stand fest, daß einer der Preisgekrönten nun auch mit der Ausführung betraut werden müsse. Leider stand es sonst für niemanden fest. Im Preisausschreiben war gar nichts darüber gesagt. Kaum hatten die Preisrichter gesprochen, als auch schon allenthalben, „bei aller Würdigung des künstlerischen Gehalts", Bedenken über die „Durchführbarkeit" laut wurden. Jaguttis' Entwurf lag mit einemmal wieder obenauf. Plötzlich hieß es, das Preisrichterkollegium sei durch seinen eigenen Beschluß überrascht worden. „Jaguttis' Entwurf hat doch eine konstruktive Schnittigkeit", sagte Stövesand. „Mit ein paar Korrekturen wäre allen Einwänden Genüge getan." Das Wort „konstruktive Schnittigkeit" blieb haften.

Endlose Besprechungen, Erwägungen, Finessen. Die Bürokraten, die nur von Vorbehalten und aufgebauschten Hindernissen lebten, hatten gute Zeit. „Den Eiertanz mache ich nicht mehr mit", sagte der Baurat eines Tages und klopfte bei Schwandt auf den Busch: „Wenn das Gerücht sich bewahrheiten sollte, daß Sie Jaguttis auffordern wollen, seinen Entwurf umzuarbeiten — — —"

„Dann?" fragte Schwandt und schnalzte mit der Zunge.

„Dann möchte ich Ihnen erklären, daß dieser Weg nur über meine Leiche geht!"

„Aber gern — bitte", sagte Schwandt frostig, so frostig, daß es keine fühlbare Abschwächung war, als er ins Spaßhafte umbog: „So mir recht ist, lieben Sie ja die unbedingte Schroffheit des Autokraten."

Jaguttis reichte einen neuen Entwurf ein. Schwandt ließ in den zuständigen Körperschaften abstimmen. War keiner, der mit Hinterlist der Hinterlist begegnete? Es war keiner. Und waren es viele, die das Spiel mitspielten? Es war die erdrückende Mehrheit. Der Baurat mußte erleben, daß seine eigene Partei ihn im Stich ließ. Man sagte ihm: ein Repräsentationsbau, der die Stadt im Reich bekannt zu machen habe, müsse von einem Manne errichtet werden, der schon etwas vorstelle. „Wenn ein Kongreßteilnehmer nach dem Erbauer fragt, können wir nicht antworten, daß es Herr Paliwodda war. Herr Paliwodda mag ein erstklassiges Talent sein, aber wenn gefragt wird: wer ist Herr Paliwodda, man hat noch gar nichts von ihm gehört — dann ist er unmöglich." — „Aber der Bau steht doch da und zeugt für ihn! Man wird sagen: den Namen muß man sich merken." — „Der Bau wird nicht mehr so gut aussehn, wenn man gehört hat, daß er von einem gewissen Paliwodda ist. Man wird Mängel entdecken. Ja, man wird sagen, auf den ersten Blick wirkt es ja sehr imposant... und nachher ist es eben aus."— „So? Wozu dann also der Wettbewerb?" — „Zur Förderung der jungen Kunst", entgegneten sie mit heiterer Stirn. „Junge Künstler fördert man, alten gibt man Aufträge."

Nur der Nationalsozialist brach eine Lanze für den jungen, unbekannten Architekten. Die Kommunisten waren überhaupt gegen das Kongreßhaus und enthielten sich der Einmischung in „bürgerliche Streitigkeiten", wie ihre Erklärung besagte.

Für Dummheiten gibt es ja stets mehr gewichtige Gründe als für Gescheitheiten. Der Nationalsozialist allein stand da als Hüter von Treu und Glauben, indem er auf den Sinn des Wettbewerbs verwies und eine erkleckliche Epistel gegen Schiebungen las. Aus Pfiffigkeit sagte er, was andere aus Ehrlichkeit hätten sagen müssen und aus falschem Zartgefühl zu sagen unterließen. „Das Männeken", sagte Schwandt von oben herab, und Jaguttis: „Der Pubertätsphantast."

Jaguttis baute das Kongreßhaus: „eine einheitliche Architektur vom Grashalm bis zum Dachziegel", wie er es Roloff verheißen hatte.

„Das Männeken" aber faßte auch weiterhin die Gelegenheit beim Schopf. Es gastierte, wo es nur konnte, als der Gralsritter, der die unbeschützte Reinheit verteidigte. Es gastierte als der Heiland, der die Jugend zu sich kommen ließ —: Jugend, die anderswo bloß geduldet oder zum Objekt einer hochmütigen Erziehung degradiert wurde. Soviel Festigkeit inmitten der allgemeinen Auflösung, soviel Ordnung inmitten der allgemeinen Zerrüttung war faszinierend. Der abgewiesene Architekt fand schnell zu ihm hin. „Das Männeken" hatte einen Geschäftsbetrieb mit Schneeballsystem — Gratisverteilung von Wundertüten gegen Kundenwerbung. Die ersten in der Kette machten einander nichts vor; mochten die letzten die Dummen sein. Eine Hoffnung kann nicht zuschanden werden, solange sie eine Hoffnung bleibt.

Seit dieser Affäre fing der Baurat an, mit „dem Männeken" zu sympathisieren.

IV

Während der ganzen Zeit führte er einen vergeblichen Guerillakrieg gegen den Generalbauplan. Er hatte eine kritische Denkschrift eingereicht, worin die Ausweitung der Amsterdamer Straße zur „Nord-Süd-Straße" als humoristisch bezeichnet war. Eines Morgens konnte man wesentliche Teile daraus in den „Neuesten Nachrichten" lesen. Der Baurat brüllte wie ein gefällter Stier. Wer war der Verräter? Die Denkschrift existierte nur in drei Exemplaren. Eines hatte Schwandt, eines der Kämmerer, eines er selbst. Wer war der Verräter? Der

Kämmerer war, das wußte man, verschwiegen wie das Grab; er lebte nur von der Verschwiegenheit. Schwandt — ? Das wäre ja schändlich gewesen, schamlos, schmachvoll. Schwandt sagte abgeklärt: „Es ist einer jener Unterwasserschüsse rätselhaften Ursprungs, rätselhaften Zwecks, vor welchen man in keiner Verwaltung, überhaupt in keiner menschlichen Gemeinschaft sicher ist."

Ob Herr Röwedahl — — ?

Herr Röwedahl war ein Fuchs. Reckmann schnupperte oft bei ihm. Reckmann war immer gut informiert; woher, wußte niemand, aber er war es. Ob Herr Röwedahl — — ? Den Verdacht durfte man nicht einmal äußern. Der Sekretär war „machiavellistisch angesteckt". Es war bekannt, daß sein Arm weit reichte; wieviel weiter, als bekannt war, mußte er tatsächlich reichen! Kein Mensch in Wahnstadt wußte mehr vom Räderwerk der Verwaltung, keiner war wie er intim mit Hauptpersonen und Hauptparteien. Konnte ein so Allwissender leben, ohne sich den Unwissenden mitzuteilen?

Genug, die Denkschrift war verraten, und Jaguttis berief die ganze Ortsgruppe des Bundes Deutscher Architekten zu den Fahnen. In dieser Hinsicht waren sie ein Herz und eine Seele: sie hatten alle die Einkünfte aus dem Plan in Rechnung gestellt. Jetzt ergingen sie sich in unflätigen Zornesausbrüchen. Ihre Erwiderung begann: „Ein Urteil kennzeichnet häufig besser den Beurteiler als den Beurteilten." Zum Beweis dafür führten sie das Wort „Nord-Süd-Straße" an: so also habe sie der fachmännische Baurat mißverstanden! Als ob es sich um ein „Längenprofil" handle! Es handle sich um eine „Symmetrieachse", bitte sehr! Folglich verstehe der Stadtbaurat nicht einmal die „achsialen Momente"... Von der Zeit an hieß Jaguttis beim Baurat nur noch „Herr Achsial". Auch wurde er von ihm beschuldigt, die Bürgerschaft zum Kampfe gegen die Verwaltung aufgerufen zu haben. „Das sagt ausgerechnet ein Sozialdemokrat", höhnte Jaguttis; und ob sich der Herr Stadtbaurat nicht selber dauernd im Gegensatz zur Verwaltung befinde?

„Tja", machte Schwandt, und den Baurat bedünkte es scheinheilig, „das sind unsere Kampfhähne."

„Bloß Zankhähne", versetzte der Baurat. „Diese Sachwalter

des öffentlichen Gewissens haben in anderen, näherliegenden Fragen leider ein recht weites Gewissen. Es sind keine Charaktere. Es sind kleine Kläffer."

Schwandt schnitt eine Grimasse, die dem Baurat häßlich vorkam.

„Charakter und Talent der Wichtigkeit nach gleichzusetzen, ist verhängnisvoll", sagte er. „Fragen Sie Drobeck; den habe ich schon darin unterwiesen. Charakter ohne Talent ist nämlich wertloser als talentierte Charakterlosigkeit. Jener erzeugt Trägheit und Beschränkung und ist für den Fortschritt ganz und gar unnütz — höchstens eine Anregung für den Pastor, der ihm nachher die Trauerrede hält; diese jedoch schafft Bewegung, Gärung, Wallung — und der Widerstand, den sie entfacht und zu brechen trachtet, ist das wahre Element des Fortschritts. Ob Sie mir glauben oder nicht, es ist ein Unglück für die Menschheit, daß in den Schulbüchern der unbegabte Charakter statt der begabten Charakterlosigkeit gepriesen wird, bloß weil er mehr Stoff für unterhaltsame und belehrende Anekdoten liefert."

Dem Baurat summte es davon im Kopf. Er hatte schon einmal zu Drobeck gesagt, Schwandt hieße statt Matthias besser „Gallimathias", doch hatte Drobeck nur die Schultern hochgezogen und wie immer zur Antwort gegeben: „Ich weiß es nicht. Er ist ein heller Kopf, mithin muß was dran sein. Es ist was dran, aber es ist nicht alles genießbar, und was daran ungenießbar ist — ja, da kann ich nur wiederholen: ignoramus ignorabimus."

„Ehrlich gestanden", sagte der Baurat jetzt in Erinnerung an Drobecks Worte, „ich weiß nicht, ob ich Ihnen glauben soll. Aber das weiß ich, daß es, wenn es so ist, kein Idealzustand ist."

„Idealzustand! — Mit dem Idealzustand wäre nichts gebessert, Verehrtester. Obendrein erschiene alles unentschuldbar. Ein Mensch, der durch und durch aufrichtig ist, kommt einem Idealzustand doch nahe, wie? Nun denn. Setzen Sie einen solchen, dem Ideal angenäherten Menschen an die Spitze eines Staates, und er wird zum Spielball in den Händen gewissenloser Intriganten, die er natürlich für grundehrlich ansieht, denn wer aufrichtig ist, ist auch vertrauensselig. Hingegen ein Mensch, der weniger aufrichtig ist: er wird als Staatsoberhaupt weit verdienstvoller sein. Er mißtraut, er hält bis zum Beweis des Gegenteils jeden für einen Halunken, er kennt die Winkelzüge und geht niemandem ins Garn. Ja —, da sehen Sie, daß in dieser Welt die Idealzustände eben nicht das Ideal sind. Ein Ideal wäre freilich auch Charakter samt Talent; nur müßte das Talent so riesig sein, daß es die Nachteile des Charakters ausgleichen könnte. Da es das nicht gibt, begeht man die Fälschung, großen Talenten einen großen Charakter anzudichten. Man tut es, um die Tatsache zu umgehen, daß große Charaktere eben nie große Talente gewesen sind."

Trotz so zutraulicher Gespräche täuschte sich der Baurat keinen Augenblick darüber, daß es mit dem Generalbauplan auf Biegen oder Brechen ging. Jener eisige Ton: „Über Ihre Leiche — bitte, aber gern" hinterließ eine unverwischbare Gänsehaut.

Noch einmal versuchte er eine energische Sprache; das Stadtsiedlungsamt könne sich doch nicht den Stuhl unterm Hintern wegziehen lassen ... Der Versuch scheiterte kläglich, und dabei blieb es. Schwandt entgegnete ihm:-„Sie saßen doch lange genug auf dem Stuhl, warum haben denn nicht Sie einen Generalbauplan ausgeheckt?" Zwar konnte der Baurat erklären, daß ihm die Typenhaussiedlung nützlicher und realer als dieses Abrakadabra erschienen sei, doch war es ihm nicht wohl in seiner Haut, und das Sprichwort, wonach man das eine tun und das andere nicht lassen solle, besiegelte seine Niederlage.

Es zog sich mehr und mehr zusammen ... Selbst bei der Typenhaussiedlung gab es Verdrießlichkeiten genug. Gegen die flachen Dächer protestierten die Dachdecker, gegen die Zentralbadeanstalt die Installateure. „Kein Verdienst fürs ehrbare Handwerk!" schrie Jaulenhoop, und die Architekten B.D.A. hetzten ihn auf. „Fünfhundert Mark Verlust an jedem Dach! Ein Rückfall in die Barbarei, wenn nicht ein Bad bei jeder Wohnung ist!"

So ging es fort, und wehe dem Baurat, wenn sie die Geschäftstüchtigkeit mit der „sittlichen Verantwortung des deutschen Menschen gegenüber den Ausdruckswerten seiner Lebenskultur" umnebeln konnten. Kein Argument schlug durch wie dieses, kein Vernunftsgrund kam dagegen auf. Bei alledem war es ein großes Glück, daß Stövesand, der Allmächtige der Wabag, sich korrekt verhielt, mochte er sich auch innerlich versagen. Es lag ihm nicht allzuviel an den Typenhäusern; sie waren ihm gerade gut genug, größere und lohnendere Objekte zu bemänteln. Wider Erwarten mischte er sich niemals in Dinge, die ihn nichts angingen. Natürlich tat er es nicht dem Stadtbaurat, nur sich selber zu Gefallen —: die Handwerker umschwärmten ihn, wie die Juden das goldene Kalb umtanzt hatten, und es schmeichelte ihm, sich als Grandseigneur, der das Füllhorn des städtischen Segens nach beliebigen Seiten entleeren und verstopfen konnte, die Stiefel lecken zu lassen. Auch war wohl ein wenig Rache dabei, denn unter denjenigen, welche ihn umschwärmten, waren viele, die ihm in früheren Jahren hart zugesetzt hatten, als er in Zahlungsschwierigkeiten gewesen war. Jetzt ließ er sie dafür büßen.

Gegen alle Anfechtungen setzte der Baurat die Behauptung, daß das Typenhaus ein nationales und soziales Bauproblem sei. Es war, insonderheit von einem Sozialisten, eine überaus glückliche Formulierung: um ihretwillen blieb auch Schwandt in dieser Sache fest. Die Stadt bezahlte das Sonderheft einer Architekturzeitschrift, das unter dem gleichen Kennwort herausgegeben wurde, und der Baurat ahmte unbewußt Jaguttis nach, indem er in seinem grundlegenden Artikel davon ausging, daß die Pflanze „mit ihrer gleichmäßigen Zellenmontage" der erste Typenbaumeister gewesen sei.

Als die Siedlung fertig war, wurden die großen Städtebauer zur Besichtigung geladen. Sie aßen und tranken gut und waren des Lobes voll; nur der Eitelfelder Stadtbaurat spöttelte: „Wozu eigentlich ein Fremdwort, wenn man auf gut Deutsch Dalleshäuser sagen kann?" Doch war es ein unfreiwilliger und darum wohlfeiler Spott. Er stammte nicht aus geordneter Anschauung, nicht aus eng verzahnten Gedankengängen; er flog ihm zu, als er in der Nähe der Siedlung etliche alte Häuser mit Erkern erblickte, deren Stuckreliefs eine vollständige Jagd beherbergten, bärtige, Knaster rauchende Jäger auf dem Anstand, die Meute der Hunde, das springende Wild, die Tannenzapfen und alles, was zum Liede „Ich schieß' den Hirsch im wilden Forst" gehört. Es war zum Lachen, gewiß, aber das Gelächter erfror, wenn man daneben die bekümmerten Typenhäuser mit den winzigen Zickzackornamenten ihrer Gartenmäuerchen sah, noch Verheißung und schon Enttäuschung, kahle Schuppen, mit „dynamischem Bildnertrieb" bepackt, unter dem sie zusammenbrachen. Dann nämlich nahmen sich jene alten Zierpuppen, jener bombastische Trödelkram, wie richtige Wohnungen aus, wie warmes Leben aus Fleisch und Blut; dann nämlich erlangten sie eine unverdiente Rechtfertigung, einen billigen Triumph; man glaubte zu bemerken, was man an ihnen hatte, und sie konnten allem Neuen eine Zurechtweisung erteilen, zu welcher man ihnen unter anderen Umständen keine Befugnis eingeräumt hätte.

Mit Karl Hundacker darf man sagen, daß die Typenhaussiedlung „Elend mit allem Komfort" bedeutete. Türen, Fenster, Wände — nichts war dicht, die Fußbodendielen klafften auseinander, die Zimmer waren ausgekältete Schläuche wie Mauslöcher im Stoppelfeld, aber überall funkelte spiegelnder Lack in wohlhabenden Farben.

Die Bewohner wurden von den Stadtverordnetenfraktionen anteilmäßig ausgesucht. Um ein *Eigenleben* führen zu können, gründeten sie sogleich einen Verein, den sie „Nachbarschaft" nannten; jährlich zweimal, beim Sommerfest und beim Erntedankfest, erklärte der Vorsitzende, wie sehr es die Bewohner der Typenhaussiedlung zu schätzen wüßten, daß sie keine wurzellosen Großstädter zu sein brauchten, sondern sich den Genuß des Heimatsinns erlauben dürften.

Indessen bestand die „Nachbarschaft" nur für solche Leute, die volle Miete zahlten und die städtische Fürsorge nicht belästigten.

Elftes Kapitel

I

Das Jahr verging. Eugen war es wunderlich zumute. Nichts von allem, worauf er sich vorbereitet hatte, stellte sich ein. Nichts von erbitterter Abwehr, nichts von Aufschreien der Getroffenen. Bei ihrem spröden Gemüt waren die Gegner unverwundbar. Sie waren so wenig anfechtbar, wie Kautschuk anfechtbar ist.

Es war klar, daß sie ihn nicht liebten. Aber niemals gaben sie ihm zu verstehen, daß seine Überzeugungen ihnen unbequem waren. Sie empfanden sie gar nicht als Überzeugungen. Wenn es hoch kam, erklärten sie, wie am Johanni-Nachmittag, daß er betrunken sei. Sie begönnerten, sie bemitleideten ihn. Für die einen war er „der Junge", für die anderen „der Amerikaner", für wiederum andere „ein Schwarmgeist", „ein Irrender", „ulkiges Huhn", „räudiges Schaf", „Trotzkopf", „ungläubiger Thomas", und für ganz Wohlwollende war er „der Heimkehrer", dem im alten Vaterland, das inzwischen auch mit der Zeit gegangen war, vieles neu sein mußte. Alle hielten ihm zugut, daß er sich erst wieder einzuleben hatte; und selbst diejenigen, deren Anfeindungen er nicht ganz entging — bezeichnenderweise Leute wie Jaulenhoop und Hackforth, liedertafelnde Spießer, die noch ihre mythologischen Zeiten hatten — dachten nicht daran, ihn ernstlich zu bekriegen.

Im Anfang war er völlig unpolitisch. Er wollte nichts, als sich über die Art des Lebens vergewissern, bevor er sich mit ihm befaßte, nichts, als Aussehen und Grund der Dinge erfahren, und wodurch sie den Eindruck erweckten, daß sie anders seien als ihre Wirklichkeit.

Den Lebensgenuß aller Schichten hatte er in Amerika gesehen: im Hotel, im Kino, in der Arena, in den Klubs, in den Behörden, ja sogar in den Kirchen. Nichts schien es zu geben, was nicht Anlaß zur Belustigung hätte werden können. Die paar Minuten, die zwischen Autos, Untergrundbahn, Lifts, hastigen Mahlzeiten und traumlosem Schlaf noch übrigblieben, schienen gerade zur berauschenden Unterhaltung hinzureichen, zu einer Genußfreude, die jedem vorspiegelte, er sei sein eigener Herr. Allmählich kam Eugen, den es nicht befriedigte, nur die Dinge und nicht auch hinter die Dinge zu sehen, dem Trugbild auf die Spur. Hinter dem smarten Lächeln, das außen am Mund klebte wie der Kaugummi drinnen, fand er die nackte Lebensangst, mit welcher jedermann schnell einmal, wo es keiner sah, den Unternehmer spielen und dem Zuge seines Herzens gehorchen wollte, statt dem Befehl seines Prinzipals.

Durch einen Zufall — ein Gast hatte sie liegen lassen und holte sie nicht ab — gelangte er in den Besitz von Büchern, die seinen Verdacht bestätigten und jene verbreitete Annahme vernichteten, daß der allgemeine Lebensgenuß eine Folge allgemeinen Wohlstands sei. Diese Bücher meinte er, wenn er von der „neuen amerikanischen Tatsachenliteratur" sprach. Jaguttis brachte vor, daß sie ihn, unvorbereitet, wie er gewesen, habe verwirren müssen. „Es ist damit wie mit gewissen Giften: Arznei in der kundigen Hand, Geißel in der unkundigen. Natürlich erleidet ihr absoluter Wert keine Einbuße durch falschen Gebrauch. Auch Herr Stövesand wird wissen, wie jene Bücher ganz USA bezwungen haben. Er war drüben, als sie zuerst veröffentlicht wurden."

Obschon Bernhard Stövesand außer fachlichen Broschüren noch nie ein Buch in der Hand gehabt hatte, bezeugte er gern, was von ihm verlangt wurde. Es war Ehrensache, über alles Bescheid zu wissen. Daher bezeugte er es mit einer nachdenklichen Langsamkeit, die dem Gewicht der Sache wohl anstand und zugleich die Lust abschnürte, schürfende Fragen zu stellen, bei welchen seine Unwissenheit nicht hätte verborgen bleiben können.

„Ich persönlich", sagte Jaguttis darauf, „ich schätze diese Literatur ganz außerordentlich. Es ist etwas, Herr Roloff, was mich mit Ihnen verbindet und manch anderen Gegensatz überbrückt."

Eugen wußte nicht, was er entgegnen sollte. Sie nahmen alles vorweg, was er entgegnen konnte. „Ich weiß", hieß es, „ich weiß schon, was Sie sagen wollen ... aber ..." Und dann folgte eine Art Beweis, daß man ja gar nicht gegen einander rede, sondern bloß aneinander vorbei, und daß ja gar keine grundsätzlichen

Unterschiede vorlägen, sondern bloß belanglose Mißverständnisse.

Wenn er nicht zurückweichen wollte, mußte er sie über den Haufen rennen. Er fing an, sie zu brüskieren, zu schmähen, mit handgreiflichen Deutlichkeiten zu mißhandeln. Die Kommunisten, die in den Malepartus kamen, Redakteure, Stadtverordnete und kleinere Funktionäre, bearbeiteten ihn nach Kräften. Gleichwohl konnte er sich nicht entschließen, zu ihnen zu stoßen. Ein paar Aufsätze von ihm wurden ohne Namensnennung und ohne Vorwissen irgendeines Menschen im kommunistischen Blatt gedruckt. Aber er hatte keinen Freund; keinen, der ihn verstand, keinen, zu dem er gehörte. Mit den Kommunisten erging es ihm merkwürdig: sie waren, betraten sie den Malepartus, wie jeder andere Stammtischbruder, rissen abgedroschene Witze, schüttelten romantische Hobelspäne aus den Taschen, die sie nur vorsorglich gefärbt hatten, behaupteten, daß Zementbauten in der neuen russischen Landschaft dasselbe seien wie in der alten westkapitalistischen die Gletscherfirnen, und derlei Torheiten mehr, die auf Seelenverwandtschaft mit Ja guttis schließen ließen. Es lag ihnen auch nichts an Eugens anonymer Mitarbeit; sie nahmen sie nur in der Hoffnung, ihn zu fesseln, hin. Sie wünschten mit seinem Namen Geschäfte zu machen, wie Reckmann mit seinen Informationen, und sie glaubten allen Ernstes, wieder einen Keil in die bürgerliche Phalanx getrieben zu haben, wenn sie einem Bürgerhaus den Sohn entführten.

Hätte Eugen die Mittel dazu besessen, so hätte er in einer Zeit, in der soviel gegründet wurde, zweifellos ein eigenes Blatt gegründet; aber da er diese Mittel nicht besaß, so blieb ihm die Enttäuschung erspart, daß ein unabhängiges und rücksichtsloses Blatt jenseits aller weltanschaulichen Abstempelung höchstens eine Handvoll Leser gefunden hätte und in kurzer Zeit, da die Wahrheit tief im Kurs stand, entweder eingegangen oder korrumpiert worden wäre.

„Sie sind ein Einzelgänger", sagten ihm die Kommunisten, „und als solcher im Zeitalter der Masse zur Wirkungslosigkeit verurteilt".

Zeitalter der Masse! Klang es nicht, wie wenn Roloff „Zeitalter der Ertüchtigung" oder Stövesand „Maschinenzeitalter" sagte? Zeitalter der Masse! Warum mußte denn der Einzelgänger, der geduldig jäten und rigolen wollte, in einer fragwürdigen und kaum zusammengeleimten Masse untertauchen? Warum konnte nicht aus den Einzelgängern eine bessere Masse geschaffen werden? Zeitalter der Masse! Als ob der Ruf der Tausende nach dem Erlöser, sei er Person oder Lehre, nicht doch zuletzt immer wieder dahin ausschwang: wir sind tausend gegen einen!

Was Eugen bitter ernst war, nahm man scherzhaft als „erfrischende Offenheit". Er schmähte den Modenkönig Rehberger: „Kann man mit einer Künstlermähne ein guter Kaufmann sein? Ich würde, wenn ich Bankdirektor wäre, keine träumerisch blickenden Beamten engagieren, und hätte ich Geld, würde ich es nicht auf einer Bank deponieren, deren Direktor mit einer Schauspielerin verheiratet ist. Nie würde ich mir einen Rechtsanwalt nehmen, der Gedichte macht, nie einen Arzt, der Aquarelle malt. Einen Politiker, der Violine spielt oder Bücher über Beethoven schreibt, würde ich nicht zum Minister machen, und bei einem Konfektionär mit Künstlermähne keinen Anzug kaufen. Die Welt der Zahlen, Herr Rehberger, die Welt der Paragraphen, der medizinischen Formeln und der politischen Gesetze ist nüchtern; wie töricht, ihr einen Vorwurf daraus zu machen! Wie töricht, es nützlich zu finden, daß die Männer, die sich in ihr bewegen, die Nüchternheit durch Phantastik kompensieren, statt darauf zu bestehen, daß sie ebenso nüchtern seien!" Aber Julius Rehberger war keineswegs beleidigt, er lachte und tänzelte, tänzelte und lachte, und er griff sich in die Künstlermähne, die nach seiner Überzeugung gar keine war.

Eugen schmähte die Jaguttis-Kadereit: „Wenn Sie vor drei-, vierhundert Jahren gelebt hätten, wären Sie wahrscheinlich eine Elisabeth, eine Katharina, eine Maria Theresia gewesen ... irgendeine dieser historischen Frauen, die alle raffinierte, betriebsame, hysterische und sicher nicht ganz dumme Scheusale waren. Heut ist eben alles kleiner und unmythischer — heut sind Sie nur Präsidentin der Wahnstädter Hausfrauen." Sie gab ihm einen kameradschaftlichen Klaps und lachte, lachte kristallklar und glockenrein, wie nie ein Mensch sie lachen gehört hatte. Er schmähte ihren Mann: „Die städtebauliche Woche war eine Geschäftsreklame, einer jener unnotierten Werte, die nach Bedarf mit volkswirtschaftlichen, kulturellen oder nationalen Momenten verbrämt werden; Ihr Vortrag metaphysischer Humbug; Ihre Behauptung, daß die große Architektur immer mit dem Reichtum der Nationen Hand in Hand gehe, überaus anfällig — denn heute, wo Sie, Heros der Phantasie in der Sklaverei des Elends, nach den Maßen der Weltstädte bauen, leben die Bauherren nicht von ihren Zinsen, sondern von ihren Schulden." Er schmähte ihn, und Jaguttis meinte unbefangen: je mehr sie einander in die Wolle gerieten, desto mehr habe er das Gefühl einer unzerreißbaren Kameradschaft; gewiß sei es Vermessenheit zu sagen, daß sie auf Übereinstimmung beruhe, doch beruhe sie auf einer Gleichgestimmtheit, die wieder in einem unbestimmbaren und unaussprechlichen Fluidum enthalten sei.

Die Kommunisten wiederum hielten Eugen entgegen: „Was wollen Sie? Den Boden vom Unkraut reinigen? Unterdessen rutscht der ganze Boden ab, weil der habgierige Kapitalismus seine Profite daraus zieht."

Mit einem Lächeln der Geduld schüttelte er den Kopf: „Nicht, weil jeder seine private Beute machen will, sondern weil jeder vorgibt, es im Namen des allgemeinen Wohls zu tun."

Das begriffen sie nicht. Niemand begriff es. Ausgestattet mit einer Verschlagenheit, die trottelhaft, und mit einer Trottelhaftigkeit, die bösartig war, fläzten sie sich alle auf das Sofa hinter ihren vier Wänden; wurden die Wände auseinandergerissen, so stellten sie abdunkelnde Wandschirme auf und fläzten sich wie zuvor und schauten mit ergötzlichen Augen auf Eugen wie auf einen Liebenswerten, Beschränkten, der sich abmühte, ihnen begreiflich zu machen, daß ihr Sofa sich mitten auf der Straße befinde. Jaguttis war noch nicht der Ärgste. Ärger waren Limpinsel und Behmenburg, die Koryphäen der Literarischen Gesellschaft.

Studienrat Limpinsel, einer von den pazifistischen Barden, die Eugen noch hinter die nationalistischen rangierte, weil sich bei ihnen Wesen und Erscheinung nicht mehr deckten, kam ihm vor wie ein Revolutionär mit der blauen Blume, wie ein Stürmer und Dränger mit Vollbart, nur daß er in der Ära der Rationalisierung den Vollbart abrasiert und dafür einen Backenbart hatte wachsen lassen. Äußerste Modernität und gleichzeitig äußerste Würde, verhätschelte er in der Schule die sogenannten literarischen Talente, nannte die Dichtung eine „ewige Lampe" und fabulierte von „Spannungsfeldern im Rhythmus des Seins", von „Umhüllung des Bildungsprozesses mit kosmischen Ernstwerten", von „schulischer Behandlung" und von „behüteter Freisetzung der Jugend durch überlegene Selbstzuchthaltung". Er gestattete sich ein ruhiges Verweilen in einer Landschaft, die auf keiner Karte verzeichnet war und in seinem Dialekt „stille Gemeinschaft der Seelen" hieß. Kein Wunder, wenn Melitta durch ihn zur Gymnastik hingelenkt worden war. Schwandt meinte zuweilen, daß alle jene Limpinselschen Ausdrücke sich anhörten, als ob jemand immerzu niese.

Schon vor seiner amerikanischen Zeit waren Eugen bei Limpinsel einige Seltsamkeiten aufgefallen: er kam nie wie andere in ein Zimmer hinein, er trat auf; er setzte sich nicht, er ließ sich nieder; er zündete eine Zigarre nicht an, er setzte sie in Brand. Jetzt nun entdeckte Eugen, wie sehr diese Äußerlichkeiten mit seiner Innerlichkeit übereinstimmten.

„Wir geistigen Menschen", sagte der Studienrat und meinte damit den Stammtisch seiner Literarischen Gesellschaft, wo sich alle jene Bildungsfanatiker und Kulturliebhaber ausleben konnten, die es sich zum Verdienst anrechneten, daß sie im nämlichen Lande wie Goethe geboren waren, und die sich für Kulturträger hielten, weil sich ihnen die Welt als „unbewußtes Erleiden" und „schicksalbildende Gewalt" offenbarte. Unbewußtes Erleiden — das war die geräuschvolle Sucht, sich selber eine Bombenrolle auf den Leib zu schreiben. Schicksalbildende Gewalt — das war die Vision im luftleeren Raum, die Begründung aller Wahnwitzigkeiten, die Entschuldigung aller Ideenlosigkeit, die Verwechslung von Zeitlosigkeit mit Welt- und Menschenfremdheit.

Eugen sprach dies alles aus, und wiewohl er nicht erwartete, daß ein so schofles Ungetüm wie Limpinsels Literarische Gesellschaft dadurch zerfleischt würde, so erschien es ihm doch möglich, den Horizont dieser engstirnigen und sich, ach, so weitherzig gebärdenden Knirpse zu sprengen. Es wäre allerdings auch denkbar gewesen, daß sie sich nun insgesamt gegen ihn, den Störenfried, zusammenschlossen. Nichts von alledem geschah. Als sie merkten, daß er nicht mit ihnen konkurrieren, von ihrer Domäne nicht Besitz ergreifen wollte, biederten sie sich bei ihm an. Sein Erscheinen war ihnen ein neues Vortragsthema, und er hatte nichts davon als das zweifelhafte Vergnügen, daß die Wahnstädter Literarische Gesellschaft mit einem mutigen Sprung von Gerhart Hauptmann bis zum Expressionismus vorrückte. Zu seinem Schrecken sah er, daß er sie zeitlich förderte, statt sie geistig zu revolutionieren. Wo immer er dreinhieb, verbeugte man sich: „Schönen guten Abend, Herr Roloff, ganz der Ihrige. Wir sind jung wie Sie, wir sind modern wie Sie, wir wollen alle dasselbe wie Sie." Studienrat Limpinsel piepste: „Tatsachen? — Eigentlich sind wir auch für Tatsachen. Indessen verleihen wir ihrer Brutalität den Glanz geistiger Schönheit, der die Träne in Lebendigkeit verwandelt."

„Meinen Sie nicht", fragte Eugen, „daß das ewige Sterben heute ein zeitgemäßerer Gegenstand der Betrachtung ist als das ewige Leben?"

„Ganz gewiß", erwiderte Limpinsel, „doch werden Sie zugeben, daß wir auch inmitten der Abtragung, Auflockerung und Auflösung alles Bestehenden um einen neuen Mythos ringen müssen, wenn wir nicht der Zersetzung, der Skepsis, der Anarchie anheimfallen wollen. Dieser Mythos ruht in der deutschen Erlebensform, im Gleichnis unserer höheren Wesenhaftigkeit, in der symbolischen Erfassung der Kunst schlechthin."

„Der Mythos, Herr Limpinsel, kann mir gestohlen werden. Er ist der Glaube, daß man nichts zu tun, nur etwas zu fühlen brauche, um aller Not enthoben zu sein. Die höhere Wesenhaftigkeit haben wir an jedem Stammtisch, die symbolische Erfassung in jedem Verein, und die deutsche Erlebensform wird mehr und mehr aufs Wohlfahrtsamt verlegt. Da haben Sie den Mythos. Wenn Sie diese Feststellung zersetzend nennen, so erwidere ich: allerdings sollten diese unklar gärenden Gefühle je eher, je lieber zersetzt werden."

„Aber natürlich, Herr Roloff. Nur haben diese Gefühle nichts mit jener Seele zu tun, der das deutsche Kulturleben entsproßt."

„Ach, gehn Sie mir mit der deutschen Seele! Sie war einmal gut und rein, jetzt ist sie schon abgegriffen, da sie soviel herhalten muß, um das lächerlichste Zeug zu beschönigen; und das deutsche Kulturleben, das in einem Atem Innigkeit und Gewalt verherrlicht, zeitigt so faule Blüten, daß man ihm nur noch mit dem schärfsten Mißtrauen begegnen kann." Angreiferisch ging er auf ihn zu. „Ist es nicht verdächtig, daß der Deutsche heute mehr als andere Völker zum Eigenlob neigt? Daß er mit dem deutschen Fleiß und der deutschen Treue nur so um sich wirft? Daß er zu schmückenden Beiwörtern greift, statt zu dem, was von der Geschichte erwiesen ist? Es sollte, Herr Studienrat, eine Literatur geschaffen werden, die nicht mehr in die Hände von Oberlehrern fallen kann."

Studienrat Limpinsel bewegte sich groß und herrisch wie ein zuckender Blitz. „Ganz meine Meinung", donnerte er, „durchaus meine Meinung. Ich bin ein geschworener Feind der Oberlehrer. Ihrer Abtötung gilt mein Lebenswerk."

Eine hohle Schlucht tat sich vor Eugen auf. In ihr stand Limpinsel, der geborene Oberlehrer, der nach Bedarf piepsen und donnern konnte, und sagte den Oberlehrern Kampf bis aufs Messer an. Welch ein Menschenschlag! Unecht und doch echt, denn auch ein Kieselstein ist ja echt — als Kieselstein. Limpinsel gab alles zu — in der Meinung, alles zu bestreiten. Das Ende seiner Gedanken war vor dem Anfang. Täuschende Bilder deutete er als Erkenntnisse, den Nebel über der Landschaft als Realität.

Anders Sanitätsrat Behmenburg. Er erzeugte Nebel; er erdichtete Bilder; er entsagte dem Gebrauch der Augen. Letzter großer Demokrat von Wahnstadt und Umgebung, triefend von Rechtschaffenheit und jeder Schärfe abhold, zupfte er an seinem Zwicker und sprach über die Krisis des europäischen Bewußtseins, über das Schaffen der großen deutschen Philosophen, über das kopernikanische Weltbild und das Zeitalter der Aufklärung, dem das heutige so ähnlich sei. Er wußte alles, als sei er überall dabeigewesen, und er war wohl auch überall dabei; er gehörte zu jener Sekte fortschrittlicher Bürger, die sich immer anhängen, sobald irgend etwas durchgesetzt ist, und immer grollend fern vom Schuß verharren, solange etwas durchzusetzen ist.

Eugen verdroß es. Es empörte ihn, daß dieser Sanitätsrat überall als ein grundgütiger und kulturfreundlicher Mensch vorgestellt wurde, der nie ein giftgetränktes Wort über die Lippen bringe. „Täte er es doch!" sagte Eugen, der nichts dergleichen widerspruchslos passieren ließ. „Warum darf, wenn ein Seifenfabrikant grundgütig ist, seine Seife ruhig schlecht sein? Sollten wir nicht lieber gute Seife von ihm verlangen und ihn unsertwegen ungütig und kulturfeindlich sein lassen?"

Auf seine alten Tage hatte Behmenburg sich der Psychologie ergeben. Er war der Ansicht, daß diese Wissenschaft nichts anderes sei als das, was sich in der Weimarer Verfassung ausdrücke. Gefühlsbetont und selbstgefällig lehnte er im Stuhl, den er, um seinen weisheitsvollen Abstand von den Irrungen und Wirrungen des Tages zu unterstreichen, ein Stück vom Tisch fortgeschoben hatte. Dann und wann angelte er nach seinem Bierseidel und erwähnte rühmend sein Alter —: „betagt" nannte er sich, damit man gleich an eine Unzahl inhaltschwerer Tage denken konnte, die er hinter sich hatte. Jedes seiner Worte war für Eugen ein Sporn, der ihm tief in die Weichen drang. Er bäumte sich auf: „Alter, Herr Sanitätsrat, ist ebensowenig eine Beweisführung, wie es Jugend ist. Eine Verfassung mit psychologischem Fundament stelle ich mir anders vor. Müßte nicht ein Psychologe vor allem bedenken, daß eine Verfassung nicht immer in Händen ihrer Schöpfer oder geistesverwandter Persönlichkeiten bleibt? Müßte er nicht bedenken, daß sie in die Hände von Leuten geraten kann, die, Verfassungsfeinde durch und durch, den Buchstaben benutzen, um den Geist zu töten? Er müßte es bedenken und dürfte somit keine Bestimmungen treffen, deren Wert ausschließlich von der Gesinnung der jeweiligen Machthaber abhängig ist und deren Anwendung das eine Mal Segen, das andere Mal Unheil stiftet. Die Weimarer Verfassung scheint mir solcher Bestimmungen allzuviele zu enthalten, und die Sache wird noch schlimmer, da nie ein gutes Beispiel gegeben wurde und schon ihre Väter sich wider ihren Geist versündigten."

Darauf antwortete Behmenburg: „Junger Mann" (und er legte den Ton auf „Junger", nicht auf „Mann"), „die Psychologie ist ein Stück Natur und wie alles Naturgeschehen in ihren letzten Hintergründen undurchsichtig und menschlicher Erkenntnis entrückt."

Von dunkler Röte übergossen stand Eugen vor ihm.

„Herr Sanitätsrat", sagte er fast feierlich, „Sie sind zwar betagt, aber die paar Jahre, bis die Demokratie zum Teufel ist, werden Sie ja wohl noch leben. Alsdann — beklagen Sie sich nicht; niemand anders als Sie und Ihresgleichen ist der Totengräber. Demokratie ist eine so herrliche und unwiderstehliche Sache, daß sie nicht von ihren Feinden, nur von ihren Freunden zugrunde gerichtet werden kann. Wie Sie im Wirtschaftlichen leben, als hätten wir den Krieg gewonnen, so leben Sie im Geistigen, als sei die Revolution gelungen. Weil ein Mann wie Ihr Freund Limpinsel an einer Wahnstädter Stadtschule unterrichten darf, stoßen Sie fröhlich auf Ihre Errungenschaften an; aber glauben Sie im Ernst, daß Herr Limpinsel auch nur eine Minute Studienrat am städtischen Lyzeum wäre, wenn man von den zwei Seelen in seiner Brust mehr die pazifistische als die rhapsodische sähe? Oh, man weiß, daß er ungefährlich ist. Man weiß, daß neue Gedanken in alter Sprache unschädlich sind. Man weiß, daß Überzeugung keine Stoßkraft hat, wo Überlieferung niemals aufhört. Darum bleibt er ungeschoren, ungeschoren auf seinem Kothurn, wohlverstanden, selbst wenn einmal ein Überempfindlicher sich beschwert. Sie jedoch wähnen, daß, was Folge der Verblasenheit ist, Triumph des Fortschritts sei. Nun, Herr Sanitätsrat, soviel Fortschritt, wie Sie und Herr Limpinsel bedeuten, will jeder gelten lassen. Soviel Fortschritt erfreut sich gleich großer Beliebtheit bei Bürokraten, Kulturbeamten und Reaktionären."

Man umstand ihn im Kreise, es riß ihn fort; sie aber riß er nicht hin, ihnen blieb er ein Schaustück. Betören ließen sie sich, beschwören nicht; und so gut sie Verschwörungen kannten, die das Licht scheuten, so unwahrscheinlich dünkte es sie, daß es Verschwörungen geben könnte, die das Licht suchten.

„Die Revolution", rief Eugen, „traf selbst diejenigen unvorbereitet, denen die Rolle der Führung zufiel. Eine Staatsumwälzung kann nicht gelingen, wenn man nicht mindestens ein neues Gesetzbuch und ein neues Beamtenrecht fix und fertig in der Tasche hat. Man war ohne geistige Vorbereitung, und man sieht nicht einmal ein, daß man sie nachholen muß. Man schießt, aber die Munition ist mit Sand gefüllt. Man protestiert, aber es ist nur ethisch verbrämter Wortschwall demokratischer Gebärdenträger gegen das Raffinement einer unverwelklichen Bürokratie. Man polemisiert, aber der Zeigefinger der Gouvernante wacht über die gute Kinderstube." Er erhob seine Stimme. „Es ist Ihre Kardinalsünde, daß Sie die öffentliche Anerkennung erringen wollen. Zweifelt ein Wicht an Ihrer Vaterlandsliebe — flugs beweisen Sie ihm, daß Sie noch chauvinistischer sein können als der großsprecherischste Chauvinist. Zweifelt ein Maulheld, ein Heimkrieger an Ihren Kriegstaten, flugs beweisen Sie ihm, daß Sie mörderischer als ein Bluthund sein können. Ihre Idee, Herr Sanitätsrat, ist verraten und verkauft, wenn Sie sich nicht auf die Kardinaltugend besinnen, die öffentliche Furcht damit zu erringen!"

Glut in seinen großen, grauen Augen, hielt er inne. Behmenburg beobachtete ihn mit einem unverschämten Wohlgefallen. Schief über die Nase ritt sein Zwicker. Dann, nach kurzem Stillschweigen, sagte er, der keinen Eindruck aufnehmen konnte, ohne ihn in ein lehrreiches Gleichnis umzusetzen: „Sie treiben Sport, Herr Roloff; also wissen Sie wohl, daß man beim Rennen zwar infolge bestimmter Beobachtungen auf ein bestimmtes Ergebnis tippen, doch nicht verhindern kann, daß ein Außenseiter gewinnt. Genau so ist es in der Politik. Wenn es aber dahin kommt" — er stand auf und legte eine ausgemergelte Hand auf Eugens Schulter —, „dann bauen wir auf die Kampfkraft dieser guten Jugend, deren einer hier in unserer Mitte weilt."

Eugen wurde blaß. Es war eine Szene wie zwischen dem alten Attinghausen und Ulrich von Rudenz. Nur zu gut wußte Eugen, daß ihre Selbstsicherheit auf Selbsttäuschung beruhte — aber waren nicht sie für den Augenblick sicher, und unsicher er?

Um festeren Boden unter die Füße zu bekommen, las er geschichtliche und nationalökonomische Werke, obgleich sein Vater dagegen einwandte, daß kein Deutscher jemals etwas aus der Geschichte gelernt habe. Mit unvermindertem Eifer schrieb er an seiner Arbeit „Aus Amerika zurück". Aber er wurde unentschiedener, gewundener: er strich markante Sätze aus und wehrte sich vor sich selbst gegen den Argwohn, daß er der gesammelten Kraft ermangele. „Im Gegenteil", redete er sich vor, „im Gegenteil. Gerade die gesammelte Kraft ist vorsichtig und abwägend."

II

Eines Abends sprach Dr. Eisenmenger vor: ob Roloff nicht einer „Deutschen Nationalvereinigung" beitreten wolle. Dieser, in Gedanken an sein Hotel, war jetzt mehr als je auf Vereinszugehörigkeit aus. Er hamsterte Mitgliedskarten, ohne lange nach Zweck und Sinn zu fragen. „Für dreihundert Mark werden Sie Patronatsmitglied", erläuterte Eisenmenger. „Die Patronatsmitglieder bilden den Vorstand. Wahlen finden nicht statt." Roloff unterschrieb das Formular. Die Satzung, so wenig achtete er ihrer, ließ er auf dem Tisch liegen. Dort fand sie Eugen.

Er fragte neugierig: „Hast du das durchgelesen, Papa?"
„Nein."
„Bist du dabei?"
„Angemeldet. Durch Eisenmenger."
„Das ist ein gelber Verein."
„Ein gelber —? Gib mal her."

Noch aus der Zeit, als er im Arbeiterviertel die Schankwirtschaft betrieben hatte, war bei Gustav Roloff eine Abneigung gegen die gelben Vereine zurückgeblieben, die von den Unternehmern gegründet und unterhalten wurden, um durch Bestechung der Arbeiter die Gewerkschaften anzunagen; keine Gesellschaft gegen das Bestechungsunwesen kümmerte sich darum. Roloff aber hatte sich stets als Schirmherr seiner Gäste gefühlt, und das Frühere wirkte noch ein bißchen nach, wie sehr auch die Schichten der Gäste gewechselt hatten. Daher wurde er nun doch wehmütig: die Arbeiter, die dieser „Deutschen Nationalvereinigung" angehörten, zahlten nur fünf Mark und hatten keinerlei Rechte — außer, daß sie kostenlos an den Kursen einer Volkshochschule der Vereinigung teilnehmen durften, wo ihnen der Erdball aus der Perspektive der Unternehmer gezeigt wurde. Diese Volkshochschule war in Berlin; Unterkunft und Verpflegung im Vereinsheim waren frei, Fahrgeld wurde erstattet, Löhne wurden fortgezahlt.

„Siehst du, da werden wenigstens auch die Arbeiter mal eingeladen beim reichen Mann", sagte Eugen bitter. Roloff schwieg. Er überlegte, ob er seinen Beitritt rückgängig machen solle — wäre es doch im Hinblick auf den Sohn eine versöhnliche Geste gewesen. Andererseits war das Parkhotel Hindenburg auf das Wohlwollen der Industriellen angewiesen; Arbeiter würde es wohl niemals beherbergen. Er wäre seinem Grundsatz untreu geworden, das Geschäftsinteresse von persönlichen Neigungen und Abneigungen unberührt zu lassen, und es war wohl vorauszusehen, auf welcher Seite Folgen von größerer Tragweite zu entstehen drohten.

„Nun, Papa?" ermunterte ihn Eugen. „Widerrufst du?"

Roloff wich seinen Blicken aus.

„Man tut so was nicht", stotterte er und verschanzte sich hinter Ehrbegriffe und gute Sitten.

„Man! Man tut es nicht, aber du tust es eben."

„Nach einem Jahr kann ich ja kündigen."

„Ein Jahr ist lang, Papa. Sittenwidrig ist die Anmeldung, nicht der Rücktritt."

„Ich will mal sehn."

„Ich will mal sehn", war sein letztes Wort, als Eugen mit einem zuversichtlichen Ausdruck zu ihm trat. „Ich will mal sehn..." Dabei war sein Augenschlitz ganz schmal, als zwänge er sich, nichts zu sehen. Dieser schmale Augenschlitz hatte es Eugen angetan; mit einemmal stand jener Satz vor seiner Seele, den er im letzten Brief aus Amerika geschrieben hatte: „Das Heute verlangt klare Entscheidungen." Namenlose Scham brannte in ihm. Es mußte anders werden.

Es wurde anders.

Wenige Tage später besuchte Eisenmenger Gustav Roloff abermals: gegen einen Jahresbeitrag von tausend Mark nehme die Deutsche Nationalvereinigung auch Körperschaften auf; ob nicht das wachsame Hähnchen — —? Schon breitete er Papiere aus.

„Auch das noch!" dachte Roloff und meinte, einen Hausierer vor sich zu haben. „Das wachsame Hähnchen befaßt sich nicht mit Politik", sagte er barsch.

„Tut es denn die Deutsche Nationalvereinigung?" fragte Eisenmenger ganz verwundert.

Roloff sah ihn kurz an, ließ eine schwere Hand auf den Tisch fallen und entgegnete nichts.

„Nicht mehr und nicht weniger", fuhr der Syndikus fort, „als es heutzutage unvermeidlich ist; man befaßt sich nicht, aber man wird befaßt. So ergeht es Ihnen wohl auch im wachsamen Hähnchen."

Er spielte auf die Grundstückspolitik an, die nur unter stillschweigender Duldung der industriellen Rathausfraktionen möglich war.

Roloff versprach nun, die Sache in der nächsten Vorstandssitzung aufs Tapet zu bringen. Aber dieser Mann aus der Industrie war gewohnt, daß die Beschlüsse der Vorstandssitzungen vorher feststanden. Deshalb sagte er geradhin: „Herr Gutzeit ist bereits dafür" — und zwischen den fünf Worten hörte man heraus: „Trachten Sie also, die anderen zu gewinnen."

Gutzeit ... Natürlich. Eisenmengers Busenfreund. Robert Gutzeit hat es faustdick hinter den Ohren Robert Gutzeit tanzt überhaupt immer aus der Reihe.

Der Hausierer ließ die Maske fallen.

„Als nächstjähriger Tagungsort der Deutschen Nationalvereinigung ist Wahnstadt vorgeschlagen. Wir dachten an den Europäischen Hof, falls ... falls bis dahin Ihr Hotel noch nicht fertig sein sollte."

Roloff schloß die Augen, indem er vor Verdrossenheit seinen Schnauzbart kräuselte. Da klopfte es plötzlich an die Tür, und schon war Eugen, dem Allwiß Kaschub Eisenmengers Anwesenheit verraten hatte, im Zimmer.

Im ersten Augenblick empfand Roloff sein Erscheinen als Befreiung aus einer entehrenden Lage; aber ehe er sich noch richtig auf alles besann, hatte Eugen den Syndikus schon angefallen.

„Na, wie ist es, Herr Doktor? Werben Sie wieder Söldlinge für Ihren famosen Verein, der nur aus Vorsitzenden besteht und solchen, die es werden wollen? Na?"

„Geh hinaus!" herrschte ihn jetzt Roloff an.

Eisenmenger sagte, die Deutsche Nationalvereinigung sei eine Millionenbewegung.

„Ach —? Aber die Millionenziffer bezieht sich wohl weniger auf die Mitglieder als auf die Unternehmergelder, die drin stecken? Oder ist es wie im Zirkus, wo immer die nämlichen Pferde in die Manege hinein, vorn wieder raus und hinten abermals hineingetrieben werden, so daß ein nicht abreißender Massenzug vorgegaukelt wird?"

„Hinaus!" brüllte Roloff. Eisenmenger hielt ihn fest: er müsse es unendlich bedauern, wenn der Anschein entstünde, daß er einer Aussprache aus dem Wege gehe; außerdem seien diese Amerikanismen sehr interessant, denn man ersehe daraus, wie nahe der amerikanische philanthropische Kapitalismus dem Bolschewismus sei ... Fast sagte er dasselbe wie Jaguttis: „Ich unterhalte mich gern mit ihm."

„Die Unternehmer können einem leid tun", fuhr Eugen fort. „Sie zahlen und zahlen, und es nutzt doch nichts. Geld vermag viel, aber auch diesem protzigen Stoff hat der Weltenlenker einen Hemmschuh vorgelegt. Ohne Menschenkenntnis vermag er nichts."

Eisenmenger drückte beide, Vater und Sohn, in einen Stuhl, räusperte sich und sprach: „Unten in der Gaststube, meine Herren, sitzen Gewerkschaftler am Stammtisch. Sie haben diese *Bonzen* hundertmal gesehen — wie sie sich, strotzend von Gesundheit, über den Bauch streichen. Man scheint gut zu leben, wenn man sich von der Arbeit für die angeblich Unterdrückten nährt."

„Wahrscheinlich ebensogut, wie wenn man Henkersdienste für die Unterdrücker verrichtet", warf Eugen bissig ein. Trotz allem tat Roloff dies innerlich wohl, er konnte es sich nicht verhehlen, aber aus höheren Gründen verbat er es sich. Nicht um die Welt wollte er der Gemeinschaft mit bolschewistischer Denkweise bezichtigt werden. Eisenmenger tat, als habe er den Einwurf nicht gehört. Er redete weiter, Eugen redete auch, eine Zeitlang bellten sie gleichzeitig, um einander zum Schweigen zu bringen. Schließlich setzte Eugen sich durch. „Eigennutz und Nächstenliebe gehn überall in der Welt Hand in Hand", sagte er. „Gewiß beziehen die Bonzen ein Gehalt, gewiß geht Tätigkeit für Mandanten auf Kosten der Mandanten, und ich finde es albern, wenn man ihnen vorwirft, daß sie aus Arbeitergroschen erhalten werden. Und wie ist es denn mit den gelben Häuptlingen? Sie schimpfen auf die Gewerkschaftssekretäre, aber wenn man sie nun nicht für das ansieht, was sie nicht sein wollen, sind sie wiederum beleidigt und behaupten, dennoch Gewerkschaftssekretäre zu sein."

Eisenmenger, in die Enge gedrängt, sammelte seine Papiere, die noch über den Tisch ausgestreut waren. Es sah aus, als packe er alle seine Argumente zusammen. „So", sagte er, „wenn die Gewerkschaftsbonzen von Arbeitergeldern leben, ist es selbstverständlich, wenn aber die Unternehmer mit ihrem Geld ihre Zwecke verfolgen, ist es Perfidie." Dann setzte er mit Entschiedenheit hinzu: „Bei vorurteilsloser Betrachtung, zumal Sie sich auch in Amerika umgesehen haben, müssen Sie mir darin beipflichten, daß unsere Industrie auf sozialem Gebiet vorbildlich ist. Sie wäre es noch mehr, wenn sie nicht von der Regierung behindert würde. Unser Arbeitgeberverband hat noch kürzlich einen Schiedsspruch über die Angestelltengehälter angenommen, obwohl von seinen Wünschen nur fünf Sechstel berücksichtigt waren; er hat diesen an sich untragbaren Gehaltssätzen zugestimmt, damit die Angestellten im Falle der Kurzarbeit nicht auf eine Stufe mit den Stundenlöhnern sanken ... Wie? Auch die Industrie hat also ein Herz, Herr Roloff!"

„Wie die sizilianische Mafia. Erst erpreßt sie durch Bedrohungen Tarife und Gewinne, dann pocht sie auf die Heiligkeit der Verträge und des Privateigentums. Das war schon in der Fabel eine kurze und schmerzlose Verständigung, als sich der Wolf und das Schaf an einen Tisch setzten!"

Eisenmengers Nasenflügel vibrierten. Er kehrte sich indessen nicht daran und fragte: „Sollten Sie wirklich noch nicht das Denkmal gesehen haben, das Generaldirektor Windhäuser den Opfern der Sauerstoffexplosion vor zwei Jahren hat errichten lassen? Eine junge Mutter hebt sich wie ein Phönix aus der Asche, und auf dem Sockel steht: Gewaltiger als das Schicksal ist der Mensch, der es geduldig erträgt ... Und das soll herzlos sein? Windhäuser selbst, glauben Sie mir, schmilzt zu Wachs, um den Finger können Sie ihn wickeln, wenn er das Bild einer stillenden Frau sieht oder ein Gemälde, auf dem ein Ritter im Morgengrauen Abschied vom Liebchen nimmt .. Wie? Kein Herz?"

„Kein Herz? Hä?" echote Roloff.

„Leider Gottes ist noch immer ein Fünfgroschenstück mehr wert als eine Träne."

„Nun — wenn Sie solchen Wert auf Fünfgroschenstücke legen, auch damit kann ich Ihnen dienen: war es nicht meine Frau, die seinerzeit für die Höhlenmenschen gesammelt hat?

Geweint hat sie, als sie jenen Tag nach Hause kam, und ihrer Tränen sich nicht geschämt."

„Oh, Herr Doktor, die Tränenseligen sind die Unbrauchbarsten. Die Schmachtfetzen, die Trübsal blasen, wenn sie ein Butterbrot essen, während in der Welt soviel ungestillter Hunger herrscht — sie sind es, die dafür sorgen, daß der Hunger noch vermehrt wird, denn sie bilden sich ein, daß mit ihren ästhetischen Gewissensbissen die soziale Frage gelöst sei ... Mir machen Sie nichts weiß. Daß die Industriellen mit ihren Opfern Mitleid haben, ist ein alter Trick. Daß diejenigen, die die Not verursachen, um warmherzige Aufrufe zu ihrer Linderung nicht verlegen sind, ist hinlänglich bekannt."

„Dagegen kann doch gerade der Materialismus nichts einzuwenden haben! Wer die Herrschaft des Verstandes will, müßte Verständnis dafür besitzen, daß auch das Mitleid vom Verstand kontrolliert wird." Er setzte sich breit hin wie ein Erzähler. „Im Sommer dieses Jahres", sagte er, „überfiel in Berlin ein Zwanzigjähriger einen Geldbriefträger. Es hieß, er sei am Verhungern gewesen und habe vor seiner polizeilichen Vernehmung erst mit Brot gestärkt werden müssen. Man könnte fragen, ob es, wenn man hungert, besonders naheliegt, einen gewiß nicht dem kapitalistischen Stand angehörenden Briefträger halb totzuschlagen. Doch erübrigt sich die Frage, denn in der Gerichtsverhandlung stellte sich folgendes heraus. Der Vater, ein Trinker, hatte den Jungen vom Schulbesuch ferngehalten. Der Junge, arbeitslos, hatte in Wettbüros und Kneipen herumgelungert und die Tat dort mit einem Komplicen besprochen. Vermutlich hat die Arbeitslosigkeit die schlechten Instinkte begünstigt; vermutlich hätte Beschäftigung sie nicht aufgehoben. Trotzdem setzte natürlich die ganze Pressemeute unsere Wirtschaftsepoche in Anklagezustand. Sie sehen, wohin es führt: schnurstracks in den *Kulturbolschewismus*."

Eugen erhob sich von seinem Sitz. Ein unruhiger Glanz war in seinen Augen.

„Den Fehdehandschuh nehme ich auf!" rief er aus. „Kulturbolschewismus! Kümmerlicher Jargon derer, die sich dem Wahn hingeben, sie könnten jede mißliebige Wahrheit mit diesem Kinderschreck zu einer verrufenen Sache machen! Wie ehemals in den Niederlanden die Geusen den Spieß umdrehten und aus dem Schimpf einen Stolz machten, so wird auch der Kulturbolschewist noch ein Ehrenname der Unverblödeten werden! Sie, Herr Doktor, Sie wissen wahrscheinlich nicht, daß es die höchste Auszeichnung war, die dem Kulturbolschewisten Emil Zola verliehen wurde, als er für seinen Kampf um Wahrheit und Gerechtigkeit aus der Ehrenlegion ausgestoßen wurde, und daß die Auflage seiner Schriften in die Millionen stieg, als die Rechtspresse ihn totschwieg. Wir aber wissen es und verstehen die Menschen nicht, die sich fortwährend klar machen müssen, wie klein sie vor der Entwicklung der Jahrhunderte, ja der Jahrzehnte sind!"

Er sagte „Wir", aber er wäre wohl in Verlegenheit gewesen, hätte er sagen sollen, wen er im Sinn hatte.

„Wir akzeptieren Ihr Wort vom Kulturbolschewismus", rief er feurig und kam dicht an den Syndikus heran, der es schweigend anhörte und sich eine Erwiderung versagte, „wenn das Gegenteil der Kulturidiotismus sein soll! — Und ist es nicht ein Schauspiel für Götter", fragte er, noch näher rückend, „wie die Wirtschaftskapitäne um die Gunst der Sowjetgewaltigen buhlen, während ihre Trabanten hier ihr Feldgeschrei, das Geschrei mißvergnügter Mittelmäßigkeit, gegen den Kulturbolschewismus erheben? So reden Sie doch, Herr Doktor! Ist es nicht ein Schauspiel für Götter, wie Sie Tränen vergießen für die armen russischen Arbeiter, deren soziale Ansprüche mit Füßen getreten werden, während Sie einen zornigen Bannstrahl gegen die deutschen Arbeiter schleudern, die es wagen, soziale Ansprüche zu stellen? Hocken Sie doch nicht verstummt und versteinert da, Herr Doktor! Ist es nicht ein Schauspiel für Götter, wie die Industrie jeden Verlust aufbauscht und über jeden Gewinnrekord nüchtern hinweggeht? Mit welch stoischem Gleichmut sie ihr Glück erträgt, und wie nervös sie wird, wenn mal eine Wolke aufzieht? Da muß doch im Organismus etwas nicht in Ordnung sein, und in lichten Stunden fühlen die Herren das wohl selbst, sonst hätten sie nicht ab und zu das Bedürfnis, sich zu beruhigen und sich selber ihre Größe und Bedeutsamkeit zu bescheinigen. Leider wird es davon nicht besser, nur immer schlechter."

Gustav Roloff hatte die Hände gefaltet und war, obschon die Stimmen hart wie Eisenklöppel aneinanderschlugen, nahe daran, einzuschlafen. Das war wohl mehr ein wissenschaftlicher Streit — Herr Dr. Eisenmenger hatte ihn ja haben wollen. Der, schon mehr und mehr zermürbt, verwahrte sich: auch das Schlachtfeld der Arbeit sei ein *Feld der Ehre*, und die Arbeitslosen der Rationalisierungszeit seien ebensolche Nationalhelden wie die Toten der Kriegszeit; wenn sich die Lage trotz der riesigen Anstrengungen verschlechtere, so trügen die Schuld die Gewerkschaften und die Reparationen, die Industrie habe gewarnt und gewarnt ...

„Habt ihr auch gewarnt, als der Krieg begann?" fiel ihm Eugen mit eisiger Schärfe ins Wort. „Seit dem ersten Kriegstag ist Deutschland ein ungesundes Unternehmen gewesen, aber eure Anstrengungen dienen ja nicht dazu, den Bankerott zu verhindern, sondern ihn zu verschleiern. Pfui, Herr Doktor. Im Grunde eures Herzens seid ihr ja froh über das Reparationsschuldkonto, das ihr für alles verantwortlich machen könnt. Tagsüber, vor der Welt, verflucht ihr den Dawesplan in allen Tonarten, abends, im stillen Winkel des häuslichen Herds, betet ihr, daß er euch erhalten bleibt, damit ihr die Last eurer Sünden auf ihn abwälzen könnt. Noch wenn ihr an Gehirnschrumpfung eingegangen seid, werdet ihr die Entschuldigung haben, daß ihr ein Opfer des Dawesplans geworden seid!"

„Halten Sie ein!" unterbrach ihn Eisenmenger aufspringend, „Sie wissen nicht, was Sie sagen! Wo ist denn bei soviel Torheit ihrer Schöpfer die Erklärung für die gewaltigen Fabrikanlagen und die weltbekannten Leistungen?" Er schluckte heftig, riß an seinem Kragenknopf und drehte den Hals hin und her, wie um seinem vortretenden Adamsapfel Luft zu verschaffen. „Geben Sie sich nun geschlagen?" fragte er. „Na? K. o. oder nach Punkten?" Er lachte kräftig.

„Ergib dich", sagte aufwachend Gustav Roloff.

Aber Eugen sträubte sich gegen Scherze. „Wenn man die großen Fabriken sieht", antwortete er, „dann sollte man es in der Tat nicht für möglich halten, daß sie von so kleinen Geistern kontrolliert werden. Aber sie sind ja nicht wegen, sondern trotz ihrer Arbeit groß. Sie sind groß infolge der Langmut eines Volkes, das sich willig verelenden läßt. Anfangs half die Natur; hernach halfen die günstigen Konstellationen, die schlagende Folge technischer Erfindungen und der Militärbedarf des romantisch-imperialistischen Staates; hernach halfen Patriarchenbart und Fürsorgepatronat der alten Fabrikanten, die es immer verstanden haben, ihre Arbeiter über die häuslichen Ereignisse in den besitzenden Familien so auf dem laufenden zu halten, daß sie dachten, sie seien zur persönlichen Anteilnahme zugelassen — ein Glaube, der den halben Lohn ersetzte; hernach half der trockene Fanatismus des Erwerbssinns, der herausquetschte, was herauszuquetschen war und mühelos erntete, indem er alle einflußreichen Personen, deren er habhaft werden konnte, in den Dienst der Auftragsvermittlung spannte. Nach dem Krieg standen die neuerbauten Werkstätten da und verleiteten zur Ausnutzung; die patriarchalische Haltung, früher privat, wurde offiziell; der Unternehmergeist eine offizielle Umschreibung für die Sorge, wie man ohne Ideen Geld verdienen könne; Arbeit die offizielle Sucht, Beziehungen auszunutzen, um ein Pöstchen zu ergattern; das tonangebende Bürgertum die offizielle Umschreibung für die Erhaltung eines Mittelmaßes, das nur von imaginären Widersachern lebt, die seine vorgeblichen Leistungen zu verheimlichen bestrebt sind, und dessen Mangel an Großstadtsubstanz in fieberhaftem Betätigungsdrang einen Ausgleich sucht. Und alles, jedes Maulgefecht, jedes Konkurrenzmanöver, jeder geschlagene General, jeder Student in Wichs, jede Parade mit Lederhelmen und Zylinderhüten, jedes Luftschloß ist eine nationale Großtat."

Mit allen Fasern fühlte er die Entscheidung kommen.

„Und von jedem Quark hängt die Existenz der Gesamtheit ab", fügte er noch hinzu.

„Angelsächsischer Cant", äußerte wegwerfend Eisenmenger, „alles angelsächsischer Cant, was Sie da vorbringen. Die *aufbauenden nationalen Kräfte* spotten seiner."

„Das sieht Ihnen ähnlich, Herr. Die Kräfte, die das Mißtrauen der Welt genießen und das Vertrauen der Welt mißbrauchen, wollen Sie aufbauen. Wenn Sie, Epigone des Kriegsvereins zur raschen Niederkämpfung Englands, heuchlerischen Selbstbetrug, idealistisch verpackte Raub- und Herrschsucht, puritanischen Augenaufschlag dem angelsächsischen Charakter in die Schuhe schieben wollen, dann lassen Sie sich gesagt sein, daß offenbar die ganze Welt mit Angelsachsen bevölkert ist, denn überall bilden eben jene Eigenschaften die brüchige Grundlage eines Lebens, das auf irrtümlichen Voraussetzungen aufgebaut ist und nur durch ständige Täuschungen, durch ständige Wahnvorstellungen aufrechterhalten wird. Es wäre längst zu Ende, wenn Unrecht als Unrecht, Betrug als Betrug, Heuchelei als Heuchelei firmierten. Statt dessen hat jedes Unrecht den Schein des Rechts für sich, trägt jede Brutalität die Larve der Sanftheit, panzert sich jeder Betrug mit Verantwortungsbewußtsein, stützt sich jede Heuchelei auf sittlichen Ernst."

Eisenmenger hob die Schultern und sagte zynisch: „Das zielt augenscheinlich auf das wachsame Hähnchen." Roloff sperrte den Mund auf, Eugen rief Eisenmenger zu, er solle keinen Blitzableiter suchen, keiner von ihnen habe dem anderen etwas vorzuwerfen, Roloff aber ging in die Falle und fragte drohend: „Zweifelst du an unserer Lauterkeit? Keiner von uns hat schwankende Moralbegriffe. Niemand ist im wachsamen Hähnchen, der erst in der Kriegsschieber- und Inflationszeit seine Existenz begründet hätte, niemand, der von dieser unsauberen Flut emporgetragen worden wäre. Hältst du uns für Verbrecher, weil wir dabei verdienen, wenn wir dem allgemeinen Wohl dienen? Keiner von uns würde auch nur eine Sekunde an seinen Verdienst denken, wenn es nicht zugleich ein Verdienst um die Allgemeinheit wäre. Aber es ist ein Gebot der Selbstachtung, sich für die dem allgemeinen Wohl geleisteten Dienste eine Belohnung zu sichern, denn freiwillig wird nie ein Dank, sondern nur ein Undank gewährt."

„Das ist es", sagte Eisenmenger.

„Das ist es", äffte Eugen nach. „Wenn nicht euer Charakter, so ist eure Vorstellungswelt trübe. Ihr leidet an Gutgläubigkeit. Die einfachste Überlegung müßte euch darüber aufklären, daß, so schön es ist, das Beste zu wollen, alles darauf ankommt, das Beste zu sehen."

In Roloffs Augen flammte es.

„Und Volk? Und Staat? — Sind das keine Begriffe für dich, hä?"

„Jetzt, wo beides eigentlich ein Begriff geworden ist?" ergänzte Eisenmenger. „Ein Volksstaat!?"

Eugen begann zu lachen.

„Dieses Wort in Ihrem Munde —!"

„Bitte sehr", brüstete sich der Syndikus. „Die Demokratie ist ein altes deutsches Kulturgut. Freilich nicht die Demokratie dieser Republik, die es mit meisterhafter Tücke versteht, deutsche Männer, die mit der Weimarer Verfassung nichts zu tun haben wollen, in schwere Gewissenskonflikte zu drängen und sie vornehmlich auf Posten zu berufen, wo sie ebendiese hassenswerte Verfassung schützen sollen ... Nicht diese Demokratie. Sondern Demokratie als Wille zur Verantwortung, als *Frontgeist*."

Eugen lachte noch lauter, lachte ihm ins Gesicht, lachte unbändig. Wie sie sich alles aneigneten, um es abzuwürgen. Limpinsel, Behmenburg, Jaguttis, Eisenmenger — eine einzige Kette der Intransigenz! „Auch" jung waren sie, „auch" modern, „auch" für Tatsachen — und nun gar „auch" für Demokratie. Wo es ihnen in den Kram paßte, wo sie einen Vorteil wahrzunehmen gedachten, bekannten sie sich „auch" zur feindlichen Idee.

„Verfassungsstürzer schleichen immer im Kostüm des Verfassungsschützers", sagte er. „Was ist euer Volksstaat? — Ein Interessentenhaufen, der mit dem Volke Staat macht. Was ist euer Frontgeist? — Frontgeister gab es drei: der erste, das waren die Kerls im vorderen Graben — Krieg als Not, Schmutz und Verwesung. Der zweite, das waren die Etappenkasinos — Krieg als Stahlbad. Der dritte, das waren die Heereslieferanten — Krieg als Ethos. Sie, Herr Syndikus, als Vertreter des Generaldirektors Windhäuser, Sie sind wohl aus der ethischen Branche."

Bei diesen Worten entstand ein Tumult. Es war, als seien dreißig, nicht drei Personen im Zimmer. Alle Gegenstände spielten mit. Roloff stieß Stühle zu Boden, Eugen trat den Teppich fort, Eisenmenger feuerte seine Aktentasche hin. Alle schrien durcheinander. Es rappelte blechern. Brocken von Worten, Trümmer von Sätzen durchtobten den Raum.

„Was quasselst du so hirnverbranntes Zeug daher, wo du gar nicht im Krieg warst!"

„Du denn, Vater? — Sie vielleicht, Herr Eisenmenger?"

„Deutsche Sitte und Art so zu verunglimpfen!"

„Ich habe nicht Sitte und Art vor mir, sondern Unsitten und Unarten, die sich das Kleid von Sitte und Art anmaßen!"

„Deutsche Kultur und Sitte so zu untergraben!"

„Ich weigere mich, mir Elend und Raffgier als Kultur und Sitte aufnötigen zu lassen!"

„Man darf nichts verallgemeinern!"

„Nichts verallgemeinern! Hundert Drecksäcke könnte ich auf einen Schlag nennen, allein hundert, die hier im Malepartus verkehren!"

„Nenne sie, du Lümmel, dann kommst du vor Gericht!"

„Oh, es wird ihnen nicht schwer fallen, sich reinzuwaschen und durch Zeugen beschwören zu lassen, daß sie Waisenknaben sind. Aber es bleiben Drecksäcke! Das Gericht ist dafür keine Instanz!"

Eisenmenger lief zur Tür. „Muß ein Deutscher vor einem Menschen, der nicht vaterländisch ist, seinen Diener machen?" schrie er und wollte sich ohne Gruß entfernen. Eugen rief: „Ich antworte mit der Gegenfrage: Muß vaterländisch gleichbedeutend mit denkschwach sein? Wer liebt sein Vaterland mehr — Sie, der Sie ihm Verderben bringen, oder ich, der ich ausspreche, was Sie tun? Krieg, Inflation, Rationalisierung, Reparationen, Wehrpolitik, alles entstammt der illusionistischen Denkweise! Sorgen Sie mal lieber für Wahrhaftigkeit als für Wehrhaftigkeit!"

Roloff, nach Atem ringend, holte Eisenmenger ein, mit dem er alle seine Hoffnungen dahingehen sah. Er sah den Malepartus wanken, das Parkhotel Hindenburg stürzen, sein Leben schwinden. Was sollte noch bestehen, wenn der Malepartus fiel? Er hatte zu wählen zwischen einem Zuverlässigen und einem Unbotmäßigen. Er wählte. Es war das Werk einer Sekunde.

„Ich bitte Sie, noch einen Augenblick zu bleiben, Herr Doktor", sagte er. „Jetzt muß *durchgegriffen* werden. Eugen — du kannst deine Sachen packen. In Gustav Roloffs Hause ist kein Platz für einen Bolschewiken. Herr Doktor, Sie hören, was ich sage."

Er atmete frei. Der Druck war weg. Das alte Leben zog wieder ein. Gestählt stand er da, regelmäßig hob und senkte sich die Brust. Eisenmenger nickte stumm. Eugen war still. Dann sagte er langsam: „Ich wäre ohnedies gegangen. Anders ist die Welt, als sie sich in euren Köpfen malt. Mit Gewalt mögt ihr euch der besseren Einsicht erwehren; aber denkt daran, daß ihr dort Hampelmänner seid, wo euer Arm nicht hinreicht."

Roloff fuhr mit der Hand durch die Luft. Es schien zu bedeuten: „Der Fall ist abgetan. Es erregt mich nicht mehr. Es lohnt nicht mehr der Mühe einer Entgegnung — und das freut ein' denn ja auch." Als Eugen auf ihn zutrat, drehte er sich um und besah die Wand.

„Nun wohl", sagte Eugen, „nun wohl." Es war sehr still. Aus der Amsterdamer Straße kam vorweihnachtlicher Lärm. „Meine Gegnerschaft ist keine starre, systematische Verfolgung", hob Eugen wieder an. Abermals war es still. „Ihr steht mit verbundenen Augen über dem Abgrund. Wer euch warnt, ist euer Feind. So seht ihr das." Er ging und wandte sich noch einmal zurück. „Ihr schlagt die Warnungen in den Wind und stürzt mit Begeisterung in die Tiefe. Ich — ich werde nicht begeistert sein, wenn ich recht behalten habe und ihr mit zerschmetterten Knochen unten liegt. Ich werde traurig sein."

Er traf auf verschlossene Ohren. Roloff sagte geschäftsmäßig: „Gib deine Adresse an. Für standesgemäßen Unterhalt wird gesorgt."

„Ich danke, Vater, aber ich verzichte."

„Dann eben nicht. Herr Doktor, Sie haben gehört, was ich sagte."

Unschlüssig, ob er Eugen nach dieser Wendung der Dinge die Hand geben solle, machte Eisenmenger eine hoffnungslose Gebärde. Roloff dachte an Schwandts Worte: „Sitzen sie auf dem Trockenen, so betteln sie um gut Wetter." Er dachte: „Dann wird er also bald zu Kreuze kriechen. Er kam ja auch aus Amerika, als die Taschen leer waren. Gut, daß er von Jugend auf ans Brot gewöhnt ist. Am Hungertuch nagen — das liegt ihm nicht. Bei Mutter Grün wird's ihm keinen Spaß machen."

Sie blieben unbeweglich; unbeweglich noch lange, nachdem Eugen gegangen war. Erst als Frau Olga, in Tränen aufgelöst, erschien, schraken sie auf.

„War das nötig?" jammerte sie. „Habe ich dafür gehofft, gebangt und gesorgt, daß ihr in der Hitze alles verderbt? — Und noch so kurz vorm Fest!"

Wimmernd und dem Erlöschen nahe, sank sie hin. Ihre matten Hände ruhten auf der Tischkante.

Eisenmenger bemühte sich um sie und sagte: „Besser ein

Ende mit Schrecken, gnädige Frau, als ein Schrecken ohne Ende."

„Jawohl, Frau." Roloff erging sich in Beteuerungen, daß er seine Geduld bis zur äußersten Grenze angespannt habe. Auch er sagte zwischen tiefen Atemzügen: „Besser ein Ende mit Schrecken als ein Schrecken ohne Ende."

„Ach, Gustav, ich weiß nicht... So gut ließ er sich an in der letzten Zeit..."

„Alles Manöver, Frau. Wahrheit im Munde und Falschheit im Herzen. So ein Fant. Widerhaarig, unlenksam und wahnwitzig. — So ein junger Fant", brummte er noch mehrmals hintereinander. Frau Olga hätte gern an einen Schreckschuß, an blinden Alarm geglaubt. Der Syndikus sagte: „Ich hoffe, daß die Deutsche Nationalvereinigung kommendes Jahr im Parkhotel Hindenburg tagen kann."

Roloff nahm eine Hand von ihm und behielt sie in der seinen. „Versteht sich", sagte er. Er hatte jetzt eine Art zu reden, die keinen Widerspruch duldete.

Der Pakt war geschlossen. Frau Olga sah auf und begriff.

Sofort erwachte in ihren Augen, die noch vom Weinen gerötet waren, mütterliche Besorgtheit. „Mein Gott!" schluchzte sie und eilte hinaus, „mein Gott, ich muß dem Jungen doch einpacken helfen! Er kann ja so schlecht mit dem Koffer fertig werden!"

„Tu das", rief ihr Roloff nach. „Mach dir Bewegung. Mach dir was zu schaffen."

III

Ein verlorenes Lächeln um den Mund, trabte Eugen durch die Straßen, wo die Geschäftshäuser wie abenteuerliche Tierleiber in der frühen Dämmerung beieinander hausten. Ihre Fangarme, grelle Lichtstreifen, tasteten über die Köpfe hin: jedes Schaufenster war eine Röhre, die die Passanten ansaugte und die Geldbörsen befühlte. Propeller surrten, Karussells drehten sich, Bahnen sausten, Lautsprecher brüllten, blitzende Räder rotierten, Marionetten trommelten an die Scheiben und warfen den Vorübergehenden energische Blicke zu wie die Huren in einer Animierkneipe. Rehberger hatte einen Arbeitslosen gemietet und ihm ein Bärenfell über den Kopf gezogen, damit er im Schaufenster Männchen mache. Die Polizei mußte den Knäuel der Gaffer ordnen, der zu ihm hinrollte. Man bemerkte die ersten Erfolge der Dekorateur- und Verkäuferschule, die Gutzeit, Apostel der Aufmachung, im Einzelhandelsverband eingerichtet hatte. Die Zeit war vorbei, da man Waren ins Schaufenster legte und eine Vase eine Vase, eine Kaffeekanne eine Kaffeekanne blieb. Die Waren stellten sich selber aus, grandiose Szenerien aus Krawatten, Federn, Seidenfahnen, Regenschirmen und Parfümflaschen, und ein Stück Seife, das man in der Hand hielt, war nicht mehr dasselbe, wenn es hinter die Spiegelscheiben kam, in das hundertmal gebrochene und geschliffene Licht, das die Prismengläser auf die Netzhaut warfen —: alsdann wurde aus dem Gegenstand ein Ornament. Kriecherisch schwirrten die Ladeninhaber um die Leute, die etwas kaufen wollten; sie übten Dienst am Kunden, wie Gutzeit sie lehrte, und während sie es taten, dachten sie an die Inflationszeit, als sie die Kunden hatten schurigeln können, und die Kunden dachten ebenfalls daran und kosteten, wählerisch nörgelnd, die Wonne aus, sich als unumschränkte Herren unumschränkt zu rächen.

Grüblerisch und den Hut tief in der Stirn, ging Eugen vorbei. Als er die Mündung einer Gasse überqueren wollte, plärrte dicht an seinem Ohr eine Hupe, und in das Plärren hinein hastete auch schon das Kreischen und Knirschen einer scharf angezogenen Bremse. Gleich danach fuhr der Wagen, eine lasurblaue Limousine, wieder an: ein Mann schrie heraus: „Augen auf, Döskopp!" — Es war Stövesand, und am Steuer saß Melitta. Eugen lachte, er war nicht erkannt worden. Der Wagen war ein Weihnachtsgeschenk von Stövesand — Erkenntlichkeit für Gustav Roloffs gute Arbeit im Kreditausschuß der Sparkasse. Hohnlachend setzte er seine Wanderung fort, ziellos durch Straßen und Gassen, wie sie ihm gerade in den Weg liefen.

„No, sind Sie aber mal vergnügt!" sagte plötzlich neben ihm ein Mann. Er blickte sich um und gewahrte einen Redakteur der kommunistischen Zeitung. Hallo —, kam ein Ziel zu ihm, da er zu keinem Ziel kam? Aber war es das Ziel, war es sein Ziel? — Einerlei. „Was hat es denn gegeben, daß Sie so lachen?" forschte der Kommunist. „Kommen Sie, die Leute bleiben ja stehen. Sind Sie auf dem Bummel, oder was ist los?"

„Nichts Besonderes. — Könnt ihr einen Reporter gebrauchen?" fragte Eugen unwillkürlich.

Der Kommunist riß die Augen auf.

„Ah! Ist es soweit? — Gratuliere. Woll'n mal sehn — — Genosse Roloff."

Genosse Roleff ... Für eine Sekunde hatte Eugen das Gefühl, zu weit gegangen zu sein. Ach was. Sollte er jetzt noch über Zwirnfäden stolpern? War jetzt noch Zeit für Bedenken, die doch nur Kleinigkeiten, nur Schattierungen betrafen? Es gab kein Zurück

Zwölftes Kapitel

I

Es war ein herrlicher Tag, als in Eitelfeld die Induga, Internationale Industrie- und Gewerbeausstellung, eröffnet wurde. Ein zarter, golddurchwirkter Dunst lag über den Dächern, ein fast fremdländischer Schimmer, wie er morgens in der Frühsommersonne über allen Stromstädten liegt und die Sinne gefangen nimmt, bis sie vor Reiselust nicht ein noch aus wissen. Zauberhaft vergrößert waren die Umrisse der Stadt, flimmernde Schleier den Rändern aller Dinge entlanggezogen. Tausend Laute, aus den Straßen, aus den Fenstern, von den Kirchtürmen, tausend Laute, aus den Schiffen, die dumpf summend und gekräuselte Rauchwolken ausstoßend vor Anker lagen, von der neuen Brücke, die der Wahnstädter Metallkonzern baute, tausend Laute vereinigten sich zur Lautlosigkeit von Wasser und Licht. Schon weit vor der Stadt wurde man von dieser Heiterkeit befallen, von dieser weltmännischen Eleganz bezaubert, und wenn man in ihr Weichbild einrückte und den Heerbann der schwarzrotgoldenen Fahnen und Wimpel und das Getümmel der festlich gekleideten Menschen erblickte, steigerte sich der Eindruck zu einem ungeheuren und vermessenen Frohsinn, der geradezu aufregend war.

Die Neugierigen, die aus Wahnstadt und Kohldorf kamen, sahen scheel zum Himmel auf, den sie zu Hause grau und tot verlassen zu haben meinten, und der ausgerechnet an diesem Ort und an diesem Tage wolkenlos und von einer schier raubtierhaften Sonne bestrahlt war, welche die Helligkeit der frisch gestrichenen Personendampfer noch blendender und das schäumende Gequirl unter ihren Radschaufeln noch schaumiger machte.

Auch auf das Meer der republikanischen Fahnen schossen sie ränkesüchtige Blicke. Was sich dieser Hundacker nicht alles erkühnte! Offen vor aller Welt, als sei es gar nichts, zeigte er die verfassungsmäßigen Farben: ein Beweis für die parteipolitische Einstellung der Eitelfelder Stadtverwaltung, ein

Beweis mehr für den Weitblick und die Neutralität der Wahnstädter und Kohldorfer Verwaltungen, die Unannehmlichkeiten voraussahen und die Nationalflagge lieber nicht hißten.

Frohlockend dachten sie dies — und doch mit einem Stich von Neid und Kümmernis im Herzen; vielleicht war ihnen die besonnte Luft nicht bekömmlich, vielleicht grämten sie sich auch über die Bewunderung, die ihnen insgeheim Karl Hundacker doch wieder abnötigte, als sie merkten, daß sein Bekennermut eben jene Zwischenfälle verhinderte, die ihre Bekenntnislosigkeit fürchtete. Ihre Stimmung verdüsterte sich immer mehr beim Anblick des kurzgeschnittenen Teppichrasens vor den weißblinkenden Hallen der Induga, denn bei ihnen zu Hause, wo alles auf Nützlichkeit und Zweckmäßigkeit bedacht war, ließ man in den Anlagen das Gras wachsen, bis man es als Heu verkaufen konnte. Nun —, stand erst in Wahnstadt das Kongreßhaus und in Kohldorf das Festspielhaus, dann sollte auch hierin Wandel eintreten.

Es schlug dem Faß den Boden aus, als sich aus dem Gepränge der Zylinder ein hoher Minister erhob, um mit der Induga die neue Ära des Städtekranzes einzuläuten. Wie? Hatte die neue Ära nicht ebensogut in Wahnstadt und Kohldorf begonnen? Wie? War dort nicht längst alles dem neuen Bauwillen untertan? Konnte die Bevorzugung Eitelfelds noch weiter getrieben werden? Sollte der Herr Minister sich einmal unterstehen, nicht auch in Wahnstadt und Kohldorf die neue Ära einzuläuten —!

Er war von hinreißender Beredsamkeit. Die Welt, sagte er, die Deutschland schon am Boden zu haben geglaubt, müsse erkennen, daß es unüberwindbar sei. Eben noch aus allen Wunden blutend, sei es schon wieder ein Kompaß, auf den in schwerer Fahrt die Kapitäne aller Länder ihr Augenmerk richteten, innerlich gefestigt und unwandelbar, gewappnet mit seiner moralischen Kraft, seinem Organisationstalent, seiner Disziplin, seiner *Werktreue*, die den Gang des Planeten beflügele.

Nur wenige Abteilungen der Ausstellung waren zum Eröffnungstag fertig geworden, in allen anderen wurde noch gearbeitet, und es konnte gut und gern noch vierzehn Tage dauern, bis die Induga vollendet war. Wie sich auf dem Rundgang unter Vorantritt des Ministers herausstellte, waren vorläufig nur die Stände für Seifenpulver, Badewannen, Kartoffelschälmesser und Klubsessel repräsentationsfähig — abgesehen vom Vergnügungspark, der ja auch eine technische Sehenswürdigkeit war. Jedenfalls wäre der Eindruck allzu dürftig gewesen, hätten Hundacker und Balluf, redlich unterstützt von Windhäuser, der die Induga namens der Industriellen von Wahnstadt und Kohldorf begrüßte, nicht immer wieder den Blick auf die Montagekrane und Arbeitsbühnen der Brücke lenken können, hoch über einem Geschwader flitzender Motorboote, die von Garben brausender Sonnenfunken beschossen wurden. Ungeachtet der bevorstehenden Tafelfreuden hätten die Ehrengäste stundenlang zusehen mögen.

Später, beim Bankett, versicherte der Minister, daß es einem verarmten Lande nicht zieme, rauschende Feste zu feiern —; und das „verarmte Land" wurde unter seinen Worten, die von Gläserklang und Tellergeklapper begleitet waren, zu einem Talisman, der langes Leben bei gefüllten Schüsseln verhieß, oder auch zu einem Fetisch, der immer da war, wenn man das Bedürfnis zum Beten fühlte. „Es lebe", toastete zum Schluß der Minister, „es lebe das alte, römisch-germanische Eitelfeld, es lebe das neue deutsche Eitelfeld; es lebe das Hundackersche Eitelfeld."

Man erhob die Gläser. „Das Hundackersche Eitelfeld." Das blieb haften.

„Ja", sagte Windhäuser zu einem seiner Tischnachbarn, einem kahlköpfigen und rotwangigen Mann, in welchem er, da er ihm unter einem deutschen Namen vorgestellt worden war, zu spät einen berühmten amerikanischen Journalisten erkannte, „ja, ja. Der Teil der Welt, der den Krieg zu liquidieren wähnte, indem er uns alles Unglück, sich selber alles Glück zuschanzte, bekommt wieder Angst vor uns. Wir brauchen gar kein Militär dazu, es geht auch auf friedlichem Wege."

Er schmeckte einen Schluck Wein und feuchtete die Lippen mit der genießerischen Zunge, auf welcher er das gut abgelagerte Getränk hatte zerfließen lassen, ehe er fortfuhr: „Man hätte es dem deutschen Volke gar nicht sagen sollen, daß es eine Niederlage erlitten hat. Das hat all die Jahre her die Gemüter nur unnötig beunruhigt. Es wäre noch besser um uns bestellt, wenn wir schon in der Vergangenheit dasselbe Vertrauen in die Zukunft wie jetzt bekundet hätten. Jedenfalls sollte es heute bei Strafe verboten sein, an den Verlust des Krieges zu erinnern."

Der Amerikaner war ob dieses Freimuts etwas verlegen, sagte aber nach kurzem Bedenken: „Im Ausland begegnet man vielfach der Ansicht, daß das deutsche Volk seine wahre Niederlage erst nach dem Kriege erlitten habe."

„O ja", entgegnete Windhäuser, „ich weiß... Die Fehler unserer franzosenfreundlichen Diplomatie... Locarno und all so'n Stuß... Unverzeihlich, gewiß. Mit diesen Leuten jenseits der Vogesen kann und darf man meiner Meinung nach nur Geschäfte treiben, nicht Politik. Ihre Behandlung muß man schon den Generaldirektoren überlassen, wenn was Vernünftiges dabei herauskommen soll. Ich habe sehr gute Kartellfreunde dort — wir verstehen uns, was die Metallurgie betrifft, aber sonst... Neulich hat mir noch einer von ihnen gesagt, seine Landsleute hätten eine für die *Befriedung* der Welt entscheidende Stunde versäumt, als sie den Waffenstillstand schlossen, ohne den deutschen Generalen jede Möglichkeit genommen zu haben, sich für unbesiegt auszugeben. Toll, was? Aber andererseits ist es doch wieder ein gutes Zeichen, wenn die Welt, wie Sie richtig bemerkten, zu der Ansicht kommt, daß unser offizielles *Westlertum* drauf und dran ist, uns wirklich eine Niederlage zu bereiten."

„Nicht doch", lächelte der Amerikaner, „meine Äußerung bezog sich nicht auf die Außenpolitik."

„Worauf denn, wenn ich fragen darf?"

Aufs äußerste befremdet (denn er glaubte, Windhäuser wisse, wen er vor sich habe und befleißige sich taktloser Verdrehungskünste), stand der Amerikaner auf und sagte: „Ich bitte vielmals um Entschuldigung, Herr Generaldirektor. Für einen Ausländer wäre es unschicklich, sich näher darüber auszulassen."

„Wie denn? Wie denn das?" stammelte Windhäuser und wandte sich an Hundacker um Auskunft. Großer Gott, welche Bloßstellung. Da hatte er sich ja in seiner Verblendung benommen wie ein auf dem internationalen Parkett noch unerfahrener Diplomatenlehrling... Wenn der Kerl nun ein Interview daraus machte? In seiner Not vertraute er sich Hundacker an; der antwortete: „Seien Sie unbesorgt, ich regle das unauffällig und zu Ihrer Zufriedenheit!" Darauf hielt er ihn fest. Windhäuser war dankbar gestimmt — dieser Moment war seinen Plänen günstig. Kurzerhand bot er dem Generaldirektor Eitelfelder Industriegelände mit allen erdenklichen Vergünstigungen an: auf fünf Jahre Befreiung von den Gemeindeabgaben, dann langsames Ansteigen der Hundertsätze bis zur vollen Besteuerung nach Ablauf von fünfzehn Jahren.

Windhäuser war nicht überrascht. Alle Städte machten jetzt der Industrie verlockende Angebote, an allen Bahnlinien in ihrer Nähe sah man Schilder mit entsprechenden Hinweisen, alle wollten sie ihren zinsfressenden Grundbesitz verwerten oder einer zum Umsatteln gezwungenen Bevölkerung neue Arbeitsplätze schaffen, ohne sich darüber Rechenschaft abzulegen, daß die Industrie bereits mehr Arbeit nahm, als sie gab. Windhäuser äußerte sich vorsichtig dazu. Da er für eine Ehe zwischen Rittergut und Hochofen zu schwärmen anfing, hatte er die agrarische Überschuldung wahrgenommen, um dem Beispiel seiner Kollegen aus der Inflationszeit zu folgen: einen großen landwirtschaftlichen Herrenbesitz aus altem Grafengeschlecht hatte er sich zu einem Preise besorgt, bei welchem er dreiviertel geschenkt war. Nun war dieses Besitztum in der Gemarkung der Gartenstadt gelegen, die, idyllischer Ruheplatz pensionierter Beamten und Offiziere, zwei Fußstunden unterhalb Eitelfelds am Strom sich ausbreitete. Bis Wahnstadt war es ungefähr dreimal soweit. Daher war es nicht ausgeschlossen, daß er die Verwaltung des Metallkonzerns einmal nach Eitelfeld verpflanzen würde; eben dies gab er Hundacker zur Antwort, der sein Angebot auch für einen solchen Fall aufrechterhielt und kostenlose Überlassung des Bauplatzes obendrein in Aussicht stellte.

In den folgenden Monaten entwickelten sich daraus Verhandlungen, wobei der Regierungspräsident, zugleich Entscheidungsinstanz für Stillegungsanträge und daher von Windhäuser nicht zu übersehen, Hundacker sekundierte. Trotz der guten Beziehungen zu Eisenmenger erfuhr Schwandt nichts davon — einfach, weil es jenem selbst verborgen blieb; eines Tages jedoch, als Windhäuser unverblümt die Niederschlagung einer größeren Gewerbesteuerschuld forderte und im Falle der Ablehnung mit dem Wegzug nach Eitelfeld drohte, wurde es ruchbar. Windhäusers Steuerschuld wurde allerdings niedergeschlagen. Trotzdem dauerten die Verhandlungen mit Eitelfeld an.

II

Die Eröffnung der Induga war durch den Rundfunk übertragen worden, und die Sendestelle befand sich in Eitelfeld. Matthias Schwandt mußte ganze Tage damit verbringen, die gesträubten Federn des wachsamen Hähnchens zu glätten. Zwar hieß es zuerst, die Sendestelle sei nur provisorisch; da indessen niemand daran zweifelte, daß Hundacker die Anwesenheit des Ministers auch in dieser Hinsicht wohl genutzt und geeignete Gebäulichkeiten zur Verfügung gestellt habe, wunderte sich niemand mehr, als bald nachher die provisorische Regelung in eine endgültige umgewandelt wurde.

Für Schwandt war die Abwehr der Angriffe nicht so einfach, konnte er sich doch selbst nicht ganz freisprechen. Sicherlich war anzunehmen, daß er das Rennen auch dann verloren hätte, wenn er sich daran beteiligt hätte; aber er hatte sich eben nicht beteiligt, und das war immerhin ein Fehler. Er hatte die Erfindung des Radios für eine technische Spielerei gehalten, durch die man abgetakelten Schauspielern Brot geben und bestenfalls ein billiges Vergnügen billig unter die Leute bringen könne. Aber er hatte die Rechnung ohne den Wirt gemacht, nämlich ohne die Fähigkeit seines Landes zu bedenken, alles in einen Kulturfaktor zu verwandeln, so wie der Sagenkönig Midas alles in Gold verwandelt hatte, was er berührte. Gar bald ward er inne, wie in Anlehnung an Limpinsels „schulische" Sprache das Wörtchen „funkisch" geboren wurde, um aus einem mechanischen Vorgang ein mystisches Erlebnis zu machen; gar bald sah er geschäftige Ästheten, Zeitschriftengründer und Vereinsprimadonnen am Werke, um die Menschheit zu überreden, daß der Rundfunk, weil ihn alle hören könnten, sich an alle wende.

Zeitig genug hatte ihn das wachsame Hähnchen beschworen: ein Senderaum in Eitelfeld sei dasselbe, wie wenn die Weltachse dort durchliefe. Es fruchtete nichts. Möglich, daß es etwas gefruchtet hätte, hätten sie nicht wieder einmal festgestellt, daß es fünf Minuten vor zwölf sei. Roloff und Jaulenhoop waren nicht gut beraten, als sie, wie üblich, sagten: „Hundacker ist ein Mann des schnellen Handelns." Es traf sie Schwandts Medusenblick. Diesmal entgegnete er: „Sobald einer etwas tut, ohne daß die Leute, die sonst stets das Gras wachsen sehn und die Flöhe husten hören, Lunte gerochen haben, kann er in Deutschland Diktator werden. Ein Heldenstück — falls wir durchaus bescheiden sein wollen. Manche Leute kämen gar nicht dazu, eine Rolle zu spielen, würde ihnen nicht dauernd von übermäßig informierten Journalisten eine Rolle suggeriert."

Hinterher ärgerte er sich, als es klar und klarer wurde, welch propagandistisches Instrument er Hundacker fahrlässig in die Hände gespielt hatte. Wer hätte das auch gedacht — dieser Rundfunk hätte ja eine im Gang befindliche Weltrevolution stoppen können: die gesamte Arbeiterschaft von Wahnstadt und Kohldorf bastelte Radiogeräte und war für nichts anderes mehr empfänglich. Für eine Spule, eine Röhre, eine Anode hätten sie Karl Marx samt Lenin an Windhäuser verraten. „Was für ein Esel", dachte Schwandt, „was für ein Esel ist er, daß er an seine Arbeiter keine Spulen und Röhren austeilt. Diese Industriellen wissen ja gar nicht, wie bequem sie den sozialen Kampf beenden könnten. Sie machen sich's reichlich schwer."

Dies alles war nun nicht mehr zu ändern. Mit desto größerem Eifer zog er in den Luftkrieg, der kurz darauf entbrannte.

Eitelfeld baute einen Flughafen und Wahnstadt baute einen Flughafen. Aber damit war es nicht getan; jeder wollte die meisten Fluglinien auf sich vereinigen, jeder das größte Anrecht auf internationale Routen haben, jeder (um einen Ausdruck zu gebrauchen, der von Frau Dr. Eisenmenger hätte erdacht sein können) am meisten „angeflogen" werden —, und die Lufthansa war zu gescheit, um den Streit über die Bedeutung der Städte von sich aus zu entscheiden: sie machte es, wie es der holdselige Hirtenknabe Paris mit dem Apfel gemacht hatte, und erkannten den Preis demjenigen zu, der die süßesten Versprechungen gab.

Wer anders konnte es sein als Hundacker? Er bot sechzigtausend Mark monatlich. Selbst Windhäusers Geschrei prallte dagegen ab wie ein leerer Sack gegen eine volle Scheune; er wünschte zwar Rücksicht auf die Reisebedürfnisse seiner Direktionen, doch keinerlei Anfechtung seiner Kassen.

Schwandt hackte auf Drobeck, seinem Verkehrs- und Pressechef, herum. Roloff, Jaulenhoop, Reckmann, alle taten, wie schon zu Beginn der Ertüchtigung, das gleiche. „Man meint, er sei aus Schleswig-Holstein", hieß es, „so schwerfällig ist er, oder aus Ostpreußen, so rückständig ist er." Er verteidigte sich damit, daß sein Dezernat nicht genug mit Geld versorgt sei. „Man muß es ihm geben", erklärte der bewilligungsfreudige Roloff, „schon damit ihm diese Art der Verteidigung genommen wird." Man gab es ihm. Aber als er es hatte, schob er alle Schuld auf Berlin und legte im „Lokalanzeiger" langatmig dar, weshalb sich Wahnstadt durch die Regierung benachteiligt fühle. Er ließ sich in eine Reichsgemeinschaft der Fremdenverkehrsvereine wählen, die, neue Vorkämpferin der deutschen Einheit, nur den einen Fehler hatte, daß Martin Balluf den Vorsitz führte, nachdem seine „Erste Eitelfelder Dampfschiffreederei" auch die Personenschiffahrt auf dem Strom unter ihren Einfluß gebracht hatte. Immerhin — Wahnstadt hatte Sitz und Stimme. Drobeck, der Bekämpfer Berlins, verschmähte es nicht, sich mit Berliner Einfällen aufzuputzen und die Parole auszugeben: „Jeder einmal in Wahnstadt!" Er verfaßte großzügig bebilderte Werbeschriften, worin er, um den kunstsinnigen Moos in Kohldorf zu kitzeln, Wahnstadt als den „Dirigenten im Riesenorchester deutscher Arbeit" bezeichnete, als die „Herzkammer unerhörter Schöpferkraft", als das „Zentrum des neuen Bauwillens", als ein „lebendiges Stück vom deutschen Idealismus", als das „packende Erlebnis neudeutscher Großstadtpflege", das die Welt noch mehr aufhorchen lasse als einst des großen Fridericus Flötenkonzerte.

„Warum nicht gleich so?" erkannte Roloff an. „Muß denn eine Sache immer erst in Grund und Boden gerittten sein, ehe wir uns aufraffen?" Jaulenhoop aber, für den Eitelfeld nun einmal der *Erbfeind* war, zog übelnehmerisch ein luxuriös gebundenes Büchlein aus der Tasche, schlug es auf und deutete wortlos auf eine Stelle, welche lautete: „Die Bevölkerung, frei von Engherzigkeit, ist lebenslustig und zuvorkommend, so daß der Fremde nicht mit den Eigenbröteleien eines gefürchteten Spießertums zu rechnen braucht."

Auf wen ging das? — Roloff las den Satz und las das Titelblatt: „Führer durch die zweitausendjährige Kulturstätte am Strom". Eitelfeld, sieh da. Jaulenhoop war untröstlich. „Wieder mal 'n kalter Wasserstrahl", sagte er tonlos; „Hundacker torpediert alles." Roloff blätterte weiter. Auf dem Gebiet der Leibespflege war Eitelfeld mit drei Quadratmetern Spielplatz auf jeden Einwohner aller Welt voran. Die Bahngeleise im Hafen ergaben zusammengelegt eine Strecke von Berlin bis Rom. So ging es fort. Natürlich, natürlich.

„Laß man, Paule", tröstete Roloff und machte schlaue Äuglein, indem er einen Schrank aufschloß und etliche Flaschen herausnahm, eine nach der anderen, zartfühlend und liebreich, mit den Augen die Etiketts streichelnd, wie ein Kellermeister, der die guten Jahrgänge als treuer Vater hütet und jeden kennt nach Farbe und Aroma. Jaulenhoop war diese Geste sehr vertraut und heimelig; er schwelgte im Vorgeschmack, und sein Gesicht hellte sich auf.

„Erst mal 'n Sorgenbrecher", lockte Roloff, „Hennessy, drei Sterne. Geht nichts über'n französischen Kognak. Reckmann behauptet, das hätte schon Goethe gewußt."

Jaulenhoop schlürfte und nickte. „Steht im Faust. Im Faust steht alles, was der Deutsche braucht."

„Na, siehst du. Diese Zusammenlegung der Eitelfelder Hafengeleise ist statistischer Irrsinn. Is ja einfach lächerlich. Wenn ich die Biergläser aufeinanderstülpen wollte, die schon im Malepartus gefüllt und geleert worden sind! Zwanzig babylonische Türme kämen raus. Was sag' ich? Zwanzig? Fuffzig, hundert! Prost Paul, laß nur gut sein. Ich hab' noch 'n anderes Pflästerchen für dich." Er flüsterte ihm ins Ohr: „Wir kriegen den ersten Flugtag im Städtekranz; Schau- und Wettflüge, weißt du, Loopings, Ballonverfolgung, Fallschirmabsprünge, und so. Der Ober hat sich selber drum bemüht. Drobeck macht bloß den Krimskrams . . Auch 'ne Fliegerin ist angeworben."

Fast wäre Jaulenhoop vor Verwunderung vom Stuhl gefallen. Er brauchte eine Weile, bis er das alles kapiert hatte. Dann fragte er: „'ne Fliegerin? Menschenskind! Wo hat er denn die wieder aufgegabelt?"

„In Berlin. In einem der feudalen Klubs, die in der Republik ja wie Pilze aus der Erde schießen. Na — unter uns gesagt, Paul, sie ist nicht weit her. War immer im letzten Moment durch höhere Gewalt behindert, sonst hätte sie schon Rekorde aufgestellt. Nu, das macht nichts. Soll 'ne Tochter von 'nem baltischen Baron sein, der was für Reklame springen läßt. Steuert sein Teil zu unserm Flugtag bei, der alte Herr. Liefert auch den Zeitungen eine Seite Bild und Text zur Einführung. So was zieht immer."

„Ah so." Jaulenhoop schmunzelte. „Und honoriert wird nicht der Artikelschreiber, sondern der Artikeldrucker?"

„Was denn sonst. Alles in Butter. Aber das Beste hab' ich dir bis zuletzt aufgespart."

„Da bin ich neugierig, Gustav."

„Alle Ursache dazu. Ein Luftschiff wird bei uns landen."

„Ein — was?"

„Ein Luftschiff."

„Ein Luftschiff!"

Der dicke Jaulenhoop, komisch anzusehen, gebärdete sich knabenhaft und rief wie ein Junge, der Seemann spielt: „Wahnstadt — ahoi! Da werde ich mir noch 'ne blaue Schirmmütze zulegen."

Gesagt, getan. Da für seine Kopfgröße nichts Passendes vorrätig war, mußte ihm Heinz Rehberger in der Fabrik das Gewünschte anfertigen lassen.

Jaulenhoop war als Kapitän zur Stelle, das Luftschiff zu empfangen. Seiner Mütze wegen beauftragte ihn das wachsame Hähnchen mit der Begrüßung — denn dem wachsamen Hähnchen fiel die Grußpflicht zu, weil es die ganze Fahrt des Luftschiffs bezahlte.

Weithin leuchteten die Plakate; von allen Litfaßsäulen, allen Straßenbahnen, allen Schaufenstern, allen Gasthauswänden. Das wogte und glühte in Rot und Weiß unter dem Motto, das Gustav Roloff ersonnen hatte: „Uralte Sehnsucht trieb sie auf zum Licht!" Sogar in Eitelfeld, unter Hundackers Argusaugen, wurden diese Plakate verbreitet. Der Sieg war zum Greifen nahe ... Aber Hundacker kicherte in sich hinein: „Uralte

Sehnsucht . ., hm, die sollte ich doch kennen. Klappern gehört zum Handwerk, doch auch das Klappern will verstanden sein." Er fragte bei der Luftschiffwerft an, was es kosten würde, wenn der *Luftriese* vorher noch in Eitelfeld lande. Es kostete nicht so viel, als daß er es nicht auf der Stelle aus seinem Dispositionsfonds hätte bezahlen können. Noch achtundvierzig Stunden vor dem Wahnstädter Flugtag glückte ihm dieser Husarenstreich.

Er kredenzte den Luftschiffern Wein aus einem Pokal, aus welchem Kaiser Karl der Fünfte getrunken hatte. Das Wetter war böig; den Trinkspruch beschien eine kalte Sonne. Wenn es so schon in Eitelfeld war, wie sollte es erst in Wahnstadt sein? Stellenweise erreichte der Westwind eine Stärke von zehn Sekundenmetern. Die Schauflüge mußten vorzeitig abgebrochen werden: wieder einmal spielte der Fliegerin der Zufall seinen Streich. Man kondolierte ihr; sie wurde vom Beileid berühmt wie andere von Glückwünschen. Dreißigtausend Zuschauer harrten in Wind und Wetter aus. Jaulenhoop furchte mit Wasserstiefeln den aufgeweichten Grund. Mit zweistündiger Verspätung traf das Luftschiff ein. Dreimal war der Landungsversuch erfolglos, erst nach längerem Kreuzen gelang er. Jaulenhoop wollte in die Gondel steigen, um die Mannschaft zu bewillkommnen, aber er kam gar nicht erst zu Wort: er wurde gefragt, ob er zu den Passagieren gehöre, und zurückgewiesen, als er verneinte. Mit funkelnden Augen stieg er die Leiter wieder hinunter und verweigerte jedes fernere Wort.

„Na, prosit!" schrie Reckmann durch den Sturm und machte eine boshafte Anspielung auf den Zwischenfall bei der Inthronisierung des Wappens vom wachsamen Hähnchen: „Auf Leitern haben Sie nun mal kein Glück, Herr Jaulenhoop."

Roloff und Hackforth, die beide eine Luftfahrt gebucht hatten, erhoben vergebliche Vorstellungen. Jaulenhoop blieb bei seinem Nein. „Aus einer Sache, die derart vom Wetter abhängig ist, wird im ganzen Leben nichts", grollte er. Er war nicht davon abzubringen, daß man die Luftschiffer in Eitelfeld aufgehetzt habe. Roloff sah auf Schwandt, der sich mit Drobeck im Hintergrund hielt; es blieb ihm nichts übrig, als selber ein paar Worte aus dem Stegreif zu sprechen, aber so massiv sie waren, so schnell flatterte der Wind mit ihnen fort der Führer des

Luftschiffs drängte zur Abfahrt, und Roloff wußte keinen besseren Ausklang als Jaulenhoops Ruf: „Wahnstadt — ahoi!" Warum auch nicht? War der Ruf je Jaulenhoops Eigentum gewesen, so hatte er es eben verloren, indem sich ein Größerer seiner bemächtigte. Mit diesem Gedanken betrat Gustav Roloff die Kabine. Die Propeller surrten, die Taue lockerten sich. Er entschwebte.

Zurückgekehrt und nach seinen Eindrücken befragt, antwortete er, Dichter, der er war: „Die Fahrt hat mich in meiner Überzeugung bestärkt, daß Wunder rentabel sind. Aber ich hätte kein soziales Gefühl, wenn ich nicht daran gedacht hätte, daß diese Wunder allen Menschen, hoch und niedrig, zuteil werden müssen. Wer nicht sein Scherflein dazu tut, daß alle Menschen fliegen können, der ist ein schlechter Kerl, und das freut ein' denn ja auch."

III

Unbeschadet aller Reibereien, fand die Induga aus Wahnstadt regen Zuspruch. Sie war das Ausflugsziel der Fachleute, Familien und Vereine. Stövesand fuhr mit Jaguttis hin und verliebte sich auf den ersten Blick in ein neues Maschinenmodell. „Das spart wieder fünfzig Arbeiter", meinte er; „dafür können wir einen neuen Direktor engagieren, den wir dringend benötigen, wenn uns in der Wabag die Verwaltungsgeschäfte nicht übern Kopf wachsen sollen."

Jaguttis' Monokel streifte ihn flüchtig. Der Architekt hatte nur Sinn für Windhäusers Brückenbau. Die wirren Verschlingungen der Eisenträger kamen ihm, der alles aus der Natur ableitete, wie menschliche Gedärme vor. Zwischen dem schlanken Geflecht der im Flußbett ruhenden Masten entdeckte er einen mit lichten Sparren durchsetzten Giebel, der ihn an die Fachwerkmauern mittelalterlicher Bauweisen erinnerte. „Strebsame Diagonalen in der wahren Unendlichkeit einer großen und mutigen Architektur", sagte er. „Masse Mensch als Masse Arbeit." Darauf machten sie Spesen im Ausstellungsrestaurant. Da nicht jeder zu wissen brauchte, was andere Leute aßen und tranken, wurden solche Ausgaben ohne Belege von der Kasse der Wabag ersetzt. Es waren Vertrauensspesen. Stövesand war des Vertrauens würdig, weil er magenleidend war und infolgedessen mäßig sein mußte.

Allgemein lautete das Wahnstädter Urteil über die Ausstellung schlecht, doch gut über den Vergnügungspark. Allgemein beschwerte man sich über Neppereien in den Geschäften, Hotels und Gaststätten, die in Eitelfeld, Roloffs Erfindung aus Prestigegründen fälschend, „Raststätten" hießen. Die Organe der öffentlichen Meinung berichteten entsprechend. Nur in einem einzigen, das freilich schon deswegen die öffentliche Meinung nicht hinter sich haben konnte, war zu lesen: „Unglaublich, wie man da geneppt wird —", das bedeute, übersetzt in ein Deutsch, das noch aus Tacitus' Zeiten stamme und daher bestimmungsgemäß der Wahrheit diene: „Ach könnten wir doch auch schon neppen ..." Unschwer, den Urheber zu erraten. Es war kein anderer als Eugen Roloff, Redakteur am „Forum der Zeit", einer neuen Wochenschrift, die, von den Kommunisten mit getarnter Politik herausgegeben, in Bürgerkreisen viel gelesen wurde, da sie eine Fundgrube für gemeiniglich versteckte Neuigkeiten war. Alle schimpften sie „Revolverblatt", alle hatten sie in der Tasche, alle erfüllte es mit Genugtuung, daß nun auch Wahnstadt sein „Revolverblatt" hatte, das zu einer Weltstadt gehörte.

Im Hochsommer, an einem Werktag, wie es sich die gutsituierten Bürger erlauben konnten, besuchten „die Männer" diese Ausstellung, in welcher vom Zahnstocher bis zur Schmiedepresse nichts ausgelassen war. In den Hallen war es heiß; das Hinschlendern, Sehen, Stehenbleiben und Weitergehen war ermüdend, die fortwährende Abwechslung auf die Dauer eintönig. Alsbald wurden die Schritte beschleunigt, die Augen ruhten auf den Gegenständen aus, statt sie aufzunehmen, und endlich tat sich die Freiheit des Vergnügungsparks, eine schellenklingelnde, orgelnde, buntbewimpelte Besessenheit, derb und triebkräftig vor ihnen auf. Sie rannten hinein, losgelassen, entfesselt, lebensgesättigt hinein in Liliputbahn, Teufelsrad, rollende Tonnen, Gebirgsbahn. Nur Frau Kaschub schleppte ihren Mann noch in jede Halle, an jeden Stand der Ausstellung. Sie wollte das Eintrittsgeld bis zum letzten Pfennig ausnutzen, sich nichts entgehen lassen, alles erklärt haben, alles bestaunen, alles betasten. Sie kam sich so wichtig vor in ihrem Wollmusselinkleid aus dem Ausverkauf, sie wackelte mit fliegenden Ellbogen daher, sie fand Gefallen und Genügen an sich selbst. Allwiß, der gerade seinen Urlaub hatte, keuchte gebrechlich hinter ihr her, todmatt von der ewigen Anspannung seines schwachen Gehörs.

Den anderen draußen gefiel am meisten die Gebirgsbahn. Auf und nieder, durch Schleifen und Schründe, rutschten die Wagen über das hölzerne, vielstöckige Gerüst. Gemächlich ratternd klomm der Zug bergan, dann erholte er sich in einer nahezu ebenen Runde auf der obersten Bahn, dann plötzlich raste er mit pfeifender Wucht eine abschüssige Schlucht hinab, stürmte kraft seiner Eigengeschwindigkeit eine ebenso steile Anhöhe, knackte ein wenig, als wolle er sich rückwärts überschlagen, faßte sich und schoß auf und davon, himmelwärts, erdenwärts, schleudernd und stoßend. Oben auf dem Podest lud der Marktschreier ein; halb nach einer letztverflossenen, halb nach einer zukunftsträumerischen Mode gekleidet, gestreifte Jimmyhose, weiße Weste, Cut und Melone, verdrehte er die Augen nach allen Richtungen, ein Künder höchster Genüsse, süß und lockend, wie aus Hundackers Werbeschrift entsprungen: „lebenslustig und zuvorkommend". Ihn zu sehen, ihn zu hören, war allein fünfzig Pfennig wert. „Fuffzig Pfennije bloß, und das Quietschen der Damen noch umsonst dabei!"

Gustav Roloff war schon an der Kasse, die Frauen Hackforth und Jaulenhoop saßen schon drin, gebettet in ihr wucherndes Fleisch, nur Frau Olga stand etwas mutlos davor. Roloff nahm sie einfach mit sich fort. Er war von einer überschäumenden, doch (wie Frau Olga wußte) wohlbegründeten Fröhlichkeit. Noch in den letzten Wochen hatten tiefe Schatten auf ihm gelastet — nicht Eugens wegen, o nein; von dieser Seite konnte nichts mehr kommen, was dem Überstandenen vergleichbar gewesen wäre, und das Bewußtsein, abgeschlossen und „durchgegriffen" zu haben, überwog alle anderen Empfindungen. Auch Frau Olga hatte sich gefügt: sie wußte den Sohn, wenn nicht unter einem Dach, so doch in einer Stadt mit ihr, sie konnte ihn besuchen, soviel sie wollte, und seine Wohnung verschönern, die er in der Typenhaussiedlung gemietet hatte. Nein, etwas anderes war es, was Roloff gedrückt hatte. Der Hotelbau war ins Stocken geraten, die gestiegenen Preise und Löhne — Stövesand sagte: „die falsche politische Einstellung", aber dabei hatte er nicht die Preise, nur die Löhne im Auge — erbrachten eine ungeahnte Überteuerung, alle Berechnungen waren über den Haufen geworfen, die verfügbaren Mittel erschöpft. Mit verdoppelter Energie betrieb Roloff den Ankauf des Malepartus durch die Stadt; aber unter dem Druck, der ihm im Nacken saß, war nicht gut verhandeln, und er hatte sogar den Verdacht, daß Schwandt irgendwoher, womöglich von Stövesand, einen Wink bekommen hatte, wie es um ihn stand. Im letzten Augenblick jedoch war eine Wandlung eingetreten: Generaldirektor Windhäuser wollte, ein schwerer Schlag gegen die Haushaltpläne der Kommunen, für das abgelaufene Geschäftsjahr des Elektrizitätsrings die Dividende von zehn auf fünf Prozent reduzieren, und Schwandt hätte, wie er Roloff gestand, eine öffentliche Stadtverordnetendebatte über diesen Punkt gern vermieden. Der Preis, den Roloff daraufhin für den Malepartus erzielte, war diesem Umstand angemessen, war, wie er sich ausdrückte, „ein Schluck aus der Pulle" —: daher seine beschwipste Fröhlichkeit.

Seinen grünen Filzhut mit dem dachsfarbenen Rasierpinsel auf dem Stock balancierend, leicht vornübergeneigt und Frau Olga fest im Arm, saß er an der Spitze des Gebirgsbahnzugs. Hinter ihnen waren die Frauen Jaulenhoop und Hackforth, die, in ihre Fettpolster gekuschelt, schon quiekten, bevor der Wagen anfuhr; dann folgten ihre Männer, die sich untergefaßt hatten und schunkelten. So gondelten sie rauschhaft und lustbebend dahin, gleichsam aus der Breite und Fülle des Lebens aufsteigend; als sie aber an die stürzende Schlucht gelangten, die den Zug mit ungefügen Sprüngen in die Tiefe und, ohne abzusetzen, wieder hoch in die Luft riß, kreischten die Frauen markerschütternd auf. Die Jaulenhoop, die, soviel davon bei der Kürze ihrer Gliedmaßen zu erkennen war, halb ohnmächtig alle viere von sich streckte, verlor ihren neuen regenbogenfarbigen Sommerhut und griff mit Entsetzen nach ihren ondulierten Haaren, da sie das Gefühl hatte, als entführe der zausende Wind auch sie. Roloff balancierte und jodelte, Hackforth sandte dem kullernden Hut einen Juchzer nach, Jaulenhoop hingegen wurde beklommen und gab sich seinen Gedanken hin. Auf der Feuerwehrleiter hatte das Schicksal seinen Zylinder ereilt, auf der Gebirgsbahn ereilte es den Strohhut seiner Frau —: ob dieses sonderbar hartnäckige Mißgeschick von böser Vorbedeutung war?

Ehe er darüber ins reine kam, war die Fahrt zu Ende. Die Frauen waren so mitgenommen, so zerflossen, daß man sie herausheben mußte; der Marktschreier reichte grinsend den verlorenen Hut hin, der über und über mit einer schwarzen Tunke von Öl und Staufferfett besudelt war, und empfahl auch gleich eine Eitelfelder Reinigungsanstalt, die ihm offenbar Prozente gewährte. Da kam er freilich schön an: „Wir sind aus Wahnstadt, bitte!" schrie Jaulenhoop, erbost ob solcher Zumutung. Seine Frau heulte in einem fort: „Es war reinstes Panamastroh, siebenundzwanzig Mark hat er gekostet..." Einstimmig beschloß man: „Nie wieder Gebirgsbahn!" — so, wie das ganze Volk einmal gesagt hatte: „Nie wieder Krieg!" Bis zum Abend war alles vergessen, die verführerischen Lichter, das verführerische Georgel, der verführerische Strudel der Verantwortungslosigkeit fing sie ein, sie, die immer so mit Verantwortung überbürdet waren.

Auf dem Wege zum Ausstellungsrestaurant, dessen Terrassen gesäumt von Geranien und Hängefuchsien und überflutet von einschmeichelnder Streichmusik, fast in das Geglitzer des Stromes hineinliefen, gewahrte Roloff eine Schaubude, die sich geheimnisvoll „Lebende Plastiken" nannte. Er zwinkerte Jaulenhoop und Hackforth zu; neben dem Ausrufer sahen sie ein paar spärlich gekleidete Schönheiten sirenenhafte Verrenkungen machen. Schnell brachten sie die Frauen bei Kaffee und Kuchen unter, tranken ein paar Schnäpse und verschwanden wieder unter dem Vorwand, noch diese und jene Abteilung der Ausstellung fachmännisch begutachten zu wollen. „In längstens zwei Stunden sind wir wieder da. Bis dahin könnt ihr's hier wohl aushalten, was?"

Die „Lebenden Plastiken" waren eine Enttäuschung. Ihre Schönheit war verblüht und widerlich, aufgeschminkt und abgerichtet. Hinter Gazeschleiern stellten sie ein paar steife Figuren und stelzten danach zwischen den halbleeren Stuhlreihen hindurch, um Photos bevorzugterer Schönheiten zu verkaufen, von welchen sie allerdings behaupteten, daß sie es selber wären.

Übellaunig und entrüstet über eine Unsittlichkeit, die sie so an der Nase herumführte, verließen die drei Wahnstädter das Unternehmen — nicht, ohne daß ihnen jene Photos den Mund gewässert hätten. Zufällig begegneten ihnen draußen drei leidlich frische und gefällige Mädchen, die sie für alles entschädigten und ihre Begleitung annahmen. Sie wohnten, sagten sie, gar nicht weit. Als sie indessen zum Ausstellungsportal hinaustraten, bettelten sie: „Laßt uns doch 'ne Taxe nehmen", und schon öffnete ein dienstfertiger Chauffeur den Wagenschlag. Also fuhren sie. Nach knapp fünf Minuten hatten sie eine Panne. Die Wahnstädter wollten aussteigen und zu Fuß weitergehen, die Mädchen widersetzten sich, der Chauffeur grunzte etwas von „Kleinigkeitssache", hob die Motorhaube ab und drehte Schrauben ohne ersichtlichen Grund bald lockerer, bald fester. Auf einmal bemerkte Jaulenhoop, daß während der ganzen Zeit der Fahrpreisanzeiger lief: was, zum Teufel, hatte der Kerl mit dem Antrieb des Schaltwerks gemacht? Er hatte schon viel davon gehört, was für Pfiffikusse diese Chauffeure waren und wie sie selbst dem technischen Genie noch manchen Schabernack spielten. „Ihr steckt wohl alle unter einer Decke, um uns zu beschummeln?" fragte er. Die Mädchen lachten wie aus einem Munde, mit bezaubernder Geläufigkeit: „Das sollt ihr nachher haben, daß wir alle unter einer Decke stecken!" — „Keine Scherze jetzt, das bitte ich mir aus", sagte Roloff mit Nachdruck. Hackforth faßte den Chauffeur am Ärmel: „Ich lasse Sie polizeilich feststellen!" Der Chauffeur warf einen Blick auf die Eheringe und erwiderte frech: „Aber die Herren werden sich doch als verheiratete Männer nicht solche Ungelegenheiten machen ...", und zugleich gingen die Mädchen alle drei, wie auf Kommando, zu so entflammenden Zärtlichkeiten über, daß jeder Widerstand im Keim erstickt wurde. —

„So ein Nepp", sagten die Wahnstädter alle drei, wie auf Kommando, als sie zu ihren Frauen zurückkehrten; „so ein ungastlicher Boden, so ein Nepp."

Hier waren inzwischen auch Melitta und Dr. Brilon angekommen — in jener lasurblauen Limousine von Stövesands Gnaden. Nach heftigen Kämpfen mit Melitta und noch mehr mit sich selbst hatte der Heimatforscher sich zu ihrer Weltanschauung durchgerungen: jedem, der sich mit Huldigungen naht, einen Teppich hinzubreiten und ihn rasch wieder wegzuziehen, sobald er darauf niedergekniet ist und seine Gabe dargereicht hat. So ungefähr drückte sie es aus, so ungefähr verstand er es; voller Zuversicht, daß außer ihm niemand etwas erlangt, jeder nur gegeben hatte, fand er sich mit Jaguttis, Stövesand und dem Kunstschriftleiter Markisch ab. Er beließ es bei diesem Zwielicht, das ihm wohlzutun begann, weil er darin einträchtig mit dem geliebten Mädchen leben konnte.

„Großartig, daß Sie gekommen sind, Doktor", rief Roloff und umarmte ihn. „Richtiges Ausflugswetter heut, traditionell bei den Männern. Was, Doktor? Da juckt es in den Beinen, wenn man so im Büro eingemauert ist, und das freut ein' denn ja auch."

Brilon entgegnete, daß er eigentlich nicht um des Vergnügens willen gekommen sei. Er habe eine Nachricht, die ganz Wahnstadt an diesem Mittag in Bestürzung versetzt habe: die erste Massenkündigung von zweitausend Arbeitern und Angestellten beim Metallkonzern. Manche Leute glaubten, es sei nur der Löhne wegen geschehen, andere aber sähen darin die Vorboten einer wirtschaftlichen Depression von unübersehbaren *Ausmaßen*.

Für die Dauer einiger Atemzüge herrschte Stille.

„Wer sind die anderen?" fragte Jaulenhoop.

„Gutzeit zum Beispiel."

Jaulenhoop wagte ein tollkühnes Gelächter.

„Gutzeit! Haha! Entschuldigen Sie, daß ich lache. Der! Irgendwelche Begabung hat er nicht. Macht hat er auch nicht. Ein Manager ist er, ein Unterhändler, nee, bloß 'n Händler."

„Wenn es der Löhne wegen ist", sagte Melitta dazwischen, „dann werden vielleicht doch noch die gymnastischen Erholungspausen in den Werken eingeführt."

Roloff goß Wein in die Gläser, blieb stehen und sprach:

„Mir ist auch vor einer Krise nicht bange. Das deutsche Volk hat eine unbeschränkte Leidensfähigkeit. Murrend, doch willig trägt es alles, was ihm geschickt wird. Heute ist die Erkenntnis von der Unabwendbarkeit der Krisen Allgemeingut geworden. Besonders der Arbeiter sieht in schwierigen Zeiten durchaus ein, was notwendig ist. Stoßen wir darauf an."

Sie stießen an

„Den heutigen Tag wollen wir uns aber nicht vermiesen lassen", fügte Hackforth hinzu, und alle gaben ihm recht. Roloff betonte, daß es für das wachsame Hähnchen nur eines gebe: *Durchhalten.* Ob richtig oder falsch — wenn man nur lange genug bei der Stange bleibe, dann werde selbst das Falsche richtig.

Sie tranken und sprachen noch viel, es wurde spät und später. Ihr Tisch beanspruchte einen Kellner für sich allein. „Jetzt ist es Zeit für Schampus", mahnte Roloff nach dem Abendessen. Brilon saß neben ihm wie ein braver, gelehriger Zögling, dessen Meister das Wort führt. Hackforth sang seiner Frau leise ins Ohr, und von ihren Fettwülsten hallte es wie aus einem Schalltrichter zurück: „Laß mich, laß mich, laß mich dein Torero sein..." Scheinbar zusammenhanglos sagte Roloff: „Wißt ihr was, Kinder? Wir müssen für die Erwerbslosen neue Berufe schaffen. Ist das nicht eben das Große an uns Deutschen, daß wir immer wieder entschlossen sind, von vorne anzufangen, hä? Zu arbeiten und nicht zu verzweifeln, auch wo die Wege versperrt sind, hä? — Also gut. Ich hab 'ne Idee. 'ne volkswirtschaftliche Idee, Kinder!" Er rülpste und schwankte ein bißchen mit dem Oberkörper. „Ihr habt doch alle schon mal auf'm Land zwischen den Feldern die Weißdornhecken gesehen. Ja? Na. Das ist doch Unsinn, das wirft doch nicht den geringsten Nutzen ab. Das ist doch eine Vergeudung des Volksvermögens — jetzt, wo wir uns in der Rohstofferzeugung verselbständigen müssen. Warum pflanzen die Landwirte da keine Maulbeerbäume hin? Warum, frag' ich, hä? Da muß das wachsame Hähnchen mal rangehen. Die Maulbeerbäume können von den Arbeitslosen für Seidenraupenzucht gepachtet werden. Seidenraupenzucht ist die Forderung des Tages! Staatskredite sind für so was Landwirtschaftliches immer zu haben, und das freut ein' denn ja auch. Hä? Und was für 'ne ethische Bereicherung wird das sein, wenn die Arbeitermädels ihre Brautkleider aus selbstgezogener Seide fertigen können!"

Kaum hatte er geendet, als Jaulenhoop ihn hochleben ließ. Wie Harfen tönten die Sektgläser. Brilon, dessen Gelehrsamkeit mit dem Maße seiner Trunkenheit wuchs, zitierte den römischen Humanisten Skaliger: „Der Germane zeigt mehr Verstand, wenn er angezecht, als wenn er nüchtern ist." Sein Kopf lag in Melittas Schoß; sie zupfte seine Haare nach dem Takt der Jazzmusik, und er war darüber, wie er wohl ein dutzendmal versicherte, „restlos glücklich".

Mit unruhigen Schatten bedeckte die Dämmerung das Wasser des Stromes. Auf dem Brückengerüst trat die Nachtschicht an; die Lampen blitzten auf, in deren sicherem Licht die Monteure, im Gestänge hangend, sich bewegten wie die Speichen sausender Räder. Die Krane nahmen irgendwoher aus der Dunkelheit Lasten auf und ließen sie irgendwo in der Dunkelheit verschwinden. Man sah eiserne Arme, die sich rätselhaft drehten; man sah den grellen Strahl der Schweißapparate, den unheimlichen Anlauf der Preßluftniethämmer, wie Maschinengewehrratten gegen einen unsichtbaren Feind, die langsam zupackende Wucht gigantischer Zangen. Es war wie ein Rummelplatz, und es unterschied sich vom Vergnügungspark nur dadurch, daß der Lärm dort oben seinen Zweck hatte.

Eine Bombe knallte, Raketen jaulten hoch, ein Feuerwerk brannte ab. Die alten Brücken, das Rathaus, die Häuser am Ufer glühten wie Sternstraßen auf, die Nacht und die Menschen sangen, Boote mit Lampions schwammen selig einher, Kometenschweife spiegelten sich und vergingen im Gekräusel der Wellen. Zum Abschluß besetzten „die Männer" alle Wagen der Gebirgsbahn. „Sechsmal zu zwo Mark siebzig!" forderte Roloff und hielt die Kaschubs frei; „das 's mal 'ne Sängerreise! Kinder! Kinder!"

Lange nach Mitternacht traten sie die Heimfahrt an.

Am nächsten Morgen, Allwiß schlief noch, überbrachte der Briefträger einen Einschreibebrief. Welche Seltenheit bei Kaschubs! Wieder ein Erlebnis mehr in Allwiß' Nummernrad. Mit Sorgfalt und gewichtiger Miene, wie nie ein Minister eine Kabinettsordre unterschrieben hat, unterzeichnete er die Empfangsbescheinigung. Dann sah er auf den Absender und erbleichte: Wahnstädter Metallkonzern. Ohne den Brief zu öffnen, kannte er seinen Inhalt.

Es war seine Kündigung

IV

In diesen Tagen ging im Rathaus eine Eingabe des Königin-Luise-Bundes, gezeichnet Frau Dr. Eisenmenger, ein. Sie richtete sich gegen das Unwesen der Dirnen in den Straßen. „Das Angebot an Mädchen", hieß es darin, „ist schon nachmittags so groß, daß sich die Männer durch die Hauptgeschäftsstraßen nur mit Mühe durchkämpfen können."

„Na prosit!" sagte Reckmann; „gnädige Frau haben eine bewundernswerte Beobachtungsgabe. Fragt nur bei edlen Frauen an! Uns Männer ist das noch gar nicht so aufgefallen. Wir sind allzumal hartgesottene Sünder. Na prosit!"

Roloff fragte Jaulenhoop: „Was hältst du von 'ner Kundgebung, Paul? Gegen die Mädchen in den Straßen?"

„Meinswegen. Bei uns sind sie ja doch nicht so nett wie in Eitelfeld."

„Pst, bist du verrückt, Paul."

„Nu ja, is aber auch das einzige Gute, was Eitelfeld hat."

„Nu schweig' in Gottes Namen still, oller Schäker. 'n Abenteuer is 'n Abenteuer, und dann Schwamm drüber. Wir sind alle vom Weibe geboren und nicht in der Retorte destilliert. Wir machen die Kundgebung und lassen Gutzeit reden. Is ja in der Hauptsache für den Einzelhandelsverband, weil die Mädchen so vor den Schaufenstern und Ladentüren rumstrolchen. Uns geht es weiter nichts an. Aber die Initiative dürfen wir uns im wachsamen Hähnchen nicht abnehmen lassen, und das freut ein' denn ja auch."

Die Kundgebung fand statt, Robert Gutzeit sprach. Jaulenhoop lächelte, und alles blieb, wie es war, nur daß die Horden der Mädchen sich mehrten, je weniger ehrbare Arbeit es gab.

Dreizehntes Kapitel

I

Windhäuser fuhr fort, die Belegschaften von ihren Arbeitsstätten zu verjagen. „Bei der Lohn- und Sozialpolitik dieser Regierung", erklärte er Eisenmenger, „haben wir nicht das geringste Interesse an wirtschaftlichen Geschäften. Politische rentieren sich besser, sollen Sie sehn."

Er begann, in der nationalsozialistischen Bewegung ein neues Organ der industriellen Arbeiterfürsorge zu erblicken. Durch Eisenmenger ließ er einen „Verein zur Unterstützung der Hinterbliebenen nationaler Kämpfer" ins Leben rufen, durch Eisenmenger ließ er Spenden und Stiftungen machen; so konnte er mit bestem Gewissen bestreiten, daß je ein Pfennig durch ihn persönlich und unmittelbar an die Nationalsozialisten geflossen sei. Da er nichtsdestoweniger die Gelder aufbringen mußte, die Eisenmenger dirigierte, entließ er dafür schubweise seine Angestellten, in der Spekulation, daß ihnen das Geld, das sie bei ihm nicht mehr verdienen konnten, bei den Nationalsozialisten wieder zugute kommen werde: sie brauchten sich also nach ihrer Entlassung nur dort zu melden. Er ging nicht so weit wie beispielshalber Frau Dr. Eisenmenger, die in der „deutsch-nordischen Seele eines bündischen Deutschland" den Schlüssel zur Befreiung sah; ihm war vielmehr jedes Instrument recht, mit welchem man die Gewerkschaften und die Sozialdemokratische Partei zerschlagen, die übrigen einschüchtern und das Ausland foppen konnte. In der Zweckabmachung, die sein Syndikus mit den Nationalsozialisten traf, täuschte sich keiner der Partner über den anderen. Aber sie kamen überein, die Welt zu täuschen.

Während er auf diese Weise die mühsam geordneten Haushaltpläne der Städte fortlaufend in Verwirrung brachte, unterstützte er auch weiterhin ihre Ausgabenwirtschaft, die jetzt mehr und mehr unter der Flagge der *Arbeitsbeschaffung* segelte; sie war noch ebenso fieberhaft wie vorher, aber sie stand schon nicht mehr allein unter dem Eindruck, daß Macht und Ansehen wachse, sie stand bereits unter der Peitsche der Angst, daß keine Zeit zu verlieren sei, wenn man Macht und Ansehen halten wolle. Noch glaubte man freilich, daß ein Fehler beseitigt sei, wenn man ihn in den Rang einer Tugend erhebe; noch glaubte man, daß man den Folgen der Ausschweifung entgehe, wenn man auf eine gewisse Planmäßigkeit der Ausschweifung bedacht sei.

Windhäuser rechnete damit, daß sich die Frage der Reparationen nur umso eher totlaufen würde, und daß man eines Tages auf dem Exerzierplatz der Finanzen, an Stelle des Seitengewehrs die Konkursanmeldung umgeschnallt, vor die Front der ausländischen Kreditgeber treten und „Stillgehalten!" kommandieren könnte. Diese innersten Gedanken verschwieg er jedoch auch vor Eisenmenger; er trug ihm nur auf, das industrielle Charakterbild vom „Pflaster aus Basalt" vorläufig wegzuschließen, da mit Rücksicht auf die dem Konzern angegliederten Kokereien der Teerstraßenbau zu fördern sei.

Die Verhandlungen über die Verlegung der Konzernverwaltung wurden vertagt; zur Strafe verwandte Hundacker für seine Straßen Bitumen, nicht Teer. Ferner knüpfte er Beziehungen zu einer belgischen Gummifabrik an, die sehr schnell zu einem Ergebnis führten. Der Vertrag über die Eitelfelder Niederlassung sah freie Übereignung des Baugrundes vor, ferner langjährigen Erlaß der Gewerbe-, Grund- und Gebäudesteuern und Übernahme der Schuldnerschaft für die Staatssteuern des Unternehmens noch außerdem. Gegen diejenigen, welche wie Schwandt der Meinung waren, daß heiße den Ausländern helfen, aus der deutschen Haut Riemen schneiden, verteidigte sich Hundacker mit der Erklärung, daß angesichts des Versagens der einheimischen Industrie solche Maßnahmen unerläßlich seien. Währenddem traf Martin Balluf mit der Gummifabrik ein Abkommen, das ihm das Transportmonopol auf ihre Waren garantierte.

Im Oktober, die Nebel fielen schon über den Strom, wurde die Induga geschlossen. Die letzte Zeit war verregnet; selbst die Winzer- und Erntefeste im Vergnügungspark hatten wenig Anziehungskraft ausgeübt. Man befürchtete eine beträchtliche Unterbilanz. Hundacker verwies auf den gewaltigen moralischen und ideellen Erfolg im In- und Ausland. Seine Bilanz drückte das Defizit auf den Nullpunkt herab. Er sagte: „Heute besteht das Finanzgenie darin, daß man nicht in Verlegenheit gerät, wenn man angeben soll, wofür diese und jene Ausgabe gut gewesen ist. Solange ich selbst das Fazit ziehe, wird es niemals eine Unterbilanz geben."

Für das folgende Jahr beabsichtigte er eine Ausstellung alter und neuer Kunst. Kaum tauchte diese Nachricht auf, als man auch schon in Kohldorf von einem „Kunstsommer" im neuen Festspielhaus munkelte. Wahnstadt wiederum erwartete den ersten großen Kongreß. Es war der Deutsche Fleischertag, Franz Hackforths Werk.

Fürderhin sprach man nicht mehr von Eitelfeld, sondern von der „Ausstellungsstadt"; nicht mehr von Wahnstadt, sondern von der „Kongreßstadt"; nicht mehr von Kohldorf, sondern von der „Kunststadt".

II

Zeitweilig hatte es den Anschein, als übernehme die Kunststadt Kohldorf im Städtekranz die Führung. Valentin Moos, ihr Bürgermeister, stützte sich bei seinen Kulturbestrebungen, so eigentümlich es ihm selber war, in erster Linie auf die sozialdemokratische Fraktion. Denn während die Leute von rechts, wie sich ihr Führer einmal in einer Magistratssitzung entschlüpfen ließ, den Geist und das Denken ablehnten, durch welches allein seit Lessing und Kant Deutschland jenen geachteten Namen hatte, den sie mit Waffengewalt zu begründen hofften —, während sie also den Ruf ihres Vaterlandes dem Zufall preisgeben wollten (denn das Glück der Waffen ist launisch und nur die Autorität des Geistes unumstößlich), wähnten die Sozialisten, sie müßten jetzt jeden Rummel mitmachen, der sich als Kultur anpries, müßten beweisen, daß man sie zu Unrecht der Kulturfeindschaft bezichtigt hatte, müßten sich die ganze Kultur des Bürgertums einverleiben, von der sie ehedem ausgeschlossen waren.

Da sich das Festspielhaus, gebaut wie eine romanische Basilika, säulengetragen und fahnengeschmückt, in jeder Hinsicht vom Gewohnten abheben sollte, taufte man es nicht „Stadttheater", sondern „Theater der Stadt", nicht „Musentempel", sondern „Institut" — wie ein Töchterpensionat. Das Reklamebedürfnis war so stark, daß selbst Eugen Roloff vom „Forum der Zeit" zur Eröffnung eingeladen wurde. Es war das Beethoven-Gedenkjahr, in welchem eine Legion von Festrednern unter dem Decknamen des „Musikfürsten" sich selber feierte. Während gerade eine erbitterte Schlacht um die Metallarbeiterlöhne im Gange war, prangte die Kunststadt im schönsten Schmuck. Die Blumenläden zierten grüne und goldene Kränze mit Schleifen und Inschriften „Unserem Beethoven", und dazwischen auf leuchtendem Sockel allerlei Nippsachen, Marcellinen und Jaquinos. In den beiden Buchhandlungen, die sonst ein bescheidenes Dasein fristeten, lagen Berge von Büchern über den Verewigten, die Schaufenster waren mit schwarzem Tuch ausgeschlagen, und in der Mitte stand, wie Grabmalschmuck zu Allerseelen, eine bekränzte Büste.

Es erschien ein großer Dichter, um zu erzählen, daß er sich Beethoven am liebsten nur menschlich und bürgerlich nähere, und daß von allen Aussprüchen erlauchter Geister Goethes geheimrätliches „Hm, hm, ja, ja" den tiefsten Eindruck auf ihn gemacht habe. Nach diesem dichterischen Bekenntnis, dessen Würze sprichwortgetreu die Kürze war, gab der Intendant, hochgewachsen wie Dr. Brilon, aber dickschädlig und mit tiefliegenden Augen, seine Visitenkarte ab: er betrachte sich als behördlicher Vermittler der dramatischen Kulturgüter aller Völker und Zeiten, als behördlicher Verwalter der aus dem Kosmos ausstrahlenden Kräfte, die den Menschen formend segneten; er werde den Bühnenkünstler bis zum äußersten sich entladen lassen und den Geist durch Einfügung in die mütterliche Urgewalt vor dem Absinken in die Krise bewahren . . . So sprach er mit einer überströmenden Güte, die zum Letzten entschlossen war; der Oberbürgermeister, bekanntermaßen zu unansehnlich, um zu Ansehen zu gelangen, stand dabei wie ein Konfirmand, und mit dem Gesicht eines tauchenden Schwimmers, der noch Wasser in den Ohren hat. Er machte sich aus alledem nicht viel, er, der Verwalter, der Moos, den Schöpfer, gewähren lassen mußte. So ist es nun einmal im Leben. Sitzt in einem Zimmer ein Mann über großen Projekten, so muß nebenan ein anderer über großen Aktenbogen sitzen. Erfindet ein Mann eine Maschinerie, so muß ein anderer da sein, der sie in Gang hält. Der Oberbürgermeister der Kunststadt war dieser Arbeitsteilung nicht gram. Vom Theater liebte er nur das Ballett —

mit einer heimlichen und nie anders als durch die Augen bestätigten Liebe zu nackten Schenkeln, unbedeckten Näbeln und aus den Trikots fallenden Brüsten.

Ein Professor, dessen Ruhm es war, sämtliche „Fidelio"-Aufführungen der neueren Zeit gesehen zu haben, ein Mann von vielen Graden und von jener leisetreterisch-kosmischen Art, die Eugen Roloff noch unsympathischer erschien als der schreiende alldeutsche Typ, stammelte etwas von „ästhetischen Erziehungsmitteln im Sinne der klassischen Zeit", worauf dann endlich Valentin Moos „sein" Theater einweihen konnte. Er vermeldete, daß von nun an die Städte die Fürstenhöfe abzulösen und ihre. Rolle als Mäzene zu übernehmen hätten. Das Festspielhaus sei berufen, in die Zeit hineinzuhorchen und der seelischen Armut zu steuern: „Da die irdischen Güter ungleich verteilt sind, müssen es auch die metaphysischen sein. Es ist deshalb eine Fügung der ausgleichenden Gerechtigkeit, daß die Besitzer irdischer Güter keine metaphysischen Reichtümer und die Besitzer metaphysischer Güter keine irdischen Reichtümer haben." Sein Gesicht war merkwürdig verlagert, es sprang wie eine felsige Plattform über den Hals, der, was ihm hier abging, im Nacken zulegte, so daß Hinterkopf und Nacken ein flächiges Joch bildeten. Jeder Deutsche müsse ein Leben der sittlichen Tat im faustischen Sinne leben, jedermann müsse sein eigener Faust werden — so schloß der Bürgermeister Valentin Moos.

Auf diesem warmen Unterton saß dann in der Eröffnungsvorstellung — natürlich war es „Fidelio" — ein Parkett von Studien-, Stadt- und Regierungsräten mit ihren Damen. In der Pause machten und erneuerten sie Bekanntschaften, die teils für die Bildung, teils für die Beförderung treffliche Aussichten boten. Im Finale trat Don Fernando, jener in der Weltgeschichte ungewöhnliche Minister für Wahrheit und Recht, in der Maske Beethovens auf, zu seiner Seite zwei Genien, die wie versilberte Weihnachtsengel aussahen und die Flügel dem deutschen Reichsadler entliehen zu haben schienen; die ganze Szenerie war einem Heiligenbildhimmel gleich, selbst die Weihrauchkessel fehlten nicht. Nie hatte Beethoven eine üppigere Ehrung erfahren. Die Kunststadt schwelgte im Siegesrausch; auch die Lohnbewegung der Metallarbeiter wurde geschlagen — nach allen Regeln der Kunst.

Abend für Abend war das Festspielhaus von zwei Scheinwerfern angestrahlt. Es faßte zweitausend Personen. Drehbühne, Rundhorizont, fahrbare Beleuchtungsbrücke, Entstaubungs- und Beregnungsanlage, Hochdruckkessel zur Erzeugung von Effektdämpfen auf der Bühne, Werkstätten, Magazine — alles war nach dem neuesten Schnitt und von enormen Maßen. Eine Radioanlage lief zum Bühnenkeller hinunter, wo die Schauspielmusik ihres Amtes waltete: der Dirigent hatte einen Kopfhörer um, damit er der Aufführung folgen und beim richtigen Stichwort den richtigen Einsatz geben konnte. Durch Fernsprecher war die Intendantenloge mit allen Teilen des Hauses verbunden. Der künstlerische Vorstand zählte zwanzig, die Verwaltung dreißig, das technische Ressort siebzig Personen; das dramaturgische Büro bestand aus einem „Chefdramaturgen" und fünf Assistenten, die alle miteinander nichts zu sagen hatten; es wimmelte von Direktoren und Inspektoren, und der Intendant wurde stets von einem „Stabschef" begleitet. Damit nicht genug, war auch ein Konzertsaal eingebaut — das Reich des Generalmusikdirektors. Dem Begriff von Größe und Erhabenheit war bis ins kleinste entsprochen.

Allzulange hatte man im Dunkel geschlummert; wie sonnte man sich jetzt! Alle Bürgerkinder der Kunststadt wollten Sänger, Schauspieler oder Tänzer werden —: auch diese neue Lage übersah Valentin Moos mit raschem Blick. Auf daß sie ihre Ausbildung in der Vaterstadt genießen konnten, gründete er die „Theaterschule Thalia". Wenn Premiere war, kam er schon eine Viertelstunde vor Beginn, flanierte im Foyer und machte die Honneurs. In der Ausstellungsstadt, wo man sich nicht allein von Vorbildern unabhängig, sondern in allem und jedem selber Vorbild düngte, begann man zu lachen. Hier hatte man andere Manieren als diese Emporkömmlinge, die sich selber baß verwunderten, daß sie zu solcher Pracht gelangt waren, und Eile hatten, sich darin zu ergehen, als könnte sie ihnen, wie eine Fata Morgana, wieder genommen werden. Hier war das Theater wie eine Senatssitzung oder wie eine Hofgesellschaft. Karl Hundacker, sattelfest, trat spät in seine Loge, überblickte die satte Gediegenheit des Hauses, verneigte sich dahin und dorthin, ein Vater des Vaterlandes —: hiernach erst ertönte das Klingelzeichen, und über altem Kulturboden ging der Vorhang auf.

In der Ausstellungsstadt schwang man sich nicht bloß in den Sattel, dort hatte man auch das Reiten gelernt; in der Kunststadt saß man nun zwar im Sattel — aber war man ein guter Reiter, wenn man sich sorgte, das Pferd möchte davonlaufen? Falls es nicht reichte, daß zur Stätte der Arbeit die Stätte der Kultur gekommen war, so sollte sich zur Stätte der Kultur noch die Stätte der Beratung und Erholung gesellen. Valentin Moos rannte mit seinen Bürgervereinen um die Wette. Mehr Millionen nahm er, mehr und mehr: für einen städtischen Hotelpalast in venezianischem Stil, innen beschlagen mit den feinsten Edelhölzern, aufgeteilt in Bierklause, Café, Teesalon, Wein- und Gartenzimmer, Festsäle, Bar und dreihundert Hotelzimmer, raffiniert beleuchtet, voll atemraubender Pracht, durchweg allerersten Ranges, da der erste Rang ja schon von Roloff in der Kongreßstadt Wahnstadt vorweggenommen worden war; sodann für ein Rathaus aus rotem Sandstein, mit zwölfhundert Fenstern (da Windhäuser in der Kongreßstadt ihrer nur achthundert hatte), mit runden, oben abgestumpften Festungstürmen an allen Enden, im Innern verkleidet durch halb lehrhafte, halb symbolistische Gemälde voll knuspriger Brüste, die eine halbe Million aufwogen, reichlich versehen mit den modernsten Büromaschinen, alles kostbar, alles opulent, wenn auch ein wenig professoral und nach Weihnachtsmann, nach Knecht Ruprecht riechend. In einer Pressebesprechung rechtfertigte Valentin Moos diese Ausgaben: sie seien — „in Ansehung des Gesamtprojektes übrigens durchaus normal" — notwendig geworden, weil andere öffentlich-rechtliche Dienststellen ebenso eingerichtet seien und das Rathaus der Kunststadt von einem anspruchsvollen Publikum aufgesucht werde ... Daran war nicht zu deuten, und als gar die Besprechung mit Schmaus und Trunk im neuen Hotel beschlossen wurde, war es allen klar, daß das angeblich Überflüssige jederzeit sich rächt, indem es seine Notwendigkeit beweist.

Die kühnsten Erwartungen waren übertroffen. Es gab nur eine Stimme des Lobes: „Ein Rathaus, das der Stadt London würdig wäre."

III

Schwandt spöttelte: die Stadträte der Kunststadt hätten sich beschwert, weil es in ihrem alten Rathaus so dunkel gewesen sei, daß sie nicht mehr hätten unterscheiden können, ob sie die Treppe hinauf oder hinab gingen; doch sei es eine Sinnestäuschung gewesen, auch bei normaler Beleuchtung wüßten das die Stadträte nie. Er weigerte sich ganz entschieden, in der Kongreßstadt ebenfalls ein neues Rathaus zu bauen: „Ich sitze gut hier, und solange das jetzige dem Chef der Verwaltung gut genug ist, kann es jedermann gut genug sein." Ein Rathausneubau, den man ihm später als persönliches Gelüst auslegen konnte, wäre das letzte gewesen, um dessentwillen er den Namen eines bedächtig abwägenden Beamten aufs Spiel gesetzt hätte.

Man sagte ihm (auch Stadträte und Amtmänner sagten es ihm), wieviele städtische Büros in Baracken oder ehemaligen Schulklassen „unwürdig untergebracht" seien. Er erwiderte: die aufgeblähte Verwaltung sei nur die Folge einer ungezügelten und unübersichtlichen Gesetzgebung und werde mit dieser verschwinden. Er sprach wieder in Arabesken: „Es wird verstattet sein, sich den Glauben an eine Zeit zu bewahren, in der auch in Deutschland nicht mehr nach Jahresfrist Maßnahmen getroffen werden, die ein Jahr früher von Nutzen gewesen wären, im Augenblick, da sie ergehen, aber nur das Durcheinander der Gesetzblätter vergrößern."

Er wünschte diese Zeit herbei. Die Vielheit der Ämter machte ihm genug zu schaffen; es war kein Spaß mehr, Herr über eine Bürokratie zu sein, die sich wie die Kaninchen vermehrte, über Nacht, in herrenlosen Schlupfwinkeln, und deren Neugeborene sofort wieder zur Zeugung schritten, um sich ihrerseits als Herren über die Gezeugten aufzuspielen. Was war dagegen zu tun? So gut wie nichts. Er konnte sich nicht mit jeder Einzelheit befassen, wo der Sekretär Schulze eingestuft werden und ob er aufrücken sollte oder nicht; da mußte er sich ganz auf den Bürgermeister verlassen. Und der — auf wen verließ sich der? Auf wen verließen sich diejenigen, auf die der sich verließ? Gerechter Himmel, war es unnatürlich, daß jede untergeordnete Stelle ihr Möglichstes durchzudrücken suchte, um nicht gegenüber einer anderen in Bedeutung und Ehrgefühl hintanzustehen? War es unnatürlich, wenn auch die Beamten das Zeitalter der Ertüchtigung, das ihnen eine Menge Arbeit bescherte, in klingende Münze umzusetzen hofften? Er konnte sie nicht schelten. Sie mußten arbeitsfreudig, verantwortungsbewußt und gefeit gegen fremde Einflüsse bleiben. Also mußte er den Dingen ihren Lauf lassen.

Die neue Besoldungsordnung, deren Gegner er war, weil sie den Kämmerer unerwarteterweise mit zwei Millionen belastete, war von Reichs wegen diktiert worden; er hatte nichts davon gehört, daß die Industrie dagegen Einspruch erhoben hätte — sie, die doch sonst gegen alles Einspruch erhob und eine Bürokratie zur Entwerfung von Denkschriften unterhielt, welche seit acht Jahren mit wahrem Bienenfleiß die Papierkörbe füllte! Angenehme Posten mußten das sein, es waren ja nur die bereits vorliegenden Fassungen jeweils ein wenig zu überarbeiten. Vielleicht hielten sie diese Tätigkeit in ihrer Bescheidenheit schon für einen wirtschaftspolitischen Vorgang? Wie es auch sei — die Beamten wurden von der Industrie, deren wichtigstes Erzeugnis vor, in und nach dem Kriege die Hurrastimmung war, wie ein rohes Ei behandelt, wohl um sie für eine Segelpartie in jenem Gewässer zu gewinnen, das Dr. Eisenmenger die „nationale Welle" nannte. Und Windhäuser? Ach herrje, die Direktion des Metallkonzerns zählte dreißig Personen, der Aufsichtsrat fünfzig, und der Herr Generaldirektor hatte sich im Elektrizitätsring fünfzigtausend Mark Jahresgehalt steuerfrei ausbedungen, bei gutem Abschluß (und schon fünf Prozent Dividende hieß er gut) noch eine Gratifikation in gleicher Höhe. „Um der Gesellschaft eine Erleichterung zu bieten, nehme ich sie in Form von Aktien des Unternehmens", hatte er gesagt; „zu pari berechnet — denn eine Rechnungsgrundlage muß man haben." Eine Rechnungsgrundlage, freilich. Al pari — und die Aktien standen immer noch hundertfünfzig, obwohl sie nach der ersten Hausse um vierzig gefallen waren. Hundacker mochte sich eins ins Fäustchen lachen, daß er nicht dabei war ...

Konnte es ihm, Schwandt, ein Mensch verargen, wenn er unter diesen Umständen seine Mitarbeiter nicht hinderte, ihre Dienstwohnungen nach ihren Gunsten auszustatten? War ihm das Hemd nicht näher als der Rock? Sollte er die Augen, die er vor Windhäuser zudrücken mußte, vor seinem Kämmerer aufreißen, weil er sich unter Aufsicht von Stadtmedizinalrat Prießnitz und mit öffentlichem Geld ein Lichtbad in die Wohnung einbauen ließ, das doch nur dazu beitrug, seine Gesundheit im Dienst zu erhalten und den Wert dieses städtischen Hauses zu steigern?

Wahrhaftig nicht!

Sollte er gegen Bernhard Stövesand einschreiten, dessen Geschicklichkeit die Stadt soviel zu verdanken hatte — bloß weil er als Geschäftsführer der Wabag den Bau einer Villa für sich selbst angeordnet und dabei verlangt hatte, daß seinen privaten Wünschen in bezug auf Gardinen, Treppenläufer, Fußmatten und Lampen entsprochen werde? Oder weil der Voranschlag überschritten wurde? Hatte nicht auch Roloff seinen Voranschlag überschreiten müssen? Lag die Überschreitung nicht im Zuge der Zeit? Sollte der Geschäftsführer der Wabag wie ein kleiner Angestellter über jeden Pfennig Rechenschaft ablegen? War es nicht vielmehr unumgänglich, seine Stellung vor den Handwerkern zu stärken und ihm dieselbe großzügige Vollmacht zu erteilen, die andere Direktoren besaßen?

Oder sollte er, Schwandt, seine Stadträte zur Rede stellen, weil sie zehn Räume beanspruchten, zwei Badezimmer, eins für die Herrschaft und eins für das Gesinde, im Speisesaal einen Springbrunnen oder ähnliche Liebhabereien, Gartenpflege durch das Gartenamt, Warmwasser, Zentralheizung, Strom und Gas umsonst? War noch ein Vergleich mit der kleinbürgerlichen Lebensweise der Kommunalbeamten vor dem Kriege statthaft? Waren nicht ihre Obliegenheiten, ihre Befugnisse, ihre gesamten Positionen ganz andere? Gab es früher einen Pressechef? Konnte angesichts der gegenwärtigen Machtkämpfe und der erweiterten Aufgabe der Städte ein so gedrücktes Verhältnis wie das frühere fortbestehen, als die städtischen Beamten nur die Untergebenen der wirtschaftlichen Machthaber waren und in rauchigen, verhärmten Häuschen wohnten, jene dagegen in Palästen mit Remisen, Gewächshäusern und Kutscherwohnungen?

Oder sollte er, Schwandt, Zeter und Mordio schreien, weil überall, wo ein gutes städtisches Haus frei war, ein städtischer Betriebsdirektor vom Fuhrpark, vom Gas- und Wasserwerk, vom Tiefbauamt auf dem Sprunge stand hineinzuziehen? Hatte nicht die Bürgerschaft auf aktive Grundstückspolitik gedrängt? Was sollte denn mit all den angekauften Gebäuden geschehen? Sie alle abreißen, auf einen Schlag, sie alle mit Nutzen weiterveräußern — das ging doch wohl nicht. Sollten sie derweilen leer stehen? Fuhr man nicht besser, wenn man wenigstens zweihundert Mark Miete im Monat einnahm? Was hatte das mit dem Nutzungswert von acht-, zehn- oder zwölftausend Mark zu tun, da doch eine Nutzung ausgeschlossen war? Oder sollte er, Schwandt, seinen Mitarbeitern untersagen, aus städtischem Besitz zu gängigen Preisen Bauplätze zu erwerben — ein Recht, das jeder Straßenkehrer hatte? Wurde nicht alles im Grundstücksausschuß regelrecht geprüft? War irgendwo auch nur ein Stäubchen, bei dem man sagen konnte, daß es nicht so sei, wie das Gesetz es befahl?

Nein und abermals nein. Tausendmal nein!

Während er dies alles sich fragte und beantwortete, führte er selbst ein genügsames und nur auf die unerläßlichsten Repräsentationspflichten zugeschnittenes Haus. Wenn er Gesellschaften geben mußte, war das Essen gut und reichlich, aber es wurde schnell serviert, und in einer halben Stunde war alles vorbei. Zuerst hatte diese Art in der Kongreßstadt, wo man gewohnt war, lange bei Tisch zu bleiben und sich immer und immer wieder eine Speise vorsetzen zu lassen, erhebliches Aufsehen erregt, und noch jetzt, nach so vielen Jahren, hielt man sich darüber auf, obschon man es mit Schwandts sonstigen Gepflogenheiten auf den Generalnenner der „Originalität" gebracht hatte. Frau Schwandt, besinnlich und betulich und überaus häuslich, dabei weltoffen und den Einflüsterungen unzugänglich, die sich oft an sie heranpirschten, da man durch sie auf ihren Mann einzuwirken gedachte, behelligte es nicht. Stets trug sie ihrem Mann alle Einflüsterungen vor, doch tat sie es, ohne sie jemals zu befürworten. Darum waren ihr jene, die ihr Mann die „hysterischen Weiber" nannte, nicht gewogen, ja, es kam vor, daß sie auf Gesellschaften in anderen Häusern von ihnen geschnitten wurde. „Eine Naturgegebenheit", meinte Matthias Schwandt, „eine Naturgegebenheit, daß die Vorkämpferinnen fraulichen Wesens, wo sie wahres Frauentum antreffen, sich abstoßend verhalten. Man kämpft für das, was man nicht besitzt, und ärgert sich über die, die es besitzen."

Ein besonders gastfreies Haus führte der Stadtrat Drobeck. Es war nicht sein, sondern seiner Frau Geschmack; ehemals Haushälterin bei ihm, hatte er sie in der Inflation geheiratet, weil er dann billiger davonzukommen hoffte, als wenn er sie entlohnte. Diese Bauernschlauheit kam ihm jetzt teuer zu stehen. Neben seinem der Stadt gehörigen Hause lag ein Stück Brachland, das eines Tages von Kleingärtnern beackert wurde. Frau Stadtrat Drobeck, die, war das Wetter nur einigermaßen, zu jeder Tageszeit im Garten — einem köstlichen Garten mit Staudenbeeten und Alpinum, der Spezialität des städtischen Gartendirektors — auf dem Liegestuhl ausgestreckt war, fühlte sich durch den Betrieb der Schrebergärten aufs empfindlichste gestört. Flugs veranlaßte sie ihren Mann, das Grundstück anzukaufen, die Laubenkolonisten zu vertreiben, Stacheldraht zu ziehen und eine Tafel zu befestigen: „Das Betreten dieses Grundstücks ist bei Strafe verboten. Zuwiderhandlungen werden nach § 123 StBG. wegen Hausfriedensbruchs verfolgt. Der Oberbürgermeister."

Der Oberbürgermeister. — Was mußte Schwandt nicht alles mit seinem Namen decken, ohne daß er es wußte! Aber war es nicht die selbstverständliche Folge der Röwedahlschen Gleichung: „Die Stadtverwaltung ist der Oberbürgermeister"? Jedenfalls hatte Drobeck kein Interesse daran, für eigenen Bedarf ein Grundstück zu kaufen; darum ließ er den Wunsch seiner Frau mittels einer durchschlagenden kommunalpolitischen Begründung durch die Stadt erfüllen. Alles wäre gut gegangen, hätten nicht die Kleingärtner protestiert. Die Sache kam vor das „Forum der Zeit", und selbst Reckmann stand den „kleinen Leuten" bei, unter welchen sich unglücklicherweise auch eine siebzigjährige rüstige Witwe befand die schon fünfundzwanzig Jahre auf die „Neuesten Nachrichten" abonniert und aus diesem Anlaß dort abgebildet war. „Sie liest ihre Zeitung noch ohne Brille", hatte Reckmann darunter gesetzt, und wer ihn kannte, der ergänzte: „Na prosit!" Der Stadtbaurat sagte: „Die Frau sieht ihrer Lektüre entsprechend aus — was braucht sie auch eine Brille zum Lesen, wo schon alles durch die Brille geschrieben ist?"

Drobeck aber konnte nicht darüber lachen. Schwandt genehmigte ihm zwar eine kurze presseamtliche Feststellung, daß der Grundstückskauf rechtmäßig und unter Zustimmung aller Prüfungsinstanzen zustandegekommen sei, doch rüffelte er ihn gewaltig und schränkte seine Zuständigkeit selbst innerhalb seines Ressorts noch ein; er deutete sogar an, daß das Verkehrs- und Presseamt nicht unbedingt von einem Stadtrat geleitet werden müsse. Das ließ für die Zukunft allerhand besorgen — zumal sich seine Partei, die Deutsche Volkspartei, mehr auf ihre Geldgeber als auf ihre Wähler verlassen konnte. Wie? Rückte er neben den Baurat auf dem Aussterbe-Etat? Unbegreiflich, daß dieser noch solche Wurstigkeit an den Tag legte. Hatte der etwa einen Rückhalt an seiner Partei? Das konnte man nicht behaupten, stand er doch mit dem Fraktionsführer, der zugleich Redakteur des Parteiblattes war, seit dem Wettbewerb für das Kongreßhaus auf sehr gespanntem Fuß. Wo also sonst? Wo sonst?

Ja — wo sonst. Niemand kam darauf. Längst hatte der Baurat mit den Nationalsozialisten Fühlung genommen. Längst war er, unerkannt, ihr Horchposten in der Verwaltung. Längst lieferte er ihnen Material gegen den sozialistischen Redakteur, von dem er wußte, daß er gern Landrat geworden wäre. Der Übergang fiel dem Baurat leicht. Er fand die verblasene Ausdrucksweise der Jugendbewegung wieder, durch die auch er hindurchgegangen war, den Trieb zur Mission, den Zwang des inneren Dämons, das innerliche Opferfeuer und all das übrige ungereimte Zeug; er fand im Hakenkreuz das Zeichen einer Modernität, die ihm mit Sportplatz, Bergschuhen und Motorrad zu korrespondieren schien; und er fand, was wollte er mehr, einen Sozialismus, der die Auswüchse des Kapitals bekämpfte, indem er ihm Propagandagelder abknöpfte, und der — ganz im Sinne Gustav Roloffs: „Immer von neuem zu beginnen, das ist das Große am deutschen Volk" — die ganze Strecke noch einmal zurücklegen wollte, die der Kapitalismus seit der französischen Revolution durchlaufen hatte.

Somit hatte der Baurat seinen Rückhalt an einer *aufstrebenden Partei* und fragte nicht mehr viel nach einem vergänglichen Oberbürgermeister des herrschenden Systems. Er reichte von seinen Dienstreisen Liquidationen ein, daß es Schwandt rot und weiß vor den Augen wurde — rot und weiß, die Farben der Stadt. Er fuhr nach Berlin und liquidierte dreimal je zwei

Theaterkarten, das Stück zu zehn Mark; Grund: Besichtigung baulicher Neuerungen am Theater. Er fuhr in die Ausstellungsstadt — ausgerechnet dahin! — zur Erkundung der dortigen Müllabfuhr und liquidierte achtzig Mark für ein Abendessen; Grund: Bewirtung des Betriebsdirektors zwecks Erlangung geheimer Informationen. Als Schwandt diese Punkte beanstandete, berief er sich auf Stövesands Vorbild; ob nicht alle Aufsichtsratssitzungen der Wabag mit anschließendem Essen stattfänden? Ob nicht der Stab der Wabag viermal hintereinander Studienreisen ins Ausland unternommen habe? Aber Schwandt ließ nichts gelten und strich alles aus. Drobeck erging es nicht anders, wenn er kam. Schwandt schien es, als verändere es den Menschen ebenso, wenn er städtischer Beamter wurde, wie wenn er eine Uniform anzog. Zu Drobeck, der sich beschämt hinausschlich, äußerte er: „Ich bezweifle nicht, daß Sie und Ihre Kollegen niemals einen Pfennig aus der Stadtkasse für außerdienstliche Zwecke gebrauchen, aber ich kann nicht dulden, daß irgend jemand sich einbildet, er könne zu seiner dienstlichen Bequemlichkeit Stadtgeld verjuxen. Das lasse ich nicht einreißen. Triftige Gründe — schön. Keine — na. Aber über die Triftigkeit befinde ich."

„Ach Gott, Ihr Mann ist aber schrecklich", bemerkte Frau Drobeck bei Gelegenheit ihrer nächsten Gartengesellschaft zu Frau Schwandt; „was hat er denn davon, daß er die Liquidationen so genau ansieht? Davon wird der Kohl doch nicht fett." Frau Schwandt lächelte: „Wer den Pfennig nicht ehrt, ist des Talers nicht wert." — „Ach Gott, Frau Oberbürgermeister, Sparsamkeit ist ein Luxus, den sich nur leisten kann, wer ohnehin nur Pfennige im Portemonnaie hat." Jetzt lächelte Frau Schwandt nicht mehr. War das nicht die Theorie, die ihr eigener Mann damals in der Nacht entwickelt hatte, als es sich um die Rettung der Höhlenmenschen handelte? Um nicht in einen Gedankenwirrwarr zu versinken, sagte sie: „Haushalten müssen wir alle. Wir können nicht ausgeben, was wir wollen." Frau Drobeck jedoch versetzte schnippisch: „Ach Gott, wenn Sie's nicht können, wer soll's dann können?"

Demungeachtet beharrte Schwandt beim Haushalten. Wenn er der einen und anderen Kostbarkeit des Generalbauplans stattgab, so geschah es, weil er von den Matadoren des wachsamen

Hähnchens einen Gebrauchsgegenstand dafür einhandeln wollte. Nicht immer war es eine glatte Rechnung, nicht immer ein gerader Weg; hatte Goethe gefunden, daß Patriotismus die Geschichte verderbe, so fand Schwandt, daß Lokalpatriotismus sogar die Geschäfte verwickle. Er richtete eine hygienisch einwandfreie Müllabfuhr ein — aber die Mittel, durch das Kongreßhaus knapp geworden, genügten nicht, und die Tonnen, deren Beschaffenheit Schmutz und Gestank verhindern sollte, verfehlten ihren Zweck, da sie, an Zahl nicht ausreichend, überliefen. Er baute eine mustergültige, wenn auch über ein billiges Maß des Mustergültigen hinausschießende Volksschule — aber in einer Zeit, in der sich alle Eltern den letzten Bissen vom Munde sparten, um ihre Kinder in eine höhere Schule schicken zu können, wurde er darob nur angefeindet; Hackforth sprach offen aus, daß die Volksschulen unter die Rubrik Armenunterstützung, die höheren unter die Rubrik Kultur zu buchen seien. Er baute ein Säuglingsheim mit Freilichtterrassen, Isolierboxen, bakteriologischen Laboratorien, Lehrsälen für Ammen und Schwestern — aber es wurde eine Menge Geld und Kraft vertan, da die konfessionellen Krankenhäuser auf Parität drängten und ihre Vertreter im Stadtparlament einer städtischen Einrichtung nicht zustimmten, bevor sie des Gegendienstes für die ihren gewiß waren.

Jaguttis blieb der bevorzugte Architekt. Er baute und baute. Die Organisationen der Arbeitgeber und Arbeitnehmer holten ihn zum Bau von Verwaltungsgebäuden, in welchen der gesamte Völkerbund unterzubringen gewesen wäre. Von den Bürgern wurde er mit dem Bau von Villen beauftragt, am Waldsaum vor der Stadt, wo auch Roloff sich ankaufte, wo ein ganz neues Viertel entstand, das den besten Lagen der Ausstellungsstadt nichts nachgab. Vom Direktor Völlinger kam der Auftrag zum Neubau einer Krankenkasse, der — ein weißes Schaf unter so viel schwarzen — nur Kassen- und Büroräume enthalten sollte, kein Dachgartenrestaurant, kein Konzertkaffee, kein Teppichlager! Die Kirchengemeinden erbaten Pläne für neue Kirchen, deren viele errichtet wurden; und er reichte Pläne über Pläne ein, einen neuen Kirchenbaustil wollte er schaffen, Kirchen wie chinesische Pavillons, wie das römische Kolosseum, wie eine Stahlfestung, Rotunden, die, hätten sie nicht Turm und Kreuz gehabt, ebensowohl ein Hippodrom hätten darstellen können. Einige davon gelangten trotzdem zur Ausführung, und Windhäuser stiftete namens des Elektrizitätsrings den Strom für leuchtende Kreuze.

So baute, so lebte Jaguttis. Er verdiente seine zweihundertfünfzigtausend im Jahr, und wenn er Eugen Roloffs „Forum der Zeit" las, wo es immer wieder hieß: „Wer von der Begeisterung lebt, stirbt an der Enttäuschung" oder auch: „Organisation kann dort nichts ausrichten, wo man dauernd den Organismus verkennt" — dann fragte er: „Kann eine Sache schlecht sein, bei der man Hunderttausende verdient?"

Alles war gut — die Bauten und die Bankdepots, der Ruhm und das Geld. Er wurde nicht mehr „Architekt", sondern „Städtebauer" betitelt, und der Kunstschriftleiter Markisch verfaßte über ihn eine Monographie, die durch einen Inseratenanhang finanziert wurde. Jaulenhoop gab eine Empfehlung mit auf den Weg, und jeder Handwerker, dem an Aufträgen für Jaguttis' Bauten gelegen war, zahlte pro Druckseite zweihundert Mark. Es war nichts Ungewöhnliches. Es hatte sich so eingebürgert. Es war Gewohnheitsrecht geworden — wie alles andere, was dieser Zeiten Merkmal war.

IV

Der Rundfunk hatte den Presseball der Ausstellungsstadt übertragen, die jährliche Veranstaltung des Vereins der Eitelfelder Presse. In der Kongreßstadt hatte es böses Blut gemacht; Reckmann war bestürmt worden: „Na — und ihr? Wo bleibt ihr?" Jaulenhoop, der verärgerte, händelsuchende Polterer, hatte sich sogar zu der Äußerung verstiegen: der Presseball sei nötig, damit man wenigstens einmal im Jahre inne werde, daß es in der Kongreßstadt eine Presse gebe. Er revanchierte sich für manchen Spott, den er von Reckmann hatte einstecken müssen. „Überhaupt", sagte er, „ihr Pressemenschen seid keine Psychologen. Sehn Sie sich bloß mal das Reklameschild von Ihrem Verlag an; Wahnstädter Neueste Nachrichten — Deine Zeitung, steht drauf. Wie kommt man dazu, mich zu duzen? Jedermann zu duzen? Hören Sie mal, Herr Reckmann, das ist eine Frechheit. Das ist ein Grund, den Lokalanzeiger zu bestellen." Er stand hinter dem Redakteur wie ein Stallknecht, der seinen Gaul mit dem Peitschenstiel traktiert. „Mich haben Sie lange genug gehänselt, jetzt zeigen Sie mal, was Sie können." Und Roloff half nach: „Los, Theo. Das Parkhotel Hindenburg überlasse ich euch kostenlos." — „Wetten, Herr Gastrat, daß ich's schaffe?" — „Zwölf Pullen Schampus, wenn du's bis zum Fasching schaffst."

Reckmann schaffte es bis zum Fasching. Im Handumdrehen brachte er einen Verein der Wahnstädter Presse zustande: wer sich, wie Eugen Roloff, nicht zum Beitritt meldete, wurde durch die Erklärung überrascht, daß der Verein jede Verbindung mit ihm ablehne — ein putziger Trick, der den Eindruck erwecken sollte, als sei es der Verein, der den Trennungsstrich ziehe, und nicht etwa die Person, die mit ihm nichts zu tun haben wollte. Wie hier, so bewies Reckmann auch im übrigen seine Fähigkeiten. Im Handumdrehen schnorrte er bei den Geschäftsleuten die Preise für eine Tombola; Meißner Porzellan, Schmucksachen, Bilder und Bronzen, einen Flügel, ein Kleinauto. Im Handumdrehen sicherte er die unentgeltliche Mitwirkung der Dekorationskünstler. Und schließlich war im Handumdrehen das Datum des Presseballs festgesetzt.

Von Roloff bis Hackforth kannte die Bewunderung keine Grenzen: der Presseball wurde ein gesellschaftliches Ereignis. Der kleine Platz der Republik erstickte fast unter der Auffahrt hochherrschaftlicher Wagen, die kraft weitreichender Einladungen sogar aus der Kunststadt und vor allem auch aus der Gartenstadt herangeholt worden waren. Es regnete, und die spiegelnde Nässe auf den Verdecken, die im Lampenlicht vorrollten und zurückwichen, prägte das Meer der Wagen erst recht majestätisch aus. Unaufhörlich entstiegen ihnen Scharen von soignierten Hosen, Seidenstrumpfbeinen und Pelzmänteln, buntgemalte Gesichter, torkelnde Hüte und Masken, schillernde Fransen, blitzende Augen, knisternder Trubel.

In der Hotelgarderobe sind im Nu alle Spiegel besetzt. Schon tollen plaudernde Züge aneinander vorbei, schon lockt der Jazz durch die Türen, schon ergießen sich Tanzpaare über die Treppen, schon ist das Parkett überflutet, schon zündet die Musik in den Sälen, die durch glitzernde Flitter in chinesische, sibirische und ägyptische Landschaften verwandelt sind. Man geht und gleitet, man dreht sich und wird herumgewirbelt, man sucht, findet und trennt sich, man schmiegt sich an und plauscht in raschelnden Lauben. Könige und Hirtinnen, Teufel und Engel, Bauernjungen und Prinzessinnen flirten miteinander, angefacht von den hetzenden Synkopen der Musik. Eine Stunde nach Mitternacht schwindet auch den Furchtsamsten die Scheu, schmilzt auch den Verstocktesten das Eis; man hört nur noch „Du", erst holpernd, dann sprudelnd, dann selbstverständlich.

Melitta geht als Kaiserin der Sahara — schwarzer Hosenrock und gelbe Jacke, der Rücken bloß, Sandalen an den Füßen, die Zehennägel purpurrot geschminkt. Ein heißer Wüstenwind bricht von ihr aus. Brilon ist hinter ihr her wie ein japsender Hund hinter seinem Herrn, aber es ist unmöglich, in diesem Gewirr einen Menschen im Auge zu behalten; selbst die Jaguttis-Kadereit kann es nicht, und wenn die es nicht kann, braucht sich ein anderer schon gar nichts mehr vorzunehmen.

Reckmann ist nicht kostümiert, er hat nur eine weißgefiederte Chrysantheme im Knopfloch. Er spricht angelegentlich mit Gutzeit, und bald danach sieht Brilon diesen auf sich zukommen.

„Kommen Sie", sagt Gutzeit; „Sie lieben ja auch die Einsamkeit. Ich kann dem Gewühl keinen Geschmack abgewinnen."

Er zieht ihn in eine Ecke, aus der gerade ein eng umschlungenes Paar aufgeflogen ist, redet dies und das und fragt schließlich: „Sie wollten doch immer mal ins Rathaus übersiedeln, Doktor, nicht wahr?"

Seine Augen flackerten nicht, nicht ein bißchen, als er dies fragte; sie blieben ganz zahm und schmeichelhaft, wegblickend über die Dinge, in ihren Höhlen. Ferdinand Brilon, der Roloffschen Warnungen eingedenk, sah ihn genau an, während er entgegnete: „Ich —? Wer sagt Ihnen das?" Gutzeit lachte; er hatte den Mund voller Goldzähne. „Muß mir das denn jemand sagen?" lachte er. „Ich bin nicht überrascht, daß Sie es nicht zugeben wollen. Aber unter Freunden kann man aufrichtig sein. Sie mit ihren Talenten, Ihrer Bildung, Ihrem Forscherdrang — Sie müssen unbedingt mal auf einen Posten, wie er Ihnen gebührt. Das wachsame Hähnchen ist ja ein schöner, ein sehr schöner Hintergrund, doch eben nur ein Hintergrund. Ist es unnatürlich, wenn ich glaubte, Sie dächten ebenso?"

Zweifellos hatte er es von Drobeck, denn Roloff konnte es nicht verraten haben; oder es war ein Gerede von Reckmann, dessen Stimme eben jetzt vernehmbar wurde: „Na prosit! Auf eine gedeihliche Zusammenarbeit zwischen Stadtverwaltung, Bürgerschaft und Presse!" Brilon klingelten die Ohren; er gab zu verstehen, das sei ja beinahe närrisch, Reckmann habe ihm vorzeiten, im Glockenparkhaus, vor der Gründung der City-Gesellschaft, fast genau dasselbe gesagt.

„Reckmann? Wirklich? — Nun, Reckmann hat es sicher gut mit Ihnen vor, er hat doch seinerzeit die ersten Artikel von Ihnen gedruckt. Wie stehen Sie eigentlich jetzt mit ihm?"

Es schien ihm lieb zu sein, daß der Heimatforscher selbst die Rede darauf brachte.

Brilon wich gewöhnlich aus.

„Wir arbeiten zusammen für das wachsame Hähnchen."

„Das ist bekannt. Ich meine: persönlich?"

„Diese Frage ist doch wohl überflüssig. Könnte man mit jemandem sachlich zusammenarbeiten, wenn man persönlich mit ihm verfeindet wäre?"

Robert Gutzeit war der Meinung, daß man es könnte; ja bei geschickter Handhabung sei es überhaupt der Idealzustand: „Der größte Teil der öffentlichen Arbeit vollzieht sich auf einem Gelände, das weit gruseliger, aber für einen gewandten Taktiker auch weit reizvoller ist, als wenn es von offenen Feinden beherrscht würde; es wird nämlich von Ränkeschmieden beherrscht, Doktor. Es gibt kaum noch Gegner, nur noch Intriganten."

Was war hierauf zu sagen? Sprach da ein solcher Ränkeschmied die Wahrheit? Plauderte er aus der Schule, oder war es der Gipfel der Vorstellungskunst, zu intrigieren, indem man die Intriganten bloßstellte und so das Opfer in Sicherheit wiegte? War Gutzeit Berater oder Verräter? Er machte kein unaufrichtiges Gesicht; es war glatt und faltenlos, aber seine Freundschaft war doch allzu zuvorkommend. Ferdinand Brilon errötete; es war ein fahles Rostbraun auf seiner gelblichen Haut. Er sah sich die Augen aus nach Melitta und fragte ungehalten: „Wie meinten Sie, Herr Gutzeit?" Der wiederholte bereitwillig: „Es gibt kaum noch Gegner, nur noch Intriganten."

„Verzeihen Sie ... Ich sehe nicht, was das alles mit Reckmann zu tun hat."

„Ich möchte Sie nur davor warnen, sich mit ihm zu überwerfen. Er ist reizbar, und er ist eine Macht. Er stichelt gern, und Sie sind jung und stolz und haben auch Ursache, sich nichts gefallen zu lassen. Aber nur widrige Umstände machen ihn zu einem unsicheren Kantonisten. Wissen Sie, Doktor — aber das bleibt unter uns, Sie dürfen nichts weitersagen — für ein gutes Wort zeigt er sich erkenntlich, und wenn man will, kann man alles von ihm haben. Er kann Ihnen viel nutzen — und viel schaden."

Brilon überlief es heiß. War der Mann von Reckmann gedungen? War er ein Kuppler? Sollte er ausfindig machen, wie er, Brilon, mit Melitta stand? „Unter uns ... Sie dürfen nichts weitersagen" —: war nicht Gutzeit derjenige, der alles weitersagte, was man ihm anvertraute?

„Sie gehen immer von der Voraussetzung aus, daß ich in die Stadtverwaltung eintreten wolle", antwortete er. „Lassen Sie das doch."

Gutzeit achtete nicht darauf. Unbeirrt und ohne Umschweife sagte er jetzt: „Für das öffentliche Wohl unserer Stadt wäre es von Vorteil, wenn Fräulein Roloff den Redakteur der Neuesten heiratete."

„So, da ist die Katze aus dem Sack", dachte Brilon, „aber es muß doch was Besonderes vorliegen, daß er so aufs Ganze geht." Er fragte mit Schärfe: „Seit wann sind Heiraten Angelegenheiten des öffentlichen Wohls?"

„In gewissen Fällen sind sie es. Auch in dieser Beziehung haben die Bürger die Nachfolge der früheren Dynastien angetreten. Aber warum regt Sie das so auf?"

Brilon hüllte sich in Schweigen. Fest entschlossen, dieser Komödie den Garaus zu machen, verließ er Gutzeit ohne ein weiteres Wort. Kaum hatte er den Fuß wieder in den großen Saal gesetzt, als ihm Reckmann in die Augen fiel, der beinahe mit Rippenstößen auf die Jaguttis-Kadereit einsprach, worauf sie beide davoneilten. Brilon, von irgendeinem Instinkt geleitet, eilte ihnen nach. Da sie alsbald in weniger belebte

Räume gelangten, verlor er sie nicht. Zuletzt traten sie, ohne ihr Tempo zu verlangsamen, auf den Zehenspitzen auf. Brilon sah sie durch ein Spalier künstlicher Agaven spähen, dann sah er die Jaguttis-Kadereit einen räubernden Sprung tun, und dann — er mußte sich später lange auf das besinnen, was dann geschehen war; eigentlich hafteten ihm bloß noch dieses wie eine Säge gezahnte Blattwerk und dieser räubernde Sprung klar im Gedächtnis. Das andere verschwamm in einem Nebel: ein erhitztes Mädchen auf einem Sofa, hinter ihren gesenkten Lidern kocht der Trotz — Melitta; ein Mann über ihr, barfuß und ein dick geknotetes rotes Halstuch über einem blau und weiß gestreiften Sweater, die Arme bloß und tierisch behaart — Jaguttis, um auch einmal vital zu sein, ohne Monokel, als grobschlächtiger Marseiller Hafenarbeiter; eine gespreizte, schnatternde, flatternde Pute — seine Frau, die Alarm schlägt; ein grinsender, „Na prosit!" brummender Kobold — Theodor Reckmann; ein anschwärmender Wald von Augen und Händen — die ganze Gesellschaft, die liebenswürdiges Zeugnis anträgt; ein schlotternder Schrei — das ist er selber, Dr. Ferdinand Brilon, der seine Geliebte an sich reißt und mit ihr flieht, hinaus ins Menschenleere, in die Nacht, in ein Dickicht aus Regen und Graupeln, irgendwohin, nur hinaus, nur fort.

V

Robert Gutzeit fand Reckmann bei Roloff.

„Herr Gastrat", hob jener an; „nach dem, was da passiert ist, muß das Mädel sofort rehabilitiert werden. Wir können jetzt nicht mehr auf seine Einwilligung warten, das sehen Sie wohl ein." Er sprach wie ein Onkel, der zum Familienrat geladen ist. „Liebe schwärmt auf allen Wegen, Treue wohnt für sich allein. Herr Gastrat, denken Sie an dieses Dichterwort. Nur ein Mann, der seine öffentliche Macht in die Waagschale werfen kann, vermag allem Geschwätz die Stirn zu bieten und die kleine Entgleisung vergessen zu machen."

„Ein Mann wie Herr Reckmann", pflichtete Frau Olga bei, aber Roloff schrie: „Halt gefälligst den Schnabel, ja? Du auch, Theo." Er war dabei, die Jaguttis-Kadereit zu beruhigen, deren

Mann sich inzwischen unbemerkt der Verantwortung durch die Flucht entzogen hatte. Es sei doch nun einmal Fasching, sagte er, lieber Gott, Fasching und lange nach Mitternacht, wie man sich nur so anstellen könne, auf einem solchen Ball sei schon mal etwas Freiheit erlaubt, und wenn man ein Griesgram und Spielverderber sei, Sakrament nochmal, dann müsse man eben daheim hinterm Ofen bleiben. Da alles vergebens war, ließ er von ihr ab und herrschte sie mit vorgeschobenen Lippen an: „Dann machen Sie in Dreiteufelsnamen, was Sie wollen! Lassen Sie sich scheiden! Von mir aus! Und das freut ein' denn ja auch!" Reckmann lächelte. Gutzeit verhielt sich ganz still und besah einen nach dem anderen mit seinen zahmen, schmeichelhaften, über die Dinge wegblickenden Augen.

„Das tue ich auch!" rief die Jaguttis-Kadereit, „ich lasse mich scheiden! Herrn Reckmann werde ich ewig dankbar sein, daß er mir diese Ehebrecher ans Messer geliefert hat! Er hätte ja auch schweigen können, aber er hat nicht geschwiegen. Herr Reckmann ist ein reiner, edelmütiger, seelisch hochstehender Mensch, der ein Gefühl für frauliches Wesen hat!"

Stoßweise, wie aus einer Selbstladepistole, schossen diese Worte hervor. Roloff bemerkte, wie Reckmanns Lächeln dabei erfror; mit dieser plauderhaften Seite des „fraulichen Wesens" hatte er wohl nicht mehr gerechnet. Roloffs Augen quollen auf und sprengten die Lider, als erschauten sie Zusammenhänge, die bisher unerklärlich gewesen waren. „Aha", sagte er; und noch zwei-, dreimal: „Aha, aha." Unter seinem Blick mußte Reckmann schließlich fragen: „Was soll das heißen, Herr Gastrat?" — „Was das heißen soll?" Das soll heißen, daß wir so nicht gewettet haben."

Reckmann wollte protestieren, auch Frau Olga wollte etwas sagen, er jedoch unterdrückte alles mit der Erklärung, daß er allein diese Sache in die Hand nehmen werde; von nun an habe er die Zeit dazu, und es müsse schon die Hölle gegen ihn im Bunde sein, wenn er das Familienleben nicht ebenso meistere wie das öffentliche.

„Na prosit!" meckerte Reckmann. „Und ich? Ich gucke wohl in die Röhre, wie?"

„Jawoll, Theo."

„So. Weht der Wind jetzt aus der Ecke."

„Jawoll, Theo."

Reckmann hatte die Hände in den Hosentaschen und schlenkerte seine Beine tänzerisch auf der Stelle, indem er halblaut vor sich hinsummte: „Von einem Restorang ins andere Restorang..." Es sollte offenkundig bedeuten, daß der „Herr Gastrat" in Ungnade gefallen sei und die Gunst des Redakteurs anderweitig verschenkt werden würde.

„Die Neuesten Nachrichten sind kein Skandalblatt", erklärte er dann unvermittelt und jetzt auch ohne Rücksicht auf Frau Olga, „kein Skandalblatt wie das Forum der Zeit... Doch müssen wir der Chronistenpflicht genügen... Immerhin könnte man ja den peinlichen Zwischenfall schonend und andeutungsweise — — —" Er kam nicht zu Ende. Mit einer gespenstischen Ruhe stand Roloff vor ihm, so dicht, daß ihm seine Augenbrauen ins Gesicht stachen. „Eigentlich, Theo", sagte er flackernd, „eigentlich habe ich dich jetzt, wo alles, so oder so, zu einem gewissen Abschluß gekommen ist, nicht mehr nötig. Ich kann dir den Laufpaß geben, wann ich will."

Der Redakteur wich keinen Fußbreit zurück.

„Alles noch nicht", versetzte er in bedrohlichem Ton, „alles ist noch nicht zum Abschluß gekommen, Herr Gastrat. Bei mir sind Sie jedenfalls abgemeldet. Ihnen werden noch die Augen aufgehen, wenn Sie erst mal raus haben, was das heißt, bei Theo Reckmann abgemeldet zu sein."

Man weiß nicht, was noch daraus entstanden wäre, wäre nicht in diesem Augenblick Franz Hackforth mit einem Freudenschrei hereingestürmt: er hatte in der Tombola das Kleinauto gewonnen. „Und der Flügel?" fragten etliche voll Spannung. „Rechtsanwalt Matuszak." —„Na, da ist er ja in guten Händen."

Das stimmte gewiß — aber Ulrich Matuszak, Stadtverordnetenvorsteher und Musikfreund, besaß natürlich längst einen weit besseren Flügel. Ihm lag viel mehr an dem bevorstehenden Scheidungsprozeß, und er rief gleich am nächsten Tag den Städtebauer Jaguttis an, um sein Mandat festzumachen.

Krachend schlug Roloff hinter Reckmann die Tür zu.

VI

Reckmann hatte Schwandt schon lange zu verstehen gegeben, daß die „Neuesten Nachrichten" die Ernennung eines Kulturbeirats nicht *tolerieren* würden. Hierbei hatte er Drobeck, Brilons alten Widerpart, naturgemäß auf seiner Seite. Jedesmal, wenn Roloff anbohrte, zeigte sich Schwandt reserviert, in der Haltung einer unbestimmten Bereitschaft. Im allgemeinen pflegte er zu denken: „Wem Gott keinen Verstand gegeben hat, dem schenkt er einen Schirmherrn, der ihm ein Pöstchen besorgt." Für vorkommende Fälle hielt er auch immer ein Plätzchen offen; das Rathaus war ja groß und weitherzig genug, ein Obdach zu gewähren, und zählte schon so viele Beamte, daß man ihre Vermehrung kaum gewahr wurde. Diesmal nun sollte es nicht gelten. Diesmal wollte er sich an nichts erinnern, was ihn verpflichtete. „Ja Gott, Herr Roloff", hieß es diesmal, „wenn wir hier Journalisten hätten, wie sie die Ausstellungsstadt hat! Aber das ist ja hier alles so kleinkariert..." Das war zwar vom Stadtbaurat entliehen, indessen machte es sich auch in Schwandts Munde gut. „Da kann man eben nichts Außergewöhnliches wagen, Herr Roloff —, und die Errichtung eines solchen Postens wäre doch unbestreitbar außergewöhnlich."

Am Tage nach dem Presseball sah freilich alles anders aus. Auch Brilon war verändert und machte mit Ungestüm seine Anwartschaft geltend — bei Roloff sowohl wie bei Melitta. Zu seiner eigenen Überraschung trat klar zutage, wie sehr er sie liebte. Nicht allein, daß er ihr verzieh, nein, seine Person war ihm das wenigste; er litt für sie, die er mit der Phantasie des Liebenden im Staube sah, und trachtete nach nichts anderem als danach, sie zu erheben. In dieser Stimmung traf ihn Gutzeit an. Der raunte ihm ins Ohr: Windhäuser habe Reckmann für seine Junggesellenwohnung eine vollständige elektrische Einrichtung zum Geschenk gemacht...„Was meinen Sie?" fragte er; „ob die Neuesten Nachrichten wohl noch für einen Feldzug gegen die mittelstandsfeindliche Tarif- und Dividendenpolitik des Elektrizitätsrings zu haben sein werden?"

Brilon tat, als interessiere es ihn nicht. Eine Stunde später besuchte er seine Gönnerin, die Frau Syndikus Eisenmenger.

Er überwand die Furcht vor ihrer Tugendstrenge, aber diese Furcht war ohnehin unbegründet, denn die Eisenmenger hatte volles Verständnis für seine Lage: da Melittas Fehltritt den Fall der Jaguttis-Kadereit bewirkt hatte, konnte sie nicht zürnen. „Wir wollen doch nicht altfränkisch sein", lächelte sie dem verduzten Brilon ins Gesicht. Nachmittags hatte er von ihr die Bestätigung, daß Gutzeit über Reckmanns elektrische Einrichtung die Wahrheit gesprochen hatte. Abermals eine Stunde später saß er bei Eugen Roloff im Büro des „Forums der Zeit". Eugen, der sich sein Vorgehen nie von privaten Regungen diktieren ließ, maß Brilons Mitteilung, einerlei, welchen Beweggründen sie entsprungen war, öffentliche Bedeutung bei. In der nächsten Nummer stand sie gedruckt.

Es erfolgte nichts darauf. Reckmann äußerte von oben herab, daß er gegen einen Kommunisten, der ihm nicht das Wasser reichen könne, niemals vorgehen werde; man könne von ihm nicht verlangen, daß er sich mit Phantasten auseinandersetze. Im Sprechsaal, für welchen die Redaktion der „Neuesten Nachrichten" nur die preßgesetzliche Verantwortung übernahm, erschien eine Zuschrift des wachsamen Hähnchens wegen der hohen Strompreise. Reckmann trug die Nase hoch und siedelte sich derweilen im Europäischen Hof an.

„So ein Schubiack", sagte Frau Olga. „Wie man sich in den Menschen irren kann. Seine letzte Zeche ist er uns auch noch schuldig."

„Schreib's in den Schornstein, Frau. Daß du von deinem Reckmann kuriert bist, ist das Geld wert."

„War nicht mein Reckmann!"

„Naja, naja."

Roloff sprach wieder bei Schwandt vor, der in der ersten Aufwallung Reckmann für erledigt hielt. So klug auch sonst seine Ansichten über die Kongreßstadt waren, so war ihm doch unbekannt geblieben, daß hier überhaupt niemand zu erledigen war, vielmehr jedermann stets wieder auf seine Füße fiel, hinfort und immerdar.

„Also gut", sagte Roloff. „Is 'ne moralische Schädigung, daß wir kein richtig ausgebautes Kunstdezernat haben, kein Gegengewicht gegen den Theaterhochmut der Kunststadt. Is 'n Schwächegefühl, wenn man lieber mit Kurpfuschern arbeitet und sich vor tüchtigen Ärzten fürchtet. Für manchen Stadtrat mag ja die Aussicht verlockend sein, vor 'nem Charlatan den Großmogul spielen zu können, und die Besorgnis schwer, sich vor 'nem Sachkenner Blößen zu geben."

Mit Absicht sprach er sehr familiär. Der „Ober" sollte spüren, wie er ihm auf den Zahn fühlte.

Schwandt ließ sich bewegen, den gewünschten Posten für Brilon zu schaffen. Außerdem fragte er, ob Roloff keinen Mann wisse, der sich zum Aufseher für das Barackenlager der Exmittierten eigne. „Es geht nicht mehr ohne das, wir haben jetzt schon an die siebzig Familien dort, und es kommen fortgesetzt Klagen über Zänkereien. Wenn wir ihnen sonst nichts geben können, wollen wir ihnen wenigstens eine tüchtige Aufsicht geben."

„Natürlich, Ordnung muß sein. Das in erster Linie, Herr Oberbürgermeister. Meines Erachtens muß da einer hin, der keine empfindlichen Ohren hat und schon mal 'ne Portion Krach vertragen kann. Ich schlage Ihnen meinen Allwiß Kaschub vor. Er is 'n bissel schwerhörig, also gerade das Richtige."

Dr. Ferdinand Brilon wurde Kulturdirektor, Allwiß Kaschub Barackenaufseher. In der neuen Villa, einem vierschrötigen Kasten, der durch breite Schiebefenster, Balkons mit Glasdächern, kabinenartig vorgebaute Portale und begehbare, wie ein Schiffsdeck eingefaßte Dachflächen luftig und heiter gestimmt wurde, konnte Roloff des Gartens wegen keine Brieftauben mehr ziehen; von gärtnerischer Arbeit aber hatte Allwiß wenig Verstand. Andererseits war ihm die Belohnung eines schönen Lebensabends dafür zu gönnen, daß er trotz eines Verhältnisses, das man nahezu als Familienanschluß bezeichnen konnte, im Malepartus niemals faul und dreist geworden war.

Jaguttis' Ehe wurde geschieden. Die Jaguttis-Kadereit wanderte in die Kunststadt aus, wo sie, von ihrem Mann eine Monatsrente von zweitausend Mark beziehend, einen ästhetischen Salon begründete, Treffpunkt aller „geistigen Menschen", wie Studienrat Limpinsel sagte. Mit der Zeit wußte sie sich dem Generalmusikdirektor der Kunststadt so unentbehrlich zu machen, daß er sich mit ihr verheiratete.

In der Kongreßstadt war die Eisenmenger Alleinherrscherin aller Frauenvereine.

Melitta, die bis zur Beendigung des Scheidungsprozesses bei Verwandten in Sachsen gelebt hatte, vermählte sich mit dem Kulturdirektor Brilon. Am Hochzeitstag machte ihnen Roloff die Villa am Waldsaum zum Geschenk, allerdings mit der Maßgabe, daß er und seine Frau bis an ihr Lebensende zinslos darin wohnen dürften.

Es war eine weise Voraussicht — ob er sich nun dessen bewußt war oder nicht.

Vierzehntes Kapitel

I

Der Malepartus war ein Haufen Schutt. Die Stadt setzte die Fluchtlinie der Amsterdamer Straße zurück und ließ daselbst durch die Wabag ein schmales Turmhaus aufführen. Es sollte für die neue Kongreßstadt ebenso schicksalsträchtig werden, wie es der Malepartus für das alte Wahnstadt gewesen war. Der Hausgeist behauptete seinen Platz, er zog nicht um, er rächte sich, als man ihn austreiben wollte.

Frau Olga trauerte. Ihr war, als werde hier ihr Grab geschaufelt und mit jedem niederbrechenden Stein ein Stück von ihrem Körper abgehackt. Sie konnte nicht mehr durch die Amsterdamer Straße gehen, ohne von Angst geschüttelt zu werden, ohne die kalkige Luft vor der Ruine mit Tränen zu netzen. Das Parkhotel Hindenburg kam ihr wie eine Totenlade vor, durch deren gläserne Wände sie sich selber sterben sah, zerfallen zu Staub, zu eben jenem schrecklichen Staub, der, vermischt mit heimatlos wandernden Erinnerungen, die Amsterdamer Straße erfüllte.

„Kopf hoch, Frau", forderte Roloff sie auf. „Denk dran, was ich damals auf der Induga gesagt habe: immer von neuem anfangen! Das ist deutsch! — Was? Sieh mal unsern Allwiß an — is 'n ganz anderer Mensch geworden, seit er bei der Stadt ist. Also nochmals: Kopf hoch, Frau! Na — kann man von neuem anfangen, wenn man nicht vorher das Alte zerstört hat? Na? Das 's doch klar, was? Hauptsache, daß die Tradition dabei gewahrt wird. Unser Lichtturm auf'm Parkhotel — is 'r nich abends so märchenhaft blau wie das Mittelmeer? Nu, und er ist die direkte Fortsetzung vom Malepartusturm. Bloß 'ne Verwandlung, Astralleib, wie die Spiritisten sagen, und das freut ein' denn ja auch."

„Ach, Gustav. Ach, Gustav."

Mit welchem Geschütz er auch ihre „defaitistischen Neigungen" (so nannte er es) bekämpfte: ihr Herz blieb schwer. Sie sprach vom Malepartus wie von einer verlorenen Liebe.

Er dachte: „Da steht sie nun mit ihrem gesunden Menschenverstand; noch gefühlvoller als ich. Ob die Sache mit Reckmann ihr den letzten Knacks gegeben hat — hä?"

„Ach, Gustav, ach, Gustav."

Es war immer dieselbe Litanei. Manchmal setzte sie hinzu: „Auch daß Allwiß fort ist, daran kann ich mich gar nicht gewöhnen. Er war doch auch 'n Stück vom Malepartus."

Roloff konnte nur die Schultern hochziehen und immer wieder versichern, daß Allwiß ein ganz anderer Mensch geworden sei, und das war Tatsache. Der vertrocknete Kleinbürger war im Barackenlager aufgelebt. Er, der als Diener eine hündische Kreatur gewesen, war als Aufseher eine herrische. Ein großer Machthaber war er in diesem kleinen Reich, und die Barackenbewohner ließ es kalt, wen sie über sich hatten, einen Diktator oder sonst was — „nur etwas, daß alles klappt", forderten sie.

Frau Kaschub, nunmehr „städtische Beamtengattin" und an den Nähnachmittagen des Vaterländischen Frauenvereins drei Plätze höher gerückt, sagte mitleidig: „Ich kann es den Arbeitern und Angestellten ja nachfühlen, wie es ist, wenn man so wenig verdient..."

Von Zeit zu Zeit wurden die Behausungen von einer Kommission besichtigt, der auch Sanitätsrat Behmenburg angehörte; von Zeit zu Zeit machte dieser im Stadtparlament darauf aufmerksam, daß an den Verhältnissen nichts zu beanstanden sei außer den Verhältnissen selbst. Er zitierte eine alte Parlamentsrede von Victor Hugo: „Sehen Sie, meine Herren, so etwas dürfte es nicht geben... Ich erkläre, daß ein Staat alles, aber auch alles daran setzen müßte, Kraft, Intelligenz, Wille und Sorgfalt, damit so etwas nicht möglich wäre! Es ist nicht nur ein Unrecht gegen die Menschheit, es ist ein Verbrechen an Gott. Ich selbst, der ich es anführe, fühle mich mitschuldig daran. Solche Dinge in einem zivilisierten Land belasten alle Gewissen."

„Ja", erwiderte dann der Stadtmedizinalrat Prießnitz, „sie belasten auch das Gewissen der Verwaltung. Aber da wir nun einmal alle Lastträger geworden sind, müssen wir auch diese Last zu den vielen anderen tragen."

Man trug sie, und Allwiß lebte davon, daß man sie trug.

Doch der Obdachlosen wurden immer mehr, und obwohl in den Neubauten der leerstehenden Wohnungen immer mehr wurden, so wurden doch seltsamerweise der Unterkünfte nicht mehr ... Die Leute in den Baracken mußten zusammenrücken; neue zu errichten, verbot die Finanzlage, die sich versteifte, außerdem kamen ja auch wieder andere Zeiten, und was sollte man dann mit all den Baracken beginnen? Gewiß, die Enge war eine sittliche Gefahr für die Kinder; aber wenn man sonst nichts schützen konnte und alle Sitte, von Victor Hugos Intelligenz und Sorgfalt gar nicht zu reden, längst zum Teufel war, so konnte man wenigstens die Sittlichkeit schützen, man brauchte ja nur getrennte Schlafsäle für die Geschlechter zu schaffen. So geschah es. Den ehelichen Pflichten war in einer eigens hierzu bestimmten Baracke zu genügen, der Schlüssel gegebenenfalls bei Allwiß Kaschub abzuholen.

Es kam, wie es kommen mußte. Diese geheimnisvolle Baracke, in welcher immer ein Mann und eine Frau verschwanden, war den ganzen Tag von Kindern belagert. Eines Nachmittags, als er durch das Lager ging, rief ihm der Trunkenbold, der damals in der Höhle kampiert hatte, etwas nach. Allwiß hörte nichts, und wenn er es gehört hätte, hätte er doch nichts verstehen können, denn wie gewöhnlich war um diese Tageszeit schon viel Branntwein durch den Wolfsrachen geflossen, und es waren nur unartikulierte Laute, die er ausstieß. Der Wolfsrachen meinte: ,,He, wir woll'n mal! Ich will mal! Schlüssel her!" Allwiß ging weiter in seiner selbstherrlichen Beschränktheit, der Wolfsrachen brüllend hinterdrein. Die Kinder, hellhöriger als irgendwer sonst, äfften ihm nach. Zu spät merkte Allwiß, daß etwas am Werke war; der Wolfsrachen, erbost, kein Gehör zu finden, hatte schon eine Flasche in der Hand, ein gräßlicher Aufschrei aus hundert Kindermündern, die Flasche zersplittert an Allwiß Schädel, ein Blutquell spritzt auf, die Schlagader am Hals ist durch, im strömenden Blut wälzt sich der Wolfsrachen daneben auf der Erde, er heult und stöhnt, er winselt und jammert: ,,Was hab' ich gemacht? Was hab' ich gemacht? Jetzt kommen sie mich holen ... Wenn das meine Mutter wüßte ... Was hab' ich denn gemacht?"

Frauen, Männer und Kinder — ein riesiger Knäuel murmelnder Verstummtheit, den der heulende Wolfsrachen zerreißt.

Allwiß ist tot.

„Jetzt kommen sie mich holen ..." winselt der Wolfsrachen.

Allwiß ist tot.

Die Polizei zieht den Mörder vom Boden empor. Er ist purpurn von Allwiß erkaltendem Blut und glotzt wie ein Wahnsinniger um sich.

Frau Olga erstarrt, als sie die Kunde vernimmt. „O Gott", stammelte sie, „o Gott. Das hat was zu bedeuten, o Gott."

Roloff verliert eine Sekunde lang das Gleichgewicht, rasend drehen sich alle Gegenstände vor seinen leeren Augen. Dann atmet er schwer: „Kopf hoch, Frau."

Reckmann wirft der Stadtverwaltung vor, sie habe bei der Auswahl des Aufsehers nicht die nötige Sorgfalt walten lassen: ein Seitenhieb auf Roloff. Schwandt erklärt: der Mann sei ihm als außerordentlich befähigter Mensch hingestellt worden, und er habe keinen Grund gehabt, daran zu zweifeln. Der Zündstoff liege in der Luft, und wenn er explodiere, sei es höhere Gewalt.

„Kopf hoch, Frau", sagt Roloff.

II

„Kopf hoch, Frau..." Aber er selbst? War er zufrieden? Wenn er ehrlich sein wollte: er war es nicht. Er redete sich vor, daß der Mensch eben immer nach Höherem strebe, und wenn er das Höchste erlangt zu haben vermeine, gleich wieder noch Erstrebenswerteres entdecke. Doch wenn er nochmals ehrlich sein wollte: das war es nicht.

Das Parkhotel Hindenburg war ein Großbetrieb und aufs feinste eingerichtet. Es hatte Küchen, die wie chemische Laboratorien, und Kellner, die wie Geheimräte waren. Es hatte Festsäle und Beratungszimmer, intime und zeremonielle. An irgendeinem der vielen Aufgänge befand sich ein Wegweiser: „Zu den Konferenzräumen und zum Friseur" — und Theodor Reckmann hatte, als er noch Hausfreund war, auch darüber seinen Witz gemacht: „Na prosit! Zu den Konferenzräumen und zum Friseur! Dort wird man eingeseift und hier rasiert..."

Der ankommende Gast wurde von zwei Bürovorstehern, vier Hausmeistern und sechs Kellnern in Empfang genommen, angeseilt, abgerieben; mit vereinten Kräften legten sie ihm die Vorteile und die relative Billigkeit eines teuren Doppelzimmers dar, klopften, sobald er sich zur Ruhe begeben hatte, schon wieder an seine Tür und beglückten ihn mit einem Gastgeschenk, einer Apfelsine, einem Apfel, einer Birne, je nachdem, was übrig war und einen kleinen Stich ins Faulige hatte. Kurzum, er wurde vom Augenblick seines Eintritts an mit einer schier übermenschlichen Sorgfalt verfolgt, bedrängt, gepeinigt: „Dienst am Kunden", nach Robert Gutzeits Weisung.

Aber obgleich der Europäische Hof auch in dieser Beziehung noch übertrumpft war, blieb ihm das flaue Fähnlein seiner Stammgäste treu, deren Wohlbehagen durch abgewetzte Eleganz stärker als durch funkelnagelneue erregt zu werden schien; und dies vor allem war es, was Roloff beunruhigte, weil es Eugens Schwarzseherei rechtfertigte, jenen amerikanischen Brief, den er in Fetzen gerissen, ausgelöscht, erledigt hatte... Selbst die Eisenmengerschen Frauenvereine hatten sich nur zu einer Teilung entschließen können; einmal Europäischer Hof, einmal Parkhotel Hindenburg. Alles hing von der weiteren Entwicklung der Kongreßtätigkeit ab.

Verheißungsvoll war der Anfang, bedeutend der Zustrom der Fremden, solange der Reiz der Neuheit bestand.

Es waren die Massen derer, die das neue Deutschland verkörperten — jenes neue Deutschland, das sich allmählich aus dem chaotischen Gemenge von Reliquien und Zukunftsmusik herauskristallisierte: kein Klassenstaat, sondern ein Gruppenstaat, in dem der Eisenfabrikant dem Maschinisten näher stand als dem Gemischtwarenhändler, der Gemischtwarenhändler dem Bierkutscher näher als dem Brauereidirektor, der Brauereidirektor der schwergeprüften Arbeiterschaft, die nicht mehr im einstigen Maße für leere Bierfässer sorgen konnte, näher als dem Landmann; und der Bierkutscher wieder näher dem Brauereidirektor als dem Maurer, der Maurer näher dem Bauunternehmer als dem Metallarbeiter. Ihr aller Leitsatz war: nichts zu tun, nichts gutzuheißen, was die Gruppe beeinträchtigen konnte.

Franz Hackforth hatte den Vogel abgeschossen: seine große Stunde, der Deutsche Fleischertag, hatte das Bild einer vollendeten *Autarkie* geboten. Keines anderen Standes Hilfe, niemandes gütige Mitwirkung brauchten die Metzger. Sie waren vollkommen unabhängig, hatten ihren eigenen Sängerbund, ihre eigenen Tenöre, ihre eigenen Schauspieler, ihre eigenen Kraftfahrer — alles, wessen man zur Verschönerung des Festes und zur feierlichen Anrufung von Kultur und Moral bedurfte.

Seit der Obermeister Hackforth das Kleinauto aus der Tombola des Presseballs besaß, gehörte er dem Reichsverband kraftfahrender Fleischer an. Er steuerte selbst und harrte aus, wiewohl er ein unsicherer Fahrer und nicht selten in der Unfallchronik verzeichnet war. Längst hätte ihn seine Versicherungsgesellschaft ausgebootet, wenn sie gekonnt hätte, aber sie konnte es nicht, weil sie einen Kollektivvertrag mit der Fleischerinnung hatte, den sie sich nicht durch einen Vorstoß gegen den Obermeister verscherzen wollte.

Wochenlang war Franz Hackforth nur von diesem seinem Tag erfüllt, und wenn eine Kleinigkeit an seinem Glücksgefühl noch fehlte, so war es der Umstand, daß er sich dabei nicht gleichzeitig als Haupt der Haus- und Grundbesitzer zur Geltung bringen konnte; freilich, er war ja jetzt nicht mehr allein Haus- und Grundbesitzer, er war auch, nicht zu vergessen, Mieter im städtischen Hochhaus am Friedensplatz. Morgens, wenn er sich rasierte und vor dem Spiegel Kragen und Krawatte umband, studierte er seine Rede ein.

Oh, er wußte, was er sagen wollte; nur wie es zu sagen war, machte ihm Kopfzerbrechen. Der Fleischerstand, wollte er sagen, habe seine Ehre wie jeder andere, stehe auf gleicher sittlicher Stufe, rangiere in keiner Weise hinter irgendeinem akademischen Beruf. Nun kam es darauf an, möglichst viele und großartige, ungeheure, nicht endende Worte daraus zu machen. Er klopfte mit dem Finger gegen den Spiegel, wie um sie dort herauszuziehen. Tatsächlich stand er, hatte er geklopft, eine Minute schweigend und wartend davor, wie vor einem Automaten. Wenn nichts herausfiel, fluchte er fürchterlich auf einen widerspenstigen Gegenstand, mit dem er es gerade zu tun hatte, einen Kragenknopf, eine Rasierklinge, einen Hosenträger. Dann auf einmal funktionierte mit diesen Dingen auch der Wortautomat. Seine Frau schnaufte dazu. „Siehst du, Mutter", stellte er befriedigt fest, „ein kräftiger Fluch hilft augenblicklich."

Der Erfolg entsprach den Vorbereitungen. Über die Fleischerfachmesse, die Häute- und Lederschau, die Musteranlagen der Ladenbauindustrie, die Ausstellung der Fleischermaschinen, der Gewürz- und Kühlerfirmen — über all das hieß es: „Schöner und sehenswerter als die Eitelfelder Induga!" Jaulenhoop wurde es warm ums Herz. Und doch war dies alles nur ein Kinderspiel gegen die Parade der Pasteten und Filets, der Rouladen und Keulen, die Hackforth persönlich leitete. Er begnügte sich nicht mit dem rohen Material: daß man Fleisch und Wurst essen konnte, war zur Genüge bekannt, das brauchte man nicht erst vorzuführen; hingegen wußte nicht jeder, daß Rinderfett und Schweineschmalz des Metzgergewerbes künstlerische Formmittel waren. Eben dies zeigte Hackforth. Er räumte mit dem Irrtum auf, daß die Metzger Viehschlachter und Wurstfabrikanten seien. Er bewies, daß sie Bildhauer, Zeichner und Stukkateure waren. Nichts war unbehauen, nichts unziseliert. Man sah Mosaikmalerei und Reliefplatten aus Sülze; Skulpturen, Säulen und Friese aus Schinkenkeulen; Windmühlen, Vasen, Blumenkörbe und Plastiken aus Schmalz. Alle Augen leuchteten, alle Herzen pochten, und man mußte schon ein so verkommener Wahrheitsfanatiker wie Eugen Roloff sein, um den Wunsch zu äußern, daß doch alle Denkmäler unter Gottes Sonne aus diesem ebenso bildsamen wie schmelzbaren Stoff sein möchten.

Auf dem Begrüßungsabend präsentierte sich Hackforths Sohn, der nun schon ein Engagement an der Kohldorfer Oper gefunden hatte, mit Liedern von Schubert —: es riß bei Roloff die vernarbte Wunde auf. Warum mußte Eugen so abseitig sein, warum war er nicht aufstrebend, wie diese neueren Bürgersöhne alle? Seit Melittas Abenteuer beschäftigte es wieder öfters seine Gedanken. Heimlich sammelte er alle Nummern des „Forums der Zeit"; vielleicht erlangten sie doch noch einmal eine Berühmtheit, einen Seltenheitswert? Wie er den jungen Hackforth haßte! Wenn doch die Menschen, die ihm lauschten, plötzlich taub würden! Was wäre dann der Sänger mit seinem angestrengt arbeitenden, bald gespitzten, bald klaffenden Mund? Eine komische Figur, ein Grimassenschneider, ein Clown!

Roloff ärgerte sich so, daß er anderntages dem Festakt fernblieb, obwohl dieser eine Vertrauenskundgebung für die ganze

Kongreßstadt, Gustav Roloffs neues Wahnstadt, sein sollte. Hackforth hatte sich das so ausgedacht. In der Tat war auch ein Minister anwesend; zwar ein Minister geringeren Ranges als jener, der die Induga eröffnet hatte, doch immerhin ein Minister. Nach dem Einmarsch der Fahnen sämtlicher Fleischervereine des Städtekranzes ergriff er das Wort. Ein selbstzufriedenes Schmunzeln huschte über die Gesichter, als er sagte: „Wir sind ein starkes Volk!" Sodann vernahm man ihn mit steigender Befremdung: es sei verkehrt, zu behaupten, daß Wahnstadt vom Staat benachteiligt werde, dagegen spreche schon die Entwicklung, die das ehemalige Stift unter preußischer Herrschaft genommen habe — von fünftausend auf fünfhunderttausend Seelen (das städtische Presseamt gebe sogar fünfhundertzwanzigtausend an) —, und vom Staat aus gesehen, sei auch den anderen Orten des Städtekranzes eine gewisse Existenzberechtigung nicht abzusprechen ... Wie? War denn nicht Eitelfeld die Stadt, die alles an sich reißen, den ganzen Städtekranz unterjochen wollte? Mißbilligende Zwischenrufe kamen, und als Hackforth hernach mit kartätschenden Sätzen Wahnstadts Friedfertigkeit betonte, war er der unbestrittene Held dieses Tages, der mit einem Blumenkorso der Kraftfahrer und einem Fackelzug der Fleischergesellen beschlossen wurde. Freilich war in der neuen Weltstadtsprache der Blumenkorso eine „Strahlenfahrt" und der Fackelzug ein „Flammenmarsch".

„Gut Stahl!"

Lange noch hallte in den Straßen dieser Ruf der Fleischergarde nach, lange noch stand darin der Geruch frisch gebleichten Leinens von ihren gestreiften Kitteln, ihren schneeigen Schürzen, an welchen noch kein Blutspritzer klebte. Franz Hackforth konnte nun davon zehren, konnte auf seinen Lorbeeren ausruhen; aber Roloff — was hatte er von Erinnerungen? Alle Kraft mußte er aufbieten, damit die Kette der nahrhaften Kongresse nicht abriß.

Sein Schwiegersohn war eine gute Stütze. Es war erstaunlich, wie Brilon sich entfaltete, wie er dicker wurde, steifer und würdiger im Schultergelenk, und wie die tiefe kulturelle Sehnsucht sich an der blonden Hornbrille niederschlug. Mehr und mehr ging Frau Olga das Herz davon auf. Abermals mußte sie

gestehen: „Wie man sich in den Menschen täuschen kann."
Roloff lachte dazu: „Lehr mich die Menschen kennen! Brilon is'n Tatidealist, Frau, is'n Volksbildner. Grade die Träumer haben es in sich. Beharrlichkeit führt zum Ziel, und das freut ein' denn ja auch."

Zwar war Reckmann bestrebt, seine Drohungen vom Presseball wahrzumachen. Aber wie es in solchen Fällen immer ist (und wie es Roloff hinterher mit dem Sprichwort ausdrückte, daß nichts so heiß gegessen wie gekocht werde) —: jahrelang meint man, aus berechnender Furcht ein zwischen Erpressung und Bestechung liegendes Verhältnis erdulden zu müssen, wie der Körper Bakterien dulden muß, die sich eingefressen haben; jahrelang meint man, die Welt werde untergehen, wenn man es beende; und wird es dann, ganz ungewollt und ganz unvorhergesehen, zersprengt, so geschieht gar nicht viel, nur die Tatsache wird offenbar, daß nichts als eben jenes Verhältnis der Nährboden einer Machtvollkommenheit war, die für sich allein niemals bestand. Auf eine Kraftprobe ließ es der Redakteur nicht ankommen; im Europäischen Hof war er nicht daheim, nicht einbezogen, nur aufgepfropft, isoliert und ohne Aussicht auf die Intimität, die sein Lebenselement war. Was wollte er gegen Gustav Roloff, der unerschütterlich im Herzen der Bürgerschaft ruhte? Nicht einmal das Parkhotel Hindenburg konnte er im Textteil übergehen, da es plötzlich eine Riesenfläche im Inseratenteil einnahm. Der Skandal mit Melitta, in den „Neuesten Nachrichten" ohnehin nicht auszumünzen und an die Kommunisten Eugens wegen nicht zu verkaufen, war überdies nur gegen die Jaguttis-Kadereit, das Scheusal, ausgeschlagen: sie war die Frau, die „in Scheidung lag", später war sie die „geschiedene Frau", mochte, wer wollte, für schuldig befunden werden. Und Eugen? Merkwürdig, selbst für den Kommunisten fiel noch etwas von der Achtung ab, die der Name Roloff genoß; alles glaubte an die reuige Heimkehr des „ulkigen Huhns", alles erbaute sich unter der Hand daran, daß Reckmann von ihm zuweilen eins auf den Hut bekam. So dick war des Redakteurs Fell nun doch nicht, daß er dies nicht gespürt hätte.

Es blieb nur Brilon. Aber auf Roloffs Veranlassung schloß er Frieden und Freundschaft mit Jaguttis und Stövesand: das wiederum verschaffte ihm die Zuneigung des Oberbürgermeisters. In gemeinsamen Beratungen wuchs sich der alte Plan der Kunstgewerbeschule und der gymnastischen Waldschule zu einer Künstlerkolonie aus — mitten im Stadtwald, unweit von Melittas Lieblingsplatz, unter Föhren und Birken, gruppiert um ein verlassenes Gehöft, dessen Stallungen in Ateliers, dessen Dunggruben in ein Filmstudio verwandelt wurden. An einer langen Allee, die zum ehemaligen Herrenhaus führte, erstanden Einfamilienhäuser für Photographen, Graphiker, Maler, Tänzer, Plastiker, Keramiker, Goldschmiede, Buchbinder, was immer an Überspanntheit und Anmaßung von Zwölfteltalenten aufzutreiben war, Rohstoff für einen öffentlich subventionierten Klüngel, der, voll Zartheit in der Theorie und voll Plumpheit in der Praxis, Proben seelischer Empfindsamkeit gab, wenn sein Ich betroffen war, und ein grobschlächtiges Getrampel losließ, wenn irgendwer sich weigerte, sein anspruchsvolles Gehabe für eine reife Leistung zu halten. Die Amateure unter den Bürgern schlossen sich an: machte Frau Doktor Handarbeiten, brachte der junge Herr Aquarelle aus Italien mit, so gab es eine Ausstellung. Was an der trunkenen, welthungrigen und lebensfremden Schar noch fehlte, das züchtete Jaguttis in der Kunstgewerbeschule, die, der Kunststadt Kohldorf Trutz bietend, diese Kolonie bekrönte. Gerade zur rechten Zeit wurde er ihr Direktor; auf dem Baumarkt drohte eine Flaute, und wie es mit Stövesand kam, wußte man noch nicht. Noch war er des Aufstockers bester Freund, wiewohl er in seinen Sachen nicht mehr als beeidigter Sachverständiger auftrat; dafür half er ihm, indem er alle Bauunternehmer, die ihm feindlich gesonnen waren, vor Gericht hineinlegte. Er nahm es haargenau bei ihnen, und leider Gottes konnten sie selber nicht abstreiten, daß sie gepfuscht hatten, sie konnten sich nur damit verteidigen, daß es „heute doch alle so" machten.

Alles in allem, Jaguttis war froh, den sicheren Port der Kunstgewerbeschule erreicht zu haben. Er achtete jetzt den Kulturdirektor Brilon höher als Stövesand. War auch für so große Gedanken wie das Wahnstädter Filmstudio selbst diese Zeit der Ertüchtigung noch nicht reif, so entschädigte dafür die gymnastische Waldschule. Sie war der Angelpunkt der Kolonie. Melitta sprang über Heidekraut und Ginster, Sonne und Schatten, „prinzipiell" hinweg über Vergangenheit und Gegenwart, der Natur gymnastisch verschwistert, dem hämmernden Specht, dem schmetternden Fink, grau mit dem Nebel und stürmisch mit dem Sturm. Auf der Schwelle zwischen zappliger Keckheit und eifernden Hausfrauenpflichten betörte sie ihre Freunde, Jaguttis, Stövesand, Markisch, mehr als je, und Brilon, der sie nicht mehr fürchtete, sondern benutzte, der sich nicht mehr von ihnen necken, sondern füttern ließ, umarmte sie alle. Was konnte ihm Reckmann noch antun? — Gott ja, er hatte ein paar Artikel geschrieben, die sich eigentlich gegen die städtische Personalpolitik im allgemeinen kehrten. Es stand etwas darin von „verschwistert und verschwägert", was im Stadtparlament nur den Nationalsozialisten interessierte, der zu seinem Leidwesen an solcher Verwandtschaft noch nicht beteiligt war. Er hatte die Künstlerkolonie eine Verschwendung genannt und war vom Kunstschriftleiter Markisch im eigenen Blatt zwei Spalten weiter widerlegt worden. Er wurde still und stiller, Brilon hingegen laut und lauter. Der alte Studienreferendar meldete sich in ihm: er gründete ein Abendgymnasium, er sicherte dem Hotel seines Schwiegervaters Kongresse der Archäologen, Naturforscher und Techniker, ja sogar des Hauptverbandes deutscher Höhlenforscher, kurz, er stand unverdrängbar am Ziel seiner Wünsche, wo er mit wenig Aufwand viel aus sich machen konnte.

Oft fragte ihn Roloff: „Gibt es denn keinen bekannten Dichter, der in Wahnstadt geboren ist? Kann man nicht aus einer Chronik so was rauslesen? Du sagst doch, daß sich sieben Städte darum streiten, den Homer, und acht, den Kolumbus geboren zu haben? Kann man nicht auch so'n Streit entfachen und ein Festchen feiern?" Aber Brilon fand keine Anhaltspunkte. Schließlich schlug er sich vor die Stirn: weilte nicht der große Roloff lebend unter ihnen? Hurtig arrangierte er einen Tag der sprossenden Heimatdichter. Ihrer acht, ein paar Malermeister, Dreher, Schreiner und Förster trafen sich, blickten sich in die Augen und legten die Hände ineinander; unter ihnen, gedankenschwer und altersweise, der Nestor Gustav Roloff. Herbert Markisch, der jetzt, freilich ohne ihn auszufüllen, Reckmanns Platz einnahm, schrieb von ihm: „Einer voll aufgeblühten, edlen Festrose vergleichbar". Sie rezitierten ihre Gedichte, nach Markischs sachkundiger Aussage „markiges Nationalgefühl abwechselnd mit echter Lyrik"; sie wurden samt den Ehrengästen zu einem städtischen Imbiß geladen, Sauerkraut mit Frankfurter Würstchen, deren Fett sich in Jaguttis' Monokel wunderbar spiegelte, und endlich verkündete Brilon einen Magistratsbeschluß, wonach der Platz der Republik in „Roloffplatz" umbenannt wurde, wegen der vielen Verdienste des strebsamen Bürgers um ein strebsames Gemeinwesen, und weil die Bezeichnung „Republik" sich ohnehin nicht eingebürgert habe.

Roloff, in überquellender Großherzigkeit und Gebelaune, machte der Stadt die Heimatsammlung des wachsamen Hähnchens zum Geschenk — unter der Voraussetzung, daß Brilon, ihr Schöpfer, lebenslänglich ihr besoldeter Kustos bleibe. Eine ebenso weise wie edle Handlung —: der Kulturdirektor war nur auf Privatdienstvertrag angestellt, und wer mochte ergründen, was in der Zeiten Hintergrunde schlummerte, wenn schon die Throne der Größten zu wanken begannen?

III

Eugen lebte zurückgezogen. Er versuchte, ein Aufrechter, seinen Erkenntnissen zu folgen und neue zu sammeln. Seine Stellung am „Forum der Zeit" (die er nicht aufgeben wollte, da es nun einmal seine Tribüne war) wurde bisweilen schweren Belastungen unterworfen. Sich mit Willkür abzufinden, woher sie auch kam, lag nicht in seinem Naturell. Dem Druck der Parteiinstanzen setzte er immer wieder den Druck seiner Persönlichkeit entgegen, und wenn man ihm vorhielt, daß er sich dies alles habe überlegen müssen, ehe er seinen Schritt getan, so erwiderte er, daß man sich vorher habe überlegen müssen, ob das „Forum der Zeit" ein offenes Parteiorgan werden solle oder nicht. Alsdann huften die Angreifer zurück; nur zu gut wußten sie, daß es Eugen Roloff zu verdanken war, wenn das „Forum der Zeit" von Schwandt bis Hundacker gelesen wurde.

Einige Radikale bemängelten, daß die Familie Roloff zuviel geschont werde. Damit hatte es diese Bewandtnis: zwar war Eugen bereit, die hemmenden Rücksichten fallen zu lassen, aber der fortgesetzte Umgang mit Frau Olga, die beruflichen Besuche in der Künstlerkolonie — all das verschlug ihm ein wenig die Rede; er lernte es nicht, mit Menschen menschlich an einem Tisch zu sitzen und sie nachher wölfisch zu zerreißen. Außerdem schienen ihm Namen gleichgültig zu sein, wo es sich um die Entlarvung einer falschen Geisteshaltung handelte, um die Abwehr von Phantomen, die sogar als Phantome schon zerrüttet waren, während die Menschen sie noch genossen. Vielleicht war dieser Glaube nur eine Entschuldigung für seine menschliche Delikatesse; einerlei, er verteidigte ihn, wie man einen selbständigen, freien und sauberen Glauben verteidigt.

Die Eigenart seines Blattes brachte es mit sich, daß er von vielen Seiten umworben wurde. Selbst Drobeck versuchte sich in gewissen Manövern, die bei Schwandt „geschickte Einflußnahme" hießen; als sie, stümperhaft angelegt, keinen Erfolg zeitigten, entzog er Eugen den Platz auf der Pressetribüne des Stadtverordneten-Sitzungssaales, und als Schwandt ihn darum maßregelte, wies er einen neuen Platz an, der gar kein Platz war, sondern eine Platzteilung mit dem Redakteur des kommunistischen Parteiblattes, so daß einer der beiden von der Bank herunterrutschen mußte. Allzu durchsichtig war dieser Versuch, sie zu entzweien, und eben dies, nicht den Versuch, verurteilte Schwandt. „Ich schicke niemanden wegen einer Missetat in die Wüste", sagte er; „aber wenn die Missetat auf schlechte Art begangen wird, dann kann ich fuchsteufelswild werden ... In Zukunft, Verehrter, unterliegen solche Anordnungen meiner Genehmigung."

Er empfing Eugen Roloff oft und unterhielt sich, wie einst Jaguttis, gern mit ihm. Sie hatten auch einen sachlichen Berührungspunkt: Schulen und Lehrer. Schwandt, dessen Zeit mehr als je von finanziellen Geschäften beansprucht war, wurde fortwährend von Lehrern überlaufen, Limpinsels aus den Volks- und höheren Schulen, die dort allem Anschein nach nur noch nebenberuflich tätig waren, im Hauptberuf dagegen in Kursen, Konferenzen, Bewegungschören, Theaterbünden, Kunstreferaten und anderen höheren Zielen — eine besorgniserregende Betriebsamkeit in allen möglichen Dingen außer im Unterrichten. Eugen wiederum hatte beobachtet, wie in die Schulklassen die Händler eindrangen und die Schulhöfe zu Jahrmärkten für Photographen, Kinobesitzer, Veranstalter von Märchenspielen und Abonnentenwerber für Kinderzeitschriften wurden, wie sie alle auf diesem Wege die Eroberung der Elternhäuser betrieben und der ganze Schund, der sich dort unter der Maske eines neuzeitlichen „Dienstes am Kinde" breitmachte, von Rektoren und Lehrern bereitwilligst unterstützt, ja sogar gelegentlich in eigene Regie genommen wurde.

„Der Mangel an Fundament", äußerte er, „ist derselbe wie früher beim Paukdrill. Aber er ist gefährlicher geworden, weil nicht mehr ein gleichgültiges Theater, sondern eine gute Idee diskreditiert wird. Wir haben Ministerialerlasse gegen Schulmeisterbürokratie und gegen die Überschätzung von Zensuren und Prüfungen — und es läuft auf eine Erneuerung der Formalität statt auf eine Erneuerung des Geistes hinaus. Wir haben Elternbeiräte — und sie sind ein neuer Anlaß für Wichtigtuerei und Vereinsmeierei."

„Sehn Sie, Herr Roloff", entgegnete Schwandt nachlässig, redete sich aber bald in Eifer. „Früher war wohl so'n Lehrer mal Dirigent bei der Liedertafel oder im Kirchenchor. Heute haben sie ganz andern Grips im Kopf, und jeder Volksschullehrer will es dem Studienrat gleichtun. Kein Wunder, daß der Run auf die höheren Schulen zunimmt und die Lehrherren das größte Mißtrauen gegen die Zeugnisse der Volksschule hegen — auch solche, die den Unfug des Berechtigungswesens nicht mitmachen wollen. Aber bei den höheren Schulen ist es ja nicht anders. Alle paar Wochen eine mehrtägige Wanderung, alle paar Wochen ein angehender Künstler entdeckt, na, na. Als ich vor dreißig Jahren auf der Penne war, Herr Roloff, da hatten wir in der Klasse ein sogenanntes Musikgenie, das bei einem Preisausschreiben für eine Walzerkomposition den ersten Preis bekam. Wenn das heute passierte, ach liebe Zeit, da wäre der Himmel nicht hoch genug, so'n Junge würde sofort von allen Hausaufgaben befreit, damit er ja nicht mit seinen künstlerischen Erlebnissen zu kurz käme. Damals — was meinen Sie ? Verhätschelt ? Ach was. Drauf gehustet, stündlich von den Paukern veräppelt! Ich kann mir nicht helfen, Herr Roloff, das war das Richtige. Der Schüler braucht zuerst mal Kenntnisse. Fragen Sie bei unsern Universitäten an, die werden Ihnen über die Kenntnisse der heutigen Abiturienten was erzählen."

Eugen meinte: ob nicht die politische Kapitalanlage der Industriellen zur Verseuchung der Schulen mit vermeintlicher Weltanschauung beitrage? Ob nicht die industriellen Angriffe auf das Experimentieren in Wahrheit Angriffe auf jede freiheitliche Erziehung seien, nur auf eine Politisierung der Schule von rechts abzielend?

„Selbst wenn man das zugeben wollte", antwortete Schwandt, „es wäre keine Rechtfertigung der heutigen Zustände. Im Gegenteil, dann erst recht müßten die Kinder einen ordentlichen Fundus an Kenntnissen mitkriegen, der ihnen ein eigenes und unbeeinflußtes Urteil ermöglichte. Keine Angst, daß sie dann wieder soviel büffeln müßten. Das Büffeln verliert seine Schrecken, wenn es dazu benutzt wird, den denkenden Blick zu stärken. Wir sind früher neben dem Fundus an Wissen ja noch mit allerlei Ballast bepackt worden, und niemand hat daran gedacht, uns zum Denken zu erziehen. Aber wenn Sie sich umsehen, Herr Roloff, dann werden Sie unter keiner der früheren Generationen junger Menschen eine so verheerende Stupidität entdecken wie unter der heutigen. Sie hat eine lausige Nebensache verloren und keine Hauptsache gewonnen. Bei den früheren aber wog der Fundus mehr als der Drill."

Er sprach mit Schwere und Bedeutung, die Augen waren schattig und in den Mundwinkeln war kein Lächeln.

„Sie wollen die Wahrheit, Herr Roloff. Die Wahrheit ist, daß Ihr Blatt hauptsächlich vom Bürgertum gelesen wird. Wenn Sie diesem sagen: Wählt kommunistisch, dann versteht es: Sägt den Ast ab, auf dem ihr sitzt. Was ist Wahrheit? Die Frage des Pilatus wird nie gelöst werden. Die Wahrheit ist, daß die Kapitalisten Mephistos sind und Sie wie Faust dazwischen treten; aber verlassen Sie sich nicht auf den verbrieften Sieg — denn hier, Herr Roloff, hier und heute hat Gott der Herr nicht die Hand im Spiel. Kluge Leute haben ein Geschäft und kein Bekenntnis; die Klügsten jedoch machen Geschäfte mit dem Bekenntnis. Lassen Sie sich das von mir sagen, der ich — drei Jahre Staatssekretär im Reichsministerium des Innern, mein Lieber! — im politischen Leben gestanden habe. In der Politik fährt nur der gut, der etwas halb, nichts ganz ist und infolgedessen Schwierigkeiten ohne Schwierigkeit überwindet; wie ein Mann, der über eine im Wege stehende Karre hinwegklettert, ohne daran zu denken, daß man sie auch fortschaffen könnte. Die Wahrheit ist, daß Sie Ihr Vaterland mit Wahrheit retten wollen und daß eben diese Wahrheit entweder als Verrücktheit verlacht oder als Landesverrat bestraft wird. Wenn Sie aus dieser Schlinge raus wollen, müssen Sie schon den Teufel im Leibe haben, Herr Roloff."

Er schoß die Stellung langsam sturmreif und verwandte immer schwereres Kaliber.

„Es ist eine böse Welt, Herr Roloff. Lügen kann man ruhig verbreiten lassen. Leute jedoch, die sich nicht scheuen, die nackte Wahrheit zu sagen, muß man erledigen. Wer nicht lügen kann, soll lieber schweigen. So böse ist die Welt."

Eugen erfuhr es mehr und mehr. Während ihres Wettrennens unterhielten die Ortschaften des Städtekranzes Spione im feindlichen Lager, die die nächsten Pläne auszukundschaften hatten. Hundacker kam auf den Gedanken, daß sich womöglich Eugen Roloff dazu eigne. „Lassen Sie den Mann doch mal kommen", riet Balluf; „wir können uns ja mal beschnuppern."

Sie ließen ihn kommen. Daß er kein doktrinärer Fanatiker war, wußten sie zur Genüge; sie wußten auch, daß er nicht in die Klasse der „Salonkommunisten" einzureihen war. Balluf behauptete, er sei überhaupt kein Kommunist, sondern ein unruhiger Mensch, dort untergekrochen, wo man ihm das Wort gegeben habe: eine Sachlage, die für seinen, nicht der Kommunisten Scharfsinn zeuge.

„Wie kommt es denn", forschte Eugen und dachte eine äußerst verfängliche Frage zu tun, „wie kommt es denn, daß die Botschafter und Minister, die der Industrie oder doch ihrem volksparteilichen Gedankenkreis entstammten, die Wiedfeldt, Cuno, Moldenhauer, Jarres, so sehr versagt haben? Daß sie, nachdem ihre Gruppe so laut nach Berücksichtigung gerufen hatte, wenig Freude an ihrem Amt erlebten? Daß einige von ihnen mehr Elend hinterließen als sie antrafen?"

Hundacker stocherte mit den Füßen auf dem Teppich herum. Balluf streckte den Habichtskopf vor und lächelte unsagbar überlegen, als er zur Antwort gab: „Sie haben einen in der Reihe ausgelassen — Rathenau. Es war wohl nur Vergeßlichkeit. Allerdings war er auch eine Ausnahme."

„Man hat ihn ermordet, bevor er sich ganz beweisen konnte."

Balluf hielt beide Hände waagrecht, die Rücken nach oben, und strich so nach beiden Seiten durch die Luft.

„Ein finsteres Kapitel, rühren wir nicht daran. Indessen bin ich nicht davon überzeugt, daß er sich bewiesen hätte. Er war ein Philosoph. Philosophen taugen nicht zu Staatsmännern. Es müssen Advokaten sein. Advokaten, verstehen Sie bitte richtig, nicht bloß Rechtsanwälte. Nun —, die anderen, die Sie aufgezählt haben, waren zwar keine Philosophen, aber Advokaten waren sie auch nicht. Voilà tout."

Eugen war es, als höre er Schwandt. War die Welt wirklich so böse? Wußten sie es alle, nur er nicht?

„Übrigens", warf Hundacker ein, der nicht zu weit abschweifen wollte, „übrigens ist es ja ein Irrtum, wenn man denkt: ein Fachmann im Amt, und alles ist gut. Gesetze und Verordnungen werden immer vom Referenten gemacht, zusammen mit den betreffenden Interessenverbänden. Mag man oben an der Spitze kommen und gehen — es liegt alles bereit in den Schubladen. Wenn Sie wollen, Herr Roloff, lasse ich Ihnen mal Material zusammenstellen, woran Sie nachweisen können, daß seit fünfzig Jahren — die Revolution hat da keine Zäsur gemacht — immer die nämlichen Wendungen in den Referentenentwürfen vorkommen."

Im unklaren, ob dieses Angebot Scherz oder Ernst sei, entschuldigte sich Eugen mit Zeitmangel. Es war übrigens keine Lüge: er war ein pünktlicher Arbeiter und fürchtete immer, die Leute dächten Schlechtes von ihm, wenn er einmal unpünktlich wäre oder etwas verspräche, was er vielleicht nicht halten konnte, oder etwas anschnitte, was er wieder weglegen mußte. Es war ihm noch nicht klar geworden, daß es nicht das geringste ausgemacht hätte, weil ja alle so waren: unpünktlich, vieles versprechend und vieles aufgreifend.

„Nun ja", sagte derweilen Balluf, „Kontinuität muß schließlich in der Politik sein. Und unter uns gesagt" — hier zwinkerte er Hundacker unmerklich zu — „ich teile den Respekt vor dem Fachmann nicht, vermutlich, weil ich selber einer bin", lachte er. „Dieser Respekt wird ja meistens nicht von der Würdigung einer Kapazität bestimmt. Es reicht, wenn ich in eine amtliche Liste schreibe: Beruf Wirtschaftsführer, und unverzüglich und unwiderruflich bin ich einer, und niemand fragt danach, ob ich auch ein Wirtschaftskenner bin. Daher im Kriege das unbedingte Vertrauen zu den taktischen und strategischen Fähigkeiten unserer Militärs — auch bei solchen Leuten, die für die Politik dieser Generale keinen Pfifferling gaben."

„Und doch läßt man sie, die nicht einmal in ihrem eigenen Fach das Examen bestanden haben, heute wieder Politik machen."

„Na, irgend was müssen sie zu tun haben, wenn es keinen Krieg mehr gibt. Sie können doch nicht einfach so rumlungern."

„Warum haben sie dafür doppelt so hohe Bezüge wie ihre Kollegen im siegreichen Frankreich?"

Hundacker brach in ein plärrendes Gelächter aus.

„Sie fragen mehr als zehn Weise beantworten könnten!" rief er und fuhr dann ernsthaft fort: „Womit ich beileibe nicht gesagt haben will, daß Sie ein Narr wären; das verbietet mir die Höflichkeit."

Eugen faßte ihn fest ins Auge. „Oder die Klugheit", sagte er.

Nun lachten sie alle zusammen; doch war es kein flatterhaftes Lachen mehr. Eugen bemerkte noch: „In Frankreich fiel das Wort: Sie haben zu gehorchen, Marschall — und das war ein siegreicher Marschall. Es ist wohl ein Naturgesetz, daß solche Länder, in welchen die Militärgewalt über der Zivilgewalt steht, ihre Kriege verlieren müssen."

Kaum hatte er dies ausgesprochen, als Hundacker einfiel: das gleiche könne man von den Städten sagen, die mit dem Kopf durch die Wand rennen wollten, statt sich langsam drumherum zu schlängeln. „Es ist ein Glücksspiel", ergänzte Balluf.

Eugen fragte: „Sind Glücksspiele in Deutschland nicht verboten?"

„Ja, das sind sie", lachte Balluf; „aber das hindert nicht, daß die Diplomaten Glücksritter sind."

Hundacker drehte einen Bleistift zwischen den Fingerspitzen.

„Neulich", sagte er gemächlich, als lese er seine Worte aus dem rotierenden Bleistift wie aus einem Glücksrad ab, „neulich hatten Sie in Ihrem Blatt einen sehr guten Artikel über die Kunststadt, der etwas Ähnliches dartat; wollen Sie das nicht fortsetzen? Die Kongreßstadt hat doch gewiß ebenfalls noch weitgesteckte Ziele...? Es sollte mich freuen. Es ist keine Schmeichelei, wenn ich Ihnen sage, daß die Lektüre Ihres

Blattes ein Genuß für mich ist. Gern würde ich gelegentlich die Unterhaltung mit Ihnen weiterführen."

Auch Martin Balluf versicherte, daß es eine sehr angenehme Plauderstunde gewesen sei. Als sich die Tür hinter Eugen schloß, meinte Karl Hundacker lakonisch: „Der Anfang wäre gemacht."

„Ein verständiger Mann", sprach Balluf. „Zu verständig, als daß er je mehr denn ein Einzelgänger sein könnte." Er riß ein Blatt aus einem Notizblock und schaute mit seinen Falkenaugen die weiße Leere an. „Das nächste Mal müssen wir seine wirtschaftlichen Kenntnisse prüfen", erklärte er.

Wenn Hundacker diesen jungen Menschen brauchen konnte, weshalb sollte nicht auch er Verwendung für ihn haben?

Eugen dachte unterwegs: „Viele Geister hat dieses Land, aber in der Summierung kommt kein Geist heraus. Da muß nur jeder ein Fähnchen zu schwenken haben . . ."

Fast wäre er in eine Falle getappt. Er wurde stutzig, als kurz darauf auch Schwandt ihn einspannen wollte, um zwischen ihm und Hundacker zu vermitteln. Diesem Doppelspiel fühlte Eugen sich nicht gewachsen. All der dämonische Hokuspokus gab ihm neue Rätsel auf. War er die Exhibition äußerster Intelligenz? War er der Aufputz äußerster Primitivität? Oder war er beides zugleich? Und wenn er beides zugleich war, wenn Intelligenz und Primitivität, Klugheit und Einfältigkeit einander nicht mehr ausschlossen: war es nicht ein Zeichen äußersten Verfalls?

IV

Valentin Moos mißfiel es, daß im „Forum der Zeit" die Kohldorfer Kunst nicht bedingungslos anerkannt wurde. Nicht, daß er Lobhudelei gewünscht hätte: seine Ansicht von einer guten Kritik war: mäßig loben, niemals tadeln. Er war es gewohnt, die Kunstkritik „umzubauen", wie er das zu nennen pflegte; jene „umzubauen", die nicht begreifen wollten, daß Kritik dazu da sei, auch schlechten Darbietungen volle Säle zu verschaffen. Er bot ihnen nicht offen die Stirn, denn er betrachtete die Kritik trotz aller Anfechtungen als eine reale Macht, mit der man sich nicht ungestraft in einen Konflikt einließ. Daher lud er die Kritiker zu sachlichen Besprechungen ein und bewirtete sie romantisch im städtischen Hotel, mit auserlesener Küche und auserlesenen Weinen, manchmal Nächte durch. Bei den meisten wirkte es. Andere, wie Herbert Markisch, die tüchtig zechten, und wenn sie wieder nüchtern waren, dennoch den Mund nicht so hielten, wie sie sollten, wurden auf andere Weise „umgebaut". Da war zum Beispiel im Konzertsaal des Festspielhauses eine Orgel einmontiert worden, von welcher Markisch behauptete, sie krächze in den hohen Registern. Valentin Moos berief ihn als Sachverständigen zu einem Vorspiel; Markisch machte seine Angaben, selbstlos und großsprecherisch, Moos ließ sie notieren. „Es wird geändert werden." Aber es wurde nichts geändert. Nach vier Wochen erklärte Markisch, daß die Orgel nun glockenrein klinge. „Das ist die Kunst der Menschenbehandlung", sagte Moos, der Kunstfreund.

Ähnlich gedachte er mit Eugen Roloff zu verfahren. Er lud ihn ein, die Kunstschule Thalia zu besichtigen und hernach ein Gutachten zu erstatten. Eugen besichtigte und erstattete ein Gutachten, das Valentin Moos an seiner Kunst irre werden ließ.

Es war eins der sonderbarsten Erlebnisse, die er hatte. Die Schule lag in einer endlosen Straße, mit der Aussicht auf Fabrikfluchten —: einst Zünderwerkstätten und Panzerwalzwerke, waren sie nach dem Krieg in Magazine für Schrotmehl und Kunsthonig verwandelt worden; jetzt wurden dort, nachdem alle Mäuse ausgekehrt worden waren, Mähmaschinen fabriziert.

Er glaubte, die Stadt schon zurückgelassen zu haben, als sie wieder einen Vorsprung zu nehmen schien. Sie schien Atem zu schöpfen, sich zu recken, frei auszuschreiten. Aus einem Weg zum Spazierengehen wurde ein Weg zum Wandern. „Wie geschaffen für eine Zeit der Superlative", mußte Eugen denken, „wo jeder Spaziergänger gleich sagt: ich will ein bißchen wandern."

Nahebei war ein Rangierbahnhof. Dort standen in langen Reihen die Waggons und ließen sich von den Lokomotiven durch die Weichen schieben. Was es jetzt nicht alles für Waggons gab: Schienenwagen, Schrägwandentlader, Kesselwagen mit abfahrbaren Kesseln, Bodenentleerer, Tiefladewagen ... Wie das Verladegeschäft jetzt fast vollständig mechanisiert war, wie die Winden jetzt selbsttätig funktionierten — die Menschen brauchten nicht mehr dauernd den Buckel krumm zu machen, auch sie lernten einmal für fünf Minuten das Gefühl kennen, wie es ist, wenn man andere für sich arbeiten läßt. Hier wurden Züge aufgeteilt und neu formiert. Hier war der Rangierbahnhof der Zeit. Material, das zu klappern begann, flog zum alten Eisen. Viel Qualm, Pfiffe, Geschrei. In leisen Strähnen regnete es Ruß und Asche.

Etliche hundert Schritte weiter gab es keine brennendere Frage als die, wieviele Richtungen einander im Kunsttanz bekämpften.

Beladene Züge fuhren ab. Eugen sah ihnen nach. Mähmaschinen. Dreißig Maschinen pro Zug. Saisongeschäft. Der frische Lack blitzte. Mähmaschinen für Kanada. Er schloß die Augen und erblickte den Dampfer, auf dem sie nach Übersee verfrachtet wurden. Er schloß die Augen und erblickte den Ozean, die Häfen und Bahnen, die gelben Weizenfelder am Winnipegsee und St. Lorenzstrom, und die Scheunen, in denen noch die vorjährige Ernte unverkäuflich lag —, und er öffnete die Augen wieder und sah auf einer Brücke über den Geleisen Arbeitslose stehen, die mit Spucke in die Schornsteine der Lokomotiven zielten. Wer fünfmal daneben gespuckt hat, muß einen ausgeben. Ja. —

Ja. Zwei Drittel der Welt sind irrsinnig, oder verblödet, oder grenzenlos dumm. Frankreich fabriziert von jeher die beste Seife, warum müssen auch andere Länder Seife machen und ihre Einwohner zwingen, die schlechteren einheimischen Erzeugnisse zu kaufen? Deutschland hat die beste Kohle für Kokereien, warum muß auch Frankreich Kokereien bauen, die entweder schlechten Koks liefern oder mit deutscher Kohle beschickt werden müssen? Warum? Warum? Aber alle Länder fürchten den Krieg, der sie abriegeln könnte, und weil sie ihn fürchten, denken sie daran, und weil sie daran denken, kommt er ... Und trotzdem —: ist es nicht selbst dann ein Unsinn, daß man auf Dinge Zoll zahlen muß, die im Lande nie, nie erzeugt werden können?

Aber Kunst ist der lichte Schein im Alltag, sagen die Festredner, die es wissen müssen, wie Valentin Moos. „Wo immer es sei", denkt Eugen bitter, „ob auf Brieftaubenfesten, ob an Sängertagen, ob bei Dichtergedenkfeiern oder Denkmaleinweihungen, überall dieselbe aufgedunsene, nichtssagende Sprache, die wie geleckt aus dem Munde geht und Hirn und Herz nicht berührt hat — unter tausend Worten nicht ein einziger Gedanke. An alles wird appelliert, an Kultur, Seele, Volkstum, nur nicht an den Geist."

Kunst ist der lichte Schein im Alltag, weiter nichts.

Darum sind in der Kunstschule Thalia dreihundert junge Leute eingeschrieben — es kostet sie siebenhundert Mark im Jahre und außerdem die Freiheit und Unbefangenheit ihrer Jugend. Allein siebzig wollen tanzen lernen: Artisten aus Varieté und Zirkus, Studentinnen der Hochschule für Leibesübungen, wie einst Melitta, Studentinnen, die zur Beruhigung ihrer Eltern erklären, daß sie Bewegungslehrerinnen werden wollen, aber heimlich Ambitionen zum Theater haben, Kohldorfer Mädchen, deren Mütter meinen, sie seien so hübsch gebaut, daß sie selbst zum Heiraten zu schade wären.

Leichtfüßig huschen sie über die Gänge, sehr bedeutend und zukunftsvoll kommen sie sich vor. Bevor sie ihr Metier gelernt haben, besitzen sie schon die Routine, es auszuüben. Bevor sie sich dem Wesen der Kunst nähern, sind sie schon darauf bedacht, sich die Exzentrik des Künstlers in Gang, Gebärde und Kleidung anzueignen. Derweil sie im Bereich der Kunst noch nicht voll gelten, benehmen sie sich wie Bürger, die über die Stränge schlagen. Soviel Fertigkeit im Unfertigen, soviel Abgeklärtheit im Unvergorenen ist beunruhigend.

Tiefsinnige Gesichter, denkerisch in Falten gelegt, träumerische Augen, hochmütige Stirnen verschwinden durch Türen, die für sie den Durchgang zum Paradiese bilden. Nacktbeinige Tänzerinnen, tapfer frierend in eine Ecke gedrückt, fechten einen wortreichen Streit über eukinetische und choreutische Studien aus — o Melitta! Wenn sie ein harmloseres Deutsch sprächen und auch wüßten, daß das philosophisch klingende Wort „Choreutik" nichts anderes als Tanzkunst bedeutet, wäre ihnen jeder Anlaß zum Streit genommen.

Eine Tür steht offen, auf der weißen Tafel da drinnen ist ein großer schwarzer Punkt gemalt: Studierzimmer für Cellospieler. Damit sie sich an Konzentration gewöhnen, müssen sie, ohne Notenblatt spielend, immer auf den schwarzen Punkt starren. Arbeitspsychologie, heiliger Limpinsel, ist Trumpf. Der Tanzkapellmeister, unrasiert, doch in seelischem Tumult, rennt von Tür zu Tür und sucht einen Tänzer. „Ohne ihn kann ich doch nicht anfangen!" Es ist schön, zu wissen, daß es noch Geschäfte auf der Welt gibt, wo alles von der Anwesenheit eines einzigen Menschen abhängt.

Die Türen krachen. Unwillig bricht die Pianistin ihre Schumann-Etüden ab. Indigniert wirft der Tenor-Eleve seine Noten hin. Er kann es sich erlauben, Tenöre sind selten, vor Tenören, auch wenn sie noch keine sind, wird Kotau gemacht. Im Grunde ist ihm die Unterbrechung freilich willkommen. Er soll die Bildnisarie aus der „Zauberflöte" singen, und Mozart singt er nicht gern, es ist undankbar und erfordert Intelligenz.

Vom Rangierbahnhof tönt schweres, gleichförmiges Aufschlagen von Eisen. Turbinentrommeln werden dort verladen, Kurbelachsen, gekümpelte Kesselteile. Auf der Brücke stehen die Arbeiter, die keine Beschäftigung haben, obwohl das Eisen eine lebenswichtige Sache ist. Die dreihundert Kunstschüler sehen das nicht, mag die Katastrophe sich auch unter ihren Fenstern abspielen. Wozu ist das Eisen da, wenn nicht dazu, die Kunst zu ernähren, ihre Kunst, versteht sich, das heißt sie selber, die sich den Realitäten des Lebens überlegen fühlen.

Über die Treppen stürmt die Kapellmeisterklasse zum musiktheoretischen Unterricht. Die Schauspieler schwadronieren über den Korridor und werden hastig von lautdämpfenden Vorhängen verschluckt. Fast Dreißigjährige neben Zwanzigjährigen. Die Kunst ist ein begehrtes Feld. Viele mögen glauben, daß sie ein Weg zu allerhand Privilegien sei. Viele sind eitel, aber wenige sind auserwählt. Auf alle Fälle ist die Kunst ein öffentlich subventioniertes Unternehmen. Unter Valentin Moos wird man nicht Not leiden.

Als der Tanzkapellmeister sämtliche Türen aufgerissen und wieder zugeschlagen hat, wird ihm bedeutet, daß der gesuchte Tänzer im Probesaal sei. Das ist natürlich, aber wie konnte der Tanzkapellmeister auf das Natürliche verfallen? Dort steht der Tänzer, weich und still wie Narkissos an der Quelle. Zart glühend schaut er in das weiße Licht eines Spiegels: ein Mann, der die Grazie einer Frau einübt. Unverwandt blickt Eugen in diese jungen Gesichter. Überall entdeckt er Ähnlichkeiten mit Melitta. Er entdeckt, daß sie erschreckend alt sind. Aus einem fest geschlossenen, mittelständischen Kreis kommend, suchen sie den prickelnden Reiz der Unsicherheit und Abenteuerlichkeit — gegen städtische Sicherheiten. Was wird aus ihnen, wenn die rauhe Welt sie anpfeift? Sie haben sich innerlich schon gesetzt und täuschen nach außen vagabundierende, überschäumende Jugend vor. Sie sind innerlich satt und träge und täuschen nach außen hungrige Temperamente, Abgehetztheit und Unruhe vor. Nichts ist ihnen verschlossen. Alle Schwierigkeiten ersticken sie in einem Urwald von Worten. Es gibt keine Stokkung, keine Scheu, kein Zögern. Es ist, als würden in dieser Kunstschule das Tempo und der Rhythmus der Zeit am laufenden Band fabriziert. Der Rangierbahnhof ist dagegen ein Spießerpfuhl an Ruhe und Gleichmaß.

Doch sofort beginnt in den Unterrichtsräumen die vorschriftsmäßige innere Sammlung. Um einen Tisch herum sitzen die Schauspieler und lesen „Kabale und Liebe". Luise ist ein Mädchen mit braungelbem Teint und melancholischem Bergnerblick. Sie sagt zu Ferdinand: „Trinken Sie! Der Trank wird Sie kühlen!" Mit einem Rest natürlichen Instinkts sagt sie es verstandesmäßig, sozusagen therapeutisch: kühle Limonade ist Arznei gegen Fieberhitze. Aber der Lehrer zischelt: „Erleben, mehr erleben!" Dabei neigt er sich zu ihr hin und verkrampft seine Finger ekstatisch vor ihrem Gesicht. Geht nicht von Brahm die Sage, daß er einer Schauspielerin den Ausdruck des Seelenschmerzes beigebracht habe, indem er ihr rohe Erbsen in die Schuhe legte? Ohne Kunstgriffe scheint die Seele schwer aktiv zu werden. „Erleben, mehr erleben." Luise spreizt ebenfalls die Finger, aber der Satz ist von einer verteufelten medizinischen Nüchternheit; nicht umsonst war Schiller Medizinstudent, aber das braucht ein Schauspiellehrer nicht zu wissen. Mit unbewegtem Gesicht lächeln die Mitschüler; sieh da, auch das haben sie schon gelernt.

Ein pausbäckiger Junge, helläugig und mit gewelltem Haar, betritt das Direktionszimmer. Der Direktor ist der Generalmusikdirektor, den die Jaguttis-Kadereit geheiratet hat. Er macht ein Gesicht, als ob er ständig beleidigt wäre. Der Junge ist nicht schüchtern, gleichwohl sagt der Direktor, er brauche sich nicht vor ihm zu genieren. Fünfzehn ist der Junge, kaum ein Meter zwanzig hoch — kleine Menschen gibt das, die im

Krieg Geborenen: es geht ihnen ihr Lebenlang nach, daß ihre Mütter keine Milch für sie hatten. Der Junge deklamiert einen Vers, worin etwas von Boden und Samen vorkommt, und vom städtischen Orchester, das als urwüchsige Äußerung der Heimatkultur ungeschmälert, womöglich mit Beamteneigenschaft und Pensionsberechtigung, der Stadtbevölkerung erhalten bleiben muß. In einem Konzert soll er es aufsagen, denn es muß geworben werden, und einige Kohldorfer Stadtverordnete murren über die hohen Zuschüsse. Es entsteht die Frage, welches der geeignete Zeitpunkt für die Deklamation ist: vorher, in der Pause, oder nachher. Die Instanzen können sich nicht einigen. Telephone klingeln, Boten traben zum Rathauspalast. Es ist ein Betrieb, als handle es sich um die Vorbereitung einer Tournee nach Ägypten. Sicherlich ist es weniger kompliziert, Mähmaschinen nach Kanada zu verkaufen.

Der kleine Junge ist aus der Orchesterklasse, Sohn eines Wahnstädter Metallarbeiters. Musiker soll er werden, weil das unter Valentin Moos ein Beamter ist; und der Vater, der noch arbeitet, wiewohl mit Feierschichten und geringerem Verdienst als ein Erwerbsloser — dieser Vater hat einen Kollegen, der über eine schöne Baßstimme verfügt. „Ich wollte ihn so gern in unsere Schule bringen, Herr Roloff", erläutert der Generalmusikdirektor, „aber der Mann konnte keine Seitensprünge machen, er mußte bei den Walzen stehen und seinen Lebensunterhalt verdienen. Ich habe mich dieserhalb an Windhäuser gewandt, die Antwort war das übliche Bedauern, keinen Präzedenzfall schaffen zu können. Nur gut, daß seine Vorfahren anders gedacht haben, sonst hätte er heute kein Schema, wonach er sich richten kann. Immerhin hat er dem Mann einen anderen Arbeitsplatz gegeben, wo seine Kehle weniger der Ungunst der Atmosphäre ausgesetzt ist. Der Mann ist jetzt Werkstattschreiber, und abends kommt er hierher singen für sein übriges Geld."

Eugen dachte an den armen Allwiß Kaschub, der auch einmal Werkstattschreiber gewesen war. Währenddem sagte er: „Nun, schließlich hat die Fabrik ja nicht die Aufgabe, Bassisten, sondern Stahl zu erzeugen; und da ihr Künstler egoistisch seid", setzte er mit dem Anflug eines Lächelns hinzu, „— weshalb sollten es die Fabrikbesitzer nicht sein dürfen?"

„Wie? — Also hören Sie, darüber müssen wir daheim bei mir noch reden. Sie kommen mit zum Essen. Meine Frau würde sich umbringen, wenn sie erführe, daß Sie hier waren, ohne sie aufzusuchen."

Darin mochte er recht haben. Die Jaguttis-Kadereit war auf Eugen Roloff noch ebenso versessen wie früher —: der einzige Fall, in dem sie unerwiderte Sympathie nicht in Haß umsetzte. Da man zudem dem Generaldirektor bei seinem ohnedies beleidigten Gesicht nichts abschlagen konnte, nahm Eugen die Einladung an.

Auf dem Wege zur Villa des Generalmusikdirektors war er schweigsam. Unaufhörlich fragte er sich: „Ist es eigentlich ein Problem, ob der Mann aus dem Walzwerk singen lernt? Es ist nicht einmal ausgemacht, ob der Posten des Werkstattschreibers eine soziale Erhöhung ist. Die Angestellten werden scheel gucken, daß ein Arbeiter in ihre Reihen eingedrungen ist. Vorgesetzte werden darüber wachen, daß der Mann, der schon einen so ungewöhnlichen Sprung getan hat, nun wenigstens auf dem Drehstuhl kleben bleibt, auf den er gegen alles Reglement gelangt ist."

So, skeptisch und innerlich versteift, trat er mit seinem Begleiter über die Schwelle des Hauses, wo ihn im nächsten Augenblick die Jaguttis-Kadereit mit einem Allegro falscher Herztöne und dem Firnis ihrer Menschlichkeit überschüttete.

V

Sie hörte sich gern „die Gattin des Künstlers" nennen. Aber mehr als die Gattin war sie sein Agent, sein Reklamechef. Sie machte ihn zu dem, was er war — vielleicht sah er darum so beleidigt aus. Sie erklärte ihn zum „Pultmarschall", zu dessen Exerzierplatz sich die Dirigenten der Welt drängten, um den letzten Schliff zu erlernen. Für die Konzerte, die sie in Erinnerung an die „Überwindung der Lieblosigkeit" als „Aposteldienst" bezeichnete, verfaßte sie ruhmredige Pressenotizen, die kein poeta laureatus rauschender, schwelgender, anreißerischer hätte stilisieren können. Sie vermittelte die ausländischen Gastspiele, in Madrid, in London, in Scheveningen, sie lud die internationale Presse in die Kunststadt und ließ sie nicht allein über die Musik schreiben, sondern auch über ihr gastliches, aus Jaguttis' Rente unterhaltenes Haus; kurz, sie zeigte, daß auch hier wieder der Prophet draußen mehr geachtet war als in seinem Vaterland, wo die privaten Musiklehrer ihm den Krieg erklärt hatten und der Intendant des Festspielhauses ihn hinderte, Opern zu dirigieren, obwohl dies seine innigste Sehnsucht war.

Diesem Intendanten hatte die Jaguttis-Kaderei ewige Fehde geschworen. Tagelang veranstaltete sie telephonische Belagerungen aller Persönlichkeiten, von welchen sie ein Einschreiten erhoffte. Darunter war auch Eugen Roloff; es focht sie nicht an, daß er der Kunstschule Thalia nicht gewogen war, er durfte das, er war ja ein „Kunstfeind", und in der Sache zwischen ihrem Mann und dem Intendanten ging es nicht um Kunst, sondern um Gerechtigkeit.

In ihrem schöngeistigen Salon versammelte sie allmählich alle Leute, die irgendwann einmal irgendwelchen Zwist mit dem Intendanten gehabt hatten — Künstler, Lieferanten, Abonnenten, was immer sich ihr darbot. Sie protokollierte jeden einzelnen Vorfall und stapelte das Material für den Hauptangriff auf, dessen Termin sie sich vorbehielt. Der Intendant, seinerseits nicht wählerisch in seinen Mitteln und ihr an überspanntem Temperament, falscher Beweglichkeit, geschwollener Ekstase nicht nachstehend, begegnete ihr ins Gesicht mit derselben gleichbleibenden Achtung, mit welcher er, der im Leben wie auf der Bühne alles Betrachtende dramatisch aufzupulvern und aus jedem Bericht eine Geräuschimitation zu machen verstand, lügenhafte Geschichten über sie ausstreute. Unterdessen sagte sie, die sich neuerdings auch sportsmännischer Ausdrücke befleißigte: „Er ist schon angeknockt" — was soviel heißen sollte wie: alle Schritte sind getan, ihn knockout zu machen. Nach und nach stellte sich allerdings heraus, daß die Personen, von welchen sie solches sagte, besonders lange unbesiegbar blieben, und daß andere, auf die sie setzte, gewöhnlich schon auf angesägtem Aste saßen, so daß zuletzt der Aberglaube aufkam, es sei lebensgefährlich, ihr Freund zu sein, und ein Lebenselixier, sich mit ihr zu verkrachen.

Diesem Karneval sah Eugen gleichmütig zu; er überschlug nur gelegentlich, was solche Kabalen, aus denen eine mit öffentlichen Geldern und öffentlichen Phrasen gespeiste Kultur bestand, die Allgemeinheit kosteten.

Nach Tisch, ein Schälchen Kaffee in der hohlen Hand balancierend, beklagte die Gattin des Künstlers ihr trauriges Los: die privaten Musiklehrer besäßen die Unverschämtheit, in den Volksschulen Reklamezettel zu verteilen, um die Kinder schon in der dritten Klasse gegen die Kunstschule Thalia aufzuwiegeln, und neulich im Konzert habe der Solist aus München sich geweigert aufzutreten, falls die Kritik nicht entfernt werde — sein Name habe Weltruf, wieso er dazu komme, sich von jedem geschorenen Hammel, von jedem Saulackl beurteilen und anpöbeln zu lassen —, und in der Berliner Presse fände der Generalmusikdirektor nicht den geziemenden Widerhall, die Korrespondenten hätten natürlich was Persönliches gegen ihn.

„Die Mechanisierung vernichtet die Musik", sagte der Generalmusikdirektor, um darüber hinwegzukommen. Dabei sah er aus wie ein Mann, der in einen Bäckerladen gegangen ist, um Leberwurst zu kaufen, und ihn gekränkt verläßt, weil es dort nur Brötchen gibt.

Eugen war wütend; wütend knurrte er: „Wie kann man sich nur um der Musik willen so aufregen? Ich halte die Musik für erschöpft. Was in Musik auszudrücken ist, ist ausgedrückt. Neues scheint mir nicht mehr möglich zu sein, nur noch Wiederholungen."

„Ja, Sie!" rief die Gattin des Künstlers. „Sie haben gut reden. Sie sind nun mal ein Kunstfeind."

„Ich bin kein Kunstfeind", widerlegte er, wohl wissend, daß es nutzlos sein müsse. Er sprach so anschaulich wie möglich, aber wie konnten diese Menschen das Anschauliche verstehen, da sie ja kein Gehör dafür besaßen? Es gab nicht bloß Mißverständnisse zwischen ihnen, es gab überhaupt keine Verständigung. Trotzdem versuchte er es immer wieder: „Ich wehre mich nur gegen die Verlogenheit, die den Schaffenden in die Bestandteile Künstler und Mensch zerlegt, mit dem Menschen aber den Privatmann meint und den Privatmann dann in den Vordergrund spielt. Ich wehre mich gegen Ausnahmegesetze. Ich wehre mich gegen Künstler, die den Luxus des bürgerlichen Lebens genießen wollen, aber beleidigt tun, wenn das bürgerliche Gesetz sie trifft. Ich wehre mich dagegen, daß man als

Bürger mit genauer Berechnung sündigen und als Künstler mit aller Rücksicht auf die Unberechenbarkeit einer empfindlichen Psyche abgeurteilt sein will, daß man als Bürger alle Rechte und Vorrechte des Künstlers beansprucht und als Künstler alle Pflichten des Bürgers verleugnet, daß man die Öffentlichkeit in die Schranken fordert und sich beim erstbesten Konflikt hinter seine chaotischen Privatinteressen verschanzt, daß man bewußt die Gesetze übertritt und den Unbewußten markiert, wenn man dafür einstehen soll. Ich wehre mich gegen die Jagd nach Beziehungen, mit welcher man die Jagd nach Qualität umgeht. Ich wehre mich gegen die geheimniskrämerischen Zeremonien, mit denen der künstlerische Schöpfungsakt umgeben wird, genau wie ein Zauberer durch pantomimische Darstellung der Übermenschlichkeit seiner Programmnummern auf naive Gemüter Eindruck macht. Ich wehre mich gegen ein Künstlertum, dessen Schöpfungen gewissermaßen Prospekte eines Sanatoriums darstellen, und gegen die eigentümliche Logik der Beschwerden, daß man bei dieser Privatkur nichts verdiene. Von Rechts wegen müßte man jenen Leuten noch Geld zuzahlen, die gutmütig genug sind, für diese Sanatoriumsprospekte die Empfehlungsbriefe zu liefern."

„Die Kunst wird nie populär werden", sagte lethargisch der Generalmusikdirektor.

„Das weiß ich. Allein es wäre ein Trugschluß, wenn man dächte, darum müsse alles Kunst sein, was unpopulär ist, oder Unpopularität sei ein Beweis für die größere Tiefe und Schönheit der Kunst."

Er sah auf die vorrückenden Emaillezeiger einer Empire-Uhr, die auf einer Vitrine stand: die Stunde des geistigen Zirkels war angebrochen, er sah den Kunstschriftleiter Markisch eintreten und fuhr desto halsstarriger fort.

„Es ist immer ein komischer Anblick, wenn die *Stillen im Lande* ein Werk verdammen, weil es hohe Auflagen erzielt. Kunst hat niemals hohe Auflagen, sagen sie dumm-stolz und wähnen, daß davon ihre abgelagerte Buttermilch zu Kunst würde."

Herbert Markisch drückte sich auf der Nase einen Mitesser auf, schüttelte seinen Krauskopf und sagte: „Kunst kann nur von guten Menschen gemacht und gewürdigt werden, von Menschen, die sich auf geistigen Höhenwegen bewegen."

Seine Stimme war klitschig. Es hörte sich an, wie wenn er mit ihr einen Knicks mache; und als seien es die Erläuterungen eines Prologus, der die auftretenden Personen vorstellt, so erschienen bei seinen Worten Behmenburg und Limpinsel mit einem Schwarm junger Schranzen, die sich mit dem ersten Manuskript, das sie in der Tasche hatten, als Angehörige der Weltliteratur betrachteten — einer Weltliteratur, welche ihnen als Versicherungsgesellschaft auf Gegenseitigkeit vorkam —: so war dieses Manuskript ihr Versorgungsschein, den jedermann anzuerkennen, ein Scheck ohne Deckung, den jedermann einzulösen hatte; bestenfalls ein vordatierter Scheck, den sie dreist lombardiert zu sehen verlangten. Es war die hundertjährige Boheme, deren Charakter nicht dadurch verändert wurde, daß der Künstlerschlips durch die Hornbrille ersetzt, und deren Sinnigkeit nicht dadurch ihre Anziehungskraft verlor, daß sie sinnlos geworden war: vagabundierende Elemente, die dem Hafen der Kunst zustrebten, seit sie gehört hatten, daß etliche große Künstler Vagabunden waren; flinke Routine, die aus Mißgeschick, Abenteuern und Verfehlungen ihr Kapital zu schlagen hoffte. Sie schimpften auf die „seelenmordende Technik", und jedes zweite Wort war eine Entlehnung aus der Technik: Montage, Querschnitt, Ankurbelung ... Montage — die gute Beziehung. Querschnitt — der Waschzettel. Ankurbelung — der Salon Jaguttis-Kadereit. Dazwischen faselte Markischs knicksende Stimme von „gestufter Wertgebung". Eugen mußte dabei an ein Krautgericht denken, das er einmal in einem mittelrheinischen Städtchen gegessen hatte: die Leute dort hatten es „gestuften Kappes" genannt.

Plötzlich sagte Studienrat Limpinsel: „Wenn ich die Gewohnheit hätte, Weihnachtsgeschenke zu machen, würde ich Kriegsromane schenken."

„Wie?" fragte Eugen, „müßten nicht gerade Sie als Mann mit Herz und Seele diese Gewohnheit haben? Die Dinge müssen doch ein bißchen zusammenpassen. Selbst der Verstand hat nichts gegen Weihnachtsgeschenke einzuwenden. Wo bleibt denn da die Logik des Herzens?"

„Ich bin ein moderner Mensch", versetzte Limpinsel mit einer abwehrenden, eckigen Bewegung.

Sanitätsrat Behmenburg strich seinen Bart: „Diese Literaten

verdienen ein Heidengeld mit ihren Kriegsromanen, die doch eigentlich Deutschland selber geschrieben hat, das ganze Volk. Und dann verzehren sie ihr Geld auch noch im Ausland und entziehen dem Mitautor Deutschland die Tantieme-Anteile."

Eugen sprang auf. Er schlug mit den Händen durch die Luft, als handhabe er einen Ochsenziemer.

„Jetzt habe ich genug von diesem Geschwafel, daß der Krieg ein großes Erlebnis gewesen sei! Nur ein Kabarettist, Herr Sanitätsrat, nur ein Kabarettist ist imstande, sich mit solchem Geschwafel noch als Demokrat und Friedensfreund auszugeben! Was geht es Sie an, wo die Romanschreiber ihr Geld verzehren? Ärgert es Sie, daß es bei Ihnen nicht dazu reichte, der Mitautor von Deutschland zu werden, wie Sie sich ausdrücken — hä?"

Es wurde ihm im Augenblick nicht bewußt, daß es Gustav Roloffs „Hä" war, das er in der Erregung ausstieß.

Anfangs hatten noch einige ihren Tee getrunken und weitergeschwatzt; aber mit jedem Wort, das er sprach, verstummte einer mehr, und zuletzt bammelten sie an den Stühlen wie aufgehängte Fledermäuse.

„Aber nein, Herr Roloff!"

Wie es sich gehörte, war es die Jaguttis-Kadereit, die als erste die Sprache wiederfand. „Warum denn so garstig? Wir kennen Sie ja nun alle und wissen, was Sie sagen wollen, aber das können Sie doch auch manierlich sagen . . ."

„Einen Dreck wißt ihr, was ich sagen will!"

„Junger Mann!" beschwor ihn Behmenburg und schien die triefenden Worte aus seinem Bart heraufzuziehen wie irdene Gefäße aus einem tiefen Brunnen, „junger Mann! Wenn die Toten des Krieges aus ihren Gräbern aufstünden — sie würden nicht für eine Partei stimmen."

Mit jählings niederfallender Schwermut sagte Eugen:

„Sie würden für eine Partei stimmen. Sie würden für die Parteien stimmen, die sie abgeschlachtet haben. Und sie würden sich abermals abschlachten lassen."

„Sie machen sich ganz unmöglich", piepste Limpinsel. Die Worte waren plastisch, wie an die Schultafel geschrieben.

„Hoffentlich", versetzte Eugen schnell, „hoffentlich mache ich mich unmöglich. Lieber das, als daß ich mich abstempeln lasse."

In gezwungenem Ton einen guten Abend wünschend, ging er:

ging durch Kohldorfs verwaiste Gassen — ein Einzelgänger. Er atmete auf, Kohlendunst lag in der Luft. Lauter stickiger Kohlendunst, der die Gehirne vergaste. Kohlendunst über dem Städtekranz, Kohlendunst über Deutschland. Untertauchen — darin?

Er schritt aus, spannte seine Muskeln, konzentrierte sich gedanklich im Schreiten.

Ein Einzelgänger!

Allein mit dem Gefolge seiner Gedanken. Allein unter Dogmen und Phantomen. Es war gut, so allein zu sein.

Fünfzehntes Kapitel

I

Roloffs ständige Sorge waren die Kongresse. Woher sollte man sie alle nehmen? Es machte sich bereits eine Abstumpfung bemerkbar: die Veranstaltungen überlebten sich und nutzten sich ab; die Praxis ergab, daß diese Art Reden und Entschließungen von vornherein zur Erfolglosigkeit verurteilt war. Man nahm sie nicht mehr ernst, da sie sich im Kreise drehten, und indem die Resonanz ausblieb, verflachte auch die optische und akustische Fülle. Der allgemeine Übergang von der Konjunktur zur Krise tat das übrige. Roloff mußte erleben, daß sogar von den siebentausend Gastwirten des Städtekranzes bloß die Hälfte auf ihrem Verbandstag zu sehen war — und das, obgleich er ein Wettkochen für Frauen und Mädchen damit verknüpfte; ,,denn die Liebe geht durch den Magen", hatte er noch fröhlich gesagt. Und was geschah? Es meldeten sich Stimmen, die da verlangten, daß man den Leuten erst einmal etwas geben solle, womit sie ihre Kochtöpfe füllen könnten.

Im ,,Forum der Zeit" war zu lesen: es sei nicht wahr, daß die Konjunktur von einer Krise abgelöst werde, vielmehr sei die Krise ein Dauerzustand, der nur zuweilen von einer Hochkonjunktur verdeckt werde, und die gegenwärtige Wirtschaftsnot wirke nicht ursächlich, sondern nur verschärfend. Sollte man es glauben?

Wie es auch sein möchte — schmäler und schmäler wurde die Basis. Das Parkhotel Hindenburg lebte, wovon es nicht hatte leben sollen: von der Sonntagskundschaft des Malepartus. Im Grunde war es nur ein Pseudonym für diesen, ungemütlich aufgeschwemmt, übergeschnappt, verkrampft, wie eine Zofe, die, während ihre Herrin ausgegangen ist, deren Kleider anzieht. Roloff kam sich manchmal vor, als sei er pensioniert. Nach und nach lichtete sich nämlich auch noch jene Sonntagskundschaft. Sie stieß sich an den hohen Preisen, die er in seinem Großbetrieb verlangen mußte. Sie stieß sich auch daran, daß das Essen nicht warm genug serviert wurde; der Städtebauer Jaguttis hatte die Küchen so neuzeitlich angelegt, daß das Essen zwar am laufenden Band herauskam, aber über einen Hofraum transportiert werden mußte, wo der Wind ein bißchen hineinblies.

Bernhard Stövesand, der Privatunternehmer, mietete von Bernhard Stövesand, dem Geschäftsführer der Wabag, das neue Turmhaus in der Amsterdamer Straße. Der Unternehmer Stövesand zahlte dem Geschäftsführer Stövesand für den ganzen Bau dreihundertsechzigtausend Mark im Jahre; seine dreißig Untermieter zahlten ihm selber anderthalb Millionen.

Roloff beriet sich mit ihm. Er sagte: „Trotz und alledem, lieber Stövesand! Wir müssen uns eben umstellen. Wenn wir schon keine Wunder mehr tun können, dann haben wir um so mehr darauf zu achten, daß wir Wunder erleben, und das freut ein' denn ja auch. Die Kunststadt mit ihrem Festspielhaus — das 's kompletter Blödsinn. In unseren Industriestädten kann man kein hohes Theater machen. Unsere Bevölkerung braucht leichte Unterhaltung, Aufheiterung, Zerstreuung." Das sagte Roloff? „Nuja", ergänzte er, als er diese Frage aus Stövesands Gesicht ablas, „deshalb kann es doch auch seinen tieferen Sinn haben."

Stövesand prüfte ihn mit einem knappen Blick; er sah verfallen aus, die Brauen traten von den Augenlidern zurück, die Pupillen erkundungstüchtig vor; schlimm mußte es stehen, wenn Gustav Roloff sehend wurde. Ein Glück, daß der Schnauzbart seine Ursprünglichkeit, seine Frische, seinen Schneid bewahrte. „Immer wieder von vorn anfangen!" schienen seine Stacheln zu verkünden. Seiner Unternehmungslust konnte keine Krise der Welt etwas anhaben. Er war beseelt und geradsinnig, der Führer zur höheren Entwicklung, die Bürgschaft für Moral und Ordnung, Gewicht und Ansehen, Zähigkeit und Zucht. Er war es, der einen armen Schächer von Schwarzbrenner verdammte, wenn er nicht der Wirte-Innung angehörte. Er war es, der die Presse in den Dienst seiner Sache gestellt hatte. Er war es, der die Gaststättenbesitzer aufforderte, von selbstmörderischen Preisermäßigungen abzusehen und im Interesse der Nation einen leistungsfähigen Wirtestand zu erhalten. Er war es, der jetzt zu Stövesand sprach: „In Zeiten der Erfolge und des Glückes kann jeder Esel Erfolg und Glück haben. Wahre Männlichkeit zeigt sich erst, wenn man sich angesichts eines wirtschaftlichen Tiefstandes noch für ideales Streben begeistern kann. Wo der kleine Verdienst ist, entsteht das größte Verdienst."

Dieses Wortspiel bereitete ihm solches Vergnügen, festigte so sein Vertrauen, daß er es mit seinem kurzen und tiefen, ein wenig asthmatischen Atemholen der Genugtuung noch einmal aussprach. Darauf erst entwickelte er seinen Plan: eine Kleinkunstbühne nebst einer altdeutschen Bierklause zu eröffnen. Stövesand erklärte sich zu den erforderlichen Einbauten bereit und nannte den Mietpreis: achtzigtausend jährlich. „Sehr gesalzen", knurrte Roloff. Stövesand riet, ohne darauf einzugehen: „Lassen Sie den Betrieb auf den Namen Ihrer Frau eintragen und sich selbst als Geschäftsführer anstellen." Verblüfft über diesen menschenfreundlichen Vorschlag, der doch, ging es schief, seinen Urheber selber schädigen mußte, sah Roloff den Aufstocker von unten her an; der fuhr unterdessen fort: für den Mietvertrag müsse er allerdings einige Sicherheiten haben... Es sei keinerlei Mißtrauen damit verbunden, bewahre, aber die Zeiten, nicht wahr, und das Risiko, nicht wahr, das er im vaterstädtischen Interesse mit der Pachtung des Turmhauses übernommen habe... Roloff begriff. Er sagte launig und mußte ein Lachen verbeißen: „Es wird schon schief gehen, lieber Stövesand. Also Hals- und Beinbruch für uns beide!"

Unverweilt hielt er Ausschau nach einem Geldgeber. Er verfiel auf die Kreditbank, die ihm ja auch zum Hotelbau eine Million zugeschossen hatte; es war eine mittelständische Genossenschaftsbank, Jaulenhoop hatte inzwischen im Aufsichtsrat den Vorsitz angetreten. Er suchte ihn auf. Sie sprachen leise miteinander und sahen dabei zu Boden.

„Was meinst du, Paul? Gibt es eine Möglichkeit?"

Jaulenhoop besann sich, malte Figuren auf eine alte Zeitung und antwortete: „Hm, ich glaube, es gibt eine... Unser Direktor hat da nämlich 'nen Neffen, mit dem er nicht recht was anzufangen weiß. Bißchen 'n Luftikus, verstehst du. Aber wenn du ihn als Geschäftsführer nimmst, so 'n Kabarett, das könnt' er schon schmeißen, zumal wenn du ihn an der Kandare hast, Gustav. Falls du ihn nimmst, wirst du beim Alten ein geneigtes Ohr finden. Nimmst du ihn?"

„Nu, ich kann mir 'n ja mal ansehn."

Er sah ihn sich an. Der junge Mann hatte die Eigentümlichkeit, daß er immer und überall den Hut, eine graue Melone, auf dem Kopf hatte und die Hände in den Hosentaschen, wobei er seine Finger darin spazieren gehen ließ. „Macht 'n Eindruck", dachte Roloff. „Nicht übel. Am Ende sogar ausgezeichnet."

Er nahm ihn zugleich mit fünfhunderttausend Mark von der Kreditbank entgegen: Sicherheit für Stövesand. Der Kreditbank wurde das Mobiliar verpfändet; der Direktor forschte nicht nach.

Frau Olga wurde vor die Notare geschleppt. Sie ließ alles mit sich machen; wenn sie nur wieder in den Malepartus zurückkehren durfte! — In den Malepartus? Ach, es war kein Malepartus mehr, es war ein fremdes, kaltes, knotiges Betongestell. Aber vielleicht wurde es wieder warm und traut, wenn man den alten Namen einbrachte? „Das 's auch meine Idee", sagte Roloff; „Bierklause Malepartus".

Kurz nach der Eröffnung waren schon zweitausend Schnittchen verkauft. Jeder hatte das Gefühl, daß er wieder geborgen, wieder eine Lücke ausgefüllt, wieder eine Heimstatt geschaffen war für den ewigen Wahnstädter Geist, der seither verdurstend, verschmachtend durch die Steinwüste der Kongreßstadt geirrt war. Hunderte mußten wegen Platzmangels umkehren, Hunderte stauten sich vor dem Büfett, Deutschlands größtem eisgekühltem Büfett, Hunderte vernahmen stehend das Deutschlandlied, das von einer holländischen Damenkapelle in der kleidsamen Nationaltracht gespielt wurde, Hunderte scharten sich um das große Wandgemälde, das vom Maler des wachsamen Hähnchens verfertigt war und eine schwungvoll belebte Stammtischrunde darstellte, Hunderte gerieten in Verzückung vor den alten Malepartuskrügen, den messingenen Fuchsköpfen vom früheren Portal, dem Zinngeschirr, den Kacheln an den Wänden, Hunderte lasen die Wandsprüche, unter welchen dieser am meisten zusagte: „Nun freß dich voll und sauf dich dick und halt das Maul von Politik!" Hunderte und aber Hunderte aller Parteischattierungen labten sich an Licht und Klang, an Raum und Farbe, an Leib und Seele; an all der Wärme und Traulichkeit, die wie ein hängender Garten in die eisigen Betonpfeiler eingelassen war und die niemand vermutete, der den kahlen Aufgang betrat. So behauptete sich endlich die fröhliche alte Zeit inmitten neuer Sachlichkeit, so versöhnte sie sich mit ihr; und unter Hunderten und aber Hunderten, die wieder heimgefunden hatten zum unverfälschten Hort, war auch ein Unverlierbarer, nur eine kleine Spanne Verirrter zurückgekehrt: Theodor Reckmann.

Es sollte nicht aussehen, wie wenn er zu Kreuze krieche. Krachend, wie die Tür hinter ihm zugeschlagen worden, tat er sie vor sich auf. „Na prosit!" hörte man ihn schon von weitem rufen. „Na prosit! Auf eine gedeihliche Zusammenarbeit zwischen Stadtverwaltung, Bürgerschaft und Presse!"

Frau Olga schwamm in Wonne, sie lachte und strahlte, strahlte und lachte wieder: nur die Verleugnung des Namens war an allem schuld gewesen! Malepartus, treuer Kumpan, alte ehrliche Haut, Glücksbringer, Seelenarzt! Mit dem Namen kehrte alles zurück, Freund und Zufriedenheit, Verläßlichkeit und Segen. Ach, Frau Olga sah auch Eugen schon wieder daheim... und nur drüben, am Platz der Republik, der nun Roloffplatz hieß, blieb der Alpdruck sitzen — ein lebloser, liebeleerer Koloß, das Parkhotel Hindenburg.

Auch der junge Mann im Kabarett bewährte sich. Aus seiner bewegten Vergangenheit hatte er viele Bekannte in Artistenkreisen, und hatten diese auch meistens anderwärts schon abgewirtschaftet, so waren sie für die Kongreßstadt doch neu wie am ersten Tag. Nur einmal hätte es des Kabaretts wegen beinahe einen Krach im wachsamen Hähnchen gegeben. Ein Wanderzirkus hatte sich angemeldet, und Roloff wollte den Einbruch dieser Konkurrenz hintertreiben. Die Geschäftsleute und Handwerker, auf die paar Aufträge spannend, die der Zirkus zu vergeben hatte, billigten sein Vorgehen nicht. Jaulenhoop sagte: „Es tut mir leid, Gustav, ich darf nicht mitmachen." Hackforth wollte Fleisch liefern. Gutzeit? Na, da war nichts zu fragen. Roloff hatte Gutzeit sogar im Verdacht, daß er die Kaufleute hinterrücks gegen die Pläne aufputschte, die er in der City-Gesellschaft selbst mitberiet. Warum sie nur immer gegen die Buddeleien in den Straßen stänkerten? Wer die Weltstadt bejahte, mußte auch die Arbeiten bejahen, die sie aufbauten, und kleine Unannehmlichkeiten der Übergangszeit ertragen. Oder waren sie mit den Unannehmlichkeiten auch die Weltstadt leid, hä?

II

Nie hätte Reckmanns Wunsch nach einer gedeihlichen Zusammenarbeit zwischen Stadtverwaltung, Bürgerschaft und Presse schöner in Erfüllung gehen können als jetzt, da alles unter einem Dache wohnte: denn unter den Mietern des Turmhauses befand sich auch der Stadtrat Drobeck mit seinem Verkehrs- und Presseamt, das Schwandt aus dem Rathaus ausgebootet hatte — unter dem Vorwand, daß dort infolge der vielen Besuche von Journalisten, Studiengesellschaften und Touringklubs kein Raum mehr sei. Ferner war der Modenkönig Rehberger da, der als künstlerisch veranlagter Kaufmann zuallerletzt *zum Zuge gekommen* war und sich für sein Haus mit einem geringeren Verkaufspreis als beispielsweise Roloff und Hackforth hatte begnügen müssen. Nachdem er in eben den Wochen, als Gutzeit die alte Wahnstädter Parole ,,Wohlfeile Massenware!" verstärkte, im Turmhaus einen erstklassigen Modesalon eröffnet hatte, beschäftigte er mehrere Mannequins und veranstaltete bei Tee, Musik und Gebäck in Roloffs Hotel regelmäßige Modeschauen, bei welchen Reckmann den Conférencier mimte — alles ,,dernier cri", wie man früher, oder ,,todschick", wie man jetzt sagte; und jene Weiblichkeit der Hausfrauenvereine, die die Jugend verlassen hatte und vom Alter nichts wissen wollte, wieherte vor all diesen Pyjamas mit Seidenhosen und Laméjacken, diesen Georgettegewändern mit gedichtetem Aufputz, diesen betupften Garnituren, diesen lichtgrünen Geweben, die keine Kleider mehr waren, sondern elfenhafte Frühlingsgedanken, hingehauchte Gebilde aus Duft und Weisheit. Sie wieherten und schmatzten, schmatzten und wieherten; allein wenn es ans Einkaufen ging, verzichteten sie meist auf Rehbergers bukolische Frühlingsgedanken und begnügten sich mit deftigen Kleidern aus Konfektionshäusern jener Gattung, die Rehberger, dem Durchschnitt der Stadt entsprechend, ehedem selbst vertreten hatte.

Gewiß, Heinz Rehberger blieb der Modenkönig, und sein Nimbus wuchs womöglich noch; doch waren jetzt die Gratulationscouren, die vorher an seinen Kassen stattgefunden hatten, auf die Modeschau beschränkt. Er jedoch fing nun erst ein richtiges Königsleben an, pachtete Jagden, fuhr einen Achtzylinder-Renault, gab Gelage, hatte ein Gefolge wie weiland Timon von Athen und in Theodor Reckmann seinen Hofnarren. Zwischen großartigen Modellen gingen ein paar Angestellte spazieren: das war sein Laden. Für ihn persönlich war der geschäftliche Teil erledigt, wenn er in Paris die „Kreationen" der großen und geistvollen Kleiderkünstler, dieser Philosophen und Zauberer, dieser Doktoren der Stoffraffung, dieser Beherrscher der Stecknadeln, dieser Schneider und Aufschneider besichtigt und ihren himmlischen Verzückungen gelauscht hatte: „Ich liebe Samt, darum verarbeite ich Samt, darum haben die Frauen Samt zu tragen." Alsdann schwankte er trunken heim, zählte Stövesand seine fünfzigtausend Mark Jahresmiete auf und schaute melancholisch in die leeren Kassen.

Aber selbst mit ihm war der Kreis stadtbekannter Persönlichkeiten im Turmhaus noch nicht erschöpft. Noch muß der berühmte Rechtsanwalt Ulrich Matuszak erwähnt werden, der gleich nach Brilons Übertritt zum Rathaus mit Roloff angebändelt hatte und Organisationsleiter des wachsamen Hähnchens geworden war. Auch beim Haus- und Grundbesitzerverein bot er sich an. Hackforth äußerte, daß er einen jungen Anwalt an der Hand habe, dem er gern etwas zukommen lasse. Matuszak versprach, es billiger zu machen. „Noch billiger?" fragte Hackforth betroffen, „da habe ich also die ganze Zeit zuviel bezahlt?" — „Bei mir haben Sie eben die Vorteile des Großbetriebs. Es ist nichts mit diesen jungen Anwälten. Man sollte eine fünfjährige Wartezeit vom Assessorexamen bis zur Niederlassung als Anwalt einführen", sagte Matuszak, seine eigene Anfängerzeit vergessend. „Die jungen Leute setzen sich ja doch nicht durch, es fehlt ihnen alles Rüstzeug, und sie belästigen nur die alten in ihrem Arbeitsfeld." Die Tränensäcke unter seinen Augen schwabbelten. Er erbot sich allenthalben, er war ein Nimmersatt.

Es blieb rätselhaft, wie er das alles erledigen konnte, was er auf sich nahm, mochte er auch ein großes Büro mit sechs Referendaren haben; denn schließlich mußte er doch überall selbst nach dem Rechten sehen — er war Stadtverordnetenvorsteher, saß in Aufsichtsräten von Unternehmungen, die zwar wenig lukrativ, dafür aber desto mehr mit juristischem Kleinkram belastet waren, führte in den Generalversammlungen die oppositionellen Aktionäre an, ritt außerdem noch privatim eine ganze Schwadron von Steckenpferden, war Kunst- und Autographensammler, Bibliophile, Musikfreund, Philatelist, Numismatiker, Bismarckforscher. Alles in allem bekleidete er im Leben der Kongreßstadt einen hohen Rang, den er, wie insgeheim verlautete, durch niedrige Handlungen erworben hatte. Man erzählte sich, daß er seine früheren Associés ausgebeutet habe und alles vertuscht worden sei; man erzählte sich, daß er in seinen Anfängen als Strafverteidiger an Reckmann reklamehafte Berichte über seine eigene Tätigkeit geliefert habe; man erzählte sich, daß er in einem Falle, als er zwei Mandanten hatte, von welchen der eine zu einer hohen Gefängnisstrafe verurteilt und der andere freigesprochen worden war, nur über die Freisprechung berichtet und die zweite Hälfte des Prozesses, bei der er seine Person nicht herausstreichen konnte, einfach unterschlagen habe; man erzählte sich, daß er jahrelang ausschließlich als sogenannter Korrespondenzanwalt in Zivilprozessen gearbeitet habe, die vor auswärtigen Kammern durchgefochten wurden: so habe er gleich nach der Einleitung die Sache an den zuständigen Kollegen des fremden Bezirks abgeben und dennoch für sämtliche Instanzen seine Gebühren erheben können — ein Maximum an Entschädigung für ein Minimum an Arbeit. Man erzählte sich noch mehr —, und man achtete ihn. Schwandt schrieb man das Wort zu: Ulrich Matuszak sei ein allseits überschätzter Mann, doch müsse man eben als Feinschmecker das Anrüchige lieben wie faulen Käse. Matuszaks Kollegen hielten ihn für einen Sachverständigen der chinesischen Malerei; die Maler hingegen hielten ihn für einen großen Rechtsgelehrten, die Pandektenforscher für einen Archäologen und die Archäologen für einen hervorragenden Kenner des römischen Rechts.

Er drückte sich gewählt aus, war ein spannender Erzähler, ein temperamentvoller Sprecher, ein wahres Füllhorn an Geist, der ihn erst verließ, wenn er an die Pointe kam: gewöhnlich hatte er sie vergessen, stockte, sagte: „Ja warten Sie mal, wie war das doch gleich, da muß ich mich besinnen ... Ja so ... Nein doch ... Es ist mir total entfallen" — und fing sogleich eine neue Geschichte an. Er bot alles auf, um alles versanden zu lassen: so war ihm vorausbestimmt, in einer Welt Karriere zu machen, in der immer etwas los sein mußte und nie etwas geschehen durfte — in der Welt des wachsamen Hähnchens.

Gar bald zeigte sich seine kundige Hand. Die Durchschnittskundschaft hatte Heinz Rehberger verschmäht, und die Schicht, der er dienen wollte, war zu dünn. Von alters her kaufte sie in Eitelfeld, das selber ein Klein-Paris war. Nun verfluchte er die Konsumvereine, die angeblich den Geschmack nivellierten. Er suchte sie zu schädigen, ja er verbreitete das Gerücht, daß sie durch Fehlinvestitionen dem Konkurs nahe seien. Vor den Richter zitiert, mußte er widerrufen und zahlen. Danach richtete er — ein gutgesinnter Bürger, der politisch neutral war, treu zum Staate stand und dafür, wenn es sein mußte, mit den Posaunen des Jüngsten Gerichts seine Belohnung, seine Privilegien heischte — ein Telegramm an die Regierung: „Möge Ihnen dereinst der Herrgott ein gnädiger Richter sein für Ihre Steuergesetzgebung!" Und danach endlich machte er seine Schlußbilanz: sechshunderttausend Passiven und vierzehntausend Aktiven.

Er bot seinen Gläubigern zehn Prozent, doch wollte sich niemand auf einen solchen Vergleich einlassen. Wenn es noch vierzig, noch dreißig gewesen wären! Dann hätte sich darüber reden lassen. Im allgemeinen hatten ja die Schuldner gleich zu Beginn der Krise ihre Gläubiger in die Hand bekommen. Sie brauchten ihre Lage nur noch mehr zu verschlechtern, um ihnen immer mehr von ihren Forderungen herunterzuhandeln. In beständiger Furcht, daß sie am Ende gänzlich leer ausgingen, griffen die Gläubiger lieber noch einmal so tief in die Tasche, um zu sanieren, wie sie meinten. In Wahrheit handelten sie wie ein Mann, der Geld zum Fenster hinausgeworfen hat, und um es wiederzuerlangen, noch einige Handvoll hinterher wirft. Denn längst war abbruchreif, was saniert werden sollte, und Privatleute, Gemeinden, Banken, Staat und Reich kamen nur noch rechtzeitig, um das Begräbnis oder mindestens die Einbalsamierung des Leichnams zu subventionieren. Auf jene Zeit, da man mit fremden Geldern Scheinblüten gezüchtet hatte, folgte eine andere, da man mit dem wenigen, das man noch selbst besaß, Immortellenkränze daraus wand, ehe man die Reste auf dem Komposthaufen verscharrte.

Rehbergers Konkurs war unabwendbar. Kurz zuvor, als

schon ruchbar war, daß es faul um ihn stand, aber noch nicht, wie faul es um ihn stand, sagte Matuszak zu ihm: „Ihre Miete ist zu hoch, lieber Herr. Wie konnten Sie nur so was machen?" Rehberger antwortete, Stövesand habe ihn beschwatzt. „Oh", riet der Anwalt, „dann würde ich ihn an Ihrer Stelle wegen Mietwuchers verklagen."

Der Prozeß wurde anhängig gemacht. „Da ich selber Mieter bin, kann ich Sie natürlich nicht vertreten", erklärte Matuszak und vertrat Stövesand, bei dem wenigstens das Honorar sicher war; freilich vertrat er ihn in der Hoffnung, daß der Gegner gewinnen möge, damit sein eigener Mietvertrag davon profitiere.

„Nun, wie ist es", fragte er den Aufstocker; „Rehberger behauptet, Sie hätten ihn beschwatzt."

„Keine Spur! Ich habe gefordert, er hat zugesagt. Ein Kaufmann muß doch wissen, was er tut und wieviel er zahlen kann. Bin ich eine Kinderbewahranstalt, die Unmündige davor zu behüten hat, daß sie sich selbst keinen Schaden zufügen? Sorgen Sie nur, daß ich den Eid bekomme!"

„Warum denn? Wenn es so ist, wie Sie sagen, schieben wir ihn doch besser dem Gegner zu — der kann ihn ja doch nicht leisten."

„Nee, nee, Herr Rechtsanwalt. Den Prozeß gewinnt, wer den Eid auf die Gabel kriegt."

Matuszak schüttelte den Kopf, seine Säbelkerben zuckten.

„Ein Eid", sagte er, „ist kein richtiger Eid, wenn er nicht geschoben wird. Das heißt: Rehberger muß beweisen, also kann er nicht schwören, also muß er Ihnen den Eid zuschieben. Schön — Sie wollen schwören. Ich sage Ihnen: Sie sollen nicht. Sie sollen Rehberger den Eid zurückschieben."

Schweren Herzens befolgte Stövesand den Rat und verlor über allem Schieben den Prozeß. Für Rehberger war es zu spät; bei seiner Arbeitsweise und bei seinen Illusionen über den Charakter der Stadt hätte ihm diese kleine Erleichterung ohnehin nicht helfen können. „Ja, lieber Herr", meinte Matuszak, „hätten Sie sich solider benommen, so wäre so bald nichts gemunkelt worden."

Rehberger ging in Konkurs. Wehleidig fragte er: „Muß ich denn die letzte Erniedrigung auf mich nehmen und arbeiten?"

Wohl oder übel, er mußte. In einer bescheidenen Ecke fing er nach Roloffs nun schon klassisch gewordenem Rezept wieder von vorn an. Reckmann, der sich an seinen Abfällen satt gegessen hatte, hieß ihn jetzt einen Mann unseligen Angedenkens. Außer ihm war Stövesand der einzige, der keinen Verlust erlitt: bis zum letzten Tage hatte er die Miete in der Tasche. Er, Bernhard Stövesand, selbst alter Konkurs-Experte, war nicht der Mann, der das Nachsehen hatte.

Dafür mußte er nun Matuszak einen Mietnachlaß von zwanzig Prozent zugestehen, und auch mit den übrigen Mietern mußte er sich einigen. Einen zweiten Prozeß riskierte er nicht — wo nicht einmal ein so berühmter Anwalt wie Ulrich Matuszak die Sache retten konnte! Zudem lag ihm sehr daran, seine Mieter zu behalten; bang und dunkel genug war die Zukunft, er verhehlte es sich nicht. Das private Geschäft lag bereits brach, und die Herrlichkeit der Wabag, wie lange konnte die noch dauern?

Unterdessen wirkte Rehbergers Prozeß, wie einst Roloffs Tat, bahnbrechend und epochemachend. Alle Mieter witterten Morgenluft. Die Grundstücke, die Häuser hatte man an die Stadt verkauft, mit dem Erlös sich zum großen Herrn gemacht —: die unvorhergesehene Wendung der Dinge erschütterte schon wieder den neuen *Boden der Tatsachen*, auf welchen man sich soeben gestellt hatte. Wie? Konnte man die Stadt nicht ebensogut mit Prozessen brandschatzen?

Sie prozessierten. Der Nächste war Hackforth. Die Räume im städtischen Hochhaus am Friedensplatz hatte er nicht bezogen, ohne sich — er, der Pfadfinder des freien Wettbewerbs — im Mietvertrag eine Klausel gegen die Konkurrenz auszubedingen: bei einer Konventionalstrafe von dreihunderttausend Mark war es der Stadt verboten, auf irgendeinem anderen städtischen Grundstück einen Fleischerladen zuzulassen. Als nun im Erdgeschoß bei Stövesand ein Delikatessengeschäft eröffnet wurde, das auch Räucherfleisch und Wurst verkaufte, strengte er die Klage an. Dieses Turmhaus in der Amsterdamer Straße gehörte der Wabag, und die Wabag, das war ein offenes Geheimnis, gehörte der Stadt. Matuszak, Hackforths Rechtsbeistand, schickte sich an, in die Einzelheiten der Verflechtung hineinzuleuchten —: wie gut, daß er die Kenntnisse verwerten konnte, die er als Stadtverordnetenvorsteher besaß. Schwandt wurde es ein bißchen schwül. Er pfiff seine Rechtsräte zurück und verglich sich gütlich.

Das war das Signal zum allgemeinen Aufbruch. Bald lief, wie man so sagt, ein Rattenkönig von Prozessen. Ulrich Matuszak war begehrt wie nie. Er ging im stillen von der Ansicht aus, daß man getrost zuerst eine falsche Behauptung aufstellen könne; bestreite sie der gegnerische Schriftsatz, so könne man antworten: man gebe es zu, es sei diesseits bisher nicht bekannt gewesen. Die erste Behauptung bleibe ja doch als stärkerer Eindruck bestehen; wer zuerst lüge, sei immer im Vorteil vor dem, der dementieren müsse — das könne man von den Nationalsozialisten lernen, die die Lüge in den Rang einer rituellen Wahrheit erhoben hätten. Ihnen könne es nichts mehr schaden, wenn ihnen eine Lüge nachgewiesen werde; sie wüßten, daß eine Lüge, wenn man sie nur mit der nötigen Dreistigkeit und Ausdauer wiederhole, zum Tageskurs der Wahrheit in Zahlung genommen werde. Freilich, er als Advokat wolle nicht sagen, daß die Nationalsozialisten den Schwindel erfunden hätten, aber sie hätten die Akkuratesse des Schwindels erfunden. Im Zeitalter der Technik habe die Welt eine Abneigung gegen Abrundungen, gegen das Ungefähr. Wer sage, der Minister X habe in einem Nachtlokal geschlemmt, setze sich der Gefahr aus, angezweifelt zu werden. Auch wer sage, er habe für tausend Mark geschlemmt, müsse sich auf ungläubige Gesichter gefaßt machen. Aber wer sage, die Schlemmerrechnung habe für französischen Sekt, Kaviar und Austern 999.95 Mark betragen, der sei am Ziel. Das Wort „Rechnung", die ungerade, auf den Pfennig sehende Zahl erwecke Vertrauen. Genau lügen — das heiße schon wieder die Wahrheit sagen.

Dies war Matuszaks Philosophie, nach welcher er handelte. Er nannte sie die „Lehre von der diplomatischen Verschleierung der Tatsachen".

Die Stadt verlor, verlor, verlor. Matuszak, wissender Stadtverordnetenvorsteher und Schnüffler in allen Ämtern, allen Ausschüssen, führte seine Klienten zum Siege —, es war sein Brot, er war streng objektiv, und es war Vorschrift, daß ihn das kommunale Ehrenamt nicht an der Ausübung seines Berufes hindern dürfe.

Anfangs bewahrte Schwandt einen gewissen Galgenhumor. Dann und wann sagte er, jener Unterhaltung mit seiner Frau gedenkend: „Wer wie ich der Überzeugung ist, daß eine objektive Rechtspflege die menschlichen Kräfte übersteigt, der wird ein Gerichtsurteil nicht tragisch nehmen und eine Staatsbehörde, die eine Ordnungsnorm wahren soll, nicht mit dem Arm der Gerechtigkeit, einen rechtskräftigen Spruch nicht mit einem bindenden Spruch, eine oberste Instanz nicht mit der letzten Instanz verwechseln. Summum jus — summa injuria. Aber den anderen lateinischen Spruch vom Recht möchte ich doch etwas umgemodelt haben. Ich möchte sagen: Fiat mundus, pereat justitia! Schafft erst eine Welt, und wenn alle Baretts darüber von den Köpfen fliegen!"

Da jedoch allmählich die Kosten in die Millionen gingen, rief er eines Morgens bei Matuszak an und ersuchte ihn um eine Unterredung.

Matuszak am Telephon war kurz angebunden. Schwandt, um seinen Zweck zu bemänteln, redete mancherlei, Matuszak versetzte nur immer: „So, so ... ja gewiß." Schwandt, irritiert, kam immer tiefer ins Reden, ins Politische, wohin er gar nicht wollte: nein, eine Rechtsregierung in Frankreich sei für Deutschland besser als eine Linksregierung, denn die Linksleute, auch die deutschen, müßten vor ihren Landsleuten immer beweisen, wie patriotisch, wie national sie seien ... Allerdings, ein deutscher Rechtsminister werde seiner Meinung nach selbst einen Polen umarmen und Deutschlands Schuldknechtschaft anerkennen dürfen, ohne daß man es ihm übelnehme ... Ja, die Deutschen seien eben rauflustig, das habe auch Hugenberg feststellen müssen ... Natürlich, mit den Staatsmännern sei es stets so: gehe es gut, dann sei es ihr Können, gehe es schlecht, dann sei es das Schicksal, das Fatum ... Ulrich Matuszak sagte: „So, so ... ja gewiß." Nun wußte Schwandt gar nicht mehr, was er davon halten solle; es ärgerte ihn, daß er soviel geredet hatte, nun mußte er es abschwächen; er erklärte seine Gesprächigkeit damit, daß es Stichworte für die Unterredung sein sollten. Matuszak hängte den Hörer ein, schloß die Augen, senkte den Kopf tief auf die Brust und hob ihn wieder mit einem Ruck. Oh, er erriet, was der Oberbürgermeister wollte. Ulrich Matuszak, Musikfreund, Bibliophile, Archäologe undsoweiter, war der lebendigste Beweis gegen Eugen Roloffs schlechte Meinung von schöngeistigen Anwälten ...

Die Unterredung fand statt. Nach der Unterredung lehnte er es ab, Prozesse gegen die Stadt zu übernehmen. Einen Monat später entschied er den ersten Fall als Mandatar des Rathauses — zugunsten der Stadt.

Obwohl er jetzt auf der anderen Seite stand, tat er dasselbe, was er vorher getan hatte: er verwertete die Kenntnisse, die er als Stadtverordnetenvorsteher besaß.

Die Prozeßwelle verlief sich. Matthias Schwandt ließ sein Lächeln von den braunen Augen zu den Mundwinkeln hinunterkullern.

III

Roloff, dem ein geeigneter Prozeßstoff fehlte, und der, hätte er ihn gehabt, Schwandt den Tort nicht hätte antun mögen, war auf seiner Jagd nach Kongressen sitzen geblieben. Auf Auslese kam es ihm schon nicht mehr an: wenn nur die Zahl ausreichend war, die zwischen Kongreßhaus und Parkhotel Hindenburg hin und her pilgerte. Allmählich fragte er auch nicht mehr nach der Zahl; wenn nur gepilgert wurde, wenn nur in den Straßen die Festzüge wallten, Helm- und Federschmuck die würdevollen Falten der Köpfe fächelte, Marschmusik „schneidig und doch heimelig", wie Reckmann berichtete, in den Ohren sauste. Drobeck kam vor Begrüßungsreden nicht mehr zur Besinnung. Schwandt war wieder jedesmal auf Dienstreisen —, aber nachdem er den Pakt mit dem wachsamen Hähnchen geschlossen hatte und Ehrenmitglied „der Männer" geworden war, durfte er sich das erlauben.

Bald war es der Verkehrsverband, der den Industriemenschen für die Schönheiten und Schätze der Erde interessierte; bald das Kartell für Hundewesen, das sich die Pflege innerer Werte angelegen sein ließ; bald ein Kommers des Kösener S. C., der seinen donnernden Salamander rieb, im feierlichen Landesvater, die Mützen auf die Schläger gespießt, — „Alles schweige, jeder neige ernsten Tönen nun sein Ohr!" — den Waffenstudenten zum alleinigen Volkserzieher proklamierte und „Burschen heraus!" sang, ohne zu bedenken, wofür in altersgrauer Zeit die

Burschen herausgetrommelt worden waren. Bald waren es die Ziegelmeister, die sich für ein erlöstes Deutschland und erhöhten Ziegelverbrauch einsetzten; bald die Turner, die an Barren und Reck die *Hochziele* des Volkstums beschwörten; bald die Schützen, die nach alter guter Bürgerart das Volk belustigten und im Bewußtsein, daß ihnen in der Großstadt die Pflege des Staatssinns oblag, den Schützenball so zeitig beginnen ließen, daß auch die Gäste, die vor Mitternacht zur Straßenbahn mußten, vollauf auf ihre Kosten kamen; bald die Sänger, die sich von den Damen ihrer Vereine Fahnenschleifen und Silberkränze anheften ließen und die liedpflegende Treue mit fröhlicher Geselligkeit vereinten, allen voran „die Männer".

Hatte auch der Deutsche Fleischertag stilbildend gewirkt, waren auch autarkische Friseursänger, Schneidersänger und Ziegelmeistersänger entstanden, so hatte deshalb doch niemand die Mitgliedschaft in den großen Chören gekündigt. Sie waren gewissermaßen die Dachorganisationen, und der „Ossian" war nach wie vor die rassigste. Er hatte tausend Mitglieder, und gelegentliche Scharmützel zwischen Neuerungssüchtigen und Ewiggestrigen vermochten die Sängerbrüderlichkeit nicht zu trüben. „Der Ossian", bestimmte Gustav Roloff, „hält Freundschaft mit jedermann und sucht keine Händel, aber von dem einmal beschrittenen Wege, der durch die göttliche Gabe des Gesanges vorgezeichnet ist, wird er sich nicht abbringen lassen, und das freut ein' denn ja auch."

Als der Tag heranrückte, an welchem Paul Jaulenhoop fünfundzwanzig Jahre Sänger war, hatten einige zu mäkeln: in Anbetracht der wirtschaftlichen Lage müsse man von einer Feier Abstand nehmen. Roloffs Augen standen in Flammen. Sein Haus sollte um dieses Bombengeschäft gebracht werden? „Soweit ist es also schon gekommen", sagte er dumpf, „so weit, daß der Pessimismus vor dem Kulturgut des deutschen Liedes nicht mehr haltmacht. Die uns nicht verstehen wollen, denen können wir nicht helfen. Es ist wahrlich kein alltägliches Ereignis, wenn einer fünfundzwanzig Jahre dem Ansehen der Sängersache gedient hat. Nicht nur die heutige Generation hat einen Anspruch auf die festliche Würdigung eines solchen Tages, auch die Vereinsgeschichte verpflichtet dazu! Außerdem erfüllen wir eine soziale Pflicht, wenn wir ein paar Wirtschaftszweige beleben, und das freut ein' denn ja auch. Leben und leben lassen! Immer daran denken, wie viele Arbeiter mit jeder Pulle Schampus, die wir trinken, Beschäftigung finden!"

Über dem großen Saal des Parkhotels Hindenburg lagerte der Hauch eines denkwürdigen Augenblicks, als der Dirigent den Taktstock hob, um in „kehlischem Edelmetall", wie Herbert Markisch zu sagen beliebte, die Hymne „Dies ist der Tag des Herrn" erstehen zu lassen. Jaulenhoop saß da, ein beschaulicher Vereinsidealist, Roloff sprach ihn „Mein lieber Freund und Goldjunge!" an, stellte die Frage: „Wie muß ein Sänger sein?" und beantwortete sie: „Wie Paul Jaulenhoop! Ein Mann, der in Freud und Leid mit der Stimmpfeife den Ton angibt, ein kluger und vorsichtiger Bankfachmann, der als Aufsichtsratsvorsitzender der Kreditbank den genossenschaftlichen Gedanken richtig auszunutzen weiß ... Deutsche Kunst und deutsche Art, sie sind in Jaulenhoop gepaart!" Hierauf sangen „die Männer" den Chor: „Wo gen Himmel Eichen ragen", und der Jubilar dankte mit Tränen in den lebensbejahenden Augen: „Gustav! Gustav! Jetzt weiß ich erst, wer ich bin!"

Es war, als hätte ihm das Schicksal noch einmal ein Ausruhen auf den Gipfeln selbstvergessener Lust beschert, bevor es ihm den Leidensbecher kredenzte. Denn ohne Ankündigung, ohne daß man sich dessen hätte versehen können, innerhalb weniger Stunden, möchte man beinahe sagen, so wie mitunter plötzlich Gewölk und Sturm die leuchtende Milde des Himmels durchfegt, daß man, ehe mit krachendem Getöse die Finsternis hereinbricht, gerade noch Zeit hat zu sagen: „Eben schien doch noch die Sonne" — so plötzlich wurde es still in der Kongreßstadt, für eine ganze Weile still, und durch diese Stille geisterte das alte Wahnstadt hindurch. Das alte —? Das Gespenst des alten. Immer dünner wurde der Lärm der Fabriken, immer dichter die Masse der feiernden Arbeiter. Während Drobeck fortfuhr, in himmelstürmender Sprache die Wahrzeichen der Kongreßstadt zu preisen, die Hochhäuser, die geweiteten, ausgelüfteten Straßen und Plätze, die Kirchen, Verwaltungsgebäude und Villen — einem Schiffbrüchigen ähnlich, der sich auf dem Wrack eines stolzen Schiffes mit dem Mute der Angst gegen die Dünung stemmt (oder, wie böse Menschen sagten, einem Esel gleich, der, einmal in Schwung gebracht, nicht mehr stillstehen will) — während Stadtrat Drobeck tat, was seines Amtes war, drang von der anderen Seite, unaufhaltsam und ungerufen, abermals ein neues Stadtbild vor: eine triefäugige Elendskirchweih aus leeren Verheißungen und getäuschten Hoffnungen, aus gebrochenen Schwingen und verlassenen Plänen. Schon reichte die Kraft, die altes Gemäuer noch stürzen konnte, nicht mehr hin, neues an seiner Statt emporzuschichten: „die Stadt verharrt im Zustand des schöpferischen Chaos", sagte Jaguttis.

Der letzte Bauherr war die städtische Sparkasse. Nachdem sie so vielen geholfen hatte, half sie sich selbst; nachdem sie Stövesand so viel hatte bauen lassen, ließ sie sich etwas von Stövesand bauen. Ihr Hochhaus war die letzte Festung, an die sich alles klammerte, der letzte solide Schutz, ohne Risse, ohne absackenden Grund, der einzige Zufluchtsort ohne Falsch, ohne Trug, ohne Hinterhalt. Man wurde nicht reich davon, daß man sparte, doch ergatterte man wenigstens ein Ehrenkleid für die Armut.

Es mehrten sich wieder die Baulücken; Obstbuden, Trinkhallen und Milchhäuschen säten sich drüberhin aus, und bis in die späte Nacht währten dort die Ansammlungen halbwüchsiger Burschen, die Zigaretten bettelten und dabei krumme Geschichten aushecktent, der Arbeit gewaltsam entwöhnte Burschen mit käsigen Gesichtern und unsteten, den offenen Blick scheuenden Augen. Heringskarren und Eiswagen waren die vorzüglichsten Nahrungsmittelfuhrwerke, die durch die Stadt kutschierten. In den Nächten wurden die Münzapparate der Fernsprechhäuschen, auf die Roloff so stolz gewesen war, erbrochen und beraubt, die „Grünanlagen" des Gartenamts vandaliert und bestohlen, und es dauerte nicht mehr lange, bis die Unzahl der Wächter daselbst die charakteristischste Erscheinung der Kongreßstadt war ... Sogar die Eichen im Stadtwald schrumpften ein: kahlgefressen von Raupen, reckten sie ihre verknorrten Arme trübsinnig in die Luft. Weltstadt und Natur, alles wurde den Menschen zugleich verekelt.

Alle hatten ihr Schäfchen geschoren, keiner hatte es ins Trockene gebracht, und die Wolle war wie Spreu im Winde verweht. Denn was sie geschoren hatten, hatte ihnen nicht gehört. „Unrecht Gut gedeihet nicht", warnt das Sprichwort:

mußte nicht in der Welt der Sprichwörter ein Sprichwort recht behalten? — Wohlstand hatten sie nicht erzeugt, sondern ausgeliehen, wirkliches Leben nicht gemeistert, sondern ein vermeintliches daneben aufgetürmt, die Rechnung nicht in getreuer Abzahlung beglichen, sondern durch Großzügigkeit verhöhnt. Das Unbeschreibliche, hier war es getan —: ein ziffernmäßiger Effekt ohnegleichen erreicht, neue *Arbeitsprovinzen* von Forschern und Ingenieuren erschlossen, Menschen voll Hunger nach Ware, Lager gefüllt bis zur Decke — und alles Attrappe, alles Pappdeckel, alles ein Dreck.

In den prunkenden Villen der Reichen begann man sich einzuschränken — teils, weil man es mußte, teils weil die Luxuspsychose lange genug gewährt hatte und eine neue Psychose fällig war; „denn der Mensch liebt die Veränderung", sagte Schwandt. Plötzlich galt es als unvornehm, ein Pfund Kaffee auf einmal einzukaufen und als vornehm, in kürzeren Abständen zehnmal je ein Zehntel zu verlangen. Man bildete sich ein, bei diesem Verfahren ungeheure Beträge zu ersparen. Man behalf sich mit drei Hausmädchen, wo man früher ihrer vier hatte, und die Hausfrau brüstete sich beim Kaffeekränzchen damit, daß sie nun „eben selbst mitanpacken" müsse. Es gehörte zum guten Ton, keine Waschfrau mehr zu haben, weil das Einkommen von zwanzigtausend auf fünfzehntausend gefallen war, sich klein zu machen, einander zu bezeugen, wie mutig, wie rasch, wie geschickt man sich in die Krisenzeit hineingefunden hatte, einander zu bemitleiden, welche Opfer man nun wieder auf sich nehmen müsse, einander im Abbau zu übertrumpfen.

Aber je defekter eine Einrichtung, desto gesunder der Verein, der ihren Namen trägt; je schlechter und ärmer die Zustände, desto geschwollener der Syndikus, der darüber berichtet. Gesegnete Zeiten, man kann es nicht anders sagen, für einen Mann wie Robert Gutzeit, der einen Zustand zu schätzen wußte, welcher ihm alle Vorteile einer ausbaufähigen Machtposition ohne die Nachteile der offenen Machtausübung verlieh.

Einige Zeit hindurch hatte er Jaulenhoop den Vortritt gelassen. Er hatte zugesehen, wie dieser mit dem ehrsamen Handwerk einen förmlichen Kultus trieb, wie er die Lehrlingslossprechung in den Innungen zu einem Festakt gestaltete, als sollten die jungen Leute, noch kurz bevor sie der Erwerbslosenfürsorge anheimfielen, den Ritterschlag empfangen, oder wie er die „Jünger der Haarkunst" (so sagte Reckmann) zum Meisterschaftsfrisieren antreten und unter gemeinschaftlichem Absingen des Deutschlandliedes Eisenondulationen an lebenden Modellen vorführen ließ. Wenn indessen Gutzeit einstweilen in seinem Schatten stand, so war es nur, weil er im Schatten einen wirksameren Hinterhalt legen konnte. Bei allen Geschäftsleuten sammelte er Material über die Erfahrungen, die sie mit Handwerkern gemacht hatten, und selbst der Gutwilligste mußte zugeben, daß hanebüchene Dinge dabei ans Tageslicht kamen. Ganz ohne Willen und Wissen wurde auch Roloff hineingezogen: Gutzeit hatte Frau Olga ausgehorcht, die fortwährend Beschwerde über die Zentralheizung führte — hatte sie nicht vorausgesehen, daß man einen Bau mit solchen Glaswänden nicht würde erwärmen können? Und waren etwa die Kohlen billiger geworden, wie Reckmann prophezeit hatte? Wenn nun die Heizung nachgesehen werden sollte, so kam gegen zehn erst einmal der Lehrjunge mit einem Werkzeugkasten; um elf folgte der Meister, der nach einer längeren Untersuchung feststellte, daß das richtige Werkzeug leider vergessen worden war; nach der Mittagspause erschien wiederum der Lehrjunge mit einem neuen Kasten, um fünf begann endlich die Arbeit, und um sechs war Feierabend. Hunderte solcher Erfahrungen sammelte Gutzeit, legte sie in einer Denkschrift nieder und unterbreitete sie, ein friedlicher Mann, zunächst einmal dem Innungsausschuß — nicht ohne vorher durch einzelne Beauftragte Eingesandts an die Lokalblätter abgegeben zu haben.

Jaulenhoop dachte: „Den Sack schlägt man, und den Esel meint man", und Gutzeit: „Wem der Schuh paßt, der mag ihn sich anziehn!"

Unklug wie nur einer, berief Jaulenhoop eine Protestversammlung: natürlich nicht gegen die lässigen Handwerker, sondern gegen die Leute, die für ihr Geld prompte Bedienung haben wollten. Er tat es nicht bloß deshalb, weil er es nicht anders wagte; er tat es vor allem, weil es Sitte war, statt der Übelstände diejenigen zu verfolgen, die sie aufdeckten. Die Protestierenden begehrten ihr sprichwörtliches Recht, daß das Handwerk goldenen Boden haben müsse, mit und ohne Leistung. Jeder verschwor sich, alle Bestrebungen zu unterstützen, die sich für die Vervollkommnung handwerklicher Technik einsetzten — statt sich selber dafür einzusetzen. Frohlockend wuchtete Jaulenhoop auf seinem Präsidentenstuhl und wußte nicht, wie ihm geschah, als auf einmal die Geschosse dicht vor ihm einschlugen: der Direktor des Innungsausschusses müsse mehr Fühlung mit der Presse nehmen, dann würden die Kritiken über Mangel an Pünktlichkeit, Exaktheit und Beweglichkeit von selbst verstummen.

Er war ein schlechter Versammlungsleiter, wenn er gereizt war. Mit knapper Not entrann er einem ausdrücklichen Mißtrauensvotum. Im letzten Augenblick gelang es ihm, die Wogen durch eine sinnreiche Bemerkung zu glätten. „Daß wir nicht in allen Fragen der nämlichen Meinung sind", sagte er, „ist eher gut als vom Übel. Denn dadurch wird jähe Überstürzung vermieden und ein Ebenmaß an Fortschritt gewährleistet." Da sich jeder als fortschrittlich bezeichnete, auch wenn er in jener berüchtigten Gegend zu Hause war, wo sich Füchse und Hasen gute Nacht sagen, war hiermit die Einigkeit wiederhergestellt.

Robert Gutzeit jedoch setzte ein undurchdringliches Lächeln auf und sagte ganz süß und friedliebend: ein Protest sei keine Widerlegung, Mißstände müßten abgestellt, nicht abgestritten werden, noch besser: es müsse ihnen vorgebeugt werden. Im Einzelhandelsverband zeigte er selber, wie es gemacht werden müsse. Er kurbelte Werbewochen und Schaufensterwettbewerbe an, für welche Theodor Reckmann die Reklameverse verfaßte —: ebendies hatte er auf dem Presseball eingefädelt, ebendies war damals die Ursache seiner Einwirkung auf Brilon gewesen. Reckmann hatte es ihm, neben einem runden Honorar, zur Auflage gemacht. Er erfand zu den anderen Festen noch Vater- und Muttertage, wo man einander beschenken konnte, und führte, für einen Kulturbeflissenen selbstverständlich, seine Erfindung auf Goethes und Schillers Zeiten zurück. Er ließ ein Sammelinserat des Einzelhandels vom Stapel: „Kennst du ein altes, krankes oder einsames Mütterchen, dem du in deiner frischen Jugend ein Freudenbringer sein könntest? Mit wenig Geld kann man viel beglücken!" Alles, von der Brautnacht bis zur Kindesliebe, stellte er in den Dienst der Propaganda, mit einem Wort, er brachte es dahin, daß man einem Geschäftsmann nur einmal arglos seinen Namen zu nennen brauchte, um sein Leben lang durch Vertreterbesuche und Prospektsendungen gequält zu werden, und daß jede mangelhafte Lieferung mit dem Versehen eines Angestellten entschuldigt wurde — als ob niemand mehr gewußt hätte, daß aus dem Angestellten stets der Geist des Chefs spricht.

Aufmachung! Aufmachung!

In den Fenstern hingen Plakate: „Großer Konkursausverkauf mit dreißig bis sechzig Prozent Rabatt" —: kam man hinein, so erfuhr man, daß der bessere Teil der Waren vom Rabatt ausgenommen war. In den Lampengeschäften hingen brennende Lampen mit Preisschildern —: hinterher wurde dem Käufer bedeutet, daß die Birnen im Preis nicht inbegriffen seien, als ob eine Lampe eine vollgültige Ware wäre, wenn ihr das Stück, das sie zum Gebrauch geeignet machte, fehlte.

Aufmachung! Aufmachung!

Jeder wollte überall sein, jeder überall ein dringendes Bedürfnis finden, um ihm abzuhelfen, jeder überall mehr erfüllen als seinen Beruf, jeder überall, die Stoppuhr in der Hand, zum Universalgenie sich bilden, jeder überall von Reserven zehren, die im Monde lagen. Dabei knisterte, bröckelte, rumorte es allenthalben. Zu allem übrigen kam die künstliche Inflation der Ladenlokale: kein Wohnungsneubau ohne spekulative Geschäftsräume, die Unkundige und Kapitalschwache verleiteten, einen Laden aufzumachen. Sie konnten von Glück sagen, wenn sie ihre zwei- bis dreihundert Mark Miete im Monat abverdienten, und brauchten für das eigene Leben nichts mehr zu erwarten. Gleichzeitig vermehrten sich die Filialen der Werkskonsums und Genossenschaften, die noch am ersten hohe Mieten aufbringen konnten und danach trachteten, in jedem neuen Wohnblock Fuß zu fassen. Dirigierten sie in die qualmigen Arbeiterviertel die Ausschußware für eine Bevölkerung, die von der Hand in den Mund lebte, so boten sie hier beste Qualitäten zu gleich niedrigen Preisen an. Die privaten Geschäftsleute, die gehofft hatten, in den Randsiedlungen teurer verkaufen zu können, gerieten in Bedrängnis. Gutzeit erwirkte ein Urteil gegen die Firmenbezeichnung einer dieser Genossenschaften: freilich wurde das Geschäft davon nicht zerstört, ja sogar der Name blieb im Volksmund fortbestehen, der sich an Gerichtsurteile nicht kehrte. Gutzeit schloß auch mit Eisenmenger ein

Abkommen über die Werkskonsums: in Zukunft sollten diese, ehe sie die Preise ermäßigten oder neue Filialen einrichteten, mit dem Einzelhandelsverband in Verbindung treten. Freilich schränkte jeder Satz, voller Vorbehalte, die Wirkung des vorhergehenden ein, und zum Schluß hob eine Unterschriftenklausel das Ganze auf: der Vertrag sollte nämlich für die Fabrikbesitzer nur in den Punkten bindend sein, die sie selbst unterzeichneten. Es war sozusagen eine vertragliche Garantie für den Kriegszustand; fürderhin wurde man benachrichtigt, ehe man den Kopf auf den Block zu legen hatte.

Indessen hatte man sich schon so sehr daran gewöhnt, nicht den Ausgang, sondern die Tatsache einer Unternehmung als entscheidend anzusehen, daß Gutzeits Erfolg davon nicht geschmälert wurde, und als gar eines Tages einer jener Arbeiter, der sich während der Inflation ein Haus erstanden hatte, jetzt aber vom Metallkonzern entlassen worden war, ein Ladenlokal an Windhäusers Konsumanstalt vermietete, da begrüßten es die Organe der öffentlichen Meinung als einen erfreulichen Ausgleich der sozialen Gegensätze. Dem ungeachtet schritt die Zersetzung unter der Oberfläche fort.

Immer schwieriger wurde für Gutzeit die Vermittlung zwischen den kleinen, mittleren und großen Gruppen seines Verbandes. Ein Zehntel der Mitglieder erreichte gerade noch einen Gewerbeertrag von fünfzehnhundert Mark. Je mehr sie dem grollten, was sie die staatliche Vergewaltigung der freien Wirtschaft hießen, desto mehr wünschten sie einen Knebel für die wirtschaftliche Freiheit, wo sie mit ihren Privatinteressen nicht übereinstimmte. Wer im Konkurrenzkampf weniger widerstandsfähig und weniger ideenreich war, rief sofort den Staat um Hilfe an, damit er ihn mit Gesetzeszwang gegen die größere Beweglichkeit des Konkurrenten schütze und das freie Spiel der Kräfte ausschalte, das sich zum Nutzen des Verbrauchers auszuwirken drohe. Wer seinen Kunden keinen Rabatt, keine Gratiszugabe mehr bieten konnte, entdeckte mit einemmal, daß diese Gepflogenheit wider die guten Sitten verstoße und „selbstverständlich" auf Kosten der Hauptware gehe. Wer es sich noch leisten konnte, Gleiches mit Gleichem zu vergelten, vergalt es mit Ungleichem. Schenkte der Kaffeehändler auf zehn Pfund Kaffee eine Tasse, so verschenkte der Porzellanhändler auf drei

Tassen ein Pfund Kaffee. Jeder stand in Abwehr gegen jeden —; und mehr als irgendein gesetzgeberischer Akt war es dies, was dem Prinzip der freien Wirtschaft (nach welchem es doch, solange nichts Betrügerisches dabei war, jedermann hätte überlassen bleiben müssen, wie er seinen Umsatz heben wollte) den Todesstoß versetzte.

Zuletzt wurde unter freier Wirtschaft nur noch die Freiheit verstanden, nach Belieben mit Arbeitern und Angestellten umzuspringen und nach Belieben die Preise in die Höhe zu treiben, und als Endziel der Berufsehre erschien die „gute Presse". Ein Syndikus, der keine Pressestelle hatte, konnte einpacken. Gutzeit richtete sich danach. Er packte nicht ein. Er geizte nicht mit Richtigstellungen, Berichterstattung und Auskunftserteilung an die Presse. Er kaufte ein Korrespondenzbüro an. Er schuf Ventile für die Erregung in den Reihen der Kaufmannschaft. Er lernte von Freund Eisenmenger. Ohne Bindung an die Stadtverwaltung, wie er war, legte er als erster Bürger die kritische Sonde an alle städtischen Einrichtungen.

Aber Jaulenhoop, der Schwerfällige, Halsstarrige? Ihm hielt man Gutzeit als Vorbild hin. Ihn drangsalierte man. War es ein Wunder, daß die Handwerker rabiater als die Geschäftsleute waren? Essen, trinken, sich kleiden muß der Mensch, tut er es auch noch so schlecht und billig; Häuser dagegen, Möbel, Installation, das kann man verfallen lassen, solche Reparaturen gehören nicht zum nackten Leben. Und die Stadt —? Die hatte ihre eigenen Regiebetriebe, hatte die Wabag, hatte Stövesand — und Stövesands splendide Bauleitung, die immerhin einige unter ihnen an die Fleischtöpfe Ägyptens geführt, hatte die Hände im Schoß.

Wozu saß eigentlich Jaulenhoop im Vergebungsausschuß? Verhinderte er etwa, daß die wenigen Aufträge, die von der Stadt noch ergingen, zwanzig, dreißig und vierzig Prozent unter dem Richtoffertenpreis der Innungen erteilt wurden? Jaulenhoop antwortete: „Ihr seid ja selbst schuld daran! Ihr unterbietet euch ja selbst!" — Aber das war erst recht ein Griff ins Wespennest. Es hagelte Stiche. Jaulenhoop, hieß es, halte den Richtoffertenpreis eben nicht hoch genug. Jaulenhoop verwehre der Sparkasse nicht, daß sie sich an sogenannten Verwaltungskostenzuschlägen für Hypotheken bereichere, Jaulenhoop dulde die demoralisierenden Ungerechtigkeiten bei Ermittlung der Zuschußwürdigkeit, Jaulenhoop, Aufsichtsratsvorsitzender der Kreditbank, habe kein Herz für die kleinen Gewerbetreibenden, die ihren Geldbedarf selbst bei Gestellung guter Bürgen nicht decken könnten und monatelang darum laufen müßten, Jaulenhoop habe nicht verstanden, Wahnstadt eine Handwerkskammer zu sichern, kurz und gut, Jaulenhoop sei eben kein gelernter Volkswirt wie Gutzeit. Wo bleibe die Maxime, daß die Aufträge der Wabag nur noch an Ortsansässige vergeben werden dürften? Wo die Kontrolle des behördlichen Apparats, der Finanzverwaltung, der Polizei, der Justiz? Wo das Einschreiten gegen diejenigen, die sich unterstünden, billiger zu arbeiten, als es die Zwangstarife der Innungen vorschrieben? Wo die Ausrottung der Schwarzarbeiter? Jaulenhoop! Jaulenhoop! Der Kerl blamiert ja die ganze Innung! Ein Volkswirt muß her! Ein Volkswirt wie Gutzeit!

Jaulenhoop wußte sich nicht zu retten. Er versuchte es bald im Trab, bald im gestreckten Galopp; bald mit Lockerung, bald mit Schärfung. Was er auch anfaßte, mißlang. Die Erbitterung wuchs. Er habe keine Ideen! — Hatte er welche, so wurden sie verworfen. Er wollte die arbeitslosen Handwerker bewegen, mit Werkzeug aufs Geratewohl von Haus zu Haus zu gehen und nach kleinen Reparaturen bei billiger Berechnung zu fragen: wären sie erst einmal da, so ließe gewiß mancher etwas arbeiten, wozu er sonst den Handwerker nicht gerufen hätte. Welche Zumutung! Bettelei! Bettelei? „Ausflüchte!" bollerte, fast schon bewußtlos, Jaulenhoop; „weil ihr dann etwas laufen müßt und nicht mehr in den Kneipen über die schlechten Zeiten schimpfen könnt!" Aber auch die anderen, die noch Arbeit hatten und sie durch diese Methode zu verlieren fürchteten, waren seine Gegner.

Vergebens bemühte er sich, die wenigen noch freien Gewerbe in die Innungszwangsjacke zu pressen —: man wollte nicht, nicht unter seiner Führung, man warf ihm „Verbandsimperialismus" vor, nachdem man ihm soeben noch seine Untätigkeit vorgeworfen hatte, man drohte gar mit Enthüllungen. Welchem Bürger, und sei es der sauberste, führe bei diesem Wort nicht der Schreck in die Glieder? Jaulenhoop wurde abwechselnd rot wie ein Krebs und bleich wie ein Laken. Mitten in einer Versammlung, mitten in einer schwitzenden Rede, die die industrielle Politik als mittelstandsfeindlich bezeichnete, ja sie der Urheberschaft am Ruin des Mittelstandes bezichtigte, traf ihn der Schlag.

Mit allen Ehren begrub man ihn — froh, ihn begraben zu dürfen, froh über ein gütiges Schicksal, das eine Entscheidung gefällt hatte, die man sonst, peinlich und unerwünscht genug, selbst hätte fällen müssen.

Der Präsident der Handelskammer, Generaldirektor Windhäuser, Beherrscher des Mittelstandes wie aller Stände und Zustände, widmete dem Verstorbenen einen warmempfundenen Nachruf: „Er starb in den Sielen, ein Opfer des Youngplans."

Robert Gutzeit, nächster auf der Liste, trat ins Stadtparlament ein.

Dr. Eisenmenger aber erblickte in dem Blitz, der den Ankläger der Schwerindustrie zerschmetterte, das Werk der Nornen unter der Weltesche Yggdrasil.

Sechzehntes Kapitel

I

Das wachsame Hähnchen ließ sich nicht einschüchtern. Wie beim Zeitalter der Ertüchtigung, so stand es auch diesmal Pate: „Wir müssen die neue Ära der Verdürftigung aus der Taufe heben", ordnete Roloff an und pflichtete Windhäuser und Eisenmenger bei, die beide sagten: „Wir müssen einen großartigen Schrumpfungsprozeß in die Wege leiten."

Seine weinselige Erklärung im Eitelfelder Ausstellungsrestaurant wurde zum Programm erhoben. Wenn es noch einer Ermutigung bedurft hätte — vom Rechtsanwalt Matuszak wäre sie ausgegangen. Er nahm sich des Nachwuchses an und schuf eine Jugendgruppe. Er erinnerte an andere schwere Zeiten, die man schon hinter sich hatte, und an die Entdeckung neuer Grundlagen, die ihnen jedesmal gefolgt war. Er meinte, daß der Deutsche ungünstige Verhältnisse brauche, um seinen Lebenswillen zu behaupten: wo wenig sei, könne er sofort disponieren und sich einteilen, regten sich sofort die rationellen Gehirne, um das Wenige zu strecken; wenn nicht in großen positiven Konstruktionen, so sei Deutschland doch im Organisieren des Mangels unerreicht. Daher bezeichnete er es als seine historische Sendung unter den Völkern der Erde, das Sprichwort „Not macht erfinderisch" zu bestätigen; deshalb wies er hin auf den Vorrat an innerer Sammlung und erhungerter Disziplin, der es gestatte, Nöte zu schaffen, um Herr über sie zu werden, die Fahne der Hoffnung aufzupflanzen, nachdem man ihr eben eine Grube gegraben, das Lebensschiff der Nation bis an den Rand der Katastrophe treiben zu lassen, um dann das Steuer mit einem einzigen Ruck herumzureißen.

Gustav Roloff fügte hinzu: die Zeit für diesen Ruck sei gekommen; Seidenraupenplantagen, Gemüsetreibhäuser, Geflügelfarmen seien das neue Arbeitsfeld; neben dem ethischen Gesichtspunkt, daß die aus der Wirtschaft ausgestoßenen Personen wieder mit der Scholle verwachsen müßten, werde damit auch dem Wirtschaftlichen Rechnung getragen und die Unabhängigkeit des deutschen Marktes von der ausländischen Einfuhr sichergestellt.

„Jedem Deutschen sonntags ein deutsches Huhn in den Topf!" rief er aus und brachte im Stadtparlament einen Antrag ein, die vorerwähnten Pläne städtischerseits zu unterstützen und den Interessenten städtische Kredite zuzuteilen.

„Haben Sie Geld?" fragte Schwandt. „Herr Hackforth ist doch im Finanzausschuß, der könnte Ihnen ein Liedchen singen. Wissen Sie, daß unser Zinsendienst schon zwölf Millionen ausmacht? Daß wir abermals die Steuern erhöhen müssen? Daß dabei die Steuereingänge nachlassen? Wissen Sie, daß wir über den vergangenen Ultimo nur durch einen Überbrückungskredit der Sparkasse hinübergekommen sind?"

„Na freilich. Gut, daß gespart wird. Sonst könnten wir nichts ausgeben."

„Tja", machte Schwandt, „seid sparsam, auf daß ihr Steuern zahlen könnt. Wissen Sie auch, daß die Wohlfahrtslasten bald bei der fünfundzwanzigsten Million angelangt sind?"

„Das ist es ja eben, Herr Oberbürgermeister. Unser Antrag soll doch gerade dazu beitragen, die Wohlfahrtslasten zu senken. Übrigens haben wir schon vorm Krieg zehn Mark Wohlfahrtslasten auf den Kopf der Bevölkerung gehabt, so ganz neu ist die Chose also nicht."

Schwandt versandte einen dunklen Blick: vor dem Kriege waren es sieben, heute dreißig und morgen fünfzig Prozent des Nettohaushalts. Vor dem Kriege blieben sich die Beträge gleich, heute steigen sie in einem unberechenbaren Verhältnis, sprunghaft, überstürzt. Er fragte noch eindringlicher: „Wissen Sie, daß wir für einen kurzfristigen Kredit schon Anteile des Elektrizitätsrings übereignen oder hinterlegen mußten?"

„Das mag für Windhäuser eine Lehre sein. Er kann sie vertragen. Der Krug geht so lange zum Brunnen, bis er bricht, und das freut ein' denn ja auch."

„Herr Roloff!"

„Herr Oberbürgermeister?"

„Wissen Sie, daß die nördlichste Seidenzucht in Japan und China noch fünf Breitengrade südlicher als die Südgrenze Deutschlands liegt? Daß in Amerika der Seidenbau am Mangel sachverständiger Züchter gescheitert ist? Daß die Produktion an Kunstseide die Rohseidenerzeugung heute bereits mit hundert Millionen Kilo überflügelt hat? Überlegen Sie sich das mal! Wissen Sie, daß man mit ungeschulten Leuten keine rentable Gemüsezucht treiben kann? Daß bloß wieder Unruhe unter die Landwirte getragen wird? Daß selbst bei diesen noch vieles im Argen liegt? Daß wir von einer Veredelungswirtschaft, von jener zuverlässigen Sortierung, jener sorgfältigen Verpakkung, jener frühzeitigen Anlieferung auf den Markt, wie wir es an den Italienern und Kaliforniern schätzen, noch weit entfernt sind?"

Darauf antwortete Roloff, ohne sich zu besinnen: „Das wissen wir alles. Sie sind aber gewiß auch darüber im Bilde, daß Gustav Roloff nichts ohne Überlegung macht. Wegen solcher Bedenken die Flinte ins Korn werfen? Nee. Bedenken sind dazu da, daß sie ausgeräumt werden. Nur Zähigkeit und aufrechte Haltung vermag das. Der Deutsche muß wieder lernen, sich nach der Decke zu strecken. In den vergangenen Jahren ist zuviel Luxus getrieben worden."

Schwandt fragte nicht, warum jetzt freudig als Irrtum erklärt werde, was neulich noch heftig verteidigte Wahrheit gewesen sein sollte. Er sah nur ehrfurchtslos auf Roloffs Schnauzbart, der von der Einbildungskraft geschwellt und von keinem Erinnerungsvermögen geknebelt war und munter fortfuhr: „In Notzeiten muß man sich eben auch mal mit minderer Qualität begnügen. Die Einfuhr der besseren Sachen muß durch Zölle verhindert werden. Wenn es nichts Besseres gibt, wird auch das Schlechte gern gekauft."

„Na, na", brummte Schwandt, „Zölle sind immer Faulheitsprämien für die Hersteller von Schleuderware. Glauben Sie, daß das Mißtrauen des Verbrauchers einfach mit einem Appell an den Patriotismus und mit dem Aufdruck eines amtlichen Stempels zu beheben ist? Immer mal wieder muß ich an Goethe denken; das ist doch auch für Sie eine Autorität, wie? — Also. Er hat gesagt: Patriotismus verdirbt die Geschichte. Aber, aber. Man kann sich auch den Magen dran verderben."

Roloff drückte seine Brust heraus, als wäre sie ausgestopft.

„Und wenn auch", sagte er, „wir haben alles durchdacht. Wir werden einheitliche und zuverlässige Wertklassen für das deutsche Ei schaffen. Und mit der Seide, das haben wir genau berechnet. Wir können es schon in den ersten Jahren auf fünfzigtausend Pfund Kokons bringen, und wenn wir mal 'ne Überproduktion haben, nimmt Amerika sie uns mit Kußhand ab! Auf Kunstseide lassen sich die Amerikaner nicht ein, glauben Sie nur nicht. Ich kenne doch meine Amerikaner. Hab'n Sohn drüben gehabt und noch dazu meinen Freund Stövesand. Amerika schluckt sechzig Prozent der Welterzeugung an Rohseide!" rief er und schlug sich auf die Schenkel vor Freude, daß er ebenfalls mit Zahlen aufwarten konnte. „Und was Sie vom amerikanischen Seidenbau sagen, das stimmt nicht ganz, Herr Oberbürgermeister. Der ist bloß durch die Hitzewellen kaputt gegangen. Wir haben ja hier in Deutschland Gott sei Dank keine Hitzewellen."

Dagegen war nicht aufzukommen, zumal auch noch die sagenhafte amerikanische Hitzewelle darin spukte, die zum ehrwürdigen Inventar aller Organe der öffentlichen Meinung gehörte. Es war ein Steinblock, den kein Pflug des Gewissens je durchforschte. Es war derselbe Steinblock, den Eisenmenger in Windhäusers Auftrag wälzte, wenn Schwandt ihn um Auskunft ersuchte, wie die Industrie aus der Krise herauszufinden gedenke. „Ordnung führt zu allen Tugenden" — auf diese Formel lief es ungefähr hinaus. Aber was führte zur Ordnung? Da blieb das Fragezeichen stehen. „Auf alles Negative ist bei uns Verlaß", dachte Schwandt — wie Matuszak.

„Zähigkeit und aufrechte Haltung", sagte Roloff. Wundervoll. Aber war Zähigkeit noch ein Ruhm, wenn sie auch in Torheiten verharrte? War aufrechte Haltung noch ein Segen, wenn sie hinderte, die Kurve zu nehmen?

Sonderbar, daß Windhäuser selbst nicht zu bewegen war, seine Gedanken (oder was er dafür hielt) niederzuschreiben. Was geschrieben und mit Namen gezeichnet ist, ist kontrollierbar —: tat er es darum nicht? Oder tat er es nicht, weil seine Gedanken meistens Hintergedanken waren? Zuweilen hielt er irgendwo eine Rede; aber kann sich, wer redet, nicht auch jederzeit herausreden, daß er falsch verstanden worden sei? Hinter dem starren Mann stand nicht der Schatten einer Idee, und das gute Leumundszeugnis in der von ihm bezahlten Presse schien sein einzig begehrter Lohn zu sein.

„Himmelgewitternochmal", fluchte Schwandt, „wenn in der

Deutschen Republik auch vieles verboten ist, so herrscht doch in den Versammlungen der Industriellen völlige Redefreiheit, und nur eine eigene Zensur oder eigenes Unvermögen könnte dort einen hochfliegenden Geist davon abhalten, zum Vorschein zu kommen... Nicht auszudenken, um wieviel besser es im Wirtschaftsleben aussähe, wenn auf die praktische Arbeit nur ein kleiner Bruchteil der Sorgfalt verwandt würde, womit sie bei ihren Versammlungen jede Einzelheit von den Interpunktionszeichen im Einladungsschreiben bis zum Dessert des Menüs prüfen."

Eisenmengers aufgeplusterte Sprache ekelte ihn schon an; jedesmal, wenn Schwandt zu lesen begann, dachte er: „Nun, die Drohungen sind alt, aber vielleicht sind die Vorschläge neu", und jedesmal fand er nichts als die Trivialitäten einer Schäfer-Thomas-Prognose, die vermöge eines Schemas, welches des schönen Klanges und der Gewissensbeschwichtigung halber „Tradition" genannt wurde, in die Bezirke höchster Weisheit hinaufgeschwindelt waren. Es war die Tradition der bestellten und honorierten Hausbiographie, der — während sie eine vom Himmel gefallene Konjunktur so darzustellen hatte, als sei sie das Ergebnis genialer Anstrengung — in Zeiten der Depression die Sonderaufgabe zufiel, den unbeschädigten Weiterbestand der Genies vorzutäuschen: nur seien es eben jetzt verhinderte Genies, deren Geist von bösen Mächten zum Feiern gezwungen werde.

„Der Schwindel dauert, solang man dran glaubt", sagte Schwandt, „der Vers ist von einem alten Freiheitskämpfer, Herr Roloff."

Zu seiner Bestürzung erwiderte dieser: „Na also, das ist ja gerade das, was ich immer sage! Wir müssen nur dran glauben, dann wird der Schwindel schon dauerhaft, und ein dauerhafter Schwindel ist eben kein Schwindel mehr, sondern Ordnung. Der Glaube kann Berge versetzen, Herr Oberbürgermeister!"

„Berge wohl, aber keine Defizite", sagte dunkeltönig Schwandt.

Roloff erhob sich, wie aus Erz gegossen.

„Übrigens gibt es Lichtblicke, die auch ein Pessimist nicht übersehen kann", sagte er anzüglich. „Rehberger hat festgestellt, daß Bauchgrößen in der Konfektion wieder gefragt werden."

Schwandt konnte nichts erwidern. Rehberger, kaum die

Pleite hinter sich, war schon wieder das Maß aller Dinge...
Nein, darauf war nichts zu erwidern.

Bevor jedoch Roloffs Antrag zur Beratung kam, überraschte ihn Schwandt mit einem Verwaltungsantrag: in Zukunft keine Ausgaben ohne gleichzeitige Deckung zu bewilligen. Niemand wagte es mehr, diesem Verlangen seine Zustimmung zu versagen. Roloff mußte den zweiten Teil seines Antrags anders formulieren; die städtischen Kredite ließ er fort; statt dessen wurde die Stadtverwaltung aufgefordert, im Sinne der Antragsteller auf die Regierung einzuwirken. So ging es durch.

II

Noch immer war das Parkhotel Hindenburg dem Stadtbaurat ein Dorn im Auge. Er sah darin das Zentralnervensystem des Städtebauers Jaguttis, und er zahlte heim — aber er zahlte in Scheidemünze heim. Hatte ihm Schwandt untersagt, das feindliche Bollwerk mit spitzig ausgefeilten Obelisken zu zerreißen, so schmuggelte er sie unter dem Vorwand, daß der Platz der Republik, der Roloffplatz, mangelhaft erleuchtet sei, in Form von Lampenträgern wieder ein. Als Roloff es bemerkte, war das Unglück schon geschehen. Nie noch hatte eine städtische Stelle so schnelle Arbeit getan.

„Das ist die Folge Ihrer Langmut", hetzte Jaguttis. „Warum haben Sie ihn nicht gefällt, als es Zeit war? Wollen Sie ihn wenigstens jetzt erlegen?"

Ein Triumph war es nicht mehr. Des Baurats Amtszeit lief demnächst ab; man brauchte ihm nicht noch erst den Prozeß zu machen. Schwandt gab ihm zu verstehen, daß die Verwaltung ihn nicht zur Wiederwahl präsentieren werde —: beim derzeitigen Stand der Parteien sei es aussichtslos. „Eine fadenscheinige Begründung", fiel ihm der Baurat ins Wort, der nicht mehr um seine Karriere bangte, weil er sich gemausert hatte; „Sie ärgern sich ja bloß, daß ich Hundacker mein Kompliment gemacht habe." Da er als Grobian verschrien war, wollte er sich rücksichtslos als Grobian zeigen. Rund heraus sagte er alles, was er über Schwandt dachte, und schloß damit, daß er sein Amt zur Verfügung stelle.

Schwandt war nicht wenig überrascht — hatte er doch stets gemeint, der Baurat klebe an seinem Posten. Froh, daß er sich genug gehäutet hatte, um sich ins Unvermeidliche zu schicken, versprach er ihm zehntausend Mark Jahrespension. Drei Tage darauf hörte er, daß jener sich über Gebühr gehäutet habe und der nationalsozialistischen Partei beigetreten sei, wo sich alle Genarrten des Schicksals, alle persönlich Verärgerten ein mit politischen Idealen maskiertes Stelldichein gaben. Sie nahmen Wasser, ließen es gefrieren, setzten das Eis aufs Feuer und zeigten, daß es wieder Wasser wurde —: so gelangten sie in den Ruf alchimistischer Kapazitäten.

„Tja", machte Schwandt, um weiterer Mühe enthoben zu sein, „da sieht man, welch unfähigen Stadtbaurat wir gehabt haben. Ich habe ihn ja nicht berufen, ich habe ihn vorgefunden. Ein Mensch, der sich bei Wirrköpfen wohl fühlt, muß auch in seinem Fach ein Wirrkopf sein. Ein nationalsozialistischer Arzt muß notwendig ein schlechter Arzt, ein nationalsozialistischer Richter notwendig ein schlechter Richter sein. Aber daß soviele Professoren, Richter und Ärzte mit dieser Partei sympathisieren, ist die beste Garantie dafür, daß es sich um eine vorübergehende Erscheinung handelt. Einer Sache, bei der solche Gefühlspolitiker, so mangelhafte Konjunkturforscher mitmachen, gebe ich keine zehn Jahre Lebensdauer. Übrigens ist sie eine lächerliche Ausländerei, die den Führer aus Österreich, den Gruß aus Italien und die Uniform aus England bezieht."

Er ertrug den Fall mit Gleichmut wie alle. Niemand tobte außer dem sozialdemokratischen Blatt. Es ließ an dem Baurat kein gutes Haar; es hieß ihn einen Faulenzer, eine Klatschbase, einen Verleumder, einen Menschen mit ungewöhnlich schwach entwickelter Wahrheitsliebe. Dr. Eisenmenger verlas diese Artikel im Stadtparlament und setzte hinzu: „Dieser Eselsfußtritt spricht Bände, meine Herren. All die Jahre hat demnach diese Partei einen Mann mit den vorbezeichneten Qualitäten vertrauensvoll im Amt belassen, nur weil sie ihre Position in der Verwaltung haben wollte. Oder muß man umgekehrt sagen, daß die plötzliche Entdeckung jener negativen Eigenschaften allein der Verärgerung über die Schwächung der Parteiposition entspringt?" Der sozialistische Fraktionsführer schwieg hierzu; nur als der Nationalsozialist mit einer schlabbrigen, gleichsam kritzelnden Stimme erwähnte, daß die Zusammensetzung des Stadtparlaments nicht mehr der Volksstimmung entspreche, und daß er, ein einzelner Mann, bereits Zehntausende aus der Bürgerschaft vertrete — da entgegnete der Sozialist: „Ein Koloß auf tönernen Füßen. Was würde geschehen, wenn er, der von vielen Gehaltsempfängern der Republik begünstigt wird, ähnlichen Schwierigkeiten zu begegnen hätte wie die Sozialdemokraten während ihrer Entwicklungszeit? Was würde geschehen, wenn er seine Organisation aus eigenen Mitteln und mit wirklich, nicht einfach als Schlagwort, eingesetzter Disziplin bestreiten müßte? Was wollen Sie mit dem Baurat? Sie, die sonst doch die Verräter mit dem Tod bedrohen? Renegaten zählen nicht. Wir wissen, daß die Modernisten niemals der katholischen Kirche Abbruch getan haben. Wir wissen auch, daß die ins kommunistische oder kapitalistische, also in Ihr Lager abgeschwenkten Sozialdemokraten unserer Partei nichts anhaben können."

Weitere Erörterungen verhinderte Schwandt, indem er den Redner zur Sache rief. Heimlich wunderte er sich: wie glühte dieser sonst so tranige Parteiredakteur! War es das Feuer der Idee, das auf einmal durchbrach? War es die Ahnung einer aufziehenden Gefahr, die diese Sozialisten, wenn sie schon einzuschlafen drohten, immer wieder in letzter Minute, „fünf Minuten vor zwölf", wie der Fachausdruck des wachsamen Hähnchens war, auf die Barrikaden zog? Lebte doch noch etwas von der Kraft jener Entwicklungs- und Verfolgungszeit, von welcher der Redakteur gesprochen hatte? Nur weil er sich diese Fragen vorlegen mußte, hatte Schwandt ihn überhaupt so lange reden lassen.

Wie man es nahm, der Baurat hatte sich einen guten Abgang verschafft. In der neuen Partei, die mehr Wert auf das Raffinement der Anwerbung legte als auf die Beschaffenheit des Drills, und wo daher jeder Rekrut imstande war, gleich den Tambourmajor zu machen, erlangte er alsbald eine Führerstellung. Es war eine leibhaftige Abrichtungsanstalt zum Großwerden, beruhend auf dem Glauben, daß Größe erlernbar sei. So wurde auch der Baurat ein großer Mann, ungeachtet der fortgesetzten Eifersüchteleien in der Führerschaft. Störte die Parvenühaftigkeit, wo jeder ein Parvenü werden wollte, und wo schon mit Rücksicht darauf eine Fülle von Posten, Gruppen-, Trupp-, Sturm-, Standarten-, Gausturm- und Brigadeführern, vorhanden war? War es nicht ganz in der Ordnung, daß die Konkurrenten einander den Rang streitig machten, wo Hunde zum Apportieren abgerichtet wurden? Genügte es nicht, wenn der Zuschauer sah, daß gelaufen wurde? Genügte es nicht, um den ganzen Vorgang für eine fortschreitende Bewegung zu halten? Gewiß genügte es, und wenn es nicht genügte, so konnte man noch immer von Gärungserscheinungen und Jugendtorheiten sprechen, und das wiederum schlug in aller Welt die sentimentale Saite an und erneuerte, romantisch verklärt, das Andenken an die eigenen Jugendsünden. Hypnotisiert von jenen Zauberformeln, von welchen sich Deutschland schon immer ernährt und deren Ausschließlichkeit und hohle Selbstgefälligkeit es wohl schon zehnmal ins Verderben gestürzt hatte, übersah auch der letzte Eigenbrötler noch, daß das Nationalgefühl hier nicht als Grundlage, sondern an Stelle einer Idee benutzt wurde.

Im wachsamen Hähnchen machte man sich hierüber vorläufig so wenig Gedanken wie Schwandt. Nur Hackforth, der in jedem Steuerzettel, in jeder Vorladung vor das Mieteinigungsamt den Sozialismus schon verwirklicht sah, zeigte eine gewisse Neigung, zur Wahrung der heiligsten Hausbesitzergüter ins Lager der radikalen Illusion zu flüchten. Er ähnelte darin den Arbeitern, die sich in der zermürbenden Rationalisierungsperiode vom Sozialismus schon verraten sahen und ebensolche Flüchtlinge wurden. Als ihm indessen Schwandt einmal auseinandersetzte, daß der Nationalsozialismus nichts anderes sei als ein Ersatzkommunismus für die gebildeten Stände, die bei den richtigen Kommunisten nur vor dem Proletarischen und Internationalen zurückschreckten („Kommunismus", sagte er, „ist Mob plus Intellektuelle, Nationalsozialismus Mob plus Spießer") — da bekreuzigte er sich. „Alles, alles, nur kein Spießer sein", dachte er.

III

Einst — war es nicht erst vier Jahre her? — hatte Stövesand zu Roloff gesagt: „Was jetzt nicht in die Höhe wächst, wird bald unter den Hammer kommen." Und nun? Alles, hoch und niedrig, kam unter den Hammer. Das grundlos Große drückte im Fallen das Kleine nieder; ja, sobald sich einer, wie Rehberger, vergrößerte, sagte schon jeder: „Ich traue dem Braten nicht." War es vor Zeiten ein Zeichen des Wohlstands gewesen, wenn sich jemand ausdehnte, so war es jetzt ein Zeichen der Pleite.

Und doch war es niemals leichter gewesen, sich von seinen Schulden zu befreien als jetzt, da man nicht abzuzahlen, bloß abzustreichen hatte, und da der Schuldner so viele waren, daß nicht mehr sie, die schlecht wirtschaftenden, als Schädlinge dastanden, die sich an der Allgemeinheit versündigten, sondern die Gläubiger, die nach den Grundgesetzen einer ehrlichen Wirtschaft ihr ausgeliehenes Geld nicht einbüßen wollten. Sie, die Gläubiger, standen jetzt da, verlacht, verulkt, wie ein greiser Narr, der eine Abenteurerin ausgehalten und für sein Geld törichterweise Treue von ihr erwartet hat: was klagt er, daß sie ihn ruinierte und betrog? Soll er sich trösten, daß er wenigstens einigen Genuß von ihr gehabt hat, eine Augenweide, einen Wollustschimmer! Zum Schaden der Spott.

In der großmächtigen „City" der Kongreßstadt ragten die Hochhäuser wie Leichensteine. Die Linden vor dem Parkhotel Hindenburg waren ein dürres Geäst, darin der Wind flötete. Er flötete: „Der Konkurs ist der größte Vernichter aller Werte... Laßt keine Werte vernichten... Vergleicht euch, vergleicht euch..."

Man verglich sich. Zum geschäftlichen Zwang trat die moralische Ansteckung: Schuldner zu sein, das einträglichste Gewerbe.

Roloff, gewohnt, über seine Lieferanten zu herrschen, mußte sich so weit erniedrigen, ein Darlehen bei einer Brauerei aufzunehmen. Mehr und mehr wurden die Brauereien die Bankiers der Wirte —: an die vierhundert Millionen waren von ihnen in Deutschland verborgt, gegen Bierbezugsverpflichtung, Amortisation und Verzinsung durch Aufschlag auf den Preis. Was geschah, wenn der Bedarf eines solchen Kunden zurückging? Sollten selbst die Brauereien in Deutschland zu zittern beginnen? Sollte es zum Äußersten kommen?

Auch Roloff mußte sein Bier ausschließlich von der borgenden Brauerei beziehen, wie oft er auch sagte, daß ein Lebensretter aus seiner Tat keinen Anspruch auf Machtzuwachs herleiten dürfe. In der Bierklause Malepartus, wo das Getränk nur „süffig" sein mußte, mochte es noch angehen, wenn auch die Verdienstspanne geringer wurde; aber im Hotel, wo fremde Gäste mit fremdem Geschmack einkehrten, konnte es nur nachteilig sein. Zu allem Unglück ging es auch dem Kabarett gar nicht mehr gut. Schon hatte es durch die Kreditbank saniert, von der Bierklause abgetrennt und in eine GmbH. umgewandelt werden müssen. Der Neffe des Bankdirektors, jetzt Strohmann-Teilhaber, machte zuviel Spesen, die Miete war trotz der Ermäßigung zu hoch, das Publikum zu sehr zusammengestoppelt. Entsprachen die Preise den Unkosten, so blieb das halbe Haus leer; senkte man sie, so hatte man ein fragwürdiges Publikum, das vielleicht schon morgen selbst die gesenkten Preise nicht mehr zahlen konnte, während die anderen die Nase rümpften und dem „Bums" fernblieben. Wie man es machte, war es verkehrt.

In Eitelfeld, ja, dort gab es Leute, die sich das Beste leisten konnten, und andere, die sich beim Schlechtesten wohl fühlten — von beiden Sorten eine genügende Anzahl, und beide reinlich geschieden; hier jedoch, in Wahnstadt, gab es nur solche, denen das Schlechte nicht gut genug und das Gute zu teuer war, und andere, für die das Schlechte nicht nur billig, sondern auch fein und vornehm sein sollte. Auch im Gewand der Weltstadt war Wahnstadt, was es von je gewesen: ein Markt- und Maklerplatz für Waren, die schnell von Hand zu Hand und von der Hand in den Mund wandern.

Von der Zukunft, von welcher Roloff sonst stets gesprochen hatte, war nicht viel Wesens zu machen; auch erschien selbst dieser vieldeutige Begriff in einer Zeit, die, wie er gesagt hatte, Wunder erleben mußte, wenn sie keine tun konnte, noch allzu klar, noch allzu eindeutig, noch allzu unromantisch. Daher ersetzte er ihn durch den *vaterländischen Gedanken*. Noch einmal flackerte sein Geist der Ertüchtigung auf; aber das neue Gelände, auf dem sich sein Wirken bisher vollzogen hatte, war schon preisgegeben. Er flüchtete zurück in die Vorzeit, zurück zu den Wunschbildern der Jugend, zurück zu dem großen Gräberfeld — so, wie ein Unglücklicher immer an die Stätte zurückkehrt, wo er einmal träumte, daß er einen Zipfel Glück in Händen hielt.

Heißer denn je hatte Roloff in den letzten Jahren das Glück und den Glanz umworben. Warum, warum in aller Heiligen Namen blieb nun von dem ehemaligen Wohlstand, den zu erzielen er nicht ein Tausendstel der nachmaligen Mühen aufgewandt hatte, nichts als ein Reichtum von Sorgen übrig? Die Zeit, diese verfluchte Zeit! Sie war es, die ihn narrte, die ihn höhnte, die ihn prellte! Sie hatte vor den Aufgaben, die er, Gustav Roloff, ihr stellte, schmählich versagt! Warum war ihm denn in der alten Zeit vor dem Kriege alles geglückt? „Ans Vaterland, ans teure, schließ dich an!" rief er hoffnungsvoll und meinte damit seine Militärzeit; mochte Franz Hackforth, der Steuerfeind, zehnmal sagen, daß das Vaterland mit seinen hohen Steuern nur allzu teuer sei.

Gustav Roloff begriff, daß der vaterländische Gedanke geeignet war, seinem Hotel etwas Auftrieb zu geben. Zeitweise glich Wahnstadt einem Heerlager: Kolonialkriegertage, Wiedersehensfeste der Infanterie- und Artillerieregimenter, Bundestage der Pioniere und Trainsoldaten, Stahlhelmappelle lösten einander ab. Roloff, immer auf geistigen Unterbau bedacht, schloß sich dem Arbeitsauschuß deutscher Verbände an, er brachte einen Informationskursus zur Abrüstungsfrage zuwege, der in einer Uniformparade bestand, er rief einen Denkmalsausschuß ins Leben, der ein volkstümlich-soldatisches Symbol verewigen sollte, und da dem deutschen Kriegspferd schon anderswo ein Denkmal sicher war, regte er an, den Mannschaftskoch, den „Küchenbullen", in Stein zu hauen — zugleich produktive Erwerbslosenfürsorge für bildende Künstler. Sogar Gutzeit nahm er ins Schlepptau, der mit den Kolonialwarenhändlern einen Kursus zur Überwindung künftiger Ernährungskrisen organisierte —: „Wir essen zuviel Kartoffeln", sagte der Präsident der Lebensmittelbranche, „wir müssen uns auf Reis umstellen, Reis ist unverderblich und braucht nicht viel Lagerraum. Die Vernachlässigung des Reises ist der tiefere Grund für unseren Zusammenbruch im Kriege. Wir Deutsche, ein lernbegieriges Volk, sollten daraus lernen. Wir könnten eben jetzt daran gehen, ordentliche Mengen Reis einzulagern, damit uns in künftigen Fällen eine Hungerblockade nicht zu ängstigen braucht."

Eugen Roloffs „Forum der Zeit" sah hierin einen Wink für kommende Kriegsgewinnler. Schwandt jedoch, praktischer veranlagt und mit einem besseren Instinkt für das Naheliegende, schüttelte den Kopf samt den zwinkernden Augen, als er das las. Er bekannte sich zu der allwissenden Frage: „Ach, man hofft wohl, das Überangebot von Lebensmitteln, das durch die verringerte Kaufkraft entstanden ist, in städtischen Scheuern unterzubringen?" Allerdings tat er diese Frage nur in seinem Philosophenwinkel zu Hause, wo seine Frau mit ihrer Handarbeit bei ihm unter der grünbeschirmten Lampe saß. Was er auch dort an Gedanken und Meinungen hegte, verspielte Blumenkelche in einem behüteten Berggärtlein der Weisheit, wohin er sich nach Feierabend verstieg — er trug keine davon im Knopfloch, als er auf dem Friedensplatz das Denkmal des „Küchenbullen" in die Obhut der Stadt nahm.

Es geschah am Tage von Langemarck; wie Roloff sagte: „Als weithin sichtbares Zeichen für die Übermannung des Verstandes durch das alleinseligmachende Gefühl." Seiner Rede, deren Konzept von Brilon stammte, lagen Fichtes Worte zugrunde: „Es siegt immer und notwendig die Begeisterung über den, der nicht begeistert ist; nicht die Gewalt der Arme noch die Tüchtigkeit der Waffen, sondern die Kraft des Gemüts ist es, welche Siege erkämpft." Während er sie sprach, mit seiner überwältigenden Eigenart, wollte es ein böses Geschick, daß der Verstand ihn heimsuchte und seine Augen auf die Fassade des städtischen Hochhauses trafen, in welchem schon drei Stockwerke unvermietbar waren: — war nicht eben dieses Hochhaus der Begeisterung entsprungen? War nicht sein Parkhotel Hindenburg, das jetzt verschuldet war und zu zwei Dritteln einer Brauerei gehörte, der Begeisterung entsprungen? Hatte Deutschland jemals mehr Begeisterung besessen als beim Ausbruch des Krieges, und hatte es nicht schon zwei Monate später die einzige entscheidende Schlacht, die Schlacht an der Marne, verloren? Hatte zuletzt nicht dennoch die Gewalt der

Arme und die Tüchtigkeit der Waffen den Sieg für die Engländer erkämpft, die am ersten Kriegstag bar jeder Begeisterung, ja voll Trauer gewesen waren? Hatte es die deutsche Niederlage verhindert, daß man vor lauter Begeisterung die Serben ein verlaustes Pack geschimpft hatte? — Gerechter Gott, wohin verirrte er sich? Stand er auf verlorenem Posten?

Gerechter Gott.

Die Stimme versagt ihm, die Knie beben, eine tiefschwarze Mauer dringt auf sein Augenlicht ein.

„Gütiger Himmel", denkt er noch, „soll es mir ergehen wie Paul Jaulenhoop?"

Als er wieder zu sich kommt, beschattet Behmenburgs Schlapphut seine Brust, und ein Sanitäter flößt ihm etwas Ätherisches in den Schnauzbart. Er sinnt nach; Rock und Kragen aufgerissen? Wie das? Nur wenige Minuten mochten vergangen sein, seit die Schwärze über ihn hereingebrochen war; noch hatten sich die Gedanken nicht verflüchtigt, die der Mauer vorangezogen waren, vielmehr hatten sie ihn in seine Heimat fortgelockt, in eine Sackgasse, an deren Ende ein Mensch stand, der deutlich sagte: „Ihr wißt nicht, daß Tugenden erkämpft werden müssen ... Ein Volk, das keine Selbstkritik übt, das Selbstkritik fürchtet und die Vaterlandsliebe, statt mit Vernunft, mit Unvernunft paart, wird sich nicht behaupten können ... Optimismus kann segensreich sein, wenn er auf der Erkenntnis grundsätzlicher Fehler beruht und auf dem Willen, aus der notwendigen Einsicht die notwendigen Folgerungen zu ziehen ..."

Roloff schlägt die Augen auf.

„Eugen —?" fragt er, leise blinzelnd.

„Ich bin es, Behmenburg", sagt der Sanitätsrat.

Die Mauer ist wieder schwarz.

In diesem Augenblick schallt eine sehr ergiebige, sehr mutwillige Stimme an Roloffs Ohr. *„Volk ohne Raum"*, sagt die Stimme. Er erwacht davon; es ist ihm, als höre er Jaguttis sprechen, im „Gemach" des Malepartusturms: „Kein Raum zum Leben, kein Lebensraum!"

Volk ohne Raum ... Wieder teilt sich ihm eine neue Wort- und Erscheinungswelt wie Sphärenmusik mit. Während er sich von den Sanitätern in eine Taxe heben läßt, hört er auf diese

Stimme, die wie eine innere Stimme ist... Sie gehört einem pensionierten General aus der Gartenstadt. Mit soldatischer Geistesgegenwart hat sie Roloffs Platz auf dem Podium eingenommen. Sie befiehlt, eine Minute lang den Blick gen Westen zu richten, stumm und schwurhaft, der entrissenen Provinzen zu gedenken und der geraubten Kolonien; „denn", sagt die Stimme, „gerade die Industrie, die hier bei Ihnen zu Hause ist, braucht Kolonien für den Absatz ihrer Fabrikate, und wo sollen wir sonst mit unseren überschüssigen Arbeitskräften hin, wir, das Volk ohne Raum?"

Volk ohne Raum!

Eugen würde sagen: Volk ohne Verstand. Eugen würde sagen: freilich habe die Industrie das größte Interesse am Kolonialgedanken, denn Kolonialaffären führten häufig zu Kriegen, an welchen etwas zu verdienen sei. Eugen würde sagen: um aller Schwierigkeiten Herr zu werden, sei es das beste, wenn die eine Hälfte der Menschheit die Munition herstelle, mit der alsdann die andere totgeschossen werde. Eugen würde sagen...? Eugen hat dies alles schon gesagt. Roloff weiß es auswendig... Es rauscht in seinem Kopf wie Windmühlenflügel.

Behmenburg, mit ihm fahrend, fragt: „Wie befinden Sie sich jetzt? Etwas besser?"

„Noch nicht, nein."

„Es wird sich aber geben. Es war nur die seelische Erschütterung. Sie waren aber auch mit allen Fasern dabei, Sie haben sich als Redner selbst übertroffen. Meine volle Hochachtung, Herr Roloff. Sie haben nicht eine militaristische Chimäre glorifiziert, sondern den menschlichen Wert des heldischen Menschen. Das ist es, was auch ich als Demokrat im letzten Kriege gelernt habe."

IV

Während in Roloffs Kopf das Rauschen anhielt, gingen auch in Eugen seltsame Dinge vor.

Damals, an dem Wendepunkt seines Lebens, als er, durch die Straßen irrend, auf den kommunistischen Redakteur wie auf einen Boten des Schicksals gestoßen war, damals hatte er sich gesagt, daß es jetzt nicht mehr auf Kleinigkeiten ankomme, und daß er nicht mehr über Zwirnsfäden stolpern dürfe. Ach, es kam nun doch auf Kleinigkeiten an, und wer nicht über Zwirnsfäden stolpern wollte, der stolperte über Blöcke.

Er fühlte, daß auch hier die Wahrheit nicht als förderlich, sondern als abträglich empfunden wurde. Überall Hohlheit, überall Wahn. Nur, daß man ihn hier als „objektive Wahrheit jenseits der Erfahrung" beschrieb.

Keiner lebte seine Lehre. Zwischen Wollen und Sein war eine Kluft. Sie waren andere Menschen, wenn sie daheim und unbeobachtet waren, und andere, wenn sie unter der Menge aufbegehrten. Aufrührerseelen und Sklavenseelen, es war alles eins.

Nachdem er einige Zeit hindurch die Massenkundgebungen der Partei studiert hatte, wo einer den anderen besoffen machte und keiner mehr bei sich war, suchte er die Arbeiter an ihren Arbeitsplätzen, in ihren Familien, bei ihren Vergnügungen auf. Er sah, daß die bürgerlichen Turn- und Gesangvereine voll von ihnen waren. Er fand, daß nirgendwo soviele Militärmärsche gespielt wurden wie in den Kneipen und Ausflugslokalen der Arbeiter. Er hörte, daß ihre Kinder einander „Proleten" schimpften, wenn sie sich den ärgsten Schimpf antun wollten. Er sah, daß die Mütter ihren Jungen schwarze Samtkappen mit farbiger Litze kauften, damit es wenigstens den Anschein hatte, als gingen sie zur höheren Schule, wenn sie nicht wirklich dorthin gingen. Sprach er darüber, so klärte man ihn auf: dies seien eben noch keine *klassenbewußten* Arbeiter.

Darauf suchte er die Klassenbewußten auf.

Er ging in die kleinen proletarischen Vereine und entdeckte dort, daß alles noch viel bürgerlicher war als in den bürgerlichen Vereinen. Er entdeckte, daß sich die Genossen ganz ungeniert amüsierten, wie ihnen ihr kleinbürgerliches Herz gewachsen war, daß sich die Freidenker karnevalistischen Unterhaltungen hingaben, die Hackforths Kegelklub alle Ehre gemacht hätten, und daß sie alle wähnten, wenn sie nur ein rotes Schild ausgehängt hätten, dann wäre eben das Bürgerliche nicht mehr bürgerlich, sondern revolutionär. Sie, die eine heraufkommende Schicht darstellen sollten, konnten sich nur durch Nachahmung einer untergehenden bewegen und behaupten.

Auf Anhieb wußten sie darüber Bescheid, daß sie sich im gutbürgerlichen Amüsierbetrieb die Kraft für den Kampf um die Weltrevolution holen müßten. Privatim waren sie penetrante Moralisten, die die muffigsten Regeln der bürgerlichen Gute-Stuben-Erziehung beschämten. Die vermeintlich Minderwertigen ihrer Umgebung verwöhnten sie nicht wie das Bürgertum die seinen. Wenn sie ein käufliches Weib „Hure" nannten, so war das noch eine Zärtlichkeit, waren sie betrunken, so nannten sie sogar ihre Frauen so . . . „Dirne" war ein bürgerliches Wort. Niemand konnte gegen seinen Klassengenossen grausamer, verständnisloser und moralstrenger sein; alle dachten ihr Los leichter zu tragen, wenn sie sich einbildeten, daß es noch eine tiefere Stufe gebe, gegen die man Ehrengesetz und Absonderung anwenden könne. Hatten sie Klassengeist? — Klassendünkel hatten sie, einen außerordentlichen Instinkt für Nuancen und Kasten, und vielleicht wären sie die ersten gewesen, die die sozialen Unterschiede, hätten sie sich aufheben lassen, wiederhergestellt hätten.

Eugen lernte einen kommunistischen Betriebsrat kennen, der eifrig Arbeiterlektüre kaufte, ohne je ein Stück davon zu lesen. „Die Anforderungen der Parteiagitation lassen mir keine Zeit dazu", sagte er. Eugen dachte: „Von Rechts wegen müßte er lesen, ehe er agitiert." Er wollte es auch antworten, aber da fiel sein Blick auf diese marxistische Bibliothek, die ein Ornament war und wie die Klassikerbibliotheken in Bürgerhäusern die Illusion der Bildung hervorzurufen hatte —, und er schwieg.

Ihre Wohnungen verstopften sie mit Posamenten, das Tageslicht verdunkelten sie —: gewiß, sie wollten, daß es voll aussehe, damit sie nicht an die Dürftigkeit des Lebens erinnert würden, und dämmerig, damit die Realität nicht sichtbar würde. Aber bald bemerkte Eugen, daß sie nicht darum vor der Realität flüchteten, weil sie ihnen zu schrecklich war, sondern weil sie ihnen zu wenig vornehm dünkte.

Nun gut, das war die Masse: schwierig und undankbar und nicht leicht zu bewegen, ihre eigenen Interessen wahrzunehmen. Es kam auf die Führer an; gewiß ein dornenvolles Amt, worin man für unermüdliche Aufopferung nichts erntete als Mißgunst und Verfolgung. Aber gerade das mußte eher anreizen als abschrecken. Nun gut, wie waren sie?

Sie waren das Spiegelbild der Masse, und Eugen war es nicht gegeben, sich in einen Haufen einzureihen, der, in sich wirr und unordentlich, zum Kampf genügend gerüstet zu sein meinte, wenn er im Marschtakt seiner eigenen, laut im eigenen Ohr widerklingenden Revolutionsgesänge die Vision vom Gleichtritt der Massen erlebte, und der über die Diskrepanz zwischen Wunschtraum und Wirklichkeit dadurch hinwegkam, daß er sich niemals umblickte. Nicht anders als Jaguttis huldigte dieser Haufe dem Wunderglauben, daß man, blind gegen alle Tücken des Materials, ohne praktische Anschauung, allein im Zustand schlafwandlerischer Selbstsicherheit, eine Doktrin im luftleeren Raum verwirklichen könne. Dieser Haufe betete den russischen Fünfjahrplan wie einen Fetisch an — hatte nicht auch Jaguttis seinen Fünfjahrplan gehabt? Was war dieser Begriff, dort wie hier, anders als die magische Formel, um etwas in Gang zu bringen, dieselbe Formel, die am bittern Ende „Volk in Not" oder „Vaterland in Gefahr" lautete? Wenn es eine Verschiedenheit gab, so war es höchstens die, daß Jaguttis sich daran genug sein ließ, eine Welt in sich zu tragen, während diese hier die wirkliche Welt von jener Welt aus beleuchteten, die sie in sich trugen. Gefühl und Religion auch hier—; der Verstand nur dazu da, ein anderes Vorzeichen zu erzielen.

Man schleppte ihn, der voll Leidenschaft des logischen Denkens war, und dem der Rausch weit mehr eine reaktionäre und die Nüchternheit weit mehr eine revolutionäre Eigenschaft zu sein schien, in die marxistischen Arbeiterschulen — aber vergebens suchte er dort den Arbeiter als Typus. Was er fand, war nur immer wieder jener Zirkel intellektualisierter Ausnahmen, die in der Meinung, zu einem Ziel hin zu arbeiten, vom Ziel her anfingen und statt der Ursachen zuerst die Folgen erkannten. Sie stimmten im geistigen Zuschnitt und in den Lebensformen mit der gleichen Schicht im bürgerlichen Lager überein, die ebenfalls als Trägerin des Fortschritts galt und das Hauptkontingent für Volkshochschulen und Brilons Abendgymnasium stellte, während die Masse der Arbeiterschaft wieder der Masse des Bürgertums entsprach. Es waren gewissermaßen die Negative des Kapitalismus, den sie totsagten, indes er sich stark genug fühlte, ein paar Glieder zu amputieren, um den Rumpf zu erhalten — das Privateigentum war noch heilig, doch nicht mehr unantastbar, und nichts konnte nach Eugens Meinung besser die Lage kennzeichnen als des Innungsobermeisters Hackforth Ausspruch: Lohnsenkungen und Gehaltskürzungen seien auch nur Eingriffe in das Privateigentum ..., und wenn für die Arbeitslosenversicherung Beiträge bedingungslos gezahlt werden müßten, ohne daß der Versicherte einen bedingungslosen Rechtsanspruch auf die Leistung habe, oder wenn zuviel gezahlte Lohnsteuern nicht erstattet würden — was sei es anders als ein Eingriff in das Privateigentum, den man, wäre er nicht durch die Staatshoheit gedeckt, als Unmoral und Raub bewerten müßte?

Mit innerem Erschrecken sah Eugen in diesen Kreisen (denn es war nicht ein Kreis, es waren viele Kreise) alles wieder, was er hinter sich gelassen zu haben glaubte: vor den „namenlosen Helden der roten Armee" die patriotische Tradition der Zylinderhüte und Lederhelme mit dem Motto „Invictis victi victuri", die Beschönigung des Gefährlichen, die Verschließung vor der unbequemen Wahrheit, das blutrünstige Revanchetraktat, selbst eine sinngemäße Übertragung der Dolchstoßlegende; alles war wieder da, bloß die Tendenz war ausgewechselt.

Es war der nämliche gebeizte, die Augen zum Überlaufen bringende Idealismus, der in Limpinsels Behauptung lag, das deutsche Volk sei, Millionen von Exemplaren des Faust im Tornister, in den Krieg gezogen. Es war der nämliche legendäre Mystizismus, der sich in Behmenburgs Glauben ausdrückte, die deutschen Arbeiter seien darum so begeisterte Krieger gewesen, weil sie die Demokratie hätten erstreiten wollen. Es war der nämliche eklektische Heroismus, der die Unterdrückten zu heben hoffte, indem er sie weiß wusch und auf einem Piedestal verherrlichte. Es war die nämliche neckische Ziererei, die jenen Bildern und Statuen das Gepräge gab, welche den Bergmann in der Pose von Kraft und Männlichkeit, als den streitbaren Genius der Schlüsselindustrie zeigten und darum von allen Eisenmengers sehr geliebt waren. Es war das nämliche symbolische Getue, womit die Arbeiterdichter sangen: „Die Fabrik zu unsern Füßen muß uns als Gebieter grüßen", und womit sie dem Proleten die Weihnachtsbotschaft verkündeten: „Du hältst in deinen starken Händen das Weltgeschenk — dich selbst zu schenken." Es war, mit einem Wort, die rote Siegesallee, und sie hatte nicht nur den Fehler, daß keinerlei Siege erfochten waren, sondern auch den Nachteil, daß der Sieg auf metaphysischem Wege vorweggenommen und die Rolle von Einsicht und Tat durch Glauben und Wunder gespielt wurde.

Der Fatzke von links bildete sich schon aus ... Eugen schwirrte es um die Ohren: „Prozeß der Entfaltung zur solidarisch-revolutionären Leistung ... Weg zur produktiven Totalität jedes Klassenbewußten ... Wirksamste Einsetzung der Kräfte zur Herbeiführung stabiler Solidarität ..." — und er verstand immer: Limpinsel, Limpinsel, Limpinsel ... Man verlangte von ihm, daß er, wo es daheim drunter und drüber ging, sein Augenmerk auf die unterdrückten Chinesen richte (die dafür auf den amerikanischen Südseeinseln die wucherischsten Ausbeuter waren, die man sich vorstellen konnte) — und es mutete ihn wie die Stimme seines Vaters an, die „Zukunft" sagte. Man legte ihm den eisernen Divisionsgeneral Tschang Fakuei ans Herz — und es war ihm, als höre er Behmenburg von dem verworrenen indischen Spinner Gandhi erzählen. Man führte ihm die Kinder der Karl-Marx-Schule vor, wo Zehnjährige ihre Ansichten über aktuelle Probleme niederschrieben, als ob Zehnjährige darüber etwas mitzuteilen wüßten und als ob es, wenn sie es wußten, nicht um so schauerlicher gewesen wäre, und wo Dreizehnjährige in Theaterstücken schon Kaschemmenszenen wie die blasierten Kohldorfer Kunstschüler aufführten — und die Sensation, die daraus gemacht wurde, verwandelte sich vor seinen scharfsichtigen Augen in jene andere, die bürgerliche Blätter aus einem fünfjährigen Jungen machten, der mit dem Zeppelin nach Pernambuco flog ...

Welche Jugend! Limpinsels Jugend, bald so, bald so verkleidet. Jugend, deren „produktiv-schöpferische Kräfte", so sagte pleonastisch Limpinsel, „für Volk und Vaterland nutzbar gemacht werden" sollten. Fassade dort wie hier, heut wie damals; nur daß sie jetzt nicht mehr altes Gerümpel verdecken, sondern die fortschrittlich-revolutionäre Haltung belichten sollte.

Eugen wurde schwankend, ernüchtert. Er schrieb und lebte und sprach so nebenher. Die Bürger sagten: „Och, die Kommunisten ..." Die Arbeiter wollten Bürger werden, damit sie auch so reden konnten, mit dieser abtuenden Handbewegung.

Die Führer trieben sie in planmäßig vorbereitete Niederlagen, nicht aus Bosheit, sondern aus Dummheit. Immer reden, niemals etwas denken. Kein Wunder, wenn große Arbeitergruppen in der Nationalsozialistischen Partei, die immerhin in der Firmenbezeichnung das Wort „Arbeiter" nicht verschmähte und dennoch Kontakt mit „besseren" Kreisen hatte, Berührungspunkte mit ihrer Vorstellungswelt aufstöberten; nicht zu vergessen, wie nahe schon rein phonetisch „Der blutig rote Sowjetstern" und „Das blutigrote Hakenkreuzbanner" beieinander standen. Sah Eugen sich gewisse Leute und gewisse Vorgänge auf der Linken an, so konnte ihm die Vernichtung einer Partei, die für sie die gleiche Rolle spielte wie der schwarze Mann für die Kinder, nicht einmal wünschenswert erscheinen.

Er widersprach und verbrannte sich den Mund, wo er konnte. War Widerspruch hier nicht notwendiger als anderswo? War dies eine Arbeiterpartei, die den Arbeiter nur durch ihre Brille sah? Einer schlug vor: die Arbeiter müßten die Erzeugnisse der mächtigsten Kapitalskonzerne boykottieren, ihre Frauen keine Seidenstrümpfe mehr tragen ... Ein anderer sagte: da habe er einen Film gesehen, da sei ein Prolet, ein Schneidergehilfe, Abgeordneter geworden und habe sich im ungewohnten Milieu lächerlich gemacht — „und", fügte er hinzu, „stellen Sie sich vor! Das Publikum lachte, lachte sich Tränen; es waren natürlich lauter Bourgeois im Parkett." — „So?" antwortete Eugen —; „und wenn Arbeiter dort gesessen hätten? Die hätten leider Gottes noch viel mehr gelacht. Das ist ja das eigentliche Problem, das entsetzliche. Wenn ihr das doch nur mal sehn wolltet! Vorher könnt ihr euch heimgeigen lassen." Und jenem Befürworter des Boykotts: „Was glauben Sie denn? Die Arbeiterfrauen betrachten es als eine soziale Errungenschaft, daß sie Seidenstrümpfe tragen — und wenn ihr ihnen das abgewöhnen wollt, dann werden sie gegen euch eine Revolution machen, wie ihr sie noch nicht zustandegebracht habt."

So wurde sein Posten am „Forum der Zeit" von Tag zu Tag unhaltbarer und für ihn selbst widerwärtiger. Wollte man ihm ein Zerrbild aufdrängen, so konnte er es ja auch beim wachsamen Hähnchen haben. Dem schlagfertigen Schwandt entging es nicht, daß er erlahmte. Der Zeitpunkt für eine Beeinflussung in Roloffs Sinne schien am Tage nach der Denkmalsweihe gekommen zu sein: in dem Sohn war wohl trotz allem ein Gefühl für das Mißgeschick seines Vaters zu vermuten.

Eugen begann, was hätte an diesem Tage näher gelegen, von der Tätigkeit der vaterländischen Verbände zu sprechen. Es sei doch ein seltsamer, fast tragikomischer Charakter, meinte er, wenn man die Hilfe der Welt erflehe und ihr gleichzeitig Gewalt androhe; ein rabulistischer Charakter, wenn man nach außen Freiheit, nach innen Knechtschaft erstrebe; ein widerspruchsvoller Charakter, wenn man sich mit solcher Emphase „deutsch" nenne und dabei die deutsche Sprache verhunze wie ein Schüler, der geschaßt worden sei, ehe er das Einmaleins richtig gelernt habe; ein verschwommener Charakter, wenn man einen Volkstrauertag für die Kriegsgefallenen ansetze und sich nicht zu dem einzig sinnvollen Datum, dem Tage des Kriegsausbruchs, verstehe; ein erschütternder Charakter, wenn man die Absperrung gegen ausländische Waren erzwinge und zugleich seine Parolen, nationale Konzentration undsoweiter, aus England importiere. Er setzte die Reihe noch eine Weile fort; Schwandts Augen ruhten still und freundlich auf ihm, Augen eines Beichtvaters — wie sie auf Gustav Roloff geruht hatten, als er ihm zuerst sein Herz ausschüttete.

„Right or wrong, my country!" rief Eugen zuletzt leidenschaftlich, „das führen sie dauernd im Mund und deuten auf das beispielgebende Britannien, wo dieses Wort der Wahlspruch der ganzen Nation sein soll. Es ist ja gar nicht wahr, daß die Engländer ein solches Sprichwort haben, es ist ja ein amerikanischer Admiral gewesen, der das vor mehr als hundert Jahren mal gesagt hat — ein Schlachtenlenker, keine gute Quelle, Herr Oberbürgermeister! Müssen wir denn auch noch das Ausland belehren? Ist es möglich, daß ein Land eine Masse Gebildeter aufweisen kann wie kein anderes, und daß die Masse der Gebildeten wieder so haarsträubend borniert ist wie in keinem anderen Land? Ist es nicht eine Tragödie, daß diejenigen, die vaterländischer als alle anderen sein wollen, in Wahrheit unaufhörlich ihr Vaterland zerstören?"

„Na", sagte Schwandt väterlich, „nu nehmen Sie sich erst mal 'ne Zigarre." Dann schmauchte er vor sich hin, ehe er wieder anhob: „Sie haben neulich im Forum der Zeit einen schönen Satz geschrieben, Herr Roloff. Man soll sich über die

Unwahrhaftigkeit nicht aufregen, man soll sie darstellen. Nicht, so war es doch? — Na. Stellen wir sie dar. Man tritt wohl auch den Vaterländischen nicht zu nahe, wenn man sagt, daß Deutschland, als die Revolution ausbrach und Zeit dazu gewesen wäre, von ihnen nicht gerettet worden ist. Ich persönlich, das können Sie mir glauben, ich hätte auch gar nichts dagegen, wenn die jungen Leute, die keinen Krieg gerochen haben, aber ihre *Wehrfreude* haben wollen, möglichst bald Gelegenheit zur Betätigung bekämen und 'n bißchen Bauchschmerzen im ersten Kugelregen. Ich sage immer: der Wohltätigkeit werden keine Schranken auferlegt. Es ist ja leider Gottes so, daß das deutsche Volk so lange unbelehrbar bleibt, bis es sich ins eigene Fleisch geschnitten hat — und kaum hat der Schmerz nachgelassen, fängt die alte Leier wieder an. Man möchte es unverständlich finden, wie sich noch jemand für ein solches Volk aufopfern kann, man möchte diese verirrten Idealisten, die Großes zu leisten vermöchten, falls sie es nicht immer durchaus für eine falsche Sache tun wollten, getrost mit zerschundenen Knochen ins Massengrab wandern lassen, da sie es augenscheinlich nicht anders haben wollen — man möchte das, Herr Roloff, wenn nicht — und nun kommt das Aber! — wenn nicht mit absoluter Sicherheit vorauszusagen wäre, daß nach einem neuen Waffengang Deutschland endgültig von der europäischen Landkarte gestrichen würde. Das kann niemand zulassen, der sein Vaterland liebt — und ich weiß, daß Sie es besser lieben als mancher patriotische Augendiener."

Eugen zögerte nicht, es zu bekennen. „Ja", sagte er nachdrücklich, „ich liebe jenes Deutschland, das einen Lessing hervorgebracht hat. Von Lessing stammt ein gutes Wort: er wisse nicht, ob es Pflicht sei, Glück und Leben der Wahrheit zu opfern, aber das, wisse er, sei Pflicht, wenn man Wahrheit lehren wolle, sie ganz oder gar nicht zu lehren, sie klar und rund, ohne Rätsel, ohne Zurückhaltung, ohne Mißtrauen in ihre Kraft zu lehren. Sehen Sie, Herr Oberbürgermeister, und wenn nun heute Lessing offiziell gefeiert wird, dann weiß ich nicht, ob ich den Feiernden den guten Glauben zubilligen oder selbst den noch abstreiten muß, oder ob sie am Ende diesen Lessing gar nicht kennen, was bei dem deutschen Bildungsgrad befremdlich wäre. Denn hier stimmt doch etwas nicht — wie wäre es sonst denkbar, daß man diejenigen verfolgt, die von der Verletzung des belgischen Neutralitätsvertrags — die der damalige kaiserliche Kanzler offen vor aller Welt zugegeben hat! — noch die Nase voll haben und daher auf der strikten Innehaltung des Friedensvertrags bestehen, soweit und solange er nicht auf dem diplomatischen Wege der Verständigung geändert wird? Wie wäre es anders denkbar, daß zum Beispiel Lloyd George, sobald er etwas Verständiges zur Weltlage äußert, er, der im Krieg den preußischen Militarismus mit Stumpf und Stil ausrotten wollte, er, der heute ein Gesinnungsgenosse der hierzulande verhaßten Friedensfreunde ist, von eben jenen militärischen Kreisen zum Kronzeugen für ihre Zwecke gemacht wird?"

Schwandt schmauchte und versetzte: „Nur im Schlechten, niemals im Guten sind die Gleichgesinnten der verschiedenen Nationen Kronzeugen für die Gleichgesinnten. Lloyd George wird in England von den Gesinnungsfreunden jener deutschen Militärs, die ihn zitieren, gehaßt. Deutsche Friedensfreunde wiederum werden von französischen Nationalisten zitiert, die übrigens vor ihren deutschen Kollegen das eine voraus haben, daß sie ihre Muttersprache ausgezeichnet beherrschen", setzte er etwas schielend hinzu. Sein Ausdruck war unbeständig, bald lebensklug, bald bauernschlau. „Nur die Hetzer gehen überall zusammen, wenn sie sich auch beschimpfen. Nichtsdestoweniger täten Sie den meisten Generalen unrecht, wenn Sie glaubten, daß sie nicht ebenfalls den Frieden lieben."

„Den Frieden, ja. Aber welche Vorstellung haben sie vom Frieden? Was heute irgendwo im Ausland geschieht, das geschieht entweder für oder gegen Deutschland, und das eine wie das andere ist doch nur das Echo auf das, was in Deutschland geschieht. Tatsachen sind bitter, und der Deutsche ist gern für das Süße, das ihm so gut mundet und so schlecht bekommt. Je weniger Erfolg einer seiner Männer hat, desto schallender darf er seine Stimme erheben. Sind wir denn in alle Ewigkeit dazu verdammt, unsere Würger als Retter zu verehren? Als ich das Heerlager gestern vor dem Denkmal sah — —, fünfzigtausend sollen in unserer Stadt gewesen sein —"

„Fünfzigtausend", bestätigte Schwandt. „Das ist eine fünf mit vier Nullen. Mit Nullen kann man freigebig sein, wir haben ihrer genug." Er lachte. „Sie dürfen nationalistische Festlichkeiten nicht so tragisch nehmen. Sie müssen eben einer Handvoll toter Generale die Illusion verschaffen, daß sie noch lebten, und einem Schock lebendiger Spießer die Illusion, daß sie bereit seien, sich bei einem Faß Bier totschießen und mit militärischen Ehren begraben zu lassen."

Eugen starrte ihn an, als wolle er ihm die Worte vom Munde ablesen, um die Zuverlässigkeit seiner Ohren nachzuprüfen. „Ich begreife nicht...", stotterte er, „wenn Sie so denken ——"

„Wie ich mich dann mitten hinein stellen kann?"

Matthias Schwandt lachte noch berückender als zuvor.

„Die Leute sind nun mal so", sagte er, „und man kann sie nicht ändern. Ändern kann man überhaupt nichts. Es gibt nur zwei Wege. Entweder prangert man das Unabänderliche an, oder man nimmt ihm den Wind aus den Segeln. Ich bin für das Letztere. Nein, lassen Sie mich zu Ende sprechen", warf er dazwischen, als er sah, daß Eugen ihn unterbrechen wollte. „Ihr Herr Vater hat die Initiative zum Denkmal ergriffen — zum Wohle der Stadt; es bringt Menschen, es bringt Geld hinein. Er hat aus einer Lage, die nun mal besteht, das Bestmögliche für das Gemeinwesen herausgeschlagen. Viele Menschen, die meisten, haben heute halt das Bedürfnis, den Befehlen anderer zu gehorchen, weil sie die Last der eigenen Verantwortung, die täglich stärker wird, mit Angst erfüllt. Der Deutsche läßt sich sogar seine Stimmungen von oben verordnen. Unser großer Dichter Hebbel hat mal gesagt — lassen Sie mich auch was zitieren, es ist diesmal kein falsch beanspruchter Kronzeuge —: der Deutsche muß Bürger sein, bevor er sich als Mann zu fühlen wagt... Er trägt im Süden wie im Norden Schlafrock und Mütze, und nur die Fasson ist verschieden; er ist so lange ein Hase, bis ihm von Obrigkeits wegen der Befehl erteilt wird, in der Gestalt eines Löwen zu erscheinen; er ist Kosmopolit, aber nur Sonntagnachmittags von fünf bis zehn Uhr; er ist ein Pulverturm, der mitten im Wasser steht, und der nur dann zu fürchten ist, wenn Gewitter aufziehen. Dennoch muß man ihn respektieren, denn er respektiert sich selbst; er geht mit sich um wie mit einem geladenen Gewehr und zittert vor den Kannibalen, den böse Verhältnisse aus ihm machen könnten. Und das ist eben der Fluch, der eigentümlichste, des Philistertums" — hier begann er ganz langsam zu sprechen, er schien die Worte wie Späne von einem Brett abzuhobeln — „erzeugt es e inma einen frischen, lebenskräftigen Sohn, so muß dieser es sich als höchste Aufgabe setzen, seinen Vater zu ermorden..." Er hielt kurz inne, fügte noch hinzu: „Hoffentlich habe ich richtig zitiert", und schwieg.

Eugen schwieg ebenfalls. Schwandt schwieg und schmauchte. Eugen legte die Zigarre auf den Rand der Aschenschale. Er räusperte sich. Er nahm die Zigarre wieder auf und zündete sie von neuem an. Schwandt ließ ihm Zeit.

Endlich sagte Eugen: „Ich weiß nicht..." Er brach ab und schien nun etwas anderes zu sagen, als er hatte sagen wollen. „Jedenfalls kann ich diejenigen nicht begreifen, die aus den Beispielen der Geschichte nicht lernen, wie eine Reaktion abläuft, wie die Reaktionäre, wenn es ihnen nicht noch bei Lebzeiten schlecht bekommt, vor der Nachwelt gebrandmarkt und verabscheut stehen... Daß sie das nicht schreckt, daß es doch immer wieder Leute gibt, die das Rad der Welt zurückdrehen wollen..."

„Und doch geht es vorwärts. Also sind die Reaktionäre nicht mal reaktionär, sie halten sich auch gewiß nicht dafür. Vor hundert Jahren wurden Schillers Räuber verboten, heute werden sie gerühmt und dem gärenden Neuen als Muster vorgestellt. Daraus können Sie entnehmen, daß in abermals hundert Jahren gerühmt wird, was heute verboten ist, und daß es dem, was alsdann an Neuem gären wird, wiederum als Spiegel wird vorgehalten werden. Das ist Entwicklung."

„Ist es auch Entwicklung, daß vor hundert Jahren immerhin ein Metternich verbot und heute nur ein Soundso verbietet?"

„Auch das ist Entwicklung. Ich könnte fragen: werden heute etwa Sachen wie die Räuber geschrieben? Ich frage nicht. Es gäbe ja keinen Menschen, der groß erschiene, wären nicht die Nachfolger immer kleiner als die Vorgänger. Auch der deutschen Republik waren Männer von Format nicht beschieden, aber sie hat das Glück gehabt, daß alles, was kam, geringwertiger war als das, was ging — so daß das Dahingegangene in der nachträglichen Betrachtung geradezu zur klassischen Größe aufrückte."

„Und die Nationalisten waren schlau genug, die Republikaner jeweils die Konkursmasse übernehmen zu lassen. Das

Volk ärgerte sich dann nicht mehr über die Bankerotteure, sondern über die Konkursverwalter, die mangels Masse nichts auszahlen konnten."

„Pech, Herr Roloff. Pech für die Linksleute, daß sie dran waren, als unsere ehemaligen Feinde noch diktierten und Ultimata stellten. Die Rechtsleute können sich in ein gemachtes Bett legen. Frankreich zwickt sie sanft, und es sieht aus, als sei es ihr Verdienst."

„Dabei heißt es draußen: das alte Deutschland steht wieder auf."

„Ja, aber das schreckt die nicht, die es aufstehen heißen. Im Gegenteil. Sie sagen: man hat Angst vor uns. Und das ist doch der gewünschte Zustand."

„Ein Trugschluß, eben dies. Die Welt begegnet dem alten Deutschland mit Haß, doch nicht mit Angst. Wie rostiges Blech kollern die starken Worte schwacher Diplomaten. Es geht nicht zusammen, das eine entspricht nicht dem andern, die Welt hört hinter der Tonstärke den kurzen Atem und fürchtet sich nicht. Die französischen Militärs sähen ein neues deutsches Heer nicht einmal ungern, sie hoffen dann später ganze Arbeit machen zu können, wo sie letzthin nur halb zu Rande kamen... Unsere Diplomaten kommen wohl nicht auf solche Vermutungen, sie haben zuwenig... zuviel... na..."

„Na, sagen wir, zuviel *soldatisches Denken*", sagte Schwandt beherzt.

Eugen wurde unruhig: Schwandts Scharfblick konnte gutmütig kneipen — aber dann war es plötzlich kein Scharfblick mehr.

„Ja", sagte er unterdessen, „sie machen eine gute Figur, aber die gute Figur macht noch keinen Staatsmann. Auch durch den Federstrich eines verehrungswürdigen Menschen wird das Ungesetzmäßige nicht gesetzmäßig."

„Ach was", unterbrach Schwandt fast ärgerlich, „diese Begriffe sollten wir uns überhaupt abgewöhnen. Ein Staatsmann hat ganz was anderes nötig als Verehrungswürdigkeit."

Eugen sah ihn an; Schwandt lachte wie ein guter Freund, der des Einverständnisses sicher ist. Halb in Gedanken sprach Eugen fort.

„Ich glaube, daß man eine Verfassung entweder ganz einhalten oder ganz vernichten muß; zum einen gehört Rechtlichkeit, zum anderen gehört nur Tollkühnheit. Aber Völker, die an ihrer Verfassung fortwährend ein bißchen rütteln lassen, können nicht als geachtete Nationen unter den Nationen leben und werden schließlich zum Gespött der Welt."

„Gewiß. Na. Wir haben die freieste Verfassung der Welt. Ich gebe zu, daß sie meistenteils außer Kraft gesetzt ist, und daß wir sie zuzeiten, wie es neulich an einer Universität geschah, mit einer Rede über die gegenwärtigen Kartoffelkrankheiten feiern müssen. Aber —", er stockte und entnahm mit einer plötzlichen, beinahe biblischen Gebärde seiner Börse ein Fünfmarkstück. „Haben Sie die neuen Verfassungsmünzen schon gesehen? Diese gereckten Schwurfinger müßten ja den Eidbrüchigen wie eine knöcherne Totenhand verfolgen bis an sein Lebensende. Verdammt nochmal, ich möchte sie nicht in schlaflosen Nächten vor mir sehen ... Aber wie es auch sei, an der Verfassungstreue der Reichswehr ist kein Zweifel erlaubt. Sie ist auch dann gegen Putschisten von rechts vorgegangen, wenn sie lieber gegen solche von links marschiert wäre."

„Aber jedesmal, wenn die Aktion zugunsten der Verfassung beendet war, hatte die Republik ein Stück Terrain verloren."

„Monarchie oder Republik, Herr Roloff, das kann gar keine Frage sein. Es wird nie eine Monarchie von den Monarchisten, nie eine Republik von den Republikanern gemacht. Vielmehr fördern schlechte Monarchisten den republikanischen, schlechte Republikaner den monarchischen Gedanken. Und da auf schlechte Monarchien immer wieder schlechte Republiken, auf schlechte Republiken immer wieder schlechte Monarchien folgen, so bleibt der Streit um den Wert unentschieden und als ruhender Pol nur der große Begriff: Staat."

„Ach", meinte Eugen, „kann denn der abstrakte Begriff Staat je im Kräftespiel der Wirklichkeit eine Rolle haben? Ist der Staat nicht immer nur das, was die Menschen sind, die ihn gerade leiten? Gehen die Leute von links, so drängen sich die von rechts an die Krippe, wie die hungrigen Wölfe. Menschen, die nicht Fisch noch Fleisch, sondern Abstraktionen sind, gibt es doch wohl nicht. Mir scheint, daß der Begriff Staat eine der gefährlichsten und heimtückischsten Fiktionen ist. Es gibt keinen Staat an sich. Es gibt nur die widerstreitenden Sekten, die ihn bilden, um Vorrechte zu legalisieren. Macht geht vor Recht, aber mit dem Vorrecht —: das ist die Fiktion Staat." Er ließ Schwandt keine Zeit zur Antwort und fragte rasch: „Wie denken Sie sich nun das, was kommen wird, Herr Oberbürgermeister?"

„Lieber Gott, was soll noch viel kommen? Haben wir nicht schon genug? Das Weltgetriebe wird sich auch weiterhin nicht durch Hunger und Liebe erhalten, sondern dadurch, daß andere für fremden Hunger und fremde Liebe büßen ... Die Schuldentilgung für unsere Auslandsanleihen, das sage ich Ihnen ganz offen, macht das doppelte der jährlichen Reparationslasten aus. Lujo von Brentano hat dasselbe von den Zöllen festgestellt, die wir zahlen, um achttausend bankerotten Großgrundbesitzern zu helfen. Statt dreizehn Milliarden, wie früher, müssen wir heute an Steuern achtundzwanzig aufbringen. Unser schofles Mischbrot kostet pro Kilo noch um ein Drittel mehr als das französische Weizenbrot. Was soll da noch viel kommen? Wenn alle Stricke reißen, werden wir die alten Rezepte aus der Mottenkiste holen, Preisschilderverordnung, Devisengesetz, und so, immer solche Dinge, wissen Sie, die recht viel Ansporn zur Übertretung bieten, recht viel an Verwaltung kosten und recht viel Lücken haben, durch die ein gerissener Mensch auch gesetzmäßig schlüpfen kann. Vielleicht, wer weiß, kommen wir auch noch dahin, daß die Steuerhinterzieher amnestiert und die braven Zahler mit einer gesalzenen Strafe belegt werden, wenn sie mal paar Tage zu spät auf der Finanzkasse erscheinen. Je weniger man dort bekommt, wo was zu holen wäre, desto mehr holt man dort, wo was zu bekommen ist. Ich sehe sehr trübe und bin aufs Schlimmste gefaßt. Vielleicht werden wir im Gedenkjahr des Freiherrn vom Stein die Selbstverwaltung der Gemeinden und im Gedenkjahr Goethes die Kultur beerdigen. Schließlich ist es genug, wenn wir die Heroen feiern, und es wäre unbillig, sollten wir uns auch noch nach ihnen richten, denn man kann nicht alles zugleich tun. Was weiß ich, Herr Roloff, was noch alles kommen wird. Wir könnten ja auch mal zur Abwechslung die Haupt- und Staatsaktionen in die Sauregurkenzeit verlegen und den Monat Juli zum Schicksalsmonat machen, da es der März schließlich lange genug gewesen ist.

Sie sehen, es bleiben immer noch Betätigungsmöglichkeiten für großzügigen Bürgergeist. Vielleicht werden in Zukunft die Kinder Nationalsozialisten spielen, weil sie diese für Indianer ansehen. Vielleicht werden wir um dieser lieben Leute willen von den Franzosen wieder Boches und von den Engländern wieder Huns genannt werden. Vielleicht, vielleicht. Sie werden wahrscheinlich jeden Neujahrstag verkünden, daß nun das Jahr der Entscheidung angebrochen sei, wie unsere Heerführer im Kriege, bis dann die unwiderruflich letzte Entscheidung kam..." Seine Stimme schlug um, das Lächeln rannte nicht mehr von den Augen zum Mund, er wurde plötzlich ernst. „Trotzdem", sagte er, „ist der Kapitalismus noch die beste Form, wenn er augenblicklich auch schlechte Vertreter hat. Aber nun legen Sie mal die Hand aufs Herz und sagen mal ehrlich, ob die deutschen Vertreter des Kommunismus nicht noch schlechter sind."

„Es ist wahr", gestand Eugen. „Ich habe über die Geschichte lange nachgedacht. Zwar hatten die Sozialdemokraten nach dem Krieg keine Männer, keine durchdachten Maßnahmen, nichts; aber wie anders würde es dennoch heute aussehen, wenn jene nicht durch die verblendete, untaktische Rebellion der Kommunisten den Männern der alten Zeit in die Arme getrieben worden wären, zwischen denen sie dann langsam zerquetscht wurden."

„Nun, da haben Sie's. Die Arbeiter wollen sich gar nicht als Glieder der besitzlosen Klasse fühlen. Sie schämen sich, nichts zu besitzen, deshalb prahlen sie lieber, sie hätten was, wenn sie nichts haben. — Haben Sie die Aufführung von ‚Was ihr wollt' in unserem Theaterchen gesehen? Ja? — Da haben Sie das Trauerspiel eines Dieners, der durch den Umgang mit der feinen Herrschaft überschnappt. Das ist eine sehr lehrreiche Geschichte, und einem Mann, der wie Sie sich umtut in der Welt, dem begegnet sie heutigentags immer wieder. Die Putzfrau, die bei Windhäuser den Flur schrubbt, dünkt sich himmelweit über der Kollegin, die dasselbe nur im Hause Ihres Herrn Vaters tun darf." Absichtlich nannte er Gustav Roloff zum zweitenmal. „Tragen Sie die Dinge mit Humor." Er war überzeugt, daß alle seine Reden das Erdreich aufgelockert hatten und der Same nunmehr auf fruchtbaren Boden fiel. „Ich lese in den Zeitungen nur noch die Überschriften, ganz durcheinander, das gibt das schönste Witzblatt. Seit das ganze öffentliche Leben aus schlechten Witzen besteht, werden die Witzblätter selbst ja immer anachronistischer."

In seinem Lachen war jener artige Gleichmut, der eine Widerwärtigkeit beiseite schiebt, indem er sie als Possierlichkeit darstellt; jene gemütliche Resignation, die sich mit einem Übelstand abfindet, indem sie sich darüber amüsiert. Immer gleichmäßig weiterlachend, wobei seine Schultern noch breiter und listiger wurden, fuhr er fort: ,,Humorvolle Gedankenlosigkeit — damit kommt man durch, Herr Roloff. Kluge Staatsmänner haben immer gewußt, daß sie, um ihr Spiel zu gewinnen, nur so lange standhaft bleiben müssen, bis sich ihre Völker an einem Zustand belustigen, der eigentlich ihre Empörung verdient. Gefällt ihnen der Zustand nicht, so gefällt ihnen doch die Möglichkeit zur Erfindung von Witzen, die er gewährt. Kannst halt nix machen an der Schlamperei, wie die Bayern sagen."

Nicht lange nach diesem Gespräch packte Eugen seine Habseligkeiten. Zuunterst in seinem Koffer lag das Manuskript: ,,Aus Amerika zurück." Dort blieb es unvollendet liegen. Bald darauf fuhr er nach Berlin und bildete sich zum Berufsboxer aus: die einzige Art, so schien es ihm, dieser unlauteren Welt zu begegnen.

Das ,,Forum der Zeit" ging nach einigen Monaten ein — halb am Schwund der Gedanken, halb am Schwund der Anziehungskraft, welche der Fall Eugen Roloff bewerkstelligt hatte.

V

Am Friedensplatz herrschte Kirchhofsruhe.

Hervorgegangen aus der Armsündergasse, wurde er nun, nach der Denkmalsweihe, durch Magistratsbeschluß in den ,,Langemarckplatz" verwandelt.

Das Standbild des ,,Küchenbullen" war die Schöpfung eines Bildhauers aus der Künstlerkolonie. Es stellte einen klobigen Gesellen dar, breites, viereckiges Gesicht, aufgekrempelte Ärmel, Pluderhose, kantige Glieder, starke Füße, eine Hand in die Hüfte gestemmt, die andere, halb erhoben, die Schöpfkelle haltend, wie um einen „Schlag" ins Kochgeschirr zu bugsieren. Zu seinen Füßen kniete ein halbreifes Mädchen, das ihm ein Körbchen mit Feldfrüchten und zugleich das Bukett seiner knospenden Brüste darreichte —: einerseits Symbol des Opfersinns der Heimat, die das Heer ernährte, andererseits eine poetische Fleischwerdung des Sprichwortes „Die Liebe geht durch den Magen."

Wie an allen Denkmälern der Welt, so hasteten auch hier viele Menschen vorüber, ohne sich dabei etwas zu denken. Frau Dr. Eisenmenger jedoch hastete nicht vorüber (wenn sie überhaupt jemals gehastet hatte); vielmehr blieb sie stehen und dachte sich viele entsetzliche, unkeusche Dinge dabei.

Seit einiger Zeit verkehrte sie mit dem ehemaligen Stadtbaurat. Um ein sichtbares Beispiel des Aufbaus zu geben, hatte sie in ihrem Hause unter seiner sachverständigen Anleitung einen Altar aufgebaut, auf dem sich *der Führer* befand — sein wundertätiges Bild, das noch kürzlich, so erzählte der Baurat, einen verzweifelten, schon vor zwei Jahren vom Metallkonzern entlassenen Arbeiter vor dem Selbstmord bewahrt hatte; „so klein", lallte ergriffen der Baurat, „so klein erschien er sich plötzlich gegenüber dem Manne, dessen Bild da vor ihm hing; er straffte die Glieder, ein jähes Erkennen zuckte über seine Züge, er dachte an den Händedruck des Führers, der ihn so stolz machte, er dachte auch daran, was jener Führer selber alles erleiden mußte, und wie er dennoch ungebeugt und erhaben war — und alle Lebensmüdigkeit war dahin." Frau Eisenmenger stellte jeden Tag frische Blumen vor das Bild, ja sie verschmähte es nicht, im Winter die importierten Nelken von den „Wonnegestaden" zu verwenden, die sie den Männern der neuen Zeit so sehr verübelt hatte. Abends und morgens verrichtete sie ihre Andacht vor dem Bilde. Es war eine scheue Seelenbräutigamschaft, ähnlich jener der mittelalterlichen Mystikerinnen, und zuweilen nannte sie den Führer auch „mein Gesalbter".

Von einer solchen Andacht kommend, blieb sie vor dem Denkmal stehen und dachte sich die entsetzlichen, unkeuschen Dinge. Flugs suchte sie den Baurat auf, für welchen ohnehin alles, was aus Jaguttis' Künstlerkolonie entsprang, eine Pest bedeutete. Flugs entwarfen sie einen Feldzugsplan. Flugs schritten sie zur Ausführung.

Im Zwielicht des Wintermorgens, die Lampen brannten noch und die Geschäftsangestellten strömten gerade durch die Straßen der „City", bewegte sich ein Zug von Jungfrauen aus dem Königin-Luise-Bund in blauen Kleidern und weißen Kragen zum Denkmal. Als sie in seine Nähe gelangten, befahl die Führerin, Frau Syndikus Eisenmenger, die Gesichter mit weißen Tüchern zu verhüllen, damit sie sich nicht an dem sittenlosen Stein befleckten. So stellten sie sich auf, ein paar Schneeflocken fielen, immer noch weißer und reiner als die keuschen Tücher, und indem der Baurat, mit seinen Bergschuhen wie zufällig aus einer schnell gesammelten Menge hervorstapfend, eine beißende Anklage gegen die Volksverderber, die solche Denkmäler schüfen, in die diesige Luft hinausschrie und eine Abrechnung mit dem *System* ankündigte, schielten die Jungfrauen neben ihren Scheuklappen hervor auf den steinernen Küchenbullen, ob sie an ihm etwas Unsittliches erspähen könnten, denn das kniende Mädchen interessierte sie nicht. „Du, wo ist es denn? Kannst du was sehen?" fragten sie flüsternd einander, doch bevor sie eine Antwort fanden, entrang sich dem Munde der Eisenmenger ein splitternder Schrei — sie warfen die Tücher fort, der Baurat hatte eine Kanne mit Mennigfarbe ergriffen, die er hinter dem Stein versteckt haben mußte, schon war das kniende Mädchen über und über mit schamvoller Röte begossen, schon sprang ein Schutzmann herzu, schon stob die jungfräuliche Schar, gefolgt vom Gejohl der Menge, nach allen Richtungen auseinander.

Gustav Roloff brachte anfänglich keinen Laut heraus, als ihm diese fanatische Tat gemeldet wurde. Dann sagte er dumpf, und es war, als spreche Eugens Stimme aus ihm: „Gebe Gott, daß diese Jungfrauen ebenso rein wie töricht waren ... Aber der Eisenmenger hätte ich mehr menschliche Reife zugetraut. Von dem Baurat wundert mich ja nichts mehr."

Dieser wurde wegen Sachbeschädigung zu fünfzig Mark Geldstrafe verurteilt. Das Gericht bescheinigte ihm seine edle Gesinnung. Die Eisenmenger, wegen Beihilfe angeklagt, wurde freigesprochen, da der Baurat erwiesenermaßen die Mennigfarbe ohne ihr Wissen besorgt hatte.

Der Kampf um das Denkmal war damit nicht zu Ende. Parteien für und wider bildeten sich. Neue Anschläge folgten. Die

Lokalblätter registrierten die verschiedenen Meinungen, ohne eigene kundzutun, nur Herbert Markisch durfte sich für das Werk des Künstlers einsetzen. Roloff sagte: „Diese Unabhängigkeit ehrt ihn wie das Blatt gleichermaßen" — aber der Verlag ließ ihn nur darum schreiben, weil es ihm gleichgültig war, was von einem so belanglosen Standpunkt wie dem künstlerischen gesagt wurde, und weil außer dem Kulturdirektor Brilon keine amtliche Stelle ihm Beachtung schenkte.

Zwischen den Roloffs und der Eisenmenger entstand ein völliger Bruch, der dem Europäischen Hof zugute kam. Selbst im wachsamen Hähnchen platzten die Meinungen aufeinander, immer stärker wurde das Verlangen, das steinerne Mädchen zu entfernen. Roloff sträubte sich mit Händen und Füßen und scheute nicht die schärfsten Worte: wer hier unsittlich sehe, sei ein verworfener Mensch, so verworfen, daß man ihm selbst die Bibel nicht in die Hand geben könne, ohne fürchten zu müssen, daß er auf unreine Gedanken käme. Er verbitte sich diese Bevormundung der Staatsbürger, und überhaupt sei diese muckerische Art eine Unterhöhlung der Staatsautorität, weil es nun aussehe, als genügten die Strafgesetze nicht, um öffentliche Unsittlichkeit zu verhindern... Es nutzte alles nichts, er unterlag, das Mädchen wurde entfernt. Es geschah auf Anordnung der Baupolizei, die darin eine Gefährdung des Straßenverkehrs erblickte.

Da der Bildhauer inzwischen verstorben war, strengten seine Erben eine Schadenersatzklage gegen die Stadt an. Bei Lebzeiten des Künstlers hatten sie ihn für verrückt gehalten und nichts von ihm wissen wollen; jetzt stützten sie ihre Klage auf die Verschandelung seiner großen Kunst. Es war der letzte Prozeß jener von Matuszak eingeführten Reihe, worin die Frage, wie man sich als guter Bürger an allem bereichern könne, auf neuartige Weise gelöst war. Um der Tradition willen hätte Matuszak auch diesen Anspruch gern vertreten, aber es ging nicht, einerseits wegen des Abkommens mit Schwandt (obgleich er sich an Zusagen nicht unbedingt gebunden fühlte), andererseits wegen der von Eisenmengerscher Seite diktierten Gesinnung. So übernahm er denn die Sache der Stadt und beendete den Fall mit einem Vergleich, der den Erben fünfzigtausend Mark und ihm das entsprechende Honorar eintrug.

Siebzehntes Kapitel

I

Einige Tage war Gustav Roloff unpäßlich gewesen. Er war nicht ans Bett gefesselt; aber er saß in seinem Zimmer am Fenster, hin und her geworfen von Gefühlen, die das eine Mal die Vernunft zum Teufel jagten und das andere Mal dem Verstand schon gefährlich ähnlich sahen. Seine Beine waren in eine Decke gehüllt. Vor ihm auf dem Tisch lag das „Forum der Zeit".
Volk ohne Verstand...
Die Versuchung war stark. Wie eine Uhr tickten die Gedanken.
Auf den Triften, die zum kühlen Samt der Stromlandschaft hinstrebten, blinkte die Sonne, die sich den Sommer über kaum hatte sehen lassen und nun zu Beginn des Winters wärmte wie im Vorfrühling — als hätte auch sie es darauf angelegt, die Menschen zu foppen.
Volk ohne Raum...
Die Versuchung wich. Das Ticken der Gedanken hörte auf, als sei eine Feder gesprungen.
So wechselte es in ihm, oft drei- und viermal am Tage, und nichts hätte im Wege gestanden, daß Eugens Geist ihn ganz umgarnt hätte, wäre er jetzt in Person vor ihm erschienen. In der ersten Besorgnis hatte Frau Olga ihn rufen wollen, doch Behmenburg, welch kluger Arzt, hatte dringend abgeraten, da er sonst für nichts einstehen könne.
Noch hatte Gustav Roloff seinen Schwiegersohn, noch hatte er Melitta, die ein Kind erwartete und versprach: „Du, Roloff, wenn es ein Junge wird, soll er Gustav heißen", noch hatte er seine Freunde, die ihn um die Reihe besuchten und auf sein Gemüt einredeten; ja, Reckmann söhnte sich um seinetwillen sogar mit Brilon aus — die Sache hatte jetzt, da von Roloffs Vermögen das meiste hingerafft war, ohnedies ein anderes Gesicht. Roloff jedoch blieb beengt und einsam mit seinen nagenden Gefühlen. Was ist Freundschaft, wenn man von sich selbst verlassen ist? Das Schweigen, das in ihm war, drohte ihn zu erdrücken

Am neunten Tage benachrichtigte ihn der Heimatforscher davon, daß er jenseits des Stadtwalds Erdhügel aufgefunden habe, offensichtlich Spuren altgermanischer Grabstätten; leider liege das fragliche Gebiet außerhalb der Wahnstädter Gemarkung im Landkreis, daher habe er den Fund verheimlichen müssen.

Roloff schleuderte die Decke von den Beinen, als wären darin die Einflüsterungen des Versuchers verpackt gewesen. Mit einem Ruck stand er auf seinen Füßen.

„Volk ohne Raum!" rief er aus; „da haben wir's." Und dann, als Brilon ihn ein wenig betroffen ansah: „Du hast mich mir selbst zurückgegeben. Und das sage ich dir, Ferdinand, hier, wie ich hier stehe: der alte Gustav Roloff lebt noch, und der Raum wird geschaffen!" Wie in jener Nacht auf dem Malepartusturm ließ er den Arm in die Runde gehen. Wie damals, als er sagte: „Wir bauen Wahnstadt um" — so sagte er jetzt: „Wir werden diese historische Stätte eingemeinden, damit deiner freien Forschung nichts im Wege steht."

Wenige Wochen später, ungefähr um die Zeit, als Eugen seine Habseligkeiten packte, wurde ein neuer Ausschuß, ein „Stadterweiterungsausschuß" gegründet. Es schien wirklich, als lebe der alte Gustav Roloff wieder.

II

Tief verödet lagen die Indugahallen der Austellungsstadt. Mit der tückischen Anhänglichkeit, mit der grinsenden Aufdringlichkeit alter Vertrauter, die, vor Zeiten „ein realer, das Vermögen der Stadt mehrender Wert", sich nicht mit „ideeller Verzinsung" und ähnlichen schönen Redensarten abspeisen, sich nicht mir nichts, dir nichts ins Land der Vergessenheit abschieben lassen wollten, grüßten sie zu Hundacker hin, der, um sie nicht zu sehen, den Kopf über neuen Steuervorlagen gesenkt hielt. Es war seit Beginn der Ertüchtigung die vierte Erhöhung, ein niedlicher Strauß: Lohnsummensteuer zweitausendfünfhundert, Grundvermögensteuer dreihundertfünfzig, Gewerbeertragsteuer sechshundertsiebzig Prozent. Die Ablehnung durch die Stadtverordneten schien so gut wie sicher zu sein und jeder lächelte in seinen Notizblock, als Hundacker hellen Blicks vor der Presse erklärte: es sei verfrüht, jetzt schon Abschließendes über die mutmaßliche Stellungnahme der Rathausfraktionen zu sagen.

Lange vor der Eröffnung der Sitzung waren die Tribünen überfüllt. Wer irgend konnte, wollte Hundackers Niederlage miterleben.

Der Kämmerer gab einen trockenen Bericht über die Finanzlage, die trotz der Schuldenlast, trotz der niedrigen Kurse der Stadtanleihen keineswegs ungünstig sei; man habe gesagt, die geringe Bewertung städtischer Emissionen sei eine Folge der mangelnden Publizität, des mangelnden Einblicks in die tatsächliche Finanzkraft — nun, er wolle auf diese Vorwürfe nicht eingehen, er wolle nur feststellen, daß man, da die Anleihen nicht nur durch Auslosung, sondern auch durch Rückkäufe unter pari tilgbar seien, dem niedrigsten Kursstand mit Ruhe entgegensehen könne. Wenn sich trotzdem das Defizit nicht in mäßigen Grenzen halte, so liege das an Verhältnissen, für welche die Stadtverwaltung nicht verantwortlich sei; ein Drittel Arbeitslose weniger, und der Etat sei balanciert, ein weiteres Drittel weniger, und man könne mit frischem Mut an neue Projekte herangehen. Vermögenswerte könne man nicht veräußern, es sei eine Verschleuderung, man könne sich nicht in Stücken billig abnehmen lassen, was man im Ganzen teuer bezahlt habe. Die Guthaben der Provinzialbank seien nicht gefährdet, denn man brauche nur die neuen Steuern zu bewilligen, und die Finanzen der Stadt seien wieder intakt; wenn nicht — nun, dann müsse man wahrscheinlich später das Dreifache zahlen, um die Provinzialbank zu sanieren.

Während die Redner der Parteien aufmarschierten, blieb Karl Hundacker ganz kühl und verschlossen. Er machte sich nicht einmal Notizen. Die von links sagten, wenn die Reparationen von denjenigen bezahlt werden müßten, die die Kriege, und die Krisensteuern von denjenigen, die die Krisen machten, dann gäbe es weder Kriege noch Krisen mehr. Die von rechts meinten, die Wirtschaft sei von der Masse der Bevölkerung als melkende Kuh betrachtet worden, und das Ausweichen vor rechtzeitigen Maßnahmen werde nur desto schärfere Schritte in der Zukunft erforderlich machen. Hundacker dachte flüchtig:

„Das stimmt, leider sind gegen die Wirtschaftsversager keine rechtzeitigen Maßnahmen getroffen worden." Sonst aber saß er da mit einem unerschütterlichen Ernst — nicht wie einer, der seine schwere Stunde nahen sieht, sondern eher wie jemand, der ein folgenschweres Geheimnis hütet. Nur als ein Kommunist verlangte, er solle auf die Hälfte seines Gehalts verzichten, lächelte er und rief zurück: „Mein Gehalt ist gerade zehnmal so hoch wie der Lohn eines städtischen Müllkutschers — der geistige Kehricht aber, mit dem ich zu tun habe, ist zwanzigmal schwerer als der andere, der aus den Häusern abgefahren wird. Wenn also nach Leistung bezahlt werden soll, schneide ich noch ganz gut ab."

Dann, als alle fertig waren, sprach er diese beiden Sätze: „Meine Herren, ich habe Ihnen zu eröffnen, daß ein Staatskommissar ernannt werden wird, falls Sie die Vorlage nicht genehmigen. Was das heißt, wissen Sie: Machtvollkommenheit wird Machthunger nach sich ziehen, Sie können nach Hause gehen, und niemand weiß, wo und wie es enden wird."

Totenstille war in dem großen Saal.

Die Sitzung wurde für Fraktionsbesprechungen auf eine halbe Stunde unterbrochen. Nach der Wiedereröffnung wurde die Vorlage der Verwaltung mit sechzig gegen dreißig Stimmen angenommen.

Gleichwohl bestanden die inneren Schwierigkeiten fort. Auf dem Papier war der Haushalt ausgeglichen, in den Kassen dauerte die Ebbe an. Balluf ließ sich seine Steuern stunden —: wenn ein ordentlicher Batzen aufgelaufen war, würde man ihn schon niederschlagen müssen. Inzwischen sagte er zu Hundacker: „Sagen Sie mal ... Es ist ein bewährtes Rezept der Staatsmänner, die Völker nach außenhin zu beschäftigen, wenn es im Inneren hapert ... und da Sie doch die Kommunalpolitik von jeher staatsmännisch geleitet haben — —"

„Eingemeindungen?" fragte Hundacker, rasch begreifend und ebenso rasch abwinkend. „Wer wird sich jetzt eingemeinden lassen? Was haben wir zu bieten?"

„Versprechungen."

„Man wird erwidern, daß wir erst einmal die Versprechungen einlösen sollten, die wir unseren jetzigen Vororten gemacht haben, Straßenbau, Verkehrseinrichtungen, und was es alles war."

„Je nun, wofür haben wir denn Krieg und Inflation gehabt, wenn diese beiden Naturerscheinungen nicht alles rechtfertigen sollen?"

„Es wird heißen: die Brücke, über die kein Mensch geht, die habt ihr doch bauen können."

„Die Brücke? Na — zumindest ist doch Windhäuser drüber gegangen ... Übrigens dient sie dem zukünftigen Verkehr, den fernen Zielen, denen auch die Eingemeindung zu dienen hätte. Wir haben gerade eine Atempause; jetzt muß auf lange Sicht vorgesorgt werden, jetzt muß das neue Leben, das wir gezeugt haben, in einem gut bereiteten Erdreich sich verwurzeln. Neue Schönheit! Neue Gesundheit! Neues Licht! Neues Heimatgefühl! Luftbedürfnis der Millionen! Lungen! Lungen! — Man hat ja hunderterlei Worte zur Auswahl. Wir haben kein geeignetes Siedlungsgelände mehr. Die Gartenstadt, die hat es. Sie hat auch steuertüchtige Grundbesitzer. Zum Beispiel Windhäuser ..."

Hundackers starke Augen waren festgefahren auf diesen einen Punkt.

„Windhäusers Herrensitz, ja. Das reizt mich, in der Tat."

„Nicht wahr? — Natürlich geht es heute nicht mehr auf dem Verhandlungswege von Ort zu Ort. Der Gesetzgeber müßte es machen. Vereinfachung der Verwaltung ist sowieso die Forderung des Tages."

Hundacker fuhr mit dem Regierungspräsidenten nach Berlin.

III

Ungeheuere Summen verschlang das Festspielhaus der Kunststadt. Von den zweitausend Plätzen waren meistens vierzehnhundert leer. Zwanzigtausend Quadratmeter Magazin benötigte der lawinenhaft anschwellende Fundus; die Entwicklung, die nach kriegerischen Stücken drängte, zwang zum Anbau einer Waffen- und Rüstungskammer. Das Personal war teuer, voll juristischer Schnitzer waren die Verträge; fünfzehntausend die Durchschnittsgage, vierzigtausend für Sänger, die von den sieben Tagen der Woche vier spazieren gingen, dreißigtausend für den Intendanten. Binnen kurzem ging das Defizit auf anderthalb Millionen; ebenso geschwind stieg der Ruhm des Intendanten. Er fuhr nach Amsterdam, nach London, nach Genf, um Gastspiele abzuschließen. Kam der Abschluß zustande, so meldete das Presseamt nicht etwa platterdings, daß das Theater der Stadt da und dort gastieren werde — nein, es meldete: „Wie der Intendant telegraphisch aus England dem von ihm geleiteten Festspielhaus der Kunststadt Kohldorf mitteilt, hat er soeben längere Verhandlungen endgültig abgeschlossen, wonach das Festspielhaus in London eine wichtige Kulturmission für Deutschland erfüllen wird." Kurzum, des Defizits, des Ruhms, der Reisen und der Kulturmission wurde so viel, daß Valentin Moos im Ministerium eine Beihilfe für sein Theater erbetteln mußte. Es gelang ihm auch, glaubhaft zu machen, daß es auf vorgeschobenem Grenzposten die deutsche Kultur verteidige, obwohl es dreihundert Kilometer von der Grenze lag.

Schließlich, da alles in ein hohles Faß floß, mußte er dem Intendanten ins Gewissen reden. Er tat es mit der Versicherung, daß er als Künstler sein volles Vertrauen genieße, und daß er, der Bürgermeister, keineswegs vom Generalmusikdirektor oder seiner rührigen Gattin beeinflußt sei. Aber die Bürgervereine murrten über die hohen Gagen, man müsse davon herunter, er habe es auch gesagt; einer habe entgegnet, weshalb er denn erst hinaufgegangen sei, dem habe er es aber gegeben: um runterzukommen, müsse man doch wohl erst oben sein. Übrigens sei er wegen der Bewilligung des Zuschusses durch die Stadtverordneten ohne Sorge, er werde ihnen vorrechnen lassen, daß das Theater, wenn es geschlossen werde, beinahe ebensoviel koste — wie? Nein, der Intendant brauche sich gar nicht zu bemühen, das mache der Amtmann vorzüglich nach dem Schema, das für derartige Berechnungen vorliege.

Der Indendant kam mit einer neuen Formel: das Hinterland der Kunststadt müsse erschlossen werden, man könne auch das Wahnstädter Theater aufsaugen... Moos hörte nur den ersten Teil des Satzes. Das Hinterland! Sein speckiger Nacken erglänzte. Natürlich, Städte haben Landhunger. „Wir müssen eingemeinden", sagte er in einer Anwandlung fliegender Eroberungslust.

IV

Fast auf den gleichen Tag trafen in Berlin die Denkschriften der drei Städte ein. „Es geht um das ganze deutsche Volk!" hieß es darin. „Werden die arbeitenden Massen des Städtekranzes nicht mit ihrem Schicksal ausgesöhnt, werden sie nicht zu Bürgern einer großen Gemeinschaft gemacht, so wird ein Herd revolutionärer Umwälzungen entstehen..."

Zeitungen, Korrespondenzen, Gutachter lieferten einander erbitterte Schlachten. Drei Städte zankten sich um zwölf Orte, wie Staaten um Kolonien. Drei Städte eröffneten Büros in Berlin, Gesandtschaften sozusagen, um immer bei der Hand und immer auf Horchposten zu sein. Drei Städte entsandten ihre Deputierten in die Ministerien, und die Berliner D-Züge hießen nur noch „Eingemeindungszüge". Das gleiche Reisefieber erwachte in den betroffenen Orten. Die einen reisten, um nein zu sagen, die anderen, um nein sagen zu hören; und in beiden Fällen stimmten die häuslichen Organe der öffentlichen Meinung Triumphgesänge an. Eingaben über Eingaben, Kartenmaterial, Hefte, Broschüren. Abordnungen von hüben und drüben, ganze Karawanen unterwegs. Antichambrieren, Sitzungen, Gastereien.

Die Gartenstadt, von Eitelfeld und Wahnstadt umstritten, beschwor den Gegensatz von Stadt und Land herauf, der — ehedem eine Quelle der Heiterkeit unterm Operettenhimmel — nunmehr als politische Augenbeize Aufregung und Verwirrung schaffte, mochte er nun unter natürlichen Einflüssen entstanden oder durch jene Naturapostel künstlich hervorgerufen sein, die schwärmerischen Zeitvertreib mit den wirklichen Elementen der Natur verwechselten.

Behauptete einer, die Stadt habe die Lebensformen des überwiegenden Teils der Menschheit bestimmt und sei ihre zweite Natur geworden, so beschuldigte sie ein anderer der Zerstörung naturhafter Triebe. Lobte sie der eine als wirtschaftlichen und kulturellen Mittelpunkt, der seinen Bewohnern hundert Annehmlichkeiten gewähre, bequemere Wohnungen, bessere Hygiene, freiere Lebensart, so schimpfte sie der andere eine Steinwüste der Zivilisation, deren trübe Schlünde Elend und Laster, Grauen und Verbrechen ausspien. Pries sich der eine glücklich, in den städtischen Straßen den beschleunigten Pulsschlag seines Jahrhunderts zu spüren, so entbehrte der andere, anwidert von der Unrast und dem Fieber dieses Lebens, Atem und Geruch der bäuerlichen Scholle, und wo jener nur eine neue Form der Gemeinschaft und eine zeitbedingte Umschichtung der Gesellschaft sah, erblickte dieser eine Verwilderung, der Sitten und eine Radikalisierung der Masse. So ging es fort: man wußte nicht recht, waren es Gründe, waren es Redensarten, die jeweils Temperament und Neigung färbten. Sicher war nur, daß die Pensionäre der Gartenstadt sich nicht die Alleinherrschaft über eine Kommunalverwaltung entreißen lassen und nicht die Flagge der Republik von Hundacker auf ihrem Rathaus gehißt sehen wollten — einer Republik, von der sie nichts als ihre Pensionen bezogen.

Karl Hundacker, lebensklug und wetterhart, begegnete den ethischen Einwürfen damit, daß er ihnen recht gab —: eben darum sei es notwendig, die Stadtbevölkerung wieder an die Natur, an das Ländliche, heranzuführen und das Gemeinsame zu betonen.

Matthias Schwandt hingegen wappnete sich mit den gewohnten Sophismen, die zwischen Sinnlosigkeit und Tiefsinn schwankten: dem Städter sei es vorbehalten, die Wunder der Natur bis auf den Grund zu erkennen. Er wußte eine ergreifende Geschichte von einem Hund, dem ein Bein abgefahren worden war: „Es gab einen Menschenauflauf, ein junger Arbeiter nahm das Tier in seine Arme und verband es mit dem Schnupftuch; alles wurde photographiert und kam in die Zeitung, und die Leute schnitten das Bild aus, zeigten es herum und sagten: das ist der Hund ... Der Hund, verstehen Sie, als ob nur dieser eine noch auf der Erde gewesen wäre." Er fragte verschmitzt: „Auf dem Land — wer macht da schon viel Federlesen mit einer Ziege? Aber treiben Sie mal eine Ziege durch die Amsterdamer Straße — der ganze Verkehr steht still, Autos und Straßenbahnen erweisen ihr Reverenz. Auf dem Land ist die Natur ein Handelsobjekt. Für die Städter ist sie ein Mysterium, eine Wissenschaft, der sie sich mit der Inbrunst des Forschers ergeben. Jeder fünfzehnte Wahnstädter hat eine Vogelhecke, jeder zehnte ein Aquarium, jeder fünfte eine Kakteenbank, von den Kleingärtnern und Laubenkolonisten ganz zu schweigen ... Radikalisierung ? Nirgends kann mehr politischer Frieden sein als bei den städtischen Kleingärtnern, denn diese Leute, die ihre dicken Bohnen ziehen und sonntags in der Laube überm Spiritusbrenner den Kaffee warm machen, werden niemals mehr an eine Revolution denken, die ihnen ihre dicken Bohnen wieder wegnähme. Und richtige Geflügel- und Kaninchenzuchtvereine gibt es überhaupt nur in der Stadt."

Wie? Die Industrie habe das Idyll der Familie gespalten? Unsinn, nirgends sei mehr Familiensinn als unter der Industriebevölkerung, nirgends hänge die Verwandtschaft so aneinander. Nirgends gebe es so viele Besuche zwischen Schwägern und Geschwistern. „Unser Fürsorger, Medizinalrat Prießnitz, hat mir von einem Jungen erzählt, der mit dem Rad bis Eitelfeld fährt, um bei allen Verwandten für seinen Onkel, einen armen Schuster, Arbeit zu holen. Und das soll kein Zusammenhalt sein? Selbst den Einwand der starken Kriminalität ließ er nicht gelten. Er meinte (was bei ihm, der das Böse in der Welt für das Primäre hielt, nicht groß wundernahm): hier sei der einzige Unterschied, daß Unmoral und Bestialität auf dem Lande mehr vom Instinkt, in der Stadt mehr vom Kalkül beherrscht würden.

Alsbald griff auch Windhäuser ein.

Die Gartenstadt verschaffte sich auskömmliche Einnahmen durch Strafmandate für Automobilisten: die Straße, die den Ort durchschnitt, war an Sommersonntagen für den Autoverkehr gesperrt, aber eine Warnungstafel war wohlweislich nicht aufgestellt, statt dessen an einer gedeckten Stelle ein Polizeiposten, der jedes durchfahrende Auto aufschrieb und mit fünfzehn Mark protokollierte. Das war im Sommer Sonntag für Sonntag ein müheloser Gewinn von zwei- bis dreitausend Mark: die Gartenstadt konnte es sich leisten, nur wenig Grundsteuer zu erheben. Man kann verstehen, daß Windhäuser keine Neigung hatte, an diesem Zustand rütteln zu lassen.

Allerdings ... Auch für ihn war ein Aber, waren zwei Aber dabei. Gegen Ende der Inflation hatte der Metallkonzern fünfhunderttausend Quadratmeter unbebautes Gelände erworben, um für spätere Baupläne gerüstet zu sein; jetzt hätte er sich glücklich geschätzt, wenn er es auf gute Art losgeworden wäre. Es lag in einer der Ortschaften, die von Kohldorf wie von Wahnstadt beansprucht wurden. Windhäuser konnte in Berlin für und gegen Eingemeindung, für und gegen den einen oder anderen Reflektanten Stimmung machen. Es hing nur davon ab, wer auf die fünfhunderttausend Quadratmeter das Höchstgebot tat.

Das war das eine. Das andere war der riesige Park seiner Besitzung in der Gartenstadt: er war ihm allzu riesig, er kostete zuviel Unterhaltung und Aufsicht. Gern hätte er ein Stück davon abgegeben. Verkauf kam natürlich nicht in Frage, aber konnte man es nicht widerruflich zur öffentlichen Benutzung freigeben, wenn die Unterhaltskosten übernommen wurden? Mit der Gartenstadt war der Handel nicht zu schließen, ihre Einwohner hatten selber ihre Gärten. Aber eine Großstadt —? Eitelfeld wie Wahnstadt leckten gewiß die Finger danach.

Ehe er damit weiter kam, war im Ministerium die Eingemeindung grundsätzlich schon beschlossen, nur das Wo und Wohin blieb offen. Eine neue Lage entstand damit für ihn: die Frage war nicht mehr, wen er unterstützen, sondern wie er sich selber sichern sollte. Würde sein Besitztum nicht Gefahr laufen, von lärmenden Siedlungen eingekreist zu werden? Er erinnerte sich des geheimen Hafenvertrags zwischen der Reederei Balluf und dem Eitelfelder Rathaus; wie — wenn man Schwandt etwas Ähnliches vorschlüge? Etwa dahin, daß in einem gewissen Umkreis eine Bebauung nur mit seiner, Windhäusers, Genehmigung stattfinden dürfe — und als Äquivalent die Öffnung des Parks?

Er tat den Vorschlag. Schwandt, der sich inzwischen schon betreffs jener fünfhunderttausend Quadratmeter die Hände gebunden hatte, war unschlüssig. Die Annahme des Parks lag auf seiner sozialen Linie; aber der Bebauungsvorbehalt? Er redete breit dazu, halb zustimmend, halb verneinend: er könne es nicht machen, ohne die Ausschüsse zu befragen, gewiß lasse er sich von diesen nicht ins Schlepptau nehmen, aber fragen müsse er... Windhäuser trat an Hundacker heran. Hundacker war ihm gefällig — oder nicht? Hundacker, der den Metallkonzern so gern in Eitelfeld gehabt hätte? — Ach, dieser Hundacker aus dem Indugajahr lebte nicht mehr. Wie zum Hohn auf sein Gedächtnis ragten an den Bahnlinien die Schilder: „Günstiges Industriegelände mit Bahn- und Hafenanschluß verfügbar... Anfragen an das Rathaus..." Daneben wurden schon die Fabriken verschrottet. Nein. Auch jener Generaldirektor Windhäuser, der die Wirtschaft von den schöpferischen Kräften seiner Einzelpersönlichkeit getragen wissen wollte — auch er lebte ja nicht mehr. Er hatte nichts mehr an sich von einer begehrenswerten Braut. Er war eine alte, zahnlose Jungfer. Es lohnte nicht mehr der Mühe. Industrie? Technik? Pah — lieber nichts davon sehen. Ein überwundener Standpunkt. Hundacker lehnte rundweg ab.

Achthundert tote Augen waren die achthundert Fenster am Verwaltungsgebäude des Metallkonzerns. Da stand Windhäuser auf den Trümmern und sagte: „Systematisch ist die deutsche Wirtschaft, wenn auch nicht absichtlich, so doch in Unkenntnis der wirtschaftlichen Gesetze mißhandelt worden" — und wußte nicht, welch unfreiwilliges, doch treffendes Selbstporträt er damit lieferte. Denn systematisch und in Unkenntnis der wirtschaftlichen Gesetze hatte er versäumt, die Überdimensionen der Technik mit neuen geistigen Fundamenten zu versehen. Systematisch hatte er sich an überkommene Wahrheiten gehalten, obwohl sie sich unter dem Einfluß der Technik längst in Unwahrheiten verwandelt hatten. Systematisch hatte er nichts getan, um dem unerbittlichen Lebensgesetz eines Volkes entgegenzuwirken, das ewig zwischen Rausch und Ernüchterung schwebte, und alles, um dem besinnungslosen Taumel Vorschub zu leisten — er, auf den sich die Matadore des wachsamen Hähnchens berufen hatten, als sie auszogen, Wahnstadt zur Weltstadt zu machen.

Auf die Zeit einer planvollen und abwägenden Mobilisierung der mechanischen Kräfte würde die Zeit einer billigeren und leichteren Lebenshaltung folgen. Auf die Zeit der Maschinen-Anbetung muß die Zeit der Maschinen-Verfluchung folgen.

V

Vor der Entscheidung wollte Matthias Schwandt noch rasch seinen Urlaub nehmen. Herr Röwedahl mußte, wie gewöhnlich, zur gleichen Zeit in Ferien gehen. Es war sehr schmeichelhaft, aber sonst nicht sehr wertvoll. Schwandt reiste nämlich immer erst im September. Er schwärmte für die Herbsttage in Mergentheim, wohin er alljährlich ging, um, wie er sagte, etwas von seinem Gewicht zu verlieren; aber der wahre Grund war, daß er in Mergentheim, das sich wegen seiner Heilerfolge gegen Fettsucht allmählich zu einem Politikerbad entwickelt hatte, stets viele Bekannte aus Berlin antraf. Herr Röwedahl dagegen war ein leidenschaftlicher Verehrer der Nordsee, und so sehr die Prospekte die Vorzüge eines Herbstaufenthalts rühmten, so wenig Vertrauen schenkte er ihnen auf Grund seiner langjährigen Erfahrungen. Als nun Schwandt während des „Großreinemachens" einen Augenblick entzückt in das melancholische Sonnenlicht hinaussah, das im rauchigen Dunst der Altstadtgassen wie in einem Spinnennetz zappelte, da meinte Herr Röwedahl resigniert: „Das kenne ich schon. Das ist immer so, wenn ich hier abfahre. Und wenn ich hinkomme, ist Nebel, Regen, Sturm." Schwandt drehte sich mit flackernden Augen zu ihm hin. Er sagte und lachte mit diesen flackernden Augen: „Sehen Sie, das ist in Deutschland der große Vorzug. Alle Jahreszeiten sind gleich miserabel, es gibt kein richtiges Frühjahr, keinen richtigen Sommer, keinen Herbst und keinen Winter. Also wird niemand benachteiligt, ob er früh oder spät in Urlaub fährt. Jeder kriegt die ihm zustehende Ration schlecht Wetter ab. Auch das ist bei uns, wie alles, vorzüglich organisiert."

Indem er noch seinen betäubenden Zynismus auskostete, kam ein Ferngespräch des Berliner Büros: der für die Eingemeindung zuständige Landtagsausschuß werde in acht Tagen eine Besichtigungsfahrt durch den Städtekranz antreten. „Tja", machte Schwandt, „dann ist's also vorläufig Essig mit dem Urlaub. Na, Sie werden ihm ja keine Träne nachweinen..." Herr Röwedahl verdrehte ein wenig die Augen und schwieg. Wenn er sich von diesem Posten versetzen ließ, konnte er zum Stadtinspektor befördert werden und in Ferien gehen, wann es ihm beliebte. Er entschlug sich dieses Gedankens wieder. Ein Sekretär kann wohl einmal in Versuchung geraten, doch läßt er sich nicht verführen.

Schwandt bestieg den Eingemeindungszug, um der Sache noch einen letzten Schub zu geben. Er hatte es sich gerade im Speisewagen bequem gemacht, als Hundacker eintrat. Sie prallten ein wenig zurück, beide zugleich, verneigten sich mehr aus Verlegenheit, denn aus Höflichkeit, faßten sich dann aber schnell und gaben sich sogar die Hand. Wiederum nicht aus Höflichkeit, sondern mit dem Wunsch, einander auszuhorchen, nahmen sie nebeneinander Platz; und als sie sich eben beide gestanden hatten, daß sie nach Berlin führen, um auf einen klaren Finanzausgleich zwischen Reich, Staat und Gemeinden zu dringen, erschien in der Tür das verlagerte Gesicht von Valentin Moos.

Hundackers Backenknochen traten ein bißchen hervor, und in Schwandts Augen sprangen emsig die Funken.

„Guten Tag, Herr Moos", sagte er; „na, wenn das so weiter geht, dann können wir hier ja einen Ober —" er verbesserte sich rasch: „einen Bürgermeisterverein gründen. Auch nach Berlin, ja? Nu natürlich. Haben Sie was Besonderes?"

„Immer das Alte", entgegnete Moos. „Immer diese Sache mit dem Finanzausgleich."

Schwandt und Hundacker mußten sich plötzlich schneuzen.

„Hören Sie mal", meinte Moos mit kollegialem Freimut und stippte ein Hörnchen in den Kaffee, „das mit dem Bürgermeisterverein wäre so übel nicht. Daß wir uns so zufällig getroffen haben, könnte von Bedeutung sein. Wir könnten im Städtekranz eine *Not- und Schicksalsgemeinschaft* gegen die Berliner Harthörigkeit bilden."

Matthias Schwandt dämmerte eine Möglichkeit auf, mit Hundacker zusammenzukommen. Ein Schlauberger, dieser Moos; hätte man gar nicht hinter ihm gesucht.

Er trat gleich in die sachliche Besprechung ein.

„Meine Anteile an den Reichssteuern beziffern sich so um fünfundzwanzig Millionen herum", legte er dar. „Ich" — er sagte: „Ich" — „muß mehr als das Doppelte davon aufbringen. Bei Ihnen, meine Herren, werden die Dinge nicht viel anders liegen. Unsere Realsteuern gehen bis an die Grenze des Erträglichen; die Stadt Berlin aber, das reiche Berlin, hat Sätze, die um ein Fünftel bis um ein Drittel unter den unseren liegen. Dabei beschwert sie sich noch über den Lastenausgleich, der von ihrem Einkommensteueranteil einen Happen auf die steuerschwachen Gemeinden überträgt. Was sind Berlins Hilferufe verglichen mit den unsern? Wenn es seine Steuersätze auf unsere Höhe brächte und nicht mehr ausgäbe als wir, wäre sein Defizit nicht halb so hoch." Er wartete darauf, daß ihm Hundacker das Wort aus dem Munde nehme, doch Hundacker löffelte nur in seiner Tasse herum. Schwandt fuhr fort: „Die Berliner finden immer was Neues, um uns hinters Licht zu führen. Da haben sie ausgeknobelt, daß sie bei den Überweisungen aus der Kraftfahrzeugsteuer zu kurz kämen, weil sie nach der Länge der Chausseen berechnet werden. Hätten sie halt soviel Chausseen bauen sollen wie wir im Städtekranz..."

„Es ist wirklich unerhört", fiel Moos nun ein. „Bei mir entfallen allein fünfzig Mark Wohlfahrtslasten auf den Kopf der Bevölkerung und zwanzig für die Schulen; dabei sind beides ausgesprochene Staatspflichten. Alles Kostspielige wälzt man auf uns ab. Wenn ich aber auch mal was für mein Geld haben will, ein Theater, ein Hotel, ein anständiges Rathaus, daß ich mich nicht zu schämen brauche, dann heißt es gleich: Verschwendung! Na ja — sollen wir etwa Reichtümer sammeln? Sollen wir das Geld in den Wollstrumpf stecken? Wir leben doch wohl im zwanzigsten Jahrhundert, was? Sollen wir denn von den ungeahnten Erzeugungsmöglichkeiten der modernen Wirtschaft gar nichts haben? Man gibt den Leuten doch, was sie brauchen. Das Rathaus braucht ein jeder, das bedarf keiner Begründung. Das Theater braucht jeder, weil es, wenn die Leute demütig vor den überlebensgroßen Klassikergestalten und Wagnerschen Göttern sitzen, dem Respekt vor der Bildung dient, der uns nottut wie das tägliche Brot, seit wir keine Kasernen mehr haben, wo der Respekt vor der Obrigkeit gelehrt wird. Das Hotel braucht auch jeder, weil der Mensch mal ausruhen muß. Wem es zu teuer ist, der hat dafür die Bänke in den Anlagen. Ich habe überall Bänke aufstellen lassen, man kann mir nicht den Vorwurf machen, daß ich für die breite Masse nichts getan hätte."

So sprachen sie. Hundacker ließ sie sprechen.

„Und dabei", ergänzte Schwandt, „dabei wird vom Reich alles Mögliche und Unmögliche alimentiert, der Tabakbau wie der Bund der Tabakgegner, die Weinpropaganda wie die Abstinenzbewegung —, na, von den Geldsuchern, deren Tätigkeit nur im Verzehren von Subventionen besteht, will ich erst gar nicht reden. Und wir? Und wir? Weiß der Himmel, ich bin kein

Umstürzler, und wenn man in Frankreich die Pariser Gemeinde entmündigt hat, weil alle Revolutionen von da ausgingen und man nicht das Haupt einer neuen designieren möchte, indem man Paris seinen Bürgermeister wählen läßt —, na, also von Wahnstadt und mir würde keine Revolution ausgehen. Aber manchmal frage ich mich doch, ob die bestehenden Verhältnisse so gut sind, daß man es noch verantworten kann, diejenigen zu bestrafen, die sie umstürzen wollen."

Hundacker schwieg, schwieg, schwieg. Wollte er sie durch sein Schweigen beschämen?

Als sie jedoch in Berlin waren und einander nur im Wege standen (denn überall, wohin der eine wollte, war der andere gerade angemeldet, und schließlich hatte es keinen Sinn mehr, die Komödie fortzusetzen und einander den wahren Zweck der Reise zu verheimlichen, der bei allen derselbe war — nur eben nicht der Finanzausgleich, sondern die Eingemeindung) — da kamen sie wieder zusammen und beschlossen, Moos aus materiellen, Schwandt aus persönlichen Gründen und Hundacker aus Langeweile, sich in Zukunft über ihr Vorgehen gegen Berlin zu einigen; und damit trotzdem die Eingemeindungsfrage nicht ganz vernachlässigt wurde, machten sie sich den Spaß, die Vertreter der einzunehmenden Orte, die haufenweise an den Türen der Ministerien klebten wie die Fliegen an einem Milchtopf, gemeinsam zu einem herzhaften Schmaus zu laden. Moos, Kunstkenner auch in dieser Hinsicht, stellte das Menü zusammen.

Es waren fünfundzwanzig Personen, gruppenweise zu bearbeiten von jedem ihrer mutmaßlichen Eroberer. Nach zwei Stunden hatte die Zusammenkunft den Charakter eines Liebesmahls, eines Friedensfestes.

„Tja", meinte Schwandt auf dem Heimweg, „heutzutage hilft es einem Oberbürgermeister wenig, einen klugen Kopf zu haben, wenn er nicht auch einen guten Magen hat."

VI

Der Landtagsausschuß fuhr von Ort zu Ort. Die Automobile rasten, die Bratenschüsseln dampften, in den Gläsern glühte der schwere Wein. Als Vorspeise gab es Statistiken, als Nachspeise

Kirchturmspolitik. Dann rasten wieder die Automobile über die Landstraßen, von Ort zu Ort, wie ein Divisionsstab, dessen Regimenter zum Angriff befohlen sind.

Ungefähr in der Mitte des unregelmäßigen Kreises, der sich ergab, wenn man Eitelfeld, Wahnstadt und Kohldorf auf der Karte miteinander verband, lag ein Berg, von wo aus man den ganzen Städtekranz überblickte. Seit das Eingemeindungsfieber die Städte erfaßt hatte, hatten sich auf seiner Kuppe schon so viele Kommissionen eingefunden, daß man ihn den „Feldherrnhügel" getauft hatte. Eben dort sollten nun die Würfel fallen.

In der Frühe des Entscheidungstages fuhr der Bürgermeister der Gartenstadt mit seinen zwei Stadträten die gemächlich steigende Straße nach Kohldorf hinan, um die Kommission abzufangen und noch einmal ins Gebet zu nehmen. Sie gelangten in die Stadt, ohne ihrer ansichtig zu werden, und erfuhren im Rathaus, daß sie ihre Dispositionen geändert habe und nunmehr von Wahnstadt aus zum Feldherrnhügel fahren werde. Wiewohl sie den Chauffeur zur höchsten Eile antrieben, war die Kommission schon fort, als sie nach Wahnstadt kamen. „Wenden, Chauffeur! Fahren Sie auf Deubelkommraus!" Der Chauffeur raste, was der Wagen hergab; es waren etliche Löcher in der Landstraße, der Bürgermeister flog mit dem Kopf an die Decke, und die Schädel der Stadträte knallten aneinander. „Weiter, Chauffeur, nur weiter! Was bremsen Sie denn?" — „War doch 'ne scharfe Kurve da", murrte der Mann am Steuer. — „Was Kurve!" schrie ihn der Bürgermeister an, „wir müssen die Kommission einholen, mag passieren, was will, *lieber tot als Sklave!*"

Die Straße zum Berg war einsam, kein Auto vor ihnen.

„Ich verstehe nicht", hob der Bürgermeister wieder an. „Wir müßten sie doch längst haben." Einer der Stadträte meinte: „Vielleicht sind sie auf Schusters Rappen den Waldweg 'nauf, die Herren aus Berlin kriegen ja manchmal 'n Rappel, wenn sie in die *Naturunmittelbarkeit* kommen." — „Unsinn!" sagte streng der Bürgermeister, „irgendwo müßten dann doch die Wagen stehn." — „Wieso denn?" fragte der Stadtrat zurück und lächelte schlau, „sie können doch Anweisung gegeben haben, daß die Wagen unterdessen 'nauffahren und oben warten sollen." Der andere Stadtrat sagte kein Wort. Indes zeigte der Chauffeur auf eine Autokolonne und Gruppen herumstehender Menschen am Waldrain: „Da sind sie.". Es sah nach einem Picknick aus. „Halten Sie", befahl der Bürgermeister und stieg aus. Er ging heran und fuhr zurück: es waren lauter Bürgermeister und Gemeinderäte jener Orte, deren Selbständigkeit bedroht war. Der Bürgermeister der Gartenstadt, der sich sonst mit diesen „Dutzendgesichtern" aus ganz gewöhnlichen Landstädtchen nicht gern gemein machte, mußte sie ansprechen. Sieh da, sie alle waren der Kommission entgegengefahren, sie alle hatten in Kohldorf dieselbe Auskunft bekommen, sie alle hatten in Wahnstadt die Kommission nicht mehr angetroffen. Einige waren schon oben auf dem Hügel gewesen: es sei kühl und neblig, man sehe nicht viel von der Landschaft, aber beim Wirt am Aussichtsturm sei die Kommission für elf Uhr angemeldet und das Mittagessen gerichtet.

Zeremoniös klappte der Bürgermeister der Gartenstadt den Sprungdeckel seiner goldenen Uhr auf. Neun Uhr vierzig. Noch lange Zeit. Und dazu der Ärger über die verpatzte Fahrt.

Sie entschlossen sich, den Berg hinaufzufahren.

Der Nebel hatte zugenommen, er wehte in rieselnden Schwaden.

Der Bürgermeister der Gartenstadt telephonierte mit seinem Rathaus und erfuhr, daß die Kommission, von Eitelfeld kommend, soeben die Gartenstadt passiert habe; da der Bürgermeister mit den Stadträten nicht anwesend gewesen, sei nur eine kurze Ortsbesichtigung erfolgt. Verflucht nochmal. Wozu alle Naselang diese programmwidrigen Abstecher? Ortsbesichtigung — wohl unter Hundackers Führung, was? Verflucht nochmal. Er konnte den Schlag nicht verwinden. „Einer von Ihnen hätte auch im Rathaus bleiben können!" fuhr er seine Stadträte an, als seien es unartige Kinder, die zu einem Ausflug für Erwachsene mitgewollt hätten. „Wieso denn?" fragte der Schlaue, „Sie haben uns doch kommandiert." Der Schweigsame schwieg.

Man bummelte herum, man stand am Geländer der Aussichtskanzel, man befühlte den Nebel, gähnte, ging in die Wirtschaft und trank einen Schnaps.

Erst gegen zwölf Uhr kam die Kommission. Sie hatte noch

einmal alle umliegenden Ortschaften aufgesucht, die man laut Ausweis der Karte vom Feldherrnhügel aus sehen mußte. Nirgendwo war ein Bürgermeister, ein Stadtrat zu Hause gewesen.

„Man sieht ja nicht die Hand vor den Augen", sagte der Vorsitzende und streckte in das Nebelmeer seinen Arm, der sofort milchig umflort und unfleischlich aufwallend wurde, wie man es zuweilen auf einer Photographie sieht, wenn die Person vor der Kamera sich im Moment des Knipsens bewegt hat. Er zog den Arm zurück und säuberte ihn von der Nässe.

„Den Turm zu besteigen, hat unter diesen Umständen keinen Zweck", sagte er und klopfte auf seinen Feldstecher, als sei das ein Ersatz dafür. Er freute sich, daß ihm bei seiner Leibesfülle ein schwerer Gang erspart blieb, ohne daß es doch nach Drückebergerei aussah.

Hundacker nahm das Wort: „Gehen wir hinein, meine Herren. Sie haben das Bild der Landschaft ja nun im Kopf. Es ist vielleicht besser so. Solche Aussichtspunkte ergeben manchmal bloß eine Verzerrung der Perspektiven."

Im Saal wurden die Karten ausgebreitet und wie in einer Generalstabssitzung mit Fähnchen besteckt. Es ging hart auf hart. Die Bürgermeister schrien sich heiser. Diplomatische Formen wurden nicht gewahrt. Es ging ums Leben, da war es angebracht, einander Ausdrücke wie „rechtsverdreherisch", „kriecherisch", „total meschugge" an den Kopf zu werfen. Schwandt meldete noch einmal seinen Anspruch auf Siedlungsgelände und Strandbäder am Strom an. „Was will Wahnstadt mit uns?" rief der Bürgermeister der Gartenstadt; „Wahnstadt hat ja gar keinen Zugang zum Strom und ist überhaupt von der ganzen übrigen Landschaft durch einen Wall von Fabriken getrennt! Was will Eitelfeld mit uns? Eitelfeld liegt doch schon am Strom und hat uns gar nicht mehr nötig, um hinzugelangen!" Das Gefühl, eine Bataille verloren zu haben, verwirrte ihm das Gefühl für logische Schlüsse. Hundacker verzichtete aufs Wort. Dann legte der Wirt die Gedecke auf.

Es änderte sich nichts an den Beschlüssen, die längst woanders gefaßt waren. Die zwölf Orte wurden unter den Städten aufgeteilt, Eitelfeld fünf, Wahnstadt vier, Kohldorf drei.

Eitelfeld hatte die Gartenstadt. Wie ein alter Gutsherr auf seinem Gaul, so ritt es nun auf dem Strom. Hundacker ließ sich für den Rathaus-Sitzungssaal, wo die alten Kaiserbilder hingen, mit seinen Stadträten porträtieren: er en face, sie im Profil.

Wahnstadt wurden ein *Korridor* zum Strom hin zugesprochen, ein schmaler Streifen mit ein paar Weilern, und am Strom selbst drei Höfe, ehemalige Bauernschaften, die bisher von der Gartenstadt verwaltet worden waren. Die Stadt wurde illuminiert — „Wahnstadt im Licht!" zeigte Drobeck an, der Verächter und Nachahmer Berlins. Brilon begann mit seinen Ausgrabungen. Das wachsame Hähnchen träumte von einem Hafen am Korridor. Gustav Roloff hatte vor, wenn es soweit war, in den berühmtesten Häfen aller Erdteile Wasserproben entnehmen zu lassen und dieses weltumspannende Gewässer mit dem jungen, segelschwellenden von Wahnstadt zu vermengen: symbolische Handlung bei der Einweihung und zugleich Totenfeier für seinen Freund Jaulenhoop, der diesen Triumph über Eitelfeld nicht mehr erleben durfte.

Niemand erlebte ihn ... Es war ein Zeichen dieser Zeit der Verdürftigung, daß sich noch alles anbahnte und nichts mehr zu Ende kam. Selbst auf die bescheidenen Strandbäder mußte man lange warten und von Bauabschnitt zu Bauabschnitt das Geld zusammensuchen.

Mittlerweile hatte man sein Ergötzen an den Frühstücken, die den Besuchern der Weltstadt im Kongreßhaus gegeben wurden. Vornehmlich waren es ausländische Reporter, die den Städtekranz hatten rühmen hören und sich mit eigenen Augen überzeugen wollten. Sie kamen, sahen und ließen sich's munden. Kauend und schmatzend übertrafen sie einander im Lob des Gesehenen. Heimgekehrt, schrieben sie einiges von „Schlemmerei und Vergeudung und deutscher Mißwirtschaft mit anderer Völker Geld."

Theodor Reckmann regte an, statt der langweiligen Pressebesprechungen auch für die einheimischen Journalisten solche Frühstücke einzuführen. Schwandt nahm davon Vormerkung, ließ die Frühstücke aber von Mal zu Mal frugaler werden: „Beisammensein bei Brot und Bier." Trotzdem unterhielt er sich angeregt mit seinen Gästen. Er hörte gern etwas über die politische Stimmung im Ausland, ließ sich gern fragen, klärte gern auf. Wenn er nach Berlin kam, trug er dort vor, was er als

Meinung des Auslandes vernommen hatte. Manchem alten Bekannten in der Regierung versetzte er Nadelstiche damit.

Die Angelsachsen besonders hatten eine so liebenswürdigtrockene Art, die Dinge zu sehen und mit höflichem Sarkasmus, mit tadelnder Anerkennung zu beurteilen. Sie sagten: „Der Todesmut der Deutschen, quite glorious... Jeder German will für etwas sterben... Es fällt uns immer auf, daß die Deutschen so wenig Ehrfurcht vor dem Leben haben. Wir studieren sehr die deutsche Regierungskunst, we like to do that, sie ist von der unseren so grundverschieden, quite different, yes... Die deutschen Staatsmänner sehen wir mit Vorliebe auf Grund persönlicher Bekanntschaften regieren, die sie in England, Frankreich, Amerika haben, it's very funny, äußerst eigenartig... Sie halten die Meinung ihrer Freunde für die Meinung des Landes und richten ihre Politik darauf ein, a bold venture, welch kühnes Unterfangen!" Denn, of course, diese Freunde würden ja im Ernstfall das rollende Todesrad gewiß aufhalten... Certainly, es gebe gelegentliche Enttäuschungen, dafür bleibe man auch von bösen Ahnungen und bittern Entschlüssen verschont. Man stehe eben immer gleich vor einer vollendeten Tatsache, wie zum Beispiel, that's a matter of fact, am Tag der englischen Kriegserklärung. Well, dann gebe es eben mal lange Gesichter, for a moment, das sei vorübergehend. Es sei das absolut Einmalige in der Welt, wie schnell sich die langen Gesichter erholten, wonderful, indeed, um dann möglichst bald aufs neue lange Gesichter machen zu können.... „Man weiß nicht, was man tut, und tut es doch: ein hohes Maß von Tapferkeit und Mannhaftigkeit, very nice."

Während eines dieser unterhaltsamen Gespräche bemerkte Schwandt, daß sich die Tische der Stadtverordneten immer mehr leerten. Eisenmenger, Matuszak, Roloff, Hackforth, Reckmann, Drobeck, alles verschwunden. Er entschuldigte sich unter einem Vorwand und hielt Nachfrage. Man sagte ihm, daß die Herren „nach unten" gegangen seien. Er ging in die unteren Räume und fand sie in einem gemütlichen Klubzimmer, wo sie eben dabei waren, einigen vertrauenerweckenden Flaschen den Hals zu brechen und etwas Gutes dabei zu schmausen. „Herr Drobeck!" rief er, „bitte, einen Augenblick." Drobeck, der den Schlüssel zum städtischen Weinkeller verwaltete, kam schuldbewußt. „Wer hat dies angezettelt?" erkundigte sich Schwandt. Die Stadtverordneten hätten Butterbrot und Bier nicht gemocht, antwortete Drobeck; „so'n armes Essen", hätten sie gesagt, „das 's was für die Ausländer, nicht für uns ... Es ist doch nur, um die Ausländer dafür zu bestrafen, daß sie von Schlemmerleben schreiben. Uns trifft das nicht."

„So", sagte Schwandt. „Die hätten Sie gefälligst zu mir schicken sollen! Das könnte ihnen so passen, die guten Weine der Stadt auszutrinken. — Von morgen ab, Herr Drobeck, übergeben Sie bitte den Schlüssel zum städtischen Weinkeller Herrn Dr. Brilon."

Drobeck wußte selbst nicht, wie es kam — aber mit einem Mal sah er sich im alten Glockenparkhaus stehen, am Tag der zehntausend Brieftauben, und zu Roloff sagen: „Unser junger Heimatforscher, jawohl ... Sein Name dringt allmählich über engere Kreise hinaus ..."

Achtzehntes Kapitel

I

Wie ein Lauffeuer, so, wie einmal die Nachricht von den Eitelfelder Ausstellungsplänen durch Wahnstadt geeilt war, so schnell und unvermittelt verbreitete sich die Nachricht vom Zusammenbruch Stövesands und der Kreditbank.

Damals hatte man frisch und fröhlich zugegriffen. Jetzt wollte niemand das heiße Eisen anfassen.

War die Götterdämmerung angebrochen, vorbei die große Zeit der Matadore? Ausgebrannt die klangschönen Gefilde der Finanzstrategen, der Generaldirektoren, Syndizi und Bürgervereinsgründer? Dahin der solide Ruf, den die weißhaarigen Unternehmercharaktere genossen hatten, eben jene, deren Erinnerungen vom Heimatforscher Brilon gesammelt worden waren?

Generaldirektor Windhäuser, ihr Nachfahr, konnte nur noch erklären, daß man mitten in der Wirtschaftskatastrophe stehe. „O ja, gewiß", lächelte Schwandt, „das wissen andere auch. Wenn man nichts als Katastrophenpolitik treibt, muß ja wohl am Ende eine nette runde Katastrophe auskommen."

Schon nach wenigen Tagen stellte sich heraus, daß auch die Wabag in Mitleidenschaft gezogen war. Die Stadt mußte sanieren: ein winziger Bruchteil nur war von den neunundneunzig Jahren verstrichen, und schon trat die „risikolose Mehrung des Vermögens" ein, von der Schwandt bei der Gründung der Wabag geträumt hatte — so schnell ritt die Zeit.

Die Gebäude der Wabag fielen der Stadt anheim, samt Unterbilanzen und Mietrückständen. Nachprüfungen wurden peinlich, doch gleichwohl als unerläßlich empfunden.

Robert Gutzeit war der erste, der die Einsetzung von Untersuchungsausschüssen forderte. Franz Hackforth tat desgleichen. Auch Gustav Roloff, in einem Rückfall in die Zeit seiner Opposition, womöglich auch in dem Gedanken, daß er sich damals besser gestanden habe als später, da er tolerierte — auch Gustav Roloff schloß sich an. Nur verlangte er, daß ein Sachverständiger zugezogen werde.

Die Ausschüsse wurden eingesetzt, der Sachverständige wurde berufen. Es war der Städtebauer Jaguttis, Direktor der Kunstgewerbeschule.

Die Untersuchungsausschüsse tagten in Permanenz. Sie erweiterten ihre Befugnisse. Alles kam zur Sprache, alle wollten es schon immer gesagt haben, alle zeigten ein Sündenregister auf.

„Es ist unverantwortlich", begann der Arbeitgeberführer Eisenmenger, „in welche Kanäle des deutschen Volkes Steuerkraft geflossen ist. Es ist unverantwortlich, welchen Aufwand die Stadtverwaltungen des Städtekranzes getrieben haben — Ausstellungen, Theater, Schulen, Krankenhäuser, Siedlungen, Parks und Hochbauten für ein verarmtes, ausgequetschtes Land! Unverantwortlich die Verschwendung bei den zahllosen Gastereien, unverantwortlich der Luxus mit Dienstautos, unverantwortlich die Privatreisen mit dem kommunalen Maybach, unverantwortlich der aufgeblähte Apparat, der Aktenkammern zum Selbstzweck macht! Es ist während des Aufbaus dieser Behörden in der deutschen Wirtschaft nicht gerade aufwärts gegangen! In den höchsten Gehaltsstufen ist die Zahl der Gemeindebeamten doppelt so hoch wie die der Reichsbeamten und dreimal so hoch wie die der preußischen Staatsbeamten in der gleichen Stufe! Wir müssen uns schämen vor England, dem Siegerstaat! Dort begnügen sich die Behörden mit alten, einfachen Häusern, dort ist ein übersichtlicher Geschäftsgang, dort muß nicht jeder Arbeiter sein Brausebad, sein elektrisches Licht, seine Wasserleitung im Hause haben! Dort stehen die Bedürfnisse des Menschen voran, und dann erst kommt die Behörde, die sie zu befriedigen hat. Bei uns ist es umgekehrt! Ämter, Ämter, nichts als Ämter!"

„Es ist unverantwortlich", fuhr Roloff fort, „wie die Ressorts neben- und gegeneinander arbeiten, unverantwortlich dieses Gestrüpp, durch das niemand durchkommt!"

„Unverantwortlich", nahm Hackforth den Faden auf, „die Lebenshaltung der Beamten, die sogar Jagden gepachtet haben, unverantwortlich die Prozesse der Stadt mit ihren Bürgern, diese Schlappen, die bei sorgsamer Arbeit der Stadtjuristen hätten vermieden werden müssen, unverantwortlich die Verschleierung in den Haushalten, die Zusammenfassung mehrerer Rubriken, das Spiel zwischen ordentlichem und außerordentlichem Haushalt, so daß sich der Bürger nicht mehr auskennt und nur noch sieht, daß alles zusammen unordentlich ist! Unverantwortlich auch diese Grundstückswirtschaft! Die Haare stehen einem zu Berg, wenn man sieht, wie von unseren Steuergeldern Grund und Boden aufgekauft worden ist! Wenn aber ein Bürger von der Stadt ein paar Quadratmeter Grund haben will, dann wird seine Notlage ausgebeutet! Die Beamten sollten nicht so handeln, als ob sie nur dazu da seien, möglichst viel für den Stadtsäckel rauszuschlagen!"

Schwandt schoß alles Blut in den Kopf. Das wagte Eisenmenger, das wagte Hackforth! Diese Steine warfen, die im Glashaus saßen! Wer hatte denn den Bürgern den Kopf verdreht? Wer gleich die erste Eitelfelder Ausstellung beschickt? Wer seine Grundstücke der Stadt angehängt? Wer ihre Notlage ausgebeutet? Wer sie mit Prozessen geschröpft? Wer ihr Beamte aufgeschwatzt? Wer sie mit dem Elektrizitätsring betrogen? Wer sich jene horrende Generaldirektorenvergütung ausbedungen? Wer ihren Weinkeller geplündert? Wer ihr Ausgaben über Ausgaben aufgenötigt? Sollte die kommunale Mißwirtschaft herhalten, um den Blick vom meterhohen Dreck vor der eigenen Tür abzulenken?

Dennoch entgegnete er mit statuarischer Ruhe.

„Ehe man die Beamtenschaft für alles verantwortlich macht", sagte er, „sollte man bedenken, daß sie in den verflossenen schweren Jahren ihre Pflicht getan hat. Wenn der eine oder andere auf die Jagd gegangen ist — meine Herren, ich halte es für durchaus gesund, wenn ein Beamter auch mal in anderen Gründen als im Gehege seines Amtszimmers Böcke schießt. Zwar leiden wir an einer Überbezahlung des Durchschnitts, aber wir werden nie daran vorbeikommen, die überragende Leistung gebührend zu bewerten. Glauben Sie, daß uns geholfen wäre, wenn wir ein paar Stadträte abbauten? Wir müßten sie durch Hilfsdezernenten ersetzen, und Sie wissen wohl alle, meine Herren: wenn der Dezernent eine Schreibkraft und drei Amtmänner braucht, muß der Hilfsdezernent drei Schreibkräfte und neun Amtmänner haben, und wenn der Dezernent ein Sitzkissen und eine Fußmatte hat, braucht der Hilfsdezernent zwei Sitzkissen, ein Rückenpolster und eine elektrische

Heizsonne unter den Füßen ... Herr Roloff klagt über die Zersplitterung der Ämter. Nun —, vor mir liegt eine Aufstellung über die Organisation eines Gewerbezweigs. Es ist das Gaststättengewerbe, meine Herren. In dieser einzigen Branche gibt es nicht weniger als sechs Verbände. Sie haben da eine Arbeitsgemeinschaft der Wirtevereine, eine Vereinigung der Hotels und verwandten Betriebe, einen Saalbesitzerverband, einen Zentralverband der alkoholfreien Gaststätteninhaber, eine Vereinigung der Brenner und einen Verein der Weinstubenbesitzer. Wenn man uns sagt, wir sollten uns an England ein Beispiel nehmen, so möchte ich andererseits die Herren aus der Wirtschaft darauf aufmerksam machen, daß die Handelskammer in Manchester kein Haus mit achthundert Fenstern ist, sondern eigentlich gar keins hat, denn der Tagungsraum ist ein Souterrain mit Lichtschächten zum Bürgersteig, nahezu dunkel, und die Herren, die dort zusammenkommen, sind wahrscheinlich imstande, ihr eigenes Licht leuchten zu lassen ... Was die unnützen Ausgaben betrifft, so möchte ich jene Bürgerschaftsvertreter, die stets nach Ertüchtigung gerufen haben, nur daran erinnern, daß zur Ertüchtigung wie zum Kriegführen drei Dinge gehören — Sie wissen, was ich meine, meine Herren. Ich muß aber betonen, daß wir ohne die Wabag noch weit mehr verbraucht hätten oder eben auf vieles hätten verzichten müssen; das Unternehmen hat sich unschätzbare Verdienste um die bauliche Entwicklung dieser Stadt erworben, das bitte ich anzuerkennen. Verlästern Sie die öffentliche Hand nicht allzusehr, sonst müßte ich mal deutlicher werden."

Er versuchte, ein grimmiges Gesicht zu machen, doch kam ihm das kullernde Lächeln in die Quere, zwischen Augen und Mundwinkeln sich durchschmuggelnd; es zitterte auch niemand vor der angedrohten Deutlichkeit — wäre sie nicht auch für Schwandt ein wenig kompromittierend gewesen?

Darum sagte er nur noch: „Jene öffentliche Hand, nach der so viele grapschten, und die sich so vielen hilfreich bot..."
Dann schwenkte er zur Statistik über: kommunale Schulden, von welchen fast zweieinhalb Milliarden für Wohnungsbau, ebensoviel für lebenswichtige Betriebe, anderthalb für Straßen- und Wasserwege, je eine halbe für Schulen, Gesundheits- und Bildungswesen, dagegen nur hundertfünfzig Millionen für Ver-

waltung ausgegeben worden seien — solche Schulden seien doch wohl vertretbar.

Es wurde nicht bemerkt, daß er die sechshundert Millionen, die für Deckung von Fehlbeträgen aufgebracht waren, verschwiegen hatte, ebenso die achthundert für die Vermögensverwaltung, Amortisation und Verzinsung der Anleihen. Aber die Zeit, da Statistiken Eindruck machten, weil sie Größe und Herrlichkeit zu beweisen schienen, war sowieso vorüber.

Während die Untersuchung weiterlief, stürzte im städtischen Hochhaus am Langemarckplatz eine Decke ein. Es wäre in diesen Wochen der allgemeinen Zusammenbrüche nicht sonderlich aufgefallen, hätte nicht der Baurat, der in diesen Tagen obenauf schwamm öffentlich behauptet: Jaguttis, der Städtebauer („Herr Achsial", spottete er), habe nicht einmal gewußt, daß Gips und Zement sich nicht miteinander binden, daher habe er beides zusammengeleimt.

Jaguttis, als Sachverständiger vernommen, fingerte an seinem Monokel und beschränkte sich auf die Versicherung, daß minderwertiges Baumaterial nicht verwandt worden sei —; wie der Einsturz gekommen sei, vermöge er sich nicht zu erklären; so gut, wie ein blindes Huhn mitunter ein Korn finde, so gut könne auch ein scharfgesichtiges mal ein Korn übersehen, und es sei ein verbrieftes Recht der Sachverständigen, vor einem Rätsel zu stehen. Aber, wie das so zu gehen pflegt, nachdem man in einer Ecke mit Nachforschungen begonnen hatte, forschte man überall. Jaguttis wurde auch als Zeuge vernommen, und der Nationalsozialist, vom Baurat gespornt, wollte wissen, welche Spesen beim Besuch der Eitelfelder Induga gemacht worden seien. Stövesand blinzelte dem Städtebauer etwas zu, aber dieser, der über des Aufstockers Vertrauenskonto nicht genügend unterrichtet war und sämtliche Rechnungen bei den Akten glaubte, verstand es falsch, und sein eirunder Kopf verhedderte sich: er habe alles als eine persönliche Einladung von Stövesand aufgefaßt, natürlich hätte er keinen Hummer gegessen und den Damenbekanntschaften keine Pralinen gekauft, wenn er geahnt hätte, daß es auf Kosten der Wabag gehe..

„Ich hatte unbedingt den Eindruck, daß Stövesand es aus seiner Privatkasse nehme."

Niemand hatte an dergleichen gedacht, selbst der Frager

hatte nur eine Zahl hören wollen. „Idiot!" knirschte Stövesand. Die Untersuchungen schienen nur das Ergebnis zu haben, daß eine Freundschaft nach der anderen erkaltete. Als er nun aufgerufen wurde, um über die Natur des Vertrauenskontos auszusagen, sprach er fest und hämmernd: „Ich bin kein Kaufmann, ich bin Techniker!"

Je tiefer man in das Verfilzungsschema hineinleuchtete, desto dunkler wurde es. Jede Auskunft warf drei neue Fragen auf, jede Frage zeitigte drei verschiedene Antworten. Allmählich wurde eine Art Sport daraus. Fast hatte es den Anschein eines Kunstgriffs: eine Sache dadurch zu erledigen, daß man die nächste aufrollte, einen Entschluß dahin zu fassen, daß man sich noch nicht entscheiden wollte.

Auch an den Elektrizitätsring machte man sich. Es fing damit an, daß Gutzeit eine Senkung der Tarife beinahe ultimativ begehrte. Schwandt entgegnete ausweichend: die Preise für elektrischen Strom seien nicht höher als im Frieden. „Was soll der Vergleich?" rief Gutzeit mit erstaunlicher Schärfe. „Und die Technisierung seitdem? Die hat also keinerlei Vorteile für den Verbraucher?" Schwandt wich abermals aus. „Erhöhte Einnahmen aus den Dividenden kommen der Stadt wieder zugute", sagte er. „So!" rief Gutzeit schneidend, „so, so. Und wo sind denn diese Dividenden, bitte?" Schwandt sah auf Eisenmenger, der den Blick unter sich gerichtet hielt. „Für diese Kerle muß ich hier gerade stehn", dachte er und wich zum dritten Male aus: rechnerisch sei noch im letzten Geschäftsjahr mindestens eine neunprozentige Dividende verdient worden, nur mit Rücksicht auf die Liquidität habe man von einer Ausschüttung abgesehen, und was den gegenwärtigen niedrigen Kursstand anbelange, so könne er zukünftigen Berechnungen nicht zugrunde gelegt werden. Überhaupt könne man den inneren Wert solcher Beteiligungen nicht an den Börsenkursen abmessen ... Es waren dieselben Worte, die Hundacker, nur in anderem Sinne, in der Vorstandssitzung des Städtetags gebraucht hatte.

„Wieviel Aktien haben wir denn überhaupt?"

Gutzeit bohrte mit einer Hartnäckigkeit, die zeigen sollte, welche Fehler gemacht worden waren, solange er noch nicht im Stadtparlament saß. „Mir scheint, daß hier beträchtliche

Vermögenswerte der Kontrolle durch die Stadtverordneten entzogen worden sind!"

Hierüber verweigerte Schwandt jede Auskunft. Niemand sollte erfahren, daß wegen der schlechten Bemessung der eingebrachten Werke und wegen der Belastung des Aktienpakets mit Krediten ein Verlust von zwanzig Millionen entstanden war. Er war gewillt, diesem Wissensdurst eine Ende zu machen. „Es darf wohl füglich bezweifelt werden", sagte er in der Floskelsprache, „daß diese Diskussionen die Geschäfte des Elektrizitätsrings bessern. Eher wird man sich zu der Ansicht bekennen müssen, daß sie die vaterstädtischen Interessen schädigen."

Nach einiger Zeit fragte ihn Eisenmenger, ob er die Akten der Untersuchungsausschüsse gelesen habe. Er antwortete: „Ein freundliches Geschick möge Wahnstadt vor einem Oberbürgermeister bewahren, der Akten liest."

Er las keine Akten, aber er faßte das Ergebnis zusammen. „Es mag Unliebsames und Enttäuschendes unterlaufen sein", hob er an, „aber Pflichtverletzung oder gar Böswilligkeit ist nirgends nachgewiesen worden. Verluste aus Irrtümern sind unvermeidlich, und vor falschen Entscheidungen kann man sich im lebendigen Fluß des Wirtschaftslebens höchstens dann schützen, wenn man keine Entscheidungen trifft."

Einzelheiten blieben unerwähnt; ein überraschend gestellter Antrag, zur Tagesordnung überzugehen, fand Annahme — selbst Gutzeit stimmte in der Verblüffung dafür. Jedoch wäre es eine Übertreibung, wollte man sagen, daß überhaupt keine Folgen zu verzeichnen waren. Vielmehr hörte man wenige Wochen darauf, daß Stövesand zu den Nationalsozialisten gegangen war, daß Jaguttis seiner geschiedenen Frau die Rente nicht mehr zahlen wollte — worauf sie ihn verklagte und das Gericht ihn verurteilte, da er sich, „dem im Rechtsleben herrschenden Prinzip der Vertragsfreiheit zufolge, nicht auf eine grundlegende Änderung seiner Einkommensverhältnisse berufen dürfe", und schließlich, daß Windhäuser auf fünf Prozent seiner Bezüge aus dem Elektrizitätsring verzichtet hatte.

Kurz zuvor hatte Eisenmenger noch ohne sein Vorwissen in einem Artikel der „Neuesten Nachrichten" geschrieben: „Eine Kürzung der Gehälter leitender Privatwirtschaftler wäre eine rein bolschewistische Maßnahme ... Uns ist nicht bekannt, daß man auf industrieller Seite jemals über die Zerstörung der Rentabilität durch die Gehaltsforderungen leitender Persönlichkeiten geklagt hätte." Es war gewiß gut gemeint gewesen, aber es sah aus wie ein Kuckucksei. Windhäuser schäumte: „In dieser Situation so etwas zu schreiben! Welch ein Esel! Jetzt bin ich ja geradezu gezwungen, eine moralische Geste zu machen!" Er beschwerte sich beim Verleger; dieser befahl Reckmann strengste Verschwiegenheit über den Autor des Artikels und gab dem Generaldirektor die Erklärung ab: die Redaktion sei zu jenen Ausführungen nicht befugt gewesen. Windhäuser, machte die moralische Geste und verzichtete, wie gesagt, auf fünf Prozent. „Das sind zweitausendfünfhundert von fünfzigtausend", meinte Schwandt dazu. „Es kommt immer auf das an, was übrig bleibt. Hier bleiben siebenundvierzigtausendfünfhundert steuerfrei. Er hat das Opfer gebracht, bezahlen mögen es andere."

Aber wenn auch all dies hinreichend Stoff zu seinen geliebten Aphorismen bot, so verringerte es keineswegs seine Sorgen. Obendrein zeigte sich auch noch, daß man sich mit den Eingemeindungen eine schwere Rute aufgebunden hatte.

Kaum hatten nämlich diese Ortschaften einige Gewißheit über ihr Schicksal gehabt, als sie daran gegangen waren, sich noch einmal ordentlich zu mästen, da ja die Großstadt hinterher dafür aufzukommen hatte. Sie hatten ihre Beamten höher eingestuft, sie hatten auch ihrerseits pompöse Bauten begonnen, sie hatten sorglos in die Kassen gegriffen und ein heilloses Durcheinander angerichtet. Welch ein Pyrrhussieg! Welch neuer Sack voll Schulden, voll halbfertiger Produkte eingebildeter Bedürfnisse für die geschwächten Schultern! Alle Beamten mußten übernommen werden, noch mehr Stadtträte, noch mehr Amtmänner — was sollte man damit? Hundacker hatte den Bürgermeister der Gartenstadt zum „Rauchkommissar" ernannt, damit er die Bekämpfung der Rauchplage studiere. Der hatte schon wieder ein großes Büro; er war weder tot noch Sklave, wie er auf dem Feldherrnhügel befürchtet hatte. Schwandts Bürgermeister durften für gutes Geld spazieren gehen. Schon wuchsen in den neuen Vororten neue Bürgervereine hoch, sie mußten die Entwicklung zur Weltstadt ja

noch nachholen; maßlose Forderungen erhoben sie und ließen den Ruf „Los von Wahnstadt!" erschallen, wenn sie nicht bewilligt wurden. Keiner wollte etwas aufgeben, jeder wollte sich spezialisieren, jeder statt der „ortsbürgerlichen Verbundenheit", auf die Schwandt hinsteuerte, ein „bodenständiges Eigenleben" führen. Sogar ihre Berufsschulen wollten sie behalten, weil die Schüler aus ländlichen Gebieten den moralischen und ethischen Gefahren der Stadt nicht ausgesetzt werden dürften...
„Na, spezialisiert euch nur", brummte Schwandt bissig, „die Insekten spezialisieren sich ja auch, wie der Stadtförster sagt — es gibt Raupen für Eichen, für Kiefern, für Stachelbeeren, Käfer für Erdbeeren, Würmer für den Spinat, warum soll es nicht gebackene Tauben für die Vororte geben?"

Woher das Geld nehmen und nicht stehlen? Selbst zum Stehlen war bald nichts mehr da. Die Arbeit der Verwaltung bestand nur noch darin, Unterstützungen auszuzahlen, Fleischbank und Leihämter zu unterhalten. Auf diese drei Dinge, abgesehen von den vollgestopften Trödlervierteln, konzentrierte sich mehr und mehr das gesamte Leben der Stadt, ja die Pfandleihanstalt wurde fast ein gutes Geschäft, da sie für Darlehen dreißig Prozent Zinsen im Jahre nahm — ein Satz, der, ohne eine Anklage wegen Wuchers auszulösen, nur noch von den Finanzämtern überschritten werden durfte.

Die letzte Beschäftigung des Baugewerbes war der Neubau des Arbeitsamtes, wo täglich dreißigtausend Arbeitslose abgefertigt werden sollten: das wichtigste Gebäude der Stadt, und weil es sonst keine Arbeit gab, wenigstens „Haus der Arbeit" benannt.

Stadtmedizinalrat Prießnitz, dessen Amt täglich dreißigtausend „Ausgesteuerte" abfertigte, war die wichtigste Person der Stadt; er gab sogar ein eigenes Monatsblatt heraus. Trotzdem beklagte er sich oft, daß er während der ganzen Periode der Ertüchtigung zu kurz gekommen sei und keine weltstädtischen Leistungen habe beisteuern können, vielmehr habe er, ununterbrochen das Gespenst des Elends vor Augen, immer nur bremsen, nichts als bremsen müssen. „Es wird höchste Zeit", äußerte er, „daß die Bevölkerung wieder selbständiger denkt und nicht mehr gleich in jeder Schwierigkeit den Kostgänger der Öffentlichkeit spielen will."

Schwandt konnte sich nicht enthalten, dabei an die Matadore des wachsamen Hähnchens zu denken, die doch Medizinalrat Prießnitz ganz gewiß nicht meinte. Eines Nachts brannte der Dachstuhl ihres Bürogebäudes ab — und was taten sie? Sie stellten die Aufräumungsarbeiten etliche Tage zurück, um Fremde zum Schauplatz der Katastrophe zu locken. Gab es irgendein Ding in der Welt, das unter ihren Händen nicht zum Aktivposten wurde?

Zwar sank ihr Stern, aber noch aus der Sternschnuppe wußten sie einen Kometen zu machen. Das Schicksal ereilte sie, und schwupp! hatten sie es auch schon in der Hand. „Die Lage ist verzweifelt, doch nicht hoffnungslos", sagte Ulrich Matuszak, der Organisator des Mangels; „so Schweres auch die Ehefrauen der Arbeitslosen durchmachen müssen, so bleibt ihnen doch die Arbeitslosigkeit selbst erspart, sie dürfen noch immer für die Familie sorgen, und manche von ihnen wird froh sein, in ihrem arbeitslosen Mann einen Gehilfen zu haben, der bohnert, wäscht und kocht und ein guter Hausvater wird. Solange ein abgebauter Angestellter noch den Mut hat, ein Klavier für seine Tochter zu kaufen — ich kenne die Fälle aus meiner Praxis, weil ich wegen der Abzahlung manchmal juristisch nachhelfen muß —, solange ist der Unternehmungsgeist, der unsere Stadt groß gemacht hat, noch nicht erloschen."

Im Guten oder im Bösen, im Gewaltigen oder im Winzigen, im Tüchtigen oder im Dürftigen — immer erfochten sie einen Sieg, und mit Armut verstanden sie ebensowohl zu prahlen wie mit Reichtum. Lebte man im Elend, so war es wenigstens das größte der Welt. Hatte man keine Köpfe, die es beseitigen konnten, so erlebte man wenigstens den Triumph der Wissenschaft, die es registrierte und organisierte. Konnte man das Elend nicht aufheben, so konnte man es doch auf eine breitere Grundlage stellen, wie eine Scheuerfrau, die mit einem nassen Lappen „eben mal durchwischt": Hauptsache, daß der Dreck verteilt wird! Schon sagte Valentin Moos, der einst in Kohldorf die Bettler versteckt hatte: „Es können nicht genug davon an den Ecken sitzen, damit es jedermann vor Augen hat, wie arm wir sind."

Hurra dem Hunger! Denn Hunger ist der beste Koch.

Schon lehrte Sanitätsrat Behmenburg, daß billiger Magerkäse

gesünder sei als Wurst und Aufschnitt. Schon erklärte sein Antipode, der Krankenkassendirektor Völlinger, daß man sich auch zu Hause kurieren könne, ohne in die Krankenhäuser zu gehen. Schon kommandierte die Eisenmenger wie ein Feldwebel die Notsammlungen, um das „Durchhalten" zu erleichtern: „In jeder fröhlichen Gesellschaft muß für die Armen gesammelt werden." Schon suchten alle Frauenvereinsdamen in ihren Rumpelkammern das verschlissene Zeug hervor, um es den Armen zu geben. Im nämlichen Maße, wie die wirtschaftliche Konjunktur zerstob, quoll die politische auf —: immer, wenn die Regierungen keine Sicherheit bieten, keine Ordnung schaffen können und daher in ihrer Ratlosigkeit Sicherheit und Ordnung als gefährdet bezeichnen, immer dann behilft sich das Volk mit Glaubensbekenntnissen, werden Vertröstungen als Trost gewertet, haben die Parasiten der romantischen Erlösersehnsucht Nahrung die Fülle.

Hurra dem Hunger! Denn er ist der beste Koch.

Die Arbeiter, die sich einmal — wann war es doch? — gegen die Ausbeuter erhoben hatten, waren froh, wenn sie noch einen Platz hatten, wo sie sich ausbeuten lassen konnten; die Streiks, die sie nicht mehr wagten, wurden mit besserem Erfolg von den Metzgern und Markthändlern gegen Schlachthof- und Standgebühren geführt. Wenn alles wankte, der Boden des wachsamen Hähnchens wankte nicht. Sie konnten in einem Atem die Ausgabenwirtschaft verdammen und Arbeitsbeschaffung verlangen; in einem Atem gegen die Metzgerei der städtischen Krankenhäuser zetern und sich um die Leitung daselbst bewerben; in einem Atem für die Erwerbslosen spenden (vorausgesetzt, daß Name und Firma, eine Gratis-Annonce, dadurch in die Zeitung kam) und die stellenlosen Friseure, die zur Selbsthilfe griffen und einen kleinen Laden mieteten, wo sie für zehn Pfennig rasierten und für dreißig das Haar schnitten, durch Eröffnung eines Ladens nebenan, mit noch billigeren Tarifen, erbarmungslos erwürgen. Sie waren wie aus jener Fabel entsprungen, die Ulrich Matuszak gern erzählte: „Zwei Frösche fielen in einen halbvollen Milcheimer. Der eine streckte die Waffen und ertrank, der andere tastete so lange an den glatten Wänden herum, bis er am nächsten Morgen auf einem Klumpen Butter saß, zu dem die Milch geronnen war..."

„Tja", machte Schwandt. „Die Eisenmenger sagt: der Krieg ist ein großer Lehrmeister. Ich habe davon nichts gemerkt, ich finde die Menschen nach dem Kriege noch dümmer als vorher. Ebensowenig bewahrheitet sich Matuszaks Fabel. Die Praxis ergibt, daß Milch über Nacht nur sauer wird, und nicht zu Butter!"

Ein Klumpen Butter! Wie glücklich wäre er gewesen, hätte er ein Klümpchen gehabt!

Jedesmal, wenn Coupons einer Anleihe einzulösen waren, ängstigte er sich. Er zwang die Dezernate zu Hungerkuren. Er drosselte alle Ausgaben: Sparerlaß über Sparerlaß. Er handelte (so spottete er selbst, denn die bitteren Pillen müßten verzuckert werden, sagte er) — er handelte wie jener Junge, der trotzte: es geschähe seinem Vater ganz recht, daß er, der Junge, die Finger erfroren habe, warum habe der Vater ihm keine Handschuhe gekauft? Er legte alle Bauten still und drehte die Hälfte der Straßenbeleuchtung ab —: Wahnstadt im Dunkel!

Und die „Not- und Schicksalsgemeinschaft" mit Hundacker?

Es war kein Bund, es war nur eine lockere Bindung. Zwar verfaßten sie alle drei, Eitelfeld, Wahnstadt und Kohldorf, gemeinschaftlich ihre Beschwerdeschriften. Zwar verständigten sie sich über ihre Aktionen gegen die Reichshauptstadt. Zwar setzten sie untereinander eine Richtzahl für die Defizite fest. Zwar forderten sie zusammen einen Klage- und Vollstreckungsschutz zugunsten der Städte, jene schon in Mode gekommene Suspendierung des Gerichtsvollziehers (was sie übrigens nicht am rabiaten Vorgehen gegen ihre Schuldner hinderte). Aber diese Schriften, diese Aktionen, diese Festsetzungen, diese Forderungen waren ja nur die Begleitmusik zu den Bittgängen in die Ministerien, die sie einzeln tun mußten, und da entschied wiederum die persönliche Taktik, zumal die Minister nichts mehr davon wissen wollten, daß sie die Ära der Ertüchtigung im Städtekranz eingeläutet hatten.

Matthias Schwandt verblieb bei der Haltung des sparsamen Wirtschafters; wie Deutschland im Kriege stellte er alles darauf ab, fünf Minuten länger auszuhalten, ehe ihm „die Puste ausging". Moos dagegen operierte mit seinen kulturellen Werten, die man doch um Himmels willen nicht versacken lassen dürfe. Nur Karl Hundacker ging wieder aufs Ganze und malte in den schwärzesten Farben. Dabei juckte ihn noch das Fell, dabei ließ er sich's noch wohl gehen, dabei protzte er noch mit hellster Straßenbeleuchtung und höchsten Wohlfahrtshilfen. Gegen das grobe Maß seiner Sünden wurde das große Maß des Genusses abgewogen, das sie bereitet hatten — und siehe da, die Waagschalen balancierten, und man fand, wenn nicht die Gewichte, so doch den Ausgleich der Gewichte tugendhaft. Schwandt dagegen erging es wie seinerzeit, als er zu borgen anfing; man fragte verwundert: „Wie? Sie brauchen Hilfe? Sie? Aber Sie können doch so ausgezeichnet sparen! Sparen Sie nur tüchtig weiter, mehr noch als bisher!" Und wieder mußte er den Kopf schütteln vor einer Welt, in der es gleich segensvoll war, ob jemand sehr gut oder sehr schlecht daran war, und nur derjenige, dem es „noch verhältnismäßig gut" ging, sich selbst überlassen wurde. Es konnte ihn auch nicht trösten, daß Valentin Moos mit seinen „kulturellen Belangen" mitleidsvoll hingehalten wurde, wie ein Mann, der einen kleinen „Sparren" hat und zur allgemeinen Belustigung im Hause bleiben darf.

Wohl oder übel mußte er eine neue Steuervorlage einbringen. Er nahm die Parteien beiseite. Mit der Rechten war nichts anzufangen; er versuchte es schon gar nicht. Hackforth war bereit, wenn dafür seiner Sebastianus-Schützengilde Schießstände errichtet würden. Aber selbstverständlich, abgemacht. Die Sozialisten waren bereit, wenn zugleich eine Wohnungsluxussteuer eingeführt würde. Schwandt hatte ein dunkles Lächeln: aber selbstverständlich, abgemacht. Lag doch bereits ein Erlaß des Innenministers vor, der die Aufsichtsbehörde anwies, derartige Steuern nicht zu genehmigen. Zuletzt setzte er sich mit dem kommunistischen Fraktionsführer zusammen, unmittelbar vor der Sitzung. Er rauchte, scherzte und trank sogar im Erfrischungsraum eine Tasse Kaffee mit ihm. Der Kommunist dachte wie Gustav Roloff: „Ein scharmanter Ober." Er war ein witziger Mann und sagte oft: „Ein Stückchen Kitsch, ein Stückchen Philister, ein Stückchen Stammtisch muß der Mensch sein eigen nennen, um dort, wo es darauf ankommt, radikal sein zu können." Schwandt schätzte ihn wegen dieser Schlagfertigkeit. Der Mann versprach, einige seiner Leute abzukommandieren. „Abkommandieren" — das hieß: sie zu heftigen Zwischenrufen und anderen Verhandlungsstörungen anzuhalten, damit sie aus dem Saale gewiesen werden mußten, wodurch die Gruppe der Neinsager entsprechend geschwächt wurde.

Klug und geschickt wie immer, erfrischenden Späßen nicht abgeneigt und dann plötzlich wieder die ganze Strenge der Geschäftsordnung anwendend, leitete Schwandt die Verhandlung, die ja eigentlich beendet war, ehe sie angefangen hatte, gleichwie eine Mahlzeit in der Küche zubereitet und im Speisezimmer vor den Gästen nur noch hübsch und gefällig serviert wird.

Er gewann das Spiel.

II

Steuern konnte man beschließen — wieviel davon einging, stand außerhalb jeglicher Macht und Berechnung. Schwandt seufzte: „Wir werden noch zu einer Steuer unsere Zuflucht nehmen müssen, die jedermann dafür bestraft, daß er nicht vor Vollendung des zwanzigsten Lebensjahres gestorben ist."

Nichts mehr, woran man sich halten konnte — selbst die Technik wurde phantastisch und ungewiß fabulierend. Windkrafttürme zur Erzeugung von Elektrizität. Nebelbeseitigung durch elektrisch geladenen Wasserstaub. Zertrümmerung der Atome. Raketenfahrten. Und so fort. Es schien, daß der Technik eine Grenze gesetzt war. Es schien, daß sie zwar noch ernsthafte Erfindungen machen konnte, daß aber diese Erfindungen unwirtschaftlich, zu teuer und zu unergiebig bleiben mußten. Daneben aber war schon die Gefahr, ins Lächerliche abzugleiten, bei allen Erfindern groß, weil sie im Eifer, Ungewöhnliches zu finden, leicht das Natürliche übersahen.

Nichts mehr, woran man sich halten konnte. Nichts mehr, was zum Wert einen Preis und zum Preis einen Wert gehabt hätte. Die Bürohäuser in Eitelfeld, die Ausstellungshallen, die Brücke — alles leer, selbst der Sportpalast leerte sich. Nur der Hafen war voll —: voll leerer, zum Feiern gezwungener Schiffe. Das Kongreßhaus in Wahnstadt — Schwandt erwog, die städtische Verwaltung hineinzulegen. Die Künstlerkolonie — dem Wohlfahrtsamt unterstellt, die Ausstellungen heimischer Künstler ohne Käufer; das Hotel in Kohldorf — sechshunderttausend Jahreszuschuß; das Festspielhaus — an einen Operettenunternehmer verpachtet, der nach der sechsten Vorstellung mit der Kasse flüchtig ging; der Intendant — mit zwanzigtausend pensioniert; der Generalmusikdirektor — mit achtzigtausend abgefunden; die Kunstschule Thalia — geschlossen, neunhundert gezüchtete Künstler brotlos auf der Straße.

Brilons Ausgrabungsfeld — eine Seifenblase, zerplatzt vor dem Gutachten der Professoren: die Erdhügel keine Grabstätten, sondern Überreste eines Wegebaus aus der napoleonischen Zeit. Reell nur der Posten des Kustos am Heimatmuseum.

Jaguttis, Direktor der Kunstgewerbeschule — Gehaltspfändung auf Antrag der Jaguttis-Kadereit.

Abwicklung der Geschäfte...

Die boulevardähnlichen Prachtstraßen — verunkrautet. Die Geflügelfarmen und Gemüsetreibhäuser — abgebrochen, verschuldet, fluchtartig verlassen. Die Maulbeerbäume zur Seidenraupenzucht — erfroren. Die Lauben in den Schrebergärten — allnächtlich Schlupfwinkel für Gesindel. Das Parkhotel Hindenburg — was war mit ihm?

Gustav Roloff wurde ein alter Mann. Aus dem Schnauzbart fielen die Haare, die feurige Haut trocknete ein. Nichts Stärkendes, nichts Mitreißendes ging mehr von ihm aus. Ohne Kraft war er, rein ausgebrannt und verzweifelt leer.

Vergebens hatte er neue Schulden gemacht, um sich zu sanieren. Bald nach dem Ende der Kreditbank war das Kabarett eingegangen. Das Parkhotel Hindenburg verfiel der Brauerei, die daran zugrunde ging, nachdem nacheinander zwei Pächter verkracht waren: noch immer gab es Menschen mit Unternehmungsgeist, Menschen, die glaubten, wenn auch niemandem sonst, so müsse doch ihnen das Glück blühen.

Die Sorge um den Nachfolger war Roloff auf grausame Weise abgenommen: er leistete den Offenbarungseid. Die Bierklause Malepartus, ein schwimmendes Eiland, war Eigentum seiner Frau. Das Landhaus am Waldsaum gehörte den Kindern. Er hatte nichts. Als er vom Gericht herunterkam, fuhr er in Melittas lasurblauer Limousine davon. Stövesand, Aufstocker, alter Junge, leb' wohl, wir denken dein!

Melitta hatte man nach fünf Monaten das Kind aus dem Leib schneiden müssen. Es lebte! Ein zäher Stamm, die Roloffs. Es war ein Junge, zweiunddreißig Zentimeter groß, fünfhundertvierzig Gramm schwer — der kleinste und leichteste Säugling der Welt in Wahnstadt geboren! Die Kunst der Ärzte brachte ihn durch: je weniger man die Erwachsenen zu ernähren vermochte, desto größere Fortschritte machte man in der Säuglingsernährung.

Der kleine Gustav mußte Apfelsinensaft und Buttermilch trinken. Melitta machte gymnastische Übungen mit ihm, schaukelte, streckte, verkürzte, rollte und hob ihn; „man muß mit den Schwüngen prinzipiell im Kindesalter beginnen", sagte sie. Ferdinand Brilon stand in Versunkenheit daneben. „Weg mit dem Zeug", ordnete Frau Olga an, die nun, da sie für alle zu sorgen hatte, wieder mutig und entschlossen war. „Prinzipiell weg damit. Auf all das neumodische wissenschaftliche Gequassel, ob von Ärzten oder von Tänzerinnen, geb' ich gar nichts. Laß dem Kind seine Ruhe. Und jetzt kriegt es Grießbrei, wie ihn meine Kinder auch bekommen haben. Sind sie nicht Kerle geworden davon? Sie sind es. Vor allem Eugen."

Das war nicht zu leugnen, und sogar Melitta leugnete es „prinzipiell" nicht. Was Roloff sich immer gewünscht hatte, ging in Erfüllung. Eugen errang die Meisterschaft im Weltergewicht. Es geschah im Eitelfelder Sportpalast; Jaulenhoop war tot, die Weltstadt war tot, niemand nahm mehr Anstoß daran, daß es in Eitelfeld geschah. Schwandt schickte ein Glückwunschschreiben. Eugen drahtete zurück, daß er auch künftig bestrebt sein werde, Wahnstadts Farben, Rot und Weiß, zu verteidigen.

War das die Wahrheit —?

Was ist Wahrheit!

Dürftig und niederträchtig war die Welt, nur die Kulisse einer Puppenkomödie hinter allen anspruchsvollen Reden, nur die Behendigkeit von Taschenspielern hinter allen pomphaften Handlungen, nur die Gedankenlosigkeit hinter allen Erwägungen, nur die Trägheit hinter allen Aufforderungen zur Tätigkeit. Und nichts, nichts von dem, was sich als Zauberkünste produzierte, war Hexerei. Diese Welt des lächerlichen

Wirrsals mußte man behandeln, wie es ihr zukam, und wie es sich für den gehörte, der über sie Bescheid wußte. Man mußte sie unter Kuratell stellen — wie ein Irrenwärter.

Matthias Schwandt fühlte sich als Meister der Lebensweisheit, während er Eugens Depesche lächelnd las. Er bildete sich nicht wenig darauf ein, diesen Feuerkopf gezähmt zu haben. Derweilen lachte Eugen über Schwandt, der ihm auch nur ein Teil jener Welt zu sein schien.

Als er heimkam, lag Gustav Roloff im Sterben. Das Herz, das er zeitlebens strapaziert hatte, wollte nicht mehr. Sanitätsrat Behmenburg machte ein betrübtes Gesicht, das war alles, was er machen konnte. Die Not der Zeit hatte auch ihn, den Betagten, auf die Knie gezwungen: er hatte bei Völlinger um Zulassung zur Kassenpraxis einkommen und „Herr Direktor" sagen müssen, und dieser ließ ihn dafür büßen, daß er sich früher nicht dazu verstanden hatte.

„Du, Roloff", riet Melitta, „der Behmenburg ist ein Kassenarzt. Du solltest prinzipiell einen Spezialarzt konsultieren."

Müde bewegte er den Kopf hin und her.

„Das war wohl mal so", sagte er nachdenklich; „das war einmal, daß man von den Spezialärzten ohne weiteres den Begriff der Qualität hatte. Aber das zunehmende Mißtrauen gegen die praktischen Kassenärzte hat immer mehr junge Leute zum Spezialstudium verleitet, und nun ist halt auch bei den Spezialärzten Kraut und Rüben durcheinander."

Er drehte sich langsam nach der Wand hin.

„Ach Gott", sagte er und lächelte schwach in das Kissen hinein, „mit den Ärzten sollte es eigentlich so sein: man sollte sich bei ihnen abonnieren, dafür müßten sie verpflichtet sein, einen bei Gesundheit zu halten. Wenn man krank würde, müßten sie einen umsonst kurieren, um den vertragsmäßigen Zustand wiederherzustellen, und beim Sterben müßten sie Schadenersatz leisten, weil sie vertragsbrüchig geworden sind, und das freut ein' denn ja auch."

Eugen trat ein, mit ihm ein Glanz von Licht und Kraft.

Er ging auf den Zehenspitzen, zittrig faßte Roloff nach seiner Hand.

Eine Weile sagte er nichts. Dann begann er: „Siehst du, Eugen. Keiner von uns hat strafbare Handlungen begangen.

Wir haben nichts verplempern wollen, und wir haben nichts verpraßt. Selbst die ausländischen Bankiers haben doch, wenn in ihrer Heimat die Rede auf unsere Ertüchtigung kam, zur Antwort geben müssen: die kurzfristigen Anleihen, die wir gewährten, wurden in Deutschland zweckmäßig verwendet; das Geld wurde in gutem Glauben aufgenommen und gegen gute Unterschriften gegeben."

Eugen wischte sich über die Augen und schleuderte dann den Arm von sich, so, wie die Bauern auf dem Feld sich zu schneuzen pflegen. „Laß gut sein, Papa", sagte er und dachte darüber nach, ob wohl diese Handlungen, die von keinem Paragraphen des Strafgesetzes bedroht waren, weniger strafwürdig oder am Ende noch sträflicher seien. „Hätten sie es doch nur verpraßt", dachte er, „dann hätten sie wenigstens etwas davon gehabt, indem es ihnen unter der Hand zerrann ... Das ist ja gerade der Haken. Ein Betrüger, nicht wahr, das ist ein eindeutiger und darum schnell erledigter Fall. Er ist ein Verbrecher, man wirft ihn ins Gefängnis. Aber ein Selbstbetrüger — ? Das ist ein Kranker, dem trotz aller lichten Zwischenräume, in denen er im Liegestuhl sich sonnen kann, immer wieder das Siechenbett droht."

„Laß gut sein, Papa", wiederholte er. „Die Phantasie hat euch einen Streich gespielt. Es war kein Verbrechen, es war nur ein Gebrechen."

Rasselnd ging Roloffs Atem. „Mach' das Fenster weiter auf... Junge ..." Er schwitzte und warf die Bettdecke zurück. Dann fror er wieder und verlangte mehr Decken. Eugen kuschelte ihn ein. Roloff sagte gebrochen: „Es war eine ungeheure Not ..., und daraus kam die Maßlosigkeit, und daraus wieder die ungeheure Not ... Was ist der Mensch in diesem Kreislauf, der alles dahinrafft? Er lebte in dem, was er verlieren muß, und verliert das, worin er gelebt hat. Es ist alles eins, mein Junge." Er rang nach Luft. „Ich muß dir das noch von Angesicht zu Angesicht sagen ... Es war Maßlosigkeit dabei, gewiß, aber wenn sie auch in manchem über das Ziel hinausschoß, so hat sie doch auch der vermorschten Bequemlichkeit massenhaft den Garaus gemacht ... Auf dieser Basis können wir uns doch einigen, hä?"

Es war ein leises, zages, schon tödlich getroffenes „Hä".

Eugen hielt seine Hand, Roloff krallte sich fest. Frau Olga schluchzte.

„Ich glaube auch, daß es keine Lösung gibt", sprach Eugen mehr für sich selbst, müßig ins Leere hinein. „Keine Lösung, die nicht auch wieder in Sünden verstrickt würde. Statt der Lösung bleibt nur die Losung, nicht fahrlässig Sünden zu begehen, die bei Gebrauch der Vernunft vermeidbar wären — bei einem Volk, das mit der Grausamkeit einer Logik, die seine einzige ist, auf 1914 sein 1918, auf 1927 sein 1931 erlebt. — Laß gut sein, Vater", sagte er nochmals laut. Dann hatte er einen Einfall: „Weißt du was? — Wenn ich mal mit meiner Boxerei genug verdient habe, kaufe ich das Parkhotel Hindenburg. Ich will es Hotel zum wachsamen Hähnchen nennen."

„Dann ist ja alles gut, mein Junge ... dann kannst du mir ja die Augen zudrücken..."

„So weit ist es noch lange nicht."

Roloff lächelte mit unirdischer Beschwingtheit. Er drohte mit dem Finger: „Immer bei der Wahrheit bleiben! Das sieht doch jeder, daß es bald soweit ist..."

Einige Tage danach verlor er das Bewußtsein, das er eigentlich soeben erst erlangt hatte.

Ein giftiger Ostwind wehte wie damals beim Baubeginn am Platz der Republik, die Wolken zogen hoch und lautlos, da lag er aufgebahrt zwischen roten und weißen Chrysanthemen, wie sie am Tag der zehntausend Brieftauben im Glockenpark auf den Rabatten geblüht hatten. Er war angetan mit der Uniform des Ehrenobersten der Schützengilde, und ein Lächeln schien auf seinen Lippen zu verschweben, die der Schnauzbart zum ersten Male freigab. „Und das freut ein' denn ja auch", schien das Lächeln zu sagen. Ein paar Lorbeerkugeln hielten die Totenwache.

Frau Olga sagte, noch unter Tränen praktisch: „Da heißt es immer, nasse Witterung wäre gefährlich, und es ist doch gar nicht wahr, das sieht man hier doch wieder, die meisten Menschen sterben bei trockener Ostluft."

Einer nach dem anderen kamen die Freunde, um Abschied zu nehmen. Ein Sonnenstrahl eilte über die kahlen, grauen Wälder hin und verweilte einen Augenblick auf Roloffs Sarg.

„Mühen und Sorgen der Stadt hat er aufs innigste miterlebt", stand im Nachruf, den Schwandt in den Lokalblättern veröffentlichte. „Im vollen Gleichgewicht seines Charakters hat er in allen Lagen sich innere Ruhe zu wahren, in unbeirrbarer Sicherheit seine Urteilskraft zu erhalten gewußt."

Seit dem Tage der zehntausend Brieftauben hatte man nicht mehr eine solche Anteilnahme der Bevölkerung gesehen wie bei Gustav Roloffs Begräbnis. Reiter in Schützenuniform begleiteten den Leichenzug. Fern blies eine Trompete: „Es war einmal ein treuer. Husar..."

Straßenmusikanten waren es, die da bliesen. Tag für Tag durchzogen sie die Stadt, Trompeter, Geiger, Sänger, Gitarren- und Orgelspieler, von morgens bis abends, überall Ständchen, überall klingende Weisen. Es schien ein glückliches und frohsinniges, ein heiteres und fast südländisch berauschtes Volk zu sein, das da lebte; die Orgeln hatten nicht mehr die platten Schlager auf den Walzen, sondern die alten Volkslieder: „Jetzt gang i ans Brünnele" und „Wem Gott will rechte Gunst erweisen", wie sie der musikantischen Weichheit der Gemüter angemessen waren und selbst die Blinden, die ihre Orgel vor sich her schoben, waren so übermütig froh, daß sie eine Pauke auf den Rücken geschnallt hatten, die sie durch eine am Fuß befestigte Strippe, heisa, heisa, hopsend bewegten. Ein paradiesisches Land schien es zu sein, bald hatte niemand mehr zu arbeiten, bald übernachteten alle am Busen der Natur.

An Roloffs Grab sangen die Männer Schuberts „Sanctus" und darauf: „Stumm schläft der Sänger..."

Dann zogen sie geschlossen zur Bierklause Malepartus. Dort sagte im Zwischenakt zwischen dem vierten und fünften Seidel Ulrich Matuszak zu Drobeck: „Kein Zweifel, Herr Stadtrat, daß die Mehrheit des Volkes den nunmehr erkannten Ernst der Zeit zu überwinden gewillt ist. Bis in die letzten Schichten hinein hat man begriffen, um was es geht, jeder ist in seinem eigensten Belang zu neuen schweren Opfern bereit. Die Regierung kann jetzt mit einschneidenden Maßnahmen vor die Öffentlichkeit treten, alle seelischen Vorbereitungen sind getroffen... Übrigens sagt Eisenmenger, daß die überdurchschnittliche Tätigkeit des vergangenen Jahrfünfts durch die unterdurchschnittliche der Gegenwart schon berichtigt worden ist. Das Gefahrvollste liegt daher durchaus hinter uns."

Drobeck erwiderte: „Der feste Glaube an eine bessere Zukunft hilft über die Nöte des Tages hinweg. Solche Gesinnung verbürgt unserem ganzen Volke den Wiederaufstieg aus der Tiefe."

Theodor Reckmann saß neben ihnen, trank dem Stadtrat zu und rief: „Dann kann's ja wieder losgehn! Na prosit! Auf eine gedeihliche Zusammenarbeit zwischen Stadtverwaltung, Bürgerschaft und Presse!"

NACHWORT
von Frank Trommler

I

Unter dem Titel *Ruhrprovinz* veröffentlichte Erik Reger 1928 in der Zeitschrift *Die Weltbühne* einen Artikel über das Ruhrgebiet. In seinen spitzen, zwischen Sarkasmus und Satire schwankenden Bemerkungen sind bereits die wesentlichen Elemente des Romans *Das wachsame Hähnchen* enthalten, den Reger 1932 über dasselbe Thema publizierte. Reger ließ keinen Zweifel daran: das Thema hieß 'Provinz'. Wie gewaltig die Schornsteine, Zechentürme, Aschenhalden und Fabriken der Städtelandschaft an der Ruhr auch immer in den grauen Himmel ragen mochten, und wie sehr sich die Zeitgenossen auch immer zu Schlagworten wie Wirtschaftliches Herz Deutschlands, Schwarzes Revier, Heimat des Proletariats, Land der Arbeit herausgefordert fühlten – für Reger lag die Wahrheit dieses Gebiets in seinem provinziellen Alltag, in der spießbürgerlichen Mentalität seiner Bewohner, einschließlich großer Teile der Arbeiterschaft. Er lenkte den Blick auf die angestrengten Versuche der Verantwortlichen, den Städten Weltläufigkeit, Kultur und Schlagzeilen zu verschaffen und ihnen damit auf andere Weise zu nationaler Prominenz zu verhelfen. Mit all der Intransigenz, die nur ein Insider aufbringen kann, spannte der Autor den Bogen von der Konjunktur in Kohle und Stahl zu der Konjunktur in Industrieromantik, Lokalpatriotismus und Kulturgeschäftigkeit, zu den Bemühungen in Essen, Bochum, Dortmund, Oberhausen, Gelsenkirchen, Mühlheim, Duisburg, endgültig zu dem Platz an der Sonne aufzusteigen, der unterm trüben Rauch- und Regenhimmel des Reviers besonders erstrebenswert – und unerreichbar – erschien. Regers Resumee lautete: „Die Einwohnerzahl, die Häusermasse, der Ehrgeiz, die Spekulation mit einer wirtschaftlichen Produktivität, die zu einem erheblichen Teil auf einem Geschenk der Natur beruht: das schafft keinen Ersatz für Selbstbewußtsein, Freiheit, Grazie, Charme. Der Mangel an Großstadtsubstanz verursacht jene innere Unsicherheit, die in fieberhaftem Betätigungsdrang einen Ausgleich sucht. Das öffentliche Leben an der Ruhr vollzieht sich daher auf Grund von Fiktionen."[1]

Welcher Natur diese Fiktionen im einzelnen waren und wie sehr sie über diese Provinz hinaus für ganz Deutschland galten, ist in

Regers Roman *Das wachsame Hähnchen* in aller Ausführlichkeit dargelegt. Die in dem Artikel *Ruhrprovinz* noch allgemein formulierten Aussagen über Kulturgeschäftigkeit und Fassadenideologie bekamen im Buch ihre spezifische historische Dimension. Denn während sich diese Dinge 1928, im Erscheinungsjahr des Artikels, noch im Stadium der Expansion befanden, sah der Autor des Buches 1931/32 bereits auf den verheerenden Einbruch der Wirtschaftskrise zurück. Zu dieser Zeit wurde deutlich, daß die zweite Gründerzeit Deutschlands, wie man die 'goldenen' Jahre nach 1925 bisweilen apostrophierte, in ein Fiasko gemündet waren, mit dem das Schicksal der Republik selbst auf dem Spiel stand. Der Rückblick auf die erste Gründerzeit nach 1871 drängte sich auf, und Reger hielt mit Verallgemeinerungen über das Schwanken der Deutschen zwischen Extremen nicht zurück. Die „durchlaufende Linie der Verherrlichung des schönen Scheins vom romantischen Machtwahn der Kaiserzeit bis zum technisch-industriellen Götzendienst der republikanischen Zeit" könne dem aufmerksamen Betrachter nicht verborgen bleiben. „Von welcher Seite der Taumel der Maschinenanbetung am meisten genährt wurde, wird unter diesen Umständen belanglos, und daß auf die Zeit der Maschinenanbetung die Zeit der Maschinenverfluchung folgt, ist kein außerordentliches Phänomen, sondern das unerbittliche Lebensgesetz eines Volkes, das selbst aus Erkenntnissen keine Konsequenzen zieht, ewig zwischen Rausch und Ernüchterung schwebt und mit der Grausamkeit einer Logik, die seine einzige ist, auf 1914 sein 1918, auf 1927 sein 1931 erlebt."[2]

Das waren unbequeme Feststellungen. Sie sind für die Nachgeborenen, die auf Aufstieg und Absturz zwischen 1933 und 1945 zurückblicken, unbequem geblieben. Denn sie lassen sich in die Gegenwart verlängern, wenn man an die dritte Gründerzeit Deutschlands denkt, die in den fünfziger Jahren noch intensiver unter dem Vorzeichen der Provinz stand und ebenfalls von den Städten mit hochgespannter Kulturgeschäftigkeit begleitet wurde. Ihre Theaterneubauten, Straßendurchbrüche, Gesamtverkehrsprojekte, Messen, Ausstellungen, Einkaufs-, Kultur- und Fremdenverkehrsbedarfsplanungsbehörden und sonstige Monumente der ökonomisch-geistigen Erneuerung Deutschlands nach der Niederlage 1945 sind nach wie vor mit uns, bisher ohne den gewohnten Kollaps, jedoch mit einer dunklen Ahnung – die in den fünfziger Jahren aus jüngstem Erleben heraus besonders stark war – , daß auch die neuen Häuser auf schwankendem Grund erbaut sein könnten.

Mit Regers Buch *Das wachsame Hähnchen* läßt sich erkennen,

worauf jene Ahnung, soweit sie sich noch an der Zeit vor 1933 orientierte, eigentlich gemünzt war. Das Buch zeigt, daß Wirtschaftswundermentalität nicht nur eine Sache der fünfziger Jahre darstellt. Das Bild von dem Heer, das aus den Winterquartieren aufbricht, um den ökonomischen und technischen Angriff auf breiter Front vorzutragen, behielt seine Aussagekraft, obwohl inzwischen ein deutsches Heer tatsächlich vernichtend geschlagen worden war. Regers Mischung von Kritik und Erstaunen läßt sich immer noch nachvollziehen, wenn es heißt: „Mehr waghalsig als wagemutig blies man zum Sturm. Man berannte die Festung Wirklichkeit, die Sperrlinie geschichtlicher Tatsachen und biologischer Bedingtheiten. Niemandem war wohl dabei, aber alle sagten, es müsse sein. Mit utopisch zündenden Worten überschrie man die tiefe Resignation, bombardierte man die Öde der Gegenwart, denn dahinter lag das weite, balsamische Land der Zukunft, in welchem, hoffte man, wieder Milch und Honig floß wie in den Tagen einer umfriedeten und verwöhnten Kindheit, da man ungestraft naschhaft sein durfte." (S. 176) Zu diesem Bild gehört die Phraseologie, die in unzähligen Reden und Verlautbarungen ihre volle Geschmeidigkeit gewann, eine Phraseologie von politischer Einordnung und seelischer Erhöhung, mit der die Geschichte abgeschrieben und die Ökonomie transzendiert wurde. Vor allem aber sind die Sätze, mit denen der Roman beginnt, gültig geblieben, Sätze über dieses Beiseiteschieben der Geschichte und das Verdrängen der Trauer: „Krieg und Niederlage, Revolution und Inflation waren vergessen; das heißt, es waren Ruinen davon im Gedächtnis geblieben, Ruinen, die von Sagen umsponnen und vom anekdotischen Schein des Abenteuers umwittert waren. Die Geschichte war tot und ihr Grab überwuchert von Geschichten. Das Entsetzen, das sie verbreitet, erschien nur noch aufregend, das Leid, das sie auferlegt, nur noch interessant. Ein Volk voll Phantasie, aber ohne Erinnerung, besiegelte die Leblosigkeit des Geschehenen mit Denkmälern des Erlebnisses." (S. 11) Man möchte zweifeln, ob das wirklich schon 1932 niedergeschrieben wurde. Aber die Jahreszahl stimmt.

Angesichts solcher Einblicke bedarf ein Neudruck des Romans – der letzte geschah 1950 – kaum einer Rechtfertigung, ganz abgesehen von der scharfsichtigen Analyse bürgerlicher Verhaltensformen in einer Konjunkturzeit und von der Schilderung der Ruhrprovinz mit dem Kampf ihrer Gemeinden um Profil und Schlagzeilen. *Das wachsame Hähnchen* ist ein Buch über das rheinisch-westfälische Industriegebiet und zugleich ein Buch über die deutsche Gesellschaft, vornehmlich das Bürgertum. Es ist ein Buch, das über Kontinuitäten deutscher Verhaltensweisen ebenso Auskunft gibt wie über eine bestimmte Periode deutscher Geschichte, die mit Hitlers Machtübernahme ihr abruptes, jedoch, wie Reger zeigt, nicht völlig überraschendes Ende fand. Es bildet damit eine Art Ergänzung zu dem ebenfalls im Ruhrgebiet spielenden Roman *Union der festen Hand*, mit dem der Publizist Erik Reger (eigentlich Hermann Dannenberger) 1931 auch als Romancier bekannt wurde.

Union der festen Hand, inzwischen als bester deutscher Industrieroman anerkannt, stellt eine dokumentarisch belegte Schilderung der Verflechtung von Schwerindustrie und politischer Reaktion in der Weimarer Republik dar, mit der zugleich die Revolution und die Niederlage der Arbeiterbewegung ins Blickfeld rücken. Reger, der bis 1927 im Pressebüro der Krupp-Werke in die Methoden der innerbetrieblichen und antisozialistischen Propaganda Einblick erhielt, vermochte in diesem Buch die Fassade der Volks- und Werksgemeinschaftsideologie niederzureißen und die Allianz von Nationalsozialismus und Schwerindustrie aufzudecken, die direkt auf eine Zerstörung der Demokratie zielte. Die in den Romanen der Neuen Sachlichkeit vorherrschende Desillusionsstruktur fand in diesem Werk ihre politischste Ausformung: mit allen ihm zur Verfügung stehenden Mitteln der Satire, Dokumentation, Reflexion und Reportage entzog Reger der Sprache der Offiziellen ihre Glaubwürdigkeit, leuchtete hinter die Phraseologie von industrieller Harmonie, die den Arbeiter nur noch stärker entmündigen sollte, und führte den Leser – dem er eine 'Gebrauchsanweisung' mit auf den Weg gab – zum Überdenken *aller* gesellschaftspolitischen Axiome. Trotz der politischen Sprengwirkung ließ es Reger bei der literarischen Aufklärung gefährlicher Entwicklungen bewenden, was ihm auf der Linken den Vorwurf eintrug, ihm mangele es an wirklichem Engagement. Der Vorwurf kehrte auch in der neueren Beschäftigung mit dem Werk wieder, das 1946, von Wolfgang Harich für die aktuelle Diskussion als wertvoll bezeichnet, im Aufbau-Verlag mit einem neuen Vorwort des Verfassers herauskam und 1976 in dieser Fassung in der Reihe Q wieder herausgegeben wurde.

Betrachtet man die Thematik von *Das wachsame Hähnchen*, so scheint es, als ob Reger den spätestens seit 1928 kommentierten Komplex der Provinzkultur und kommunalen Aufblähung im Ruhrgebiet allzusehr in Abgrenzung von der Auseinandersetzung zwischen Industrieführung und Arbeiterklasse in *Union der festen Hand* konzipiert habe. Diese Auseinandersetzung rückt hier so sehr an den Rand, daß es manchem Leser schwergefallen sein mag, den Wert dieses Buches für das Verständnis der ausgehenden Weimarer Republik anzuerkennen. Da in der Faschismus-Diskussion der jüngsten Zeit in Deutschland die Analyse des Klassenkampfes stark im Vordergund stand, blieb das, was Reger in *Das wachsame Hähnchen* beschrieb, nur wenig beachtet. Immerhin aber bezeichnet Reger das Buch als 'Polemischen Roman' und stellte ihm einen 'Wegweiser' voran, in dem er nicht weniger engagiert als in der 'Gebrauchsanweisung' von *Union der festen Hand* die politische Natur des Werkes behauptete und von einer 'Vivisektion der Zeit' sprach. Das zeugt von einem nicht geringen Anspruch. Was verfolgte er mit der Thematik dieses Buches und wie verhält sie sich zu der des vorangegangenen Werkes?

Die politische These, die Reger in den vielfach verschlungenen, aber durchaus gleichgerichteten Episoden des Romans als roten Faden hindurchspinnt, läßt sich etwa in dieser Weise zusammenfassen: das deutsche Bürgertum, seiner Bestimmung ungewiß, aber immer noch im Kommandostand der Lokalpolitik, hat die Konjunktur der zweiten Hälfte der zwanziger Jahre mit solcher Anmaßung und Maßlosigkeit vorangetrieben, daß damit die Krise von vornherein mitprogrammiert wurde. Die von ihm in Bewegung gesetzte Aufblähung der öffentlichen Haushalte und Überziehung der vertretbaren Produktionsinvestitionen hat sich als Bumerang erwiesen, zumal auch nach Einbruch der Krise eine zeitlang noch keine Bremsen gezogen wurden. Oder wie es Reger 1932 in der *Weltbühne* formulierte: „Es war das Jahr 1929. Es war das Jahr, wo die ersten Zweifel an der Wirtschaftlichkeit der überspannten Methoden auftauchten. Trotzdem wurde gebaut. Die Krise brach herein, selbst der Optimismus der Unentwegten wagte sich nicht mehr hervor. Trotzdem wurde gebaut. Denn das, was diesen Plan in Wahrheit geschmiedet hatte, behielt ja seine Suggestionskraft. Es war das deutsche Verhängnis, es war der Rausch des Gigantischen." Das überstürzte Tempo der Rationalisierung und Mechanisierung habe in Deutschland „einerseits im engsten Zusammenhang mit den Quotenkämpfen und Konzernierungsbestrebungen, mit den Machtverschiebungen und Interessenverlagerungen der Industriedynastien" gestanden, „die sich mit der Rationalisierung eine Waffe zur Austragung persönlicher Rivalitäten zu schmieden gedachten; andererseits war es eine Folge der allgemeinen Geistesverfassung, die den Krieg nach der militärischen Niederlage durch die Eroberung von Superlativen wie 'das größte technische Wunder', 'das modernste

Hüttenwerk', 'die größte Kokerei Europas' noch moralisch zu gewinnen trachtete."[3] Gewiß spitzte Reger seine These mit der essayistisch-polemischen Darlegung in der *Weltbühne* um einiges zu, doch summiert sich in ihr die politisch-ökonomische Analyse des Romans.

Nicht ohne Grund allerdings hat Reger im 'Wegweiser' von *Das wachsame Hähnchen* wie schon in der 'Gebrauchsanweisung' von *Union der festen Hand* darauf aufmerksam gemacht, „Daß in diesem Buche nicht die Wirklichkeit von Personen oder Begebenheiten wiedergegeben, sondern die Wirklichkeit einer Sache und eines geistigen Zustandes dargestellt wird."[4] Er appellierte damit an das Unterscheidungsvermögen des Lesers, der sich nicht auf einen polemischen Tatsachenbericht, sondern auf eine romanhafte Durchleuchtung eines Bewußtseinszustandes einstellen solle. Demnach läßt sich zweifellos über Regers Thesen zum Niedergang der Weimarer Republik debattieren, und das gilt sowohl für *Das wachsame Hähnchen* wie für *Union der festen Hand*. In dieser Debatte wäre von Historikern abzuwägen, ob der Autor hier einem gewiß bedeutenden Detail der gesamtwirtschaftlichen Entwicklung nicht zu viel Gewicht beimißt (wobei die Abhängiskeit Deutschlands von der amerikanischen Entwicklung, besonders deren Krediten, vernachlässigt wird), und ob er mit seiner Anti-Keynes-Argumentation nicht gerade Positionen aufwertet, die in den Händen der ganz auf Budgetrestriktionen und Sparmaßnahmen ausgerichteten Reichsregierung zu verhängnisvollen Entschlüssen führten. Das bedeutet, daß er mit seiner Kritik der Aufblähung der öffentlichen Haushalte und privaten Investitionen wohl die Probleme der Konjunktur erfaßt, aber nicht schon, wie er impliziert, ein Konzept zur Bannung der Krise bereithält. So bedeutsame Fragen mit dieser Debatte ausgelöst würden, so notwendig ist es, sie nicht von der fiktionalen Struktur des Werkes zu trennen. Reger betonte ausdrücklich, seine 'Vivisektion der Zeit' könne eben nicht „ebensogut von einfacher Geschichtsschreibung" erreicht werden: „eine solche Möglichkeit besteht darum nicht, weil die Zustände mit den Schicksalen episch verknüpft werden müssen – mit den Schicksalen von Menschen und Gruppen, die in den Zuständen leben und, wenn man so sagen darf, von den Zuständen gelebt werden." (S. 9)

Die Betonung des Fiktionalen erscheint schon allein darin gerechtfertigt, daß Reger sich an die Schilderung von aktuellen Problemen heranwagte, die für viele Zeitgenossen noch kaum in ihrer vollen Komplexität überschaubar waren, und deren Wirkungen für die Zukunft noch offenstanden. Die Romanform lieferte die Möglichkeit, allgemeine Tendenzen in individuellen Schicksalen zu erfassen und für den Leser miterlebbar zu machen, und zwar speziell für den bürgerlichen Leser, um dessen soziale und moralische Position es in diesem Buch vor allem ging. Die Verschlüsselung der drei zentralen Städte des Romans, Wahnstadt, Eitelfeld und Kohldorf, für die sich in der Realität Vorbilder finden, muß in diesem Zusammenhang gewertet werden. Sie entspricht der Intention, dem Leser so viel wie möglich an Lokalkolorit zu liefern und ihn doch zugleich so intensiv wie möglich auf seine eigene Umwelt zu verweisen, das heißt die vorgeführte Wirklichkeit als überall gegebene Möglichkeit und nicht als historisch einmaliges und damit erledigtes Geschehen erscheinen zu lassen. Es ist dieser Verweisungscharakter der Fiktionswelt mit ihren wechselnden menschlichen und sachlichen Konstellationen, worin der Leser jene Wirklichkeit eines geistigen Zustandes erfährt, die Reger in der 'Gebrauchsanweisung' programmiert, und es ist dieser romanhafte Aufweis einer spezifischen Haltung des Bürgertums, womit Reger in *Das wachsame Hähnchen* über eine bloße historische Reportage hinausgelangt ist.

Nicht zufällig spielt (wenn man von den unmittelbar lokalen Reaktionen absieht) die Frage, wer und was alles hinter den geschilderten Vorgängen steht, bei diesem Buch eine geringere Rolle als bei *Union der festen Hand*. Denn während Reger dort spezifische politische Schachzüge innerhalb einer Sphäre als gefährlich herausstellte, die mit ihrem ganzen ökonomischen Gewicht erkennbar sein mußte, um die Gefahr von rechts genügend kenntlich zu machen, zielte er in *Das wachsame Hähnchen* auf allgemeinere Erscheinungen. Schon das Nebeneinander der verschiedenen Städte, die in gegenseitiger Konkurrenz ihre jeweiligen weißen Elefanten bauen, deutet auf eine vielfach abschattierte, jedoch im Grundsätzlichen verwandte Einstellung hin. Im Blickpunkt steht die Verblendetheit des Bürgertums, das die großen Worte seiner Bildungstradition zur Verschleierung seiner kapitalistischen Interessen benutzt und dafür, dem Vorbild der großen Industriekapitäne folgend, den Kompromiß mit der Rechten, einschließlich der Nationalsozialisten, eingeht. Reger, der sich in den Finessen des Paktierens und Intrigierens auskennt, folgt den Winkelzügen der Lokalserenissimi und ihrer Vorzimmerschranzen, dem aufgeblasenen Kikeriki der gewerblichen Streithähne, den Klischees der Verbandsredner und Vereinsvorsitzenden, den Zynismen der Journalisten, der permanenten Profilneurose einer durch Krieg, Revolution und Inflation erschütterten Klasse, an deren

Rändern die Jugend entweder in spätexpressionistischen Ersatzkulturen Zuflucht sucht oder – im Buch nur an einer, allerdings eindrucksvollen Figur dargestellt – ihren Protest anmeldet.

Noch stärker als in *Union der festen Hand* dient der Aufweis der sprachlichen Verschluderung als Mittel der Analyse, wobei die Satire breiten Raum gewinnt, insbesondere wenn die Heiligtümer der nationalen Kulturüberlieferung durch den Fleischwolf gewerblicher Mittelstandsinteressen gedreht werden. Hinter der sarkastischen Bloßstellung der Volksgemeinschaftsrhetorik läßt sich die Warnung vor den Konsequenzen dieser Sprachverkleisterung nicht überhören. In Gustav Roloff, dem Besitzer der Gaststätte 'Malepartus' und Gründer der City-Gesellschaft 'Das wachsame Hähnchen', hat der Autor den Hauptvertreter dieser Fassadenideologie porträtiert. Roloffs Suada gegen den Sohn Eugen, jenen jugendlichen Protestler, liefert ein treffendes Bild seiner Gesinnung. Es heißt dort: „Kein Funke von *Zukunft* ist in dem Jungen! Kein bißchen Phantasie! Nichts als Vernunft! Alles malt er grau in grau – na schön, mag ja sein, daß alles grau ist, aber dann ist es unsere verdammte Pflicht und Schuldigkeit, Rosenfarbe für'ne komplette Morgenröte zu besorgen. Er jedoch? Er denkt immer nur über das nach, was ist, statt auch mal von dem zu träumen, was wird. Er ist ein Pessimist. Ein Anarchist! Wo bleibt denn da das *Ethische*, hä? Wo bleibt der universale Blickwinkel? Er tut ja so, als wäre die Verzweiflung unser Grunderlebnis. Haha, wir resignieren nicht, noch lange nicht. Nein, Freundchen. Wir lassen uns nicht deprimieren. Kommt gar nicht in Frage! Wir Menschen von heute wollen verdammt nicht wissen, wo wir uns befinden und wie es uns geht. Wir wollen uns über unser armes Selbst erheben. Gottseidank gibt es neben der Wirklichkeit auch noch eine Überwirklichkeit, und das ist unser Fall, und das freut ein' denn ja auch. Wir brauchen einen Wegweiser, der ohne Rücksicht auf die Finsternis und den brüchigen Grund seines Standorts die höheren Ziele zeigt, die hinter den Sternen schlummern." (S. 68f.)

Regers Polemik ist in diesem Buch besonders rigoros. Selbst Siegfried Kracauer, der dem Buch in der *Frankfurter Zeitung* eine höchst positive Rezension widmete, kritisierte, daß sich Reger nicht zu begrenzen wisse und seinen Sarkasmus oft übers Ziel schießen lasse. Aber auch Kracauer betonte, wie genau Reger immer wieder ins Ziel treffe. Etwa in dem zitierten Ausbruch des alten Roloff und seinen Worten: „Wir Menschen von heute wollen verdammt nicht wissen, wo wir uns befinden..." Kracauer kommentierte: „Das ist genau die Haltung, die Reger in seinem Buch denunziert. Mit einer fanatischen Besessenheit greift er ihre Vernunftfeindlichkeit an, ihre Abneigung gegen eine aufgeklärte Existenz und ihre Irrealität, die immer wieder neue Katastrophen heraufbeschwört. Die Wichtigkeit und Aktualität dieses von ihm geführten Kampfes erblicke ich aber (...) darin, daß er nicht unmittelbare politische Absichten verfolgt, sondern die Unwirklichkeit unserer politischen Aktionen beseitigen will. Sein Ziel ist der Umbruch unseres Wesens, die Realisierung deutscher Politik."[5] Das erschien am 6. November 1932 im Druck. Wenige Wochen später realisierte ein anderer die deutsche Politik. Der „Wegweiser", von dem Gustav Roloff spricht, nahm Gestalt an und stellte sich an die Spitze des Reiches.

II

Wie Reger es mit dem Interessenverband 'Union der festen Hand' im gleichnamigen Roman getan hatte, so tat er es auch hier: mit der Gesellschaft 'Das wachsame Hähnchen' schuf er ein fiktives Gebilde, durch das ein breiter Ausschnitt gesellschaftspolitischer Kräfte der Weimarer Republik sichtbar wird. Die Fiktion erlaubt dem Autor, komplizierte Zusammenhänge auf einer Art Miniaturbühne mit begrenztem Personal nachvollziehbar zu machen. Die Gesellschaft 'Das wachsame Hähnchen' ist das zentrale Instrument, mit dem aktive Bürger ihre Interessen in der Konjunkturphase der zwanziger Jahre durchzusetzen versuchen. Von Gustav Roloff als City-Gesellschaft angeregt und zusammen mit einigen Bürgern Wahnstadts gegründet, legt sich der Verein den von dem jungen Heimatforscher Dr. Brilon aus der Geschichte der Stadt ausgegrabenen Namen 'Das wachsame Hähnchen' zu, um die feste Verankerung in der Bürgertradition zu dokumentieren. Der Name deutet auf die entsprechende Funktion: den Stadtverwaltern auf die Finger zu sehen und mit allen Mitteln die Umgestaltung der Stadt, in der sich unschwer Essen erkennen läßt, zu einer Weltstadt zu betreiben. Dazu müssen die unterschiedlichsten Ideologien und Beweggründe herhalten, einschließlich der Hoffnung auf die zu verwirklichende überparteiliche Volksgemeinschaft. Natürlich lehnen die Mitglieder ab, von einer Partei im landläufigen Sinne zu sprechen, auch wenn sie bei den Wahlen vier Vertreter in das Stadtparlament entsenden. Überparteilichkeit bedeutet die Regelung der gesellschaftspolitischen Interessen auf Stammtischebene und mit Stammtischargumenten.

Bevorzugter Ort: Roloffs Gaststätte 'Malpartus', „das moralische und geistige Zentrum Wahnstadts, der Hort der Ideale, die letzte Schanze des Bürgersinns." (S. 35) Die Ironie will es, daß Roloff in seinem Drang, zum Platz an der Sonne vorzustoßen, den 'Malepartus' zugunsten eines neuen, für die Bedürfnisse der Stadt viel zu großen Hotels – das er 'Parkhotel Hindenburg' tauft – aufgibt. Damit verschwindet gerade die für das 'wachsame Hähnchen' attraktivste Lokalität. Erst später, als die Krise schon unübersehbar ist, richtet er wieder eine altdeutsche Bierklause 'Malepartus' ein, die sofort großen Zuspruch findet.

Der wichtigste Gegenspieler ist zunächst Wahnstadts Oberbürgermeister Matthias Schwand, der die zu ihm gesandte Abordnung der City-Gesellschaft nach kurzer Zeit durch einen fingierten Anruf aus der Reichshauptstadt an die Luft befördert. Schwand, ein nicht unsympatisch gezeichneter Routinier der Lokalpolitik, durchschaut die ideologische Aufblähung der Leute vom 'Wachsamen Hähnchen'. Er hat andere Pläne, tut aber in der Folgezeit das, worin er ohnehin Meister ist: sich, so gut es geht, zu arrangieren. Seine Maxime lautet: „Das Spiel bei vollem Bewußtsein mitzuspielen, seiner Falschheit angemessen, mit gemischten Karten, nicht aus Raffgier, sondern aus Freude am Spiel." (S. 236) Diese Freiheit von allzu großen materiellen Interessen verschafft ihm im Verlauf der Handlung eine immer gewichtigere Stellung sowohl als Teilnehmer als auch als abgebrühter Kommentator der Ereignisse. Ihm legt der Autor schließlich, besonders im Gespräch mit dem jungen Eugen Roloff, einige seiner eignen Feststellungen über die prekäre Situation Deutschlands und seiner Bürger in den Mund.

Allerdings steht auch Schwandt zunehmend unter dem Zugzwang der Städtekonkurrenz im sogenannten Städtekranz mit Eitelfeld und Kohldorf, wo es darum geht, welcher Ort die größeren Projekte an Land ziehen und sich damit in einem imaginären nationalen Wettrennen mit einem Sieg schmücken kann. Natürlich zielt man dabei auch auf Arbeitsbeschaffung, doch spielt das etwa bei dem Vorhaben Eitelfelds, eine dritte – keineswegs notwendige – Rheinbrücke zu bauen, keine Rolle, da diese vom Wahnstädter Metallkonzern errichtet wird. Dem Eitelfelder Oberbürgermeister Hundacker ist nämlich mit diesem Auftrag zugleich daran gelegen, den Metallkonzern auf die von ihm geplante 'Internationale Industrie- und Gewerbeausstellung (Induga)' in Eitelfeld festzulegen – ein meisterhafter Schachzug gegen Wahnstadt. Hundacker, den Selbstbewußtsein und Verschlagenheit mit Schwandt verbindet, residiert über eine Stadt, deren Geschichte bis zu den Römern zurückreicht und die, wie man es im Falle Kölns sagen kann, die scharfe Konkurrenz eigentlich nicht nötig hat. Dennoch, das Wettrennen läuft, und so muß im Gegenzug Wahnstadt, eigentlich „ein zusammengeklebtes Riesenstückwerk aus gestaltlosen Klexen und punktierter Leere" (S. 22) zum „Dirigenten im Riesenorchester deutscher Arbeit", zur „Herzkammer unerhörter Schöpferkraft", zum „lebendigen Stück vom deutschen Idealismus" und „packenden Erlebnis neudeutscher Großstadtpflege" (S. 318) emporstilisiert werden und einen Generalbauplan erhalten, der den Stadtkern mit neuen Straßenzügen durchschneiden wird. Die Pläne sind, wie der Architekt Jagutti feststellt, „dem Aufbau einer durchgeistigten Großstadt und der Vermittlung zwischen Arbeit und Kultur gewidmet" (S. 114) Außerdem wird als Gegenschlag gegen Eitelfelds Erfolg als Ausstellungsstadt vom 'Wachsamen Hähnchen' der Plan vorangetrieben, Wahnstadt zur Kongreßstadt zu machen und ein Kongreßhaus zu bauen. Der Erfolg winkt: als erster hält kein geringerer als der Stand der deutschen Metzger den Deutschen Fleischertag in Wahnstadt ab. Schließlich erwacht aber auch Kohldorf aus seinem Schlummer und setzt, obwohl als „typischer Fabrikort" ein „peripherisches, weit ausgreifendes Niemandsland aus Geschäftsblöcken, Siedlungen und Werkstätten" (S. 58), ganz auf die Kunst und errichtet ein Festspielhaus, das für die nur mäßig interessiete Arbeiterbevölkerung viel zu groß ist. Hinter den Umrissen dieses „multiplizierten Dorfes" verbirgt sich Bochum, das schon in den zwanziger Jahren unter Saladin Schmitts Intendanz ein ausgezeichnetes Theater besaß.

Dem Autor ist es, wie deutlich sichtbar wird, mehr um die Mentalität zu tun, aus der die weißen Elefanten der Prestige- und Konjunkturprojekte hervorgehen, als um eine genaue Lokalgeschichte der genannten Orte. So fällt es ihm nicht schwer, die Symptome der Wirtschaftskrise in ihrem Wachstum zu verfolgen, um denn den Umschlag mit einem einzigen Bild zu erfassen: „Ohne Ankündigung, ohne daß man sich dessen hätte versehen können, innerhalb weniger Stunden, möchte man beinahe sagen, so wie mitunter plötzlich Gewölk und Sturm die leuchtende Milde des Himmels durchgegt, daß man, ehe mit krachendem Getöse die Finsternis hereinbricht, gerade noch Zeit hat zu sagen: 'Eben schien doch noch die Sonne' – so plötzlich wurde es still in der Kongreßstadt, für eine ganze Weile still, und durch diese Stille geisterte das alte Wahnstadt hindurch. Das alte –? Das Gespenst des alten. Immer dünner wurde der Lärm der Fabriken, immer dichter die Masse der feiernden Arbeiter." (S. 406) Allerdings wird mit diesem Bild ein Widerspruch sichtbar. Es deutet eine Naturgesetzlichkeit der Krise an, die der Autor mit seiner Handlungsfügung gerade abwehrt. Der Widerspruch, auch an anderen Stellen erkennbar, scheint der Intention, die „Wirklichkeit eines geistigen Zustandes" zu zeigen, inhärent. So greift Reger bei dem Resümee, das der Vergegenwärtigung der Krise folgt, auf alte Moralkriterien zurück, mit denen die moderne Wirtschaftsexpansion generell zu einer Art sündhafter Verfehlung wird. „Alle hatten ihr Schäfchen geschoren", heißt es, „keiner hatte es ins Trockene gebracht, und die Wolle war wie Spreu im Winde verweht. Denn was sie geschoren hatten, hatte ihnen nicht gehört. 'Unrecht Gut gedeihet nicht', warnt das Sprichwort: mußte nicht in der Welt der Sprichwörter ein Sprichwort recht behalten? – Wohlstand hatten sie nicht erzeugt, sondern ausgeliehen, wirkliches Leben nicht gemeistert, sondern ein vermeintliches daneben aufgetürmt, die Rechnung nicht in getreuer Abzahlung beglichen, sondern durch Großzügigkeit verhöhnt. Das Unbeschreibliche, hier war es getan – : ein ziffernmäßiger Effekt ohnegleichen erreicht, neue *Arbeitsprovinzen* von Forschern und Ingenieuren erschlossen, Menschen voll Hunger nach Ware, Läger gefüllt bis zur Decke – und alles Attrappe, alles Pappdeckel, alles ein Dreck." (S. 407f)

Reger zielt über die Kritik an der Aufblähung der Wirtschaft hinaus auf die Feststellung, daß eine zweite, illusionäre Wirklichkeit errichtet wurde, mit der die Menschen an sich selbst Verrat übten. Dafür wird die letzte Szene, ein Gespräch des sterbenden Roloff mit seinem Sohn Eugen, zum kathartischen Schlußpunkt. Roloff, der Hauptmatador bei der Errichtung der rhetorischen Fassaden, kommt zuletzt zur Erkenntnis der Fragwürdigkeit dieser Dinge. Er verteidigt sich und damit auch die Deutschen: „Es war eine ungeheure Not..., und daraus kam die Maßlosigkeit, und daraus wieder die ungeheure Not... Was ist der Mensch in diesem Kreislauf, der alles dahinrafft? Er lebt in dem, was er verlieren muß, und verliert das, worin er gelebt hat. Es ist doch alles eins, mein Junge." (S. 488) Eugen akzeptiert die versöhnende Geste, die mit dem Bekenntnis der Ratlosigkeit einhergeht. Der Vater hat es dem Sohn nicht leichtgemacht, so wenig es der Sohn dem Vater leichtgemacht hat. Eugen ist der einzige, der die notwendigen Wahrheiten unverblümt ausgesprochen hat, angefangen von der Feststellung, daß ein solcher kalter Protzkasten wie das Parkhotel Hindenburg für Wahnstadts Bedürfnisse viel zu groß sei. In einer lautstarken Auseinandersetzung hat er dem Industriesyndikus Dr. Eisenmenger die Errichtung jener zweiten, illusionären Wirklichkeit mit den Worten vorgehalten: „Ich weigere mich, mir Elend und Raffgier als Kultur und Sitte aufnötigen zu lassen" (S. 306) und: „Krieg, Inflation, Rationalisierung, Reparationen, Wehrpolitik – alles entstammt der illusionistischen Denkweise! Sorgen Sie mal lieber für Wahrhaftigkeit als für Wehrhaftigkeit!" (S. 306) Der Vater hat Eugen dafür aus dem Haus geworfen, und dieser ist endgültig zum intellektuellen Außenseiter geworden, damit beschäftigt, in seiner Zeitung die Unwahrhaftigkeit und Korruption zu entlarven.

Aber längst ist klargeworden, daß auch Eugen keinen Ausweg weiß. Als er sich der Linken, den Kommunisten, zuwandte, begegnete er nicht weniger Unwahrhaftigkeit, Autoritätsdenken und ideologischem Jargon. Seine Konsequenz: er sagte sich von allem los, ging nach Berlin, um Boxer zu werden, und gewann tatsächlich eine Meisterschaft. So heißt es von seiner Reaktion auf die Äußerungen seines sterbenden Vaters: „'Ich glaube, daß es keine Lösung gibt', sprach Eugen mehr für sich selbst, müßig ins Leere hinein. 'Keine Lösung, die nicht auch wieder in Sünden verstrickt würde. Statt der Lösung bleibt nur die Losung, nicht fahrlässig Sünden zu begehen, die bei Gebrauch der Vernunft vermeidbar wären – bei einem Volk, das mit der Grausamkeit einer Logik, die seine einzige ist, auf 1914 sein 1918, auf 1927 sein 1931 erlebt. Laß gut sein, Vater', sagte er nochmals laut. Dann hatte er einen Einfall: 'Weißt du was? – Wenn ich mal mit meiner Boxerei genug verdient habe, kaufe ich das Parkhotel Hindenburg. Ich will es Hotel zum wachsamen Hähnchen nennen.'" (S. 489) Es ist die kleine Hoffnung, daß der Einzelne mit seiner Kritik eines Tages doch noch in der Welt wirksam werden könne. Da würde dann die Gesellschaft der bürgerlichen (Un-)Tugenden, 'Das wachsame Hähnchen', von einem wirklich wachsamen Hähnchen abgelöst. Eine kleine Hoffnung, fürwahr.

Reger legt Eugen die von ihm 1932 in der *Weltbühne* gebrachten (und oben zitierten) Worte über das Schwanken der Deutschen zwischen Rausch und Ernüchterung in den Mund. Das bestätigt, wie sehr Eugen gegen Ende des Buches, nachdem er seine Illusionen ausgetrieben bekommen hat, zum Sprachrohr des Autors wird. Reger macht aus seiner Sympathie für Eugen kein Hehl. In dessen Aufbegehren, dessen Opposition verleiht er seiner eigenen Kritik an der deutschen Gesellschaft Gestalt. Eugens Haß auf die Rechte und Enttäuschung über die Linke korrespondiert mit seinen eigenen

Kommentaren, Eugens Hoffnung auf den notwendigen Funken Rationalität in der Politik entspricht seinem eigenen Bekenntnis, mit dem sich Kracauer in seiner Rezension von *Das wachsame Hähnchen* solidarisierte. Mit Eugens Ratlosigkeit darüber, was für den Einzelnen in dieser Krisensituation zu tun sei, wird Regers Roman schließlich selbst zum Dokument der Krise. Es dokumentiert die Versuche des aufgeklärten Beobachters, die Zeitgenossen an der rationalen Kritik teilnehmen zu lassen, und zugleich die Vergeblichkeit, mit diesen Bemühungen die politische Realität zu ändern.

Kracauers Kritik an Regers Negativität kam nicht von ungefähr. Hier wurden die Möglichkeiten der kritischen Intelligenz in der Krise um 1930 in sehr skeptischer Form verhandelt. Was Alfred Döblin, Heinrich Mann, Arnold Zweig, Kracauer und viele andere bürgerliche Schriftsteller zu dieser Zeit in Artikeln, Aufrufen und Romanen formulierten, war von jenem Bemühen getragen, in die politische Wirklichkeit so viel Vernunft wie möglich hineinzubringen. Wenn Kracauer im Hinblick auf Reger sagte, es gehe ihm nicht um unmittelbare politische Absichten, sondern um eine generelle Umbesinnung, mit der die Unwirklichkeit der deutschen Politik beseitigt werden müsse, so traf er die Absichten vieler Intellektueller, die sich über die Dinge zu stellen versuchten, um das Ganze der Gesellschaft, nicht nur bestimmte Interessengruppen in die geistige Wandlung einzubeziehen. Allerdings, für Kracauer blieb Reger in einem – wenn auch höchst begrüßenswerten – romanhaften politischen Traktat stecken. Er habe das Negative nicht in der positiven Gestaltung von Menschen aufgefangen. Damit legte Kracauer den Finger in eine schmerzhafte Wunde. Für Regers seltsame Wendung, die kurz darauf in seinem Roman *Schiffer im Strom* (1933) ihren Ausdruck fand, eröffneten sich damit wichtige Gesichtspunkte.

III

Der 'Wegweiser', der dem Roman *Das wachsame Hähnchen* voransteht, deutet von vornherein die politische Intention an. Sie zielt auf die Durchleuchtung eines Bewußseinszustandes, nicht bestimmter politischer Ereignisse, und dem entspricht die Tatsache, daß das Werk nicht als Dokumentarbericht angelegt ist. Reger berührt sich darin mit anderen Autoren, die man im Zusammenhang mit der Neuen Sachlichkeit genannt hat. Auch Lion Feuchtwanger fügte seinem 1930 publizierten Provinzroman *Erfolg*, der Anfang der zwanziger Jahre in München spielt, eine 'Information' an den Leser bei, die diesen darauf aufmerksam macht, daß es hier um „wirkliche", nicht „historische" Menschen gehe (also 'Wirklichkeit' und nicht historische Tatsachenwiedergabe angestrebt werde), und man kann ähnliche Gebrauchsanweisungen auch bei Erich Maria Remarque, Hans Fallada, Joseph Roth und anderen Autoren finden. Alle behaupten Authentizität für die dargelegten Ereignisse, alle rechtfertigen die Romanform in diesem Zusammenhang. Und alle Werke dieser Kategorie artikulieren ihre gesellschaftliche Aufklärung mithilfe einer Desillusionsstruktur, durch welche die Fassaden öffentlicher und individueller Denk- und Sprachregelungen eingerissen werden sollen. Ihre Authentizität rechtfertigt sich weniger von der Dokumentation als von dieser Desillusionsstruktur her, ist damit allerdings auch an ein Publikum gebunden, das durch diese Form der Kritik zum Umdenken gebracht werden kann.

Es besteht kein Zweifel darüber, daß sich in Deutschland Ende der zwanziger Jahre ein solches demokratisches Publikum herausbildete. Erfolge der Zeitromane und Zeitstücke in dieser Periode bestätigen das. Aber es besteht nicht geringer Zweifel darüber, daß sich mit der Krise um 1930 die politische Polarisierung der deutschen Gesellschaft so sehr verstärkte, daß eine abwägende gesellschaftskritische Darstellung immer mehr ins Abseits geriet. Schon Feuchtwangers *Erfolg* hatte es 1930 schwer, sich durchzusetzen. Regers *Union der festen Hand* gewann Publizität und trug dem Autor 1931 zusammen mit Ödön von Horvath den vielbegehrten Kleistpreis ein, blieb in der Auflage aber auch begrenzt. Mehr noch *Das wachsame Hähnchen*. Es drängt sich die Beobachtung auf, daß der Autor die Frustration darüber schon in das Buch eingebracht habe. Die am Ende spürbare Resignation darüber, daß der kritische Einzelne nichts ausrichten könne, läßt sich bereits als Kommentar darüber lesen, daß ein solches kritisches Werk kaum Wirkung ausüben werde. Mit *Das wachsame Hähnchen* wurden die Grenzen der literarischen Neuen Sachlichkeit überaus deutlich gemacht.

Auch in anderer Beziehung liefert dieses Werk einen kritischen Kommentar über die Möglichkeiten der gesellschaftspolitischen Polemik, die Reger im Untertitel herausstellte. Je mehr die Darstellung fortschreitet, um so mehr läßt der Erzähler erkennen, daß es für die Analyse des gegenwärtigen Bewußtseinszustandes weniger auf bestimmte politische Einzelheiten als um den Aufweis der generellen Brüchigkeit, Leere, Hohlheit der Wirklichkeit ankomme. Gerade die Vielheit der von ihm mit großer Kenntnis ausgebreiteten

Phänomene der rheinisch-westfälischen Kommunalpolitik verstärkt den Eindruck, daß in allem das Gleiche erkennbar wird: die Dominanz von Ritual und Rollenspiel, von Doppelwirklichkeit und Theater. Für Eugen wird das immer mehr zur Gewißheit. Beim Gespräch mit dem Architekten Jagutti bringt er es auf diesen Nenner: „Was ist Kapitalismus, was ist Sozialismus? Die Menschheit teilt sich in zwei Lager, aber nicht in diese; vielmehr stehen auf der einen Steite diejenigen, die an Illusionen glauben, weil sie davon leben, und auf der anderen diejenigen, die von den Illusionen aufgezehrt werden, weil sie daran glauben..." (S. 275) Eine Zeitlang hat Eugen an dieser Realität Anteil gehabt. Dann sagt er sich davon los (wobei der Autor offenläßt, ob er dabei sehr weit kommt). Mit dieser Absage, die Reger konsequent aus seiner Wirklichkeitsanalyse entwickelt, berührt sich das Buch mit den Werken eines anderen Schriftstellers, der zwischen 1927 und 1929 als einer der Hauptvertreter der Neuen Sachlichkeit angesehen wurde. Joseph Roths Darstellung der Gesellschaft dieser Jahre in den Romanen *Die Flucht ohne Ende*, *Zipper und sein Vater*, *Rechts und Links* zielt auf dieselbe Entlarvung von Ritual und Rollenspiel, Doppelwirklichkeit und Theater. Nachdem der Held von *Die Flucht ohne Ende*, Franz Tunda, als Außenseiter durch die deutsche Gesellschaft gewandert ist, heißt es: „Es scheint mir, daß zwischen der Qual, diese Wirklichkeit, diese unwahren Kategorien, seelenlosen Begriffe, ausgehöhlten Schemata zu ertragen, und der Lust, in einer Unwirklichkeit zu leben, die sich selbst bekennt, keine Wahl mehr sein kann."[6] Ähnlich vermag sich Nikolai Brandeis, der Gegenspieler des Helden Paul Bernheim in *Rechts und Links*, von der Gesellschaft loszusagen, um irgendwo als „neuer Nikolai Brandeis" wieder anzufangen.

Bezeichnend ist in Roths Darlegung vor allem der Hinweis auf eine Unwirklichkeit, die sich selbst bekennt, und die Feststellung, daß das Leben in ihr sinnvoller sei als das Dasein in der geschilderten Realität. Denn Roth sagte um 1930 selbst der Schilderung der Alltagsrealität ab und ging daran, in dem legendenhaften Buch *Hiob. Roman eines einfachen Mannes* eine solche Unwirklichkeit, Märchenwirklichkeit erstehen zu lassen. In dem folgenden Roman *Radetzkymarsch* wandte er sich ganz der Erinnerungswirklichkeit der österreichisch-ungarischen Monarchie zu, in der sich, wie er betonte, das Leben ursprünglicher und echter vergegenwärtigen lasse. Für die Enttäuschung gesellschaftlich engagierter Schriftsteller um 1930 wurde diese Wendung zum Individuellen, Existentiellen und Märchenhaften zu einem wichtigen, von den Zeitgenossen wahrgenommenen Zeugnis. Es hat zahlreiche Parallelen.[7] Es scheint, als ob auch Regers drastische Wendung, die sich zwischen den Büchern *Das wachsame Hähnchen* und *Schiffer im Strom* abzeichnet, in diesem Zusammenhang gesehen werden muß. Was Reger im Roman *Schiffer im Strom* schilderte und ebenfalls mit einer Vorbemerkung versah, liest sich wie eine Umsetzung der zitierten Feststellung in Roths *Die Flucht ohne Ende*.

Auf den unvorbereiteten Leser wirkt *Schiffer im Strom* wie eine Widerrufung all dessen, was Reger zuvor als Schriftsteller vertreten hat. Das Buch ist nicht nur in geradezu peinlicher Weise 'positiv', das heißt auf eine märchenhafte Verwirklichung guter und aufbauender Lebenshaltungen gerichtet, sondern auch stilistisch fragwürdig, insofern es aus dem Arsenal der Heimatliteratur und deren Metaphorik schöpft und damit häufig an die Grenze rheinischen Heimatkitsches gerät. Reger widmete es bezeichnenderweise dem „rheinischen Geist", einem Phänomen, das mindestens so viele Assoziationen zuläßt wie das Bild vom Vater Rhein, der sich in seinem Bette wälzt. Auf diesem Fluß – dem Symbol ursprünglichen, naturhaften Lebens – fährt der Schiffer Bernard Hennemann in einem Schleppkahn talaufwärts, mit einem Aufenthalt in seinem Heimatort bei Andernach, wo er lernt, daß man an die Kindheit nicht mehr anknüpfen kann und stattdessen neue Wege einschlagen muß. Bernard, der rauhe Außenseiter, der mit anderen wie dem Mädchen Mariche immer nur vorübergehend auskommt, lernt auf dieser (Lebens-)Fahrt Brücken zum Nächsten zu schlagen, sich in die Gemeinschaft der Menschen einzugliedern, in Realisierung jenes „rheinischen Geistes" und seiner Verwurzelung in Familientradition und Naturbewußtsein, Brauchtum und Frohsinn, Schlitzohrigkeit und Konservatismus. Teil dieser Eingliederung ist sein Eingreifen gegen einen Streik der Schiffer, etwas, was angesichts der vom Erzähler zu Beginn angeleuchteten Not der Wirtschaftskrise besonders erstaunen läßt. Gewiß relativiert Reger in verschiedenen Szenen den allzu aufdringlichen Blut- und Bodengeruch, hält aber das Geschehen so weit von den in den vorhergehenden Romanen dargelegten ökonomischen und politischen Gegebenheiten der rheinischen Industrielandschaft fern, daß der Eindruck eines sorgfältig abgegrenzten Idylls entsteht. Sein Ansatz, in dem Rheinschiffer Bernard eine Gegenfigur zu dem Arbeiter Adam Griguszies in *Union der festen Hand* und dem Intellektuellen Eugen Roloff in *Das wachsame Hähnchen* zu schaffen, mit der er deren Vereinzelung und Resignation aufhebt, mündet in der Tat in eine Märchenwirklichkeit.

An dieser Stelle muß der Vorspruch erwähnt werden, mit dem Reger dem Leser auch hier eine Gebrauchsanweisung an die Hand gibt. Es ist die Sentenz von Georg Christoph Lichtenberg: „Wer ist unter uns allen, der nicht einmal im Jahre närrisch ist – das ist: wenn er sich allein befindet, sich eine andere Welt, andere Glücksumstände denkt als die wirklichen. Die Vernunft besteht nur darin, sich sogleich wiederzufinden, sobald die Szene vorüber ist, und aus der Komödie nach Hause zu gehen." Ohne Zweifel liegt in dieser Überlegung ein entscheidender Schlüssel für die Einordnung von *Schiffer im Strom*. Reger beruft sich auf Lichtenberg, um den Ausflug in die Märchenwirklichkeit zu rechtfertigen. Der Konditionalsatz „wenn er sich allein befindet" ist im Lichte der Äußerungen von Schriftstellern um 1930 besonders aufschlußreich. Die Imagination einer anderen Welt mit mehr Glücksumständen wird aus der Vereinzelung heraus verständlich. Allerdings fügt Lichtenberg an, daß die Vernunft darin bestehe, dieses Ausflug nicht zu verewigen. Wenn die Komödie vorbei sei, müsse man nach Hause gehen. Und hier setzen die Fragen an, ob Reger auch diesen Teil der Sentenz voll beherzigt hat, zumal er in einer Anmerkung zu diesem Zitat anführt: „Dem geschätzen Leser, der aus des Verfassers früheren Romanen 'Union der festen Hand' und 'Das wachsame Hähnchen' an Gebrauchsanweisung und Wegweiser gewöhnt ist, diene zur Nachricht, daß die Welt und die Glücksumstände im vorliegenden Buch dennoch nicht der Wirklichkeit entbehren." Darin liegt Information und Anspruch zugleich, ein Anspruch, der genauer im Kontext von Regers folgenden Werken untersucht werden müßte. Denn offensichtlich hat der Autor keineswegs so prompt, wie es Lichtenberg postuliert, den Rückzug aus der Märchenwirklichkeit angetreten. Die Unwirklichkeit, die Joseph Roth so positiv einschätzte: bekennt sie sich hier selbst, auch jenseits von Lichtenbergs Sentenz?

Regers Wendung 1932/33 kann hier nicht im einzelnen verfolgt werden. Doch muß sie bei der Würdigung eines Buches wie *Das wachsame Hähnchen* zumindest zur Sprache kommen. Erst im Hinblick auf sie ergeben sich Antworten auf spezifische Fragen, die der Roman stellt, vor allem was die Negativität seiner Kritik betrifft. Die Intensität dieser Kritik korrespondiert mit der Intensität der Wendung ins Positive, Individuelle, Naturverbundene. Der Zusammenhang läßt sich nicht übersehen. An diesen Tatbestand rührte K. H. Ruppel in dem Artikel *Der Mensch im Roman 1932*, der mit den Sätzen beginnt: „Es scheint, als ob der soziale Problemroman, der die deutsche Literatur der letzten Jahre in zunehmendem Maße beherrschte, wieder zugunsten des Individualromans zurückgedrängt würde. Nicht daß es sich dabei um eine Wiedergeburt des Illusionsromans handelte – von der Art etwa, zu der Wilhelm Speyer vor kurzem mit seiner Erzählung 'Sommer in Italien' einen verspäteten Beitrag geliefert hat –, in dem Menschen außerhalb jeder realen Bezogenheit, ohne erkennbaren Existenzunterbau, ohne eine deutbare Leistung nichts anderes als dem vom Autor zwischen Seite eins und dreihundertfünfzig gesponnenen Schicksalsfaden folgten, worüber sich ja schon Lichtenberg gewundert hat. Es geht bei dem Individualroman von 1932 vielmehr um die seit ihrer 'anthropologischen Wendung' auch von der modernen Philosophie, von Scheler, Heidegger und anderen aufgeworfene Frage nach der Position des Menschen in der Welt, nach der Kapazität der Kraft, die er den außermenschlichen Kräften entgegenzusetzen hat. Es ist, wenn man die Anzeichen der Wende richtig deutet, eine neue Zuversicht im Werden, daß die menschliche Grundsituation *nicht* in ihren Wurzeln zerstört ist, daß die Begrenztheit des Seins *nicht* in eine kalibanisch wilde Verzweiflung oder in einen mephistophelisch doppelzüngigen Relativismus führen muß, aus dem es vor nicht allzulanger Zeit noch keinen anderen Ausweg zu geben schien als die Aufteilung des gesamtmenschlichen Kräfteverbands in Einzelkräfte, von denen einige bis zur Erschöpfung im Dienst der Zeitmächte – Politik, Technik, Sport, Wirtschaft – aufgebraucht wurden, während die anderen brachlagen und der Verkümmerung anheimzufallen drohten."[8] Das Wunschdenken ist offensichtlich – wie es bei Reger selbst hervortritt. Immerhin dürfte Ruppels Resümee deutlich machen, daß sich die literarischen Wandlungen Anfang der dreißiger Jahre nicht einfach dem Aufkommen des Nationalsozialismus zuordnen lassen, sondern als Teil einer übergreifenden restaurativen Grundstimmung gewertet werden müssen. (Regers mutige Haltung im Dritten Reich ist belegt.[9]) Einen wichtigen Vergleich böte für Reger die scheinbar abrupte Wendung eines Schriftstellers, der um 1932/33 wie er von scharfer Gesellschaftskritik (und Sprachkritik) zu Märchenatmosphäre und Individualismus überging: Ödön von Horvath, mit dem er 1931 den Kleistpreis teilte. Im Falle von Horvath hat sich die Literaturwissenschaft inzwischen von dem Erstaunen erholt, bei Reger ist es noch nicht der Fall.

Mit Untersuchungen in dieser Richtung dürfte dann auch das Bild des Stilisten und Sprachkritikers Erik Reger besser zu bestimmen sein. Bisher ist die stilistische Unsicherheit in seinen Werken wahrgenommen, aber noch nicht gründlicher analysiert worden. Sie trübt auch in *Das wachsame Hähnchen* vielfach die Lektüre. Bezeichnenderweise gehören die Naturbeschreibungen zu den wenigen positiv gehaltenen Partien des Romans. Sie setzen sich von des essayistischen Passagen deutlich ab, wie überhaupt das Buch über weite Strecken hinweg und durch viele Dialoge hindurch allzu direkten Zeitkommentar liefert, der die epische Vergegenwärtigung einengt. Es ist keine „Präzisions-Ästhetik", wie Georg Schwarz feststellte[10], vielmehr ein Mischstil auf publizistischer Grundlage. Ein Rezensent bemerkte zu *Das wachsame Hähnchen*: „Was man dem wachsamen, kundigen und findigen Anatomen Reger für seine Vivisektion wünschte, wäre ein Schuß Fallada, der in 'Bauern, Bonzen, Bomben' einen ähnlichen Querschnitt erregender, aufdringlicher vor unseren Sinnen präparierte. Weniger Leitartikel im Dialog, straffere Komposition, weniger possenhafte Schablone..."[11] Der Vergleich mit Hans Fallada, der in *Kleiner Mann – was nun?* 1932 auch stark zur Idyllik überging, kann hier nicht mehr ausgezogen werden. Es mag genügen festzustellen, daß sich Erik Regers Bedeutung als Schriftsteller darin erweist, daß nicht nur seine Stärken, sondern auch seine Schwächen wichtige Aufschlüsse über deutsche Geschichte und deutsche Literatur ermöglichen.

1   Erik Reger: Ruhrprovinz. In: Die Weltbühne 24, 1928, S. 919.
2   Ders.: Die Schuldfrage der Rationalisierung. In: Die Weltbühne 28, 1932, S. 409.
3   Ebd.: 408 f.
4   Ders.: Union der festen Hand, Berlin 1946, S. 7.
5   Siegfried Kracauer: Vivisektion der Zeit. In: Frankfurter Zeitung, Literaturblatt 45, 6.11.1932.
6   Joseph Roth: Werke in drei Bänden, Bd. 2, Köln-Berlin 1956, S. 476.
7   Frank Trommler: Joseph Roth und die Neue Sachlichkeit. In: Joseph Roth und die Tradition, hrsg. von David Bronsen, Darmstadt 1975, S. 291 f.
8   K. H. Ruppel: Der Mensch im Roman 1932. In: Die Neue Rundschau 43, II, 1932, S. 545 f.
9   Karl Prümm: Nachwort zu Erik Reger, Union der festen Hand, Reihe Q Bd. 2, Kronberg/Ts. 1976, S. 692. Auf die kenntnisreiche Arbeit Prümms sei für weitere Informationen zur Biographie und zum literarisch-publizistischen Schaffen Regers verwiesen.
10 Georg Schwarz: Junge Schriftsteller der Ruhrgebiets. In: Die Literatur 33, 1930/31, S. 188.
11 Kurt Reinhold: Roman der großen Städte. In: Das Tagebuch 13, 1932, S. 1831 f.

INHALT

	Seite
VORWORT ZUM NEUDRUCK 1950	7
WEGWEISER	9

Erstes Kapitel — Eine neue Epoche der deutschen Kommunalgeschichte

   I Tag der Brieftauben im Glockenpark zu Wahnstadt 11
  II Stadtrat Drobeck stellt den Heimatforscher Brilon dem Gaststättenbesitzer Roloff und dem Redakteur Reckmann vor 17
 III Vor Brilon geht die Welt der neuen Bürgergeschlechter auf .. 20
 IV Gründung der City-Gesellschaft angesichts der historischen Wandgemälde 27

Zweites Kapitel — Die Industrie greift ein

   I Bewohner und Gäste des Malepartus 31
  II Oberbürgermeister Schwandt, Sekretär Röwedahl und die Typenhaussiedlung des Stadtbaurats 39
 III Empfang der Deputationen der City-Gesellschaft und Alarm durch die Eitelfelder Industrieausstellung 48

Drittes Kapitel — Landesverräterische Wahrheit

   I Valentin Moos führt in Kohldorf die Ewigkeit der künstlerischen Werte ein 56
  II Roloff projektiert das Parkhotel Hindenburg am Platz der Republik 59
 III Kandidaturen für die Stadtverordnetenwahlen 61
 IV Architekt Jaguttis und die Gymnastikerin Melitta; befremdlicher Brief von Eugen Roloff 64

Viertes Kapitel — Kleine Gemeinheiten bestimmen den Gang der Historie

   I Hundacker und Balluf im Eitelfelder Rathaus 71
  II Hochwasser und Brückenbau 78
 III Stadtrat Drobeck und die Presse 83
 IV Schwandts politisches Manöver 91

Fünftes Kapitel — Das Zentrum des neuen Wahnstadt

   I Melitta Roloff und die Wahnstädter Frauen 96
  II. Gespensterstunde in Roloffs Museum; Entdeckung des Symbols der City-Gesellschaft 99
 III Reckmann überrascht Brilon mit Melitta 106
 IV Nächtliche Stadt vom Malepartusturm 109
  V Wahnstadt wird durch Jaguttis' Visionen und Roloffs Tatsachensinn umgebaut 111

Sechstes Kapitel — Der Generalbauplan　　　　　　　　　Seite

　I　Der Stadtbaurat gegen Jaguttis. Die Wahnstädter Baugesellschaft 120
　II　Unternehmer Stövesand 126
　III　Eugen Roloff ist in Amerika Journalist geworden 131
　IV　Feierliche Inthronisierung des Emblems vom Wachsamen Hähnchen 134
　V　Reckmann wirbt um Melitta 140
　VI　Die Propagierung des Generalbauplans 148
　VII　Soziologie der City-Gesellschaft 153
　VIII　Ankunft Eugen Roloffs 157
　IX　Melitta begleitet Brilon in seine Wohnung 159
　X　Die Wahlen 161

Siebentes Kapitel — Die zweite deutsche Gründerzeit

　I　Schmuggel mit Projekten 163
　II　Die Geldinstitute 167
　III　„Missionen" 169
　IV　Konkurrenz- und Renommierbauten — Moloch Verkehr — Straßendurchbrüche 176
　V　Finanztransaktionen 187
　VI　Der Stadthafen von Eitelfeld und Ballufs historischer Vertrag 189

Achtes Kapitel — Soziale Kämpfe

　I　Baubeginn bei Roloff. Die Exmittierten in der Höhle 198
　II　Roloff mobilisiert die Stadtverwaltung gegen das Elend 208
　III　Rettungsaktion der Eisenmenger 214
　IV　Reckmanns Nachrichtenbörse; kommunistischer Angriff auf Frau Eisenmenger. Reckmann rät zum Schweigen der Verachtung 220
　V　Die Jaguttis-Kadereit ist eifersüchtig 227
　VI　Lebensweisheit des Oberbürgermeisters Schwandt 233
　VII　Schwandt schafft ein Exmittiertenlager 239

Neuntes Kapitel — Nationale Konzentration

　I　Um Melitta Roloff. Der Platz für die Waldschule 246
　II　Johanni-Nachmittag des Stadtverbandes für Frauenbestrebungen — Eugen Roloff verursacht einen Skandal 251

Zehntes Kapitel — Architektur als Epos

　I　Gustav Roloff versucht es mit dem Sport. Eugen bleibt unbelehrbar 263
　II　Eugens Vision der Stadt. Zusammenstoß mit Roloff und Jaguttis 266
　III　Die städtebauliche Woche. Wettbewerb für das Kongreßhaus. Der Nationalsozialist fördert einen jungen Künstler 273
　IV　Der Baurat erlebt, wenngleich unter Ärgernissen, die Verwirklichung seiner Typenhaussiedlung 278

Elftes Kapitel — Wahrhaftigkeit gegen Wehrhaftigkeit   Seite
  I Eugen mißt sich mit dem Geist von Wahnstadt. Studienrat Limpinsel und Sanitätsrat Behmenburg 284
  II Die deutsche Nationalvereinigung treibt Eugen aus dem Hause 295
  III Eugen wird kommunistischer Reporter 308

Zwölftes Kapitel — Das Große an uns Deutschen
  I Eröffnung der Induga in Eitelfeld. Ministerielle Ansichten. Windhäuser vom Metallkonzern treibt Politik 311
  II Wahnstadt entdeckt die Fliegerei 316
  III Die Wahnstädter „Männer" auf der Induga. Abenteuer mit Eitelfelder Mädchen. Roloffs neue germanische Ideen. Massenkündigungen im Metallkonzern 322
  IV Kundgebung gegen die Unsittlichkeit 331

Dreizehntes Kapitel — Die kühnsten Erwartungen übertroffen
  I Beginn der „Arbeitsbeschaffung" 332
  II Die Kunststadt Kohldorf. Beethovenfest. Das neue Rathaus 334
  III Wahnstädter Konjunktur der Torschlußpanik 339
  IV Presseball in Wahnstadt. Skandal um Melitta 347
  V Verfeindung mit Reckmann 352
  VI Brilon wird Kulturdirektor, heiratet Melitta und zieht in Roloffs neue Villa 355

Vierzehntes Kapitel — Der Gruppenstaat
  I Der Malepartus weicht dem städtischen Turmhaus. Alwiß Kaschub stirbt als städtischer Barackenaufseher 359
  II Parkhotel Hindenburg und der Deutsche Fleischertag. Brilon triumphiert als Kulturdirektor über Reckmann 362
  III Schwandts, Hundackers, Balluffs Bemühungen um Eugen Roloff 370
  IV Die Kunstschule Thalia in Kohldorf 377
  V Krach im Salon der Frau Generalmusikdirektor 384

Fünfzehntes Kapitel — Das Werk der Nornen
  I Altdeutsche Bierklause 391
  II Im Turmhaus: Modesalon Rehberger, Rechtsanwalt Ulrich Matuszak. Prozesse 396
  III Hochflut der Kongresse. Jaulenhoops Sängerjubiläum. Verzweiflungsakte in der Depression. Jaulenhoops Tod in den Sielen ... 404

Sechzehntes Kapitel — Der große Schrumpfungsprozeß
  I Roloff organisiert den Mangel 416
  II Der Stadtbaurat geht zu den Nationalsozialisten über 421
  III Der vaterländische Gedanke. Roloffs Anfechtungen bei der Denkmalsweihe. Volk ohne Raum 425
  IV Eugen Roloffs soziologische Entdeckungen. Beratung mit Schwandt. Eugen gibt das Forum der Zeit auf und wird Berufsboxer 430
  V Attentat auf das Denkmal des Küchenbullen 446

Siebzehntes Kapitel — Zwischen Rausch und Ernüchterung   Seite

   I Ein Fund altgermanischer Grabstätten veranlaßt die Gründung des Stadterweiterungsausschusses 450
  II Hundacker droht mit dem Staatskommissar. Neue Eingemeindungspläne und ihre Motivierung 451
 III Das Defizit des Kohldorfer Festspielhauses zwingt ebenfalls zu Eingemeindungen 454
 IV Stadt und Land 456
  V Die drei Stadtoberhäupter treffen sich im Zuge nach Berlin .. 460
 VI Besichtigungsfahrt des Landtagsausschusses für Eingemeindungen. Die ausländischen Journalisten 464

Achtzehntes Kapitel — Dann kann's ja wieder losgehen

  I Untersuchungsausschüsse, Sorgen, neue Steuern 471
 II Der Bankerott. Roloffs Tod und Eugens Resignation. Wahnstadt ungebrochen 484

Nachwort Frank Trommler   *493*

Andere Ansichten für verändernde Absichten

Raoul Vaneigem
DAS BUCH DER LÜSTE
Eine vehemente Verteidigung des individuellen Erlebens und jeglicher Lebendigkeit. Deutsche Erstausgabe, Paperback

Marinus van der Lubbe
UND DER REICHSTAGSBRAND / ROTBUCH
Eine Verteidigungsschrift für van der Lubbe, ein 50 Jahre lang verschwiegener Widerspruch gegen das „Braunbuch". Niederländischer Erstdruck 1933. Deutsche Erstausgabe, Paperback

FRANZ JUNG WERKE
Feinde ringsum. Prosa und Aufsätze 1912 – 1963. Werke 1 in zwei Halbbänden. Englisch Broschur oder gebunden lieferbar.
Joe Frank illustriert die Welt / Die rote Woche / Arbeitsfriede – Drei Romane Werke 2. Chronik einer Revolution in Deutschland. Englisch Broschur oder gebunden lieferbar.

Billie Holiday
„LADY SINGS THE BLUES" / Autobiographie
Das Leben der faszinierenden Jazz-Sängerin. Vollständige deutsche Erstausgabe, Paperback

Carlos Semprun-Maura
REVOLUTION UND KONTERREVOLUTION IN KATALONIEN
Das Standardwerk zum spanischen Bürgerkrieg. Über Revolution und Staat, gesellschaftliche Selbstverwaltung und bürokratischen Dirigismus. Paperback, mit 30 Fotos

FRANCIS PICABIA SCHRIFTEN
Funny Guy und Dada. Kritiken, Manifeste, Prosapoem. Schriften Band 1. Deutsche Erstausgabe, Engl. Broschur, illustriert
Platonische Gebisse. Lyrik, Porträts, Filmskripte. Schriften Band 2. Deutsche Erstausgabe, Engl. Broschur, illustriert

EDITION NAUTILUS / NEMO PRESS

Franz Jung Werke bei Edition Nautilus

Band 1/1 Feinde Ringsum / Prosa und Aufsätze 1912 – 1963. Erster Halbband bis 1930.
Band 1/2 Feinde Ringsum / Prosa und Aufsätze 1912 – 1963. Zweiter Halbband bis 1963.
Band 2 Joe Frank illustriert die Welt / Die Rote Woche / Arbeitsfriede
Band 3 Proletarier / Arbeiter Thomas (Nachlaßmanuskript)
Band 4 Die Eroberung der Maschinen. Roman
Band 5 Nach Rußland! Aufsatzsammlung
Band 6 Die Technik des Glücks / Mehr Tempo! Mehr Glück! Mehr Macht!
Band 7 Theaterstücke und theatralische Konzepte
Band 8 Sprung aus der Welt / Expressionistische Werke
Band 9 Abschied von der Zeit / Dokumente Briefe / Autobiographische Skizzen
Band 10 Gequältes Volk. Ein Oberschlesien-Roman (Nachlaßmanuskript)

Supplement-Band 1: Fritz Mierau. Leben und Schriften des Franz Jung. Eine Chronik. Sonderdruck aus Band 1/1.
Supplement-Band 2: Franz Jung, Spandauer Tagebuch. Geschrieben im Festungsgefängnis Berlin-Spandau April – Juni 1915.

Jeder Band ist mit einer Einleitung versehen. Die Erscheinungsweise der einzelnen Bände folgt nicht unbedingt ihrer numerischen Zählung. Die Bände sind sowohl in einer Paperback- als auch in einer gebundenen Ausgabe lieferbar. Änderungen der Zusammenstellung wie auch Erweiterung der Auswahl bleiben vorbehalten. Subskriptionsnachlaß bei Abnahme aller Bände beträgt 10% vom Ladenpreis.

DIE AKTION
Zeitschrift für Politik, Literatur, Kunst

Begründet durch Franz Pfemfert 1911-1932. In neuer Folge herausgegeben von Lutz Schulenburg seit 1982. Erscheint in freier Folge, in der Regel mit 6 Lieferungen pro Jahr. Einzelheft 3,- / Doppelheft 5,- DM. Abonnement für 24 Hefte 48,- DM, Förderabonnement 100,- DM.

DIE AKTION veröffentlicht zur kritischen Sondierung der Gegenwart Glossen, Essays und Polemiken über die politisch-kulturellen Zustände. Sie bringt erzählende Prosa, Lyrik, Malerei und Grafik. Die Aktion druckt Beiträge vergessener, entlegener und jüngster Literatur. Die Aktion bezieht Position für den menschlichen Wandel gegen die Schwerkraft überkommener Verhältnisse. Die Aktion blättert in den Akten der Geschichte. Sie analysiert und dokumentiert.

„Nicht auf Blendung bedacht, begnügt sich die Aktion mit schlichtem Schwarzweiß, wenig Illustrationen. Eine Sachlichkeit der Erscheinung, die völlig unmodisch und die Trends ignorierend sich auf die Sprengkraft des Wortes allein verläßt. Texte der frühen Moderne stehen hier neben aktuellen Kommentaren und treffsicheren Rundumschlägen. Symptomatisches zur Zeit reibt sich an Berichten aus der Unzeit (...) Herausgeber und Mitarbeiter bemühen sich, die Disziplin der Polemik, eine hierzulande nicht eben in voller Blüte stehende Kunst- und Angriffsform, in den Dienst einer kulturkritischen Auseinandersetzung zu stellen... Die Aktion ist nichts für Leute, die eine Begegnung von Böll, Grass und Lenz für ein Gipfeltreffen der Kultur halten."
Stuttgarter Nachrichten

„... Die Aktion dürfte so mancher neugrünen Beamtenseele den Marsch blasen..." Zitty – Berlin

„... der alte kämpferische Geist der Aktion (blitzt) auf, in kurzen bissigen Glossen, oder in einem stenografischen Buchverriß...
Münchner Buch-Magazin

EDITION NAUTILUS / NEMO PRESS